G. A. Aiken
Honey Badgers

PIPER

Zu diesem Buch

Honigdachse sind Überlebenskünstler. Brutale, bösartige, übel gelaunte Überlebenskünstler. Oder vielleicht ist Charlie Taylor-MacKilligan auch nur genervt, weil ihr nutzloser Vater mal wieder versucht, sie und ihre Schwestern umzubringen. Es war schon immer Charlies Aufgabe, ihre kleinen Schwestern Stevie und Max zu beschützen. Dabei darf ihr niemand in die Quere kommen, nicht einmal ein großer Grizzly-Gestaltwandler, der sich plötzlich als ihr Aufpasser aufspielt. Moment. Er will ihr helfen? Warum sollte er das tun wollen? Eins muss Charlie jedoch zugeben: Der Bär ist unverschämt sexy. Vielleicht jagt sie ihn nicht fort – wenn er denn mit ihr mithalten kann …

G. A. Aiken ist New-York-Times-Bestsellerautorin. Sie lebt an der Westküste der USA und genießt dort das sonnige Wetter, das gute Essen und die Aussicht auf attraktive Strandbesucher. Ihre erfolgreichen Erotic-Fantasy-Reihen um die Drachenwandler, »Lions«, »Wolf Diaries« und »Call of Crows« erscheinen alle im Piper Verlag. »Honigsüß & bitterböse« ist der Auftakt zu ihrer neuen Reihe um die sexy Honigdachse.

G. A. Aiken

HONEY BADGERS

Honigsüß & bitterböse

Aus dem Amerikanischen
von Michaela Link

PIPER

Von G. A. Aiken liegen im Piper Verlag vor:
Dragons (Serie)
Lions (Serie)
Wolf Diaries (Serie)
Call of Crows (Serie)
Wildes Feuer, scharfe Krallen
Honey Badgers. Honigsüß & bitterböse

MIX
Papier aus verantwortungsvollen Quellen
FSC® C083411
FSC www.fsc.org

Deutsche Erstausgabe
1. Auflage Februar 2019
2. Auflage August 2019
ISBN 978-3-492-28184-3

Titel der amerikanischen Originalausgabe: »Hot and Badgered«
bei Kensington, New York 2018

Umschlaggestaltung: Guter Punkt, München
Umschlagabbildung: Guter Punkt, unter Verwendung von
Shutterstock und Istock
Satz: Satz für Satz, Wangen im Allgäu
Gesetzt aus der Caslon
Druck und Bindung: CPI books GmbH, Leck
Printed in the EU

Für meine kalifornische Familie,
die mich die wahre Bedeutung von Schwestern gelehrt hat.
Ich hab euch lieb.

Prolog

Charles Taylor war bis zu diesem Moment nicht klar gewesen, wie schnell das Leben eines Mannes auf den Kopf gestellt werden konnte.

In der einen Sekunde hatte er zwei verrückten Frauen zugehört, die er seit Jahren kannte und die versuchten, ihn dazu zu überreden, das Rudel eines jungen, arroganten Wolfs zu übernehmen, den sie alle hassten. In der nächsten klingelte es an der Tür ... und alles veränderte sich. Für immer.

Er hatte die Tür des Haupthauses des Rudels geöffnet und seine zwölfjährige Enkelin mit ihren beiden Halbschwestern davor stehen sehen.

Die anderen beiden waren nicht seine Enkelinnen. Seine Tochter hatte den Nachwuchs ihres nutzlosen Exfreunds aufgenommen, weil sie eben so war, seine Carlie. Sie hatte diese Mädchen zu sich genommen und sie großgezogen, als seien es ihre eigenen Kinder. Ohne zu fragen. Ohne Vorbehalte. Und weil es in Carlies Augen das Richtige war.

Als Charles also die Tür öffnete und diese drei Mädchen davor stehen sah, schmutzig, voller blauer Flecke und mit einem verletzten Ausdruck in den Augen ... wusste er Bescheid. Er wusste, dass sein kleines Mädchen tot war. Er wusste es und war am Boden zerstört.

Aber was sollte er machen? Er musste tun, was seine Tochter gewollt hätte: die drei Mädchen aufnehmen. Sie großziehen, auch die beiden, die nicht nur nicht von seinem Blut, sondern nicht einmal zu einem Bruchteil Wolf waren. Die Mittlere war ein reinblütiger Honigdachs, wie ihr idiotischer Vater und ihre kriminelle Mutter, die nach einem schiefgegangenen Juwelenraub eine langjährige Haftstrafe in einem bulgarischen Gefängnis absaß.

Die zweite war halb Honigdachs und halb Tiger. Charles' Rudel hielt nichts von Katzen. Nicht einmal ein ganz klein wenig. Sie tolerierten schon die Hauskatzen nicht, die durch ihr Viertel in Wisconsin stromerten. Was also würden sie mit diesem kleinen Mädchen mit den großen Augen machen, das den Gestank von Katze verströmte?

Die Mädchen hatten jedoch eins, das für sie sprach: Sie waren jung. Die Älteste zwölf, die Mittlere elf und die Kleinste noch keine acht.

Als die beiden Wölfinnen, vor denen Charles sich gerade gerettet hatte, die Mädchen sahen, schnappten sie nach Luft und führten die Kinder sofort ins Wohnzimmer.

»Was ist passiert?«, fragte Lotti Charles' Enkelin. »Wo ist eure Mama?«

Seine Enkelin schaute zu ihm hoch, und wieder sah er die Antwort in ihren Augen. Die Antwort, die ihm schon in dem Moment, als er die Haustür geöffnet hatte, klar geworden war.

»Meine Tochter ist tot«, sagte er ausdruckslos und versuchte dabei immer noch zu verarbeiten, was genau das bedeutete.

Lotti und Jane verstummten, und ihre Hände verharrten auf den leichten Mänteln, die die Mädchen für den Marsch von Connecticut nach Wisconsin getragen hatten, um das Rudel ihrer Mutter zu erreichen. Mitten im Winter.

Entsetzt sahen die beiden Wölfinnen zuerst Charles und dann einander an.

»Besorgen wir … besorgen wir euch Mädchen etwas zu Essen«, stotterte Jane. »Ihr müsst halb verhungert sein.«

Lotti stand auf und sagte leise zu Charles: »Wir haben vielleicht ein Problem … mit zwei von ihnen.«

»Wenn ich hier das Feld räumen muss, werde ich das tun.« Er dachte an seine Tochter und daran, wie sie so eine Situation gehandhabt hätte. »Doch ich werde sie nicht voneinander trennen.«

Lotti legte Charles eine Hand auf die Brust. »Ich gehe und rede mit ihm.«

Er nickte und hockte sich vor seine Enkeltochter, um ihr aus dem Mantel zu helfen, aber bevor er eine Chance dazu bekam, war Lotti schon wieder zurück. »Er will mit ihnen reden. Allein.«

Stirnrunzelnd schaute Charles über seine Schulter zu seiner alten Freundin hinüber. »Was?«

Sie zuckte die Achseln.

»Das kannst du vergessen«, sagte er. Er würde seine traumatisierte Enkelin und ihre Schwestern nicht dem Bullshit dieses Idioten aussetzen.

»Wir werden mit ihm reden«, verkündete seine Enkelin plötzlich und klang dabei sehr … erwachsen. Sie sah vielleicht aus wie ein kleines Mädchen, aber das war sie nie wirklich gewesen. Carlie hatte zu sagen gepflegt: »Meine Tochter war schon bei der Geburt vierzig.« Und als Charles jetzt den entschlossenen Ausdruck auf dem niedlichen Kindergesicht sah, glaubte er jedes Wort davon.

Seine Enkelin stand auf und gab ihren Schwestern ein Zeichen.

»Wo ist er?«, fragte sie die verblüffte Lotti.

»Hinterm Haus. Im Garten. Ich zeige euch …«

»Wir werden ihn schon finden.«

Während das mittlere Mädchen die Hand der Jüngsten hielt, schob Charles' Enkelin die beiden sanft vor sich her, und die drei gingen ganz allein durchs Haus.

Das war der Moment, in dem Jane knurrte: »Das gefällt mir nicht.«

Charles gefiel es auch nicht. Es gefiel ihm ganz und gar nicht.

Betsey lag der Länge nach auf einem der hohen Äste des großen Baums im Garten des Rudels und tat ihr Bestes, leise zu sein.

Sie kam hier heraus, um in Ruhe gelassen zu werden. Sie war zu alt, um mit den anderen Welpen herumzuhängen, und zu jung, um ihre Zeit mit den Erwachsenen zu verbringen. Mit sechzehn zählte sie die Tage, bis sie aufs College gehen und von hier verschwinden konnte.

Sie liebte ihre Mom, die für ihr einziges Kind getan hatte, was sie konnte. Aber Betsey hatte nie ganz zum Rudel gehört, weil sie keine reinblütige Wölfin war, sondern halb Wölfin, halb Schwarzbärin. Ihr

Vater war ein One-Night-Stand gewesen, über den ihre Mutter immer noch nicht hinweg war. Aber ein Bär unter Wölfen zu sein, stellte eine Herausforderung dar.

Als Betsey noch klein gewesen war, war die Situation zumindest erträglich gewesen – bis Billy Lewis das Rudel als Anführer übernommen hatte. Jetzt betete Betsey, dass sich nichts zwischen sie und die Stipendien stellen würde, die es ihr ermöglichen sollten, auf ein College in einem anderen Bundesstaat zu gehen und sich ein neues Leben aufzubauen.

Bis dahin würde sie, wenn sie nicht gerade in der Schule war, in Bäumen sitzen und hoffen, dass niemand sie bemerkte.

Wie zum Beispiel Billy Lewis, der auf einer der Bänke im Garten des Rudels saß und wie Richard der Dritte über sein Reich schaute. Aber ein so schwacher Wolf würde nicht bemerken, dass Betsey auf einem Baum saß und ihn beobachtete, es sei denn, der Wind drehte plötzlich und er witterte sie.

Sie sah zu, wie drei kleine Mädchen in den Garten kamen. Nach allem, was sie mit angehört hatte, als Lotti herausgekommen war und mit Billy geredet hatte, war die Mutter dieser Kinder getötet worden. Irgendwie hatten die Mädchen es dann durch das halbe Land bis ins Haus des Rudels geschafft. Wirklich bemerkenswert. In diesem Alter hätte Betsey keine fünf Sekunden ohne ihre Mutter überstanden. Doch diese Mädchen …

Billy hatte auf ein »Gespräch unter vier Augen« mit den Welpen bestanden, und das verhieß nichts Gutes. Billy mochte Leute, die er »Halbblüter« nannte, nicht. Ein beleidigender Ausdruck von einem beleidigenden Idioten.

Leider hatte auch Betsey so ein »Gespräch unter vier Augen« mit Billy über sich ergehen lassen müssen. Es war zwar nicht annähernd so unheimlich, wie es klang, aber es war definitiv grausam. Billy hatte ihr erklärt, dass sie an ihrem achtzehnten Geburtstag verschwinden musste, ganz gleich, was in ihrem Leben oder im Leben ihrer Mutter geschah. Wenn ihre Mutter nicht glücklich darüber war, konnte sie ja mit ihrem Kind gehen, aber das wäre dann Betseys Sache.

Es war ein Furcht einflößender Gedanke, da Betsey wusste, wie sehr ihre Mutter ihr Rudel liebte. Es zu verlassen, und sei es für ihre einzige Tochter, wäre zu schwer für sie. Betsey würde das niemals von ihr verlangen. Also hatte sie nach diesem »Gespräch unter vier Augen« ihre Anstrengungen in der Schule verdoppelt und angefangen, Kurse auf College-Niveau zu belegen. Sie hatte vor, mit siebzehn ihren Abschluss zu machen. Glücklicherweise war sie schlau genug, um das zu schaffen.

Aber sie wusste nichts über die kleinen Mädchen, die gerade in den Garten kamen und dort mit Billy allein gelassen wurden. Sie wusste nur, dass ihr Schicksal Betsey das Herz brach, denn ganz gleich, in was für einer Situation die Mädchen sich befanden, Billy Lewis würde das alles egal sein. Selbst der Tod ihrer Mutter, die ein ehemaliges Rudelmitglied (und die Tochter des Betamännchens) war, würde ihn kaltlassen. Außerdem sah er im Auftauchen der Mädchen vielleicht die Chance, auf die er gewartet hatte, um Charles Taylor loszuwerden. Charles war ein Wolf der alten Schule, den sich die Erwachsenen im Rudel dringend als Alphatier wünschten, ob er den Job nun haben wollte oder nicht.

Doch Betsey wusste, dass Charles seine Enkelin niemals dem grausamen System von Pflegefamilien und staatlichen Heimen überlassen würde. Das war schon für irgendein Durchschnittskind nicht unbedingt gut und erst recht nicht für einen Gestaltwandler. Und für einen Gestaltwandler-Hybriden … aus dem Stoff, wie übel solche Situationen enden konnten, bestanden Albträume.

Trotzdem, zwei der Mädchen wegzuschicken, nur weil sie keine Blutsverwandten und keine Wölfe waren … Konnte Billy wirklich so grausam sein?

Wem machte Betsey etwas vor? Natürlich konnte er so grausam sein!

Die drei Mädchen standen jetzt vor Billy und er schaute sie selbstgefällig an, die Mundwinkel leicht hochgezogen, einen herzlosen Ausdruck in den Augen.

Wenn Betsey geglaubt hätte, dass sie sich davonschleichen konnte, ohne entdeckt zu werden, hätte sie es getan. Sie wollte das nicht mitansehen.

»Ich höre, ihr Mädchen habt eine schlimme Zeit hinter euch, was?«

Die Mädchen starrten Billy an, sagten jedoch nichts. Aber die Mittlere winkte ihm plötzlich zu. Wie zur Begrüßung. Überraschenderweise – und daher umso ärgerlicher – antwortete Billy mit einem Augenzwinkern und deutete mit dem Finger auf das Mädchen. Eine Geste, die er »sexy« fand.

Igitt.

Er sprach weiter: »Hört mal, das mit Carlie tut mir leid. Ich habe sie immer gemocht. Eine seltsame Wölfin, aber unterhaltsam. Versteht ihr?«

Natürlich verstanden sie das nicht! Das waren Kinder! *Idiot!*

Billy beugte sich vor, stützte die Ellbogen auf die Knie und faltete die Hände vor dem Bauch.

Sein »aufrichtiger« Gesichtsausdruck.

»Ich weiß, das wird für euch schwer zu verstehen sein, aber … du darfst bleiben«, sagte er zu der Ältesten, einem entzückenden braunhäutigen Mädchen mit Unmengen gelocktem Haar und einem hübschen Gesicht. »Aber ihr zwei nicht. Ich weiß«, fuhr er fort, »ich weiß, dass das hart zu hören ist. Aber ihr könnt genauso gut gleich lernen, wie die reale Welt funktioniert.«

Irgendetwas sagte Betsey, dass diese Mädchen bereits wussten, wie die reale Welt funktionierte.

Während Billy weiterschwafelte, drückte das mittlere Mädchen seine jüngere Halbschwester neben Billy auf die Bank und ging unvermittelt weg.

Sie näherte sich den Büschen und Blumen, die an die Gartenmauer gepflanzt worden waren, den Kopf gesenkt, als suche sie nach etwas.

Während sie suchte, redete Billy mit Charles' Enkelin. Genau wie bei ihrem Großvater gab das Gesicht des Mädchens nichts preis. Es war leer. Teilnahmslos.

Die mittlere Schwester, eine sehr kleine Asiatin mit schwarzem Haar und einer weißen Strähne darin, hob etwas hoch und kehrte zu ihren Schwestern zurück. Gemeinsam sahen sie Billy an, bis er bemerkte, dass das mittlere Mädchen etwas in der Hand hielt.

Sein Grinsen verwandelte sich in ein breites Lächeln. Betsey war noch nie jemandem begegnet, der es so genoss wie Billy, das Schlimmste in anderen zu Vorschein zu bringen. Das galt sogar für verzweifelte Kinder, die gerade ihre Mutter verloren hatten. »Ist der für mich, Schätzchen? Du willst den großen, bösen Wolf mit diesem kleinen Stein schlagen?« Er beugte sich vor, und seine Stimme wurde sehr hart. Härter, als Betsey sie je zuvor gehört hatte. »Wenn du dieses Ding nach mir wirfst, Kleine, wirst du mit dem ersten Bus bei der nächsten Pflegeeltern-Vermittlungsstelle landen. Vielleicht wirst du dich ja nach einigen Jahren mit deiner Loser-Mom im Gefängnis treffen. Ihr könnt dann ein Mutter-Tochter-Wiedersehen hinter Gittern feiern.«

Wenn Billy gehofft hatte, die Kleine zum Weinen zu bringen, scheiterte er damit. Sie weinte nicht. Sie blinzelte nur ganz langsam und starrte ihn weiter an.

Dann drehten die beiden älteren Mädchen sich ohne ein Wort zueinander.

Charles' Enkelin nickte knapp. Die mittlere Schwester holte aus und schwang mit einer für ein Kind gewaltigen Kraft die Faust mit dem Stein darin.

Ihre Knöchel trafen ihr Ziel und Betsey blinzelte erschrocken, als sie etwas in dem Gesicht des ältesten Mädchens brechen hörte, kurz bevor es zu Boden ging.

Die Jüngste schaute bei dem Geräusch auf, aber ihr Gesichtsausdruck blieb immer noch passiv. Billy dagegen fuhr erschrocken zurück.

»Was um alles in der …?«

Während er herauszufinden versuchte, was los war, packte das mittlere Mädchen seine linke Hand – und jetzt verstand Betsey das seltsam getimte Winken von vorhin – und legte sie auf die Bank. Sie hob den Stein und ließ ihn fest herunterkrachen – auf Billys Knöchel.

Als Billy vor Schmerz aufheulte, warf die mittlere Schwester den Stein in den Garten. Dann brachen sie und die Jüngste wie auf ein unhörbares Stichwort hin in eine Flut von dramatischen Tränen aus. Es war die Sorte Schluchzen, die die Aufmerksamkeit jeder Wölfin in einem Zwanzig-Meilen-Radius erregen musste.

Alle Erwachsenen aus dem Haus erschienen im Garten. Und was sahen sie?

Zwei kleine Mädchen, die hysterisch schluchzten. Ein anderes kleines Mädchen, das sich den blutenden, gebrochenen Kiefer hielt, während es tapfer versuchte, nicht zu weinen, und Billy … mit aufgeschlagenen Knöcheln.

Die Knöchel des mittleren Mädchens waren ebenfalls zerschrammt und blutig, aber es drückte seine kleine Schwester dicht an sich und hatte die Hand zur Faust geballt und an die Seite des Kindes gepresst, sodass keiner der Erwachsenen es sah.

Charles ging durch die Erwachsenen hindurch, bis er in der Mitte vor ihnen stand. Betsey hatte den älteren Wolf noch nie so erlebt. Er war immer der Gelassene gewesen. Der Vernünftige. Er war der große Friedensstifter des Rudels und sorgte dafür, dass die kleine Gruppe sich in keine Streitereien gegen größere und gemeinere Rudel verstrickte, die sie unmöglich gewinnen konnte.

Aber jetzt war Charles fuchsteufelswild. Seine braunen Augen verengten sich, er atmete schwer und sein ganzer Körper versteifte sich, während ihn alle paar Sekunden ein kleines Beben durchlief. Und während der ganzen Zeit schaute er auf Billy hinab.

Billy, der mit den Augen die Gruppe der vor ihm Stehenden absuchte und keine Freunde sah, schüttelte den Kopf und hob die Hände, die Innenflächen nach außen gedreht.

»Einen Moment mal, ich habe nicht … das war ich nicht!«

Aber da er die Hände auf diese Weise erhoben hatte, sahen alle nur das Blut, das zwischen seinen Fingern hervorquoll und langsam an seinem Handgelenk herunterlief.

Verzweifelt zeigte Billy auf das mittlere Mädchen. »Sie war das!«

Wie ein Mann sahen die Erwachsenen alle die kleine Asiatin an, die ihre Schwester im Arm hielt. Und für einen Sekundenbruchteil sah Betsey, wie sich das Gesicht des mittleren Mädchens auf eine Weise verhärtete, die ein wenig zu erwachsen war für ein so kleines Kind. Doch die Erwachsenen bemerkten es nicht, denn das jüngste Mädchen, das immer noch herzzerreißend schluchzte, behielt ihr Gesicht direkt vor dem ihrer Schwester. Mit Absicht? Betsey glaubte das eigentlich nicht. Sie schien zu jung zu sein, aber nach allem, was passiert war …

»Ich war das nicht!«, beharrte Billy. »Sie war es! Ich würde niemals ein Kind schlagen! Nie und nimmer!«

Mit einem abscheulichen Knurren, das aus tiefster Kehle kam, beugte Charles sich vor, packte Billy an seiner Lederjacke und riss ihn von der Bank.

Die Erwachsenen zerrten Billy weg und ließen die Mädchen allein.

Die Älteste zog das jüngste Mädchen auf ihren Schoß, die Arme locker um ihre Taille gelegt. Das mittlere Mädchen kam näher und bettete den Kopf an den Arm seiner Schwester. Für einen kurzen Moment sahen die Mädchen so jung aus, wie sie waren, aber sie wirkten auch ziemlich mitgenommen. Das Leben war bereits hart zu ihnen gewesen, dabei sah die Älteste so aus, als sei sie noch keine dreizehn.

Charles kam in den Garten zurück. Er runzelte die Stirn und hatte Blut an den Händen. Er ging zu den Mädchen und funkelte auf sie herab, wie es so seine Art war. Betsey war sich sicher, dass er keine Ahnung hatte, wie er auf Leute wirkte, die nicht wussten, was in seinem Kopf vorging. Aber die drei Schwestern erwiderten seinen Blick, ohne zu blinzeln.

Seufzend wandte er sich ab. Betsey wusste, dass er versuchte, herauszufinden, was er als Nächstes tun sollte. Was er mit den beiden Mädchen machen sollte, die nicht von seinem Blut waren. Die in keiner anderen Weise mit ihm verwandt waren als der, dass seine Tochter sie als ihre eigenen Kinder angenommen hatte. Aber bevor er weggehen konnte, beugte das jüngste Mädchen sich vor und ergriff seinen Zeigefinger, den sie mit ihren kleinen Fingern fest drückte.

Und so hatte Charles plötzlich drei Enkelinnen statt nur einer.

Er bückte sich und nahm die Kleinste auf den Arm.

»Kommt, beschaffen wir euch ein Zimmer und etwas zu essen«, schlug er vor, obwohl es klang wie der Befehl eines Feldwebels.

Die Älteste legte ihrem Großvater eine Hand auf den Unterarm und das mittlere Mädchen, das noch nicht so groß war wie seine ältere Schwester, klammerte sich an die Kette, mit der er sein Portemonnaie an seiner Jeans befestigte.

Gemeinsam und schweigend gingen sie zurück ins Haus.

Betsey wartete ein paar Minuten, bevor sie den Baumstamm herunterrutschte und sich in einen Menschen verwandelte. Sie zog ihre Sachen an und ging um das Gebäude herum, um durch die Vordertür ins Haus zu gelangen.

Als sie um die Garage herumkam, wartete das mittlere Mädchen auf sie. Betsey *wusste*, dass sie auf *sie* wartete.

Betsey erstarrte mitten im Schritt und schaute mit leicht geöffnetem Mund auf das Kind. Eine Zeitspanne, die sich wie eine Ewigkeit anfühlte, sah das Mädchen zu ihr hoch, dann legte es mit einem kaum merklichen Lächeln den Zeigefinger an die Lippen und machte: »Pst.«

Ohne ein weiteres Wort drehte es sich um und ging weg. Daraufhin nahm Betsey sich vor, ein paar weitere Kurse auf College-Niveau zu belegen, damit sie noch früher als geplant aufs College gehen konnte. Zum Beispiel nächste Woche …

Kapitel 1

Sechzehn Jahre später

Was hatte sie sich nur dabei gedacht, den »Ritt der Walküren« als Klingelton zu nehmen? Wenn dieser Mist einen um sechs Uhr morgens weckte, war das einfach nur grausam. Richtig grausam.

Und wie immer hatte sie sich das selbst zuzuschreiben. Sie hatte auf ihr Beruhigungsmittel verzichtet, damit sie sich mit zwei süßen Italienern betrinken konnte, die sie dann jedoch in den Wind geschossen hatte, sobald der erste mit dem Kopf auf den Tisch geknallt war.

Charlie Taylor-MacKilligan schlug mit der Hand gegen den Nachttisch neben ihrem Bett und suchte blind nach ihrem verdammten Telefon. Als sie es fand, war sie erleichtert. Sie hatte nicht vor, in absehbarer Zeit das Bett zu verlassen. Nicht so verkatert, wie sie gerade war. Aber dieser verdammte Klingelton musste einfach aufhören.

Irgendwie schaffte Charlie es, die richtige Stelle auf ihrem Telefondisplay zu berühren, sodass sie den Anruf tatsächlich entgegennahm, ohne auch nur den Kopf vom Kissen zu heben, in dem sie das Gesicht vergraben hatte, oder die Augen zu öffnen.

»Was?«, knurrte sie.

»Raus«, kam die Antwort. »Du musst sofort rauskommen.«

Ihren Kater vergessend, hatte Charlie das Zimmer schon halb durchquert, als die Tür eingetreten wurde. Charlie drehte sich um und rannte zu den Schiebetüren aus Glas, die sie in der Nacht zuvor offen gelassen hatte. Gerade hatte sie es auf den Balkon geschafft, als etwas Heißes sich in ihre Schulter bohrte, Fleisch und Muskeln durchtrennte und sich in ihren Knochen grub. Die Wucht des Hiebs ließ sie mit dem Kopf voraus über das Geländer fliegen.

»Was denkst du?«, fragte der Gestaltwandler-Schakal.

Berg Dunn, der in einem Clubsessel in seiner Hotelsuite in Mailand saß, betrachtete den Mann, der ein schwarzes Jackett hochhielt.

»Was denke ich worüber?«, fragte Berg.

»Das Jackett. Für meine Show heute Abend.«

Berg zuckte die Achseln. »Ich weiß nicht.«

»Du musst doch eine Meinung haben.«

»Habe ich nicht. Ich habe glücklicherweise keine Meinung dazu, was ein erwachsener Mann, der nicht ich bin, anziehen sollte.«

Der Schakal seufzte. »Du bist zu nichts zu gebrauchen.«

»Ich habe die Aufgabe, deine verrückten Fans daran zu hindern, dich aufzuspüren und dir das Fleisch von den Knochen zu reißen. Das war's. Das ist alles, was ich tun soll. Ich habe nie gesagt, dass ich dir in Sachen Mode weiterhelfen würde.«

Der Schakal verdrehte die Augen, legte das Jackett aufs Bett und starrte es an. Als erwarte er, dass es tatsächlich zu ihm sprechen würde.

Berg hätte sich gerne über diesen lächerlichen Job beklagt, aber wie konnte er das, wenn es der beste war, den er seit Jahren gehabt hatte? Einem sehr reichen, sehr höflichen Schakal auf Schritt und Tritt zu folgen, damit dieser für schreiende Fans in fremden Ländern Klavier spielte, war die coolste Nummer aller Zeiten.

Von allem nur das Beste: Jets. Essen. Frauen. Nicht dass Berg die Sache mit den Frauen allzu oft ausgenutzt hätte. Er wusste, dass die meisten nur versuchten, über ihn an Cooper Jean-Louis Parker heranzukommen. Coop war derjenige, der jeden Abend rausging, auf die Steinway-Klaviere einhämmerte, Dinge mit den Fingern tat, die selbst Berg faszinierend fand, und all diese entzückenden weiblichen Wesen mit seinem attraktiven Schakal-Aussehen betörte.

Berg war nur der Mann, an dem sie vorbeimussten, damit sie an das Musikgenie herankamen. Und im Gegensatz zu einigen seiner Freunde gehörte es nicht zu Bergs Lieblingsbeschäftigungen, sich von schönen Frauen benutzen zu lassen.

Es war erträglich, aber nicht seine Lieblingsbeschäftigung.

»Ich kann mich nicht entscheiden«, gestand der Schakal schließlich.

»Ich weiß, wie schwer es ist, zwischen einem schwarzen Jackett und einem *anderen* schwarzen Jackett zu wählen. Welches passt denn zu deinem schwarzen Rollkragenpullover?«

»Es ist nicht einfach ein *anderes* schwarzes Jackett, du Bauer. Es ist der Unterschied zwischen reinem Schwarz und Anthrazit.«

»Wir müssen einen Zug erwischen«, rief Berg Coop ins Gedächtnis. »Also, könntest du das beschleunigen ...?«

Beide Gestaltwandler fuhren zusammen und richteten den Blick auf den Balkon vor dem Zimmer, durch dessen offene Türen die frische Morgenluft hereinwehte.

Wieder mal ein verrückter weiblicher Fan, der versuchte, in Coops Zimmer einzudringen? Einige dieser Frauen, alles Vollmenschen, waren zu jeder Verrücktheit bereit, nur auf die *Chance* hin, im Bett des »Maestro« zu landen.

Seufzend erhob sich Berg und ging durch das große Zimmer auf die Glasschiebetüren zu. Es sah aus, als würde er schon wieder einer bedauernswerten Frau das Herz brechen müssen.

Aber er blieb stehen, als er sie sah. Eine braunhäutige Frau, splitternackt. Was an und für sich nichts Ungewöhnliches war. Die Frauen, die versuchten, sich in Coops Zimmer zu schleichen – ganz gleich, in welchem Land sie sich befanden –, waren häufig nackt.

Was Berg wie angewurzelt stehen bleiben ließ, war die Tatsache, dass *dieser* Frau Blut aus der Schulter lief. Blut von einer Schussverletzung.

Berg bedeutete Coop, zurückzutreten. »Geh ins Badezimmer«, befahl er.

»Oh, ich bitte dich. Ich will sehen, was ...«

»Es ist mir egal, was du willst. Geh ins ...«

Sie hörten auf, sich zu streiten, als sie den Mann in schwarzer Militärmontur sahen, der mit einem Gewehr, einer Handfeuerwaffe und mehreren Messern bewaffnet war. Er rutschte in großer Geschwindigkeit an einem Seil herunter und landete auf dem Geländer ihres Balkons.

Berg legte eine Hand auf die Waffe, die er in einem Holster an seiner Seite trug, und stellte sich vor Coop.

»Geh ins Badezimmer, Coop«, befahl er mit leiser Stimme.

»Wir müssen ihr helfen.«

»Tu, was ich dir sage, und ich werde ihr helfen.«

Der Mann in Schwarz ließ sich auf den Balkon fallen, packte die bewusstlose Frau am Arm und rollte ihren schlaffen Körper herum.

»Jetzt, Coop. Los.«

Berg trat vor, die Waffe bereits in der Hand. Der Mann auf dem Balkon zog seine Pistole und drückte den Lauf an den Kopf der Frau.

Berg zielte mit seiner 45er und brüllte: »Hey!«

Der Mann schaute hoch und hob die Waffe. Ihre Blicke trafen sich, die Finger auf den Abzügen ihrer Pistolen. Beide Männer musterten sich gegenseitig. Und das war der Moment, in dem die Frau sich bewegte. Schnell. So schnell, dass Berg wusste, dass sie kein Vollmensch war, was sofort alles veränderte.

Die Frau packte die Hand mit der Pistole ihres Angreifers und drückte sie zur Seite, damit er seine Aufgabe nicht zu Ende bringen konnte. Mit ihrer freien Hand boxte sie dem Mann wiederholt ins Gesicht.

Blut quoll aus seiner zerschmetterten Nase über seine Lippen. Seine Augen wurden glasig.

Ohne das Handgelenk des Mannes loszulassen, stand die Frau auf. Sie war groß. Vielleicht eins achtzig, eins fünfundachtzig. Mit breiten, starken Schultern, Armen und insbesondere Beinen. Wie eine viel zu groß geratene Turnerin.

Sie packte ihren Angreifer mit einer Hand an der Kehle und hob ihn ohne große Anstrengung über das Balkongeländer. Dann ließ sie ihn los und fuhr aus ihrer rechten Hand die längsten Krallen aus, die Berg je gesehen hatte.

Nachdem sie sich von dem Angreifer abgewandt hatte, schlug sie mit den Krallen nach dem Seil, an das der Mann sich noch klammerte. Berg wand sich ein wenig angesichts der verzweifelten Schreie des Mannes, während er in die Tiefe stürzte.

Das war der Moment, in dem die Frau Berg sah. Ihre Krallen – die aus überraschend kleinen Händen kamen – waren immer noch ausgefahren. Ihr Blick konzentrierte sich auf ihn und sie zog ein ganz klein wenig die Schultern hoch. Sie machte sich für einen Angriff bereit. Um den Mann zu töten, der sie als Gestaltwandler outen konnte, vermutete Berg. Sie hatte noch nicht die Zeit gehabt, um zu verarbeiten, dass er selbst auch einer war. Außerdem trug er eine Waffe, was keine guten Absichten vermuten ließ.

»Alles okay«, sagte Berg schnell und steckte seine Waffe wieder ins Holster. »Alles okay. Ich tue Ihnen nichts.«

»Ja«, meldete Coop sich hinter ihm zu Wort. »Wir wollen nur helfen.«

Berg stieß frustriert den Atem aus. »Ich dachte, ich hätte dir gesagt, dass du ins Badezimmer gehen sollst.«

»Ich wollte sehen, was passiert.« Coop trat neben Berg. »Wir sind auch Gestaltwandler«, erklärte er und ließ sein gottverdammtes betörendes Lächeln sehen. Als sei das hier der richtige Zeitpunkt für so etwas!

Aber die Frau verdrehte nur in stummem Ärger die Augen und trat vollends in den Raum. Sie ging direkt an Berg und Coop vorbei zur Zimmertür.

»Warten Sie«, rief Berg. Als sie sich zu ihm umdrehte und fragend eine Augenbraue hochzog, rief er ihr ins Gedächtnis: »Sie sind nackt.«

Er ging zu seiner bereits gepackten Reisetasche und zog ein schwarzes T-Shirt heraus.

»Hier«, sagte er und reichte es ihr.

Sie warf sich das T-Shirt über und er sah, dass er ihr eins seiner liebsten Band-T-Shirts von einem Fishbone-Konzert gegeben hatte, bei dem er vor Jahren zusammen mit seinen Eltern und Geschwistern gewesen war.

»Ihre Schulter«, erinnerte Berg die Frau und beschloss, kein Theater wegen des T-Shirts zu machen. Vor allem, da sie darin so süß aussah.

Sie schüttelte den Kopf und machte noch einen Schritt in Richtung Tür. Doch ein Krachen aus dem Wohnzimmer der Suite veranlasste Berg, mit einer Hand den Arm der Frau zu packen und mit der anderen Coop quer durchs Schlafzimmer ins Bad zu schieben.

Berg stellte sich dem neuen Eindringling entgegen und zog die Frau hinter sich.

Zwei Pistolenschüsse trafen Berg im unteren Bereich seiner Brust – der Mann hatte abgedrückt, ohne Berg ganz zu sehen, und er hatte einen Menschen von normalerer Größe erwartet.

Was Berg einiges verriet. Offensichtlich hatte er es mit einem Vollmenschen zu tun. Mit einem bestens ausgebildeten Vollmenschen. Einem Exsoldaten wahrscheinlich.

Einem Exsoldaten mit dem Befehl, zu töten.

Wenn der Mann die Frau hätte entführen wollen, hätte er verdammt noch mal dafür gesorgt, dass er wusste, wen oder was er vor sich hatte, bevor er abdrückte. Aber er wusste es nicht. Er schaute nicht nach, weil es ihm egal war. Alle im Raum sollten sterben.

Dieses Wissen – diese *Einsicht* – tat nichts anderes, als Berg zu ärgern.

Wer lief herum und versuchte, eine nackte, unbewaffnete Frau zu töten?, wollte die analytische Seite in ihm wissen.

Doch der Grizzly-Anteil von ihm scherte sich darum kein bisschen. Er wusste nur, dass er angeschossen worden war. Und auf einen Grizzly zu schießen, ohne ihn sofort zu töten … das war immer eine außerordentlich schlechte Idee.

Ein Knurren kroch aus Bergs Kehle und die Muskeln zwischen seinen Schultern wuchsen zu einem gesunden Grizzlybuckel. Er schaffe es nur noch mit knapper Not, sich nicht ganz zu verwandeln, aber sein Grizzlybärenzorn brach aus ihm heraus und sein Brüllen ließ die Fenster klirren. Die Badezimmertür hinter ihm schlug zu. *Jetzt* war der Schakal vernünftig genug, sich zu verstecken.

Der Eindringling wich rasch zurück, weil er begriff, dass irgendetwas nicht stimmte, ohne es ganz zu verstehen. Und deshalb rannte er nicht weg.

Er hätte es lieber tun sollen.

Mit einem einzigen Schritt war Berg direkt vor ihm, riss ihm die Waffe aus der Hand und wirbelte den Mann herum, sodass er ihn an der Kehle zu fassen bekam. Er tat das, weil gerade zwei weitere

Männer in Kampfausrüstung durch die Eingangstür, die sie nur Sekunden zuvor eingetreten hatten, in die Suite eindrangen.

Mit der Waffe des Mannes schoss Berg jedem der beiden Neuankömmlinge zweimal in die Brust. Sie trugen Schutzwesten, sodass er sich keine Sorgen machte, dass er sie getötet haben könnte.

Nachdem er beide Angreifer unschädlich gemacht hatte, konzentrierte Berg sich wieder auf den Mann, den er immer noch festhielt. Er wirbelte ihn herum, weil er ihn fragen wollte, was zur Hölle hier vor sich ging. Er war jetzt gelassener. Er konnte vernünftig sein.

Aber als der Mann sich wieder zu ihm umdrehte, verspürte Berg ein kleines Zwicken in der Seite. Er schaute langsam nach unten … und entdeckte ein Kampfmesser, das aus seinem Fleisch ragte.

Zuerst war er angeschossen, jetzt mit einem Messer verletzt worden.

Sein Grizzlyzorn kochte wieder hoch. Als der Eindringling – der seinen Fehler schnell erkannte – versuchte, sich aus Bergs Umklammerung freizukämpfen, während er verzweifelt um sein Leben bettelte, umfasste Berg mit beiden Händen das Gesicht seines Angreifers und drückte zu … bis der Kopf des Mannes wie ein Pickel aufplatzte.

Es waren das Blut und die Knochen, die ihm ins Gesicht flogen, die Berg wieder ins Hier und Jetzt zurückholten. Er schaute auf seine Hände voller Hirnmasse herunter.

»Oh, Scheiße«, murmelte er. »Scheiße, Scheiße, Scheiße.«

Die anderen Eindringlinge, die den Schmerz von den Schüssen ignorierten, rappelten sich hoch und rannten aus der Suite. So weit weg von Berg, wie sie nur konnten.

Jemand berührte ihn am Arm. Er drehte sich ein Stück weit und sah die Frau. Sie hob die Hände und belohnte ihn mit einem sanften Lächeln.

Da beruhigte er sich endlich. »Scheiße«, sagte er noch einmal und streckte ihr die Hände entgegen.

Sie trat näher, umfasste seine Handgelenke und sah sich die Klinge genau an, die immer noch aus seiner Seite ragte. Dann untersuchte sie die Wunden an seiner Brust. Anders als die Eindringlinge hatte er keine Schutzweste angehabt. Die Kugeln hatten ihn zwar getroffen und waren in seinen Körper eingedrungen, doch er war ein Grizzly. Selbst wenn er seine menschliche Gestalt hatte, musste man schon größere Waffen mitbringen, wenn man ihn mit ein oder zwei Schüssen niederstrecken wollte.

Berg genügte ein Blick auf die Frau, um zu wissen, dass sie ihm helfen wollte. Sie würde es versuchen. Doch war sie in größerer Gefahr als er und sie musste weg von hier.

»Gehen Sie«, sagte er zu ihr und sie runzelte die Stirn. »Im Ernst. Gehen Sie.«

Er löste sich von ihr, trat zu seiner Reisetasche, hielt inne, um sich an einem Handtuch das Blut von den Händen zu wischen, holte eine 45er Ruger heraus und reichte sie ihr. »Nehmen Sie die hier.«

Ihre Augen verengten sich wieder und sie schaute zu ihm hoch.

»Ich habe das Gefühl, dass Sie die Waffe dringender brauchen als ich«, drängte er. »Aber gehen Sie.«

Sie nahm die Waffe, zog das Magazin heraus, vergewisserte sich mit einer Hand, dass die Waffe ungeladen war, bevor sie das Magazin wieder hineinsteckte und eine Patrone in die Kammer schob.

Ja. Die Frau wusste, wie sie mit seiner 45er umgehen musste. Vielleicht besser als er selbst.

Sie drückte mit ihrer freien Hand seinen Unterarm, dann schlüpfte sie mit einem Nicken zur Tür hinaus und verließ die Suite.

»Kann ich jetzt rauskommen?«, fragte Coop aus dem Badezimmer. Bevor Berg verneinen konnte, stand der Schakal auch schon hinter ihm.

»Nun …«, murmelte Coop, »das war interessant.«

»Das kannst du laut sagen.«

»Du blutest.«

»Ja. Und bitte hör auf, an dem Messer herumzuspielen.«

Coop nahm die Hand vom Griff der Klinge und versuchte, zerknirscht zu wirken. »Entschuldige. Tut es weh?«

Berg musterte ihn stirnrunzelnd und Coop nickte. »Ich werte diesen funkelnden Blick mal als ein Ja. Vielleicht sollte ich an der Rezeption anrufen.« Er ging zum Telefon auf dem Nachttisch neben dem Bett. »Glaubst du, wir erwischen unseren Zug noch?«, fragte der Schakal.

Langsam drehte Berg sich zu Coop um und bemerkte: »Du bist an das reale Leben nicht gewöhnt, nicht wahr?«

»Nicht wirklich. Warum?«

»Das hier wird hohe Wellen schlagen.« Als Coop den Kopf schief legte wie ein verwirrter Schnauzer, fügte Berg hinzu: »Jemand ist gewaltsam in das Hotelzimmer eines großen Penis eingedrungen.«

»Das heißt *Pianist*.«

»Ja. Habe ich doch gesagt.« Nein. Hatte er nicht. »Wie dem auch sei, wir müssen unsere Geschichten absprechen. Und wir sollten das Mädchen da heraushalten.«

»Oh.« Coop dachte einen Moment lang nach, den Hörer lose in der Hand. Schließlich sagte er: »Ich rufe zuerst meine Schwester an.«

»Warum?«

»Wenn irgendjemand das regeln kann, dann ist es Toni.« Coop ächzte. »Aber sie wird böse auf dich sein. Du weißt schon, weil du es zugelassen hast.«

»Du bist am Leben, oder nicht?«

»Ja, und ich bin dir ziemlich dankbar. Ich mache dich auch überhaupt nicht für die Sache hier verantwortlich. Aber meine Schwester ist nicht so … aufgeschlossen. Darauf solltest du dich innerlich einstellen.«

»Ich bin mir sicher, ich werde mit einer Schakalin fertig.«

Coop nahm sein Handy, um seine Schwester anzurufen, und kicherte: »Ja, klar. Natürlich wirst du das.«

Berg schaute zu der offenen Schlafzimmertür und fragte: »Glaubst du, ich werde sie je wiedersehen?«

»Das Mädchen, das nie hier war?«, fragte Coop zurück. Er zuckte die Achseln, während er darauf wartete, dass am anderen Ende der Leitung jemand an den Apparat ging. »Wenn du die Liste der ›meistgesuchten Personen‹ des FBI im Auge behältst … sicher! Denn sehen wir den Tatsachen ins Auge: Das ist eine Frau, der der Ärger zu folgen scheint wie ein hilfloser Welpe.«

Charlie ignorierte den Aufzug und suchte die Treppe. Sie lief nach unten zur Tiefgarage. Während sie weiter die Waffe des freundlichen Riesen hielt, öffnete sie vorsichtig die Tür. Sie spähte durch den Spalt, sah niemanden und lief daraufhin auf den Ausgang zu.

Sie fädelte sich durch die teuren Autos hindurch, hielt sich geduckt und bewegte sich schnell. An einem Parkdiener vorbei flitzte sie hinaus aus der Tiefgarage. Charlie ging die Straße entlang und wich einer überraschenden Anzahl von Leuten aus, die so früh schon unterwegs waren. Sie hatte gerade die Ecke erreicht, als ein Mann in schwarzer Militärausrüstung und schusssicherer Weste vor sie trat. Sie hoben beide gleichzeitig ihre Waffen und Charlie war bereits dabei, abzudrücken, als ein Lamborghini auf den Bordstein zuschoss und den Mann rammte. Die Kugeln beider Waffen verfehlten ihr Ziel, aber jetzt lag ihr Angreifer auf dem Boden und schrie vor Schmerz, während das Beifahrerfenster heruntergelassen wurde und Charlie das vertraute – und, wenn man die Umstände bedachte, schockierend beiläufige – »Hey, Arschgesicht« hörte.

Die zierliche Asiatin mit dem blau gefärbten Kurzhaarschnitt grinste sie an. Sie waren Schwestern, aber das würde man nie erraten, wenn man sie anschaute.

Max MacKilligan fragte: »Hast du mich vermisst?«

»Kannst du einfach losfahren?« Charlie setzte sich auf den Beifahrersitz. »Aber sei vorsichtig. An deinem Kühlergrill klebt noch ein *Mensch*.«

»Hätte ich ihn dich erschießen lassen sollen? Was für eine Schwester wäre ich denn dann?«

»Eine, die ich nicht in einem italienischen Gefängnis besuchen muss.«

Kichernd legte Max den Rückwärtsgang ein und Charlie versuchte, das kurzlebige Betteln und das langgezogene Knirschen zu ignorieren, das unter dem Wagen zu hören war, als sie abfuhren. Charlie wusste, dass ihre Schwester sich absichtlich die Zeit nahm, um noch einmal rückwärts über den Schützen zu fahren. Max »Kill it Again« MacKilligan war für ihre Rachsucht bekannt.

Als sie endlich durch den frühmorgendlichen Mailänder Verkehr fuhren, zeigte Max nach unten. »Schau neben deine Füße.«

Charlie tat es und fand ein Kästchen. Sie öffnete es und stieß einen erleichterten Seufzer aus.

»Danke«, sagte sie und setzte die Sonnenbrille auf. Plötzlich konnte sie wieder scharf sehen. Sie hatte keine Zeit gehabt, sich ihre normale Brille vom Nachttisch zu nehmen, bevor sie flüchten musste, und sie hatte sich schon seit einigen Monaten nicht mehr ihr Rezept für die Kontaktlinsen abgeholt. Sie vergaß es immer wieder. Also war während der letzten fünfzehn Minuten alles verschwommen gewesen. Selbst der hilfreiche Riese war nur ein großer, verschwommener Fleck gewesen. Sie hätte ganz dicht an sein Gesicht gehen müssen, um ihn identifizieren zu können. Aber er hatte sich süß *angehört*. Und so nett!

»Besser?«, fragte Max sie.

»Viel besser. Ich kann jetzt *sehen*, wer versucht, mich umzubringen.« Sie schaute zu Max hinüber und wand sich sofort bei dem Anblick, der sich ihr bot. »Oh, wow. Sie haben dich wirklich windelweich geschlagen.«

»Entschuldige mal«, erwiderte Max entrüstet. »Diese Schnittwunden und Blutergüsse habe ich nicht wegen der Männer, die da waren, um mich zu töten. Um diese Säcke habe ich mich mit meinem üblichen Elan gekümmert.«

»Aha. Wie ist es denn dann passiert?«

»Warum müssen wir darüber reden? Unser Leben ist in Gefahr.«

Charlie betrachtete ihre Schwester ein paar Sekunden lang, bevor sie drauflos riet: »Wieder Eichhörnchen?«

»Die haben angefangen!«

»Es ist doch schön zu sehen, dass sich nichts geändert hat, seit wir uns das letzte Mal gesehen haben.« Charlie sah aus dem Fenster, aber sie musste den Blick abwenden. Ihre Schwester fuhr so schnell, dass ihr davon irgendwie übel wurde. »Was ist mit Stevie?«

»Ich warte auf Neuigkeiten von ihrem Boss.«

»Von ihrem Boss?«

»Sie geht nicht an ihr Handy und ihre Assistenten haben keine Ahnung, wo sie ist.«

»Befindet sie sich immer noch in der Schweiz?«

Max zuckte die Achseln. »Vielleicht. Und hör auf, mich so anzufunkeln.«

»Wie schwer ist es, eine einzelne Frau im Auge zu behalten? Sechs Monate ich und sechs Monate du. Das war unsere Abmachung.«

»Warum sind wir immer noch für sie verantwortlich?«

»Weil sie unsere Schwester ist und wir sie lieben und wenn wir nicht auf sie aufpassen, lässt sie sich mit den falschen Leuten ein und *zerstört die Welt*. Willst du das?«

»Immer stellst du mir diese Frage und immer bist du enttäuscht von meiner Antwort.«

Charlie seufzte. »Nun, wir müssen sie finden.«

»Ich weiß.«

»Sie ist in genauso großer Gefahr wie wir.«

»Ich weiß.«

»Sie haben uns ausgebildetes Militär auf den Hals gehetzt.«

»Ich weiß.«

»Und ich weiß, dass dieses Auto gestohlen ist.«

»*Natürlich* ist es gestohlen.«

»Nun, das scheint ein Problem zu sein, da wir Cops hinter uns haben.«

»Schnall dich an.«

»Oh Gott.« Charlie legte den Sicherheitsgurt an. »Wir werden sterben, bevor wir überhaupt bei ihr sind.«

»Hör auf zu jammern. Du weißt doch, wie schwer es ist, uns zu töten.«

»Schwer zu töten bedeutet nicht, dass wir nicht bei tragischen Autounfällen Körperteile verlieren können. Und es wird uns wahrscheinlich nicht gelingen, unsere kleine Schwester zu retten, wenn wir beide im Gefängnis sitzen … ohne Beine.«

»Woher hast du nur diese Idee, dass wir die Beine verlieren könnten?«

»Es könnte passieren!«

Max schaltete einen Gang herunter und fuhr beim Abbiegen schwungvoll um einen Pick-up-Truck herum, wobei sie dessen vorderen Kotflügel nur knapp verfehlte.

»Ich verstehe nicht, warum du dir unbedingt über etwas Sorgen machen willst, das vielleicht passiert und vielleicht auch nicht«, bemerkte Maxie beiläufig, als eine Gruppe von Nonnen ihr aus dem Weg sprang. Ihre panischen Schreie entsetzten Charlie. »Wenn du deine Beine verlierst, werde ich dir einen Rollstuhl mit einem Ferrarimotor besorgen, der in vier Sekunden von null auf hundert beschleunigt. Wäre das nicht toll?«

Die Hände gegen das Armaturenbrett gepresst, gestand Charlie: »Ich hätte meine Beine lieber an meinem Körper befestigt.«

»Das ist so engstirnig. Was ist mit bionischen Beinen?«

»Schulkinder«, warnte Charlie.

»Bionische Beine wäre so cool.«

»Schulkinder!«

»Ich sehe sie. Beruhig dich.«

Der Wagen hielt an – irgendwie – und Max wartete geduldig, bis die Kinder und ihre Lehrer die Straße überquert hatten. Aus dem Nichts begann Max, ein Lied der Fernsehserie »H.R.Pufnstuf« zu pfeifen. Charlie hatte keine Ahnung, warum, aber sie gab ihrer Mutter die Schuld. Sie hatte diesen Scheiß geliebt und ihre Kinder gezwungen, sich die Wiederholungen anzusehen, als sie noch zu klein gewesen waren, um sich dagegen zu wehren.

Sobald die Kinder sicher aus dem Weg waren, trat Maxie wieder aufs Gaspedal und donnerte die Straße entlang. Immer noch vor sich hinpfeifend.

»Wir brauchen einen neuen Wagen«, eröffnete Charlie ihrer Schwester, als die Cops sie wieder eingeholt hatten.

»Was gibt es an diesem hier auszusetzen?«

»Eine Menge.«

Maxies Telefon klingelte und sie ließ es sich nicht nehmen, eine Hand vom Lenkrad zu nehmen, um den Anruf entgegenzunehmen..

»Aha. Ja, klar. Okay. Vielen Dank, Sir.«

Sie beendete das Gespräch und sah Charlie an.

»Was ist?«, drängte Charlie, als ihre Schwester nichts sagte.

»Sie brauchte eine Pause.«

»Eine Pause? Sie brauchte eine Pause? Was bedeutet das?«

»Du weißt, was das bedeutet, Charlie.«

»Weiß ich das?« Charlie dachte einen Moment lang nach, dann verdrehte sie die Augen. »Oh, ich bitte dich! Schon wieder?«

»Du kennst sie doch. Aber hey! Zumindest ist sie noch in der Schweiz. Wir werden im Handumdrehen dort sein.«

»Aber sie ist in einer Nervenheilanstalt! Keiner *Ferienanlage*!«

»Für sie sind *alle* Nervenheilanstalten Ferienanlagen. Außerdem könnte es schlimmer sein«, erwiderte Max fröhlich. »Das alles könnte so viel schlimmer sein!«

Charlie schüttelte den Kopf. »Mann, ich wüsste wirklich nicht, wie.«

Kapitel 2

Der schwarze SUV, ein Mercedes-Benz AMG G63, bremste vor der Klinik für geistige Gesundheit und Rehabilitation.

Normalerweise kamen nur die wohlhabendsten europäischen Adligen hierher. Die meisten Amerikaner wussten nicht einmal von der Existenz der Klinik, aber Charlies kleine Schwester hatte eine Gabe – sie konnte hochkarätige Nervenheilanstalten überall auf der Welt aufspüren. Und sie alle schienen die gleichen Annehmlichkeiten zu bieten wie eine Kurklinik: Fünf-Sterne-Köche, die die Mahlzeiten zubereiteten, und Gruppentherapien, etwas, das Charlies Schwester offensichtlich gefiel.

Die erste Klinik, in die Stevie Stasiuk-MacKilligan sich in ihrem Leben hatte einliefern lassen, war irgendwo in Malibu und kostete einen Tausender am Tag. Doch sie bezahlte nie auch nur einen Cent. Darum kümmerte sich das Labor, in dem sie ein »Praktikum« machte. Das Labor war auch die Erklärung dafür, warum sich niemand bemühte zu fragen, warum eine damals noch Vierzehnjährige sich ohne ein Elternteil oder einen Vormund in Sichtweite in eine psychiatrische Klinik in Malibu einliefern konnte.

Und was entdeckten diese brillanten und kostspieligen Psychologen über die Jahre hinweg bei Stevie? Genau das, was Charlie bereits wusste: Dass ihre Schwester ein übernervöses Wunderkind war, das unter extremen Panikattacken litt, wie jedes verlassene Kind es tun würde.

Stevies Mutter, eine sibirische Tigerin aus einer sehr wohlhabenden Familie, war eines Tages vor Carlie Taylors Tür aufgetaucht und hatte sie gebeten, für »einige Stunden« auf die fünfjährige Stevie aufzupassen. Charlies Mom, eine Wölfin, die es nie gelernt hatte, zu irgendjemandem Nein zu sagen (außer zu Charlies Großvater), stimmte zu. Nach drei Tagen erklärte sie Charlie und Max, dass es so aussehe, als würde ihre kleine Schwester bleiben. Ob das nicht großartig sei?

Damals fand Charlie das überhaupt nicht großartig. Es war schlimm genug, dass sie bereits eine der ausrangierten Gören ihres Vaters aufgenommen hatten; jetzt hatten sie zwei. Aber Ersteres war zumindest nachvollziehbar gewesen, weil Max' Mutter wegen eines bewaffneten Raubüberfalls in einem bulgarischen Gefängnis einsaß. Sie *konnte* sich nicht um ihr Kind kümmern. Aber die Tigerin … sie war einfach weggegangen und hatte ihre eigene Tochter zurückgelassen.

Natürlich ließ Stevie sich davon nicht beirren. Ihrer Meinung nach gab es so viele Dinge im Universum, um die sie sich Sorgen machen musste, dass die Tatsache, dass ihre Mutter sie zurückgelassen hatte, nicht wichtig genug schien, um einen Groll zu hegen.

Also tat Charlie das für sie. Sie war sehr gut im Grollhegen. Man brauchte nur ihren idiotischen Vater zu fragen.

Charlie traf sich mit ihrer Schwester vor dem SUV.

»In Ordnung«, begann Charlie. »Du weißt ja, wie das läuft.«

Max nickte und erwiderte tonlos: »Reingehen. Alle umbringen. Stevie rausholen.«

Charlie schloss kurz die Augen, nahm sich einen Moment Zeit, um durchzuatmen und zu versuchen, die Schultern zu entspannen. Als sie das Gefühl hatte, dass sie nicht herumbrüllen würde, sagte sie: »Nein, so läuft es nicht.«

»Könnte es aber.«

»Könnte, tut es aber nicht. Es läuft so, dass wir reingehen, ich das Reden übernehme und du nicht auf Stevie rumhackst.«

»Sie ist zu empfindlich.«

»Aber nur weil du das bereits weißt, wirst du nicht auf ihr herumhacken.«

Max lächelte. »Was ist, wenn ich es aber machen will?«

»Dann werde ich ihr diesmal erlauben, dir ein Auge auszukratzen. Und du wirst dann eine Augenklappe tragen … und wir können dich Einauge McGee nennen.«

Lachend ging Max zur Eingangstür, dicht gefolgt von Charlie.

Als sie eintraten, schauten sie einander an. Stevie hatte wirklich den Bogen raus, wenn es darum ging, wunderschöne Kliniken für psychisch Kranke zu finden.

Hier gab es weißen Marmor und wunderschöne weiße Möbel. Vor weißen Sofas lagen atemberaubende und teure orientalische Teppiche. Couch- und Beistelltische aus weißem Marmor standen darauf. Deckenhohe Fenster zeigten die bemerkenswerte Schönheit der Schweizer Landschaft, die das Gebäude umgab.

»Ihr macht Witze«, murmelte Max und starrte zu den kathedralenartigen Decken empor. »Ich glaube, ich fühle mich psychisch krank, denn ich könnte etwas Valium und eine Massage gebrauchen.«

»Hör auf damit.« Charlie packte Max am Arm und zog sie zur Anmeldung, die nicht weiß war, sondern aus durchsichtigem Glas bestand und tipptopp sauber war. Die atemberaubende Frau, die auf der anderen Seite in einem weißen Hemd und einem engen weißen Rock saß, entblößte perfekte weiße Zähne.

»Hallo. Sprechen Sie Englisch?«, fragte Charlie auf Deutsch.

»Ja«, antwortete sie sofort. »Kann ich Ihnen helfen?«

»Ich würde gern meine Schwester besuchen. Stevie MacKilligan.«

»Nehmen Sie doch bitte Platz. Ich verständige ihren Arzt.«

»Danke.«

Charlie ging zu einem der Sofas, aber es war so weiß, dass sie ihren alles andere als sauberen Leib nicht darauf niederlassen wollte. Max hatte ein zusätzliches Paar Jeans und knallrote Keds in Charlies Größe dabeigehabt – sie hatten immer Ersatzkleidung füreinander. Daher spazierte Charlie jetzt nicht nur mit einem T-Shirt bekleidet herum, aber sie hatte keine Zeit für eine Dusche gehabt. Stattdessen hatten sie nur einen kurzen Stopp an einer Tankstelle gemacht, wo Charlie sich das Blut abgewaschen hatte und sich von Max die Schulter verbinden ließ, damit die Schusswunden ohne größere Probleme heilen konnten.

Für Charlie wäre nichts demütigender gewesen, als von diesem strahlend weißen Sofa aufzustehen und einen beklagenswerten

Fleck zu hinterlassen. Aber Max schien damit kein Problem zu haben. Sie drehte sich um und ließ sich auf das Sofa fallen, als gehöre es ihr.

Max machte sich sowieso um nichts solche Sorgen wie Charlie, was Charlie beunruhigte. Sie wusste, dass Max tollkühn sein konnte, auch wenn es gar nicht notwendig war. Doch Max gelang es irgendwie immer, sich aus jeder Situation, in die sie sich hineinmanövriert hatte, auch wieder herauszuwinden. Und wenn sie sich nicht herauswinden konnte, griff sie, ohne lange zu fackeln, frontal an.

So waren sie, die Honigdachse.

Max zog einen kleinen Beutel Erdnüsse mit Honigkruste aus der Gesäßtasche ihrer Jeans und fing an zu knabbern, wobei sie nach jeder Handvoll, die sie sich in den Mund steckte, die Hände an der weißen Couch abwischte.

»Mann.«

Max schaute auf. »Was?«

»Du bist so ein Ferkel.«

»Na und?« Max lächelte dieses entzückende, aber trotzdem abstoßende Lächeln. »Wir müssen das Sofa ja nicht sauber machen.«

»Mann.«

Charlies Schwester verdrehte die Augen, schob das fast leere Beutelchen zurück in ihre Jeans und wischte sich die Hände aneinander ab. Dann deutete sie auf eine Stelle hinter Charlie, und als Charlie sich umdrehte, sah sie einen Mann auf sich zukommen. Er trug einen weißen Kittel und hielt ein Klemmbrett in der Hand. Außerdem hatte er eine goldene Rolex am Arm und Gucci-Lederschuhe an den Füßen.

Der Arzt hatte einen kostspieligen Geschmack.

Lächelnd streckte Charlie ihm sofort die Hand hin.

»Meine Damen«, begrüßte der Arzt sie und umfasste Charlies Hand. Er wollte auch Max die Hand schütteln, aber Max starrte ihn nur an, bis er die Hand zurückzog. Sie machte sich nicht einmal die Mühe, vom Sofa aufzustehen.

»Sprechen Sie Englisch?«, fragte Charlie.

»Natürlich«, antwortete der Arzt. »Ich bin Doktor Gärtner. Ich bin der Leiter der Klinik. Kommen Sie. Lassen Sie uns in meinem Büro weiterreden.«

Er führte Charlie und ihre Schwester durch einen breiten Flur, in dem man durch weitere große, prächtige Fenster einen Blick auf den Hof vor dem Gebäude hatte.

»Ihr Zentrum ist wunderschön«, bemerkte Charlie im Gehen.

»Ah, danke«, sagte er auf Deutsch, dann korrigierte er sich und sprach wieder Englisch. »Vielen Dank, meine ich. Wir sind sehr stolz darauf.« Er führte sie in ein großes Büro mit weißen Ledersesseln und Sofas und noch mehr Fenstern, die weitere beeindruckende Aussichten boten.

Kein Wunder, dass ihre Schwester hierhergekommen war, um sich eine Pause zu gönnen. Es war viel besser als jedes Wellnesshotel, in dem Charlie je gewesen war.

»Bitte. Nehmen Sie Platz«, bot der Arzt mit einem Lächeln an. Charlie bemerkte sofort, dass der Mann bis auf eine Lampe, eine Schreibunterlage und ein Telefon nichts auf seinem Schreibtisch liegen hatte.

Maxie ließ sich auf einen Sessel fallen und schwang die Beine hoch, um sie auf den gläsernen Schreibtisch des Mannes zu legen, bevor Charlie sie wieder herunterstieß. Mit einem warnenden Blick auf ihre grinsende Schwester setzte Charlie sich ganz vorne auf die Kante ihres Sessels. Ihr wurde langsam klar, dass sie Max im Auto hätte lassen sollen.

»Also, wie kann ich den Damen helfen?«

»Wir würden gern unsere Schwester sehen.«

»Ah, unser liebes Fräulein MacKilligan.«

»*Doktor* MacKilligan«, korrigierte Charlie ihn gewohnheitsmäßig. Als Max sie mit einer hochgezogenen Augenbraue ansah, rief sie ihrer Schwester ins Gedächtnis: »Sie hat hart an ihrer Dissertation gearbeitet.«

»Stimmt, stimmt.« Gärtner lächelte immer noch. »Sie ist eine unserer Lieblingspatientinnen hier. Bei unseren Gruppensitzungen ist sie immer sehr hilfreich.«

Max schnaubte, aber Charlie beugte sich schnell vor, um die Aufmerksamkeit des Arztes weiter auf sich zu lenken. »Ich bin so froh, dass sie hier ist und die Hilfe bekommt, die sie braucht, Doktor Gärtner. Aber wir würden sie wirklich liebend gern für ein paar Minuten sehen.«

»Ich bin mir sicher, dass wir etwas arrangieren können ... in einigen Wochen. Zum jetzigen Zeitpunkt ist es zu ... ähm ... früh im Heilungsprozess für ein Treffen mit den Angehörigen. Verstehen Sie?«

Bevor Charlie ihm auf die denkbar höflichste Weise erklären konnte, dass sie das nicht verstand, schlug Max mit der Faust auf den teuer aussehenden Glasschreibtisch und verkündete: »Arschloch, wir wollen sofort unsere Schwester sehen!«

»Max!«, blaffte Charlie und sah ihrer Schwester streng in die Augen. »Könntest du mich das regeln lassen, Schätzchen? Danke.« Charlie wandte sich wieder an den Arzt und zuckte hilflos die Achseln. »Tut mir so leid. Wir hatten eine Menge Stress und ...«

»Da bin ich mir sicher. Aber Sie verstehen schon, dass das ein Teil des Problems ist, nicht wahr?«

Charlie schüttelte den Kopf. »Wie meinen Sie das?«

»Fräulein MacKilligan ...«

»Doktor.«

»... kann sich diese Art Stress von außen, die Sie und ihre Schwester mitbringen, nicht leisten. Wir nähern uns einem Durchbruch. Aber Sie beide ...«

Blinzelnd fragte Charlie: »Sie sagen, dass *wir*« – und sie deutete mit dem Zeigefinger zwischen sich selbst und Max hin und her – »der Grund für Stevies Probleme sind? Ist es das, was Sie uns sagen wollen?«

»Ihre Schwester liebt sie«, betonte Doktor Gärtner. »Aber Sie beide sind ... und es tut mir leid, dass so unverblümt auszudrücken ... ein schrecklicher Umgang für sie.«

Max schnalzte mit der Zunge und sah Charlie an. »Darf ich ihn *jetzt* schlagen?«

»Nein.« Nicht dass Charlie nicht versucht gewesen wäre, Max auf den trefflichen Doktor loszulassen, aber auch wenn dieses Gebäude vielleicht *aussah* wie ein Wellness-Hotel, war es das nicht. Es war eine Nervenheilanstalt. Mit sehr großen Pflegern.

Charlie versuchte es noch einmal. »Ich verstehe Ihre Besorgnis, Herr Doktor. Wirklich. Aber wenn ich nur drei Minuten allein mit meiner Schwester sein könnte, würde ich absolut …«

»Nein«, sagte der Arzt energisch auf Deutsch, wenn auch mit einem selbstgefälligen Lächeln auf dem Gesicht, von dem Charlie sich verzweifelt wünschte, es ihm herunterzuschlagen.

Der Arzt stand auf. »Aber ich werde ihr mitteilen, dass Sie hier waren, wenn ich den Zeitpunkt für richtig halte. Wir bereiten dann ein kontrolliertes Treffen zwischen Ihnen dreien vor. Sehr bald.«

Charlie hätte sich am liebsten über den Schreibtisch gebeugt und dem guten Doktor die Nase abgerissen, aber sie hatte keine Chance dazu. Sie war viel zu beschäftigt damit, Max festzuhalten und sie zurückzuzerren, bevor die Dächsin den Glastisch überwinden und sich um Gärtners Körper schlingen konnte wie eine Python. Charlie stand auf und zog Max hinter sich her, ihr Griff fest auf dem harten Rücken ihrer Schwester.

»Nun«, sagte Charlie und zerrte ihre knurrende Schwester mit sich, »wir freuen uns darauf, von Ihnen zu hören, Herr Doktor. Ich bin mir sicher, Sie haben meine Nummer in Ihren Unterlagen.«

»Natürlich.«

Charlie ging zur Glastür und öffnete sie. Sie schob ihre Schwester hinaus und zischte eine Warnung, als Max sich umdrehte, um wieder in das Büro des Arztes zurückzukehren.

Als sie zur Vorderseite des Gebäudes gingen, schaute Charlie sich um und sah mehrere Pfleger, die ihnen folgten, um sich davon zu überzeugen, dass die beiden Frauen das Gebäude verließen, ohne großen Wirbel zu machen.

Sobald sie draußen waren – die Pfleger standen an den Türen und hinderten sie daran, wieder hereinzukommen –, blieben Charlie und Max vor der Beifahrertür des SUV stehen und sahen sich an.

»Darf ich jetzt reingehen und alle umbringen?«, fragte Max.

»Nein.«

»Du und deine halbhündische Moral. Sie kommt einem immer in die Quere.«

»Ich weiß, du arbeitest hart daran, ein Soziopath zu werden, aber lass es bleiben.«

»Soziopathie liegt im Auge des …«

»… forensischen Psychologen, der für die Staatsanwaltschaft arbeitet?«

Berg wurde in das nächstgelegene Krankenhaus geschickt, um seine Wunden untersuchen zu lassen, aber die Cops vor Ort stellten klar, dass es ihnen nicht gefiel, was Berg und Coop ihnen zu verkaufen versuchten. Die Ermittler wussten, dass die beiden etwas verbargen, sie waren sich nur nicht sicher, was genau das war.

Es half, dass Coop nicht einfach nur Coop war, sondern Cooper Jean-Louis Parker, Meistermusiker und ehemaliges Wunderkind. Die italienischen Behörden konnten sie nicht unbegrenzt unter Druck setzen, vor allem, da sie bereits die Konsequenzen dafür tragen mussten, dass Jean-Louis Parker in ihrer Stadt angegriffen worden war. Jeder Nachrichtendienst – sogar in den Vereinigten Staaten! – berichtete über den Angriff und was dem allseits beliebten amerikanischen Maestro widerfahren war.

Der erste Arzt, der in den Behandlungsraum gekommen war, war ein Vollmensch gewesen, und nachdem er Bergs Wunden untersucht hatte, war er unvermittelt gegangen. Einige Minuten später kam eine Ärztin herein. Sie war älter, mit unglaublich langen Beinen und einem starken, schlanken Körper. Eine Gepardin. Ihre Nase zuckte einmal und sie grinste Berg an.

»Sie haben meinen Kollegen beunruhigt«, sagte sie mit einem entzückenden Akzent auf Englisch. »Er dachte, Sie nähmen Steroide, weil Sie so kräftig sind. Dann hat er gesehen, dass Ihre Wunden bereits zu heilen beginnen …« Sie wusch sich die Hände, trocknete sie ab und zog sich Handschuhe über. »Er hatte vor, Tests zu machen und Sie über Nacht stationär aufzunehmen. Ich habe ihm gesagt, das sei nicht nötig.« Sie grinste und entblößte für einen Moment ihre Reißzähne. »Ich bin der Boss, also muss er auf mich hören. Er hasst es«, fügte sie achselzuckend hinzu, »aber aus irgendeinem Grund scheine ich ihm Angst zu machen.«

Sie beugte sich vor, untersuchte die Wunde in Bergs Seite und drückte an seinem Fleisch herum. Es tat höllisch weh, aber das würde er einer Katze gegenüber nie zugeben.

»Die Verletzung heilt bereits. Es hat keinen Sinn, noch mehr zu tun.« Sie richtete sich auf und betrachtete eingehend die Schusswunden an seiner Brust. »Die verheilen auch, aber ich werde sie noch einmal öffnen müssen, um die Kugeln herauszuholen. Wir wollen schließlich nicht, dass die Haut darüberwächst. Das könnte zu einer Infektion und Fieber führen.« Sie drückte ihm das Handgelenk auf die Stirn. »Gut. Bisher haben Sie kein Fieber. Ich beeile mich. Sie brauchen keine Vollnarkose, bevor ich anfange, oder?«

»Eine örtliche Betäubung wäre … Auuu!«

»Seien Sie nicht so ein großes Bärenbaby«, befahl sie, während sie sich daranmachte, mit sterilisierten Metallinstrumenten in Bergs Fleisch herumzuwühlen.

Berg biss die Zähne zusammen, während sie arbeitete, und wartete darauf, dass es vorbeiging, als die Tür zum Behandlungszimmer aufgerissen wurde.

»Was machen Sie da mit meinem Bruder?«, verlangte eine weibliche Version seiner selbst zu erfahren. »Ich habe ihn draußen wimmern gehört!«

»Ich helfe seinem großen, blöden Bärenarsch«, erwiderte die Ärztin, bevor sie hinter sich schaute … und dann nach oben. Ihre Hände kamen zum Stillstand und ein leises Knurren entwich ihrer Kehle.

»Das ist meine Schwester. Britta«, erklärte Berg, wohl wissend, dass allein die Größe seiner Schwester die Gepardin nervös machte. Grizzlybärinnen waren unter den Gestaltwandlern am gefürchtetsten. Nicht nur beschützten sie geradezu psychotisch die Ihren – egal ob blutsverwandt oder nicht –, sie waren außerdem genau wie die Männchen leicht zu erschrecken. Eine einzige falsche Bewegung konnte einen Gestaltwandler einen Arm kosten. Oder gleich den ganzen Kopf. »Und meine Schwester wird jetzt friedlich sein. Friedlich, weil es mir gut geht.«

Die Ärztin schien das zu akzeptieren, bis auch noch ein männliches Spiegelbild Bergs hereinkam und, nachdem er die Tür hinter sich zugeknallt hatte, wortlos in die Runde funkelte.

Berg seufzte. »Und das ist mein Bruder. Dag. Wir sind Drillinge.«

»Ihre arme Mutter.« Die Ärztin deutete auf die andere Seite des Raums. »Sie beide, da hinüber.«

Britta blaffte ärgerlich: »Sie kommandieren mich nicht heru…«

»Britta … bitte.« Berg bettelte fast. »Hier wird gerade mit Instrumenten in meiner Brust herumgewühlt. Denk einen Moment daran, bevor du noch etwas sagst.«

Mit einem Nicken zog Britta sich sofort in die Ecke des Raums zurück, aber Dag – der wie immer nichts mitbekam – beugte sich vor und sah zu, wie die Ärztin versuchte, die Kugel auszugraben.

Berg wusste, dass sein Bruder nur neugierig war. Medizinische Vorgänge hatten ihn schon immer fasziniert. Aber das bedeutete nicht, dass die Gepardin Verständnis dafür haben würde. Tatsächlich fing sie gerade an, ein wenig zu schwitzen. Und es war kühl im Raum.

Aber bevor Berg seinen Bruder mit einem Knurren warnen konnte, kam Britta zurück, packte Dag am Arm und zerrte ihn in die Ecke.

Konnte eine Gepardin es mit drei Bären aufnehmen? Mit Daumen, dem Zugriff auf tödliches, chirurgisches Besteck, einer medizinischen Ausbildung und rasender Schnelligkeit bestand definitiv eine Möglichkeit dazu. Warum also das Risiko eingehen, wenn sie auf ihre eigene katzenhafte Weise nur versuchte, Berg zu helfen?

»Du weißt, was gerade los ist, nicht wahr?«, fragte Britta aus der Ecke. »Coops Schwester ist dabei, sich einen Privatjet zu organisieren, um herzukommen.«

»Coop sagte schon, dass das passieren könnte.«

»Keine Sorge. Ich werde mich um sie kümmern«, versprach Britta. Dann zeigte sie plötzlich auf Berg. »Wenn die Katze fertig ist …«

»Ich habe Namen, breitärschige Bärin.«

»… werdet ihr beiden, du und Dag, Coop nach Rom und dann zurück in die Staaten bringen müssen.«

»Coop will das Konzert trotz allem stattfinden lassen?«

»Es gibt ein paar Leute, denen man einfach nicht absagt. Der *Papst* gehört definitiv dazu. Aber die restlichen Konzerte werden ausfallen müssen.«

Berg ächzte. Und nicht nur vor Schmerz. »Das ist nicht gut.«

»So schlimm ist es nun auch wieder nicht. Nach dem Konzert im Vatikan waren nur noch zwei weitere geplant«, rief Britta ihm ins Gedächtnis.

»Ja, schon«, seufzte Berg. »Aber diese beiden Konzerte sollten in Russland stattfinden. Die Kamtschatkabären werden ausflippen, wenn wir absagen. Sie lieben ihren Jean-Louis Parker wirklich.«

»Mach dir nicht ins Hemd«, erwiderte Britta, den Kopf gesenkt, während sie emsig auf ihrem Telefon tippte. »Coop meint, er würde in Sankt Petersburg und irgendeiner Stadt in Sibirien Extrakonzerte geben und dass das die Bären, die Tiger und die Kosaken besänftigen müsste.«

Berg blinzelte. »Es gibt immer noch Kosaken?«

»Natürlich gibt es immer noch Kosaken«, blaffte Britta.

»Woher soll ich das wissen? Ich bin kein Russe.«

»Sind Sie bald fertig?«, fragte Britta die Ärztin, wie üblich im Befehlston, auch wenn sie gar keine Macht über eine italienische Ärztin hatte, die gleichzeitig eine Katze war.

»Ich bin fertig, wenn ich fertig bin, Bärin. Setzen Sie mich nicht unter Druck.«

»Also, wer war das Mädchen?«, fragte Britta unvermittelt und versuchte damit, ihren Bruder zu überrumpeln.

»Welches Mädchen?«, gab Berg zurück und bemühte sich um einen neutralen Gesichtsausdruck. Eine Fähigkeit, die er sich von seinem Vater abgeguckt hatte.

»*Das* Mädchen.«

Die Ärztin hielt mitten in der Arbeit inne. »Sie verkrampfen sich, Bär.«

Berg ignorierte die Ärztin und antwortete seiner Schwester: »Da war kein Mädchen. Im Zimmer waren nur ich und Coop.«

»Aha«, gab seine Schwester zurück, bevor sie sich wieder auf ihr Handy konzentrierte.

»Die Bärin weiß, dass Sie lügen«, neckte die Gepardin ihn leise, aber das war Berg längst klar.

Stevie MacKilligan beugte sich vor, die Ellbogen auf die Knie gestützt, das Kinn auf ihre gefalteten Hände gebettet.

»Und wie *fühlen* Sie sich dabei?«, fragte sie die Patientin, die ihr gegenübersaß. »Dass Ihre Mutter Sie so behandelt?«

»Schrecklich. Ich verdiene etwas Besseres!«

»Sie verdienen wirklich etwas Besseres«, bestärkte Stevie sie. »Nur weil Ihre Mutter die Diktatorin eines kleinen Landes ist und alle umbringt, die sie für Feinde des Staats hält, heißt das nicht, dass Ihre Meinung keine Rolle spielt.«

»Sie haben recht, Stevie. Sie haben ja so recht!«

Stevie wandte sich an den Mann neben sich. »Und was ist mit Ihnen, Jacques? Wie fühlen Sie sich? Sind Sie immer noch so aufgewühlt, weil Sie die Segelregatta verloren haben?«

»Es ist allein die Schuld meines Bruders!«

Ein Räuspern ließ Stevie über ihre Schulter schauen. Doktor Gärtner deutete auf sie. Stevie nickte und stand auf. Sie sah den Mann an, der ihr gegenüber saß. »Wie wär's, wenn Sie ab jetzt übernehmen, Doktor Schmidt?«

»Wo ich doch hier der tatsächlich *ausgebildete* Psychiater bin«, gab dieser etwas säuerlich zurück.

Stevie lächelte ihn an. »Und Sie machen das ganz *toll*.« Sie reckte den Daumen hoch, bevor sie mit Gärtner zusammen den Gruppentherapieraum verließ.

Er führte sie durch den langen gläsernen Flur zum Hinterausgang. Sie redeten immer gern miteinander, wenn sie durch den wunderschönen Garten hinter der Klinik gingen. Das war einer von Stevies Lieblingsorten.

»Also, was gibt es?«, fragte sie.

»Ich wollte Ihnen Bescheid geben, bevor Sie es von jemand anderem hören … Ihre Schwestern sind heute da gewesen, um Sie zu sehen.«

Stevie blieb stehen, bevor sie die Doppeltür erreichten, und wandte sich Gärtner zu. »Meine Schwestern sind … sie sind hier?«

»Sie waren hier. Ich habe sie gebeten, zu gehen. Ich denke, wir wissen beide, dass Sie noch nicht bereit sind, sie zu sehen. Wo Sie doch so gute Fortschritte machen.«

Stevie blinzelte und trat einen Schritt rückwärts. »Aber … sie waren *hier*. Hier in der Klinik? In der Klinik drin? Ist es das, was Sie mir sagen wollen?«

»Ich habe Ihren Schwestern erklärt, dass wir sie, wenn die Zeit gekommen ist, zu einem kontrollierten Treffen einladen werden. Ein Treffen, an dem Sie, das Team und Ihre Schwestern teilnehmen werden.«

»Okay«, sagte Stevie wie zu sich selbst. Sie hörte dem Arzt im Grunde gar nicht mehr zu. »Meine Schwestern waren hier. Sie waren hier.« Sie faltete die Hände und fing an, auf und abzugehen. »Und Sie haben sie weggeschickt. Und jetzt bin ich allein. Aber ich bin drinnen. Also wird mir nichts passieren.«

»Stevie, bitte«, drängte Gärtner. »Es passiert Ihnen tatsächlich nichts. Ich wollte Ihren Schwestern nur nicht erlauben, herzukommen und die Arbeit zu stören, die wir geleistet haben. Es ist zu wichtig für Ihre Gesundheit.«

»Wenn meine Schwestern hergekommen sind, dann weil etwas nicht stimmt.« Sie wandte sich von Gärtner ab und ging wieder zu den Patientenräumen zurück. »Ich brauche ein Telefon. Ich muss sie anrufen.«

»Nein, nein, Stevie. Das ist keine gute Idee.« Gärtner fasste sanft nach ihrem Arm und zog sie wieder herum. »Sie brauchen Zeit getrennt von Ihrer Familie. Zeit getrennt von dem Stress, den Sie erleben.«

Stevie schaute den Arzt an, aber sie sah ihn nicht wirklich, weil sie nur an eines denken konnte … *Was hat unser Vater jetzt wieder angestellt?*

Das war der einzige Grund, warum ihre Schwestern sie stören würden, während sie in einer Klinik war. Weil er *irgendetwas* angestellt hatte. Leider stellte er ständig irgendetwas an und dann war es immer Stevies Aufgabe, ihre Schwestern daran zu hindern, ihn umzubringen. Vor allem Charlie. Charlie verabscheute ihren Vater. Nicht dass Stevie ihr deswegen wirklich einen Vorwurf gemacht hätte, aber er war ihr Vater. Das zählte. Zumindest für Stevie.

Sie war sich sicher: Irgendetwas stimmte ganz und gar nicht, wenn ihre Schwestern hergekommen waren, um sie abzuholen. Wahrscheinlich waren sie gekommen, um Stevie zu beschützen.

Und dieser idiotische Arzt hatte sie weggeschickt. Aber waren sie wirklich abgereist? Hatten sie das Gelände wirklich verlassen? Vielleicht waren sie noch in der Nähe. Vielleicht konnte Stevie die beiden noch einholen.

Stevie drehte sich zu Doktor Gärtner um und erklärte gelassen, dass sie ihre Schwestern finden müsse, bevor es zu spät war, und dass sie bedauerlicherweise gezwungen sei, die Klinik viel eher zu verlassen, als sie ursprünglich geplant hatte …

Oh, Moment. So hatte Stevie im Kopf *geplant*, mit der Situation umzugehen. Mit Logik und Vernunft und gelassenem, rationalem Verhalten.

Aber als sie sich zu Gärtner umdrehte, machte sein bloßer Anblick sie wütend. Wütend, weil sie jetzt allein und verängstigt war, weil er – ohne mit ihr zu sprechen – ihre Schwestern weggeschickt hatte. Er hätte zuerst mit ihr reden sollen. Er hätte etwas sagen sollen!

Stevies Furcht führte zu Panik, was dazu führte, dass sie sich fauchend auf Gärtner stürzte, ihn zu Boden warf und ihm die Hände um die Kehle legte.

Als sie auf seinem Brustkorb saß, fauchte sie wieder, diesmal direkt in sein Gesicht, und sie hatte das Gefühl, dass ihre Augen die Farbe wechselten, weil seine eigenen Augen sich weiteten und sie plötzlich Urin roch. Das bedeutete wohl, dass der Mann sich in die Hose gemacht hatte.

Hm. Vielleicht hatten sich nicht nur ihre Augen verändert. Vielleicht hatten sich auch ihre Reißzähne gezeigt. Das passierte, wenn sie die Kontrolle verlor. Deshalb kam sie an Orte wie diesen. Um ihre Angststörung mithilfe von Gesprächstherapie und Medikamenten unter Kontrolle zu bekommen. Um zu lernen, wie sie ihre Angst bewältigen konnte, und um diese ganz zu verstehen, damit sie nicht eine ihrer von ihren Kollegen liebevoll benannten »MacKilligan-Episoden« kriegte.

Und Gärtner hatte recht gehabt. Stevie hatte sich wirklich gut gemacht! Sie hatte sich besser gefühlt. Beherrschter. Aber ihre Schwestern waren hergekommen und sie störten Stevie nie ohne Grund. Ihre Schwestern kamen niemals ihrer Arbeit oder ihrer geistigen Gesundheit in die Quere. Sie sorgten sich um Stevie und manchmal verwöhnten sie sie, aber sie würden nie »auf einen Sprung vorbeigekommen«, nur für ein »Hallo, wie geht's dir?«. Das war einfach nicht ihre Art.

Stevie wusste, dass ihre Schwestern ein Auge auf sie hatten. Sie wusste, dass eine von ihnen immer in der Nähe war. Aber das lag nicht daran, dass sie Stevie gegenüber zwanghaft waren. Sie waren zwanghaft gegenüber dem, was ihr Vater, um Charlie zu zitieren, »diesmal für einen Scheiß gebaut« hatte.

Wenn Stevie darüber nachgedacht hätte, hätte sie Gärtner das Verhalten ihrer Schwestern im Vorfeld erklären können, aber es war ihr nie in den Sinn gekommen, dass er ihre Schwestern daran hindern würde, sie zu besuchen. Dass er dachte, sie seien irgendwie der Grund für ihre Angststörung. Wenn überhaupt waren ihre Schwestern der Grund, warum Stevie nicht den größten Teil ihres Lebens ihn einer Zwangsjacke in Bellevue verbracht hatte. Die nervige Art ihrer Schwestern und deren alles andere als herausragende Erziehung gaben Stevie die dringend benötigte Ablenkung von der Kakofonie der Bilder, Geräusche und Informationen, die jeden einzelnen Tag ihr Gehirn verstopfte.

Die Wahrheit war, ihre Schwestern hielten sie bei Verstand, was mehr war, als dieser verdammte Arzt tat!

Große, starke Hände packten Stevie, rissen sie von dem Arzt weg, und jemand stieß ihr eine Nadel in den Arm. Man injizierte ihr ein starkes Medikament und sie verspürte einen kurzen Moment der Euphorie. Dieser Moment ließ diejenigen, die sie festhielten, denken, sie hätten Stevie unter Kontrolle gebracht. Aber Stevie war kein Vollmensch. Und was noch schlimmer für das Personal war, sie war zur Hälfte Honigdachs. Dank der verwirrten Gene ihres Vaters verarbeitete ihr Körper Medikamente und Gifte nicht so, wie das ein gewöhnlicher Vollmensch oder Gestaltwandler tat. Selbst die Tabletten, die sie gegen ihre Angststörung nahm, mussten jahrelang getestet werden, und zwar von einer von Gestaltwandlern geführten Ärztegruppe in Deutschland, damit die Dosis für ihre biologischen Voraussetzungen genau richtig war.

Die Euphorie verging so schnell, wie sie gekommen war. Stevie entriss einem Pfleger ihren Arm und stieß einen weiteren von sich. Ohne viel über die Konsequenzen nachzudenken, zerrte sie sich die Nadel aus dem Arm und rammte sie einem dritten Pfleger, der sie ergreifen wollte, ins Auge.

Er stürzte schreiend zu Boden, und Stevie, die jetzt einen ausgewachsenen Panikanfall hatte – die Schreie anderer ließen sie immer ausflippen –, schrie mit ihm im Duett, während sie auf den Ausgang zurannte, als sei der Teufel hinter ihr her.

Kapitel 3

Sie hatten das Gelände der Schweizer Klinik noch nicht verlassen und Charlie wusste, je länger sie blieben, umso nervöser würden die Pfleger werden. Schon jetzt standen fünf von ihnen vor der Eingangstür und warteten darauf, dass sie verschwanden.

In der Hoffnung, sie zu beruhigen, kramte Charlie eine Landkarte aus dem Handschuhfach hervor und breitete sie auf der Motorhaube des Mercedes aus.

Max beobachtete sie und fragte schließlich: »Was machst du da?«

»Ich versuche, die Pfleger zu beruhigen, indem ich den Anschein erwecke, als wüssten wir nicht, wo es langgeht«, antwortete sie leise.

»Warum?«

»Weil wir sie nervös machen.«

»Wir machen immer alle nervös. Wen kümmert's?«

Charlie legte die Hände auf die Motorhaube und fragte: »Wie ist das wohl, du zu sein, Maxie? Sich um nichts zu kümmern? Niemals?«

Max zuckte die Achseln. »Es ist *toll*.«

Charlie stieß den Seufzer aus, von dem sie überzeugt war, dass sie ihn immer nur im Zusammenhang mit Max von sich gab.

»Ich werde heute nicht mit dir streiten«, verkündete Charlie. Mehr um ihrer selbst Willen als für Max, denn Max war das scheißegal. »Es ist einfach zu viel los.«

»Also, willst du, dass ich mir die Karte intensiv anschaue, als hätten wir immer noch Neunzehnhundertzweiundachtzig?«, fragte Max. »Du weißt schon, statt einfach mein verdammtes Handy zu benutzen, damit es uns überall hinbringt, wo wir hinwollen, in jeden Teil der Welt?«

Charlie fragte sich kurz, ob es als »streiten« galt, wenn sie den

Kopf ihrer Schwester gegen die Motorhaube des SUV schlug, als die Eingangstür der Klinik aufgerissen wurde und ihre kleine Schwester hindurchgestürmt kam.

Ein Pfleger streckte instinktiv die Hand aus und packte die hysterische Stevie, aber das war *keine* gute Idee. Überhaupt keine gute Idee.

Stevie wirbelte herum, riss die Hand hoch und rammte sie dem Pfleger gegen die Nase. Die Nase brach. Der Pfleger ließ Stevie los, und obwohl sich sonst niemand bewegt hatte, trat Stevie einem der anderen Pfleger in die Lenden und einem gegen das Bein. Mit einem vernehmlichen Krachen, das über das stille Gelände hallte, zerschmetterte das Wadenbein. Ein weiterer bekam einen Schlag ins Gesicht, der ihm den Kiefer und das Jochbein zu brechen schien, und dem letzten hieb Stevie gegen die Kehle.

Der Pfleger, der ihr nach draußen gefolgt war, hatte sich ruckartig umgedreht und sich wieder in die Sicherheit des Zentrums zurückgezogen, um Verstärkung zu holen.

Das war der Moment, in dem Stevie – schreiend, als stünde sie in Flammen – um ihr Leben rannte. Sie bekam so wenig von der Umgebung um sie herum mit, dass sie Charlie und Max gar nicht sah. Sie rannte einfach weg. Und mit dem Tigerblut, das durch ihre Adern strömte, brachte sie es verdammt schnell auf vierzig Meilen die Stunde.

Max beobachtete ihre von Panik erfasste Schwester, die über den Rasen preschte und die Straße erreichte, die zum Highway führte. »Ich schätze, der Doc hat ihr erzählt, dass wir da gewesen sind.« Dann lachte sie, weil … nun … es war irgendwie witzig. »Sieh dir an, wie sie rennt! Ich glaube, ihre Füße sprühen Funken.«

»Komm«, befahl Charlie Max und zog die Karte von der Motorhaube des SUV. »Wir müssen sie einholen.«

Sie stiegen ins Auto und jagten ihrer Schwester nach, fuhren die lange Straße entlang, die von der Klinik wegführte. Zu beiden Seiten lag dichter Wald.

»Wenn sie in den Wald läuft …«

»Sie ist in Panik«, rief Charlie Max ins Gedächtnis. »Sie wird einfach rennen, bis sie nicht mehr kann.«

»Sie ist so schnell.«

»Im Sprint. Aber sie hat keine Ausdauer.« Das sollte keine Beleidigung sein. Es war nur die Realität. Das war wieder der Tiger in ihr. Der Wolf und der Honigdachs in Charlie machten, dass sie stundenlang laufen konnte. Nicht dass sie es jemals täte. Warum die Mühe, wenn sie genauso leicht einen Wagen mieten konnte?

Plötzlich trat Max auf die Bremse und Charlie stieß erleichtert den Atem aus, als sie ihre kleine Schwester mitten auf der Straße stehen sah, die tief Luft in die Lungen sog und schluchzte.

»Ich gehe sie holen.« Charlie öffnete ihre Tür. »Und wenn ich sie herbringe, bist du nett«, warnte sie Max.

»Ich bin immer nett!« Max lachte.

»Halt die Klappe.«

Charlie ging um den Wagen herum zu ihrer kleinen Schwester hinüber, aber sie fasste Stevie nicht an. Sie legte weder die Arme um sie noch zog sie sie an sich. Damit würde sie nur bezwecken, dass Stevie ihr schnell die Haut vom Gesicht riss.

»Stevie.« Sie sprach den Namen ihrer Schwester energisch, mit Autorität und mit leiser Stimme. »Stevie«, wiederholte sie.

Stevie blinzelte gegen Tränen an, drückte den Rücken durch und konzentrierte sich auf Charlie.

»Charlie?«

»Hey, Kleines.«

»Charlie!« Jetzt war Stevie in ihren Armen und drückte sie fest und Charlie erwiderte ihre Umarmung, weil sie sich keine Sorgen mehr machte, dass Stevie ihr die Haut abziehen würde.

»Ihr habt mich nicht verlassen. Ihr habt mich nicht verlassen«, jubelte sie.

»Natürlich nicht. Wir haben nur versucht, eine Möglichkeit zu finden, an dich heranzukommen, ohne dass das Klinikpersonal es merkt.« Sie strich Stevie übers Haar. Sie hatte es in einem hübschen, ungefährlichen Blond gefärbt. Charlie trug ihr eigenes Haar braun und Max gab dem ihren jede Farbe, die sie für ein paar Wochen oder Monate zu sehen in Stimmung war. Sie taten das, um den Fragen auszuweichen. Es kamen sonst immer so vielen Fragen über ihr Haar.

»Wie schlimm ist es?«, fragte Charlie.

Stevie schluckte und trat einen Schritt zurück, den Blick auf die Bäume hinter Charlies Kopf gerichtet.

Charlie kannte diesen Blick.

»Ist irgendjemand tot?«, fragte Charlie, jetzt wegen der Antwort ihrer Schwester besorgt.

»Nein! Nein.« Stevie senkte die Stimme. »Nein.« Sie räusperte sich. »Aber es könnte jemand ein Auge verloren haben.«

»Okay.« Charlie nahm ihre Schwester am Arm und führte sie schnell zu dem SUV, dann schob sie sie auf die Rückbank und stieg neben ihr ein.

»Los, Max.«

Der Wagen fuhr los, während Charlie die Hand ihrer kleinen Schwester hielt und beruhigend auf sie einredete. »Tief einatmen. Tief ausatmen. Ein. Aus. Schließ die Augen und konzentrier dich einfach auf das Motorgeräusch. Auf die Straße unter den Reifen. Den Wind auf dem Wagen.«

»Auf dein Gejammer und meine Nerven«, witzelte Max vom Vordersitz.

Stevie riss ihre goldenen Augen auf und schlug mit der flachen Hand gegen die Rückenlehne von Max' Sitz.

»Hey!«, blaffte Max.

»Weißt du eigentlich, was ich durchgemacht habe?«, brüllte Stevie. »Hast du irgendeine Ahnung davon?«

»Brüll mich weiter an und ich werde dir einen echten Grund zum Jammern geben.«

Außerstande, auch nur eine weitere Sekunde zu ertragen, klatschte Charlie mehrmals in die Hände und schrie: »Das reicht! Wir haben keine Zeit für zwei psychotische Weiber, die sich gegenseitig ankeifen, als seien wir noch in der Grundschule!«

»Warte«, sagte Stevie. Der Ärger in ihrer Stimme war verschwunden, bedauerlicherweise wurde er aber durch Hysterie ersetzt. »Habt ihr das gehört?«

»Stevie, du musst …«

»Nein. Hört doch mal.«

Charlie horchte … und jetzt hörte sie es ebenfalls.

»Ist das ein Hubschrauber?«

Sobald Charlie die Frage gestellt hatte, schoss der militärisch anmutende Helikopter so dicht an ihnen vorbei, dass Charlie überrascht war, dass er nicht an das Dach des Wagens stieß.

Max drosselte das Tempo und hielt an.

Der Helikopter drehte und kam zurück, dann blieb er gute fünfzehn Meter entfernt über ihnen in der Luft stehen.

»Mann!« Max versuchte, über ihren Sitz zu Stevie hinüberzuschauen. »In was für einer Art von Nervenheilanstalt bist du da gewesen?«

Die Zielperson und ihre Schwestern warteten im SUV.

»Bleib hier«, befahl er dem Piloten. »Gib ihnen eine Minute, um herauszufinden, was gleich passieren wird.«

»Verstanden.«

Der ursprüngliche Plan hatte vorgesehen, sich die Zielperson in der Klinik vorzunehmen, aber er war gerade auf dem Weg zum Gebäude gewesen, als er sie unter hysterischem Geschrei herausschießen gesehen hatte. Er war sofort zum Helikopter zurückgegangen. Vor allem als er begriffen hatte, dass die beiden älteren Schwestern immer noch am Leben waren.

Seine Befehle waren schmerzhaft einfach gewesen. Die Zielperson einsammeln und sie in das sichere Haus bringen. Zwei andere Teams waren entsandt worden, um die lästigen älteren Schwestern zu überwältigen, damit sie ihm nicht in die Quere kommen konnten. Anscheinend genossen sie einen Ruf, der seinen Klienten Sorgen bereitete. Aber irgendwie war es den beiden gelungen, den Teams zu entkommen. Ihm war immer noch nicht ganz klar, wie sie das angestellt hatten.

Die Schwester auf dem Fahrersitz schob sich aus dem Wagen und lief hinter den SUV.

»Soll ich sie ausschalten?«

»Nein«, antwortete er sofort. »Wir lassen sie am Leben, bis wir die Zielperson haben. Das wird dafür sorgen, dass sie gefügig bleibt.«

»Sie holt sich wahrscheinlich gerade eine Waffe.«

Er machte sich keine Sorgen. Mit ein paar Pistolenschüssen wurde der Helikopter schon fertig.

Er klopfte gegen das Mikrofon und nahm die Verhandlungen auf.

Charlie, die immer noch mit Stevie auf dem Rücksitz saß, konzentrierte sich auf ihre kleine Schwester und ignorierte, was immer der Mann im Helikopter sagte. Die meisten Leute hätten sich wegen des Helikoptertypen Sorgen gemacht, aber er war das geringste ihrer Probleme. Schon jetzt sah Charlie eine neue Welle der Panik in Stevie aufsteigen. Und wenn bei Stevie die Sicherungen durchbrannten …

»Was ist los? Wer sind diese Leute? Sie sind nicht aus der Klinik! Was hat Dad jetzt bloß wieder angestellt?« Stevie stieß die Fragen in schneller Folge hervor. Dann fügte sie hinzu: »Warum machen sie das? *Was sollen wir denn jetzt tun?*«

Und los ging's, das schrille Kreischen, welches besagte, dass Stevie nur noch wenige Sekunden davon entfernt war, in den Panikmodus zu schalten.

»Mach dir ihretwegen keine Gedanken«, sagte Charlie zu ihrer Schwester. »Konzentrieren wir uns auf deine Atmung.«

Stevie beruhigte sich weit genug, um Charlie anzufunkeln. »Ist das dein Ernst?«

»Ich versuche nur, dir zu helfen.«

»Ich bin kein Säugling.«

»Schön. Dann reiß dich verflucht noch mal zusammen.«

»Fauch mich nicht an«, schoss Stevie zurück. Ihre Panik war endlich von Ärger übermannt worden, was Charlie nur begrüßen konnte. »Wenn du nur …«

Beide Schwestern schrien auf und duckten sich, die Arme über dem Kopf. Der ganze SUV wurde von einer Explosion geschüttelt. Sie warteten ein paar Sekunden, bevor sie sich aufrichteten und mit offenem Mund durch die Windschutzscheibe auf die Trümmer des Helikopters starrten, die um ihren Wagen herum auf die Erde regneten.

Mit dem Helikopter kamen die sterblichen Überreste mehrerer

Männer. Ihre verkohlten Leichen – und Leichenteile – schlugen mit übelkeiterregenden Geräuschen gegen den Wagen und fielen auf den Boden.

Charlie hörte Max vor sich hin summen. Als sie sich umdrehte, sah sie, dass ihre Schwester die Heckklappe geöffnet hatte und gerade die Waffe in ihren Kasten zurücklegte.

»*Ein Raketenwerfer?*«, explodierte Charlie.

»Oh mein Gott!«, stieß Stevie hervor.

»*Hast du den Verstand verloren?*«

Max zuckte die Achseln. »Was denn? Ich hatte nicht die Absicht, mich in eine Schießerei mit ihnen verwickeln zu lassen. Das war ein Militärhelikopter. Habt ihr die Gatling-Kanonen an den Seiten gesehen?«

»Das ist mir egal, du Idiotin! Was sollen wir den Schweizer Behörden erzählen?«

Stirnrunzelnd fragte Max: »Warum sollten wir mit irgendjemandem darüber reden?« Sie schloss die Heckklappe, ging um den SUV herum und stieg auf der Fahrerseite ein. Einen Moment lang starrte sie durch die Windschutzscheibe, stieg dann wieder aus dem Wagen und ging nach vorn. Dort trat sie Leichen und große, brennende Teile des Helikopters beiseite, um sich einen Weg durch die Trümmer zu bahnen.

Als Max wieder im Wagen saß, schnallte sie sich an und schaute zu Charlie und Stevie nach hinten. »Abfahrtbereit?«, fragte sie lächelnd. Sogar vergnügt. Tatsächlich *extrem* vergnügt. Als währen sie unterwegs zu einem Brunch.

Wie machte sie das? Anders als ihre Schwestern war Max durch und durch Honigdachs, und doch hatte sie die freundlichste, fröhlichste, ja fast *sonnigste* Veranlagung, die Charlie je gesehen hatte.

Charlie hatte noch nie einen Honigdachs wie Max kennengelernt.

»Hör auf zu lächeln«, befahl Charlie ihrer Schwester.

Natürlich wurde Max' Lächeln nur noch breiter, bis sie fast über das ganze Gesicht strahlte.

Charlie hätte Max um ein Haar die Hände um die Kehle gelegt, aber Stevie schlang die Arme um sie und zog sie zurück gegen die Rückenlehne des Sitzes.

»Weshalb bist du sauer auf mich?«, fragte Max, ahnungslos wie immer.

»Fahr einfach«, befahl Stevie. »Und halt die Klappe.«

»Ihr beide seid so launisch.« Max löste den Parkgang und fuhr durch den Pfad, den sie sich geschaffen hatte, bis sie den Wald erreichte. Das brachte sie von der Straße und hoffentlich von allen Gesetzeshütern weg, die möglicherweise schon auf dem Weg in ihre Richtung waren.

So war es also, ein wahrer »Maestro« zu sein. Berg hatte gedacht, er hätte es schon früher kapiert, aber nein, keineswegs. Erst als Männer aus dem Vatikan kamen, von seiner Heiligkeit persönlich gesandt, um Coop zu seinem nächsten Auftrittsort zu eskortieren, verstand er es wirklich.

Und noch cooler? Sie warteten darauf, an Bord eines Privatjets zu gehen, der nur für seine Heiligkeit benutzt wurde. Der Papst hatte ihn geschickt, um Coop und sein ganzes Team zu befördern, und anscheinend akzeptierte er kein Nein als Antwort.

Coop hatte es versucht. Höflich. Weil er den Papst und seine Begleiter in keiner Weise verärgern wollte. Und Coop erzählte keinen Scheiß. Er mochte es wirklich nicht, andere zu verstimmen, aber noch einmal … seine Heiligkeit hatte nichts davon hören wollen.

Natürlich hatte Coop um nichts von alledem gebeten, aber seine Schwester …?

Nun, Toni Jean-Louis Parker Reed war ein anderer Fall. Allerdings saß sie im Moment in Sibirien fest und schaffte es jetzt gerade nicht nach Italien. Zumindest nicht rechtzeitig, um ihnen zu helfen. Also hatte sie selbst im Vatikan angerufen – natürlich hatte sie das – und dafür gesorgt, dass man all diese Vorkehrungen traf. Um der Sicherheit ihres Bruders Willen, hatte sie gesagt. Eine Einschätzung, über die Berg nur die Augen verdrehen konnte.

»Hey, Berg«, sagte Coop neben ihm.

»Hm?«

»Meine Schwester schickt noch mehr Verstärkung, um uns nach Hause zu bringen.«

Berg verdrehte wieder die Augen. »Oh Mann.«

Der Schakal kicherte. »Nimm es nicht persönlich. So ist meine Schwester eben. Sie kann ziemlich zwanghaft sein, wenn es um ihre Geschwister geht. In anderen Schakalfamilien gilt sie als Maßstab für das angemessene Verhalten älterer Geschwister.«

»Schickt sie jemanden, den ich hassen werde?«

»Das glaube ich nicht. Aber bei dir und deinem Bruder bin ich mir nie sicher, welche Leute ihr hasst. Im Gegensatz zu eurer Schwester, die sehr direkt ist, was ihren Hass betrifft.«

»Bei meiner Schwester weiß man immer, woran man ist.«

»Ich habe gehört, dass sie diejenige sein wird, die sich um Toni ›kümmert‹« – er machte Anführungszeichen mit den Fingern in die Luft – »wenn sie kommt.«

»Nun, Dag und ich hatten nicht vor, es zu tun.«

»Nein«, murmelte Dag.

»Kann ich verstehen. Sie wollte euch übrigens feuern. Aber ich habe gesagt: ›Auf keinen Fall. Sie sind meine Freunde. Was ist schon dabei, wenn sie mich in ernste Gefahr bringen und mein Leben und, was noch gravierender ist, meine gottgegebenen Gaben aufs Spiel setzen? Ein Verlust, den die ganze Welt treffen würde, vielleicht sogar das Universum, den Verlust von etwas wahrhaft Unglaublichem. Sie sind trotzdem meine Freunde.‹«

Berg schaute auf Coop hinab. »Wie großmütig von dir.«

»Das fand ich auch.«

»Wir sind Freunde?«, fragte Dag.

»Der Jet wäre so weit, Maestro«, verkündete einer der Männer des Vatikans.

Mit Dag auf der einen und Berg auf der anderen Seite ging Coop auf die Tür zu, die sie zu dem privaten Landestreifen führen würde. Aber als sie am Schalter vorbeikamen, fiel Bergs Blick auf den Fernseher hinter dem Flugbegleiter. Sowohl er als auch Coop blieben stehen und verfolgten kurz die in italienischer Sprache vorgetragenen Nachrichten über einen Helikopter in der Schweiz, der auf einer Privatstraße abgeschossen worden war.

Berg sprach kein Italienisch, aber die Bilder verrieten ihm die Pointe der Geschichte.

Er sah Coop an und der Schakal starrte zurück. Sie beide stellten lautlos dieselbe Frage.

Dann sagten sie nach einigen Sekunden wie aus einem Mund: »*Nee.*« Und gingen weiter zu dem wartenden Jet.

»Steigt aus. Ich muss dieses Teil anzünden.«

Charlie starrte ihre Schwester an. »Bist du einfach nur auf Randale aus? Was machst du da?«

»Keine Sorge. Hier wartet ein anderer Wagen auf uns. Wir sind absolut abgesichert.« Mit einem freundlichen Lächeln ging Max los.

»Sie wird es noch fertigbringen, dass man uns tötet oder für den Rest unseres Lebens ins Gefängnis wirft«, informierte Stevie Charlie. »Ich möchte nur, dass du das weißt.«

»Ich wünschte, ich könnte das bestreiten«, gestand Charlie. »Aber das kann ich nicht.«

Die Schwestern stiegen aus dem Wagen. Jede von ihnen griff sich eine Reisetasche aus dem Kofferraum des SUV und ging in die Richtung, in die Max sie wies.

Im Gehen roch Charlie Rauch hinter sich, gerade als Max angelaufen kam. Sie hatte eine weitere Tasche über der Schulter. Und den …

Charlie blieb abrupt stehen und ihre Schwestern mit ihr. »Du hast den *Raketenwerfer* mitgenommen?«

»Erwartest du von mir, dass ich ihn zurücklasse? Weißt du, wie viel diese Dinger kosten? Vor allem diese wirklich kompakten Raketenwerfer? Bist du irre?«, spottete Max, bevor sie weiterging.

»Weißt du«, bemerkte Stevie, »wir könnten sie hier umbringen und begraben und niemand würde es je erfahren.« Stirnrunzelnd schüttelte sie den Kopf. »Das war wohl eine ziemlich schreckliche Bemerkung.«

»Nein, Schätzchen. Es ist einfach etwas, das ein Honigdachs sagen würde. Kein Grund zur Sorge. Ich sage ständig Honigdachssachen, aber ich tue sie *nie*.«

Charlie und Stevie folgten Max und erreichten bald einen brandneuen, in einem sehr leuchtenden Rot lackierten Range Rover.

»Sehr unauffällig«, bemerkte Charlie. Max grinste ahnungslos und fing rasch an, den Kofferraum zu bepacken. Als ihr Handy vibrierte, hielt sie inne und nahm einen Anruf an.

»Wir werden alle ins Gefängnis wandern, nicht wahr?«, fragte Stevie plötzlich, als sie und Charlie damit fertig waren, ihre Sachen in den Kofferraum zu packen.

»Nicht wenn ich es verhindern kann«, versprach Charlie. »Ich habe zu lange und zu hart gearbeitet, als dass eine von uns jetzt ins Gefängnis wandern dürfte.« Sie machte eine kurze Pause, dann fügte sie hinzu: »Aber wenn wir jemanden opfern müssen, wird das Max sein. Sie käme mit dem Gefängnis besser klar als wir beide.«

Nach ein paar Minuten kam Max zurück und kaum dass Charlie das Gesicht ihrer Schwester gesehen hatte, wusste sie, dass sich etwas geändert hatte.

»Was ist?«, fragte Charlie, als Max nichts sagte. Max sah Stevie an und dann wieder Charlie. »Ich habe gerade einen Anruf bekommen … aus New York.«

»Oh Gott«, hob Stevie an. »Oh Gott, oh Gott, oh G…«

»Stevie«, mahnte Charlie und hob einen Finger. »*Nein.*«

Sie konnte erkennen, dass ihre Schwester sich auf eine weitere Panikattacke vorbereitete, und Charlie fehlte dafür im Moment einfach die Geduld. Vor allem, weil Stevie binnen sechs Sekunden von null auf hysterisch schalten konnte. Sie war der Ferrari der Panik.

»Atme«, befahl Charlie Stevie deshalb, bevor sie sich Max zuwandte. »Wen kennen wir in New York?«

»Nicht viele Leute. Aber …« Sie räusperte sich und sah Stevie an, die jetzt ihre Atemübungen machte. »Es geht um Dad …«

Charlie schloss kurz die Augen. »Lass mich raten. Er sitzt im Gefängnis. Wir sollen für ihn die Kaution bezahlen. Nun, scheiß auf ihn! Ich bin mir tausendprozentig sicher, dass wir seinetwegen auf der Flucht sind. Also kann er im Gefängnis verrotten.«

»Er ist tot«, verkündete Maxie abrupt. »Jemand muss ihn identifizieren.«

Stevie griff sich an die Brust und wandte sich von ihren Schwestern ab, den Kopf gesenkt, während ihre Schultern zitterten. Ihr Schmerz und ihre Trauer waren für jeden, der in der Nähe war, unübersehbar.

Charlie und Max jedoch zögerten nicht, still umeinander herumzuhüpfen und Tanzschritte zu machen, die sie wirklich nicht hätten machen sollen, denn sie hatten kein Talent dafür. Doch sie tanzten nicht, weil sie eine Begabung dazu hatten, sondern aus Aufregung, Erleichterung und purer Ausgelassenheit.

Keine der beiden Schwestern sprach, während sie umeinander herumtanzten, weil Worte nicht notwendig waren. Aber obwohl sie so leise waren … schlug Stevie irgendwann auf den Range Rover und knurrte: »Ich weiß, was ihr zwei da hinter mir tut. *Hört auf damit!* Er war trotz allem unser Vater!«

Kapitel 4

Sie hatten ein paar Tage gebraucht, um in die Staaten zu gelangen, und es war keineswegs einfach gewesen. Glücklicherweise hatte Max eine Menge Beziehungen, was immer hilfreich war, wenn sie sich in fremden Ländern befanden. Nun waren sie zurück und in der Lage, ihre Taschen direkt in dem sicheren Haus fallen zu lassen, das Max mithilfe der Familie ihrer leiblichen Mutter gefunden hatte.

»Wow«, sagte Charlie und sah sich um. »Das hier ist große Klasse. Deine Tante hat das gut eingefädelt.«

Max nickte. »Es ist nicht schlecht.«

Stevie setzte sich in die hinterste Ecke auf den tiefsten Teil des Sofas, zog die Knie hoch und legte die Arme um die Waden. »Mir gefällt die Wohnung nicht.«

»Warum nicht?«, fragte Charlie.

Sie rümpfte die Nase. »Sie riecht komisch.«

»Das ist nur Dachs.« Max schnupperte noch einmal. »Und etwas Bär.«

Stevie riss die Augen auf. »Bären fressen Menschen.«

»Ich gehe duschen«, verkündete Charlie, weil sie sich mit ihren Schwestern auf dieses Gespräch nicht einlassen wollte. »Dann legen wir unsere nächsten Schritte fest. Okay?« Als beide nickten, griff sich Charlie ihre Reisetasche und verschwand in den Tiefen der Wohnung in Manhattan.

Die Wohnung war wunderschön. Große, bequeme Möbel. Unmengen Fenster, die Licht hereinließen. Und massenhaft Platz in den Schränken, wo Honigdachse schlafen konnten.

Charlie war überrascht, dass die Familie Yang Max geholfen und dieses Quartier für sie organisiert hatte. Und sei es auch nur vorübergehend. Vielleicht hatte Max nicht erwähnt, dass ihre Schwestern mit dabei waren, aber normalerweise verheimlichte sie das vor niemandem. Die Yangs hatten vor langer Zeit klargemacht, dass sie Max im Notfall eher helfen würden, wenn ihre Halbschwestern nicht im Spiel waren. Sie hatten Max' Mutter nie ganz verziehen, dass sie sich mit Fred MacKilligan eingelassen hatte. In der Honigdachspopulation genossen die MacKilligans nicht den besten Ruf. Vor allem wenn es um den guten alten Freddy ging. Das wertloseste aller Wesen, wenn es nach Charlie ging.

Bis auf den heutigen Tag verstand sie nicht, was ihre umwerfende, feministische Mutter – oder irgendeine andere Frau – in ihrer traurigen Erscheinung von einem Vater gesehen hatte. Er war ... einfach wertlos! Sie hatte kein anderes Wort dafür. Oder vielleicht hatte sie zu viele Worte für den Mann. Viele Umschreibungen dafür, wie wertlos er wirklich war.

Aber das war jetzt vorbei. Ihr Vater verrottete – glücklicherweise! – in einem Leichenschauhaus in New York City. Er wartete nur darauf, dass sie und ihre Schwestern ihn identifizierten und beerdigten.

Charlie konnte es kaum erwarten.

Sie wusste, dass es für die, die ihren Vater nicht gekannt hatten, grausam klang. Für diejenigen, die nicht verstanden, warum sie den Mann so sehr verabscheute. Aber sie hatte ihre Gründe und diese Gründe waren alles, was sie brauchte.

Wenn sie sich auch sonst nichts erhoffte, so doch wenigstens, dass der Tod ihres Vaters das Pech beenden würde, das den Mann und damit auch seine Töchter auf Schritt und Tritt begleitete.

Töchter, die nicht darum gebeten hatten, geboren zu werden. Die definitiv nicht um ihn als Vater gebeten hatten. Drei Mädchen, die kein Mitspracherecht bei all dem gehabt hatten, was sie bereits durchgemacht hatten.

Ja, Charlie gab ihrem Vater die Schuld an dem Ganzen, aber sie würde sich davon nicht ausbremsen lassen. Denn das Leben ging weiter. Sie musste die Sache einfach locker nehmen.

Stevie hatte ihren Vater nicht lieber gemocht als Charlie und Max es getan hatten, aber sie nahm die Tatsache, dass er ihr Samenspender gewesen war, viel ernster. Sie würde seinen Tod betrauern wollen und das mussten Charlie und Max respektieren.

Dabei fiel Charlie etwas ein …

Nackt verließ sie das Badezimmer, wo die Dusche bereits lief. Sie ging ins Wohnzimmer und fand Max und Stevie bereits im gegenseitigen Schwitzkasten vor. Max grinste. Stevie beschimpfte Max.

»Die sich unaufhörlich bekriegenden Schwestern« hatte das Rudel Max und Stevie genannt. Und es stimmte. Die beiden konnten und würden sich streiten, bis irgendjemand sie trennte oder ein Krankenwagen gerufen werden musste. Es war jedoch so, dass selten ein Krankenwagen für Max oder Stevie gerufen werden musste. Wenn es eines gab, das auf alle MacKilligan-Frauen zutraf … Sie konnten eine Tracht Prügel verkraften. Aber Lehrer, Trainer, Fremde auf der Straße – *jeder*, der dachte, es sei eine gute Idee, sich zwischen die Schwestern zu stellen, um sie daran zu hindern, sich zu fetzen, fand immer auf die harte Tour heraus, dass das *keine* gute Idee war.

Charlie war allerdings keine Fremde auf der Straße. Sie wusste, wie sie mit ihren Schwestern umgehen musste. Es war das Erste, das ihre Mutter ihr beigebracht hatte, als ihr klar geworden war, wie schlecht die beiden miteinander auskamen.

Charlie trat hinter die beiden Frauen, packte Max an der robusten Rückenhaut und schwenkte sie erst in die eine und dann in die andere Richtung. Die arme Stevie war gezwungen, in der Bewegung mitzugehen.

Während Charlie ihre Schwestern schwenkte, murmelte sie gebetsmühlenartig: »Lass sie los, lass sie los, lass sie los.«

Schließlich tat Max, was man ihr sagte.

»Auf's Sofa«, befahl Charlie und deutete auf Stevie. »Du, in den Sessel.« Sie zeigte auf den Sessel aus Leder, bis Max Platz nahm. Sobald beide Schwestern voneinander getrennt saßen, sagte sie: »Jetzt hört genau zu. Ich gehe jetzt duschen. Es wird eine lange Dusche. Eine Luxusdusche.«

»Warum kein Bad?«, fragte Stevie.

»Ich bade nicht gern. Es macht mir keinen Spaß, in meinem eigenen Schmutz einzuweichen.«

Max lachte, brach aber ab, als Charlie blaffte: »Halt die Klappe. Also, während ich unter der Dusche bin, werdet ihr zwei nicht miteinander streiten. Ihr werdet nicht kämpfen.« Sie zeigte auf Max. »Du wirst sie nicht erschrecken.« Sie zeigte auf Stevie. »Du wirst nicht mit Gegenständen werfen. Ganz gleich, was sie zu dir sagt«, fügte sie schnell hinzu, bevor Stevie widersprechen konnte. »Lasst uns einfach froh sein, dass wir es in die Staaten zurückgeschafft haben, ohne uns gegenseitig umzubringen oder verhaftet zu werden. Lasst uns diesen Moment einfach genießen, so wie er ist.«

»Meinst du den Tod unseres Vaters?«, hakte Max nach.

Charlie funkelte Max einen Moment lang an, bevor sie beide die Arme hoben und riefen: »Hurra!«

»Meine Damen!«, blaffte Stevie entrüstet.

»Tut mir leid. Tut mir leid.« Charlie wollte ihre Schwester nicht aufregen. Dafür brannte sie zu sehr auf eine Dusche. Eine schöne, normale, *entspannende* Dusche. Und das konnte sie nicht haben, wenn sie sich Sorgen machte, dass die beiden im Nebenzimmer versuchten, sich umzubringen.

»Wir schaffen das schon, Stevie«, versprach sie ihrer kleinen Schwester.

Stevie nickte und verkroch sich tiefer in die Ecke des Sofas, bis sie sich nicht weiter verkriechen konnte. Sie zog die Füße wieder auf die Polster, schlang die Arme um die Waden und bettete das Kinn auf die angewinkelten Knie.

Charlie zeigte noch einmal auf Max und ließ sie ohne jeden Spielraum für Interpretation wissen, dass sie, sollte etwas passieren, während sie duschte, Max die Schuld daran geben würde. Denn es wäre dann auch höchstwahrscheinlich Max' Schuld.

Max griff nach der Fernbedienung und schaltete den riesigen, hochwertigen Fernseher mitten im Raum ein.

»Oh, seht mal.« Charlie deutete auf den Apparat. »*Law & Order.*«

»Gott sei Dank«, murmelte Stevie. Schon komisch, wo doch Stevie ständig darüber redete, dass sie nicht fernsah.

»Wunderbar«, meldete Max sich zu Wort. »Eine der frühen Folgen, vor der Zeit der Handys und Sozialen Medien!«

Da Charlie wusste, dass die beiden jetzt zumindest für ein paar

Stunden beschäftigt waren, machte sie sich auf den Weg zu ihrer sehr heißen und entspannenden Dusche.

Max fühlte sich versucht, ihre Schwester zu reizen, aber Charlies Warnung war absolut klar gewesen. Charlie ging es immer um Klarheit. Sie mochte vage Aussagen nicht. Sie mochte Subtilität nicht. Sie mochte es nicht, wenn Leute nicht geradeheraus waren. Warum? Weil Charlie selbst immer geradeheraus war.

Charlie hatte einmal zu Max gesagt: »Wenn du Stevie ärgerst, während sie ihre Prüfung hat, breche ich dir den Arm.« Sie hatte es ernst gemeint. Max musste den Gips für, nun ja, zwei volle Tage tragen, so schlimm war der Bruch gewesen. Aber sie hatte ihre Lektion gelernt. Eine Charliewarnung war eine ernste Sache und man ignorierte sie auf eigenes Risiko.

Max beschloss, dies für alle Beteiligten einfacher zu machen. Daher stand sie auf und griff nach Stevies Rucksack. Sie waren bei diesem CERN vorbeigefahren und hatten einen Haufen von Stevies Sachen abgeholt, damit sie ein paar Dinge um sich hatte, die sie beruhigten, wie zum Beispiel ihre ganzen Notizbücher. In dieser Situation ging es allein darum, dafür zu sorgen, dass Stevie ruhig blieb. Es war keine kleine Aufgabe. »Ruhig« war für Stevie genauso wesensfremd, wie »angespannt« es für Max war.

Max stellte die Tasche neben das Sofa, auf dem Stevie saß, und machte sich auf den Rückweg zu ihrem Sessel. Sie sah Stevie nicht an und lächelte auch nicht, weil Stevie dann, in der Annahme, dass Max sich über sie lustig machte – und wollen wir ehrlich sein … das tat sie wahrscheinlich –, auch entsprechend reagieren würde.

Aber gerade als Max ihren Hintern in den breiten Sessel pflanzen wollte, sahen beide Schwestern sich an und dann auf die ein paar Schritte entfernt liegende Wohnungstür …

Vic Barinov stand neben seiner Gefährtin und lächelte. Sie waren endlich zu Hause und er hätte nicht glücklicher sein können. Sie waren in einem Privatjet nach Italien gedüst, nur um einen einzigen Schakal abzuholen. Aber dieser Schakal war für seine Gefährtin wie ein Familienmitglied und sie hatte darauf bestanden, dass Vic und sein Pandapartner ihn abholten. Dann hatte sie auch noch darauf bestanden, die Gruppe zu begleiten. Vic kam es vor wie eine Menge Aufheben um nichts und wieder nichts, bis die Nachrichten über die brutale »Hotelinvasion« in Mailand, in die Maestro Cooper Jean-Louis Parker verstrickt gewesen war, die Staaten erreichten. Plötzlich verstand Vic, warum alle ausflippten.

Aber für jemanden, der einen schrecklichen Angriff durchlebt hatte – einen, der so schlimm war, dass sein Bodyguard angeschossen *und* niedergestochen worden war –, schien es dem guten alten Coop gut zu gehen. Mehr als gut. Er würde trotz des Vorfalls im Vatikan für den Papst spielen und er hatte sich rundheraus geweigert, die drei Grizzlys zu feuern, die den harten Kern seines Personenschutzes ausgemacht hatten. Seine große Schwester hatte fast hysterisch von nichts anderem mehr gesprochen, als die Grizzlys zu feuern. Aber nein. Coop wollte nichts davon hören, was Vic im Grunde alles mitteilte, was er wissen musste.

Was immer da vor sich ging, davon wollte Vic *nichts* wissen.

Stattdessen hatte er es zugelassen, dass seine Gefährtin und ihre beste Freundin sich gegenseitig darin übertrumpften, einen Schakal zu beschützen, obwohl der alt genug war, um sich fortzupflanzen. Vic schaute hinter sich und sah, dass die Aufzugtüren sich öffneten. Coop kam mit zwei seiner Grizzlybeschützer und Shen, Vics Partner, heraus.

Vic wusste nicht, warum er die Gruppe nicht loswurde, obwohl sie sich jetzt wieder auf Coops heimatlichem Boden befanden. Er hatte aber auch nicht vor, sich zu beschweren. Stattdessen würde er einfach nach Hause in sein Schlafzimmer gehen und die Tür schließen – *bevor* seine Grizzlyseite schlechte Laune kriegte und jemandem den Kopf abbiss, oder seine Tigerseite anfing, menschliches Fleisch zu zerfetzen, damit es still war. Als Hybride hatte er viele Möglichkeiten, Leute daran zu hindern, ihm auf die Nerven zu gehen. Nicht dass diese Optionen moralisch vertretbar gewesen wären, aber … nun ja …

Als Vic seine Honigdachsgefährtin anschaute, bemerkte er sofort, dass Livy Kowalski zwar den Schlüssel ins Schloss gesteckt hatte, aber die Tür nicht öffnete. Stattdessen stand sie wie angewurzelt da und ihre Ohren zuckten, genau wie ihre Nase. Dann verengten sich ihre Augen.

»Livy?«

Sie riss den Schlüssel aus dem Schloss und ihre Lippen zogen sich über ihre Honigdachsreißzähne. Dann wurden ihre dunklen Augen noch dunkler. Livy knurrte: »Dachs.«

»Livy, warte …«

»*Dachs!*« Livy machte einen Schritt nach hinten und trat die Tür auf, obwohl sie die Schlüssel in der Hand hielt und es ein tausend Dollar teures Schloss war.

Vic streckte die Hände nach ihr aus, aber sie zuckte zurück und stürmte in ihre gemeinsame Wohnung, um sich mit dem ganzen Körper auf den weiblichen Honigdachs zu werfen, der neben Livys geliebtem Sessel stand. Ihrem Lieblingssessel in der Wohnung.

Nein. Das hier würde kein gutes Ende nehmen.

Mit Entsetzen musste Berg mit ansehen, wie die beiden winzigen Asiatinnen aufeinander losgingen wie die wilden Tiere, die sie ja teilweise auch waren. Sie knurrten und schnappten und Blut spritzte, während sie sich über den Boden von Vics schöner Wohnung wälzten.

Doch Vic stand einfach nur da. Er tat nichts, während seiner Gefährtin höchstwahrscheinlich der Arsch aufgerissen wurde. Es ging alles so schnell, dass Berg nicht wirklich erkennen konnte, wer wem was antat, aber er wertete das ganze Blut als schlechtes Zeichen.

Vielleicht stand Vic unter Schock oder so etwas. Nun gut, er hatte eine militärische Ausbildung, aber vielleicht löste das hier eine Art Flashback aus. Ja. Das war es. Ein Flashback. Warum sonst würde er der Frau, die er liebte, nicht helfen?

»Dag!«, rief Berg seinem Bruder zu, bevor er Vic beiseiteschob und in die Wohnung stürmte.

Berg packte die unbekannte Frau von hinten. Dag legte die Arme um Livy und hob das Dachsweibchen von den Füßen.

Kaum dass sie das getan hatten, wusste Berg schon, wie dumm diese Aktion gewesen war. Es war die Art von Aktion, die seine Schwester ihnen niemals hätte durchgehen lassen, wenn sie in der

Nähe gewesen wäre. Warum? Weil sie es besser gewusst hätte. Wenn es um Gestaltwandler ging, spielte nicht die Größe eine Rolle, sondern der Zorn.

Und bei diesen beiden Frauen drehte sich alles um den Zorn.

Die Frau, die er festhielt, schaffte es, sich umzudrehen und ihm die Zähne in den Hals zu graben. Sie biss in das Fleisch an seiner Kehle und ihre Reißzähne suchten nach einer Hauptschlagader.

»Zieh sie von mir runter!«, schrie Berg, der verzweifelt versuchte, sie wegzustoßen. »Zieh sie runter!«

Aber Dag konnte ihm nicht helfen. Er hatte seine eigenen Probleme. Livy hatte eine Hand nach hinten gestreckt und den armen Dag an den Eiern gepackt … und sie verdreht. Jetzt drehte sie weiter!

Bergs Bruder ließ sich auf die Knie fallen, sein Schrei so schrill, dass Berg sich sicher war, dass die Hunde in Brooklyn ihn hören konnten.

Livy ließ von Dag ab und stürzte sich wieder auf das andere Weibchen.

Die Dächsin gab Bergs Hals frei – *Gott sei dank!* –, ließ sich zu Boden fallen, wich fauchend zurück und griff dann Livy an. Livy trat erst einen Schritt zurück, dann preschte sie vor. Es war wie ein Tanz. Ein unheimlicher, Furcht einflößender Todestanz.

Berg fiel auf den Boden, die Hand auf seinen blutenden Hals gepresst. Er war sich nicht sicher, aber die Spitze des Reißzahns dieser Frau hatte möglicherweise seine Arterie angeritzt.

Und das war der Moment, in dem er die andere Frau sah. Sie hatte still auf dem Sofa gesessen, aber als ihre Blicke sich kreuzten, schien sie plötzlich … in Panik zu geraten.

Wie eine Hauskatze. Ja. Das war es. Sie geriet in Panik wie eine Hauskatze!

Die Frau ließ sich auf alle viere nieder und wölbte den Rücken. Sie bleckte die Reißzähne und ihr warnendes Fauchen hallte durchdringend durch den Raum. So durchdringend, dass der Laut allein die Möbel verschob. So durchdringend, dass beide Dachse kurzzeitig abgelenkt wurden. Sie blinzelten einander an und drehten sich zu der Frau auf dem Sofa um.

Und als sie das taten, flippte die erst *richtig* aus.

Sie sprang lotrecht empor und drehte sich in der Luft, bis sie an die hohe Decke stieß und die Krallen in die Trockenwand bohrte. Dort blieb sie und fauchte sie alle mit einem Zorn an, der die Fenster erbeben ließ. Das Beben wurde schlimmer, als sie plötzlich losbrüllte.

»*Scheiße, was ist hier los?*«, donnerte eine Stimme aus dem Flur, durch den es zu den Schlafzimmern ging.

Berg zwang sich, den Blick von der panischen Frau abzuwenden und zum Flur zu schauen – und da sah er sie. Eine Frau, von der er angenommen hatte, dass er sie nie wiedersehen würde. Sie hatte nichts am Leib als ein Handtuch, ihr feuchtes braunes Haar fiel ihr über die Schultern und die Strähnen fingen bereits wieder an, sich zu locken. Ihre dunkelbraunen Augen funkelten sie der Reihe nach an und eine Ader in ihrem Hals und an der Seite ihres Kopfes pulsierte.

»*Würde mir mal jemand antworten?*«

Die fremde Dächsin zeigte auf Livy. »Sie war das«, sagte sie mit tonloser Stimme. Es klang nicht so, als sei sie gerade eben in einen Kampf auf Leben und Tod verwickelt gewesen. Eher so, als hätte sie ein Nickerchen auf Leben und Tod gemacht.

»Ihr befindet euch in meinem Heim«, blaffte Livy zurück.

»Das hier ist ein sicheres Haus«, fauchte die Dächsin. »Es ist nicht dein verdammtes Heim. Du musst es teilen.«

»Es ist *kein* sicheres Haus, du wertlose Hure!«

Die Augen der Dächsin zuckten ein ganz klein wenig. Es war kaum wahrnehmbar. Aber dann streckte sie die Hand erneut nach Livy aus. Livy war bereits darauf vorbereitet.

Doch die Frau – *die* Frau – klatschte mehrmals in die Hände und beide Dächsinnen verharrten. Was seltsam war. Berg hatte ein Händeklatschen noch nie aus seinem Grizzlyzorn herausgeholt.

»Hört auf damit. Alle beide. Das ist vollkommen un… un…« Sie brach ab, beugte sich vor und sah Vics Gefährtin mit zusammengekniffenen Augen an. »Oh. Hi, Livy.«

Livy winkte ihr halbherzig zu. »Hi, Charlie.«

Endlich sprach Vic. Sein Zeigefinger ging zwischen Livy und der anderen Dächsin hin und her. »Ihr zwei kennt euch?«

Mit einem kaum merklichen Achselzucken gestand Livy: »Wir sind Cousinen.«

Shen, der an der Tür stand, lachte.

»Aber selbst, wenn wir miteinander verwandt sind …«, hob Livy zu sprechen an.

Bergs Angreiferin schaute Livy mit einer hochgezogenen Augenbraue an. *»Selbst, wenn?«*

»Das hier ist immer noch *mein* Zuhause. Ihr könnt nicht einfach herkommen und so tun, als sei es eures!«

»Max?«, hakte die Frau nach, als die andere Dächsin nichts erwiderte.

»Weshalb siehst du mich an?«, fragte die Dächsin. »Es stand auf der Liste.«

Livy runzelte die Stirn und ihre Nasenflügel bebten. »Was für eine Liste?«

»Die Liste mit den sicheren Häusern. Online.«

Livy spannte die Muskeln an und ihr ganzer Körper vibrierte. »Mein Haus steht auf der Liste sicherer Häuser?«

»Was ist das für eine Liste sicherer Häuser?«, fragte Vic.

»Die Yangs können online gehen und einen Ort suchen, in dem sie unterkommen können, wenn sie auf der Flucht sind.«

Livy schloss die Augen. »Und *mein* Zuhause steht auf der Liste?«

Max, die Dächsin, zuckte die Achseln. »Ja. Deshalb sind wir hier. Es ist nicht so, als hätte ich dich sehen *wollen.*«

»Ich bringe sie um.« Livy schüttelte den Kopf. »Ich bringe sie um.«

»Livy …«, hob Vic an.

»Ich bringe sie um!« Livy sprang auf und riss ein Telefon aus ihrer Gesäßtasche. Sie tippte eine Kurzwahlnummer ein und stolzierte aus dem Raum.

Max feixte. »Lassen Sie mich raten«, sagte sie zu Vic. »Ihre Mutter hat das Haus auf die Liste gesetzt, um sie zu ärgern?«

»Wahrscheinlich.« Charlie, die immer noch von ihrer unterbrochenen Dusche tropfte, schaute sich im Raum um. Ihr Blick verweilte nicht einmal auf Berg, bevor er zu jemand anderem weiterwanderte.

Sie erinnerte sich nicht an ihn. Er hatte geholfen, ihr das Leben zu retten, er hatte ihr seine Waffe gegeben, und sie erinnerte sich nicht einmal an ihn. Ernsthaft?

»Wo ist Stevie?«, fragte sie.

Grinsend und mit blutigen Zähnen zeigte Max nach oben.

Charlie hob den Blick und seufzte. »Könntest du bitte da runterkommen? *Jetzt?*«

»Ich habe es hier ziemlich gemütlich, danke.«

»Stevie MacKilligan!«

Krallen wurden eingefahren und Stevie landete wieder auf dem Sofa. »Nicht nötig, herumzubrüllen«, murmelte sie.

»Einen Moment mal«, sagte Coop, der plötzlich von der Schwelle ins Zimmer kam. »Stevie MacKilligan?« Er lächelte. »Bist du das? Ich bin's. Coop. Cooper Jean-Louis Parker«, erklärte er, als sie ihn nur anstarrte. »Erinnerst du dich? Wir haben zusammen bei Maestro Raimondi studiert und sind gemeinsam vor Europas Königsfamilien aufgetreten. Klingelt es da bei dir?«

»Nein«, antwortete sie. Und dann, bevor Coop weitersprechen konnte, hob sie die Hand, die Innenfläche nach außen gedreht, und informierte einen der größten und beliebtesten Musiker der Welt: »Und um ganz ehrlich zu sein, kann ich mich gerade jetzt nicht um einen fanatischen *Fan* kümmern.«

»Ich bin kein Fan«, korrigierte Coop sie. »Wir haben zusammen studiert. Wir waren *beide* Wunderkinder.«

»Wie auch immer. Ich lasse dir später ein Autogramm zukommen.«

»Nein, nein. Du verstehst ni…«

»Schätzchen«, unterbrach Charlie ihn. »Ich habe jetzt wirklich keine Zeit für so etwas. Irgendjemand sollte mir jetzt sagen, was hier los ist.«

Livys Cousine zuckte die Achseln. »Gar nichts. Warum?«

»Max.«

Max grinste. »Tut mir leid, ich konnte nicht an mich halten.« Sie lachte leise und zeigte auf ihre Cousine, die im Nebenzimmer telefonierte. »Gemessen an dem kantonesischen Gebrüll …«

»Es ist Mandarin«, korrigierte Vic sie.

»Na und?« Max blaffte den verblüfften Bären-Hybriden plötzlich an. »Glauben Sie, nur weil ich Halbasiatin bin, kann ich Chinesisch? Denn ich kann kein Chinesisch.«

»Ich hab's dir ja gesagt«, meldete Shen sich zu Wort, bevor er sich in einen Sessel fallen ließ, obwohl Berg keine Ahnung hatte, wovon der Riesenpanda sprach.

»Aber Sie beide sind miteinander verwandt«, sagte Vic beharrlich. »Wie kann es sein, dass Sie nicht wissen, welchen Dialekt Ihre Leute sprechen?«

»Nun …«, begann Max.

»Wir haben jetzt keine Zeit, über so etwas zu reden«, verkündete Charlie. Sie stand immer noch tropfnass, nur mit einem Handtuch bekleidet, da. Es schien ihr nichts auszumachen. »Max, achte nicht weiter auf die Bären und rede mit mir.«

»Das sind alles Bären, nicht wahr?« Stevie sah plötzlich jedes einzelne männliche Wesen im Raum an und musterte sie. Als sie fertig war, beugte sie sich zu ihrer Schwester vor und flüsterte laut: »Wir werden alle sterben!«

»Ich bin tatsächlich ein Schakal«, korrigierte Coop sie.

»Glauben Sie, das spielt eine Rolle?«, schrie Stevie hysterisch.

Charlie legte sich die Fingerspitzen an die Schläfen. »Wir werden nicht sterben. Hör mit dem Gebrüll auf«, seufzte sie.

»Das sind alles *riesige*, menschenfressende Bären, bis auf meinen Stalker.«

»Ich bin kein Stalker«, protestierte Coop.

»Verstehst du denn nicht, Charlie?« Stevie beugte sich vor und verströmte in großen, anschwellenden Wellen den Geruch von Panik. »Bären töten. *Bären töten, Charlie! Und sie werden uns alle töten!*«

Charlie ging schnell zum Sofa und nahm einen Rucksack vom Boden hoch. Sie zog ein Röhrchen rezeptpflichtiger Tabletten hervor, schaute auf das Etikett und hielt es dann der anderen Frau hin.

»Nimm das«, befahl sie, bevor sie ihren Blick auf Vic richtete und im Befehlston sagte: »Ein Glas Wasser.« Vic bewegte sich. Er stürzte aus dem Raum und kehrte binnen Sekunden zurück. Dann reichte er Stevie das Glas und Charlie legte ihr mehrere Tabletten auf die Hand. »Nimm sie.«

»Aber …«, versuchte Stevie es.

»*Nimm sie.*«

Stevie gehorchte.

»Also«, sagte Charlie und wandte sich wieder den anderen zu. »Wo waren wir?«

»Sie haben versucht, Ihren Einbruch zu rechtfertigen«, verkündete Berg, »und Sie haben absolut *keine Ahnung, wer ich bin!*«

Charlie schaute ihn quer durch den Raum an und nach ein paar Sekunden sagte sie: »Natürlich kenne ich Sie! Wie könnte ich … Sie … vergessen?«

»Wie heiße ich denn?«

»Deuteronomion?« Sie zuckte die Achseln. »Kurz Dude?«

Coop brach in Gelächter aus, aber Berg konnte nur den Kopf schütteln. »Ernsthaft?«

Max schloss kurz die Augen. »Sie erkennt Sie nicht, Deuteronomion, weil sie Sie nicht *sehen* kann.«

»Ich heiße *nicht* Deuteronomion!«

»Wow«, murmelte Shen staunend und sah Charlie an. »Sie bewegen sich wirklich sehr sicher für eine Blinde.«

»Sie ist nicht blind«, sagte Max lachend. »Sie trägt nur weder ihre Brille noch ihre Kontaktlinsen.«

»*Was machst du da?*«, schrie Stevie Max an. »Warum verkündest du der ganzen Welt, dass wir schutzlose Frauen sind, die nur darauf warten, von *Bären* umgebracht zu werden?«

»Schutzlos?«, blaffte Berg. »Ich blute hier aus einer Arterie!«

»Seien Sie nicht so wehleidig«, sagte Max und schaute wieder zu ihm hinüber. »Ich habe die Arterie gerade mal angekratzt.«

»Wir werden hier alle sterben«, sagte Stevie beharrlich und deutete auf Max. »Und das ist ganz allein deine Schuld …«

Stevies Gefasel brach abrupt ab und ihr Kopf sackte nach vorn. Nach ein paar Sekunden begann sie zu sabbern.

Max sah Charlie an. »Was zum Teufel hast du ihr gegeben?«

»Ihr Xanax. Gegen die Panikattacken.«

»Bist du dir *sicher*, dass du ihr das gegeben hast? Denn du hast deine Brille nicht auf und sie reagiert sehr … extrem.«

Charlie beugte sich vor und nahm das Röhrchen mit Tabletten

wieder aus der Tasche ihrer Schwester. Sie hielt es sich so dicht vors Gesicht und kniff die Augen derart zusammen, dass Berg wusste, dass Max nicht gelogen hatte. Das hier war eine Gestaltwandlerin, die noch keine neunzig Jahre alt war und trotzdem eine Brille brauchte, weil sie nichts sah. Sie war kurzsichtig. Eine Gestaltwandlerin? Kurzsichtig? Das war echt … seltsam.

»Oje«, murmelte Charlie und das Tablettenröhrchen berührte praktisch ihre Nase.

Max starrte ihre Schwester an. »Was ist?«

Charlie wand sich sichtlich und hielt das Röhrchen hoch. »Es ist Lithium.«

»Mann!« Max brach in lautes Gelächter aus.

»Ich weiß! Ich weiß.« Charlie ließ das Röhrchen fallen und packte eine scheinbar bewusstlose Stevie. Sie schüttelte ihre Schwester. Dann ohrfeigte sie sie.

»Stevie! *Stevie!*« Als ihre Schwester nicht reagierte, ließ Charlie sie los und warf die Hände in die Luft. »Ich habe sie getötet. Natürlich habe ich sie getötet. Ich wusste, dass ich euch eines Tages alle töten würde.«

Max stand endlich auf. »Gütiger Gott! Komm runter von deinem Kreuz, wir brauchen das Holz.«

»Was soll das denn heißen?«

»Sie wird schon wieder. Sie wird jetzt jeden Moment schwallartig erbrechen und dann ist sie wieder so gut wie neu.«

Jeder Bär in Stevies Nähe machte schweigend einen Schritt nach hinten.

»Zieh dich endlich an«, drängte Max. »Damit wir von hier verschwinden können.«

»Um wohin zu gehen?«

»Keine Ahnung. In ein Hotel, wie normale Leute?«

»Normale Leute sind nicht auf der Flucht und müssen nicht um ihr Leben bangen.«

»Oh.« Max nickte. »Das hatte ich ganz vergessen.«

Charlie breitete die Arme aus, dann verschränkte sie sie vor der Brust. »Wie kann man so etwas vergessen?«

Max machte es ihrer Schwester nach und verschränkte ebenfalls die Arme vor der Brust. »Mir geht halt eine Menge im Kopf herum.«

»Nenn mir eine Sache, die du im Kopf hast. In genau diesem Moment.«

Die Dächsin schaute weg, auf die andere Seite des Raums. Und nein, sie beantwortete diese Frage nicht, denn Stevie stand abrupt auf, breitete die Arme aus und krümmte sich dann. *»Bären!«*, brüllte sie plötzlich.

»Ist schon gut!«, sagte Charlie und trat vor sie hin, bereit, sich zu opfern, wenn ihre Schwester versuchen sollte, an ihr vorbeizukommen. »Stevie, es ist alles in Ordnung. Warum machst du nicht ein Nickerchen?«

»Okay.« Stevie ließ sich aufs Sofa fallen, drehte sich um und begann zu schnarchen.

Charlie stieß erleichtert den Atem aus und lächelte plötzlich in Bergs Richtung, obwohl er sich sicher war, dass sie ihn immer noch nicht sehen konnte.

Livy, die nach wie vor ihre Mutter anbrüllte, kehrte aus dem Flur ins Wohnzimmer zurück. Vollkommen lautlos stürzte sich Max auf ihre Cousine. Livy war so beschäftigt damit, wütend zu sein, dass sie Max nicht einmal sah. Aber Charlie trat einen Schritt vor und schwang einen Arm vor Max.

Die Dächsin rannte mit dem Hals genau gegen Charlies Unterarm – und es war, als sei sie gegen eine Steinmauer gelaufen. Ihre Beine flogen in die Höhe, während ihr Kopf sich nicht bewegte. Dann riss es sie nach hinten.

Sie schlug hart auf dem Boden auf … lachend und hustend.

Livy kriegte von all dem gar nichts mit. Sie wirbelte plötzlich herum und ging in die andere Richtung, ohne aufzuhören, ihre Mutter anzuschreien.

Charlie näherte sich Max und stellte ihrer Schwester ihren nackten Fuß auf die Brust.

»Wer wird sich im Haus ihrer Cousine benehmen?«, fragte sie.

»Oh, ich bitte dich!«, antwortete Max, immer noch lachend.

Charlie beugte sich vor und klatschte dreimal in die Hände. *»Maxie!«*

»Ich verspreche es! Ich verspreche es! Ich werde keinen Streit anfangen!«

»Oder beenden.« Charlie zog eine Augenbraue hoch. »Streitigkeiten, die bei Familienfeiern ausgebrochen sind, als du neun Jahre alt warst, brauchst du mit siebenundzwanzig nicht zu rächen. Haben wir uns verstanden?«

»Ich habe ihr gesagt, dass ich sie eines Tages umbringen würde. Und ich meinte es ernst.«

»Du warst neun.«

»Ich meinte es trotzdem ernst.«

Charlie verdrehte die Augen. »Lassen wir es auf sich beruhen?«, fragte sie. »Oder muss ich anfangen, Körperteile voneinander zu lösen?«

»Na schön. Ich lasse es auf sich beruhen. Es wird nicht in Vergessenheit geraten«, fügte sie hinzu. »Aber ich lasse es auf sich beruhen.«

»Großartig. Ich ziehe mich jetzt an, damit wir hier wegkönnen. Du behältst Stevie im Auge, ja? Sorg dafür, dass sie nicht an ihrem eigenen Erbrochenen erstickt oder ihre Zunge verschluckt. Und du musst herausfinden, wohin wir als Nächstes fahren können. Aber sei nett … und respektvoll.«

Max reckte den Daumen hoch und ihre Schwester stieg von ihrer Brust und ging davon.

Ächzend richtete Max sich auf. Sie schaute zu Berg hinüber und streifte mit den Fingern ihre eigene Kehle. »Sie haben genau da noch etwas Blut.«

Berg knurrte sie an, aber sie lachte nur.

Kapitel 5

Berg half seinem Bruder vom Boden hoch.

»Ich bin so froh, dass Britta nicht hier war«, bemerkte Dag, der Berg einen Arm um die Schultern gelegt hatte und mit der anderen Hand durch seine Jeans hindurch seine Eier hielt. »Sie hätte uns dafür, dass wir mitten in einen Honigdachsstreit hineingeraten sind, den Arsch aufgerissen.«

»Wir haben nicht nachgedacht, das ist alles. Beim nächsten Mal wissen wir es besser.«

»Ganz deiner Meinung.«

Ein Telefon segelte an Dags Kopf vorbei. Als es gegen die Wand flog und in Stücke brach, kam Livy ins Wohnzimmer zurückstolziert.

»Ich hasse alle«, ließ sie … nun … niemand Bestimmten wissen.

»Ist mit deiner Mutter alles gut gegangen?«, fragte Vic.

Livy war so aufgebracht, dass sie nicht einmal antworten konnte, und ging wieder aus dem Zimmer. Als sie eine Minute später zurückkam, hatte sie ein Verbandspäckchen in der Hand. Sie riss die Verpackung auf und klatschte ohne jede Einleitung ein Pflaster auf die Wunde an Bergs Hals.

»Au!«

»Jammer nicht«, knurrte sie.

Die Hände in die Hüften gestemmt und ohne ihre Cousine auch nur anzusehen, sagte Livy zu Max: »Jetzt werde ich wohl mal mit Charlie reden, da sie die Einzige von euch dreien ist, die auch nur einen Funken Verstand hat.«

»Du solltest wirklich mit ihr reden«, pflichtete Maxie ihr lächelnd bei. »Und sieh zu, dass du dabei deinen tollen Tonfall beibehältst. Sie wird es lieben!«

»Nein«, sagte Berg schnell, der genau erkannte, wozu Max ihre Cousine zu bringen versuchte. »Ich rede mit ihr.«

»Sie?«, fragte Max. »Sie kann sich nicht einmal an Sie erinnern.«

»Das war gemein.« Berg schob seinen Bruder auf Vic zu. »Könntest du Dag für mich helfen? Ich glaube, er braucht etwas Eis.«

»Oder einen neuen Penis.«

Sie drehten sich alle um, um Livy anzustarren, die ihre breiten Schultern hochzog und gestand: »Ich weiß, ich weiß. Ich sollte aufhören zu reden.«

Berg ging weit in die Wohnung hinein, bis er das Badezimmer fand, in dem Charlie stand. Sie hatte Jeans angezogen und sich weit vorgebeugt, um sich mit den Fingern ihr nasses Haar zu kämmen. Da er sie nicht erschrecken wollte, wartete er still. Aber es fiel Berg schwer, sie nicht anzustarren. Sie sah wirklich gut aus in ihren Jeans. Dann richtete Charlie sich auf und Berg begriff, dass sie keine Bluse trug. Nur einen durchsichtigen Spitzen-BH. Er war so überrascht, dass er versuchte, sich abzuwenden, aber stattdessen knallte er gegen den Türrahmen und schlug sich beinahe selbst k.o.

Charlie griff nach einem Kamm, als sie den Aufprall hörte, gefolgt von einem »Verdammt!«. Sie schaute zur Badezimmertür, sah aber nur einen verschwommenen Fleck.

»Tut mir leid«, sagte jemand. »Ich wollte Sie nicht erschrecken.«

»Kein Problem.« Sie kämmte sich das Haar aus dem Gesicht.

»Ich dachte, Sie wären … angezogener.«

Charlie schaute an sich herunter. »Die Nippel sind bedeckt.«

»Wie bitte?«

»Nichts, nichts.« Sie betrachtete sich im Spiegel und versuchte, herauszufinden, was sie mit ihrem Haar machen sollte. »Also, was wollen Sie?«

Es folgte eine Pause.

»Wissen Sie, wer ich bin?«

In Livys Wohnung war ein ganzer Raum voller großer Typen, doch Charlie hatte noch immer ihre Brille nicht aufgesetzt. Sie konnte von Glück sagen, wenn sie Livy erkannte. Also riet sie drauflos.

»Deuteronomion?«

»Das ist *nicht* mein Name.«

Sie hatte keine Zeit, sich um die Probleme irgendeines sensiblen Mannes zu sorgen. Es ging ihr im Moment so viel durch den Kopf, dass sie sich diese Mühe wirklich nicht machen konnte. Trotzdem, sie wollte nicht unhöflich sein. »Wie wäre es, wenn Sie mir einen Hinweis geben«, schlug sie vor.

»Okay, ich habe Ihnen eine sehr hübsche, sehr *teure* Ruger gegeben.«

Schockiert von dieser Antwort wandte Charlie sich vom Spiegel ab und studierte den verschwommenen Fleck vor sich erstmals richtig.

»Sie haben mir eine Ruger gegeben?«, fragte sie. »Niemand hat mir je eine …« Sie trat einen kleinen Schritt zurück. »Oh mein Gott.« Charlie konnte sich ein Lächeln nicht verkneifen. »Sie sind es«, rief sie gut gelaunt. »Mein riesiger, hilfsbereiter verschwommener Fleck!«

»Ich heiße Berg. Berg Dunn.«

»Ich kann es nicht glauben.« Das konnte sie wirklich nicht. »Was machen Sie hier?«

»Ich wohne hier.«

Sie runzelte die Stirn. »Bei Livy?«

»Nein.« Er kicherte plötzlich und schüttelte den Kopf. »Nein. Nicht bei Livy. Ich wohne hier in New York. In Queens.«

Charlie wischte sich die Hände an ihren Jeans ab und trat näher an den Fleck heran. »Es tut mir so leid, dass ich Sie nicht früher erkannt habe. Kein Wunder, dass Sie gekränkt waren. Aber ich bin wirklich froh, Sie wiederzusehen, weil ich keine Chance hatte, Ihnen zu danken …«

»Das ist nicht notwendig.«

»Oh doch. Abgesehen von meinen Schwestern hilft mir nie jemand. Erst recht keine Fremden. Sie hätten sich selbst und diesen kleineren, blasseren verschwommenen Fleck auch einfach im Badezimmer einschließen und mich meine Kämpfe alleine ausfechten lassen können. Das haben Sie nicht getan. Also stehe ich tief in Ihrer Schuld. Ich habe nur …« Charlie schloss kurz die Augen. »Nun, im Moment habe ich ein paar andere … Probleme, um die ich mich kümmern muss. Und Ihre Ruger wurde auseinandergenommen und auf einem Landstrich in Italien entsorgt.« Charlie richtete sich auf und weigerte sich, sich unter der Schande ihres Lebens zu beugen. »Aber ich *verspreche* es. Ich werde es Ihnen zurückzahlen.«

Der verschwommene Fleck lehnte sich an den Türrahmen. »Wovon reden Sie?«

»Ich rede davon, meine Schulden zu begleichen.«

»Wofür? Jemand hat Jagd auf Sie gemacht. Was sollte ich tun? Nicht helfen?«

»Die meisten Leute würden nicht helfen.«

»Wir geben aufeinander acht. Wir sind schließlich Gestaltwandler.«

»Oh. Okay. Klar.«

»Wow«, sagte er plötzlich. »Sie haben mich wirklich nicht erkannt, bis ich die Ruger erwähnt habe, oder?«

»Nein, nicht wirklich.«

»Wie ist das möglich? Sie sind definitiv eine Gestaltwandlerin. Ich habe Ihre Krallen gesehen. Sie hätten inzwischen zumindest meinen Geruch erkennen sollen.«

»Allergien«, gestand Charlie und zeigte auf ihre Nase. »Ich kann im Moment gar nichts riechen. Von Mai bis mindestens Oktober – manchmal Dezember – lebe ich von abschwellenden Medikamenten und Benadryl. Und seit dem wilden Sturz aus meinem Zimmer hinein in Ihr Leben hatte ich nichts Rezeptpflichtiges mehr, einschließlich meines Nasensprays. Ich kann Ihnen gar nicht sagen, wie sehr ich das vermisse.« Sie rieb sich die Nase. »Es juckt im Moment echt furchtbar.«

»Sie können also kaum etwas sehen und nichts riechen … aber Sie können Ihre Schwester durch einen Clothesline-Wrestling-Move zu Fall bringen?«

»Mit dem Clothesline-Move reiße ich meine Schwester jetzt schon seit sehr langer Zeit von den Füßen. Glauben Sie mir, wenn ich sage, dass sie es verdient.«

Charlie wandte sich wieder dem Spiegel zu und beschloss, ihr Haar zu einem hohen Pferdeschwanz zu frisieren, da sie keinen Föhn mit Zerstäuber zur Hand hatte.

»Ich bin noch nie einem Gestaltwandler Ihres Alters begegnet, der Augenprobleme hatte, die nicht durch irgendeinen seltsamen Arbeitsunfall verursacht worden sind.«

»Das glaube ich Ihnen sofort.« Charlie zog ihr Haar zurück. »Aber wissen Sie … das ist die Schuld meines Vaters.«

»Die Schuld Ihres Vaters?«

»Er hat die beschissensten Gene aller Zeiten.«

»Wie meinen Sie das?«

»Ich meine, dass die Mehrheit meiner Unzulänglichkeiten und die meiner Schwestern auf unseren Samenspender zurückzuführen sind. Er ist absolut und zweifelsfrei der Grund dafür, warum wir alle Freaks sind.«

»Ich würde nicht sagen, dass Sie Freaks sind«, bemerkte der verschwommene Fleck mit einem Lachen und drückte ihr ihr Haarband in die Hand.

»Oh, glauben Sie mir«, gestand Charlie. »Wir sind *richtige* Freaks.«

»Sie sind *richtige* Freaks«, erklärte Livy und kippte den Inhalt eines Eiswürfelbehälters in eine Plastiktüte. Sie ging durch die Küche und wollte die Tüte gerade Dag geben, als Vic sie ihr gewaltsam aus den Händen riss.

»Ich finde, du hast seine Eier heute oft genug berührt, nicht wahr?«, sagte Vic, bevor er Dag das Eis gab, der extrem erleichtert zu sein schien. Livy hatte keine Ahnung, wieso.

»Gib mir nicht die Schuld daran.«

»Wem soll ich sie denn sonst geben?«

»Wer stellt sich mitten in einen Honigdachsstreit?«

»Ich dachte, ich könnte helfen«, murmelte Dag, während er vorsichtig das Eis auf seinen Lenden platzierte.

»Dachse brauchen keine Hilfe.«

»Es ist nicht so, dass es mich überrascht, dass du mit deiner eigenen Cousine gekämpft hast«, meinte Vic und lehnte sich mit dem

Hintern gegen die Küchentheke, »weil das so oft passiert. Aber der Streit heute war unnötig.«

»Wir kennen uns von früher.«

»Schockierend.«

»Warum bezeichnen Sie sie als Freaks?«, fragte Dag.

»Weil sie Freaks sind.« Sie senkte die Stimme ein wenig. »Sehen Sie das nicht?«

»Sie sind Hybriden«, antwortete Shen. »Alle Hybriden sind ein wenig seltsam.«

Livy schüttelte den Kopf. »Für jeden anderen Honigdachsmix hat es von jeher nie eine Rolle gespielt, was man mit dem Honigdachs gemischt hat. Unsere bösartige DNA hat immer alles andere zerstört und nur den Honigdachs und etwas Mensch übrig gelassen.« Sie senkte die Stimme wieder zu einem Flüstern. »Bis auf meine beiden Cousinen. Charlie und Stevie sind die einzigen Honigdachse, die ich kenne, die *nicht* ganz Honigdachs sind. Aber sie sind nicht das Problem.«

»Ach, nein?«

»Nein. Eigentlich mag ich sie. Na ja … ich mag Charlie. Ich weiß beim besten Willen nicht, was ich über Stevie sagen soll. Aber meine Cousine, die gänzlich Honigdachs ist … Sie ist trotzdem ein Freak.« Sie deutete mit einer Handbewegung auf die Männer. Vic und Shen standen neben ihr an der Tür, während Dag seinen Platz am Küchentisch beibehielt und seine Eier pflegte.

»Schauen Sie sie sich doch mal an«, sagte Livy und deutete auf Max, die neben ihrer jüngeren Schwester im Wohnzimmer stand. »Was sehen Sie?«

»Eine Frau, die schweigend neben ihrer immer noch bewusstlosen Schwester steht?«, fragte Shen.

»Vic, siehst du, was mit ihr nicht stimmt?«

»Ja«, bestätigte er und verdrehte die Augen. »Aber es ist dumm.«

»Sag es ihm«, drängte Livy.

Vic seufzte. »Sie lächelt.«

»Genau. Und was zum Teufel hat sie für einen Grund zu lächeln?« Livy trat zurück in die Mitte der Küche. »Das ist kein normales Benehmen.«

Shen zuckte die Achseln. »Vielleicht ist sie einfach glücklich.«

»Welcher Honigdachs, den Sie kennen, ist verdammt noch mal glücklich?«

»Nun …«

»Kein einziger! Kein einziger ist glücklich. Nicht wenn kein Alkohol und Schlangengift im Spiel sind. Aber sie …?« Livy gab endlich zu, was alle in der Familie Yang bereits wussten. »Sie ist jetzt vollkommen nüchtern, was mir eines verrät.«

Vic schaute sie an. »Und das wäre?«

»Sie ist eine Serienmörderin.«

»Weil sie … lächelt?«

»*Ja.*«

Nachdem Charlie sich ihr Haar zu einem Knoten auf dem Kopf gedreht und die Enden ein bisschen geknetet hatte, damit sich Locken bilden konnten, wusch sie sich die Hände, trocknete sie und tastete nach ihrer Brille. Sie wusste, dass sie sie auf der Ablage liegengelassen hatte, aber jetzt war sie nicht mehr sicher, wo sie war.

Der verschwommene Fleck drückte sie ihr in die Hand und sie setzte sie auf. Dann wandte sie sich dem Fleck zu und …

»Oh … meine Güte.«

Er zog eine Augenbraue hoch. »Stimmt etwas nicht?«

Doch. Alles stimmte. Alles war irgendwie … perfekt.

Er war *so* hübsch.

Kantiges Kinn. Braunes Haar mit goldenen Strähnchen. Dunkelbraune Augen. Und dieser perfekte Kopf saß bequem auf einem breiten Hals, der mit gigantischen Schultern verbunden war, die wiederum zu einem Furcht einflößend massigen Körper gehörten.

Es war kein dicker Körper, sondern ein überwältigend *muskulöser* Körper. Wie fand er nur Klamotten für seine Figur? Das dunkelblaue T-Shirt, das er gegenwärtig trug, schien all diese Muskeln nur mühsam zu beherbergen.

Charlie begriff, dass sie ihn anstarrte … vielleicht sabberte sie sogar.

»Wie war noch mal die Frage?«, murmelte sie.

»Stimmt etwas nicht?«

»Ob etwas nicht stimmt? Was könnte da nicht stimmen?«

»Dass irgendwelche Leute versuchen, Sie umzubringen?«

»Ja, stimmt. Da war was«, gestand sie. »Das ist definitiv ein Problem. Aber, wissen Sie … leider passiert das nicht zum ersten Mal.«

»Also sind Sie alle drei auf der Flucht?«

Charlie seufzte. »Absolut. Ich dachte, wir könnten hier wenigstens ein paar Tage bleiben, aber jetzt …«

»Ich glaube, ich kann da helfen.« Er deutete mit dem Finger auf sie. »Ich kenne vielleicht ein Plätzchen, wo Sie unterkommen können. Dort wären Sie sicher. *Wirklich* sicher.«

Charlie ließ die Hände sinken und sagte: »Dude …«

»Berg.«

»Wie auch immer. Ich kann Sie nicht bitten, noch mehr zu tun, als Sie bereits getan haben. Ich meine, Sie waren toll. Ich verdanke Ihnen mein Leben. Schon das kann ich nie wiedergutmachen.«

»Sie brauchen gar nichts wiedergutzumachen und Sie sind immer noch nicht in Sicherheit.«

»Das ist nicht Ihr Problem. Es ist mein Problem, denn die Tochter von Freddy MacKilligan zu sein, bedeutet, dass Sicherheit und Schutz einfach nicht zu meinem Wortschatz gehören.«

»Sie brauchen einen Ort, um wieder zu sich zu kommen. Um zu überlegen, was Sie als Nächstes tun wollen. Und ich denke, wir wissen beide, dass Sie das hier nicht können. Ich kenne Livy nicht gut, aber sie macht es deutlich, wenn sie jemanden nicht mag. Und sie mag ihre Schwester nicht. Aber ich glaube, ich kann Sie an einen Ort bringen, wo Sie ein wenig Zeit zum Verschnaufen hätten.«

Charlie fand es schrecklich, diesem Mann noch einmal zur Last zu fallen. Aber wie immer hatte ihr Vater sie in eine Situation gebracht, in der ihr kaum Optionen blieben – falls überhaupt welche.

Wie konnte irgendjemand überhaupt ein derartiger Versager sein? Wie konnte ein einziger Mann so vielen Personen so großen Schaden zufügen, ohne dass ihn das besondere Anstrengung gekostet hätte? Ihr Vater war bekannt für lächerliche Machenschaften, mit denen er ganze Banksysteme zum Zusammenbruch brachte. Deals, die so schlecht liefen, dass seine Partner am Ende entweder tot oder im Gefängnis waren. Schlecht geplante Anschläge und Betrügereien, die schiefgingen, aber irgendwie nicht die geringste Wirkung auf Freddy MacKilligan hatten, sondern stattdessen seine Töchter – wieder einmal – dazu zwangen, um ihr Leben rennen.

Wie immer war ihr Vater der König des Versagens.

Aber jetzt nicht mehr. Denn endlich lag er im Kühlraum und Charlie konnte es nicht erwarten, ihn unter die Erde zu bringen. Mit ihm fertig zu sein. So zu tun, als hätte jemand so Idiotisches nie existiert.

»Wollen Sie, dass ich den Anruf mache?«, fragte ihr gut aussehender Retter, als ihr Schweigen sich in die Länge zog.

»Ich …«

»Es macht mir wirklich nichts aus. Tatsächlich würde ich das *gerne* für Sie tun.«

»Warum? Ich meine … sind Sie wirklich eine so gute Person?«

Er zuckte die Achseln und antwortete: »Ja. Bin ich. Immerhin bin ich ein Bär, wir sind von Natur aus liebevoll und großzügig.«

»Wirklich? Denn nach dem, was ich über Bären gehört habe, durchstöbern sie entweder die Mülltonnen anderer Leute oder attackieren Jogger in Alaska.«

»Weil wir so schreckhaft sind. Erschreckt man uns nicht, dann greifen wir auch nicht an.«

»Es sei denn, Sie haben richtig Hunger.«

Er bedachte sie mit einem quälend süßen Grinsen. »Es sei denn, wir haben richtig Hunger.«

Charlie lachte und beschloss, in den sauren Apfel zu beißen. »Okay. Ihre Hilfe wäre hochwillkommen.« Sie kontrollierte die Uhrzeit auf ihrem Handydisplay. »Hm …«

»Was?«

»Ich frage mich nur, ob Livy uns erlauben würde, unsere Sachen noch zwei Stunden hier zu lassen, bevor wir abhauen.«

»So lange sollte es nicht dauern, den Ort zu sichern.«

»Oh, darum geht es nicht. Wir sind hier in der Stadt, um unseren toten Vater zu identifizieren, und wir hätten schon, äh, vor einer Stunde im Leichenschauhaus sein sollen.«

»Moment mal.« Er hob die Hand, die Innenfläche nach außen

gedreht, und legte den Kopf schräg, bevor er fragte: »Ihr Vater ist tot?«

Charlie hob die Arme, drückte sich mit beiden Händen die Daumen und sagte mit einem breiten, wirklich von Herzen kommenden Lächeln: »Auf die Hoffnung!«

Kapitel 6

Will MacKilligan saß auf den Treppenstufen hinter seinem Haus und starrte auf die Zwinger, in denen die Hunde gehalten wurden.

Normalerweise bellten sie. Sie bellten ständig. Bösartige Bestien, die zu Wills Schutz eingesetzt wurden, und, wie Will es gern nannte, zum »Überzeugen«, wenn nötig. Alles würde ein Kerl preisgeben, wenn ihn einer der Hunde der MacKilligans anknurrte.

Aber genau diese lärmenden Hunde waren jetzt still. Denn sie wussten instinktiv, dass Will, wenn sie auch nur einen Laut von sich gäben, wahrscheinlich jeden einzelnen von ihnen töten würde.

Zu sagen, er sei zornig, wäre eine grobe Untertreibung. Seit seiner Jugend hatte er sich mit diesem Scheiß abgeben müssen und es reichte ihm.

Mehr als fünfzig Jahre lang hatte er sich mit der amerikanischen Seite der Familie MacKilligan abplagen müssen, verursacht durch die unersättliche Libido seines Vaters. Meistens war es keine so große Sache. Er hatte zwei Halbschwestern in den Vereinigten Staaten, die er an einem guten Tag ertragen konnte, und noch einen Halbbruder, den er nie zu Gesicht bekam. Aber dieser Idiot. Dieser verdammte Idiot.

Freddy MacKilligan.

Mit diesem Idioten würde Will sich nicht länger abfinden. Keine Sekunde mehr.

Es würde schwierig werden, ihn zu finden. Der Mistkerl war so gerissen wie die Schlangen, die sie alle so gern aßen. Konnte sich manchmal vor aller Augen sichtbar verstecken. Oder jedenfalls schien es so.

Aber Will hatte genug von diesem Spielchen. Vor allem jetzt. Vor allem nach dem, was dieser Mistkerl ihm angetan hatte. Der Familie angetan hatte.

Er machte sich nicht die Mühe, seine Halbgeschwister in den Staaten zu kontaktieren. Er bezweifelte, dass sie sich mehr darum scheren würden, als seine eigenen Brüder und Halbbrüder hier zu Hause es taten. Nicht wenn es um Freddy MacKilligan ging. Und in geschäftlicher Hinsicht hatten sie keine Beziehungen zu Freddy. Die Finanzen der schottischen MacKilligans wurden niemals mit denen der Amerikaner vermischt. So hatte sein Vater es eingerichtet und so blieb es.

Sein ältester Sohn setzte sich neben ihn auf die Stufe.

»Die Onkel rufen«, sagte er gelassen.

»Lass sie rufen.« Will schüttelte den Kopf. »Ich kann nicht glauben, dass Freddy das getan hat.«

»Ich kann nicht glauben, dass er klug genug ist, um das zu tun. Der Mann ist ein Idiot.«

»Ein gerissener Idiot. Er hat sich schon aus mehr Scheiße herausmanövriert, als du denkst.«

»Wir lassen unsere Leute in den Staaten nach ihm suchen, aber …«

»Er könnte überall sein«, beendete Will den Satz für Dougie.

»Vielleicht haben seine Schwestern ja eine Ahnung, wo er sich aufhält. Ich weiß, dass er mit ihnen in Kontakt steht.«

»So nah sind sie sich nicht. Sie hassen ihn.« Er dachte einen Moment lang nach. »Was ist mit Freddys Mädchen?«

»Du meinst seine Töchter?« Dougie schnaubte. »Sie hassen ihn noch mehr als du. Sie würden ihm nicht helfen. Außerdem haben sie im Moment ihre eigenen Probleme.«

»Wovon redest du?«

»Irgendjemand versucht mal wieder, an die Jüngste heranzukommen.«

»Was? Noch ein Drogendealer, der Designermeth braucht?«

»Keine Ahnung, aber ich kann es herausfinden.«

Dougie machte das Angebot, ohne wirklich darüber nachzudenken, davon war Will überzeugt. Es war einfach seine Art, seinem Vater immer die Informationen, die er möglicherweise brauchte, so schnell wie möglich zu beschaffen.

Aber statt den Vorschlag abzutun, sah Will seinen Sohn an und sagte: »Gut. Finde es heraus.«

Überrascht fragte Dougie: »Wirklich? Bist du dir sicher?«

»Ich bin mir sicher. Finde es heraus. Finde alles heraus.«

»Und was dann?«

»Dann schauen wir, was wir mit diesen Informationen anfangen können. Wie wir sie für uns arbeiten lassen können.«

»Selbst wenn es die Mädchen mit hineinzieht?«

Will nickte. »Ihr Vater schert sich nicht um sie, aber wenn es eines gibt, das der Mann fürchtet … ist es das älteste Mädchen.«

»Charlie.« Dougie stand auf. »Ich werde sehen, was ich herausfinden kann.«

Will erhob sich ebenfalls und fühlte sich bereits etwas besser. Immer noch wütend, aber jetzt mit ein wenig Hoffnung. »Und wenn wir Glück haben und das Ganze wieder in Ordnung kommt, kann ich meinen Bruder mit bloßen Händen umbringen.«

Dougie tätschelte Will die Schulter. »Darauf hoffen wir alle, Dad. Darauf hoffen wir.«

Max schaute über ihre Schulter und wand sich innerlich, als ein Leichnam gegen das Glasfenster schlug, gefolgt von einem verzweifelten Zornesschrei.

»Also«, sagte der Kriminalbeamte, der neben ihr stand, »ich schätze, das ist *nicht* Ihr Vater?«

Max duckte sich, bevor das Bein, das von einer anderen namenlosen Leiche abgerissen worden war, sie am Kopf treffen konnte. »Ja. Das ist nicht unser Dad … leider.«

»Dann sollten Sie besser Ihre Schwester von hier wegbringen, bevor ich sie wegen einer Leichenschändung verhaften muss. Oder wegen der Schändung zahlreicher Leichen.«

Max tätschelte dem Gestaltwandler-Cop die Schulter, um sich zu bedanken, aber er zuckte so heftig vor ihr zurück, dass sie beschloss, es nicht auf die Spitze zu treiben. Sie wusste, dass Honigdachse andere Gestaltwandler mitunter nervös machten.

Außerdem war heute einer dieser Tage, nicht wahr? Einer, an dem alle ein wenig empfindlicher waren als gewöhnlich.

»Leg den Torso auf der Stelle hin, Charlie MacKilligan!«, polterte Stevie, während sie mit dem Finger auf ihre wütende Schwester zeigte und mit ihrem eigenen Körper den armen Leichenhallenangestellten abschirmte. »Sofort!«

Berg betrat den Raum, sein Handy in der Hand, den Blick auf Charlie gerichtet.

Sie stand mitten in Vics und Livys Wohnzimmer und starrte mit leerem Blick auf die gegenüberliegende Wand. Die drei Schwestern waren gerade in die Wohnung zurückgekehrt, aber er hatte ehrlich keine Ahnung, was los war.

Stevie kam mit einem Glas von etwas, das aussah wie Scotch auf Eis, aus der Küche gelaufen.

»Trink das, Charlie. Es wird dir helfen.«

Charlies leerer Blick legte sich auf das Glas Scotch und sie betrachtete es mehrere Sekunden lang.

Alle im Raum sahen zu, wie sie den Scotch ansah. Berg war in Livys Wohnung geblieben, weil er für die Schwestern einen Ort zum Bleiben gefunden hatte und sie dorthin bringen musste. Coop dagegen weigerte sich, in seine eigene New Yorker Wohnung zurückzukehren, weil er sehen wollte, »was als Nächstes passiert«. Genau das waren seine Worte gewesen. Dag und Shen hingen immer noch hier rum, weil keiner von beiden etwas Interessanteres vorhatte. Und Vic und Livy wohnten schließlich hier.

Sie alle beobachteten Charlie und es war vollkommen still im Raum. Plötzlich blaffte sie: »Ich muss backen.«

Ihre Schwestern machten ihr sofort den Weg frei und sie verschwand in der Küche.

»Da drin ist nichts«, rief Livy Charlie zu, »das irgendjemand zum Backen benutzen kann.« Sie sah die anderen an. »Was ist? Ich gehe nicht so oft einkaufen.«

»Es ist schlimm«, murmelte Stevie leise. »Wenn sie anfängt zu backen …«

»Also«, riet Coop drauf los, »es war wirklich Ihr Dad? Es tut mir so lei…«

»Oh, nein«, unterbrach Max ihn und zeigte mit ausgestrecktem

Arm auf die großen Panoramafenster. »Er ist immer noch irgendwo da draußen. Lebendig. Und versaut uns unser Leben.«

»Ihr Vater ist *nicht* tot?«, fragte Vic. Max und Stevie schüttelten den Kopf. »Und Ihre Schwester ist so aufgebracht, weil …?«

»… er *nicht* tot ist.«

Vic lehnte sich auf seinem Platz auf dem Sofa zurück. »Damit hätte ich jetzt nicht gerechnet.«

Charlie kam plötzlich mit einer Tüte ungeöffneten Mehls aus der Küche. »Ist euch allen klar …«

»Oje«, sagte Stevie leise und ließ den Kopf hängen.

»… dass der einzige Grund, warum wir alle hier sind, mein Vater ist?« Sie zeigte auf Coop. »Sie mussten Ihre Welttournee wegen meines Vaters abbrechen.« Sie zeigte auf Berg. »Sie sind wegen meines Vaters angeschossen und mit einem Messer verletzt worden.«

»Ich bin mir nicht sicher, ob wir ihn speziell dafür verantwortlich machen können …«

Sie zeigte auf Livy. »Du bist in einen Kampf mit deiner Cousine geraten. Wegen meines Vaters.« Zeigte auf Vic. »Fremde in Ihrer Wohnung wegen meines Vaters.« Sie deutete zwischen sich selbst und Max und Stevie hin und her. »Die jüngsten Anschläge auf unser Leben, höchstwahrscheinlich wegen unseres idiotischen Vaters.«

»Wir wissen nicht«, unterbrach Stevie sie, »ob Daddy mit irgendetwas davon zu tun hatte.«

Ihre Schwestern drehten sich plötzlich zu Stevie um und starrten sie an. Wirklich lange. Bis Stevie schließlich zugab: »Er hat es *wahrscheinlich*, aber wir *wissen* es nicht. Mehr sage ich ja gar nicht.«

Mit einem angewiderten Laut drehte Charlie sich auf dem Absatz um und ging wieder in die Küche.

»Wo hat sie bloß das Mehl gefunden?«, fragte Livy Vic. »Wir haben Mehl?«

»Ich weiß nicht, warum ihr alle sauer auf mich seid«, entrüstete Stevie sich. »Er ist trotz allem unser Vater!«

»Ich bin nicht sauer auf Sie«, verkündete Dag plötzlich und ließ nachdenklich den Blick durch den Raum schweifen. »Aber ich kenne Sie ja auch gar nicht. Also habe ich keinen Grund, sauer auf Sie zu sein.«

Ein *Kling* aus der Küche ließ Livy die Stirn runzeln. »Wir haben einen Mikrowellenherd?«, fragte sie Vic. »Wann haben wir einen Mikrowellenherd bekommen?«

Einen Moment später kehrte Charlie aus der Küche zurück. Jetzt hielt sie in ihrer linken Armbeuge eine Edelstahlrührschüssel und in ihrer rechten Hand einen Holzlöffel. Und was immer sie in dieser Schüssel hatte, bekam gerade eine höllische Tracht Prügel von dem Löffel.

»Niemand ist wütend auf dich, Stevie«, erklärte Charlie unter fortwährendem Rühren. »Ich werfe dir deine Gefühle für diesen Idioten nicht vor.«

»Ich nenne ihn Dad«, sagte Stevie den anderen.

»Aber wir haben hier ein ernstes Problem. Solange er lebt, sind wir nicht sicher.«

»Ich könnte ihn aufspüren«, schlug Max vor. »Ihn umbringen.« Sie sah Stevie an. »Weine ruhig ein wenig darüber, wenn du dich dann besser fühlst.«

Stevie kniff die Augen zusammen. »Ich würde mich dann nicht besser fühlen.«

»Nein, nein.« Charlie, die immer noch rührte, schüttelte den Kopf. »Ich kann dich nicht bitten, das zu tun. Wenn es eines gibt, worauf unser Vater sich versteht, dann, sich zu verstecken. Du wirst ihn niemals finden und am Ende wärest du nur frustriert.«

»Weil Ihre Frustration in diesem speziellen Moment ja auch die Hauptsorge aller Beteiligten ist«, murrte Vic.

»Wir brauchen einen sicheren Ort, um uns zu verstecken«, überlegte Charlie laut und ihr Rührarm hielt keine Sekunde lang inne. »Da Dad noch am Leben ist und die Leute, die versuchen, uns zu töten, immer noch da draußen sind, müssen wir ein sicheres Haus finden. Wir müssen vielleicht New York verlassen.«

»Ich glaube nicht, dass sie versuchen, uns alle zu töten«, verkündete Max plötzlich. »Nur dich und mich. Ich glaube, sie wollen, dass Stevie weiterlebt.«

Charlie hörte kurz auf, zu rühren. »Wie kommst du darauf?«

»Nun, weißt du, als wir …« Max unterbrach sich und sah sich im Zimmer um. »Ähm … du weißt schon … als wir in dem *Mercedes* in der Nähe der Stelle waren, wo wir Stevie aufgelesen haben?«, fragte sie vage.

»Ja, und?«, sagte Charlie.

»Bei dieser Gelegenheit haben sie nicht versucht, uns alle in die Luft zu sprengen. Sie haben versucht, zu verhandeln, was nur Sinn macht …«

»Wenn sie es auf Stevie abgesehen hatten.« Charlie rührte weiter. »Unglaublich«, blaffte sie. »Er hat sie schon wieder verkauft.«

Vic riss den Kopf hoch. »Moment mal … was?«

Aber die Schwestern ignorierten ihn.

»Wir müssen hier raus«, ließ Charlie ihre Schwestern wissen.

»Warten Sie«, griff Berg ein, bevor sie gehen konnten. »Ich habe einen Platz für Sie gefunden. Einen sicheren Ort.«

Charlie schenkte ihm ein ganz kleines Lächeln. »Es kommt mir nicht richtig vor, Sie da mit reinzuziehen. Sie wissen schon … wieder einmal.«

»Es ist schon alles vorbereitet. Ich verspreche Ihnen, einen sichereren Ort können Sie nicht finden.«

Max schnaubte. »Als hätten wir das nicht schon mal gehört.«

»Wenn mein Bruder sagt, es sei sicher«, unterbrach Dag, »ist es sicher.«

»Okay.« Charlie lächelte, während Max kein Wort von dem, das Berg sagte, zu glauben schien. Aber es scherte Berg nicht, ob die Honigdächsin ihm glaubte oder nicht.

»Geben Sie mir nur zehn Minuten, um die Kekse fertig zu backen, dann gehen wir.«

Charlie verschwand wieder in der Küche und Max zeigte auf Berg. »Sie sollten da besser recht behalten. Oder ich werde ziemlich mürrisch.«

»Man kann keinen sichereren Ort finden als diesen«, versprach er und meinte jedes Wort ernst.

Die beiden starrten sich an, während Max sich davon zu überzeugen versuchte, dass er die Wahrheit sagte, bis Livy die Hände in die Luft warf und zu erfahren verlangte: »Macht sich hier sonst niemand Sorgen, was zum Teufel sie benutzt, um diese Kekse zu backen?«

Nachdem Charlie Livy einen Teller mit den erstaunlichsten Zitrus-Honig-Keksen, die Berg je gegessen hatte, in die Hand gedrückt hatte – »*Wo, verdammte Scheiße, hast du etwas gefunden, um diese Kekse zu verzieren?*« –, brachte Berg die drei Frauen zur Grand Central Station, wo sie einen Zug der Long-Island-Rail-Road nahmen.

Keiner von ihnen sprach auf dem Weg nach Queens. Stevie zog einen E-Book-Reader aus ihrer Tasche, der ihr Zugriff auf Tausende digitale Bücher gab. Sie las während der ganzen Fahrt und sprach kein Wort. Max betrachtete mit einem kleinen Lächeln auf den Lippen x-beliebige Leute im Zug.

Charlie schaute einfach nur aus dem Fenster.

Als sie die Jamaica Station erreichten, stiegen sie aus und Berg brachte sie zu der Garage, in der er seinen SUV stehen hatte.

Die drei Frauen stellten schweigend ihre Taschen in den Kofferraum seines Wagens und drängten sich dann auf die Rückbank.

Während der Fahrt las Stevie weiter, Max lächelte weiter, und Charlie starrte weiter aus dem Fenster.

Eigentlich wäre Coop bei diesem Ausflug gerne mitgekommen, aber Berg hatte das Gefühl gehabt, dass die Schwestern im Moment niemanden um sich haben wollten. Die Tatsache, dass sie sich mit Berg abfinden mussten, war wahrscheinlich sowieso schon eine Spur mehr, als sie ertragen konnten. Dazu noch ein neugieriger Schakal hätte bei einer von ihnen oder sogar bei allen dreien das Fass zum Überlaufen gebracht. Also brachte Dag den Maestro nach Hause und Berg war hier.

Berg bog in die Straße ein, in der er wohnte. Er liebte dieses Viertel von Queens und war dankbar gewesen, als er es gefunden hatte. Das Leben in New York war nicht wirklich sein Ding. Er war in Washington groß geworden und an eine viel entspanntere Lebensart mit seinen Eltern gewöhnt.

Er stieg aus seinem SUV und ging nach hinten. Dann holte er die Taschen der Frauen heraus. In dem Moment bimmelte sein Telefon.

Berg schaute auf das Display und wand sich sichtlich. Die SMS seiner Schwester war komplett in Großbuchstaben geschrieben. Das verhieß nie etwas Gutes.

»Ähm, ich bin gleich wieder da, meine Damen«, sagte er und zeigte auf das Haus, das er ihnen organisiert hatte. »Wie wäre es, wenn Sie sich ein bisschen im Garten umschauen?«

Berg ging über die Straße, als er eine weitere SMS in Großbuchstaben erhielt … dann rannte er los.

Charlie stand neben ihren Schwestern und zu dritt starrten sie auf die Straße in Queens, in die Berg sie gebracht hatte, bevor er davongelaufen war, als stünde er in Flammen.

Kurz fragte sie sich, ob er tatsächlich zurückkommen würde. Wenn man bedachte, was für einen Tag sie bereits hinter sich hatte … würde es sie nicht überraschen, herauszufinden, dass das alles hier eine geschickt aufgestellte Falle war, um sie und Max zu töten und Stevie zu entführen, und dass der süße Bär der Kopf hinter dem Ganzen war.

Es wäre typisch, nicht wahr?

»Nun, wirklich sicher scheint es hier nicht zu sein«, kommentierte Max, während sie ihre Umgebung schnell und genau untersuchte.

Charlie schaute auf der Straße zuerst nach links, dann nach rechts. »Was soll das heißen? Was stimmt nicht?«

Max betrachtete Charlie für einen Moment, bevor sie sagte: »Wir müssen dir deine Antiallergika besorgen, Schätzchen.« Sie sah kurz Stevie an, die gen Himmel blickte. »Und die hier muss weniger auffällig werden.«

»Warum? Was habe ich übersehen?«, fragte Charlie und schnupperte. Aber sie konnte nichts wahrnehmen. Sie brauchte wirklich ihre Medikamente. »Was rieche ich nicht?«

»Zerbrich dir darüber nicht den Kopf.«

»Zu spät.«

Max seufzte. »Es ist nicht so, als hätten wir viele Optionen.« Denn wieder einmal hatte ihr Vater seinen Töchtern eigene Entscheidungen unmöglich gemacht.

»Aber es ist sehr hübsch«, bemerkte Stevie. »Ihr wisst schon … für Queens.«

Max sah ihre Schwester an. »Was weißt du über Queens?«

»Ich weiß über viele Orte Bescheid. War an vielen Orten. Du bist nicht die Einzige, die oft reist, Maxie MacKilligan.«

»Du reist von Labor zu Labor und von Nervenheilanstalt zu Nervenheilanstalt. Es ist nicht unbedingt so, dass du unterwegs die Landschaft genießt.«

»Woher weißt du, was ich tue oder nicht tue? Du bist ja nie da.«

»Ich weiß es, weil ich *dich* kenne. Du bist die einzige Person, der ich je begegnet bin, die keine Zeit hatte, den Eiffelturm zu würdigen, während sie in Paris war.«

»Ich war beschäftigt! Und ich möchte dich wissen lassen, dass ich ihn mir inzwischen angesehen habe.«

»Seid Ihr drei die Schwestern?«, erklang eine schroffe Stimme hinter ihnen.

Max griff sofort nach einem der Messer, die sie ständig am Leib trug, und brachte damit Charlie dazu, ihre Hand zu ergreifen, bevor sie eins hervorziehen konnte. Das war etwas, das Charlie sich selbst sehr früh im Leben beigebracht hatte, damit sie ihre mittlere Schwester aus dem Jugendknast heraushalten konnte, und dann, als Max älter war, aus dem Gefängnis.

Stevie, die ebenfalls erschrak, schrie, als sei sie gerade erdolcht worden. Ihr Rücken wölbte sich, bevor sie in den nächsten Baum sprang und die Krallen in dessen Rinde bohrte. Mit einem warnenden Fauchen kroch sie rückwärts in die Zweige und verschwand zwischen den Blättern.

Der schroffe Mann, der hinter ihnen gestanden hatte, starrte den Baum an und seine ohnehin aufgerissenen Augen wurden noch größer. »Äh …«

Charlie stellte sich vor ihre mittlere Schwester – nur für den Fall, dass Max versuchte, irgendjemanden zu erstechen, denn dann würde sie nun zuerst Charlie erledigen müssen. Dann streckte sie die Hand aus.

»Charlie MacKilligan«, stellte sie sich vor. »Das ist meine Schwester Max und das da auf dem Baum ist Stevie.«

Der Blick aus den großen braunen Augen des Mannes blieb auf Charlie liegen. »Warum haben Sie alle Jungennamen?«, fragte er und wirkte jetzt nervös. Nicht dass Charlie ihm einen Vorwurf machte.

»Mein Vater hat sich immer Jungs gewünscht. Aber wie Heinrich der Achte hat er nur Mädchen bekommen.«

»Um genau zu sein«, erklärte Stevie von ihrem Versteck im Baum aus, »hatte Heinrich einen Sohn und er wurde nach dem Tod seines Vaters zum König gekrönt, aber er war kränklich. Hat sich nicht lange gehalten. Zu dem Zeitpunkt hat Maria die Blutige …«

»Warum sitzt sie da oben im Baum?«, fragte der schroffe Mann.

»Sie ist ein Genie. Also ist sie merkwürdig.«

»Ist sie immer so … schreckhaft? Wir mögen hier keine schreckhaften Leute.«

Charlie versuchte, sich eine gute Antwort einfallen zu lassen, die sie nicht ihr vorübergehendes Zuhause kosten würde, bevor sie es auch nur angeschaut hatten. Aber bevor sie ein Wort sagen konnte, flog eine Biene vorbei, die kurz um Max' Gesicht herumsummte. Und wie aus dem nichts rannte ihre Schwester los.

»Wo läufst du hin?«, rief Charlie ihr nach.

»Bienen«, war die einzige Antwort, die sie bekam. Aber Charlie erklärte das tatsächlich alles.

»Sie wird ein Problem sein«, bemerkte der schroffe Mann.

»Ich weiß, sie wirkt so …«

»Wir mögen ihresgleichen hier nicht.«

Charlie blinzelte erschrocken. »Was haben Sie da gerade gesagt?«

»Sie haben mich gehört.«

Stevies Kopf kam aus den Blättern hervor und sie erklärte anklagend: »Sie *Rassist*!«

Der schroffe Mann runzelte die Stirn. »Hä?«

»Sie haben mich schon verstanden! Sie sind ein Rassist. Und wenn Max zurückkommt, wird sie Ihnen dafür den Arsch aufreißen!«

Berg kam hinter einem Haus auf der anderen Straßenseite hervor und steuerte auf sie zu.

»Tut mir leid«, sagte er, als er näher kam. »Meine Schwester hatte ein paar Schwierigkeiten.« Er lächelte. »Also, wie kommen wir zurecht?«

»Du hast mir nicht gesagt, was sie sind«, beschwerte sich der schroffe Mann.

»Ja.« Charlie konnte sich ein höhnisches Grinsen nicht verkneifen. »Zwei farbige Frauen müssen für Sie beängstigend sein.«

Die beiden Männer sahen erst sich und dann wieder Charlie an.

»Wovon reden Sie?«, fragte Berg.

»Anscheinend kann nur Stevie hier in ihrem kostbaren Viertel bleiben. Sie ist offensichtlich weiß genug.«

»Und Sie, Sir«, brüllte Stevie aus dem Baum, »werden mich nicht dazu bringen, mich schrecklich zu fühlen. Ich lasse mir nicht den Mantel weißer Schuld um die Schultern legen, vielen herzlichen Dank!«

Berg schüttelte den Kopf. »Tiny schert sich nicht darum, dass Sie schwarz sind. Oder dass Ihre Schwester Asiatin ist. Das ist wahrscheinlich das Letzte, was ihn interessiert.«

»Das ist es wirklich«, seufzte der schroffe Mann.

»*Sein* Name ist Tiny? ›Winzig‹?«, fragte Charlie und schaute zu dem Mann *nach oben*. Er war größer als Berg. Und breiter.

»Familienspitzname«, knurrte er.

»Tiny interessiert sich nur dafür, dass ihr Honigdachse seid«, fuhr Berg fort.

»*Das* wird Probleme mit meinen Nachbarn geben«, gestand Tiny. »Vor allem mit denen, die Bienenstöcke haben.«

»Warum sollte das eine Rolle spielen?«, fragte Charlie. Sie war verwirrt, bis sie merkte, dass Max sich diesen speziellen Augenblick ausgesucht hatte, um zu ihnen zurückzukehren. Sie hielt eine tropfende Honigwabe in der Hand und Hunderte zorniger Bienen hingen von ihrem Gesicht wie eine bizarre Stammesmaske.

»Herrgott!«, blaffte Charlie, trat schnell von Max weg und wedelte weitere zornige Bienen von ihrem eigenen Gesicht fort.

Ihre mittlere Schwester sah sie mit ausdruckslosem Blick an und ignorierte die Bienen, die sie immer noch im Schwarm attackierten.

»Was?«, fragte Max.

Charlie kam zu dem Schluss, dass sie ihre Zeit verschwendete, wenn sie jetzt mit Max darüber zu reden versuchte, und richtete ihre Aufmerksamkeit wieder auf die beiden Männer. »Ich verstehe«, meinte sie. »Sie sind *alle* Bären. Dieses Viertel wird ausschließlich von Bären bewohnt.« Sie grinste, stolz auf sich, dass sie endlich dahintergekommen war, obwohl sie es nicht riechen konnte.

Die beiden Männer sahen sich wieder an. »Das haben Sie nicht gewusst?«

»Allergien«, rief sie Berg ins Gedächtnis.

»Sie haben das nicht schon beim bloßen Anblick von Tiny erkannt?«, fragte Berg.

»Es gibt überall große Vollmenschen. Die meisten von ihnen nehmen Steroide, aber trotzdem …«

»Hören Sie«, schaltete Tiny sich ein, »es ist nichts Persönliches. Aber«, er zeigte auf Max, »sie stiehlt jetzt schon Honig aus den Bienenstöcken. Die da«, er zeigte auf Stevie, »ist viel zu schreckhaft. Und Sie …« Er sah Max einen Moment lang an, bevor er hinzufügte: »Sie riechen seltsam.«

»Ich habe geduscht und meine Kleidung ist sauber.«

Berg schüttelte den Kopf. »Er meint nicht, dass Sie schlecht riechen. Sie riechen einfach nicht wie eine Rasse oder Spezies, mit der er schon einmal zu tun hatte.«

»Was bedeutet, dass Sie eine Hybride sind. Und dazu keine Bärenhybride. Wir mögen hier nur Bärenhybriden.«

»Rassismus!«, brüllte Stevie von ihrem sicheren Baum herunter.

»Das ist kein Rassismus«, brummelte Tiny.

»Aber es ist Heuchelei«, beschied Berg ihn. »Und du weißt, wie meine Schwester dazu steht.« Der Bär bedachte Tiny mit einem seltsamen, wissenden Lächeln und Charlie fragte sich kurz, was das wohl bedeutete. »Ich würde ihr wirklich nur sehr ungern davon erzählen. Du weißt doch, wie sie es liebt, Vorträge zu halten …«

»Na schön«, fiel Tiny ihm ins Wort. »Na schön. Aber wenn sie zu einem Problem werden, geht das auf deine Kappe.«

»Schön.«

»Nein, nein. Entschuldigen Sie uns bitte.« Charlie fasste Berg am Arm und zog ihn weg. Sie zerrte ihn durch den Garten bis ganz zum Zaun. »Dude, Sie wollen *nicht* für irgendetwas verantwortlich sein, das meine Schwestern und ich – insbesondere Max – tun.« Sie beugte sich zu Berg vor und flüsterte: »Vertrauen Sie mir.«

Er beugte sich herunter und flüsterte zurück: »Ich weiß Ihre

Sorge diesbezüglich zu schätzen, aber Tiny ist ein schwieriger Bär. Wenn er denkt, die Bienenstöcke seien in Gefahr, wird er Sie und Ihre Schwestern – insbesondere Max – nicht hierbleiben lassen.« Er richtete sich auf und lächelte. »Es wird schon gut gehen.«

»Wird es nicht. Meine Schwestern und ich ziehen Ärger an.«

»Das ist mir aufgefallen.«

»Also, warum sollten Sie damit etwas zu tun haben wollen? Haben Sie einen Hang, die falschen Entscheidungen zu treffen? Ich wette darauf.«

»Ich glaube nicht …«

»Hören Sie, ich werde mich darum kümmern«, sagte Charlie und tätschelte Bergs Brust. »Vertrauen Sie mir.«

Sie ging zurück, bis sie direkt vor Tiny stand und in sein Gesicht hochspähte. »Hören Sie, ich übernehme die volle Verantwortung für meine Schwestern. Jeder angerichtete Schaden, jeder Bienenstock, in den eingedrungen, jeder Bär, der in Panik versetzt wurde, geht auf meine Kappe. Ich werde reparieren, zurückzahlen, wieder auffüllen oder mich entschuldigen, was gerade nötig ist. Versprochen.«

Sie streckte die Hand aus und nachdem Tiny sie lange angestarrt hatte, ergriff er sie, sodass ihre Hand gänzlich in seiner monströs großen Pranke verschwand.

»Ich vertraue Ihnen«, sagte Tiny zu Charlie. Aber dann fiel sein Blick auf Max. »Doch der da vertraue ich nicht.«

Max zuckte die Achseln, den Mund voll mit der gestohlenen Honigwabe. »Das ist wahrscheinlich klug.«

Charlie wartete, bis Tiny und Berg sich abwandten, bevor sie ihrer Schwester eine Kopfnuss verpasste. »Idiotin!«, blaffte sie leise. Sie machte Anstalten, den beiden Männern zu folgen, hielt aber lange genug inne, um Max anzufahren: »Und entferne diese gottverdammten Bienen von deinem Gesicht!«

Als Tiny sie in das leer stehende Haus führte, verzog Berg leicht das Gesicht. Es war eine Ewigkeit her, dass Tiny das letzte Mal Mieter hiergehabt hatte, und er hatte das Haus nicht in Schuss gehalten. Schlimmer noch, er hatte es offensichtlich als extra Abstellfläche für seine Messi-Anwandlungen benutzt.

»Also, was meinen Sie?«, fragte Tiny.

»Ähm ...«, hob Charlie an.

»Horten Sie hier auch Haustiere?«, fragte Max rundheraus. »Ein paar Leichen vielleicht?«

Charlie fasste ihre Schwester am Halsausschnitt ihres T-Shirts und stieß sie in Richtung einer offenen Tür. »Geh und sieh dir bitte die Küche an. Lass mich das hier regeln.«

Ihre Schwester zuckte die Achseln und verschwand und Tiny führte Charlie durchs Haus. Berg dackelte hinterher und wand sich immer wieder bei jedem neuen Zeichen dafür, wie schlimm dieses Haus tatsächlich war. Er war plötzlich froh, dass seine Schwester nicht hier war. Britta hätte ihm die Hölle heiß gemacht.

»Wie konntest du Tiny ihr ein so beschissenes Haus zeigen lassen? Was hast du dir dabei gedacht?« Seine Schwester hatte wenige Toleranz für das, was sie »Bergs und Dags Ahnungslosigkeit« nannte. Eine Ahnungslosigkeit, von der sie sich rühmte, dass sie *nicht* auf sie zutraf. »Daddy und ich sind die Einzigen, die diese Familie am Leben erhalten«, rief sie ihren Brüdern gern ins Gedächtnis. »Das ist euch doch bewusst, oder?«

Sie kamen wieder ins Wohnzimmer und Tiny begann: »Also, was denken Sie ...?«

»In Ordnung«, unterbrach Charlie ihn, »Folgendes ist der Deal: Ziehen Sie fünfhundert von der Miete ab – die war ohnehin zu hoch – und wir werden dieses Haus für Sie sauber machen. So sauber, dass sie es tatsächlich für die Summe vermieten können, die Sie uns aus dem Kreuz zu leiern versuchen.«

»Ähm ...«

»Außerdem will ich keine Kündigungsfrist von dreißig Tagen. Wenn wir gehen, gehen wir. *Aber*, bevor Sie sich beklagen, wir geben ihnen drei Monatsmieten im Voraus und in bar. Und wenn wir vor Ablauf der drei Monate gehen, dürfen sie das restliche Geld behalten. Abgemacht?«

Tiny sah Charlie an, zuckte schließlich die Achseln und sagte: »Ähm ... abgemacht?«

Berg hatte keine Ahnung, warum Tiny das wie eine Frage hatte klingen lassen, aber ... in Ordnung.

Lächelnd schüttelte Charlie Tiny wieder die Hand, drehte den Kopf und brüllte nach draußen: »Max!«

Max kam aus der Küche herein. Sie hatte die Honigwabe aufgegessen und sich den Honig und die toten Bienen vom Gesicht gewaschen. Jetzt hatte sie überall auf der Haut knallrote, schmerzhafte Stiche. Falls es sie störte, ließ sie es sich nicht anmerken.

»Was ist?«, fragte sie ihre Schwester.

Charlie deutete ruckartig mit dem Daumen auf Tiny. »Geld.«

Mit einem Nicken zog Max plötzlich ihr T-Shirt aus und sowohl Berg als auch Tiny wichen mit erhobenen Händen zurück.

»Moment mal …«, sagte Tiny und versuchte, sie aufzuhalten. Er hatte eine Bärengefährtin, die ihm die Eier abreißen würde, wenn er auch nur mit dem Gedanken spielte, Miete in Naturalien entgegenzunehmen.

Aber Max schüttelte den Kopf. »Jetzt machen Sie sich mal nicht ins Hemd«, erklärte sie, bevor sie in ihrem BH herumwühlte und Geldbündel herausholte. Es war ihr gelungen, die Geldscheine so anzuordnen, dass sie wie echte Brüste aussahen. Sie reichte ihrer Schwester die dicken Bündel und zog ihr T-Shirt wieder an.

Charlie zählte schnell das Geld ab und reichte es Tiny.

»Okay. Also …« Tiny stieß den Atem aus. »Ähm … Wenn Sie irgendetwas brauchen, ich wohne gleich die Straße runter. Berg weiß, wo.«

»Danke.«

»Und vergiss nicht, Tiny«, fügte Berg hinzu, als der Bär zur Haustür tappte, »sie sind nicht hier. Wenn irgendjemand, der nicht aus unserem Viertel stammt, nach ihnen fragt, lass es mich wissen.«

Mit einem Ächzen verließ Tiny das Haus und Berg bemerkte: »Wissen Sie, wir haben noch Bettzeug drüben bei mir zu Hause, das wir Ihnen leihen können. Und meine Geschwister und ich können morgen herkommen, um Ihnen zu helfen, das Haus sauber zu machen. Ich bin mir sicher, das ist alles ziemlich viel auf einmal.«

»Sicher.« Charlie lächelte ihn an. »Und ich kann Ihnen gar nicht sagen, wie sehr ich das alles zu schätzen weiß, was Sie für uns getan haben. Nach dem Tag, den ich hinter mir habe … Sie waren mein einziger Lichtblick. Vielen Dank.«

»Keine Ursache.« Also, er sollte sie jetzt um ein Date bitten. Vor allem, weil er nicht wusste, wann sie wieder verschwinden würde. Sie hatte für drei Monate bezahlt, aber ihm schwante, dass sie das nur getan hatte, weil sie nicht erwartete, drei Monate hier zu sein, und keine Klagen von Tiny hören wollte. »Ähm … *also* …«

Berg spürte, dass er beobachtet wurde, und schaute nach links unten. Max stand direkt neben ihm und spähte zu ihm hoch. Und dann schaute er nach rechts unten. Stevie beobachtete ihn, die zusammengekniffenen Augen voller Misstrauen. Als sie begriff, dass er ihren Blick erwiderte, zwang sie sich zu einem Lächeln, bei dem ihm schrecklich unbehaglich wurde.

Vielleicht war das hier doch nicht der beste Zeitpunkt, Charlie um ein Date zu bitten. Ja. Wahrscheinlich nicht.

»Okay, also … wir sehen uns morgen.«

Charlie sah zu, wie der Bär ihr einstweiliges Zuhause verließ und die Haustür hinter ihm zufiel. Allein mit ihren Schwestern stieß sie den Atem aus und sah sich im Raum um.

»Du hast gesagt, wir würden hier sauber machen?«, fragte Max.

Charlie verdrehte die Augen und blaffte: »Keine Sorge. Ich habe dabei nicht an dich gedacht. Ich weiß, wie sehr du es hasst … du weißt schon … zu helfen.«

»Solange das zwischen uns klar ist …«

»Ich kann helfen«, erbot sich Stevie und griff nach dem ersten Gegenstand, den sie sah. »Ich könnte aufräumen oder … Sachen aufeinanderstapeln. Oder ich könnte …«

»Oder«, warf Charlie schnell ein, »du könntest dich ausruhen. Überlass das mir.«

»Charlie, das hier ist eine Menge Zeug und du bist bestimmt genauso müde wie …«

»Lasst mich das regeln. Ich gebe euch später schon noch etwas zu tun.«

»Natürlich machst du das.« Max verschwand schnaubend die Treppe hinauf. Stevie schüttelte nur den Kopf und ging in die Küche.

Sobald sie fort waren, stieß Charlie einen erleichterten Seufzer aus. Jetzt konnte sie schauen, was getan werden musste, und es regeln. Nicht dass sie ihren Schwestern oder Berg nicht zutraute, ihr zu helfen; es war einfach so, dass ihr die Leute in der Regel in die Quere kamen, wenn sie glaubten, zu helfen. Und jeder brauchte immer irgendwelche Anweisungen. Es war einfach leichter für sie, gleich alles selbst zu erledigen.

Charlie verstand nicht, warum alle darauf beharrten, so zu tun, als sei diese sehr vernünftige Denkweise irgendwie falsch.

Das Haus war größer, als Max bewusst gewesen war. Alt, aber sehr hübsch. Es musste nur sauber gemacht werden. Etwas, mit dem ihre Schwester sicherlich mühelos fertigwurde. Charlie war nicht dafür geschaffen, herumzusitzen und nichts zu tun.

Max suchte sich ein Zimmer mit einem Fensterbankplatz aus. Sie setzte sich und schaute auf die stille Straße in Queens. Der große Bär, von dem sie sich sicher war, dass er auf Charlie stand, kam mit frischem Bettzeug und Handtüchern vorbei und reichte sie Stevie.

Bedauerlicherweise konnte Max sich nicht konzentrieren, weder auf die Bären noch auf all die Bienenstöcke, die sie in dieser Straße hatten. Sie schüttelte den Kopf. Ihr Vater war nicht tot. Wie sollte sie sich auf irgendetwas konzentrieren, wenn immer noch jemand hinter ihnen her war? Und jetzt befanden sie sich in einer Straße voller Bären. Zu ihrem Schutz.

Charlie würde versuchen, das alles allein in Ordnung zu bringen, aber das kam nicht infrage. Sie brauchten Verstärkung. Sie brauchten Freunde.

Max zog ihr Handy aus der Gesäßtasche, drückte eine Kurzwahlnummer und wartete darauf, dass die Verbindung hergestellt wurde.

»Ist er tot?«, fragte eine leise Stimme ohne auch nur ein Hallo.

Max lächelte. »Leider nicht. Und wir stecken in Schwierigkeiten.«

Es kam das leise Kichern, das sie so gut kannte. »War ja klar. Ich bin auf der anderen Seite des Landes … aber ich mache mich auf den Weg. Und da ist noch etwas, das ich über deinen Vater gehört habe, von dem ich denke, ich sollte es dir erzählen …«

Max schloss die Augen und seufzte.

Kapitel 7

Jemand riss die Haustür auf und Berg senkte den Kopf, damit er sich ausschließlich auf sein Frühstück konzentrieren konnte. Dag versuchte, das Gleiche zu tun, aber sein Teller war bereits leer. Also versuchte er, wegzurennen, aber ihre Schwester stand schon in der Küchentür und knurrte wie eine zornige Bärin. Und genau das war sie in diesem Augenblick.

»Diese Frau«, blaffte sie und schob Dag zurück in die Küche. »Diese zwanghafte Verrückte!«

Er wusste, dass sie Coops älteste Schwester meinte, Toni Jean-Louis Parker. Eine Schakalin, deren Beschützerinstinkt ihren Geschwistern gegenüber so ausgeprägt war, dass eine Grizzlybärin daneben wie eine cracksüchtige Mom wirkte, wie Berg nun feststellte.

Britta ließ ihre Reisetasche und ihre Handtasche auf den Boden fallen. »Ich hatte sie von dem Augenblick an am Hals, in dem sie auf dem Mailänder Flughafen aufgetaucht ist, während ich mich noch mit den Behörden wegen des Überfalls auseinandersetzen musste. Erst am John-F.-Kennedy-Flughafen bin ich sie endlich losgeworden. Und die ganze Zeit über hat sie mich ununterbrochen angepflaumt!« Britta zeigte anklagend mit dem Finger auf Berg. »Du hast mich ihr ausgeliefert!«

»Du hast gesagt, du würdest mit ihr fertigwerden«, rief Berg ihr ins Gedächtnis.

»Wir alle wissen, dass ich eine hohe Meinung von mir habe und eine sehr geringe von allen anderen. Aber diesmal habe ich das Ausmaß ihres Wahnsinns unterschätzt!«

Sie zog sich einen Stuhl heran und ließ sich schwer auf die Sitzfläche fallen. Dann sah sie sich auf dem Tisch um und schnappte sich ein Stück Speck von Bergs Teller. Er knurrte warnend.

»Leg dich ja nicht mit mir an!«, blaffte sie.

Sie aßen schweigend. Dag bereitete für Britta und Berg weiteren Speck und Toast zu. Nach dem Essen und mehreren Tassen Kaffee veränderte sich die ganze Haltung seiner Schwester. Sie entspannte sich auf ihrem Stuhl, einen Fuß auf den Oberschenkel gelegt. »Also, was treiben wir heute?«

Erstaunlich, was eine kleine Mahlzeit und Kaffee bei einem Grizzlyweibchen ausrichten konnten.

»Ich gehe rüber und helfe Charlie und ihren Schwestern.«

Britta rieb sich mit der Faust die Nase. »Wer ist Charlie?«

Dag, der immer noch aß, goss Honig auf eine Scheibe Weizentoast. »Die Frau, wegen der er fast gestorben wäre.«

»Du hast sie wiedergesehen? Wie?« Britta beugte sich vor. »War sie immer noch nackt?«

»Leider nicht«, antwortete Dag grinsend.

»Warum ist sie hier?«, fragte Britta. »Hast du sie aufgespürt und hergebracht?«

Gekränkt protestierte er: »Natürlich nicht!«

»Aber er hat Tiny überredet, ihr das alte Haus auf der anderen Straßenseite zu vermieten, damit er sie mühelos stalken kann.«

Berg funkelte seinen Drillingsbruder an. »Warum hältst du nicht die Klappe?«

Dag schloss die Hände um eine überdimensionale Kaffeetasse. »Ich finde es einfach faszinierend, was du für diese Frau tust. Das sieht dir so gar nicht ähnlich.«

»Ich bin eben hilfsbereit«, argumentierte Berg. »Ich helfe, wo ich kann. Ich werde geliebt.«

Dag und Britta wandten schnell den Blick voneinander ab und Berg wusste, dass sie versuchten, ihm nicht offen ins Gesicht zu lachen. Manchmal wusste er das zu schätzen.

Ein Geräusch an der Küchentür erregte ihre Aufmerksamkeit. Sie beobachteten, wie ihr zweihundert Pfund schwerer Kaukasischer Bärenhund oder Kaukasischer Schäferhund – je nachdem, wen man fragte – sich streckte und gähnte, bevor er sich kurz hinsetzte, damit er sich mit seiner Hinterpfote Hals und Kinn kratzen konnte.

Als er fertig war, kam er an Brittas Seite, legte die Pfoten auf den Tisch und beugte sich so weit vor, dass er den ganzen Haufen Speck packen konnte, den Dag gebraten hatte. Dann verschwand er ins Nebenzimmer, um in Frieden zu essen.

Die Geschwister wandten sich wieder einander zu und Britta sagte zu Berg: »Du hast doch erzählt, diese Frau sei eine Gestaltwandlerin, aber du hast mir nie verraten, was sie ist.«

»Sie ist eine Hybride«, antwortete er und versuchte damit, die Sache einfach zu halten.

»Was für eine Hybride?«

Berg formulierte seine Antwort mit großer Vorsicht. »Sie hat gesagt, ihre Mutter sei eine Wölfin gewesen.«

Die ganze linke Seite von Brittas Gesicht verzerrte sich vor Ärger und Abscheu. Wie die meisten Bären hatte sie nicht viel übrig für Wölfe. Etwas, das seine Schwester eine ganze Weile ablenken dürfte von …

»Aber ihr Vater ist ein Honigdachs«, meldete Dag sich zu Wort.

Britta warf die Hände in die Luft. »Im Ernst?«, fragte sie Berg.

Berg warf im gleichen Moment die Hände in die Luft. *»Im Ernst?«*, fragte er Dag.

Charlie öffnete die Haustür. Drei sehr kräftige Personen, die fast gleich aussahen, standen auf ihrer Veranda. Sie fragte sich flüchtig, wie es wohl wäre, Geschwister zu haben, die einander tatsächlich ähnelten. Sie und ihre Schwestern glichen jeweils ihren Müttern. Glücklicherweise. Charlie verabscheute ihren Vater so sehr, dass es ihr nicht gefallen hätte, jeden Tag seine Visage im Badezimmerspiegel zu sehen.

»Hi«, begrüßte sie die drei mit einem Lächeln. Es überraschte sie, dass sie nicht nur nicht unglücklich darüber war, Berg zu sehen, sondern dass sie sich tatsächlich freute.

»Hey.« Berg hielt einen Eimer voller Putzutensilien hoch. »Wir sind gekommen, um Ihnen zu helfen.«

»Natürlich. Kommen Sie herein.« Sie trat zurück und ließ das

Trio hinein. Die Männer mussten sich ducken, um unter der Tür hindurchzukommen. Die Frau brauchte das nicht zu tun, aber ihr braungoldenes Haar verfing sich beinahe im Türrahmen.

Berg ging gleich weiter ins Haus bis ins Wohnzimmer. Er blieb stehen. Er riss die Augen auf. Dann verschwand er durch den Flur in Richtung Küche. Ein paar Sekunden später kam er zurück und sah Charlie ungläubig an.

»Was ist?«, fragte sie schließlich.

»Wo ist es?«

»Was?«

»Das Chaos. Das Messi-Chaos, das Tiny hinterlassen hat.«

»Oh, das meinen Sie. Ich habe es weggeräumt. Habe gestern angefangen und bis spät in die Nacht gearbeitet. Dann habe ich einige Stunden geschlafen, bin um drei Uhr wieder aufgestanden und habe den Rest erledigt. Es sieht ziemlich gut aus, nicht wahr? Ich habe Tinys ganzen Müll in die Garage geräumt, damit er ihn durchsehen kann, wenn es ihm passt.«

Max kam ins Zimmer, ein Glas Honig in der Hand. Mit einem Löffel ließ sie sich große Kleckse in den Mund fallen.

»Ich verstehe das nicht«, bemerkte Berg. »Wie konnten Sie das zu dritt so schnell schaffen?«

Max lachte kurz auf und sagte, immer noch mit dem Löffel im Mund: »Zu dritt? Das war sie ganz allein. Wir haben keinen Finger gerührt.«

»Stimmt nicht«, rief Charlie ihr ins Gedächtnis. »Ihr zwei habt eure Schlafzimmer geputzt und aufgeräumt.«

»Damit wir vor dir einschlafen können.«

»Also haben Sie dieses Haus ganz allein auf Vordermann gebracht?«, fragte Berg Charlie.

»Na ja …«

»Aber ich habe Ihnen doch gesagt, dass wir heute herkommen würden, um Ihnen zu helfen. Warum haben Sie nicht gewartet?«

»Ähm …«

»Ja, genau, Schwesterherz«, neckte Max sie. »Erklär ihm, warum du nicht gewartet hast.«

»Halt die Klappe«, sagte Charlie zu Max. Sie brauchte nicht einmal zu brüllen. Sie wusste, dass Max sie auch ohne Gebrüll verstand. Sie konzentrierte sich auf Berg. »So war es leichter …«

»Alles allein zu erledigen? Wirklich?«

»Ich konnte einfach loslegen und es hinter mich bringen. Ein Kinderspiel.«

»Ich verstehe«, sagte die Frau. »Wenn Sie es allein machen, wird es so gemacht, wie Sie es wollen, ohne dass Sie ständig etwas erklären oder Anweisungen geben müssen.«

»Ja! Danke!«

»Weil Sie die Einzige sind, die es perfekt hinkriegt. Alle anderen sind Versager.«

»Ja! Moment mal … nein.«

Berg schüttelte den Kopf. »Sie sind meiner Schwester in die Falle getappt. Das ist übrigens Britta. Und erinnern Sie sich an Dag?«

Charlie, die sich dumm vorkam, gestand: »Es ist nicht meine Schuld, dass die Leute nicht einmal *grundlegende* Anweisungen befolgen können. Man kann es ihnen sagen. Man kann irgendeinen Scheiß aufschreiben. Man kann es ihnen aufmalen und sie machen es trotzdem falsch! Es ist einfach leichter für mich, es selbst zu machen. Also tue ich das. Es ist nicht persönlich gemeint.«

»Ach, nein?«

»Es ist wirklich nicht persönlich gemeint!«

»Sind Sie auch schon dazu gekommen, draußen etwas zu machen?«, fragte Berg, der wahrscheinlich versuchte, einem Streit zuvorzukommen.

»Was gibt es denn draußen?«, fragte Charlie.

»Bäume. Pflanzen. Im Moment sieht es so aus, als wohnten Sie in Grey Gardens.«

»Oh. Ähm … ja, das können Sie ja machen.« Charlie scherte sich nicht darum, was draußen war. Sie hatte nur gesagt, dass sie sich um das Innere des Hauses kümmern würde. Der Garten war ihrer Meinung nach nicht ihr Problem. »Vielen Dank.«

Schmunzelnd und immer noch irgendwie kopfschüttelnd ging Berg durchs Haus und seine Geschwister folgten ihm.

Max, die an einer Wand lehnte, das fast geleerte Honigglas in Händen, begann, zu zählen: »Fünf, vier, drei, zwei …«

Ein hysterischer Schrei ertönte, gefolgt von Bärengebrumm. Stevie kam ins Wohnzimmer gerannt und warf sich unter eins der Sofas, wo sie höchstwahrscheinlich für … nun, eine ganze Weile bleiben würde.

»Da sind Bären!«, schrie sie aus ihrem Versteck unter der Couch. »Es befinden sich Bären in unserem Haus. *Warum befinden sich Bären in unserem Haus?*«

Charlie kratzte sich an der Stirn und wandte sich zu Max um. »Irgendeine Neuigkeit über Dad?«

»Noch nichts.«

»Warum habe ich das Gefühl, dass du mir etwas verheimlichst?«

Max zuckte die Achseln. »Weil ich das wahrscheinlich tue.«

»Werde ich von dem, was du mir verheimlichst, Migräne bekommen?«

»Ja.«

»Dann behalte es vorläufig für dich.«

»Das war mein Plan.«

»Kümmert es denn niemanden, dass sich Bären in unserem Haus befinden?«, kreischte Stevie.

Max schaute aus einem der Fenster. Draußen ging Berg gerade vorbei. »Wie lange werden wir überhaupt hierbleiben?«

»Zumindest bis wir wissen, was los ist. Warum? Gefällt es dir hier nicht?«

Max zuckte die Achseln. »Ich wäre lieber in der Stadt. Hier sind wir in einem Vorort.«

»Es wird bestimmt schön. Wir können ausnahmsweise einmal wie normale Leute leben.«

Stevie streckte den Kopf heraus. »Habt ihr das gehört? Ein Keckern. Es gibt Eichhörnchen in diesem Viertel. *Eichhörnchen!*« Sie schob sich noch tiefer unter die Couch.

Max leckte die Rückseite ihres Löffels ab. »Jepp. Ganz genau wie normale Leute.«

Berg schlug nach der Hand, die von dem Ast über ihm seinen Kopf streichelte. »Hör auf, rumzualbern, und mach dich wieder an die Arbeit.«

»Ich habe gearbeitet. Stundenlang! Und jetzt bin ich müde«, jammerte Dag. »Und hungrig.« Er tätschelte wieder Bergs Kopf.

Entnervt packte Berg den Arm seines Bruders, zerrte ihn von dem Baum herunter und ließ ihn auf den Boden fallen. Er wollte sich gerade auf ihn stürzen, als Charlie rief: »Haben Sie vielleicht Hunger?«

Berg lief über den Brustkorb seines Bruders, um zu dem Metalltisch auf der Veranda hinterm Haus zu gelangen. Darauf lag eine rot karierte Plastiktischdecke und in großen Aluminiumbehältern entdeckte er frische Speisen. Sehr viele Speisen.

Berg hatte den Tisch fast erreicht, als Britta vor ihn trat und ihn mit der Schulter zurückstieß.

»Ich zuerst«, erklärte sie lächelnd.

»Nehmen Sie Platz«, lud Charlie sie ein und deutete auf die Metallstühle.

»Haben Sie das alles gemacht?«, fragte Britta.

»Ich habe den Anruf getätigt, der das ganze Essen hierhergebracht hat. Das ist irgendwie das Gleiche, oder nicht?«

Britta, selbst eine kaum zu übertreffende Essensbestellerin, setzte sich lachend.

Max brachte eine weitere Platte mit Essen heraus und Charlie bemerkte über ihre Schulter: »Fangen Sie ruhig schon mal ohne mich an …«

Sie brach ab, als sie sah, dass die Dunn-Bären bereits losgelegt hatten. Speisen türmten sich auf ihren Tellern, sie hatten schon den Mund voll und kauten.

»Oh.« Sie blinzelte einige Male. »In Ordnung.«

»Tut mir leid«, sagte Berg mit vollem Mund.

»Sie brauchen sich nicht zu entschuldigen.« Charlie setzte sich auf die Bank ihnen gegenüber. »Sie haben so viel gearbeitet, dass es mich nicht überrascht, dass Sie Hunger haben.«

»Der Garten sieht toll aus«, bemerkte Max, die rittlings auf der Bank saß. »Ich hatte keine Ahnung, dass wir einen Pool haben.«

»Alle Bärenhäuser haben einen Pool. Oder einen Whirlpool. Manche haben sogar beides. Die meisten von uns mögen Wasser wirklich gern.«

»Das hier ist ein Bärenhaus?« Charlie runzelte kaum merklich die Stirn. »Dabei sind Sie kaum unter den Türen hindurchgekommen.«

»Das Haus wurde ursprünglich für Schwarzbären erbaut. Es finden sich auch einige Fuchshäuser in der Straße … durch ihre Türen muss ich praktisch kriechen.«

»Wo ist Stevie?«, fragte Charlie.

Max griff nach einem Honig-Lachs-Sandwich und zuckte die Achseln.

Charlie zwang sich zu einem Lächeln. »Entschuldigen Sie mich für einen Moment.«

Sie ging hinein und für ein paar Sekunden herrschte Schweigen. Dann drang Gebrüll nach draußen. Jede Menge Gebrüll.

Drei Minuten später kehrte Charlie zurück. Sie hatte ihrer Schwester die Arme um die Taille gelegt und trug sie wie eine panische Katze, die zum Tierarzt gebracht werden sollte. Stevie hatte Arme und Beine starr von sich gestreckt. Und sie fauchte.

»Lass mich runter!«, verlangte sie.

»Du musst etwas essen.«

»Es ist nicht meine Ernährung, um die ich mir Sorgen mache!«

»Du übertreibst. Hör auf damit.«

»Ich bleibe nicht hier draußen!«, kreischte Stevie und schlug wild mit Armen und Beinen um sich. »Ich lasse mich nicht fressen! Mein Gehirn ist zu wichtig für künftige Generationen, um zuzulassen, dass es gefressen wird!«

Wenn Max irgendetwas von dem, was im Gange war, registrierte, ließ sie es sich nicht anmerken, sondern konzentrierte sich stattdessen auf ihr Sandwich und die Tüte mit Honig-Barbecue-Chips, die sie aufgemacht hatte. Aber Berg und seine Geschwister waren völlig gefesselt.

»Hör mir zu«, befahl Charlie ihrer Schwester und drehte sie zu den Dunns um. »Sie haben bereits etwas zu essen. Es ist nicht nötig, dass sie dich essen.«

»Bist du wahnsinnig? Das sind *Bären*!«

»*J'accuse!*«, rief Max plötzlich. Dann lachte sie. Berg gewann den Eindruck, dass sie im Kopf ihre eigene Unterhaltung führte.

»Stevie, ich würde niemals zulassen, dass irgendjemand dir wehtut«, ermahnte Charlie ihre Schwester sanft. »Nicht jetzt. Nicht irgendwann sonst. Also bitte, iss etwas. Du hast den ganzen Tag noch nichts gegessen und ich will nicht noch einmal diese intravenöse Aktion durchführen. Du vielleicht?«

»Bist du dir sicher, dass sie ihre Medikamente genommen hat?«, fragte Max, ohne ihre Schwester auch nur anzusehen.

»Hört auf, so zu tun, als würde ich Stimmen hören«, forderte Stevie.

»Du hörst keine Stimmen?«

»Ich leide an einer Angststörung, nicht an Schizophrenie.«

»Dann benimm dich, als hättest du einen Funken gesunden Menschenverstand, und setz dich.« Max rutschte auf der Bank ein Stück zur Seite und Charlie drückte Stevie auf den freien Platz.

Sie war ein süßes kleines Ding. Überhaupt nicht wie ihre Schwestern. Max war klein, aber breit gebaut. Und sie hatte etwas an sich, das »Sex!« schrie. Berg konnte nicht so recht sagen, warum, denn er fühlte sich nicht zu ihr hingezogen. Um ehrlich zu sein, machte sie ihm ein klein wenig Angst. Die Art und Weise, wie sie die Welt betrachtete … es war, als beobachte man einen Volllöwen in der Serengeti. Als sei sie das gefährlichste Raubtier und der Rest der Welt lediglich ihre leichte Beute.

Und Charlie … sie wirkte weniger wie eine Gestaltwandlerin als alle anderen. Wenn Berg es nicht an ihr hätte riechen können und wenn er sie nicht in Mailand in Aktion gesehen hätte, wäre er nie darauf gekommen. Sie war zu gelassen. Zu vernünftig. Und sie sah definitiv umwerfend aus. Die weichen braunen Locken, die ihr perfekt proportioniertes Gesicht umrahmten, die dunklen Augen, die alles voller Neugier und Wärme betrachteten, und der starke, aber weiche Körper, von dem er *wusste*, dass er mit allem möglichen fertigwurde …

Nein. Stopp. Er musste aufhören, an all die Dinge zu denken, die ihr Körper möglicherweise tun konnte. Vor allem während seine Schwester und sein Bruder links und rechts von ihm saßen.

Aber Stevie war nicht wie ihre Schwestern. Mittelgroß, aber dünn. Berg hatte das Gefühl, dass ihre Schwestern sie häufiger dazu zwingen mussten zu essen. War sie eine dieser bedauernswerten Frauen, die sich ständig Sorgen um ihr Gewicht machten? Die ausflippten oder jede Kalorie zählten, wenn sie einen Muffin aßen? Nicht aus gesundheitlichen Gründen, sondern weil sie, Gott behüte, ein Pfund zunehmen könnten – und das in einer Welt der »Thigh Gaps« und der Riesenärsche, die medizinisch geformt werden mussten, weil diese Frauen nicht genug aßen, um aus eigener Kraft so einen Hintern zu bekommen.

Ihr blondes Haar fiel Stevie bis über die Schultern, aber sie färbte es offensichtlich, denn der Ansatz hatte ihre natürliche Farbe: Braun, Weiß und ... Moment mal, Orange? Hatte sie von Natur aus orangefarbenes Haar? Die Einzigen, die er kannte und die, wenn sie wirklich Pech hatten, diese Haarfarbe hatten, waren Tiger.

War sie zum Teil Tiger? Tiger und Honigdachs in einem? Was bedeutete das für die kleine Stevie? Die zerbrechlich aussehende, leicht in Panik geratende, aber überraschend scharfäugige Stevie.

»Soll ich dir etwas auf den Teller geben?«, fragte Max ihre kleine Schwester.

»Ich kann mir selbst etwas zu Essen nehmen, vielen herzlichen Dank.«

»Bist du dir sicher, Schätzchen?« Max tätschelte ihrer Schwester sanft den Rücken und Berg erkannte, dass das Stevie nur weiter verärgerte. »Ich kann dich mit dem Löffel füttern, wenn du möchtest. Mit Flugzeuggeräuschen und allem!«

»Ich hasse dich, seit ich dir zum ersten Mal begegnet bin!«, schrie Stevie ihrer Schwester ins Gesicht.

»Du hast keine Ahnung, was echter Hass ist!«

Während die beiden sich gegenseitig anbrüllten, ergriff Charlie die Initiative und legte kleine Mengen verschiedener Speisen auf einen Papierteller, den sie dann vor Stevie hinstellte. Die jüngste der Schwestern fing an zu essen, während sie Max immer noch anschrie, ohne zu merken, dass Charlie die Mahlzeit für sie zusammengestellt hatte.

»Getränke«, sagte Charlie, der bewusst wurde, was sie vergessen hatte. Sie zeigte auf eine Kühlbox. »Ich habe einen ganzen Haufen Zeug gekauft, da ich nicht wusste, was Sie trinken wollen. Es gibt Eistee, Wasser, Limonade, Bier und Wein.«

Dag sprang auf und ging zur Kühlbox. »Bier!«

»Wein«, sagte Britta und hielt Dag die Hand hin, damit er ihr eine Flasche zuwarf.

Berg war gerade damit beschäftigt, einen großen Bissen seines Sandwiches herunterzuschlucken, daher antwortete er nicht sofort und nahm an, dass er sich einfach holen konnte, was er wollte, sobald er sich sicher war, dass er nicht an dem Bissen ersticken würde.

»Wollen Sie nichts zu trinken?«, drängte Charlie ihn besorgt. Dachte sie, er sei wie ihre Schwester und brauche jemanden, der ihm das Essen auf den Teller legte? »Wenn ich nichts habe, das Sie mögen, kann ich Ihnen auch etwas anderes besorgen. Wir haben noch weitere Getränke in der Küche. Oder ich kann noch mehr Getränke bestellen, wenn Sie wollen.«

Berg, der immer noch kaute, sah sie an. Er war noch nie einer Gestaltwandlerin begegnet, die so … hilfsbereit war. Sie konnte anscheinend einfach nicht anders.

»Nun?«, drängte sie abermals, als er nicht antwortete.

Berg zeigte auf seinen Mund, kaute noch ein paarmal und schluckte endlich. »Wasser ist in Ordnung.«

Sie lächelte, beinahe erleichtert. »Wasser habe ich. Mit und ohne Kohlensäure.«

»Ähm …«

Dag knallte eine Wasserflasche vor Bergs Teller, bevor er sich wieder auf seinen Platz setzte und sich erneut seiner Mahlzeit widmete.

Berg zeigte auf die Flasche. »Das da ist prima.«

»Okay. Wunderbar.«

»Wollen Sie sich nicht hinsetzen und essen?«, fragte Britta, dann nahm sie ihren Flaschenöffner von ihrem Schlüsselring und zog den Korken aus der Flasche.

»Natürlich.«

»Dann tun Sie es«, sagte Berg. »Ich will sehen, wie Sie sich hinsetzen und essen.«

»Was denn? Glauben Sie, ich kann das nicht?«

»Nein«, erwiderten die drei Dunns wie aus einem Mund.

Max und Stevie hörten auf, sich zu streiten, und beobachteten jetzt mit neugieriger Miene ihre Schwester.

Charlie schaute von einem zum anderen, bis sie den ganzen Tisch untersucht hatte. »Keiner von euch glaubt, ich könne mich einfach hinsetzen und eine Mahlzeit genießen?«

»Nein«, antworteten jetzt alle. Auch ihre Schwestern.

Sie schaute über ihre Schulter und Berg vermutete, dass sie vorgehabt hatte, wieder ins Haus zu gehen und etwas anderes zu tun, sobald alle aßen und tranken.

Mit einem weiteren Blick in die Runde ließ sie sich langsam – wirklich langsam – neben Stevie auf die Bank nieder.

»Müssen wir dir auch einen Teller herrichten, meine Liebe?«, fragte Stevie.

Charlie funkelte sie aus zusammengekniffenen Augen an. »Ich kann mir selbst etwas zu Essen nehmen, danke.«

Schweigend beobachteten sie, wie Charlie verschiedene Speisen auf ihren Teller legte und aufstand, um sich ein Bier aus der Kühlbox zu holen. Mit der bloßen Hand entfernte sie den Kronkorken und nahm einen Schluck. Aber erst, als sie in ihr Steaksandwich biss, wandten alle anderen sich wieder ihrem eigenen Essen zu.

Wie Charlie vorhergesehen hatte, entspannte sich Stevie, sobald sie die Bären kennengelernt hatte. Sie leistete Beiträge zu dem Gespräch, genau wie jeder Mensch mit einem durchschnittlichen IQ.

Es war natürlich genau das, was Charlie an Stevie immer geliebt hatte. Sie mochte eine der klügsten Personen im bekannten Universum sein, aber in der Nähe der »Normalen«, wie Max alle anderen nannte, gab sie sich nicht überlegen. Sie wirkte wie jeder andere, der eine Angststörung hatte und gelegentlich an tiefen Depressionen litt.

Stevie hatte allerdings seit einer ganzen Weile keine dieser Depressionen mehr gehabt. Glücklicherweise.

»Okay«, sagte Britta und drückte ihr drittes Glas Wein an sich. »Du bist halb Wolf und halb Honigdachs. Und du bist halb Tiger und halb Honigdachs?« Stevie nickte. »Wirklich? Denn du wirkst wie keins von beiden.«

»Bete, dass du auch in Zukunft so denkst«, murmelte Max. Charlie fasste hinter Stevie nach ihrer mittleren Schwester und verpasste ihr eine Kopfnuss.

»Ich betrachte mich als eine Art Liger«, erklärte Stevie. »Obwohl Liger sich aus den zwei größten Raubtierarten zusammensetzen, sind sie überraschend sanft und gutmütig. Trotz ihrer gewaltigen Größe.«

»Also neutralisieren sich der Dachs und der Tiger gegenseitig?«

»Meistens«, antwortete sie, was Max ein Schnauben entlockte.

Wieder versetzte Charlie ihrer Schwester einen Schlag auf den Hinterkopf.

»Aber bei dir nicht?«, fragte Britta Charlie.

»Aber was bei mir nicht?«

»Neutralisieren sich deine beiden Seiten auch gegenseitig?«

»Das würde ich nicht sagen. Es ist eher so, als hätten sie eine Möglichkeit gefunden, zusammenzuarbeiten.«

»Wie das Uran und Oppenheimer!«, krähte Max.

Stevie zeigte mit ihrer Wasserflasche auf Max und kniff die Augen zusammen. »Was soll *das* wieder heißen?«

»Muss ich das wirklich erklären? *Dir* erklären, meine ich.«

»Also, ihr seid alle drei Bären«, warf Charlie schnell ein, bevor ihre Schwestern ihr Gezänk zu einem ausgewachsenen Messerkampf mit dem Plastikbesteck ausweiten konnten.

Britta feixte, weil sie genau verstand, was Charlie tat, aber die beiden Männer sahen sie stirnrunzelnd an.

»Ähm ... ja. Wir sind Bären«, pflichtete Berg ihr bei.

»Und Drillinge. Das ist selten, nicht wahr?«

»Für Bären ... oder Menschen?«

Charlie dachte einen Moment lang nach, dann antwortete sie: »Ich schätze, für beides.«

»Drillinge sind in beiden Fällen sehr selten«, meldete Stevie sich zu Wort, während sie weiter ihren Salat aß. »Es sei denn, eure Mutter wurde künstlich befruchtet.«

Die Drillinge schüttelten den Kopf.

»Dann ja«, fuhr Stevie fort. »Sehr selten. Tatsächlich ist es statistisch gesehen ...«

»Ich will keine Statistiken hören«, unterbrach Max sie unhöflich.

Stevies rechtes Auge zuckte. »Vielleicht wollen alle anderen sie hören.«

»Wollen sie nicht.«

Und Peng. Sie brüllten sich schon wieder gegenseitig an, doch es war so hysterisch und dumm, dass Charlie nicht einmal ausmachen konnte, was sie eigentlich sagten.

»Irgendeinen Hinweis auf euren Vater?«, fragte Berg plötzlich, als eine kurze Pause in dem Gebrüll entstand, und Charlie hätte ihn dafür am liebsten geküsst. Denn wenn irgendetwas einen Streit zwischen Stevie und Max beilegen konnte, dann war es ihr idiotischer Vater.

Charlie schüttelte den Kopf und ging zur Kühlbox, um sich noch ein Bier zu holen. »Leider nein.«

»Er ist ein echtes Wiesel«, verkündete Max. »Mir ist noch nie jemand begegnet, der sich besser aus unangenehmen Situationen herauswieseln kann als unser Vater.«

»Ich konnte es gar nicht glauben, als er nicht in dem Leichenschauhaus lag.« Charlie setzte sich wieder auf ihren Platz. »Ich war so enttäuscht.«

Stevie stieß einen kleinen Seufzer aus. »Ich auch.«

»Ist er wirklich so schlimm?«

»Britta«, mahnte Berg leise und sah seine Schwester kopfschüttelnd an.

»Was denn? Es war nur eine Frage. Ich bin neugierig.«

»Verkneif es dir. Es geht uns nichts an.«

»Charlie macht es nichts aus, über unseren beschissenen Vater zu reden.« Max öffnete ein Glas mit Honig-Erdnüssen. »Es ist ein Art Hobby von ihr.«

»Ich reiße mich nicht darum, über ihn zu sprechen.« Charlie schloss die Augen, als das altbekannte Zorngefühl über ihr zusammenschlug. »Aber er macht mich echt verrückt!« Sie zeigte mit dem Finger auf die drei Bären. »Und ich weigere mich, mit diesem Mann in Co-Abhängigkeit zu leben.«

Max schnaubte. »Dieses Wort hat sie in der neunten Klasse gelernt und es seither nicht mehr losgelassen.«

»Ich habe es nicht losgelassen, weil es perfekt erklärt, warum er so ist, wie er ist. Wir alle haben eine co-abhängige Beziehung zu diesem Idioten und nur deshalb kann er ständig seinen Scheiß abziehen. Ich weigere mich, da mitzumachen. Und euch beide lasse ich da auch nicht mitmachen. Die einzige Methode, aus der Sache herauszukommen, ist Aufrichtigkeit. Wenn jemand mich fragt, wie mein Dad so ist, sage ich ihm: ›Er ist ein Drecksack‹.«

»Wir haben alle Schwierigkeiten mit unseren Eltern. Lass mich gar nicht erst von meiner Mutter anfangen …«

»Nein, bitte nicht«, bettelte Berg plötzlich und sowohl er als auch Dag sahen Britta flehend an.

Britta nickte. »Na schön. Aber was für eine schreckliche Sache hat euer Vater euch denn *genau* angetan?«

»Alles«, antworteten die Schwestern gleichzeitig.

»Oh, bitte. Ihr müsst euch schon konkreter ausdrücken.«

»*Britta*«, knurrte Berg, während Dag sich vorbeugte und ihr die Weinflasche abnahm.

»Damit war ich noch nicht fertig«, beschwerte sie sich.

»Doch, warst du«, murmelte Berg.

»Du willst wissen, was mein Vater getan hat?«, fragte Charlie.

Berg schüttelte den Kopf. »Sie brauchen es nicht zu erzählen …«

Aber sie ließ ihn nicht aussprechen, sondern drehte stattdessen die Hand um, sodass die Innenfläche nach oben zeigte, und deutete damit auf Stevie.

Ihre kleine Schwester zuckte die Achseln. »Er hatte meine Kreditwürdigkeit bereits ruiniert, als ich gerade mal sechs war.«

Britta wand sich sichtlich. »Oh. Okay, das ist …«

»Als meine Mom starb«, erklärte Charlie, »hat sie jeder von uns etwas Geld von der Versicherung hinterlassen. Meins war fürs College bestimmt. Dad hat mich gebeten, es ihm zu leihen. Ich bin nie aufs College gegangen. Nicht einmal auf ein Community-College.«

»Nun …«

»Er hat mein Babyfoto benutzt«, berichtete Max, »um unfruchtbaren Paaren, die sich verzweifelt wünschten, ein Kind zu adoptieren, nicht existente asiatische Babys zu verkaufen.«

»Oh!« Brittas Miene wurde immer entsetzter. »Oh mein Gott!«

»Er hat Schuld, dass Max' Mom im Gefängnis sitzt«, warf Charlie ein.

Stevie nahm noch einen Schluck Wasser. »Als mein gesetzlicher Vormund …«

»Der er nicht war«, ergänzte Charlie.

»… hat er alle Rechte an meinen frühen Kompositionen verkauft. Ich habe keinen einzigen Cent davon zu sehen bekommen.«

Max steckte sich noch mehr Erdnüsse in den Mund, bevor sie erklärte: »Man hört Ihre Musik ständig in Reklamesendungen für teure Autos.«

»Und er hat sie verkauft für … wie viel war es noch, Charlie?«

»Fünfzig Riesen.«

»Richtig. Fünfzig Riesen. Fünfzig Riesen, von denen ich nie einen Cent gesehen habe.«

»Weil er dir das Geld zurückzahlen wollte, sobald er sein Unternehmen auf die Beine gestellt hat«, rief Charlie ihr ins Gedächtnis.

»Oh ja. Das todsichere Geschäft, das sich als Schneeballsystem erwiesen hat und mit dem einige ältere Menschen um ein paar Millionen geprellt wurden.«

»Auch wenn es ihm nicht gelungen ist, damit Geld zu verdienen«, fügte Charlie hinzu.

»Aber er hat es immerhin geschafft, nicht ins Gefängnis zu kommen.« Max kicherte. »Alle anderen sind ins Gefängnis gewandert, nur er nicht.«

»Ja«, stimmte Britta schließlich zu. »Das ist definitiv das Schlimmste …«

»Und erinnert ihr euch daran, wie er mich einmal ›versehentlich‹«, Max zeichnete mit den Fingern Anführungszeichen in die Luft, »in die häusliche Sklaverei verkauft hat?«

»Wie zum Teufel hat er das versehentlich angestellt?«, fragte Dag.

»Wie hat er es noch einmal ausgedrückt, Charlie?«

»Hm … dass er dachte, er würde dich lediglich als Spielkameradin für die Kinder der Familie vermieten.«

»Ja, sicher, wie bei russischen Prinzen aus dem vierzehnten Jahrhundert«, ergänzte Stevie.

»Aber«, sprach Max weiter, »sobald er mich beim Haus der Familie abgesetzt hatte, gaben sie mir ein Bügeleisen und einen Wäschekorb voller Sachen und erklärten mir, ich solle anfangen zu arbeiten.«

»Armes Ding.« Britta schüttelte den Kopf. »Wie lange hat es gedauert, bis jemand Sie abgeholt hat?«

»Niemand hat mich abgeholt.«

»Moment.« Charlie hob die Hand. »Lass uns das klarstellen: Wir hatten keine *Zeit*, dich abzuholen.«

»Das ist wahr«, gab Max lächelnd zu. »Nachdem sie mir das Bügeleisen gegeben hatten, habe ich den Ehemann damit verprügelt und mich dann darangemacht, mit meinen Krallen das Gesicht der Ehefrau zu zerfetzen. Als ich sie verließ, haben sie geweint, geschrien und geblutet, während die Kids versucht haben, die Cops zu rufen.«

Berg und seine Geschwister starrten Max an, bis Berg fragte: »Wie alt warst du?«

»Zwölf. Oder?«

»Elf«, korrigierte Stevie, die Hüterin aller Einzelheiten. Kein Kunststück bei ihrem Gehirn.

»Ich bin ein wenig früh in die Pubertät gekommen«, fügte Max hinzu, um zu erklären, warum eine elfjährige Gestaltwandlerin bereits Krallen hatte.

»Was ist passiert, nachdem du dort abgehauen bist?«

Max zuckte die Achseln. »Keine Ahnung. Dad ist mit den dreißig Riesen verschwunden, die er für mich kassiert hat, und ich bin zurück ins Rudelhaus in Wisconsin gekommen.«

»Wo wohnte diese Familie?«

»In Utah.«

»Du bist ganz allein und zu Fuß von Utah nach Wisconsin gegangen?«, hakte Britta nach.

»Es war nicht das erste Mal.«

Aber Charlie wollte nicht über diese längst vergangene Zeit reden. Das war eine Geschichte, die die drei Schwestern eigentlich mit niemandem außer miteinander besprachen. Die Geschichte über den Tod ihrer Mom. Nicht jetzt. Niemals. Es ging ihr zu nah.

»Und trotzdem«, wechselte Charlie das Thema, »ist unser Vater der einzige Betrüger, den ich kenne, der mit seinen Betrügereien niemals Geld macht.«

»Wie ist das möglich?«, fragte Berg.

»Weil er ein Idiot ist. Ich dachte, das hätten wir klargestellt.«

»Aber was ist mit dem Geld, das er euch gestohlen hat?«

»Nun, die dreißig Riesen, die er für mich bekommen hat, haben nur eine Woche gereicht«, sagte Max. »Ich glaube, er hat es auf der Windhunderennbahn in Florida verpulvert. Und wahrscheinlich noch für ein paar Nutten.«

»Prostituierte liebt er wirklich«, seufzte Charlie. »Und das Geld, das er für den Adoptionsbetrug bekommen hat … das hat dem guten alten Freddy die Frau abgeluchst, mit der er zusammengearbeitet hat.« Max stieß einen Seufzer aus. »Weil er so dumm ist.«

»Außerdem kann er wegen dieses speziellen Betrugs Florida nicht mehr betreten«, sagte Charlie, die versuchte, sich zu erinnern.

»Es kann einem verwehrt werden, einen Bundesstaat je wieder zu betreten?«, fragte Britta.

»Keine Ahnung. Aber wenn man genug Haftbefehle ausstehen hat und genug Kredithaie den Wunsch hegen, dass man stirbt … dann würde ich sagen, dass man in diesen speziellen Staat nicht zurückkehren sollte.«

»Er darf außerdem nicht nach Budapest oder Frankreich oder Deutschland«, fügte Stevie hinzu.

»Oh Gott, Budapest.« Max schüttelte den Kopf. »Das hat sich zu einer internationalen Angelegenheit ausgewachsen.«

»Und trotzdem«, sagte Charlie und warf die Hände in die Luft, »hat er es geschafft, überhaupt kein Geld zu machen.«

Max und Stevie gingen schließlich und Dag und Britta machten sich daran, den Rest der abgestorbenen Pflanzen und das gejätete Unkraut aus dem Garten in Plastiktüten zu packen.

Berg blieb zurück und half Charlie, den Picknicktisch abzuräumen und das wenige an Essen, das übrig geblieben war, in den Kühlschrank zu verstauen.

»Ich dachte, es würde mehr übrig bleiben«, bemerkte sie und betrachtete die fast leeren Behälter auf ihrem Küchentisch.

»Du hast gerade Bären gefüttert. Du kannst dich glücklich schätzen, dass du deine Arme noch hast.«

Sie lächelte. »Ich weiß, du ziehst mich nur auf, aber du solltest dir diese Scherze verkneifen, solange Stevie in der Nähe ist.«

»Hat sie wirklich Angst vor uns?«

»Unsere Stevie hat vor allen möglichen Dingen Angst. Sie kann nicht dagegen an. Sie hat eine Menge durchgemacht.«

»Was für eine Art Musik komponiert sie eigentlich?«

»Musik?«

»Sie hat vorhin erzählt, ihr Vater habe ihre Musik verkauft.«

»Oh, ja. Sie galt, als die jünger war, als musikalisches Wunderkind. Hat sich selbst das Klavierspielen beigebracht, mit … drei, glaube ich. Dann, als sie sechs war, hat sie eine ganze Sinfonie geschrieben und mit sieben das Sankt Petersburger Orchester dirigiert.«

»Das ist ja unglaublich. Deshalb kennt Coop sie also.«

»Ja. Aber sie hat das alles vor langer Zeit aufgegeben.«

»Wegen eures Vaters?«

»Überraschenderweise nein. Zu viel Druck«, erklärte Charlie, nahm die Reste entgegen, die Berg ihr reichte, und verstaute sie im Kühlschrank. »Die vielen Auftritte. All die Ansprüche. Sie hat ihre Liebe zur Musik verloren. Also wandte sie sich etwas zu, das ein wenig … einfacher ist.«

»Und das wäre?«

»Physik und Mathematik. Es hat sich herausgestellt, dass sie auch in diesen Bereichen ein Wunderkind ist. Ich dagegen habe den Algebrakurs nur mit knapper Not bestanden und Max wurde von ihrem Biologielehrer mit einem der toten Frösche zum Sezieren beworfen.«

Berg öffnete den Mund, um zu fragen, warum ihr Lehrer das wohl getan haben könnte, aber was herauskam, war: »Willst du irgendwann mal mit mir ausgehen?«

Stirnrunzelnd wandte Charlie sich vom Kühlschrank ab und drehte sich zu ihm um. »Was?«

»Du weißt schon … ein Date. Abendessen. Vielleicht ins Kino. Ohne unsere Geschwister.«

Charlies Stirnrunzeln vertiefte sich und sie fragte: »Warum?«

Jetzt war es an Berg, die Stirn zu runzeln. »Du kommst mir eigentlich gar nicht … unsicher vor.«

»Das bin ich auch nicht.«

»Warum fragst du dann?«

»Wenn wir uns nicht kennen würden, würde ich total verstehen, warum du mich um ein Date bittest. Ich meine, es knistert definitiv zwischen uns. Auf irgendeiner seltsamen Ebene verstehen wir uns. Aber du *kennst* mich.«

»Ja … und?«

»Und warum solltest du dich mit mir einlassen wollen? Ich bin verflucht.«

Berg richtete sich auf. »Wie bitte?«

»Ich bin verflucht. Manche Leute denken, die ganze Familie sei verflucht, aber ich bin mir sicher, dass es nur meinen Vater betrifft. Und er hat seinen Fluch an seine Töchter weitergegeben.«

Berg lachte leise. »Das glaubst du doch wohl selbst nicht.« Sie starrte ihn an, daher riet er: »Du glaubst es tatsächlich.«

»Es erklärt alles. Wir sind im Grunde nette Leute – na ja … Stevie und ich – und doch hast du mich kennengelernt, als ich um mein Leben gerannt bin. Und nur damit das klar ist, ich bin schon mehr als einmal um mein Leben gerannt.«

»Aber es klingt so, als sei das alles möglicherweise die Schuld eures Vaters. Das bedeutet nicht, dass du verflucht bist.«

»Ach, nein?« Charlie legte Berg eine Hand auf den Arm. »Hör mal, du bist so ein netter Kerl und deine Geschwister sind toll. Nie und nimmer würde ich dich mit dem Familienfluch infizieren.«

»Heißt das, du gehst nie mit jemandem aus?«

»Oh, doch, das tue ich. Aber nur mit Männern, die ich kaum ertragen kann. Dann ist es mir auch egal, wenn ihnen etwas Schlimmes zustößt. In deinem Fall … wäre es mir nicht egal. Und ich würde nicht riskieren wollen, dass aus Drillingen Zwillinge werden, nur weil du einen fragwürdigen Geschmack hast, was Frauen betrifft.«

Berg, der nicht wusste, wie er darauf reagieren sollte, stand einfach nur da. Starrte auf den geschlossenen Kühlschrank. Er bemerkte nicht einmal, dass Charlie weg war, bis der Schrank über dem Kühlschrank geöffnet wurde und Stevie ihm zuwinkte.

»Was tust du da?«, fragte er.

»Ich habe versucht, ein Nickerchen zu machen.«

»Ein Bett kam nicht infrage?«

»Das brauche ich nur, wenn ich richtig tief schlafe. Nicht bei einem Nickerchen.«

Berg stieß den Atem aus. »Wie ich darauf reagieren soll, weiß ich auch nicht.«

»Sie hat dich abgeschossen, was?«, fragte Stevie, obwohl sie beide die Antwort kannten.

»Wie ein Flugzeug der Alliierten über Deutschland.«

»Ich weiß, es ist schwer zu glauben, aber es bedeutet nur, dass sie dich wirklich mag. Nein, ernsthaft«, beharrte sie, als Berg schnaubte.

»Was ist ernsthaft?«, fragte Max, die gerade hereinkam. Ihr Gesicht war schon wieder voller Bienen und Honig.

»Ich dachte, Tiny hätte dir gesagt, dass du nichts aus den Bienenstöcken stehlen darfst«, rief Berg ihr ins Gedächtnis.

»Wer sagt, ich hätte etwas gestohlen?«

»Charlie hat ihn abgeschossen«, flüsterte Stevie. Ziemlich laut.

»Das habe ich kommen sehen.« Max schlug sich ins Gesicht und erledigte dabei mehrere Bienen. »Sie will den Fluch nicht weitergeben.«

»Es gibt keinen Fluch«, sagte Berg halsstarrig.

»Es ist wirklich schwer, sich unser Leben anzuschauen und nicht auf den Gedanken zu kommen, dass da ein Fluch im Spiel ist.«

»Ich behaupte nicht, dass ihr drei nicht ab und zu Pech hattet, aber Flüche? Ernsthaft? Es ist wohl eher so, dass euer Vater einfach ein Arschloch ist.«

»Er ist definitiv ein Arschloch.« Max ging zum Waschbecken und wusch sich die Bienen vom Gesicht. »Aber unsere Schwester glaubt außerdem, sie sei verflucht, und niemand wird ihre Meinung ändern, nur indem er ihr erklärt, das sei unlogisch. Wenn es um unseren Vater geht, denkt sie nicht logisch.« Max trocknete sich das Gesicht mit einem Papierhandtuch ab, aber als sie sich umdrehte, musste Berg den Blick abwenden. »Keine Sorge«, versprach sie. »Die Schwellung geht im Handumdrehen zurück.«

»Gut zu wissen.«

»Hör mal«, hob Max an, »unsere Schwester hat eine Menge am Hals. Und das ist schon seit ihrer Geburt so. Sie kümmert sich um alle. Sie kann nicht anders. Aber wir wollen, dass sie weiß, wie es ist, normal zu sein.«

»Weil sie sich zu sehr in euer Leben einmischt?«

»Oh, Gott, nein. Wir danken jeder Gottheit, die existiert, dass wir sie haben. Nur wegen Charlie bin ich nicht für viele Jahre in einem Bundesgefängnis verschwunden.«

»Und ihretwegen stelle ich kein Crystal Meth her.«

Berg schaute hoch in den Schrank, in dem Stevie noch immer hockte, und sie führte aus: »Mein Vater hat mich mal an einen peruanischen Drogenboss verkauft, weil, und ich zitiere, ›du gut in Naturwissenschaften bist.‹ Aber glücklicherweise hat Charlie das nicht zugelassen.«

»Und irgendwo gibt es einen peruanischen Drogenboss, der sich immer noch wünscht, er hätte zwei Hände«, murmelte Max. Dann lachte sie. Als Berg nicht in ihr Gelächter einstimmte, fuhr sie fort: »Wir wollen einfach nur das Beste für unsere Schwester. Da sie nicht will, dass du verflucht wirst, mag sie dich offensichtlich …«

»Es gibt *keinen* Fluch«, wiederholte Berg.

»Und du wirkst erfrischend normal. Du hast Geschwister, die nicht aktiv versucht haben, dich umbringen zu lassen. Deine Schwester beschwert sich auf eine niedliche, *normale* Art und Weise über eure Mom. Ohne Bosheit oder das Verlangen, sie aufzuspüren und zu töten. Du könntest Charlie wirklich guttun.«

»Und sie wird das *Beste* sein, was dir jemals im Leben passiert ist«, eröffnete Stevie ihm unumwunden.

»Aber nach dem, was ihr sagt, klinge ich so langweilig.«

»Ja«, erwiderte Max ausdruckslos. »Ein Mann, der sich in einen fünfzehnhundert Pfund schweren Bären verwandeln kann, ist sehr langweilig.«

»Es sind nur tausend Pfund. Eisbären wiegen fünfzehnhundert.«

Max sah ihn für einen langen Moment an, bevor sie erklärte: »Nun, das unterstreicht dein Argument.«

»Normal ist nicht langweilig«, warf Stevie ein. »Ich hatte schon ganze *Tage*, die normal waren. Ich gehe zur Arbeit, ich komme nach Hause, ich bestelle etwas vom Chinesen … normal.« Sie schloss die Augen und stieß einen tiefen Seufzer aus. »Das ist toll.«

»Ja, genau«, pflichtete Max ihr bei. »Ich dagegen bin alles andere als normal. Ich habe gelernt, das zu akzeptieren. Aber meine Schwester wünscht sich Normalität für uns. Dass wir glücklich sind. Und nicht im Gefängnis landen.«

»Das wir nicht für Drogenbosse arbeiten.«

»Und sie hat eine Menge geopfert, um uns dabei zu helfen. Also denke ich, du solltest ein wenig Zeit mit ihr verbringen und herausfinden, ob du sie wirklich magst.«

»Aber sie hat mir gerade eine unmissverständliche Abfuhr erteilt und gesagt, dass sie nicht mit mir ausgehen wird.«

»Ausgehen?«, spottete Max. »Mann, du bist Gestaltwandler. Du gehst mit niemandem aus. Du bist einfach da, bis du, bevor du es selbst merkst, ein Teil ihres Lebens geworden bist und sie es nicht mehr übers Herz bringt, dich loszuwerden.«

»Du meinst, wie ein streunender Hund?«

»Oder eine streunende Katze. Beides wäre uns recht. Wenn sich nach einiger Zeit herausstellt, dass sie wirklich nicht auf dich steht oder umgekehrt … dann geht ihr einfach wieder eurer Wege. Wie normale Leute das machen. Nicht wie mein Dad, der ein oder zwei Häuser in Brand gesteckt hat, als er hinausgeworfen wurde.« Max ging um den Küchentisch herum, bis sie neben Berg stand. »Aber wenn du unsere Schwester tatsächlich magst, dann stürz dich da hinein, Fiffi.«

»Ich bin kein Hund.«

»Nein«, bemerkte Stevie, »aber Bären und Hunde sind sich genetisch sehr ähnlich.«

Berg betrachtete mit vor der Brust verschränkten Armen den Dachs-Tiger-Mix im Küchenschrank. Berg war groß genug, um nicht einmal zu Stevie hochschauen zu müssen. Er sah ihr direkt in die Augen.

Nach einer geschlagenen Minute streckte sie die Hand aus und zog langsam die Schranktür zu.

»Versuch es einfach mal«, sagte Max.

»Nun …«

Charlie kam in die Küche und hielt ihr Handy hoch. »Warum ruft Tante Bernice mich an?«

Max schüttelte den Kopf. »Ich habe keine Ahnung.« Sie hielt inne. »Es sei denn, sie weiß …«

»Es sei denn, sie weiß was?«

»Nichts.«

Charlie seufzte. »Was hat er getan?«

»Charlie …«

»Erzähl es mir einfach«, befahl Charlie. »Tu es. Erzähl mir einfach, was er angestellt hat.«

Max stieß den Atem aus, dann verkündete sie: »Unser Vater hat sich in das Bankkonto unseres Onkels gehackt und einhundert Millionen Pfund Sterling gestohlen.«

Charlie sah ihre Schwester genauso lange an wie Berg Stevie angestarrt hatte. Schließlich fragte sie: »Welcher Onkel?«

»Charlie …«

»Welcher … Onkel?«

»Will.«

»Er hat Onkel Will bestohlen?«

»Ja.«

Charlies Schultern sackten herunter und sie ließ den Kopf sinken. Einen Moment lang dachte Berg, sie würde vielleicht weinen.

Bis Charlie den Kopf wieder hochriss und brüllte: *»Alle raus! Ich muss backen!«*

Stevie kletterte aus dem Schrank und über Bergs Schultern seinen Rücken hinab, sodass sie zur Hintertür hinauslaufen konnte. Max ging einfach in den Flur. Sie benahm sich, als hätte sie alle Zeit der Welt, aber trotzdem ging sie. Und ohne ein Wort zu sagen oder einen Scherz zu machen.

Damit blieben nur Charlie und Berg zurück.

»Warum bist du immer noch hier?«, fragte sie ihn.

»Ich wollte dich nur wissen lassen, dass ich da bin, falls du mich brauchst.«

»Oh, wirklich?«, sagte sie und ihre Stimme troff vor Sarkasmus. »Hast du zufällig irgendwo in deinem Haus einhundert Millionen Pfund Sterling herumliegen, damit ich das Geld meinem psychotischen Onkel zurückgeben kann, der ein Gangster ist? Ist es das, was du meinst?«

»Ähm … nein. Aber ich esse wirklich gern Gebäck und bin bereit, es für dich zu testen.«

Charlie blinzelte, anscheinend vollkommen benommen, bevor eine Seite ihres Mundes ein winziges Bisschen nach oben zuckte.

»Das werde ich mir merken«, versprach sie, bevor sie ihn mit den Händen wegscheuchte.

»Und ich habe immer Hunger«, fügte er hinzu, bevor er durch die Hintertür nach draußen ging. Er lächelte kaum merklich, als er sie leise kichern hörte.

Aber sobald er um die Hauswand herumgegangen war, sprang Stevie vor ihn. Er trat einen Schritt zurück, erschrocken über ihr plötzliches Auftauchen.

»Habe …« Sie schaute zum Haus hinüber und dann wieder zurück zu Berg. »Habe ich meine Schwester gerade … lachen hören?«

»Ja. Ein wenig.«

»Sie hat gelacht? Jetzt? Nachdem sie gehört hat, was unser Vater getan hat, und weiß, wie schlimm alles werden wird? Du hast sie zum Lachen gebracht?«

»Es war kein schallendes Gelächter oder so. Eher ein leises Kichern, aber … ja. Ich schätze, schon. Warum?«

Stevie packte Berg abrupt am T-Shirt und befahl: »Dann mach ab jetzt einen auf streunenden Hund, Berg, ist das klar?!«

»Ähm … okay.«

Dann war sie fort, verschwunden auf einem Baum in der Nähe. Weil das normal war.

Britta trat neben ihn. »Alles in Ordnung?«, fragte sie.

»Das war seltsam, aber … in Ordnung.« Dann verspürte Berg das Verlangen, hinzuzufügen: »Obwohl das nur auf uns zutrifft. Für sie … ist es seltsam und schlimm.«

»Wie schlimm?«

»Hundert-Millionen-Pfund-Sterling-schlimm.«

Britta klappte der Unterkiefer herunter. »Wie ist das überhaupt möglich?«

»Anscheinend ist ihr Vater ziemlich speziell.« Er deutete mit dem Kinn auf das Haus. »Tu mir einen Gefallen, Schwesterherz, und schau dir die Sache mal genauer an.«

Kapitel 8

Max schaute auf den Küchentisch, der mit allen möglichen Backwaren bedeckt war. Von einfachen Zuckerplätzchen bis hin zu komplizierten Brotsorten und Desserts. Ihre Schwester war die ganze Nacht auf gewesen und hatte gebacken. Stevie versuchte es mit Meditation und Yoga, um sich zu entspannen. Max stürzte sich in Raufereien mit Bienen. Und Charlie backte.

»Was sollen wir mit dem ganzen Zeug machen?«, fragte Max Stevie. »Ich meine, ich kann einiges davon wegpacken, aber nicht einmal ich kann so viel essen, bevor alles verdirbt.«

»Ich bin zur Hälfte sibirischer Tiger und kann das trotzdem nicht alles essen.«

»Was würden normale Leute mit so viel Gebäck machen?«

Stevie dachte einen Moment lang nach. »Es Freunden und Verwandten schenken.«

»Wir sprechen nicht mit unserer Familie und wir haben nur sehr wenige Freunde.«

Charlie kam in die Küche und hielt ihr Handy hoch. »Ich kümmere mich jetzt mal darum«, verkündete sie.

Max verdrehte die Augen. »Nur weil dieses alte Miststück angerufen hat, brauchst du sie nicht zurückzurufen.«

»Wir müssen wissen, was sie weiß.«

»Ich bezweifle, dass sie überhaupt viel weiß. Es ist nicht so, als würden die beiden Seiten der Familie gern miteinander schwatzen. Onkel Will macht wahrscheinlich die amerikanische Seite für das, was Freddy angestellt hat, verantwortlich.«

»Unsere Verwandtschaft in Amerika hätte ihm niemals geholfen. Ebenso wenig wie wir.«

»Vielleicht will sie ja auch nur ein paar Informationen, weil Will ihr nichts sagt.«

»Es ist aber irgendwie unhöflich«, beschwerte sich Stevie, »uns nach Informationen zu fragen, obwohl sie uns nicht zur Hochzeit ihrer Tochter eingeladen hat.«

Charlie runzelte die Stirn. »Wer heiratet denn?«

»Ähm … die jüngste. Carrie, glaube ich. Sie sind wegen der Feier gerade in New York. Ihr Zukünftiger ist anscheinend sehr reich.«

Charlie lächelte. »Dann bin ich mir sicher, dass Bernice nicht will, dass irgendetwas die perfekte Heirat ihrer Tochter in die besseren Kreisen vermasselt.«

»Du meinst, wie zum Beispiel Dad, der auftaucht, um irgendeine Scheiße abzuziehen?«, fragte Max.

»Das ist genau das, was ich meine.«

Charlie legte das Telefon auf den Tisch, drückte auf Wiederwahl und schaltete den Lautsprecher ein. Dann beugten sie sich alle vor und warteten.

»Also, ist dein Vater tot oder nicht?«, fragte ihre Tante ohne jede Einleitung. Nicht einmal ein Hallo.

»Nein«, antwortete Charlie. »Er ist nicht tot. Er ist sogar sehr lebendig, so weit wir feststellen konnten.«

»Na, wunderbar«, knurrte Bernice. Max stellte sich vor, wie ihre Tante in einem der prächtigen Räume in ihrem Haus auf Rhode Island auf und ab ging. Die Hochzeit fand zwar in Manhattan statt, doch Bernice gehörte aufgrund einer sehr vorteilhaften Heirat in ihrer Jugend zum Geldadel von Rhode Island. Und nur so hatte Max sie noch vor Augen. »Weißt du, wo er ist? Ist er noch in New York?«

»Keine Ahnung«, sagte Charlie. Dann sah sie ihre Schwestern an und fügte hinzu: »Er könnte sich jederzeit mit einer seiner verrückten Machenschaften hervortun. Alle deine reichen Freunde um Geld bitten. Wenn er sich nicht als Taschendieb betätigt oder ihnen vor laufender Kamera den Schmuck vom Hals klaut. Das wäre fabelhaft! Hat die *New York Times* vor, für dich über die Hochzeit zu berichten? Ich bin mir sicher, sie haben Zugriff auf Dads letzte sechzehn Verbrecherfotos von überall auf der Welt.«

Es herrschte Schweigen, dann folgte ein gedämpfter Aufschrei am anderen Ende der Leitung. Max und Stevie lachten hysterisch, aber lautlos. Stevie ließ sich am Kühlschrank herunterrutschen, bis sie auf dem Boden saß, die Arme um ihren Bauch gelegt. Max beugte sich über den Küchentisch und legte den Kopf auf die Holzplatte. Charlie konzentrierte sich natürlich weiter auf das Telefon.

»Ich will, dass er gefunden wird. Er muss gefunden werden«, erklärte ihre Tante schließlich.

»Und ich will kleinere Titten haben«, entgegnete Charlie, »aber wir bekommen nicht immer, was wir wollen.«

»Weißt du eigentlich, was gerade vor sich geht, kleines Fräulein?«

Charlie beugte sich ein wenig vor und sagte: »Nein. Was geht denn gerade vor sich?«

»Meine Tochter heiratet …«

»Oh. Eine *Familienhochzeit*? Aber das kann ja nicht sein … weil *wir* nicht eingeladen worden sind. Und wir *gehören* doch zur Familie. Richtig?«

Max lag immer noch auf dem Tisch, aber jetzt auf dem Rücken, und strampelte mit den Beinen wie ein verrücktes Kleinkind. Sie konnte nicht anders. Das hier war unschlagbar. Ihre Schwester war absolut unschlagbar!

»Es war nichts Persönliches«, log Bernice. »Wir mögen euch alle nur nicht.«

Jetzt lachten alle drei Schwestern aus voller Kehle. Sie machten sich nicht mehr die Mühe, es zu verbergen. Denn obwohl es stimmte, dass Bernice keine von ihnen leiden konnte, waren sie auch die Einzigen, bei der ihre Tante wirklich ganz sie selbst sein konnte. Die Damen der Gesellschaft bekamen die *echte* Bernice MacKilligan Andersen-Cummings nie zu Gesicht.

Charlie räusperte sich, um ihr Lachen zu stoppen, und erklärte ihrer Tante: »Meine Schwestern und ich sind uns vollauf im Klaren über deine Gefühle, was uns betrifft, also … viel Glück mit unserem Dad.« Sie senkte die Hand, um das Gespräch zu beenden.

»Leg nicht auf!«, befahl Bernice. Dann fügte sie sanfter hinzu: »Bitte.«

Charlie nahm die Hand zurück und stützte beide Arme auf den Tisch. »Ja?«

»Euer Vater muss gefunden werden. Ich kann es mir nicht leisten, dass er auf der Hochzeit meiner Tochter aufkreuzt. Dafür ist sie zu wichtig.«

»Und was willst du von uns?«

»Dass ihr ihn findet. Dass ihr ihn in Schach haltet.«

»Wir sind nicht die Hüter unseres Vaters«, erklärte Charlie mit absoluter Überzeugung. »Du wirst ihn schon allein in Schach halten müssen.«

»Dafür habe ich keine Zeit. Die Situation ist hier im Moment ein wenig … überwältigend. Wenn wir dem auch noch euren nutzlosen Vater hinzufügen …«

»Außerdem gibt es da noch das andere Problem.«

Es folgte eine lange Pause, bevor Bernice fragte: »Welches *andere* Problem?««

Also wusste Bernice es nicht.

»Dad hat Onkel Will Geld gestohlen.«

»Christus am Kreuz! Wie viel Geld?«

Charlie kratzte sich mit dem Daumennagel die Stirn. »Hundert Millionen Pfund.«

Bernice schwieg so lange, dass Max sich sicher war, dass sie aufgelegt hatte oder ohnmächtig geworden war. Aber sie war noch dran.

»Er kann unmöglich so dumm sein«, sagte sie, ihre Stimme nur ein Flüstern.

»Wir wissen beide, dass er es kann. Er *ist* so dumm.«

»Aber Will zu bestehlen … was hat er sich nur dabei gedacht?«

Charlie verdrehte die Augen. »Ich schätze, er hat gar nicht gedacht.«

»Sie werden zu euch kommen«, sagte Bernice zu Charlie.

»Wozu?«, spottete Charlie. »Ich habe nicht mal eben so eine Million Pfund herumliegen, um die Blödheit meines Vaters in Ordnung zu bringen. Und Dad hat noch nie etwas auf seine Töchter gegeben, also wird es auch nichts nützen, uns zu bedrohen.«

»Aber du bist die Einzige, Charlie, die jemals in der Lage war, das blöde Arschloch in Schach zu halten. Die Schotten wissen das. Sie werden dieses Wissen nutzen. Sie werden deine Schwestern benutzen.«

Charlie rieb sich die Stirn. »Kannst du nicht mit ihnen reden?«, fragte sie zähneknirschend. Charlie hasste es, irgendein Mitglied ihrer Familie um irgendetwas zu bitten. Also tat sie es nicht. Bis jetzt.

»Ich? Das wird euch nicht helfen. Will und ich stehen uns nicht gerade nah. Aber wenn ich an deiner Stelle wäre, würde ich Will und alle deine schottischen Onkel unmissverständlich wissen lassen, dass sie dich und deine Schwestern raushalten sollen, wenn es um Scherereien mit eurem Vater geht.«

Charlie tauschte einen verwirrten Blick mit Max und Stevie.

»Ich bin mir nicht sicher, ob ich weiß, was das bedeutet«, gab Charlie schließlich zu.

»Dann finde es heraus. Wir telefonieren auf einer offenen Leitung. Bis dahin, wie wäre es, wenn wir uns zum Tee treffen würden?«

Charlie hasste Tee. »Tee? Warum?«

Sie hörte, wie Seiten umgeblättert wurden. »Ich hätte am Dienstag ein wenig Zeit. Drei Uhr. Im Kingston Arms. Ich erwarte dich an der Rezeption. Nur dich. Und bitte … kleide dich angemessen.«

Der Anruf wurde beendet und Charlie richtete sich auf.

»Wirst du hingehen?«, fragte Max.

»Ja.« Charlie ging im Raum auf und ab und Max beobachtete sie genau.

»Was denkst du?«, fragte sie ihre Schwester.

»Ich denke darüber nach, was sie gesagt hat. Dass wir das mit Onkel Will regeln sollen.« Charlie blieb abrupt stehen und konzentrierte sich auf Max. »Was glaubst du, was Onkel Will vorhat – um sein Geld zurückzubekommen, meine ich?«

»Ganz ehrlich?«

»Ganz ehrlich.«

Max rieb sich die Nase. »Ich glaube, er hat einen Haufen Leute geschickt, um eine von uns zu töten und die beiden anderen als Geiseln zu nehmen, in der Hoffnung, dass das Dad hinterm Ofen hervorlockt und Will sein Geld zurückbekommt, während er dem Rest der Familie zeigt, dass sie ihre Kinder in Gefahr bringen, wenn sie sich mit ihm anlegen.«

»Aber Dad wird das nicht interessieren. Es wird ihn nicht interessieren, selbst wenn Will uns alle drei tötet.«

»Ich weiß.«

Charlie dachte einen Moment lang nach. »Glaubst du, dass Will hinter den Angriffen in Mailand und in der Schweiz steckt?«

»Nein.«

»Warum?«

»Der Helikopter. In der Schweiz.«

»Redest du schon wieder über diesen Hubschrauber?«

»Es war ein Militärhelikopter«, beharrte Max. »Für so etwas bezahlt Onkel Will nicht. Der Mistkerl ist zu knauserig. Das ist auch der Grund, warum ich weiß, dass er bei hundert Millionen Pfund im Spiel kein Auge zudrücken wird. Ich persönlich stimme Bernice zu. Er wird etwas unternehmen.«

»Natürlich stimmst du Bernice zu. Weil sie gesagt hat, dass wir zuerst zuschlagen sollten.«

»Nein, sie hat gesagt, dass wir Onkel Will und die anderen wissen lassen sollten, dass man sich wegen unseres Vaters nicht mit uns anlegen soll. Ich schlage vor, wir bieten Will … eine Gelegenheit.«

»Eine Gelegenheit wofür?«

»Darf ich einen Vorschlag machen?«, fragte Stevie.

Charlie stieß einen langen Seufzer aus, aber das minderte die Anspannung in ihren Schultern kein bisschen. Und es entkrampfte auch ihr Gesicht nicht. »Natürlich«, antwortete sie an Stevie gewandt.

Ihre kleine Schwester stand auf und strich sich über ihr zu großes Sommerkleid. »Du solltest ihn anrufen. Onkel Will. Du erklärst ihm, dass wir mit ihm reden wollen. An einem privaten Ort in New York.«

»Und dann?«, fragte Charlie.

Stevie zuckte die Achseln und hob die Hände, die Innenflächen nach oben gedreht. »Wenn Onkel Will wirklich nur reden möchte, dann reden wir, sagen ihm, dass wir nicht wissen, was Dad im Schilde führt, und alle gehen anschließend ihrer Wege. Aber wenn Onkel

Will vorhat, uns zu benutzen, um an Dad heranzukommen … dann tun wir, was wir tun. Ich meine, wenn sie an uns ein Exempel statuieren wollen … ist es vielleicht an der Zeit, dass wir an ihnen eins statuieren.«

Charlie musterte ihre Schwester einen Moment lang. »Das wird schmutzig.«

»Alles, woran Daddy beteiligt ist, wird schmutzig. Ruf Onkel Will an, Max«, schlug Stevie vor und griff nach ihrem riesigen Rucksack, der vollgestopft war mit Notizbüchern, Bleistiften und Kulis. »Oder Dougie, seinen ältesten Sohn. Wähl ein leer stehendes Gebäude aus und sag ihnen, dass wir uns am Montag mit ihnen treffen wollen. Verleih dem Ganzen eine gewisse Dringlichkeit, damit sie nicht denken, wir würden irgendetwas planen.« Stevie zog die SSRI-Antidepressiva und Beruhigungsmittel aus dem Rucksack, die sie einsetzte, um mit ihrer Angststörung klarzukommen, und legte sie auf den Tisch. »Behaltet diese Medikamente erst mal. Ich nehme sie später weiter.«

»Bist du dir sicher …?«

»Ich bin mir sicher.« Stevie nickte. »Wenn sie uns tatsächlich unseren Vater ankreiden wollen, zeigen wir der ganzen Familie, was sie riskieren, wenn sie sich mit den MacKilligan-Mädchen anlegen.«

Charlie beugte sich vor, zog Stevie an sich und küsste sie auf den Kopf.

Max legte die Medikamente in eine Schublade, damit man schnell und einfach Zugriff darauf hatte, während Charlie den Tisch musterte, auf dem sich all ihre Backwaren häuften. »Was machen wir nur mit dem ganzen Essen?«

Stevie legte den Kopf in den Nacken und sagte: »Dazu habe ich auch eine Idee.«

Diesmal kniff Charlie die Augen zusammen. »Was für eine Idee?«

Charlie griff nach dem Teller mit dem Honig-Ananas-Kuchen, den sie gebacken hatte, und ging damit zu Berg. Sie wollte ihm und seinen Geschwistern sagen, wie dankbar sie war für ihre Hilfe in jüngster Zeit, und Stevie zufolge würden die Bären wahrscheinlich auch dem Rest der Backwaren den Garaus machen.

Außerdem linderte es vielleicht Charlies Angst, wenn sie mal aus dem Haus kam. Ihre kleine Schwester hatte vielleicht eine Angststörung und flippte bei dem kleinsten merkwürdigen Geräusch oder einem herumhuschenden Eichhörnchen aus, aber bei Charlie ging es immer nur darum, was *möglicherweise* geschehen konnte. Das hielt *sie* nachts wach. Sie machte sich Sorgen um Dinge, über die sie eigentlich keine Kontrolle hatte, aber dieses Wissen bedeutete nicht, dass sie aufhören konnte, sich Sorgen zu machen. Tatsächlich machte sie sich dann nur umso mehr Sorgen.

Aber vielleicht konnte sie sich ablenken. Zumindest für ein Weilchen. Das war es, was das Backen bei ihr bewirkte. Es lenkte sie ab. Beruhigte sie. Jetzt würde sie versuchen, das Gleiche zu tun, indem sie ihr Essen mit Leuten teilte, die sie so gut wie gar nicht kannte. Um ehrlich zu sein, war es, soweit sie sich erinnern konnte, das erste Mal, dass sie Leute, mit denen sie nicht blutsverwandt oder im selben Rudel war, gut genug kannte, um sich wohl dabei zu fühlen, ihnen etwas zu essen anzubieten.

Charlie ging die Verandastufen hinunter und kam ans Tor. Sie war gerade hindurchgegangen und hatte es hinter sich zugezogen, als das Getöse eines frisierten Autos sie veranlasste, sich umzudrehen. Der Wagen fuhr in eine Parklücke nicht allzu weit von ihr entfernt und sie wartete ab, um zu sehen, wer ausstieg. Gleichzeitig legte sie die Hand auf den Griff der Waffe, die sie hinten im Bund ihrer Jeans unter dem T-Shirt stecken hatte.

Der Fahrer öffnete die Tür und sie sah zu, wie der Mann ausstieg. Für einen Moment schloss sie die Augen. Wie konnte Max nur? Von allen Leuten, die sie hätte anrufen können … warum ausgerechnet ihn?

Und ihn herzuholen? In ein nur von Bären bewohntes Viertel? Hatte Max den Verstand verloren?

Als er Charlie sah, lächelte er und Charlie umfasste ihre Waffe fester. Sie könnte ihn hier einfach umlegen. Das könnte sie wirklich. Aber sie wusste, dass Max ihr das nie verzeihen würde. Es war vielleicht die einzige Sache, die das Band zwischen den beiden Schwestern zerreißen lassen würde. Oder es zumindest so beschädigte, dass es Jahrzehnte dauern würde, um es zu flicken.

Er blieb am Kofferraum seines Wagens stehen. »Schieß nicht«, sagte er immer noch lächelnd. »Ich weiß, du willst schießen, aber das wird nur meine Schwestern und Cousinen auf den Plan rufen. Ich bin mir sicher, du erinnerst dich, was mit dem letzten Mädchen passiert ist, das meine zarten Gefühle verletzt hat.«

Unter Aufbietung all ihrer inneren Kräfte ließ Charlie ihre Waffe los und den Arm sinken.

Er lachte und kam zu ihr.

»Nicht …«

Aber es war zu spät. Sie wurde bereits von kräftigen Armen umschlungen und an eine unerträglich breite Brust gepresst.

Sie hielt den Teller mit dem Kuchen von ihrem Körper weg, aber sie hörte ihn bereits schnuppern. Er beugte sich vor, als wolle er ohne jede Skrupel einen Bissen nehmen.

»Wenn du diesen Kuchen anrührst«, warnte sie, »schneide ich dir deinen Schwanz ab.«

Dutch Alexander zog sich zurück. Er war nur einen Meter achtzig groß, aber breit wie ein Haus. Alles an ihm war geballte Muskelkraft.

»Du hast noch nie gern geteilt, MacKilligan.«

»Nicht mit Wieseln.«

»Ich betrachte dich als Schwester.«

»Halt die Klappe.«

»Ist alles in Ordnung, Charlie?«

Tiny, ihr Vermieter, stand hinter ihr und beäugte Dutch.

»Alles okay.« Sie versuchte, sich von Dutch zu lösen, aber er hielt sie fest. Warum? Weil er es genoss, sie zu ärgern. Das hatte er schon immer geliebt. »Würdest du mich jetzt bitte loslassen?«

»Darf ich der geliebten älteren Schwester meiner besten Freundin nicht ein wenig Zuneigung zeigen?«

Charlie legte ihm die Hand unters Kinn und fuhr die Krallen aus, wobei sie dafür sorgte, dass die mittlere sich gegen seine Halsschlagader presste.

»Ich werte das mal als ein Nein.« Dutch ließ sie los und trat zurück, was beeindruckend war, denn er hatte normalerweise keine Ahnung von nötigem Abstand. Er war ein übermäßig körperbetonter Typ, der Umarmungen und Zärtlichkeiten liebte, was viele überraschend fanden, wenn ihnen klar wurde, wen sie da vor sich hatten. Wen sie *wirklich* vor sich hatten.

Aber nur für den Fall, dass Dutch noch einmal versuchte, sie zu umarmen, trat Charlie ebenfalls einen Schritt zurück und genau in dem Moment machte Tiny einen großen Schritt vorwärts. Der zwei Meter zehn große Mann hatte vor, seine natürliche Kraft und Größe zu nutzen, um sein kleineres, aber genauso breites Gegenüber einzuschüchtern. Doch bevor Tiny auch nur die Muskeln anspannen konnte, war Dutch auch schon neben ihm. An ihm dran. Er beschnupperte Tinys Brust, betrachtete ihn und schnaubte dann abrupt zweimal.

Schockiert trat Tiny einen Schritt zurück. Dutch schnaubte erneut und kam näher. Schnaubte wieder, kam noch näher. Dann entblößte er seine Reißzähne.

Reißzähne, die fast alles zerfetzen konnten.

Der Bär fuhr die Krallen aus, aber Charlie trat schnell zwischen die beiden schnaubenden Männchen und knurrte. »Ich versuche, eine gute Nachbarin zu sein. Ich weiß nicht genau, wie man das macht, aber ich bin fast sicher, dass Blutvergießen nicht dazugehört!« Sie zeigte mit dem Finger auf Tiny. »Also, fahren Sie diese Krallen ein.« Dann funkelte sie Dutch an. »Und du solltest nicht einmal daran *denken*, etwas zu tun, was deine Analdrüse involvieren würde.«

Dutch, dessen Reißzähne immer noch entblößt waren, grinste. »Süßholzrasplerin.«

»Hier, Tiny.« Sie reichte Tiny den Kuchen, den sie den Dunns hatte geben wollen. »Es ist ein Honig-Ananas-Kuchen.«

»Oh. Ähm … danke.«

Tiny nahm den Kuchen und wandte sich zum Gehen, blieb dann jedoch noch einmal stehen und sah zu Dutch hinüber.

»Honigdachs?«, riet er drauflos.

»Wohl kaum«, antwortete Dutch, seine Stimme erfüllt von diesem lächerlichen Stolz, während sein Reißzähne-Grinsen noch breiter wurde. »Vielfraß.«

Stirnrunzelnd konzentrierte Tiny sich auf Charlie. »Ich hatte keine Ahnung, dass Sie Vielfraße hierherbringen würden.«

»Rassist.«

Charlie schlug Dutch die Hand vors Gesicht, wohl wissend, dass das wenig dazu beitragen würde, seinen großen Mund geschlossen zu halten, aber versuchen musste sie es wenigstens.

»Er ist nur hier, um meine Schwester zu sehen. Ich verspreche Ihnen, dass er keinen Ärger machen wird.«

Tiny grunzte und machte erneut einen Schritt in Richtung seines Hauses, das einige Türen weiter lag. Aber während er davonging, murmelte er: »Ich bin kein Rassist. Vielfraß ist keine Rasse. Honigdachs ist auch keine Rasse. Es sind Spezies.«

Dutch zog seine Reißzähne ein und fragte Charlie: »Du gibst mir die Schuld daran, nicht wahr?«

Zur Antwort hob Charlie die Hand und versetzte Dutch einen Schlag gegen den Hinterkopf. Genau wie sie es immer bei Max machte. Genau wie sie es bei ihnen beiden machte, seit dem ersten Tag, an dem Max den kleinen Scheißer ins Rudelhaus mitgebracht hatte. Es hatte die Wölfe nicht glücklich gemacht, aber die beiden waren erst zwölf gewesen und die Erwachsenen einfach froh, dass Max tatsächlich einen Freund hatte. Irgendeinen Freund. Aber wie immer war es Charlie zugefallen, die beiden in Schach zu halten. Ein Job, den sie nicht gerne machte.

Die Haustür zu ihrem Mietshaus wurde geöffnet und Max trat auf die Veranda hinaus.

Sie breitete die Arme aus und jubelte: »Dutchy!«

»Maxie!«

Max lief die Treppe hinunter und Dutch sprang über das Tor. Sie trafen sich irgendwo in der Mitte und knallten gegeneinander, um dann Luftküsse auszutauschen und sich an den Händen herumzuwirbeln.

Es war ein bemerkenswerter Anblick. Aber nichts, was Charlie nicht schon gesehen hätte. Wieder und wieder und wieder. Doch zumindest hatte Max Freunde. Nervige Freunde, aber Freunde.

Charlie drehte sich um, um ins Haus zurückzugehen und etwas anderes zu holen, das sie den Dunns bringen konnte. Vielleicht wären die Zimtbrötchen eine gute Wahl. Aber eine zuschlagende Tür ließ sie über ihre Schulter schauen. Sie sah, dass die vordere Fliegengittertür der Dunns auf dem Boden lag. Ein nasser, kleiner Bär stürmte von dort schnurstracks über die Straße.

Wenige Sekunden später rannte Berg Dunn hinter ihm her, die Arme und das T-Shirt tropfnass und voller Seifenschaum.

»Komm sofort zurück! Mistkerl!«

Der Bär sprang über Charlies niedrigen Zaun und verschwand auf der Rückseite des Hauses. Berg kam stolpernd neben Charlie zum Stehen.

»Ist es legal, in dieser Stadt vollblütige Bären zu halten?«, fragte sie.

Berg legte den Kopf schräg und zog verwirrt die Brauen herunter. »Das war kein Bär. Das ist mein Hund.«

»Diese Kreatur ist ein *Hund*?«

»Ja, ein Kaukasischer Hirtenhund. Meine Eltern züchten sie.«

»Hab noch nie von ihnen gehört.«

»Sie kommen aus Russland. Sie werden dazu ausgebildet, Vieh vor Bären, Wölfen und Schakalen zu beschützen.« Nach einem Moment des Schweigens fügte er hinzu: »Er badet nicht gern, aber er hat gestunken.«

»Jetzt riecht ihr beide.«

Berg nickte Max und Dutch zu, die lachten. »Wer ist der Typ?«

»Das ist Dutch. Ein Freund von Max.«

Berg schnupperte. Schnupperte erneut. Beugte sich vor und schnupperte ein drittes Mal.

»Er ist ein Vielfraß«, erklärte Charlie ihm, als sie das Geräusch keine Sekunde länger ertragen konnte.

»Oh.« Berg blinzelte. »Wow. Wirklich? Ich bin noch nie einem begegnet.«

»Sie leben überwiegend unter Vollmenschen. Dort müssen sie weniger kämpfen. Apropos kämpfen, ich wollte euch einen Kuchen bringen.«

»Du *wolltest*?«

»Ich musste ihn Tiny geben. Er war drauf und dran, sich auf eine Schlägerei mit Dutch einzulassen, und das hätte für beide kein gutes Ende genommen.«

»Nun, trotzdem danke.«

»Ich habe noch andere Sachen. Willst du sie dir ansehen?«

»Na klar.«

»Du kommst besser mit ins Haus, bevor Dutch die Kuchen sieht.« Sie öffnete das Eingangstor. »Er kann mehr Essen verdrücken als möglich scheint. Er ist wie ein Staubsauger.«

Die Tür des Hauses wurde aufgerissen und Stevie kam schreiend die Verandatreppe heruntergerannt, stürmte durch den Garten und sprang, ohne stehen zu bleiben, über den Zaun.

Erschrocken rief Charlie ihr nach: »Das war nur ein Hund!« Aber ihr vernünftiges Argument konnte eine bereits panische Stevie nicht aufhalten. Sie konzentrierte sich auf Max. »Geh sie holen!«

»Warum muss ich immer – oh, scheiß drauf!«

Max stürmte hinter ihrer Schwester her und Charlie ging gefolgt von Berg ins Haus.

»Holen wir deinen Hund und …« Charlie brach ab, den Blick auf das Wohnzimmerfenster gerichtet. »Ist das nicht dein Hund?« Sie zeigte auf das riesige Tier, das mitten im Gras auf dem Rücken lag und mit den Beinen zappelte.

»Das ist er, ja.«

Aber wenn ihre Schwester den Hund im Garten gesehen hatte, wäre sie nicht aus dem Haus gerannt und hätte auf keinen Fall die Sicherheit geschlossener Türen aufgegeben. Also hatte Stevie auf irgendetwas *im* Haus reagiert.

Charlie griff unter den Couchtisch und schnappte sich die Pistole Kaliber 45, die Max dort in einem Holster angebracht hatte, dann schob sie eine Patrone in die Kammer. Bergs »Oha!« drang kaum zu ihr durch, als sie schon durchs Haus lief, ihre Waffe mit beiden Händen umklammert, die Ellbogen an die Seiten gepresst. Sie hielt die Waffe nie zu weit von sich weg. Das würde es jemandem leicht machen, sie ihr aus den Händen zu schlagen, wenn sie um eine nicht einsehbare Ecke kam.

Einige Schritte von der Küche entfernt blieb sie stehen und schaute sich nach Berg um. »Was sind das für Geräusche?«

Er hielt einen Moment lang inne. Dann verdrehte er die Augen, ging zu der Schwingtür der Küche und zog sie auf. Charlie, die die Waffe immer noch vor sich hielt, kam näher. Doch sie ließ die Waffe sofort sinken, als sie eine Gruppe entdeckte, die ganz wie ihre Nachbarn aussah. Sie saßen am Küchentisch oder lehnten an der Theke und verschlangen ihre Kuchen.

»Mir ist klar, was du falsch gemacht hast«, erklärte Berg und betrat die Küche. Die Nachbarn registrierten kaum seine Anwesenheit. »Du hast das Fenster offen gelassen.«

»Wir haben das Ganze hier einen Häuserblock entfernt gerochen«, sagte eine Bärin zwischen zwei Bissen Zitronenkeksen.

»Hat Tiny Ihnen die richtigen Mülleimer gegeben?«, fragte ein Bär mit Resten von Himbeerkuchen an den Mundwinkeln.

»Die *richtigen* Mülleimer?«

»Ja«, erklärte Berg. »Bärensicher.«

Charlie spürte, dass ihr linkes Auge zuckte. »Ich brauche bärensichere Mülleimer?«

»Manche von uns kriegen nachts Hunger, wenn wir umherstromern«, erklärte eine andere Bärin. »Aber wir sind normalerweise zu faul, um uns in Menschen zurückzuverwandeln, damit wir die Mülleimer aufbekommen.«

»Wenn wir die Mülleimer doch aufkriegen, sind die meisten von uns beim Essen ziemlich ordentlich«, erklärte die erste Bärin und griff nach einem Ingwerplätzchen. »Was wir nicht essen, legen wir in die Mülleimer zurück. Aber *manche* Leute …«

»… wie die Hendersons drei Häuser weiter …«

»… sind nicht so höflich. Nur wenn Sie bärensichere Mülltonnen haben, kann Ihnen nichts passieren.«

Charlie nickte ein stummes Dankeschön in Richtung der Eindringlinge, bevor sie Berg ansah und knurrte: »Kann ich dich draußen sprechen?«

Berg folgte Charlie in den Garten, aber er war ein wenig überrascht, als sie plötzlich zu ihm herumwirbelte und zornig mit dem Finger auf seine Brust deutete.

»Du hast gesagt, wir wären hier sicher!«

»Das seid ihr auch.«

»Wie kannst du das sagen …« Sie machte einen Schritt nach hinten, damit eine hysterisch schreiende Stevie an ihr vorbeirennen konnte. Eine knurrende Max war ihrer Schwester dicht auf den Fersen, während Bergs lächerlich fröhlicher Hund hinter ihnen herlief. »Wenn in meiner Küche Bären sind?«

Berg antwortete ihr nicht sofort. Er beobachtete, wie Stevie über die Garage hinterm Haus sprang, eine Garage, die Platz für zwei Autos bot. Max und der Hund mussten leider um die Garage herumlaufen, um zu ihr zu gelangen.

»Wow, da ist sie aber leicht drübergekommen.«

»Hör mir gefälligst zu!«, befahl Charlie. Und als sie Bergs Aufmerksamkeit zurückgewonnen hatte, wiederholte sie: »Es sind *Bären* in meiner *Küche*!«

»Ja ... na und?«

Sie warf die Hände in die Luft. *»In welcher Welt ist das sicher?«*

»Lass uns zunächst einmal ... wie wär's, wenn du nicht so rumbrüllen würdest? Ihr könntet nicht sicherer sein als mit Bären in eurer Küche.«

»Erklär mir das«, brachte sie heraus, ohne die Stimme zu heben.

»Du machst dir Sorgen, dass fremde Leute in euer Haus kommen, dich und Max töten und Stevie entführen könnten, richtig?«

»Das wäre das wahrscheinlichste Szenario.«

»Wie sollen sie an einem Haufen hungriger Bären in eurer Küche vorbeikommen?«

Sie öffnete den Mund zu einer Antwort, schloss ihn, öffnete ihn wieder und fragte dann: »Was?«

»Wir haben dieses Wiesel gewittert, bevor es überhaupt unsere Straße erreicht hatte. Meine Schwester hatte es mit dem Fernglas im Visier, sobald sein Wagen um die Ecke gerumpelt kam. Wir haben einen sehr ausgeprägten Beschützerinstinkt, was unser Viertel betrifft. Das müssen wir. In diese Richtung haben wir ein großes Löwenrudel« – er zeigte erst nach Süden und dann nach Osten – »und drei Wolfsrudel in dieser Richtung.«

Charlie wandte plötzlich den Blick ab. »Ich habe tatsächlich gestern Nacht Löwengebrüll gehört. Ich dachte, ich sei einfach nur müde.«

»Das war Craig. Ein altes Löwenmännchen. Pensionierter Navy-Mann. Super mürrisch. Er brüllt jede Nacht, um uns wissen zu lassen, wo sein Territorium beginnt und endet. Und wenn Vollmond ist, haben wir das Geheul. Es sei denn, die Wölfe haben Tequila getrunken. Tequilanächte sind laute Nächte.«

Charlie verschränkte die Arme vor der Brust und fragte: »Findest du das nicht … seltsam?«

»Was soll ich seltsam finden?«

»Umringt zu sein von Löwen und Wölfen und … Bären in meiner Küche. Mir kommt das wirklich seltsam vor.«

»Mir nicht, aber ich bin in einem rein von Bären bewohnten Viertel in Seattle aufgewachsen. Jede Menge Hippiebären. Jede Menge Honig und Gras.« Er deutete auf sie. »Wurdest du gar nicht von Dachsen großgezogen? Denn die bleiben normalerweise konsequent für sich.«

Sie schnaubte. »Wir werden nicht als die Ihrigen angesehen. Nach dem Tod meiner Mom haben wir bei dem Rudel meines Großvaters gelebt. Sie haben uns beschützt, aber sie haben uns nicht wirklich« – sie rang kurz um die richtigen Worte – »unterrichtet. Das stimmt eigentlich nicht ganz. Sie haben uns Verschiedenes beigebracht … nur keine Gestaltwandler-Dinge.«

»Was haben sie euch denn beigebracht?«

»Max und mir haben sie das Autofahren beigebracht … natürlich, damit wir Stevie zu all ihren Collegekursen und Privatstunden chauffieren konnten.«

»Oh.«

»Die Gestaltwandler-Sachen haben sie ihren Welpen beigebracht, aber sie haben uns nicht als ihre Welpen angesehen. Sie haben nur dafür gesorgt, dass wir zu Essen bekamen und am Leben blieben. Und mein Großvater war damit beschäftigt, das Rudel zu führen. Ich glaube, er dachte, sein Rudel würde uns mehr unterstützen, aber eigentlich haben sie das nicht getan. Allerdings haben sie uns auch nicht getötet oder weggejagt, bevor wir achtzehn waren. Das habe ich als positiv gewertet.«

»Kann man so sehen. Also, mit anderen Worten, du verbringst nicht viel Zeit in Gesellschaft anderer Gestaltwandler.«

»Nein. Und Stevie tut das auch nicht. Aber Max hat einen Haufen Freunde …«

»Das Wiesel?«

Sie feixte. »Er ist das muskulöseste Mitglied der Dachsfamilie. Ich würde vorschlagen, dass du dich nicht mit ihm anlegst.«

Berg hörte plötzlich ein Knirschen hinter sich und als er sich umdrehte, stand das Wiesel da und biss Brocken von Fleisch und Knochen von einer steinhart gefrorenen Lammkeule ab.

»Ich hoffe, du hast nichts dagegen«, sagte er mit vollem Mund. »Die Bären haben fast all die süßen Sachen gegessen und ich hatte wirklich Hunger.«

Er nahm noch einen Bissen und seine Vielfraßkiefer dezimierten mühelos, was die meisten Menschen und mehrere Gestaltwandler-Spezies zuerst hätten auftauen lassen müssen.

Charlie sah das Wiesel mit einem unmissverständlichen Ausdruck des Abscheus an, bevor sie befahl: »Geh weg. Da hinüber.«

Ohne Fragen zu stellen und immer noch kauend entfernte er sich von ihnen.

Berg war froh zu sehen, dass Charlie Max' Freund nicht mochte. Vor allem nachdem Britta hinter ihrem Fernglas als Erstes über ihn gesagt hatte: »Der kleine Typ hat einen hübschen Hintern.«

»Nun, jetzt, da ihr hier seid«, schlug Berg vor, »können wir euch Gestaltwandler-Sachen beibringen.«

»Was muss ich denn wissen?«

»Kannst du den Unterschied zwischen einem Eisbären und einem Grizzly riechen?«

»Riechen nicht alle Bären gleich?«

Berg sah für einen Moment verstimmt aus und holte tief Luft. Vor allem gefiel ihm nicht, dass das Wiesel wissend lachte.

»Nein«, antwortete er schließlich. »Wir riechen *nicht* alle gleich.«

»Okay, okay. Werd doch nicht gleich sauer.«

»Aber verstehst du? Es sind solche Beleidigungen, die ich … wir … dich zu vermeiden lehren können.«

»Wenn du das für notwendig hältst.«

Bevor Berg Charlie erklären konnte, *wie* notwendig es war – vor allem, wenn sie ohne gebrochene Knochen in diesem Viertel leben wollte –, ging Clark McKlintock um die Garage herum und kam durch das Tor im Zaun auf sie zu.

»Hi, Clark.«

»Berg.«

»Charlie, das ist Clark McKlintock. Er wohnt im nächsten Häuserblock. Er ist ein Eisbär.«

Sie sah Clark einige Sekunden lang an, dann fragte sie: »Sollte ich an ihm riechen?«

»Ich würde das nicht tun.« Berg schüttelte den Kopf und konzentrierte sich wieder auf Clark. »Also, was liegt an, Clark?«

»Ich habe mich gefragt, ob das da dir gehört?«

»Ob was mir gehört?«

Clark drehte sich um und zeigte ihnen seinen Rücken, wo sich das bebende, schluchzende Wrack von Charlies kleiner Schwester festklammerte. Sie hatte immer noch Menschengestalt, aber die Krallen an ihren Händen und Füßen hatten sich tief in das Fleisch des armen Clark gebohrt.

»Oh, Scheiße!« Charlie packte ihre Schwester sofort um die Taille. »Lass ihn los!«

»Sicherer Bär«, sagte Stevie. »Sicherer Bär. Er hat den Hund gestreichelt, also ist er sicherer Bär.«

Nun, das war logisch. Aber nicht zwangsläufig eine gute oder vernünftige Logik.

Charlie versuchte, ihre Schwester von Clarks Rücken zu zerren, aber Stevie bohrte ihm einfach nur die Krallen tiefer ins Fleisch.

Clark schaute Berg über seine Schulter hinweg an. »Könntest du diese Promenadenmischung von mir runterholen?«

Berg hätte dem Eisbären um ein Haar eine Kopfnuss verpasst. »Promenadenmischung« war ein sehr unhöflicher Ausdruck für einen Hybriden, aber Charlie schien es nicht zu bemerken. Überwiegend, da war er sich sicher, weil sie versuchte, ihre Schwester in den Griff zu bekommen, aber wahrscheinlich auch, weil sie es nicht besser wusste. Sie wusste nicht, dass sie gerade beleidigt worden war.

Aber er wusste es und es machte ihn um ihretwillen sauer.

Berg zog Charlies Hände von ihrer Schwester weg und sagte: »Weißt du was? Machen wir die Situation zu einer Gelegenheit, etwas zu lernen.«

Charlie sah ihn stirnrunzelnd an, trat dann aber zurück.

»Also«, begann Berg mit seiner besten Lehrerstimme, »das hier mag schlimm *erscheinen*. Und das ist es auch. Aber deine Schwester hat es in diesem Fall trotzdem geschafft, eine gute Wahl zu treffen.«

Die jetzt vollkommen verwirrte Charlie schaute zu Dutch hinüber. An diesem Punkt war nur noch ein Stück gefrorener Knochen übrig, an dem er nagte wie an einem Hühnerknochen.

Er grinste, immer noch kauend, über Charlies fragenden Blick und nickte.

Achselzuckend sagte Charlie: »Ist das so? Erklär das bitte.«

»Erstens, Eisbären sind immer eine gute Wahl. Es kommt ihnen niemals in den Sinn, auf irgendetwas zu reagieren. Sie traben einfach nur herum.«

»Du weißt aber schon, dass sie mir im Moment wehtut, oder?«, fragte Clark.

»Wohingegen«, fuhr Berg fort, »Grizzlys schnell reagieren. Die Chancen stehen gut, dass Britta, wenn Stevie das bei ihr gemacht hätte, in ihre Grizzlygestalt gewechselt und sich rückwärts auf den Boden hätte fallen lassen. Aber ein Eisbär …? Es überrascht mich, dass er es überhaupt bemerkt hat. Sie sind so langsam … und stumpfsinnig.«

»Hey«, beschwerte Clark sich. »Einen Moment mal …«

»Sie bewegen sich außerdem ohnehin sehr langsam. Verglichen mit Grizzlys, meine ich. Und mit fast jedem anderen Gestaltwandler … jederzeit. Du und deine Schwestern könnten mühelos schneller laufen als Eisbären. Und ihr könnt sie mühelos überlisten, ohne großen Aufwand, weil sie so verdammt dumm sind.«

Clark drehte sich ruckartig zu ihm um und versetzte ihm einen Stoß, was Berg wütend machte. Daher warf er sich gegen den Eisbären und ließ die Muskeln zwischen seinen Schulterblättern wachsen, woraufhin seine Schultern noch breiter wurden.

Aber bevor er sich auf den großen Idioten stürzen konnte, sprang Charlie törichterweise zwischen sie, die Arme weit ausgebreitet, um sie voneinander fernzuhalten. Hatte sie den Verstand verloren? Sie konnte doch nicht derart ahnungslos sein, was das Gestaltwandler-Leben betraf, oder? Andererseits waren er und Dag mitten in einen

Dachskampf hineingeraten – wer war er also, große Reden zu schwingen?

»Hey! *Hey!* Meine Herren!« Charlie sah Berg und Clark an. »Hört sofort auf damit!« Die Arme immer noch ausgebreitet, zeigte sie mit einem Finger auf Berg. »Und du brauchst mich nicht vor großen Arschlöchern zu beschützen, die sich langsam bewegen.«

»Ich bin nicht langsam«, protestierte Clark. Als Charlie und Berg ihn anstarrten, fügte er hinzu: »Weder geistig noch körperlich … ohhh!« Mit weit aufgerissenen Augen starrte er Charlie an. »Ich glaube, ihre Krallen werden länger.«

»Natürlich werden sie länger«, bestätigte Charlie mit großer Ruhe. »Tatsächlich können sie so lang werden, dass sie Ihre Wirbelsäule an mindestens zehn Stellen durchtrennen können.« Sie trat dicht vor Clark und schaute ohne Furcht zu ihm hoch. »Weil meine Schwester und ich *Promenadenmischungen* sind und wir so etwas nun einmal tun. Wir sind Launen der Natur und wir können Sie auslöschen. Also seien Sie nett zu uns … oder ich zeige Ihnen, wozu ich wirklich fähig bin.« Sie ging um ihn herum, blieb neben ihm stehen und fügte hinzu: »Sie werden nicht einmal Zeit haben, um zu schreien.« Sie entfernte sich von dem verblüfften Eisbären und blaffte: »Lass ihn los, Stevie!«

Stevie fiel plötzlich zu Boden, ihre lächerlich langen Krallen voller Blut und Hautfetzen.

Das arme Mädchen keuchte und schwitzte und war vollkommen aufgelöst. Ohne Clark aus den Augen zu lassen, befahl Charlie dem Wiesel: »Bring sie rein, Dutch.«

»Zu den Bären?«, fragte er.

Charlie rümpfte verärgert die Nase. »Scheiße.«

»Nein, nein«, brachte Stevie zwischen zusammengebissenen Zähnen hervor. »Ich komme schon zurecht.« Sie drückte die Fäuste auf den Boden und drückte sich hoch. »Ich ertrage die Nähe der Bären.«

Charlie seufzte. »Schätzchen …«

»Ich ertrage die Nähe der Bären!«

Das leicht hysterische Gebrüll ließ sowohl Berg als auch Clark einen großen Schritt zurücktreten, weg von der dünnen Hybride. Doch Charlie kam näher zu ihr und lachte leise.

»Mutige Frau«, bemerkte Clark fast unhörbar zu Berg.

»Bist du dir sicher?«, fragte Charlie ihre Schwester. »Dem Idioten hier würde es sicher nichts ausmachen, dich auf ein Eis einzuladen.«

»Der Idiot, den du liebst«, korrigierte das Wiesel sie. Berg hätte ihn am liebsten geschlagen. Nur ein einziges Mal. Auf den Hinterkopf.

»Es gibt einen tollen Laden, ein paar Häuserblocks entfernt. Samys Eispalast. Es sind nur wenige Minuten bis dorthin«, sagte Berg. Als Charlie fragend eine Augenbraue hochzog, fügte er schnell hinzu: »Ein Laden von Vollmenschen. Jede Menge Vollmenschen. Im Handy findet ihr die Adresse.«

»Wunderbar.« Der Vielfraß stieß sich von der Hauswand ab und kam auf Stevie zu. Er streckte die Hand aus und sie nahm sie.

Max kam keuchend um die Ecke gerannt, Bergs Hund an ihrer Seite. Er wirkte glücklich und vergnügt. Sie dagegen eher nicht.

Sie hob an, etwas zu sagen, aber das Keuchen verhinderte, dass sie mehr als heisere Atemgeräusche hervorbrachte. Die Hand in die Hüfte gestemmt beugte sie sich vornüber.

Lachend ließ der Vielfraß Stevie los und ging zu seiner Freundin. Er drehte ihr den Rücken in einem unausgesprochenem Angebot zu und Max kletterte hinauf. Sie legte die Arme um seine Schultern und er hielt sie mit seinen Händen unter ihren Beinen fest.

Er ging weg und Stevie schloss sich ihnen an. Sie wirkte jetzt viel ruhiger – aber wer konnte schon sagen, wie lange das anhalten würde?

»Wird sie klarkommen?«, fragte Berg Charlie. »Das hier ist der Bundesstaat New York. Es gibt eine Menge Bären in New York. Und in Jersey.«

»Sie wird klarkommen, sobald sie wieder ihre Medikamente nimmt.«

»Warum hat sie sie denn abgesetzt?«

Charlie antwortete ihm nicht, sondern ging einfach wieder ins Haus.

»Du weißt, dass du keine Chance bei ihr hast, oder?«, fragte Clark.

Unfähig, dem noch länger zu widerstehen, schlug Berg dem Eisbären auf den Hinterkopf. Er legte wahrscheinlich mehr Wucht in den Schlag als notwendig und Clark bekam etwas von Bergs anhaltendem Ärger über Dutch zu spüren.

Clark wirbelte herum und holte schon mit der Faust aus, aber Berg brauchte nur zu sagen: »Zwing mich nicht, meine Schwester zu holen.«

Clark senkte den Arm und grinste höhnisch, dann ging er wieder in Richtung seiner Straße.

»Halte einfach nur diese Honigdiebe von Dachsen von unserem Territorium fern«, warnte er, bevor er um die Garage herum verschwand.

Berg sorgte sich nicht wirklich um die Honigdiebstähle der MacKilligans. Die Frage, was die sonst so vorsichtige Charlie plötzlich dazu bringen konnte, ihre panische Schwester die dringend benötigten Medikamente absetzen zu lassen, fand er jedoch durchaus besorgniserregend.

Kapitel 9

Die Kellnerin stellte ein riesiges Wikingerboot vor Stevie, gefüllt mit etwas, das Bananensplit genannt wurde. Für Max sah es aus wie eine riesige Schale nutzloser Kalorien. Ihre Schwester fiel aber darüber her, als hätte sie seit Tagen nichts gegessen.

»Ist das der Grund, warum du so dünn bist?«, fragte Max. »Weil du diesen ganzen Scheiß isst statt echter Nahrung? Du bist doch nicht Veganerin geworden, oder?«

Den Mund voller Eis, Banane, Nüsse, Schokolade und Karamell sah Stevie Max an. »Ist das dein Ernst?«, fragte sie schließlich. Ihr Kinn und ihre Oberlippe waren bereits voller Schokolade und Karamell.

»Lass sie einfach ihr Eis genießen«, sagte Dutch zwischen zwei Schlucken von seinem Erdbeershake. »Und da Eis ein Milchprodukt ist, bezweifle ich, dass sie Veganerin geworden ist.«

»Ich würde ihr zutrauen, ein Hippiefreak zu werden, nur um mich zu ärgern.«

Stevie sagte etwas, aber sie hatte den Mund voller Bananensplit, also beugte Max sich vor und fragte: »Wie bitte?«

Stevie schluckte und sagte: »Fick dich.«

Dutch lachte laut auf, was die Gäste im Eispalast veranlasste, in ihre Richtung zu schauen.

»Das Beste daran«, erklärte Dutch, immer noch lachend, »war, dass du dich auch noch vorgebeugt hast, um dir das abzuholen.«

»Halt den Mund«, schimpfte Max. Dann fing auch sie an zu lachen.

Das war der Grund, warum sie Dutch so gern um sich hatte. Bei all dem Scheiß, der in ihrem Leben vor sich ging, war es schön, jemanden zu haben, der in allem das Spaßige sah. Außerdem himmelte sie Dutchs Familie einfach an. Zu ihr konnte sie gehen, wann immer sie es wollte. Sie hatte mit Dutch und seinen lauten, albernen Schwestern rumgehangen und ihre Eltern hatten nie etwas dagegen gehabt.

Selbst Stevie ging manchmal zu Dutch nach Hause und verbrachte Zeit mit den Vielfraßen. Aus irgendeinem Grund fand sie sie nicht bedrohlich. Sie beteiligte sich nicht an ihren Hardcorespielen, sondern saß stattdessen still irgendwo, arbeitete an ihren Notizbüchern und beobachtete die familiären Interaktionen. Bei Dutchs Familie wurde sie nicht unter Druck gesetzt, an irgendetwas teilzunehmen, daher fühlte sie sich willkommen und wohl.

Es hatte im Laufe der Jahre nur ein einziges Problem gegeben …

»Charlie hasst mich also immer noch.«

»Ja«, antworteten Max und Stevie wie aus einem Mund.

»Warum?«, fragte Dutch. »Ich bin charmant. Liebenswert. Jeder mag mich.«

Stevie schluckte ihr Eis herunter, bevor sie antwortete: »Sie findet, dass du einen schlechten Einfluss auf Max hast.«

Darüber lachten Max und Dutch, aber sie hörten auf, als Stevie nur weiter ihr Bananensplit aß und sie anstarrte.

»Ist das dein Ernst?«, fragte Dutch.

»Absolut. Sie traut dir nicht über den Weg. Sie glaubt, dass du derjenige bist, der Max ins Gefängnis bringen wird.«

Max blinzelte überrascht, und sie war nicht leicht zu überraschen. »Wann hat sie dir das denn erzählt?«

Stevie dachte einen Moment lang nach. »Vor drei Jahren. Als wir Kaninchen essen waren. In einem französischen Restaurant in den Alpen. Wir haben einen Kurzurlaub gemacht, nachdem ich einen kleinen Zusammenbruch hatte. Ich war mit einem Füllfederhalter auf einen meiner Kollegen losgegangen.«

»Warum?«, fragte Dutch.

»Ich stand stark unter Stress. Als er mir etwas über ein paar Test erzählte, die wir gemacht hatten, hat mir sein Ton nicht gepasst. Daher, ihr wisst schon … Füllfederhalter.«

Dutch hätte gerne weitere Fragen gestellt über den »Füllfederhalter-Zwischenfall« – Max war klar, dass er ihn ab jetzt so nennen würde. Sie stieß ihn mit dem Ellbogen an, da sie wusste, dass Stevie ihre Reaktion niemals zu Dutchs Zufriedenheit würde erklären können. In hübschen, geraden Linien alltäglichen Geschichtenerzählens. Stevies Verstand funktionierte phasenweise einfach anders. Daher versuchten Max und Charlie, Stevie von den Situationen, in denen sie sich überfordert fühlen könnte, fernzuhalten. Sie ertrug eine Menge mehr als normale Leute, aber wenn sie durchdrehte, dann richtig.

»Also, was soll ich tun, um eure Schwester dazu zu bringen, mich zu mögen?«, fragte Dutch.

»Absolut nichts«, sagte Max zu ihm.

»Sie würde dich bei lebendigem Leib auffressen.« Stevie warf ihren Löffel in ihre leere Eisschale und lehnte sich zurück. Sie hatte die ganze Portion aufgegessen.

Max schüttelte den Kopf. »Du bestellst dir noch eine, nicht wahr?«

»Es war so gut.« Sie winkte die Kellnerin heran und bestellte ein weiteres Bananensplit, aber diesmal mit »einer Extraportion Schokoladensirup, einer Extraportion Karamell und einer Extraportion Nüsse.«

Als die Kellnerin wegging, fragte Max ihre Schwester: »Du wirst das nicht später alles erbrechen, oder?«

»Fragst du mich da, ob ich eine Essstörung habe?«

»Ja.«

»Nein. Ich habe keine Essstörung. Ich habe eine Angststörung und depressive Phasen. Ich mache mir Sorgen, dass ich an irgendeinem Punkt anfangen könnte zum Messi zu werden, aber das ist bisher noch nicht passiert. Wenn man ein Gefühl von Kontrolle im eigenen Leben braucht, kann das natürlich zu einer Essstörung oder zum Messi-Syndrom führen. Aber ich persönlich mache mir mehr Sorgen wegen des Messi-Syndroms. Vor allem, weil ich gerne esse und mich *nicht* gerne übergeben. Also, wenn du dich fragst, warum ich neuerdings so dünn bin, dann liegt es daran, dass mein Stoffwechsel wieder in Schwung gekommen ist. Ich musste meine Medikamente entsprechend anpassen und sie viermal am Tag nehmen, was unangenehm ist, aber notwendig, weil mein Körper sie so schnell verarbeitet. Glücklicherweise haben meine Ärzte das sofort durchschaut, aber sie sitzen in Deutschland, daher werde ich mir hier neue Ärzte suchen müssen. Zumindest bis wir wieder zurückkönnen. Nicht dass ich zwangsläufig dahin zurückwill. Ich meine, versteht mich nicht falsch, die Arbeit bei CERN war großartig, aber ich weiß nicht. Ich weiß nicht, ob es immer noch das Richtige für mich ist. Wahrscheinlich stehe ich im Moment unter einer Menge Stress und es ist wohl kein guter Zeitpunkt, um derartige Entscheidungen zu treffen.«

Stevie schaute weg und dann wieder zu Max und Dutch hinüber. »Mache ich den Eindruck, als würde ich zu viel reden? Ich habe das Gefühl, als redete ich zu viel. Ich kann es gar nicht erwarten, meine Medikamente wieder einnehmen zu dürfen. Der Tag morgen kann gar nicht schnell genug kommen.«

»Was passiert morgen?«, fragte Dutch.

Max brachte ihre faselnde Schwester mit einem erhobenen Zeigefinger zum Schweigen. »Kein Wort.«

»Oh, ich bitte dich.« Dutch lächelte. »Du willst es mir nicht erzählen?«

»Nein. Weil du dann helfen willst und es nicht kannst.«

»Ich bin sehr hilfsbereit.«

»Das hier ist unsere Sache. Du kannst nicht dabei sein.« Max' Handy vibrierte in ihrer Gesäßtasche und sie schlüpfte aus der Sitznische. »Ich kann nicht die Verantwortung dafür übernehmen, dich zu beschützen.«

Dutch fuhr zurück, als hätte sie ihn geschlagen. »Wann musstest du mich *jemals* beschützen?«

Max zog ihr Handy aus ihrer Tasche und ging ran. »Einen Moment.« Sie ließ das Telefon sinken und sagte zu ihrem besten Freund: »Vertrau mir einfach.«

Ein weiterer Berg Eiscreme, Bananen, Sirup und Nüsse wurde vor Stevie hingestellt und sie machte sich bereits darüber her, bevor Dutch versuchen konnte, ihr Informationen abzuschmeicheln.

»Aaalso …«, hob er an.

»Nichts da«, unterbrach Stevie ihn, bevor sie einen Löffel Eis und Banane in den Mund schob.

Er ließ sich auf seinen Sitz fallen. »Komm schon! Erzähl es mir!« Er zappelte herum, als sei er ein Teenager mit einer Art Gestaltwandler-ADHS. »Erzähl es mir!«

»Du hast nie auf meinen Rat gehört, Ritalin zu nehmen, oder?«

»Ich brauche kein Ritalin. Ich habe die Konzentrationsfähigkeit eines Laserstrahls ... Hallo«, sagte er zu einer hübschen jungen Frau, die gerade vorbeiging. »Ich wünsche Ihnen einen wunderschönen Tag.«

Stevie verdrehte die Augen. Männer waren einfach abstoßend. Das wusste sie. Das war der Grund, warum sie sie kaum ertragen konnte.

»Warum hattest du eigentlich nie Angst vor mir?«, fragte Dutch plötzlich.

»Wie bitte?«

»Diese Bären haben dich völlig panisch gemacht – und wir werden nicht darüber diskutieren, warum ihr gegenwärtig in einem ausschließlich von Bären bewohnten Viertel lebt –, aber vor mir oder meiner Familie hattest du nie Angst.«

»Bären fressen Leute«, sagte Stevie schlicht. »Ihre Tatzen können Köpfe zerdrücken, wie ich einen Cracker in der Faust zerdrücken kann.«

»Aber ich bin ein Vielfraß«, verkündete er, als erklärte das ... alles.

Stevie beugte sich über den Tisch und kniff ihm in die Wange. »Und so ein süßer kleiner Vielfraß!«

Er schaute sie an. »Am schlimmsten an dieser Feststellung war deine unheimliche Kleinmädchenstimme.«

»Wenn du dich dann besser fühlst, kann ich dir sagen, dass ich immer Angst hatte, ich müsste eines Tages vor Gericht aussagen, weil jemand in deiner Gegenwart unhöflich zu mir oder meinen Schwestern gewesen war. ›Nein, Euer Ehren, ich habe keine Ahnung, wie der Kopf dieses Mannes von seinem Körper abgetrennt wurde. Ich war ohnmächtig. Dutch war gar nicht da. Ich habe psychische Probleme, wissen Sie.‹« Sie grinste und Dutch lachte.

»Ich weiß es zu schätzen, dass du für mich lügen würdest.«

»Natürlich. Du bist wie Familie, was offensichtlich sein sollte, weil Charlie dich nicht mag.«

Dutch schüttelte den Kopf. »Ich kapiere das immer noch nicht. Ich bin *entzückend*.«

»Natürlich bist du das.«

Er betrachtete Stevies Bananensplit, bis sie sagte: »Bestell dir endlich auch eins.«

»Ich bin halb verhungert.«

»Wann hast du das letzte Mal etwas gegessen?«

»Hm … vor zwei Stunden.«

Stevie grinste spöttisch. »Das ist für dich fast eine Ewigkeit.«

»Ich weiß. Das ist es wirklich.« Er gab der Kellnerin ein Zeichen und zeigte auf Stevies Bananensplit. »Zwei davon, bitte.«

»Bist du dir sicher, dass Max …?«

»Oh, Max. Machen Sie drei daraus!«, rief er.

Stevie widmete sich wieder ihrem Eis und fragte zwischen zwei Bissen: »Weißt du, was du für uns tun kannst?« Dutch, der quer durch das Lokal mit einer anderen Frau flirtete, überhörte ihre Frage, daher schnippte Stevie vor seinem Gesicht mit den Fingern, um seine Aufmerksamkeit wiederzubekommen. »Du kannst tatsächlich etwas für uns tun.«

»Oh, cool! Was denn?«

»Besorg uns einen sauberen Wagen. Einen, den du nicht wirklich jemandem zurückgeben musst.«

»Einen Fluchtwagen.«

Sie hasste es, diesen Ausdruck zu benutzen, aber … »Im Grunde schon.«

»Betrachte es als erledigt.«

»Wunderbar.«

»Ich kann ihn auch für euch fahren.«

Stevie wollte Einwände erheben, aber sie hatte Eis im Mund.

»Keine Sorge«, fügte er schnell hinzu. »Ich verspreche, nicht aus dem Wagen auszusteigen. Ich kann Autos nur viel besser wieder loswerden als Max.«

Stevie zuckte die Achseln. »Na schön«, stimmte sie zu. »Aber Charlie wird das nicht gefallen.«

»Verrückt.« Er sah sie plötzlich an. »Du magst mich, stimmt's?«

»Ich toleriere dich.«

»Für dich ist das ganz gut.«

»Es ist sehr gut. Den Typen, auf den ich mit einem Füllfederhalter losgegangen bin, habe ich allerdings auch toleriert.«

»Gut zu wissen.«

Max kam zurück ins Lokal und ließ sich neben Dutch auf die Bank fallen. »Für das morgige Treffen ist alles klar.«

»Ich fahre«, eröffnete Dutch ihr und klang dabei sehr zufrieden mit sich.

Max schnaubte. »Tu nicht so, als hätte Stevie dir alles erzählt. Hat sie nicht. Sie hasst es nur, wenn ich fahre.«

Stevie zeigte mit ihrem Löffel auf Max. »Weil du wie eine Irre fährst. Bei einem verrückten Vielfraß sind wir sicherer.«

Dutch zwinkerte ihr zu. »Siehst du? Du magst mich doch.«

»Nein«, korrigierte Max ihn. »Sie toleriert dich. Und das hindert sie nicht daran, dich mit einem Füllfederhalter zu verletzen.«

Stevie höhnte: »Ich habe dieses jammernde Baby kaum berührt.«

»Mir hat man erzählt, du hättest ihm fast ein Auge ausgestochen.«

»Er hätte mich eben nicht wütend machen sollen.«

Dutch legte Max einen Arm um die Schultern und lächelte die beiden Schwestern an. »Gott, ich habe euch so vermisst.«

»Siehst du? Er hat gerade meine Argumentation bestätigt«, sagte Stevie zu ihrer Schwester. »Verrückter Vielfraß.«

Dee-Ann Smith, die ein T-Shirt der Tennessee Titans und Daddys alte Truckermütze trug, saß auf dem Boden und wehrte mit bloßen Hände die Hiebe des Plastikmessers ab.

»Gut«, sagte sie ermutigend. »Mach weiter.«

Ihr Gefährte kam in die Küche. »Dee-Ann, wir haben Bes… nein!« Er beugte sich vor und nahm das Plastikmesser aus der kleinen Hand, die es umklammerte. »Wir haben doch schon darüber geredet«, sagte er zu Dee-Ann und dem Energiebündel, das ihn anfunkelte. Er räusperte sich. »Messer sind weder zum Spielen noch sind es Waffen. Sie sind zum Kochen und Essen da.«

»Da sagt Grandaddy aber etwas ganz anderes.«

Ulrich Van Holtz seufzte und warf das Plastikmesser in die Recyclingtonne. »Wir müssen aufhören, dich jeden Sommer nach Tennessee zu schicken.«

»Nur zu, dann fahre ich eben alleine hin.« Lizzy-Ann Van Holtz-Smith schaute ein paar Sekunden lang zu ihrem Vater hoch, um ihren Standpunkt klarzumachen, bevor sie sich umdrehte und sich von ihm entfernte.

Ric funkelte Dee-Ann an.

»Weshalb siehst du mich so an?«

»Du weißt, warum.« Er zeigte auf ihre sechsjährige Tochter und flüsterte: »Sie ist deine Schuld.«

»So arrogant war ich nie. Das ist eine Eigenschaft der Van Holtz'.«

»Hast du vergessen, dass wir warten?«, brüllte jemand von der Tür ihrer Wohnung in Manhattan.

»Nein, aber ihr seid unwichtig«, gab Dee-Ann zurück, während sie aufstand und ein weiteres zorniges Funkeln ihres Gefährten vollends ignorierte.

Leise knurrend ging er, um ihre Gäste in die Küche zu führen. Warum, wusste sie nicht. Sie waren oft genug hier gewesen. Sie kannten den Schnitt der Wohnung. Mussten sie als Katze und Bär wirklich immer so ein Getue machen?

Dee-Ann schaute hinüber und sah, dass ihre Tochter Teller, Servietten und Besteck auf der Kücheninsel hergerichtet hatte.

»Was machst du da?«, fragte Dee-Ann.

»Mich wie eine gute Gastgeberin benehmen.«

Die Kühlschranktür wurde geöffnet und wieder geschlossen. Ein paar Sekunden später versuchte ihr kleines Mädchen mit einem Teller in der Hand, auf dem ein gewaltiges Stück Biskuitkuchen lag, auf einen der Hocker zu klettern. Als Dee-Ann versuchte, ihr zu helfen, zog sie ihre kleinen Arme weg. »Das geht schon«, fauchte ihre Tochter sie geradezu an.

»Nicht in diesem Ton, Fräulein. Ich bin nicht dein Daddy.«

»Offensichtlich.«

Außerstande, ihren Hintern auf den Hocker zu kriegen, stützte

Lizzy das eine Bein auf die Hockersprossen und das andere unten an die Kücheninsel. Mit all ihrer Kraft hob sie den Kuchenteller hoch.

Dee-Ann, die sich sichtlich wand, stellte schnell den Fuß gegen den Hocker, damit er nicht wegrutschte, und achtete darauf, dass ihre Tochter es nicht sah, als sie einen Zeigefinger unter den Teller schob und ihn im Gleichgewicht hielt, während Lizzy ihn auf die Marmorarbeitsfläche der Kücheninsel schob.

Sobald der Teller oben stand, ließ Lizzy sich auf den Boden fallen und schaute mit ihren kalten blauen Augen zu ihrer Mutter hoch.

»Ich habe dir doch gesagt, dass ich es kann.«

Dee-Ann ließ ihre Reißzähne aufblitzen, begleitet von einem passenden warnenden Knurren. Lizzy fauchte zurück. Sie hatte keine Reißzähne, aber sie brachte ihren Standpunkt trotzdem rüber. Das hatte auch einst Lizzys extrem frustrierte Lehrerin gesagt ... bis sie den Ausdruck in Dees gelben Augen gesehen hatte.

Danach war Ric immer zu den Elternabenden gegangen.

»Ist das mein Lieblingsmädchen?«, ertönte eine Stimme.

Grinsend kam Lizzy um die Kücheninsel herum. »Tante Cella!«

Marcella Malone ging in die Hocke und breitete die Arme aus. »Komm her, du Balg.«

Lizzy-Ann lief in die ausgebreiteten Arme ihrer Patentante und kicherte, als Malone sie auf den Hals küsste und sie fest an sich zog.

»Was treibst du denn so, Balg?«

»Sie riskiert, ordentlich am Nacken geschüttelt zu werden«, erklärte Dee-Ann.

Lizzy ignorierte ihre Mutter und ergriff Malones Hand. »Ich habe schon den Tisch vorbereitet, Madam.«

Malone biss sich auf die Unterlippe, um nicht loszulachen. »Oh, vielen Dank.«

»Hier entlang.« Lizzy führte sie zur Kücheninsel und zeigte auf einen speziellen Stuhl. »Du sitzt hier.«

Malone nahm in dem Augenblick Platz, als ihr Gefährte und Ric in die Küche kamen.

»Onkel Crush.« Lizzy nahm Lou Crusheks Hand, führte ihn zu einem anderen Hocker und kletterte dann auf die Kücheninsel, wo sie sich hinkniete.

»Kuchen?«, fragte sie mit ihrer schönsten »Restaurantstimme«.

»Ja, bitte«, erwiderte Crush, einer von Lizzys zahlreichen inoffiziellen »Onkeln«. Schon jetzt bangte Dee-Ann um jeden Jungen, der irgendwann mal ihr kleines Mädchen beschnuppern würde. Für hoffnungsvolle Verehrer würde es kein gutes Ende nehmen.

Lizzy streckte die Hand aus. »Messer, Daddy.«

»Nichts da.« Ric ging zu einer der Schubladen, holte einen Tortenheber hervor und legte den Griff in die kleine Hand seiner Tochter. »Das wird genügen müssen, um den Kuchen zu schneiden.«

Lizzy starrte den Tortenheber an, dann wieder ihren Vater. »Du glaubst, dass ich den hier nicht als Waffe benutzen könnte?«

Ric erbleichte und Crush klappte der Unterkiefer herunter, aber Malones Hand flog an ihren Mund und sie versuchte, das Gelächter zu ersticken – erfolglos.

»Bist du aus einem bestimmten Grund hier, Malone?«, fragte Dee-Ann schnell – in der Hoffnung, einem der langen Vorträge zuvorzukommen, die Ric zu halten pflegte, wenn es um ihre Tochter ging.

Es war ja nicht so, als hätte Dee-Ann ihn nicht gewarnt, *bevor* sie schwanger geworden war. Lizzys Abstammung hatte sich bestätigt, denn das Erste, was ihre Tochter an ihrem zweiten Tag auf dieser Erde getan hatte, war, in die Hand des Arztes zu beißen. Der Gestaltwandler-Arzt hatte nicht einmal versucht, so zu tun, als sei Lizzys Benehmen auch nur ansatzweise normal. Erst recht nicht, als sie ihn mit ihren tiefblauen Augen angeschaut hatte, während sie noch fester zubiss. Ein Ausbund an Zahnfleisch und Schrecken.

Natürlich verbesserte es die Situation nicht gerade, dass Dee-Anns Daddy dem Arzt das Baby abnahm und sagte: »Sie mag Sie nicht, Katze. Ziehen Sie Leine.«

Malone reagierte nicht sofort auf Dees Frage. Sie war zu beschäftigt mit dem Versuch, ihr Gelächter im Zaum zu halten. Schließlich räusperte sie sich und sagte: »Hast du morgen frei?«

»Jepp.«

»Wir müssen einen Besuch machen. Jemand will, dass wir uns etwas ansehen.«

Das war … vage. Malone lag das Vage eigentlich nicht besonders.

»Etwas Schmutziges?«, fragte Dee-Ann.

»Nicht für uns. Wir sollen nur Beobachtungen anstellen und Bericht erstatten.«

»Wen Bericht erstatten?«

In der Theorie war Ric Dee-Anns Boss. Befehle kamen normalerweise von ihm oder seinem Onkel Van. Seit Dee-Ann vor einigen Monaten aus dem Marinekorps entlassen worden war, arbeiteten sie gemeinsam für eine Organisation, die schlicht »die Gruppe« genannt wurde. Sie war ein auf die USA beschränktes Schutzteam für Gestaltwandler – und zwar für alle Gestaltwandler, die eingeschlossen, die Dee-Anns Daddy »Promenadenmischungen und Freaks« nannte.

Malones internationales Team, »Katzenhaus«, schützte dagegen nur Katzen. Das Team stand nicht besonders auf Hunde und Bären.

Zwar zwang man sie immer öfter dazu, zusammenzuarbeiten und alle zu beschützen, aber normalerweise kamen Dee-Anns Anweisungen von Ric oder von seinem Boss, Niles van Holtz. Doch bevor Dee-Ann die Katze in ihrem Haus darauf hinweisen konnte, sagte ihre Tochter: »Das heißt ›wem‹.«

Dee-Ann betrachtete ihre Tochter, die sorgsam große Stücke vom Kuchen abschnitt und ihren Gästen jeweils eins auf den Teller legte.

»Was?«, fragte Dee-Ann.

»Es heißt ›wem‹. ›Wem Bericht erstatten?‹ Nicht ›wen‹.«

Dee-Ann brauchte ein paar Sekunden, um zu begreifen, dass ihre Sechsjährige ihre Grammatik korrigierte. Sie bedachte das mit einem Grinsen und einem scharfen: »Halt den Mund.«

»Dee!«, tadelte Ric sie schockiert.

Doch Malone brach in Gelächter aus, außerstande, es noch länger zurückzuhalten.

Und Crushek aß einfach seinen Kuchen.

»Ist schon gut, Daddy!«, antwortete Lizzy und schob ihrem Vater einen Teller hin. »Sie weiß eben, dass ich recht habe.«

Dee-Ann beugte sich vor und nahm sich den Teller mit Kuchen, den Lizzy für ihren Vater abgeschnitten hatte. Sie war sich vollauf im Klaren darüber, dass es sie höllisch ärgern würde.

»Ich bin immer noch der Meinung, dass wir sie im Tierheim abgeben sollten«, bemerkte Dee-Ann zu ihrem Gefährten, nachdem sie ein paar Bissen von ihrem Kuchen verzehrt hatte. Auch das einfach nur, um ihre Tochter zu ärgern. »Sie ist noch klein. Irgendjemand wird sie schon bei sich aufnehmen.«

»Ja«, sagte Crush mit vollem Mund, »aber sie werden sie bald zurückbringen.«

Lizzy sah Crush aus zusammengekniffenen Augen an, beugte sich vor und legte einen kleinen Zeigefinger auf seinen Kuchenteller. Dann zog sie ihm den Teller weg, ohne den Blickkontakt zu unterbrechen.

Das war der Moment, in dem Malone aus dem Raum rannte, während ihr Lachen durch die ganze Wohnung schallte. Und Dee-Ann folgte ihr, denn sie konnte selbst nicht aufhören zu lachen.

Charlie war froh, als ihre Schwestern in das gemietete Haus zurückkamen, mit einem festen Plan für den nächsten Tag und einem Siebzig-Zoll-Flachbildfernseher im Kofferraum von Dutchs Wagen. Während Max und Dutch ihn anschlossen, erzählte Stevie Charlie, dass sie ihre Route bereits geplant hätten und sogar schon mal beim Treffpunkt vorbeigefahren seien, um sicherzustellen, dass alles, was sie brauchten, an seinem Platz war. Sie brauchten ohnehin nicht viel, nur ein paar zusätzliche Waffen und Kleidung für den Notfall.

Dutchs Anwesenheit während des ganzen Gesprächs irritierte Charlie. Das konnte nur bedeuten, dass er jetzt offiziell mit dabei war. Charlie passte das ganz und gar nicht, aber Dutch hatte versprochen, im Wagen zu bleiben und ihnen nicht in die Quere zu kommen, wenn sie darauf bestand. Und das tat sie. Wenn man Charlie nach ihrer Meinung fragte, würde Dutchs Anwesenheit alles nur noch schlimmer machen. Und er würde Max ablenken, weil sie damit beschäftigt wäre, ihn zu beschützen.

Also war es besser, dass er im Auto blieb.

Der neue Fernseher war, jedenfalls im Moment, eine deutliche

Verbesserung der Wohnung. Charlie war froh, dass Max ihn besorgt hatte. Er dämmte nicht nur die Streitigkeiten zwischen ihren Schwestern ein – vor allem nachdem sie endlich das Kabelfernsehen eingerichtet und den Horrorkanal gefunden hatten –, sondern gab Charlie zudem die Gelegenheit, das Haus zu verlassen, ohne dass ihre Schwestern es bemerkten oder sich Sorgen machten.

Charlie setzte sich auf die oberste Treppenstufe vor ihrem Haus und tat ihr Bestes, die Sommernacht zu genießen. Es gab nur ein Problem: Sie hatte die schlimmste Migräne aller Zeiten. So schlimm, dass sie nicht einmal zu der Straßenlaterne hochschauen konnte, weil es sich so anfühlte, als würde sie in die Sonne blicken.

Sie nahm ihre Brille ab und presste sich die Handballen gegen die Augen. Dann fragte sie sich, ob ihr Gehirn womöglich *wirklich* in ihrem Schädel herumrollte, denn im Moment fühlte es sich genau so an.

Plötzlich hörte sie seltsame Geräusche. Schnaufen. Lautes Atmen. Warum zur Hölle hörte sie lautes Atmen? Wer atmete um sie herum?

Charlie ließ die Hände sinken, öffnete die Augen und sah den Bären direkt neben sich auf der Treppe sitzen. Einen echten Gestaltwandler-Bären in seiner Bärengestalt.

Sie lebte zurzeit wirklich in einer interessanten Welt.

»Hi, Berg. Wie geht es dir?« Berg schnaubte zur Antwort und Charlie, die nicht an sich halten konnte, legte ihm eine Hand auf den Kopf und streichelte ihm das Fell. Es war nicht so weich wie das eines Hundes, aber es war trotzdem cool, einen Bären zu tätscheln, ohne sich Sorgen machen zu müssen, dass er ihr einen Arm abriss.

Also … wenn sie weiterhin verhindern konnte, dass sie sich wegen der Migräne übergab, war ihr Abend gar nicht so schlecht.

Berg und sein Bruder gingen vom Lebensmittelladen drei Häuserblocks entfernt nach Hause. Der Faulpelz, der das Geschäft führte, war »wahnsinnig verliebt« in ihre Schwester. Daher hatten sie sich lauter Fragen des Sechzigjährigen zu Brittas Datinggewohnheiten anhören müssen. Fragen, die keiner der Brüder bereit war zu beantworten. Aber er fragte immer, kurz bevor er ihre Einkäufe zusammenrechnete, sodass etwas, das eigentlich ein zwanzigminütiger Ausflug gewesen wäre, sich fünfundvierzig Minuten hinzog.

Jetzt wollte Berg nur noch nach Hause, ein Bier aufmachen und die Füße hochlegen. Aber als er sich seinem Haus näherte, musste er stehen bleiben und zu Charlie hinüberschauen, die den Kopf eines andere Bären tätschelte.

»Was ist da drüben los?«, fragte Dag.

»Ich habe wirklich keine Ahnung.«

»Sie denkt wohl, dass seist du, nicht wahr?«

»Wahrscheinlich.«

»Dabei ist das ein jugendlicher Schwarzbär. Todd ist noch nicht einmal fünfzehn.«

Seufzend reichte Berg seinem Bruder die Tüte mit den Lebensmitteln. »Ich kümmere mich darum.«

»Das solltest du besser«, riet Dag ihm und ging weiter in Richtung ihres Hauses. »Denn Todd wird sich, wie wir beide wissen, in zwei Minuten auf den Rücken rollen.«

»Schmutziger kleiner Perverser.«

Charlie legte sich ihre freie Hand auf die Stirn und schloss fest die Augen. Sie sollte ins Bett gehen, aber sie wusste, sobald ihre Schwestern sahen, wie sie die Treppe hinaufkroch, würden sie sie bestürmen und ihr zu helfen versuchen. Aber gegen Migräne gab es keine Hilfe. Es gab Medikamente, Erbrechen und Schlaf. Oh, und Kohlenhydrate. Sie brauchte immer Kohlenhydrate, wenn sie eine schlimme Migräne hinter sich hatte.

Sie wusste, was diese Migräne ausgelöst hatte. Eben alles. Im Moment war ihr Leben stressig und das war jetzt das erste Mal seit Tagen, dass sie Zeit gehabt hatte, sich zu entspannen. Dass sie sich einigermaßen sicher gefühlt hatte. Trotz der Bären, die durch ihr Haus liefen, ihr Gebäck verzehrten und ihre kleine Schwester in Angst und Schrecken versetzten. Und weil sie sich hatte entspannen können, war ihr Adrenalinspiegel gesunken, und was immer ihre Migräneanfälle verursachte, war gestiegen.

Jetzt fühlte sie sich hundeelend und ihre Migränemedikamente lagen irgendwo im gottverdammten Mailand.

»Hi, Charlie.«

Charlie öffnete die Augen und blinzelte nach oben. Sie erkannte diesen verschwommenen Fleck, aber sie setzte trotzdem ihre Brille wieder auf.

Sie schaute zu Berg hoch und fragte: »Wenn du da bist … wer ist dann das hier?« Sie sah zu dem Bären, den sie immer noch streichelte.

»Das ist Todd. Er wohnt die Straße hinunter bei seinen Eltern.«

»Er ist also noch ein Kind.«

»Kann man so sagen.«

Seufzend nahm Charlie die Hand weg.

»Verschwinde«, befahl Berg dem Jungen, aber anscheinend stach den jungen Bären der Hafer, denn er stellte sich auf die Hinterbeine und stieß ein kurzes Brüllen aus, was Charlies Migräne nicht besser machte.

Berg senkte den Kopf und kniff die Augen zusammen. Er sah Charlie an. »Entschuldige mich eine Minute, ja?«

Sie zuckte die Achseln und sah zu, wie Berg auf die andere Seite des Hauses ging. Sobald er fort war, ließ der Junge sich wieder auf alle Viere fallen und legte seinen großen Bärenkopf auf ihr Bein.

»Du machst wohl Witze«, knurrte sie den kleinen Bastard an.

Aber der Junge weigerte sich, sich von der Stelle zu rühren, und Charlie war sich nicht sicher, ob sie in der Stimmung für einen Kampf mit einem Bären war.

Dann kam Berg zurück, nur dass er sich jetzt verwandelt hatte. Er war *riesig*. So riesig, dass Charlie der Unterkiefer herunterklappte, während sie zusah, wie er ums Haus herumgestampft kam. Auch er schnaufte und knurrte ein wenig, aber er rannte nicht. Brauchte er auch nicht.

Der Junge entfernte sich von Charlie und stellte sich wieder auf die Hinterbeine. Berg tat das Gleiche. Er war mindestens dreißig Zentimeter größer. Dann brüllte Berg und Charlie zuckte zusammen. Ihr Kopf machte es sehr deutlich, dass er das Geräusch hasste, indem er brennenden Schmerz zu der Stelle direkt hinter ihren Augen schickte.

Der Junge ergriff die Flucht und Berg setzte ihm nach. Doch keiner von beiden kam besonders weit, weil Berg mit der Vordertatze ausholte, dem Jungen in die Seite schlug und ihn mitten auf die Straße fliegen ließ, wo er heftig auf den Boden prallte und auf dem gegenüberliegenden Gehweg landete.

Charlie musste zugeben, dass sie es irgendwie unterhaltsam fand.

Der Junge rappelte sich unverletzt auf – obwohl Charlie vermutete, dass sein Ego etwas abbekommen hatte – und rannte davon, aber Berg drehte sich um und kam zu Charlies Haus zurückgetrabt.

Er blieb kurz vor ihr stehen und rieb die Schnauze an ihrem Bein.

»Mann, du sabberst auf mein Bein.« Sie rümpfte die Nase. »Igitt.«

Berg ging wieder ums Haus herum und kam wenige Minuten später als Mensch und voll bekleidet zurück. Er setzte sich neben sie auf die Treppe. Dann zeigte er auf die Stelle, an der der Junge gestanden hatte. »Schwarzbär.« Er zeigte auf sich. »Grizzly oder Braunbär. Riesenunterschied.«

»Das sehe ich jetzt auch.« Sie lachte, bereute es aber sofort. Ihr Kopf schrie. Sie legte sich die Fingerspitzen an die Stirn und massierte sie, dann schloss sie die Augen. »Au.«

»Hey, was ist los?«

»Migräne.«

»Hast du nichts dagegen?« Er schwieg für einen Moment, dann fragte er: »Hat *Stevie* etwas dagegen?«

»Stevie leidet nicht unter Migräne. Sie bekommt gewöhnliche Kopfschmerzen. Bei ihr hilft normales Aspirin. Und dafür hasse ich sie irgendwie.«

»Meine Schwester hat rezeptfreie Migränemedikamente. Die kann ich dir holen. Und Coke.«

Charlie sah ihn an und er war kurz verwirrt, bevor er sagte: »Coca Cola. Nicht Kokain. Das nehmen wir nicht, weil es wahrscheinlich unsere Herzen explodieren lassen würde. Und es ist illegal.«

Charlie dachte einen Moment lang nach. Zuckte die Achseln. »Tatsächlich würde ich mich sehr über alles freuen, das möglicherweise dagegen helfen könnte.«

Berg grinste. »Ich bin gleich wieder da.«

Sie sah zu, wie er auf sein Haus zulief, und nur ein einziger Gedanke schaffte es durch den Schmerz in ihrem Kopf: Er hat einen tollen Hintern.

Berg kehrte zu einer angeschlagen aussehenden Charlie zurück, die immer noch auf der Verandatreppe saß. Seine Schwester hatte ihm ein ganzes Fläschchen mit Medikamenten gegeben, außerdem eine eiskalte Flasche Cola und ihr »Rezept«, mit dem sie ihre eigenen Migräneanfälle behandelte.

»Okay«, sagte er, als er vor ihr stand, »du nimmst vier von diesen Pillen und trinkst dann die Cola. Die ganze Flasche.«

Charlie öffnete die Augen und streckte die Hand aus. Er legte die Tabletten hinein und sie steckte alle vier in den Mund. Er gab ihr die Cola und sie trank die halbe Flasche, holte einmal tief Luft und trank den Rest.

»Jetzt gibst du der Sache ein paar Minuten.« Er nahm ihr die Flasche ab und setzte sich neben sie.

»Du brauchst nicht zu bleiben«, sagte sie zu ihm.

»Ich weiß.« Er stellte die Flasche beiseite und stützte die Ellbogen auf die Knie. »Aber ich tu's trotzdem.«

»Gut«, sagte sie seufzend und legte ihren Kopf auf seine Schulter. »Ich kann Gesellschaft gebrauchen.«

»Das mit deinem Kopf tut mir leid.«

»Mir tut leid, dass ich dachte, dieser kleine Bär seist du.«

»Du hast noch so viel zu lernen, mein Kind«, neckte er sie und freute sich, als sie kicherte. »Wissen deine Schwestern, dass du Migräne hast?«

»Nein. Bitte erzähl es ihnen nicht. Sie machen sich sonst Sorgen um mich und dann streiten sie sich noch mehr.«

Jetzt lachte Berg leise. »Genau wie bei Dag und Britta. Und bei mir und Dag, wenn wir uns um Britta sorgen. Und bei Britta und mir, wenn wir uns um Dag sorgen. Also verstehe ich das.«

»Du verstehst es wirklich, nicht wahr? Das macht das Reden mit dir leichter.«

»Wie meinst du das?«

»Ich bin mit einigen Leuten zusammen gewesen – Bekannte, Lover –, die nicht recht begreifen, warum ich alles stehen und liegen lasse, um an Stevies Seite zu eilen. Oder warum ich nicht mit auf eine Last-Minute-Reise kommen kann, weil ich mein Geld auf die hohe Kante lege für den Fall, dass ich für Max Kaution stellen muss, um sie aus dem Gefängnis zu holen – oder wenn sie schon drinsitzt, Bandenmitglieder bestechen muss, damit sie sie nicht töten. Jemand, der die Art von Beziehung, die mich und meine Schwestern verbindet, nicht hat, versteht das nicht. Aber du scheinst es zu kapieren.«

»Ich war neun Monate lang auf sehr engem Raum mit zwei anderen Personen zusammen. Wenn so ein Albtraum vorbei ist, liebt man sich entweder, oder man hasst sich. Wir haben Glück. Wir verstehen uns wirklich gut. Wir mussten einmal Vierlinge beschützen, die aktiv versucht haben, sich gegenseitig zu töten. Jetzt haben sie Kontaktverbot, was einfach traurig ist.«

»Sehr traurig.« Charlie schaute zu ihm hoch. »Gehört das Haus euch dreien zusammen?«

»Ja. Gemeinsam hatten wir genug Geld für die Anzahlung. Getrennt hätten wir uns nur menschengroße Eigentumswohnungen leisten können. Ein paar haben wir uns auch angesehen. Wir kamen nicht durch die Türen und unsere Betten und Sofas hätten nicht hineingepasst. Die Duschen waren für jeden von uns absolut unmöglich. Wir hätten uns nicht hineinzwängen können. Das hier schien vernünftiger.«

Sie lächelte. »Ich finde es cool. Die Frage, die sich mir stellt, ist, wie lange Max und Stevie in der Lage wären, im selben Haus zu wohnen, ohne sich gegenseitig umzubringen.«

»Solange du hier bist, müssten die beiden eigentlich zurechtkommen.«

»Ach, meinst du?«, fragte sie und ihr Lächeln wurde ein wenig breiter.

»Es ist dir vielleicht nicht bewusst, aber du hast die beiden ziemlich gut im Griff.«

»Ich habe es auf die harte Tour gelernt und wurde oft auf die Probe gestellt.«

Berg sah Charlie genau ins Gesicht. Bemerkte, dass die tiefe Stirnfalte sich geglättet hatte. »Fühlst du dich besser?«

»Tatsächlich … ja. Danke. Auch an Britta.«

»Kein Problem. Sie hilft gern Leuten, die an Migräne leiden.«

»Wir sind schon ein sehr loyaler Schlag. Unser Leiden ist irgendwie einzigartig. Es verbindet uns.« Sie schaute über ihre Schulter zum Haus. »Ich sollte langsam reingehen. Mich davon überzeugen, dass Dutch meine Schwestern nicht dabei gefilmt hat, wie sie sich gegenseitig windelweich schlagen, und es im Internet verkauft hat.«

»Oh, ist das Wiesel hier?«, höhnte Berg, der sich das nicht verkneifen konnte.

»Keine Sorge. Jetzt, da ich mich besser fühle, werde ich ihn in zehn Minuten hinauswerfen.«

»Gut. Also, frühstücken wir morgen?«

Sie grinste. »Ich dachte, ich hätte gesagt, ich will kein Date.«

»Das ist auch kein Date. Frühstück. Ein *Treffen* zum Frühstück. Das ist etwas, das du auch mit deiner Mutter tust. Oder mit einer alten Tante.«

Charlie lachte. »Tut mir leid. Ich kann nicht. Ich habe morgen früh etwas vor.« Sie schaute auf ihr Handy. »Oder vielmehr heute. Ich habe jedes Zeitgefühl verloren.«

»Dann vielleicht Mittagessen. Ich habe den ganzen Tag frei.«

Charlie tätschelte seine Schulter. »Nacht, Berg.«

»Gute Nacht, Charlie.«

Sie stand auf, dann verschwand sie im Haus. Berg schnappte sich die leere Colaflasche und ging ebenfalls heim. Er betrat das Haus, wo seine Schwester und sein Bruder am Küchentisch saßen.

»Hat es gewirkt?«, fragte Britta.

»Ja. Danke.« Er warf die Colaflasche in die Recyclingtonne.

»Du magst sie, nicht wahr?«, fragte Britta.

Berg drehte sich zu seinen Geschwistern um. »Das tue ich wirklich.«

»Du weißt schon, dass ihre Schwestern irgendwie irre sind, oder? Sie ist toll, aber … sie ist nicht allein.«

»Du meinst, im Gegensatz zu mir?«

»Wir sind vielleicht bis zum Ende der Zeit bei dir, Bruder, aber wir sind normal«, argumentierte Britta.

Berg ging hinüber zum Küchentisch und griff in den wilden Bienenstock, den seine Geschwister auf ein Stück Wachspapier gestellt hatten, bevor sie darüber hergefallen waren. Er riss eine Honigwabe ab, ignorierte die zornigen Killerbienen, die ihm in die Hand stachen, und steckte sich die Wabe in den Mund. Sie war noch warm und einfach köstlich.

»Was wolltest du sagen?«, fragte Berg, bevor er nach den Bienen schlug, die jetzt sein Gesicht attackierten.

Kapitel 10

Gleich nach Sonnenaufgang stiegen Charlie und ihre Schwestern in den »sauberen« Wagen, den Dutch aufgetrieben hatte, und fuhren in die Bronx. Dutch saß am Steuer.

Die ganze Sache war nicht direkt das, was Charlie eine »gute Idee« genannt hätte, aber es war wirklich alles, was sie hatten. Wenn ihre Tante richtiglag, war das hier ihre einzige Chance, ihre schottischen Verwandten wissen zu lassen, dass sie Freddy MacKilligans Töchter niemals in seinen Scheiß reinziehen sollten.

Wenn er seinen Brüdern wirklich Geld gestohlen hatte – und Charlie war davon überzeugt, dass er es getan hatte –, dann sollten die Brüder das mit Freddy direkt regeln. Und nicht versuchen, seine Töchter zu benutzen, um sich zu rächen. Freddys amerikanische Halbgeschwister wussten das bereits, aber die Schotten anscheinend noch nicht.

In Charlie war jedoch immer noch ein kleiner, trauriger Hoffnungsschimmer vorhanden, dass sie mit ihren Vermutungen falschlag. Irgendwie hoffte sie, dass das hier einfach ein normales Treffen unter Verwandten werden würde und keine große Verschwörung.

Sie kamen an dem verlassenen Gebäude in der Bronx an und während ihre Schwestern von der Rückbank stiegen, blieb Charlie noch auf dem Beifahrerplatz sitzen. »Fahr die Straße lang, als hättest du uns hier abgesetzt, und dann kehr nach ein paar Meilen wieder um, okay? Wir treffen uns auf der anderen Seite des Gebäudes.«

Dutch nickte. »Verstanden.« Charlie machte Anstalten, auszusteigen, aber er beugte sich ein wenig vor und sagte: »Was immer ihr tut … seid vorsichtig. Und ich wünsche euch viel Glück.«

Charlie schob ihre Brille auf der Nase nach oben und konnte sich ein Schnauben nicht verkneifen. »Glück ist etwas, das wir MacKilligan-Mädchen wirklich nie haben. Aber danke, Dutch.«

Sie stand auf, schlug die Tür hinter sich zu und ging zu dem mit Brettern vernagelten Gebäude.

Nachdem sie nach links und rechts und auf die anderen Straßenseite geblickt hatte, nickte Charlie Max zu und ihre Schwester riss ein paar der Bretter weg, sodass sie in das Gebäude einsteigen konnten. Max ging voraus und Charlie half Stevie hinein.

Sobald sie alle drinnen waren, übernahm Charlie die Führung und ging auf den wackeligen Treppen in den zehnten Stock des Gebäudes. Die Aufzüge funktionierten nicht mehr.

Das hier war mal irgendeine Art von Schule gewesen und in den Klassenzimmern standen noch immer Pulte und Stühle. Es erinnerte Charlie ein bisschen an ihre Zeit in der Highschool, da sie den größten Teil ihrer Zeit damit verbracht hatte, ihre Schwestern zu beschützen. Max war ein Jahr unter ihr gewesen und Stevie stand kurz davor, Collegevorbereitungskurse zu belegen, weil sie die Mittelstufe so schnell hinter sich gelassen hatte.

Sie gelangten in den zehnten Stock und kamen in einen sehr großen Raum, der sich als Physik- oder Chemiesaal entpuppte. Die großen, langen Tische und die Schränke standen noch immer da, aber die restliche Ausstattung war gestohlen oder im Laufe der Jahre von Hausbesetzern zerstört worden.

Einer ihrer Cousins stand in einem maßgeschneiderten dunklen Anzug am anderen Ende des Raums. Sein schwarz-weißes Haar war frisch geschnitten. Seine Lederschuhe teuer. Er hatte große Ähnlichkeit mit ihrem Dad und auch wenn sie es nicht wollte, kreidete Charlie das den Männern vom MacKilligan-Klan an. Sie konnte nicht anders.

»Cousine Charlie«, begrüßte Dougie MacKilligan sie mit seinem melodiösen Akzent. Er gehörte zum schottischen Zweig der Familie. Wie auch ihre amerikanische Verwandtschaft nahmen die Schotten kaum je zur Kenntnis, dass Charlie und ihre Schwestern Blutsverwandte waren – es sei denn, sie wollten etwas von ihnen.

Charlie hatte früher gedacht, ihre Familie verhalte sich wegen rassischer Vorurteile so. Aber nein. Es lag daran, dass Charlie und ihre Schwestern Freddys Kinder waren. Es war Freddy, von dem alle so tun wollten, als existiere er nicht. Freddy, von dem sie wünschten, er wäre nicht von ihrem Blut. Und das übertrug sich auch auf seine drei Töchter.

»Ist schon eine Weile her, Dougie«, antwortete sie.

Er bedeutete ihnen, einzutreten. »Kommt, kommt. Lasst uns reden.«

Die drei Frauen betraten das Labor. Sobald sie in der Mitte des Raums angelangt waren, wurden sie umzingelt. Bedauerlicherweise nicht von weiteren MacKilligans, sondern von Militärtypen, wie jenen, die schon mal hinter ihnen her gewesen waren.

»Das kommt mir ein wenig hart vor«, bemerkte Charlie zu ihrem Cousin. »Ihnen zu erlauben, uns zu töten.«

»Nun, nun«, korrigierte Dougie sie schnell, »das passiert hier doch gar nicht. Wir haben einen zauberhaften Deal für euch drei ausgearbeitet.«

Max schnaubte. »Wirklich?«

»Ja, Cousine. Wirklich.« Dougie hielt einen Finger hoch. »Aber eine Sache wäre da.«

Zwei Männer durchsuchten Charlie und Max schnell nach Waffen. Charlie war wirklich beeindruckt, dass Max nicht einen von ihnen tötete.

Der Mann, der Charlie abtastete, trat ein paar Sekunden später von ihr weg, aber der, der sich mit Max beschäftigte, fand immer mehr Waffen.

Dougie verdrehte die Augen. »Du hast dich nicht verändert, Maxine.«

»Ich heiße Max. Einfach nur Max.«

Als ein kleines Häufchen Messer verschiedener Größen auf einem Labortisch lag, fuhr Dougie fort, den »wunderbaren Deal« zu erklären, den sein Vater und seine Onkel sich für Freddy MacKilligans Mädchen ausgedacht hatten.

»Also, wir wissen, dass ihr bei dem Mist, den euer Vater anstellt, kein Mitspracherecht habt. Und wir wissen außerdem, wenn wir euch mit dem Tod bedrohen … nun, um ehrlich zu sein …«

»Es wird ihn nicht scheren«, beendete Charlie den Satz für ihn.

Dougie lächelte. »Genau. Aber, liebe Cousine Charlie, wir wissen, wie überzeugend du deinem Vater gegenüber sein kannst. Also, Folgendes ist der Deal: Diese Herren werden deine kleine Schwester mitnehmen.« Einer der Männer packte Stevie am Arm und zog sie zu sich. Alle Männer im Raum ignorierten, wie Stevies Augen sich weiteten und ihr Körper vollkommen starr wurde. »*Aber*, und das ist ein wichtiges ›Aber‹, sie werden euch nicht töten und sie werden *ihr* nichts tun. Tatsächlich werdet ihr sie zurückbekommen.« Sein Blick fiel auf Charlie. »Sobald mein Dad sein Geld zurückbekommen und sie unserem Bekannten geholfen hat.« Er öffnet mit breitem Lächeln die Arme, die Handflächen nach oben gedreht. »Das erscheint mir fair, dir nicht auch?«

»Du glaubst wirklich, dass du diesen Männern vertrauen kannst?«, fragte Charlie, ein wenig angewidert von ihrem Cousin.

»Sie wollen nur eines: Stevie.«

»Mich?«, fragte Stevie scharf und ihre panische Stimme erreichte Höhen, die den Wolf in Charlie fast zum Heulen brachten. »Was habe ich denn getan? *Warum wollt ihr mich töten?*«

Dougie verdrehte die Augen und hob die Hand in Stevies Richtung. »Niemand will dich töten! *Du* bist in Sicherheit. Du kooperierst, deine Schwestern kooperieren und allen wird es gut gehen.«

»Glaubst du das wirklich?«, fragte Charlie ihren Cousin.

»Nicht alle sind so wie dein Vater. Ich habe den Deal ausgehandelt. Er ist reell. Tut einfach nichts Dummes.«

»Aber wir sind MacKilligans. Wir tun nur dumme Sachen. Und ich kann ihnen nicht erlauben, meine Schwester mitzunehmen.«

Die Tür, die ins Labor führte, wurde plötzlich geschlossen und einer der Männer stellte sich davor.

Charlie feixte. »Wollen Sie das Spiel wirklich auf diese Weise spielen, meine Herren?«

»Charlie«, sagte ihr Cousin ruhig. »Tu das nicht.« Er trat näher und flüsterte: »Diese Männer sind vielleicht Vollmenschen, aber selbst ein Honigdachs übersteht einen Schuss in den Kopf nicht unbeschadet. Sobald sie den Schock überwunden haben, dass du deine Gestalt gewechselt hast, werden sie genau das tun: dir in den Kopf schießen. Und sie werden deine Schwester *trotzdem* mitnehmen.«

»Ich wechsle nicht die Gestalt«, flüsterte Charlie ihrem Cousin ins Ohr, bevor sie sich ein Stück zurückzog und laut hinzufügte: »Aber ich möchte sagen, dass meine süße kleine Schwester ihre Medikamente nicht mehr nimmt seit jetzt fast … vierundzwanzig Stunden.« Charlie, die es sich nicht verkneifen konnte, lächelte. »Und Stevie hat … *Angst.*«

Sie zielten beide mit ihren Gewehren auf das Gebäude auf der anderen Straßenseite und benutzten ihre Sucher, um zu sehen, was in dem alten Laborschulraum vor sich ging.

Schon vor Morgengrauen waren sie hier gewesen, um sicherzustellen, dass ihnen nichts entging, aber sie hatten nicht vor, irgendjemanden zu töten, es sei denn, es würde sich als notwendig erweisen. Ihre Aufgabe bestand darin, zu beobachten und ihren Bossen Bericht zu erstatten.

Das Problem für Dee-Ann war jedoch, dass sie nicht so recht wusste, was zum Teufel sie beobachtete.

»Da läuft gerade etwas schief«, sagte Dee-Ann zu Malone. »Es gefällt mir nicht, dass sie sich mit den Mädchen eingeschlossen haben.«

»Mir auch nicht.«

»Dann lass uns anfangen, sie abzuknallen.«

»Nein«, sagte Malone kalt. »Beobachten und Bericht erstatten. Das ist alles. Wir sind nur hier, um herauszufinden, was sie tun.«

»Das kommt mir nicht richtig vor. Sie sind in der Überzahl. Und sie haben mehr Waffen.«

»Ich weiß, aber sie sind nicht unser Problem. Die Dachse sagen immer, dass sie sich um die Ihren kümmern. Wir sollten ihnen glauben.«

»Warum sind wir dann hier?«

»Wegen etwas Neuem, also könntest du dich verdammt noch mal einfach beruhigen, du Landei?«

»Ihr Tod geht dann aber auf dein Konto«, murmelte Dee-Ann, bevor sie wieder in ihren Sucher schaute.

Dougie ging vom Fenster weg. Er würde es seinen verrückten amerikanischen Cousinen durchaus zutrauen, jemanden in einem anderen Gebäude mit einem Gewehr und einem Sucher im Anschlag postiert zu haben, der sie alle abknallte.

Kaum zu glauben, dass er sich freiwillig für diesen Job gemeldet hatte! Er hatte seinem Vater nur helfen und verhindern wollen, dass die Situation außer Kontrolle geriet. Aber konnte irgendetwas, das mit Freddy MacKilligan zu tun hatte, *nicht* außer Kontrolle geraten? Wohl eher nicht.

Trotzdem glaubte Dougie nicht, dass diese drei kleinen Honigdachse ein allzu großes Problem darstellen würden. Sie hatten keine Waffen, und obwohl sie immer noch ihre Gestalt wechseln und über die Männer herfallen konnten, würden sie am Ende nur Kopfschüsse dafür bekommen, und das wär's dann.

Er konnte sich nicht vorstellen, dass die älteste der Schwestern ein solches Risiko eingehen würde. Sie hatte einen wirklich starken Beschützerinstinkt, was die beiden anderen betraf. Jeder in der Familie wusste das über Freddys Mädchen.

Aber obwohl Dougie schon darauf wartete, wechselten seine Cousinen nicht die Gestalt. Die beiden Ältesten standen einfach nur da, wachsam, aber anscheinend ohne sich zu fürchten. Doch die Jüngste keuchte und versuchte verzweifelt, sich von ihrem Peiniger zu befreien.

Max zeigte auf den Mann, der ihre Schwester festhielt, und warnte ihn: »Ich an Ihrer Stelle würde sie loslassen.«

Der Mann grinste nur, rammte dem Mädchen eine Spritze in den Hals und drückte den Kolben herunter.

Das war dumm gewesen. Die menschlichen Männer in diesem Raum verstanden nicht, dass es vergebliche Liebesmüh war, einen Honigdachs unter Drogen zu setzen. Bestenfalls setzten sie das dünne kleine Ding für ungefähr zwanzig Minuten außer Gefecht, aber darüber hinaus …

Stevie taumelte nicht einmal.

Stattdessen schlug sie schreiend nach der Hand des Mannes. Das Problem war, dass er die Spritze immer noch in ihrem Hals versenkt hatte. Die Nadel brach ab und blieb in ihrem Fleisch stecken. Nicht dass sie es gespürt hätte. Nicht so verrückt, wie sie sich jetzt verhielt.

Dougie hatte gehört, dass Stevie die Überspannte der MacKilligan-Mädchen war, aber ihre verzweifelten Schreie und die Art, wie sie sich von dem Mann losriss, verblüfften ihn und alle anderen im Raum – bis auf ihre Schwestern, wie es schien.

»Sie versuchen, mich umzubringen!«, bezichtigte Stevie den Mann hysterisch. »Sie versuchen, mich umzubringen!«

Hatte diesem Mädchen denn niemand irgendetwas beigebracht? Hatte sie nicht zugehört? Nicht nur, dass die Bullshitdroge einem Honigdachs nichts anhaben konnte, aber Stevie war diejenige, die die Männer lebend haben wollten. Auf keinen Fall würden sie versuchen, sie zu töten. Man sollte denken, dass Stevie sich mehr um ihre Schwestern sorgen würde, aber sie schien sich nur für sich selbst zu interessieren.

Vornübergebeugt, eine Hand auf dem Oberkörper, keuchte Stevie: »Ich bekomme keine Luft! Ich bekomme keine Luft! Meine Lungen machen dicht!«

Dougie gestikulierte in Charlies Richtung, die mit vollkommen leerem Gesichtsausdruck einfach nur dastand. »Willst du nicht etwas dagegen unternehmen? Oder lässt du es einfach zu, dass das arme Mädchen sich selbst einen Herzinfarkt beschert?«

»In Ordnung«, sagte Charlie und rieb sich die Nase. »Ich werde etwas unternehmen.« Sie sah ihre Schwester an. »Max.«

Max packte den Arm des Mannes, der ihr am nächsten stand. Sie zerrte daran, bis er ganz ausgestreckt war, stieß ihre Hand – Handfläche nach oben gedreht – dagegen und brach dem Mann das Ellenbogengelenk.

Der Schrei des Mannes ließ die anderen durcheinanderlaufen und ihre Waffen entsichern. Offensichtlich galt ihre frühere Abmachung mit Dougies Vater nicht mehr. Nicht dass Dougie ihnen einen Vorwurf daraus machen wollte. Die beiden Mädchen würden sterben, weil sie eine genauso schlechte Urteilskraft hatten wie ihre hysterische kleine Schwester und ihr Vater, der ebenfalls bald tot sein würde.

Charlie sprang über einen der Labortische, aber Kugeln trafen sie im Rücken und ließen sie vornüberfallen. Mit einem gequälten Ächzen verschwand sie hinter dem Tisch. Max zog ein Messer aus der Beinscheide eines der Männer. Sie schnitt ihm in die Innenseite seiner Oberschenkel, dann trennte sie ihm die Kehle durch, bevor sie hinter eine Säule sprang. Kugeln schlugen in den Beton, nur Sekunden nachdem sie verschwunden war.

Stevies Atmung war so außer Kontrolle, dass Dougie sich jetzt sicher war, dass sie tatsächlich einen Herzinfarkt erleiden würde. Leider hatte sie mitangesehen, wie Charlie in den Rücken geschossen worden war. Also schrie sie jetzt: »Charlie! Oh mein Gott! Sie haben Charlie getötet! Wir werden alle sterben!«

Kreischend und weinend drängte sie sich an zwei Männern vorbei, die versuchten, sie festzuhalten, und tauchte mit dem Gesicht voraus hinter einen Labortisch.

Während die eine Schwester verschwand, tauchte die andere auf.

Max erhob sich mit ihrem gestohlenen Messer hinter einem anderen Mann. Sie schlitzte ihm die Kehle auf und rammte die Klinge in den Nacken des Mannes, der neben ihm stand.

Ein neuer Angreifer packte sie von hinten und mit seinen großen Armen pressten er die ihren an ihren Körper. Sie trat ihm kräftig gegen die Innenseite seines Fußes. Zweimal. Dann beugte sie das Knie und ließ den Fuß gegen das Knie des Mannes krachen. Es brach.

Ein weiterer zielte mit einer Waffe auf Max und begann zu schießen. Max drehte sich ruckartig um und zog den Mann, der sie festhielt, mit sich, sodass sein Rücken zu ihrem Schild wurde. Als er zu Boden fiel, hatten ihn die Schüsse der eigenen Seite getötet.

Dougie seufzte und griff nach seinem Handy. Er simste schnell an seinen Vater: *Hier geht alles den Bach runter, Dad.*

Das würde seinem Vater nicht gefallen, aber was sollte Dougie machen?

Kugeln zischten an Dougie vorbei, aber er bewegte nur leicht den Kopf nach links, um zu verhindern, erschossen zu werden.

Sein Telefon vibrierte und ließ ihn wissen, dass sein Vater seine SMS beantwortet hatte. Gerade als er die Nachricht lesen wollte, tauchte Charlie hinter einem der Männer auf, die blind in den Raum schossen und versuchten, Max zu töten. Der war es gelungen, sechs weitere Männer brutal niederzustechen.

Charlie packte den Mann von hinten und versuchte, an seine Waffe heranzukommen. Aber einer seiner Begleiter kam ihm zur Rettung und hielt ihr eine Waffe an die Stirn. Sie packte diese Waffe mit beiden Händen und drehte ihren Körper, sodass die Waffe nun auf den ersten Mann zeigte. Dann drückte sie für dessen Begleiter ab und schoss dem ersten Mann zweimal in den Kopf. Sie zielte und erschoss einen weiteren und noch einen.

Jetzt stampfte sie mit dem Fuß auf den Spann des Mannes, mit dem sie kämpfte, und entwand sich seinem Griff, während sie noch immer seine Waffe in der Hand hatte. Sie schoss zweimal auf ihn. In den Kopf.

Dann ließ sie das leere Magazin fallen, bückte sich und nahm ein weiteres Magazin von dem Mann, den sie gerade getötet hatte. Schob das volle Magazin in die Waffe, lud nach und drehte sich um, um festzustellen, dass eine 45er auf sie zielte.

In dem Moment, als der Schütze abdrückte, trat Max hinter ihn und hob seine Arme hoch, sodass der Schuss ins Leere ging. Dann machte sie ihm mit einem Messer, das sie ihm über die Kehle zog, den Garaus.

Und dann erstarrten plötzlich alle. Selbst Dougies beide Cousinen, was ihm ein bisschen Sorgen bereitete. Bisher hatte sie nichts aus dem Takt bringen können. Also was konnte passiert sein?

Es begann wie ein leises Grollen. Dann wurde es zu einem Brüllen. Einem Raubkatzenbrüllen.

Orange, weiß und schwarz gestreifte Pfoten von der Größe gewaltiger Servierplatten landeten auf dem Labortisch und zerdrückten den dicken Granitblock unter dem Gewicht jeder Pfote. Als würde jemand die Hände in Schnee setzen. Dann erschien der größte Honigdachskopf, den Dougie je gesehen hatte.

»Oh, Scheiße«, flüsterte er.

Während alle die Augen aufrissen, begann Stevie, sich in ihrer neuen Gestalt aufzurichten … und sich aufzurichten … und sich aufzurichten. Bis ihr Kopf beinahe an die Decke stieß, und selbst da hatte Dougie das deutliche Gefühl, dass sie trotz allem noch nicht ganz gerade stand.

Stevie, die auf die verbliebenen Männer hinabschaute, lehnte sich plötzlich nach vorn und brüllte. Die Fenster des Raums zerbarsten und Dougie war sich sicher, dass die Scheiben im ganzen Gebäude betroffen waren, gemessen an den Schreien, die er von draußen hörte.

Ohne noch länger an die Frauen zu denken, die ihnen gerade den Arsch aufrissen, zielten die Männer mit ihren Pistolen auf die Kreatur, die gewaltige Reißzähne entblößte. Honigdachsreißzähne, allerdings viermal so groß.

Dann tat Stevie etwas, das Dougie weder von einem Dachs noch von einer Katze erwartet hätte, weil die physisch eigentlich nicht in der Lage dazu waren. Sie lief die Wand hinauf an die Decke.

Ihre ganzen ungefähr sieben Meter hingen jetzt von den Deckenplatten. Ihr langer Schwanz peitschte nach unten und schlang sich um den Hals eines Mannes, schleuderte ihn durch den Raum und durch das zerschmetterte Fenster hinaus.

»Tötet es!«, brüllte einer der Männer und die übrigen feuerten drauflos.

Stevie huschte über die Decke, bis sie bei dem Mann war, der den Befehl gegeben hatte. Sie landete auf ihm, packte den heulenden Mann mit dem Maul und zerrte ihn in die andere Ecke des Labors. Die Kugeln und Schreie der anderen Männer ignorierte sie völlig.

Und während Stevie die ganze Aufmerksamkeit der Männer hatte, übernahmen ihre Schwestern, ohne sich zu verwandeln oder ihre Krallen auszufahren, das Töten. Max arbeitete mit Messern, von denen sie jetzt zwei hatte, in jeder Hand eins. Sie bewegte sich schnell und lautlos und tötete ohne Gnade.

Charlie hielt sich weiter an die 45er und arbeitete sich unter den verbliebenen Männern vor, die Waffe in beiden Händen auf Augenhöhe, aber dicht am Körper. Jedes ihrer Opfer bekam einen Kopfschuss, es sei denn, der jeweilige Mann versuchte, sie zuerst anzugreifen, in welchem Fall sie ihm zweimal in die Brust und dann in den Kopf schoss.

Was Stevie betraf ... Dougie hörte nur Schreie. Alles, was er sehen konnte, war ihr Rücken, der sich jedes Mal krümmte, wenn sie noch mehr Fleisch von irgendwelchen Knochen riss.

Einige Männer schafften es zur Tür hinaus, wobei sie übereinander hinwegkletterten. Das war keine geschickte, elitäre Killereinheit mehr. Nicht nachdem sie den MacKilligan-Schwestern begegnet waren.

Dougie hörte Sirenen und schaute aus dem Fenster neben sich.

»Cops!«, brüllte er Charlie zu.

Sie schoss einem weiteren Mann in den Kopf, bevor sie ihn ansah und nickte.

»Lauf!«, sagte sie. Sie war nicht einmal außer Atem. Weder Furcht noch Panik oder auch nur Zorn lagen in ihren dunkelbraunen Augen. »Und richte Onkel Will schöne Grüße aus.«

Max wäre den Männern, denen es gelungen war, aus der Tür hinauszukommen, gern gefolgt, aber Charlie rief sie zurück.

»Wir müssen zu Stevie!«

Max betrachtete das Gemetzel. »Wo zur Hölle ist sie?«

Charlie zeigte nach oben. Jepp, dort war ihre kleine Schwester. Sie hing wieder einmal von der Decke, aber jetzt mit einem Körperteil irgendeines Mannes, der ihr von einem Reißzahn hing. Ein Körperteil, den sie nicht hergeben wollte.

Die verwandelte Stevie neigte dazu, mit ihrer Beute zu spielen und sie als ihren Besitz zu verteidigen – wie die meisten Hauskatzen.

»Mann«, sagte Max zu Charlie, »wir haben keine Zeit, sie zu beruhigen.«

»Ich mach das schon.« Charlie schob sich näher an Stevie heran, stellte sich aber nicht direkt unter sie, weil sie nicht wollte, dass noch mehr Blut auf sie heruntertropfte.

»In Ordnung«, sagte sie und zeigte mit dem Finger auf ihre Schwester. »Du kommst jetzt sofort hier herunter. Auf der Stelle, Stevie MacKilligan. Noch in dieser Sekunde!«

Stevie senkte den Blick und gab ein leises Miauen von sich. Sie machte einen Schritt zurück – immer noch an der Decke –, weil sie ihre Beute nicht hergeben wollte.

»Wag es nicht, mir davonzulaufen, Stevie! Du kommst sofort hier herunter! *Auf der Stelle!*«

Stevie ließ die Decke los und krachte zu Boden. »Spuck's aus«, befahl Charlie ihrer kleinen Schwester. »Spuck's aus!«

Verärgert spuckte Stevie den Oberkörper aus.

»Verwandle dich wieder in einen Menschen. Sofort!«

Nur mit einem Gedanken wechselte Stevie wieder in ihre menschliche Gestalt. Nackt und blutverschmiert stand sie da, den Blick gesenkt. Allerdings nicht aus Scham. Das wusste Charlie. Sie war eher zerknirscht. Wie ein kleines Mädchen, das dabei ertappt worden war, dass sie den Kopf der Lieblingspuppe ihrer Schwester abgerissen hatte.

»Cops sichern das Gebäude und kommen gerade die Treppe hoch«, verkündete Max, nachdem sie aus dem Fenster gesehen hatte. »Lasst uns abhauen.«

Die drei Schwestern rannten aus dem Labor, die Treppe nach oben und bis aufs Dach. An der Gebäudekante lag bereits ein langes Sommerkleid bereit. Max warf es Stevie zu und sie schlüpfte hinein, während Charlie von einer Ecke zur anderen ging und versuchte, herauszufinden, wo die Cops Position bezogen hatten.

Sie stellte fest, dass sie es noch nicht bis zur Rückseite des Gebäudes geschafft hatten, daher winkte sie ihre Schwestern zu sich.

»Los«, befahl sie Stevie.

»Hast du den Verstand verloren?«, fragte Stevie, die bereits wieder in Panik geriet. »Wenn du die physikalischen Kräfte bedenkst, die …«

Max drückte Stevie eine Hand auf die Brust und stieß ihre Schwester vom Dach. Schreiend fiel Stevie, aber als sie sich dem Boden näherte, drehte sie sich plötzlich um und landete auf allen vieren.

»Immer so ein Drama«, verkündete Max, bevor sie ihrer Schwester folgte. Leider hatte sie nichts von einer Katze in sich, daher war ihre Landung hart und der Beton unter ihr bekam unter dem Aufprall Risse.

Aber die Honigdächsin rappelte sich trotzdem hoch und schüttelte sich nur. Charlie trat an die Gebäudekante und bereitete sich schon darauf vor, zu springen, als sie Blicke auf sich spürte. Sie wirbelte herum und suchte alle Gebäude in der Nähe ab. Sie entdeckte die Sucher, die Gewehre und die Frauen, die sie hielten.

Wütend bleckte Charlie die Reißzähne und die Dunkelhaarige tat daraufhin das Gleiche.

Nun … wenigstens waren es Gestaltwandler.

»Charlie!«, brüllte Max. »Beweg deinen Hintern!«

Charlie wusste, dass sie sich jetzt nicht darum kümmern konnte, aber sie nahm sich vor, es später zu tun. Sie beschlich die Angst, dass es sie irgendwann einholen würde.

Charlie setzte zum Sprung an und nahm sich ein zurückgelassenes Auto zum Ziel. Mit der Schulter prallte sie gegen das Dach und rollte sofort von dem Wagen herunter.

Sie versuchte, den Schmerz aus der Schulter einfach abzuschütteln, aber sie hatte sich zu sehr wehgetan.

»Bewegung!«, blaffte Max.

Charlie rannte los und ignorierte das »Halt! Polizei!« hinter sich. Sie sprang durch die offene Beifahrertür des Autos und Dutch trat aufs Gaspedal. Seine Kehrtwende war so rasant, dass die Beifahrertür sich von allein schloss, während er einfach weiterfuhr.

Die Art, wie das Auto fuhr, verriet Charlie, dass Dutch es genau für solche Situationen ausgewählt hatte. Als Fluchtauto. Was wieder einmal bewies, dass er ihrer Schwester nicht guttat. Er war nützlich, daran bestand kein Zweifel. Aber mit ihm handelte man sich Ärger ein.

Dankbar für seine Fahrkünste klammerte Charlie sich fest, während Dutch sie von den Cops wegbrachte, bevor sie einen Hubschrauber ordern konnten, um sie zu verfolgen. Eine gute Sache, da Charlie es Max durchaus zugetraut hätte, mit einem Polizeihubschrauber genauso umzugehen, wie sie es mit dem Helikopter in der Schweiz getan hatte.

»Weißt du eigentlich, dass du angeschossen worden bist?«, fragte Max von der Rückbank.

Charlie wirbelte herum, kniete sich auf ihren Sitz und sah ihre kleine Schwester an. »Stevie, du bist angeschossen worden?«

Stevie blinzelte sie an. »Sie hat mit dir gesprochen.«

Stirnrunzelnd schaute Charlie an sich herunter, sah aber nichts außer ihrer verletzten Schulter. Und die konnte Max wieder für sie einrenken.

Max beugte sich vor und fasste um sie herum. Als sie sich wieder zurücklehnte, hob sie zwei blutige Finger.

»Oh. Ich schätze, ich bin angeschossen worden.« Einen Moment später tat Charlie die Sache mit einer knappen Handbewegung ab. »Das ist nur ein Kratzer. Ich komme schon klar.« Sie machte es sich wieder auf ihrem Sitz bequem und sah Dutch an. »Wir müssen den Wagen loswerden.«

»Bin schon dabei, Süße.«

Sie knirschte mit den Zähnen. »Nenn mich nicht so.«

»Schnuckiputz? Göttliche Dame? Hübscher Hintern?«

Charlie funkelte ihn an. »Du nutzt die Tatsache aus, dass ich in deiner Schuld stehe, nicht wahr?«

Dutch lachte. »Natürlich tue ich das!«

Kapitel 11

John Mitchell beendete das Telefongespräch und starrte erschrocken auf die geschlossene Tür, die zum Cockpit des Privatjets führte.

Da er schon lange im Geschäft war, hatte er alle möglichen Dinge gehört. Alle möglichen Dinge *gesehen*. Aber das …

Er schaute über seine Schulter in den Luxusjet. Seine Klienten befanden sich alle ganz weit hinten und verbrachten ihre Zeit auf ihren eigenen Sonnenbänken. Anscheinend machten sie sich keine allzu großen Sorgen über Hautkrebs.

John lief durch den geräumigen Jet. Seit seiner Zeit beim Militär, als er das Glück gehabt hatte, in der Air Force One zu arbeiten, war er nicht mehr in einem so luxuriösen Jet gewesen. Seine Klienten waren schwerreich und hatten keine Angst, ihr Geld auch auszugeben. Egal wofür.

Die beiden Damen lagen auf den Sonnenbänken, beide eingehüllt in weiße Frotteebademäntel, und ihre persönlichen Angestellten machten ihnen Pediküren und Maniküren, während andere ihre Schultern massierten.

»Entschuldigen Sie bitte, meine Damen«, sagte John und trat in die Kabine. »Ich habe eine Nachricht erhalten …«

Eine der Frauen schaute von ihrer italienischen Ausgabe der *Vogue* auf und er bemerkte, dass die Gesichter beider Frauen mit einem grünen Schlamm beschmiert worden waren. Es war nicht besonders attraktiv. »Haben sie sie?«, fragte sie mit dem italienischen Akzent, den er immer weniger sexy und immer nerviger fand.

»Die Frauen haben alle getötet«, sagte er unumwunden, »bis auf ihren Cousin und ungefähr drei meiner Männer, denen es gelungen ist, zu fliehen.«

»Wie ist das möglich?« Frustriert warf Johns Klientin ihre Zeitschrift beiseite. »Warum passiert das immer wieder?«

»Bleib ruhig«, befahl die andere. Und an John gewandt fragte sie: »Also, was ist passiert?«

»Ich bin mir nicht ganz sicher. Meine Männer haben von Reißzähnen, Krallen und riesigen Tigern gesprochen.«

Beide Frauen lachten. »Wie bitte?«

»Vermutlich haben sie die Männer unter Drogen gesetzt«, überlegte er laut. »Irgendein Halluzinogen, das es ihnen leichter gemacht hat, alle zu erschießen und zu erstechen.«

»Also haben wir die Jüngste nicht in unserer Gewalt?«, fragte eine Frau.

»Nein, Madam, haben wir nicht.«

Die beiden sahen sich durch den Schlamm hindurch an, bis die eine ihre Angestellten wegscheuchte und die andere ein schmales goldenes Etui hervorzog. Sie öffnete es, nahm eine Zigarette heraus, zündete sie sich an und sah John an.

»Sie haben versagt. Schon wieder. Sie und die Leute, die Sie engagiert haben. Das macht uns gar nicht glücklich. Sie wollen uns doch nicht noch unglücklicher machen, oder?«

»Natürlich nicht.«

»Dann«, fügte sie hinzu und zeigte mit ihrer Zigarette auf ihn, »werden Sie einen Gefängnisausbruch für uns organisieren.«

»Einen Gefängnisausbruch?«

»Ich glaube, das ist der richtige Ausdruck, oder? Wir werden jemanden engagieren, der die MacKilligans besser versteht, als Sie es tun. Ich schätze, diese Person hasst sie genauso sehr wie wir.« Sie nahm einen Zug von ihrer Zigarette, bevor sie fragte: »Denken Sie, dass Sie das hinkriegen, Mr Mitchell?«

»Das kriege ich hin.«

»Gut«, sagte sie und legte sich mit einem Seufzen auf den Rücken. »Ich fände es nämlich schrecklich, Sie töten zu müssen.«

Berg saß auf der Vordertreppe seines Hauses und versuchte, seinem Hund das Lieblingshandtuch seiner Schwester aus der Schnauze zu zerren.

»Gib es mir! Sofort!«

Seine Schwester hatte recht gehabt. Es war eine schlechte Idee gewesen, den Hund anzunehmen, den seine Mutter ihren Drillingen geschenkt hatte. Nicht dass er Hunde nicht mochte. Er mochte sie. Irgendwie. Er war mit Hunden aufgewachsen. Seine Mutter züchtete nebenbei die riesigen Tiere, mit denen sich die Bären der Gegend zusätzlichen Schutz verschafften. Diese Hunde hatten einen starken Willen, aber sie waren auch, um es ganz offen zu sagen, ziemlich zickig. Sie wurden oft in russischen Gefängnissen eingesetzt, um die Sträflinge in Schach zu halten.

»Sie wird uns beiden die Hölle heiß machen, wenn du mir das Handtuch nicht gibst!«

»Hi, Berg.«

Berg schaute von dem am Handtuch zerrenden Hund hoch zu Charlies Schwester, die plötzlich vor ihm stand. »Hi, Stevie. Was ist mit deinem Hals passiert?«

»Oh, nichts. Das heilt bereits. Aber ich habe mich gefragt, ob du einen Erste-Hilfe-Kasten hast.«

»Natürlich.« Er lehnte sich zurück und brüllte durch die Fliegentür: »Dag! Hol den Erste-Hilfe-Kasten!«

»Welchen?«, rief Dag zurück.

Berg wandte sich wieder Stevie zu. »Wofür brauchst du ihn denn? Eine Verstauchung? Eine Schnittwunde? Oder brauchst du ihn für deinen Hals?«

»Schusswunde«, erwiderte sie lässig. So lässig, dass Berg erst begriff, als er seinem Bruder »Schusswunde!« zuschrie und sein Bruder zurückbrüllte: *»Wer zum Teufel ist angeschossen worden?«*

»Char…«, war alles, was Stevie herausbekam, bevor Berg das Handtuch losließ und zu dem Gebäude hinüberrannte, das die übrige Nachbarschaft jetzt das »Dachshaus« nannte.

Er lief hinein und brüllte: »Charlie!«

Sie erschien im Flur, nur mit ihrer blutgetränkten Jeans und ihrem BH bekleidet. Ihre Schulter wirkte seltsam verzogen.

»Weshalb schreist du so?«, fragte sie ruhig und runzelte die Stirn.

»Du bist angeschossen worden?«

Sie winkte ab. »Ach, das. Ja. Es geht mir gut.«

»Du bist von Kopf bis Fuß voller Blut.«

»›Voller Blut‹ ist etwas übertrieben, findest du nicht auch?«

»Nein!«

Sie kam näher und flüsterte: »Wenn du jetzt hysterisch wirst …«

»Ich bin nicht hysterisch. Du bist angeschossen worden.«

»In Mailand bist du auch angeschossen worden. Da bist du nicht hysterisch geworden.«

»Ich bin ein *Bär*.«

»Aha.«

»Was bedeutet, dass eine 45er nichts anderes anrichtet, als mich wütend zu machen.«

»Was ist mit Bärenspray? Wirkt Bärenspray?«

»Warum fragst du?«

»Warum sagst du es mir nicht?«

Dag kam ins Haus gerannt, einen riesigen Kasten aus weißem Metall in seinen riesigen Händen. Er erstarrte, als er Charlie sah.

»Oh mein Gott!«, stieß er hervor. »Du wirst sterben!«

Charlie verdrehte die Augen. »Können wir uns jetzt alle beruhigen? Es ist nicht nötig, hysterisch zu werden.«

»Wieso sind wir hysterisch?«, fragte Berg.

»Weil ihr hereingerannt kommt, in der Annahme, ich würde sterben …«

»Du bist von oben bis unten voller Blut«, rief Berg ihr ins Gedächtnis.

»Und deine Schulter sieht wirklich eigenartig aus«, fügte Dag ausdruckslos hinzu.

»Die muss nur wieder eingerenkt werden.« Charlie kratzte sich am Kinn. »Und etwas Klebeband auf den Schusswunden wird die Blutung stillen.«

»Du bist doch kein Scheinwerfer an einem alten Chevy«, sagte Berg zu ihr.

Sie verdrehte die Augen, aber bevor sie etwas erwiderte, schnupperte sie plötzlich. »Ich habe einen Kuchen im Ofen. Wartet hier.«

Charlie ging weg und Berg sah seinen Bruder an. Gemeinsam folgten sie Charlie in die Küche, aber Bergs Hund kam als Erster hereingelaufen, das Handtuch seiner Schwester noch immer im

Maul. Er blieb vor Berg stehen und rührte sich nicht vom Fleck. Brachte ihn auf die Palme.

»Du bringst mich um.«

»Ist das Brittas Restoration-Hardware-Handtuch?« Dag schüttelte den Kopf. »Sie wird dir die Hölle heiß machen.«

»Gut«, sagte Stevie hinter ihnen, und zwar ziemlich laut. »Ihr habt den Verbandskasten mitgebracht.«

Um ehrlich zu sein, Berg hatte Charlies kleine Schwester ganz vergessen. Als er sie jetzt anschaute, sah er, dass etwas an ihr anders war.

Zunächst einmal sprach sie mit ihnen, ohne dass eine ihrer Schwestern anwesend war. Zweitens waren ihre Augen wirklich weit geöffnet. Als sei sie ständig erstaunt über irgendetwas. Drittens … um auf das Sprechen zurückzukommen. Sie redete … viel. Und schnell.

»Danke, dass ihr uns den Erste-Hilfe-Kasten leiht«, sagte sie und nahm Dag den Kasten ab, »das wissen wir wirklich zu schätzen. Wow, ist der groß, es überrascht mich wirklich, wie groß er ist, verletzt ihr euch so oft, dass ihr so einen großen Kasten braucht, wir werden natürlich oft verletzt, aber das ist nicht überraschend, ich meine, Charlie ist heute erst angeschossen worden, nicht dass ich ihnen einen Vorwurf mache, es hieß, entweder sie oder wir, also mussten Charlie und Max die ganzen Männer töten, ich meine, wenn sie es nicht getan hätten, ganz gleich, was unser Cousin gesagt hat, hätten sie mich wahrscheinlich für lange Zeit festgehalten und meine beiden Schwestern getötet, also, ja, Charlie und Max mussten sie wirklich umbringen, tut mir leid, wenn ich so schnell rede, ich spüre, dass ich schnell rede, aber ich habe gerade meine Medikamente genommen und sie wirken noch nicht, aber wenn sie es tun, werde ich viel ruhiger sein, doch zumindest habe ich jetzt keine Angst mehr vor euch, aber ich fühle mich immer besser, nachdem ich mich verwandelt habe, das Problem ist, dass niemand sonst sich besser fühlt, nachdem ich mich verwandelt habe, stimmt's?«

Dann lachte sie und tätschelte Berg den Arm.

»Mach weiter einen auf streunenden Hund«, rief sie ihm ins Gedächtnis, bevor sie im Flur Richtung Küche verschwand.

Benommen standen die Brüder da. Schweigend. Denn was sollte man dazu schon sagen?

Charlie ignorierte den quälenden Schmerz in ihrer Schulter und setzte schnell ihre Brille wieder auf, bevor sie sich vorbeugte, mit Ofenhandschuhen die Zitronencremetorte aus dem Ofen nahm und zum Abkühlen auf die Theke stellte.

Sie lächelte über die Vollkommenheit der Torte.

»Bär in der Küche«, sagte Max und Charlie drehte sich um, in der Erwartung, die Gebrüder Dunn hinter sich zu sehen. Aber nein. Es war der Hund.

»Er wird meine Torte fressen, nicht wahr?«, fragte sie Max.

»Wenn du sie auf der Theke stehen lässt, dann ja.«

Charlie trug die Torte zum offenen Fenster hinüber, ziemlich sicher, dass der Hund sich nicht weit genug vorbeugen konnte, um dort an die Torte zu kommen. Aber im selben Moment erinnerte sie Max: »Damit lockst du wieder die Bären an.«

»Verdammt!«

Die Torte in Händen sah Charlie sich in der Küche um.

Max schaute von der Zeitung auf, die sie seltsamerweise las. Seltsamerweise, weil es eine echte Zeitung war, aus echtem Papier. Charlie hatte Max in den letzten zehn Jahren nur auf ihrem Telefon etwas lesen sehen. Bücher. Zeitschriften. Alles Mögliche. Charlie wusste nicht einmal, wo ihre Schwester eine Zeitung gefunden hatte.

»Du könntest einfach den Hund loswerden«, schlug Max vor.

»Ich töte doch keinen Hund.«

Max sah schnell auf und blinzelte. »Ich meinte, du sollst ihn rauswerfen, nicht ihn töten.«

»Ah, ich bin froh, dass du es so gemeint hast«, antwortete Charlie glücklich.

Max funkelte sie an, bevor sie sich wieder der Zeitung zuwandte. In diesem Moment kam Stevie in die Küche.

»Wer tötet einen Hund?« Stevie schaute zu Max. »Warum tötest du einen Hund?«

»Ich töte keinen …« Max brach plötzlich ab und starrte Stevie an. »Warst du draußen und hast mit den Bären geredet?«

»Nein.«

»Gut. Und ich töte keinen …«

»Ich war *drinnen* und habe mit den Bären geredet.«

Max schloss die Augen und Charlie fragte ihre kleine Schwester: »Was hast du ihnen gesagt?«

»Ich erinnere mich nicht so genau, weil ich so schnell geredet habe, und du weißt, was passiert, wenn ich meine Medikamente nicht bekommen habe und anfange zu sprechen, ich rede und rede und rede, ich mache irgendwie einfach immer weiter, ohne eine richtige Pause zu machen, du weißt ja, wie ich bin, wenn ich meine Medikamente nicht nehme und mich aus Panik verwandelt habe. Ich habe ihnen vielleicht nichts erzählt, aber andererseits könnte ich ihnen alles erzählt haben, ich bin mir nicht sicher, aber …«

Die Torte immer noch in der Hand, rannte Charlie aus der Küche ins Wohnzimmer, wo die beiden Bären einfach nur dastanden und sich gegenseitig anstarrten.

»Torte!«, verkündete sie und hielt sie ihnen unter die Nase. »Zitronencreme. Ich wette, die mögt ihr. Wollt ihr sie? Ihr könnt sie haben. Nehmt sie!«

Berg betrachtete die Torte und dann Charlie, bevor er fragte: »Also, wie viele Leute habt ihr getötet?«

Charlie wand sich innerlich. Sie hätte Stevie in ihr Zimmer sperren sollen, aber wenn sie genug Angst hatte, konnte sie sich mit den Krallen einen Weg ins Freie bahnen.

»Es ist nicht das, was ihr denkt«, versprach sie.

»Also habt ihr *nicht* einen Haufen Leute getötet?«

»Nicht einfach so wie bei Serienmördern. Man hat versucht, unsere Schwester zu entführen. Und sie hatten keine Scheu, Max und mich loszuwerden, um das möglich zu machen. Was hätten wir deiner Meinung nach tun sollen?«

»Es geht nicht darum, was ihr getan habt, Charlie. Ich weiß nicht, was oder warum ihr es getan habt. Ich weiß nur, dass du dir damit für dich und deine Schwestern ein neues Problem erzeugt hast.«

»Ein neues Problem? Was für eine Art von neuem Problem?«

Die beiden gleich aussehenden Männer stießen gleichzeitig den Atem aus und schauten weg.

»In Ordnung, ihr Miststücke! Wir haben ein Problem!«, brüllte Charlie in Richtung Küche.

»Ich dachte, wir hätten unser Problem getötet«, brüllte Max zurück.

»Anscheinend war das nicht sehr effektiv.«

»Ist es Stevies Schuld?«

Charlie quittierte Max' Frage mit einem Stirnrunzeln. »Nein.«

»Also darf ich sie nicht schlagen? Weil mir danach ist, sie zu schlagen.«

»Du darfst Stevie nicht schlagen!«

Charlie schaute wieder zu den beiden Bären und fragte: »Also, was machen wir jetzt?«

Berg hob einen Finger, denn Dag telefonierte gerade. Er grunzte einige Male und legte dann auf.

»Sie sind auf dem Weg hierher«, sagte er zu seinem Bruder.

»Wer ist auf dem Weg hierher?«, fragte Charlie, aber die Bären beachteten sie gar nicht.

»Wen haben sie denn geschickt?«, fragte Berg Dag.

Dag blickte ihn finster an. »Einen Smith.«

Berg machte abrupt einen Schritt nach hinten, als hätte er einen Schlag abbekommen. »Wir müssen sie von hier wegbringen.«

»Und sie *wohin* bringen?«

»Irgendwohin, wo eine Menge Leute sind. Die Smiths schlagen nicht gern vor Publikum zu.«

Da Charlie merkte, dass die Brüder so beschäftigt damit waren, miteinander zu reden, dass sie sie völlig ignorierten, ging sie wieder in die Küche. Max hatte die arme Stevie im Würgegriff und sagte gerade zu ihr: »Schlaf. Schlaf einfach ein. Pst.«

Charlie ging durch die Küche und stellte die Torte, die sie immer noch in Händen hielt, aufs Fensterbrett.

»Wir müssen hier weg«, sagte sie zu ihren Schwestern.

»Warum?«, fragte Max, die immer noch eine stinksaure Stevie im Würgegriff hatte. Aber trotz Stevies sehr zarter Erscheinung war sie wirklich schwer zu erwürgen. Wie die meisten Honigdachse. Nur die Art, wie sie Max' Arme mit den Klauen bearbeitete, war ganz Katze.

»Anscheinend haben wir Aufmerksamkeit erregt bei … ich weiß nicht, wem. Den Bären vielleicht. Sie haben sich nicht konkret ausgedrückt, aber bei irgendjemandem.«

»Haben sie dir einen Namen genannt?«

»Sie haben nur ›ein Smith‹ gesagt, was ich ziemlich vage fand.«

»Es gibt zwei Gruppen von Smiths auf dieser Welt«, schaltete Max sich ein.

Charlie runzelte die Stirn. »Ich bin mir sicher, es gibt mehr als zwei …«

»Die eine Gruppe besteht aus Vielfraßen«, fuhr sie fort, »aber wegen Dutch waren sie nie hinter uns her. Und dann ist da das Smith-Rudel, das, wie ich glaube, verrückt genug ist, um sich auf unsere Fährte zu setzen.«

»Smith-Rudel?« Charlie dachte einen Moment lang nach. »Hat Grandad sie nicht einmal erwähnt?«

Max nickte. »Er hat gesagt, dass wir niemals mit ihnen ausgehen oder Welpen mit ihnen haben sollten. Er würde uns sonst sofort enterben.«

»Uns von was enterben? Er hat doch gar nichts.«

»Einfach von seiner Liebe.«

»Oh, halt die Klappe.« Charlie betrachtete ihre immer noch blutende Schulter. »Ich brauche ein sauberes T-Shirt und Jeans und *würdest du sie bitte loslassen!*«

Max ließ Stevie los, die auf den Knien herumwirbelte und ihre kichernde Schwester ohrfeigte.

»Du bist so ein Miststück!«

»Stevie!«, blaffte Charlie und zog eine frische Jeans und ein dunkelblaues T-Shirt hervor. »Wir haben keine Zeit für so etwas.«

Stevie stand auf und zeigte mit dem Zeigefinger auf Max. »Ich hasse dich.«

»Ich versuche nur, dir zu helfen.«

»Halt die Klappe!« Stevie drehte sich zu Charlie um. »Wie geht es jetzt weiter?«

»Such deinen Rucksack. Wir verschwinden von hier.«

»Okay.« Wenn es darum ging zu fliehen, hatte Stevie im Laufe der Zeit gelernt, einfach Befehlen zu befolgen.

Charlie zeigte auf Max. »Und du kannst auf der Fahrt meine Schusswunden verbinden.«

Die Bären kamen in die Küche, als Max unter den Küchentisch griff und eine abgesägte Schrotflinte hervorholte, die sie dort versteckt hatte. Neben vielen anderen Waffen, die sie im Haus aufbewahrte. In den Schränken. Unter den Betten und drum herum. Unter dem Esstisch. Der Wohnzimmercouch. Den Beistelltischen.

Max überließ nichts von dem, was sie »häusliche Basisverteidigung« nannte, dem Zufall.

Die Bären blieben stocksteif in der Tür stehen.

»Das ist nicht legal«, bemerkte Dag.

»Ihr seid süß«, sagte Max lächelnd und schob sich an den beiden Männchen vorbei.

»Wir kennen einen Ort, wo ihr hinkönnt«, sagte Berg zu Charlie.

Sie zuckte die Achseln. »Welchen Sinn hat es, wenn man sowieso Jagd auf uns macht? Besser, wir stellen uns ihnen hier.«

»Ihr wollt euch nicht mit einem Smith anlegen.«

»Ich weiß nicht, was das bedeutet.«

»Mein Ziel ist es, eine Vereinbarung auszuarbeiten, die es euch erlaubt, sicher hierzubleiben«, fuhr er fort. »Ohne Sorgen. Aber das kann ich nicht, wenn ihr auf der Straße einen Schusswechsel mit den Smiths veranstaltet.«

Max kam mit einer Kiste voller Schrotpatronen in die Küche zurück, obwohl die Schrotflinte bereits geladen war. Max wollte einfach sicherstellen, dass sie zusätzliche Munition hatten. »Wir könnten eine Schießerei gewinnen.«

Berg funkelte sie böse an. »Das ist nicht gerade hilfreich.«

Max grinste und sah ihre Schwester an. »Was denkst du?«

Charlie raufte sich die Haare und sagte zu Berg: »Ich hasse es, euch noch tiefer in das Ganze hineinzuziehen.«

Berg tätschelte ihr die Schulter. »Das ist sehr lieb, Charlie, aber wen interessiert das jetzt? Ihr habt einen Smith am Hals.«

»Ist das wirklich eine so große Sache?«

Dag beugte sich über die Schulter seines Bruders. »Es ist *echt* eine große Sache.«

Stevie, ihren Rucksack schon auf dem Rücken, zeigte mit großen

Augen auf das Fenster hinter Charlie. »Irgendjemand hat gerade deine Torte geklaut.«

Charlie schaute hinter sich und sah, dass es stimmte. Ihre Torte war weg. »Der Hund?«, fragte sie.

»Nein.« Max streckte den Arm aus. »Er sitzt unter dem Tisch. Nachdem er den Kühlschrank geöffnet, die von gestern übrig gebliebenen Steaks rausgeholt und sich die ganze Pfanne zum Fressen unter den Tisch gezogen hat.«

Berg hockte sich hin und knurrte: »Ab nach Hause!«

Der ganze Tisch hob sich, als der Hund, der daruntergelegen hatte, sich aufrichtete. Stevie packte zu und hielt den Tisch fest. Der Hund lief weiter.

»Wie heißt er?«, fragte Max an Berg gewendet.

»Wer?«

»Der *Hund*.«

»Oh. Äh …«

»Ihr habt eurem Hund nicht einmal einen Namen gegeben?«, wollte Charlie wissen.

»Können wir jetzt bitte verschwinden?«, fragte Berg. »Vor der Schießerei?«

Kopfschüttelnd nahm Charlie eine 9mm-Pistole unter dem Küchentisch hervor und schob sie in die Gesäßtasche ihrer Jeans. Sie zog eine leichte Jeansjacke über, um die Pistole darunter zu verbergen, und ging an den beiden Bären vorbei, während sie die ganze Zeit mit der Zunge schnalzte. Ihre Schwestern folgten ihr.

»Gern geschehen«, bemerkte Berg von hinten.

»Ich habe doch noch gar nicht Danke gesagt«, rief sie ihm ins Gedächtnis. »Und wenn du so weitermachst, tue ich das auch nicht.«

Die Frauen verließen die Küche und Berg kratzte sich am Kopf. Dann bemerkte er, dass sein Bruder ihn anstarrte.

»Was?«

»Was zum Teufel hast du uns da bloß eingebrockt?«, fragte Dag.

»Wovon redest du?«

»Es muss doch eine einfachere Möglichkeit geben, an ein Date zu kommen.«

»Darum geht es doch überhaupt nicht. Wir sind nur hilfsbereit.«

»Brauchen sie wirklich Hilfe? Denn sie machen gar nicht den Eindruck.«

»Wenn Smiths herkommen? Natürlich brauchen sie da unsere Hilfe.«

Die Schwestern tauchten plötzlich wieder auf, Charlie allen voran.

»Ein Wagen ist gerade vor dem Haus vorgefahren«, berichtete sie. »Dutch ist weg. Wir müssen ein Auto klauen.«

»Das kann ich übernehmen«, verkündete Max und marschierte an ihrer Schwester vorbei. Berg packte die Schrotflinte, die sie immer noch hielt, und richtete sie schnell zur Decke. Sobald er sicher war, dass niemand versehentlich angeschossen werden würde, fragte er ruhig: »Könntest du etwas weniger Verdächtiges mitnehmen?«

»Oh, natürlich!«, antwortete Max mit einem breiten, freundlichen Lächeln. Sie ließ die Schrotflinte los und trat an den Küchentisch. Dann griff sie darunter und zog eine 45er hervor.

»Ist eine Desert Eagle weniger verdächtig?«

»Als eine Schrotflinte? Ja, klar.«

Berg sah Max weiter an, bis sie die Augen verdrehte und sagte: »Na schön.« Sie ließ die Pistole auf den Tisch fallen und ging zum Schrank unter dem Spülbecken. Dort zog sie ein Band mit mehreren Scheiden daran hervor. In jeder Scheide steckte ein Messer. Stevie hob das T-Shirt ihrer Schwester an und Max band sich die Messer um den Leib. Dann schob sie einige weitere in Scheiden steckende Messer in ihre Jeans und Stevie ließ das T-Shirt fallen.

»Okay«, sagte Max mit einem anmutigen Lächeln. »Lasst uns aufbrechen! Ich muss ein Auto klauen.«

»Wir könnten uns einfach Mrs Fitzbaers Wagen borgen. Eine nette ältere Bärin, die eine Straße weiter wohnt und die Dag und mir ständig erlaubt, sich den Wagen auszuleihen.«

Max' Lächeln verschwand. »Na schön. Aber nur, um es klarzustellen: Ich finde das ausgesprochen langweilig.«

»Tut mir leid.«

»Ist schon gut. Ich wollte es euch nur wissen lassen.«

Max ging zur Hintertür hinaus und ließ die Brüder mit Stevie allein. Sie schenkte ihnen ein kaum merkliches Lächeln.

»Das mit vorhin tut mir leid«, hob sie an. »Aber mein Medikament wirkt jetzt endlich. Ich bin ruhiger. Ich habe die Dosis ein wenig heraufgesetzt, also finde ich euch jetzt nicht mehr annähernd so Furcht einflößend wie früher.«

»Klasse, Stevie.«

Sie räusperte sich. »Aber ... solltet ihr plötzlich beschließen, mich fressen zu müssen, habe ich Bärenspray in meinem Rucksack. Eine eigens von mir entwickelte Mischung, die euch die Augen aus dem Kopf brennen würde.« Sie tätschelte Bergs Arm. »Ich sage nicht, dass ich es benutzen werde. Ich sage nur, dass es da ist. Für den Fall, dass ihr irgendwelche beängstigenden Ideen habt, die mich betreffen. Okay?«

Berg nickte. »Okay.«

»Wunderbar. Sehr gut!« Stevie drehte sich um und eilte hinter ihren Schwestern her. Ihr vollgepackter Rucksack war so schwer und Stevie so schmal, dass es aussah, als müsste sie eigentlich gleich umfallen. Aber sie tat es nicht, denn keine der MacKilligan-Schwestern war wirklich so, wie es den Anschein hatte.

Berg machte sich nicht die Mühe, seinen Bruder anzusehen. Welchen Sinn hätte das gehabt? Er brauchte ihn nicht zu sehen, um ihn deutlich hören zu können.

»Ich erzähle Britta, was für ein Idiot du bist.«

Kapitel 12

Dee-Ann kam die Treppe des großen Hauses herunter und ging in die Küche, wo Malone wartete.

»Sieht so aus, als wären sie weg.«

Malone grinste. »Das hier wird dir gefallen.« Sie kippte abrupt den Küchentisch auf die Seite. In Holstern steckende Pistolen und Messer waren mit Klebeband an der Unterseite befestigt.

»Das sind eine Menge Waffen.«

»Findest du?« Malone lachte. »Diese Mädchen sind genau dein Typ, Smith. Sie haben Waffen im ganzen Haus verteilt.« Sie hob die Hände und zeichnete mit den Zeigefingern einen Kreis in die Luft. »In Küchenschränken, hinter Türen, unter Betten, neben Betten, *in* Betten. Ich versuche noch, dahinterzukommen, woher sie all diesen Scheiß haben.«

»Wir müssen die Mädchen finden.«

Malone hob die Nase, schnupperte, machte den Mund weit auf, zog die Lippen zurück und streckte dann die Zunge heraus. Das hatte sie schon gemacht, als sie die Spuren verfolgt hatten. Sie nannte es Flehmen, aber Dee-Ann betitelte es einfach als eklig. Denn das war es: einfach eklig!

Malone schloss den Mund und schmatzte mit den Lippen. »Hier waren Bären«, verkündete sie.

»Hier sind überall Bären. Das hier ist ein Bärenviertel, du Genie.«

»Ich meine, es waren Bären *hier*, in diesem Raum. Und einer von ihnen war heiß auf eins der Mädchen.«

»Woher weißt du das?«

»Pheromone.« Sie machte wieder dieses schnalzende Geräusch. »Ich kann es schmecken.«

Dee-Ann hob die Hand und erklärte Malone: »Ihr Katzen seid schlicht und einfach eklig.«

Malone durchquerte den Raum und sah aus dem Fenster. »Wenn er sie mag, wird er sie beschützen wollen.«

»Keins dieser Mädchen braucht jemanden, der es beschützt.«

»Aber du weißt doch, wie Typen sind. Vor allem Bären.« Malone sah über ihre Schulter hinweg zu Dee-Ann hinüber. »Es gibt zwei Orte, an die die Bären sie bringen könnten. Aber einen dieser Orte würden sie noch nicht riskieren. Also bleibt der andere übrig.« Sie nickte. »Ja, ich denke, ich weiß, wo sie die Mädchen hingebracht haben.«

Malone gab sich so großspurig, dass Dee-Ann sich die Frage nicht verkneifen konnte: »Wie kommst du darauf, Malone? Fickst du regelmäßig mit einem Bären und denkst, du wüsstest, was alle anderen Bären tun würden?«

Malone dachte einen Moment lang nach, bevor sie antwortete: »Ja. Ja, das denke ich. Und weißt du auch, warum, Air Bud? Weil ich einfach *großartig* bin.« Sie kicherte. »Gott, ich liebe mich. Liebst du mich nicht auch?«

»Nein.«

»Na los«, sagte Berg vom Vordersitz von Mrs Fitzbaers Hummer zu Charlie. »Wir stellen den Wagen ab und kommen gleich nach. Redet mit niemandem und geht nirgendwohin. Bleibt einfach in der Lobby, okay?«

»Okay.«

Charlie öffnete die hintere Tür und stieg aus dem riesigen Wagen. Natürlich hatte sie sofort verstanden, warum die ältere Bärin dieses Ungetüm von einem Auto brauchte, nachdem sie die Frau gesehen hatte. Sie musste über zwei Meter groß sein. Charlie hatte vermutet, dass Mrs Fitzbear eine einsame alte Jungfer wäre, aber nichts da. Sie war eine Witwe, deren Eisbärengatte fast zwei Meter vierzig groß gewesen war. Zusammen hatten sie sechs riesige Kinder bekommen, die überall auf der Welt verteilt lebten und versuchten, gegen die globale Erwärmung zu kämpfen, um die reinblütigen Eisbären zu unterstützen, die auf schmelzenden Eisschollen festsaßen.

Charlie fing langsam an, dieses Gestaltwandler-Leben interessant zu finden. Mit einem Rudel zu leben, das sie kaum bemerkte, Angst vor Max hatte und sich Stevie gegenüber ein wenig panisch verhielt, hatte Charlie nicht wirklich die ganze Gestaltwandler-Welt gezeigt, die da draußen existierte. Das alles war neu für sie.

Mit ihren Schwestern ging sie in die Hauptlobby des Sportzentrums. Kinder mit Basketbällen oder Schlittschuhen drängelten sich an ihnen vorbei, um rasch zu ihrem Training zu kommen. Im Erdgeschoss befanden sich alle möglichen Sportgeschäfte und Restaurants. Die Eisbahn war ebenfalls in diesem Stockwerk, aber die Basketballplätze, die Gymnastikräume und ein paar Büros der Verwaltung lagen in den Stockwerken eins bis siebzehn.

Außerdem befand sich im Gebäude ein modernes Luxusfitnessstudio, dessen Mitgliedsbeiträge bestimmt ein kleines Vermögen kosteten, und ein Haufen Sportärzte und Chirurgen, die wahrscheinlich nur für Olympiasportler und Profispieler arbeiteten.

»Wow«, stieß Stevie hervor und schaute nach oben zur hohen Decke. »Das alles nur für den Sport.«

»Mit Sport lässt sich das große Geld machen«, bemerkte Charlie. »Und das ist es, was man damit kaufen kann.«

»Hier liegt all dieses Geld, aber Wissenschaftler müssen immer noch um Forschungsgelder für die Bekämpfung von Krebs betteln.« Stevie schüttelte mit geschürzten Lippen den Kopf. »Abstoßend.« Jetzt, da sie wieder ihre Medikamente nahm, war Stevie wieder vernünftig, wenn auch ein wenig nervös.

Glücklicherweise ließ Charlie sich nicht so leicht erschrecken. Dafür hatte sie gar keine Zeit, weil sie immer damit beschäftigt war, auf ihre Schwestern aufzupassen oder sie von Dummheiten abzuhalten.

Eine Gruppe lachender Mädchen kam vorbei und aus der Tasche eines dieser Mädchen schauten Rollschuhe hervor.

»Hey, seht mal.« Max zeigte auf das fragliche Mädchen. »Derby-Mädchen.«

»Du willst Roller Derby spielen?«, fragte Charlie überrascht. Max war nicht gerade eine Mannschaftsspielerin.

»Oh Gott, nein. Aber ich schaue liebend gern zu, wenn sie sich gegenseitig windelweich schlagen.« Sie machte Anstalten, den Mädchen zu folgen. »Kommt mit. Lasst uns herausfinden, ob irgendwelche Wettkämpfe anstehen.«

»Wir sollten doch auf die Jungs warten«, rief Stevie ihr ins Gedächtnis.

»Wir sind nur zwei Minuten weg. Kommt schon!«

Sie folgten den Mädchen, die sich schnell und geschickt durch die Menge schoben, bis sie in einem von zwei Security-Typen bewachten Treppenhaus verschwanden.

»Okay, das war's für uns«, erklärte Charlie, griff nach Max' Arm und hielt sie fest.

»Warum?«

»Was immer da drin vor sich geht, ich will es gar nicht wissen.«

Max zog ihren Arm weg. »Sei nicht so eine Spaßbremse.«

»Wie sollen wir an der Security vorbeikommen?«, fragte Stevie.

»Überlass das mir«, sagte Max mit viel mehr Selbstbewusstsein, als ihre Schwestern nachvollziehen konnten. Sie schlenderte zu den beiden Wachposten hinüber und lächelte. »Hey.«

Beide Männer sahen sie ausdruckslos an. Die Nase des einen zuckte. Plötzlich öffnete er die Tür und hielt sie für Max auf.

Max spazierte hindurch und Charlie lief hinter ihr her. Stevie schlüpfte als Dritte durch die Tür.

»Was war das denn?«, fragte Charlie und hielt ihre Schwester erneut am Arm fest.

»Anscheinend kann ich wirklich verführerisch sein.«

Charlie zog ihre Schwester zu sich herum. »Aber Schätzchen, du bist *nicht* wirklich verführerisch.«

»Sie hat recht«, stimmte Stevie zu. »Tatsächlich wirkt es eher bedrohlich, wenn du verführerisch sein willst.«

»Pah, danke«, murmelte Max und schüttelte den Kopf. »Hört mal, sehen wir uns einfach ein wenig um. Es dauert bestimmt ewig, bis die Jungs hier in der Gegend einen Parkplatz finden. Fünf Minuten.«

»Ich finde es beunruhigend, dass die Treppe nach unten führt«, bemerkte Stevie. »Sind wir in einem Leichenschauhaus?«

»Warum sollte sich in einem Sportzentrum ein Leichenschauhaus befinden?«, fragte Charlie.

»Weil Soylent Grün aus Menschenfleisch gemacht wird?«

»Es tut mir *so* leid, dass ich dir erlaubt habe, den Film zu sehen«, seufzte Charlie.

»Kommt, kommt.« Max ging bereits die Treppe hinunter. Charlie und Stevie folgten ihr.

»Machst es dir nicht ein klein wenig Sorgen, dass sie Security an der Tür haben?«, fragte Charlie.

»Warum sollte mir das Sorgen machen? Es waren Gestaltwandler.«

»Waren sie das?«

Max blieb stehen und drehte sich zu ihr um. »Ich dachte, du hättest deine Allergiemedikamente genommen.«

»Habe ich auch. Stevie hat mich mit einem neuen Nasenspray bekannt gemacht, das ihr die deutschen Ärzte geschickt haben. Bisher wirkt es *wirklich* gut.«

»Und trotzdem konntest du nicht riechen …?«

»Ich laufe nicht herum und rieche an Leuten, Max. Manchmal riechen sie schlecht.«

»Du läufst nicht herum und riechst an den Leuten. Es ist einfach … du bist einfach …«

Stevie ging an ihren Schwestern vorbei zu der Tür der nächsten Etage. »Sie schnallt es nicht, Maxie. Ich weiß nicht, warum du so darauf herumreitest.«

»Aber wir sind Gestaltwandler!«

»Würdest du bitte aufhören, so zu schreien?«, blaffte Charlie. »Wir wissen nicht, wer sich hier aufhält.«

»Hey, Leute«, rief Stevie. Sie stand jetzt vor der offenen Tür und betrachtete etwas. »Das hier wollt ihr euch vielleicht mal näher ansehen.«

Charlie ging die Treppe hinunter und blieb hinter Stevie stehen. Sie war größer als ihre Schwester, daher konnte sie über ihren Kopf schauen. Vor ihnen lag eine weitere Lobby wie die im Erdgeschoss. Auch hier gab es Restaurants und Läden und Leute, die für die Sportart ihrer Wahl gekleidet waren.

Aber es gab einen deutlichen Unterschied zwischen dieser Lobby und der in der Etage darüber: Die Energie. Charlie brauchte einen Moment, um zu verstehen, woran das Ganze sie erinnerte, aber dann traf es sie wie ein Blitzschlag: ein Wasserloch in Afrika, an das alle Tiere aus der näheren Umgebung kommen mussten, um zu trinken. Löwen, Gazellen, Giraffen, Wildhunde. Raubtiere und Beutetiere, die sich alle am selben Ort trafen, weil sie keine andere Wahl hatten.

Obwohl hier nur Raubtiere zu sehen waren, hatten viele von ihnen ihre Welpen und Jungen bei sich. Die Mütter hielten ihre Sprösslinge dicht in ihrer Nähe und ließen den Blick schweifen, auf der Suche nach irgendeiner Gefahr, irgendeinem Risiko, bereit, von einem Augenblick auf den anderen anzugreifen. Die Art, wie sie aufpassten, erinnerte Charlie an Ausflüge ins Einkaufszentrum mit ihrer Mutter.

»Das sind alles Gestaltwandler«, sagte Stevie fasziniert und ihr stand der Mund ein bisschen offen. »Alle durch die Bank.«

»Ich habe von solchen Orten gehört«, erklärte Max. »Bin zu einigen eingeladen worden, aber nie hingegangen.«

»Warum nicht?«

Sie zuckte die Achseln. »Kommt mir seltsam vor. Mit einem Haufen Leuten zusammen zu sein, mit denen einen nichts verbindet, außer dass man sich in ein Tier verwandeln kann.«

»Ich verstehe den Reiz«, warf Charlie ein. »Es ist irgendwie so wie damals, als ich mit Grandad auf das Familienfest gegangen bin. Es kann schön sein, auf Leute zu treffen, die auf einer speziellen Ebene mit einem verbunden sind. Auf dem Familienfest war es tröstlich, all diese verschiedenen Braunschattierungen an einem Ort versammelt zu sehen. Keiner von ihnen war ein Gestaltwandler, weil das die Familie meiner Urgroßmutter war. Aber ich fühlte mich trotzdem mit ihnen verbunden.«

»Wenn ich in Chinatown bin«, konstatierte Max ausdruckslos, »fühle ich mich mit niemandem verbunden.«

»Ach, Schätzchen.« Charlie legte Max einen Arm um die Schultern. »Das liegt daran, dass du bist wie du bist.«

»Entschuldigung«, erklang eine leise Stimme hinter ihnen.

Charlie und Max lösten sich voneinander und drei sehr große, breite Männer gingen vorbei. Einer von ihnen lächelte Charlie zu. »Hey, meine Schöne.«

»Hi«, antwortete sie, außerstande, sich ein überraschtes Kichern zu verkneifen.

Max verdrehte die Augen. »Oh mein Gott. Wirklich?«

»Kannst du mir das nicht lassen? Kannst du mich nicht einfach den Augenblick genießen lassen, wenn ein süßer Typ mich bemerkt?«

»Du wirst ständig von süßen Typen bemerkt.«

»Nein. Mich bemerken eher klein geratene Typen. Und Typen, die auf große Titten stehen. Keiner von ihnen sieht mir je in die Augen oder nennt mich schön. Der da hat es getan.«

»Er ist zwei Meter zehn groß. Du könntest ihm einen Blowjob geben, ohne dich hinzuknien.«

»Die Sache ist die«, schaltete Stevie sich ein, »dass du bereits einen großen Mann hast, der dich schön findet.« Dann lächelte sie. Eigenartig.

Charlie sah ihre kleine Schwester an. »Wovon redest du?«

»Du weißt schon.« Stevie klimperte mit den Wimpern, was ebenfalls eigenartig war.

»Schätzchen, Koketterie liegt dir nicht, also lass das bleiben.«

»Kommt mit.« Max ging um sie herum und durch die Tür. »Sehen wir uns das mal näher an.«

»Wir müssen uns mit Berg und Dag treffen«, rief Charlie ihr ins Gedächtnis.

»Fünf Minuten.«

»Nein. Lass uns einfach wieder nach oben gehen und …«

»Da drüben ist ein Starbucks.«

»Oh.« Charlie ging durch die Tür. »Kaffee.«

Max schob Charlie zu der sehr großen Starbucks-Filiale. »Geh uns Kaffee holen und bring uns irgendetwas mit Honig mit.«

»Für mich mit Zimt«, korrigierte Stevie sie.

Als Charlie begriff, dass sie ihre Schwestern hier nicht so bald wegbekommen würde, betrat sie das Starbucks und stellte sich in die Schlange. Sie konnte sich genauso gut eine Tasse Kaffee besorgen, um ihre Nerven zu beruhigen, bevor sie sich auf die Suche nach Berg und Dag machte. Sie wollte nicht, dass die beiden Brüder sich sorgten.

Irgendwie konnte sie gar nicht glauben, wie umwerfend die Dunns waren. Sie rissen sich ständig ein Bein aus, um ihr und ihren Schwestern zu helfen. Wie sollte sie ihnen das je wieder vergelten? Wie sollte sie es Berg je wieder vergelten? Sie hatte noch nie einen Mann wie ihn kennengelernt. Er war einfach so … nett! Das gefiel ihr sehr. Es gefiel ihr, wie nett und verantwortungsbewusst er war. Nur ihr Großvater war je so verantwortungsbewusst gewesen, aber auch grantig. Manchmal sogar sehr grantig. Berg dagegen war gar nicht grantig. Er war einfach ein wirklich netter Kerl, der zufällig außerdem *wirklich* heiß war.

Charlie rieb sich die Stirn. Sie musste aufhören, auf diese Weise an Berg zu denken. Er verdiente etwas Besseres als MacKilligan-Wahnsinn in seinem Leben. Er war zu nett für sie. Was würde sie mit einem netten Mann tun, außer ihm das Leben zu ruinieren?

Die Schlange hinter ihr wurde länger, während sie selbst vorrückte, und sie brauchte nicht lange, um mitzukriegen, dass die Frau hinter ihr sie beschnupperte.

Charlie, der das kein bisschen gefiel, schaute über ihre Schulter und fragte: »Kann ich Ihnen irgendwie helfen?«

Die Frau war schwarz, lang und schlank und sie trug ein Designerkleid, das einfach perfekt an ihr aussah. Sie war wunderschön, aber Charlie fand ihre hellen goldenen Augen beunruhigend. Vor allem die Art, wie sie Charlie damit musterte. Als die Nasenflügel der Frau bebten und sie sich vorbeugte, um noch einmal zu schnuppern, weckte das in Charlie den Wunsch, sie ordentlich zu vermöbeln.

»Sie bluten«, sagte die Frau schließlich.

»Ich habe meine Periode«, log Charlie in der Hoffnung, dass es das Gespräch beenden würde. Tat es nicht.

»Das würde ich Ihnen glauben, wenn ich nicht auch Schießpulver riechen würde. Wann sind Sie angeschossen worden?«

Charlie schaute sich um, aber niemand schien ihrem Gespräch große Beachtung zu schenken.

»Machen Sie sich darum keine Sorgen«, beharrte sie. »Ich habe das im Griff.«

»Das bezweifle ich.« Die Frau fasste sie plötzlich am Oberarm und es kostete Charlie alles, was sie hatte, nicht ihre Pistole zu ziehen und der anderen Frau direkt in den Kopf zu schießen. »Kommen Sie mit.«

»Hören Sie, Lady …«

»Ich bin Ärztin. Wir haben die Wunde in wenigen Minuten gesäubert und verbunden und Sie bekommen kein Fieber.«

»Ich bekomme kein Fieber.« Charlie wusste über das Fieber Bescheid. Sie hatte davon gehört, als sie zum Rudel gekommen war. Das Fieber, durch das Gestaltwandler sich in ungefähr vierundzwanzig Stunden selbst heilten. Ein Fieber, das Charlie und ihre Schwestern nicht bekamen. Stattdessen heilten ihre Wunden auf ihre eigene einzigartige, individuelle Art und Weise. Eine Art und Weise, die sie nicht mit dieser schönen, schlanken Frau diskutieren wollte, die sie verunsicherte, was ihr eigenes Aussehen betraf.

»Natürlich nicht.« Die Frau zog an ihr und zähneknirschend ließ Charlie sich von der Fremden aus der Schlange herausholen. Was war bloß mit dieser Frau los? Wenn das hier unter Vollmenschen passiert wäre, hätte Charlie das ganz einfach geregelt, wie sie auch alles andere regelte. Schnell. Brutal. Ohne Reue. Aber hier würde sie das nicht tun. Die andere Gestaltwandlerin ließ sich nicht so leicht abwimmeln. Diese Frau konnte Charlie nicht mit einem stummen Blick oder einem leisen Knurren erschrecken. Bis zu diesem Moment war Charlie gar nicht klar gewesen, wie frustrierend das war.

Während die Frau sie durch die überfüllte Lobby zu ein paar Aufzügen führte, schaute Charlie sich um, in der Hoffnung, ihre Schwestern zu entdecken, aber Fehlanzeige. Sie waren weggegangen, genau wie Charlie es von ihnen erwartet hatte. Wie zwei Bärenjunge, die ohne ihre Bärenmama auf Erkundungszug gingen. Sie erwartete nichts anderes von Max, aber sie vergaß häufig Stevies Problem mit größeren Menschenansammlungen … weil die nämlich gar kein Problem damit hatte. Ihre Angststörung trat nur dann hervor, wenn sie sich gefangen und allein fühlte. Doch in einer größeren Menge fühlte Stevie sich nie allein. Da konnte sie ja um Hilfe rufen und irgendjemand würde kommen. Deshalb war es ihr möglich, vor großem Publikum zu spielen, ein ganzes Orchester zu dirigieren und im Frühling durch Paris zu schlendern, während sie die Schönheit und die Gefahr der Stadt um sich herum ignorierte.

Einmal waren Charlie und ihre Schwestern bei einer Friedensdemonstration in England voneinander getrennt worden, als plötzlich Gewalt ausbrach. Als die drei Schwestern sich wiederfanden, hatte Max ein zerkratztes Gesicht und geschwollene Knöchel gehabt und Charlie einen Bluterguss am Hals und gebrochene Rippen. Stevie hingegen hatte mit einem Haufen Hippies »Give Peace a Chance« gesungen. Unangetastet. Unverletzt. Mopsfidel.

Aber sah Stevie einen einzelnen Bär im Garten, saß sie sofort in einem Baum, schrie und bekam keine Luft. Seltsam.

Charlie und die Fremde stiegen in den Aufzug und fuhren einige Stockwerke hinunter. Die Frau hielt Charlie noch immer am Arm, während sie auf ihrem Handy in der freien Hand ihre E-Mails las.

»Hören Sie«, versuchte Charlie es noch einmal, »ich weiß zu schätzen …«

»Nein.«

»Nein was?«

»Einfach nein«, sagte die Frau und schaute nicht einmal von ihrem Handy auf. »Was immer Sie mir an Bullshit erzählen wollen. Nein.«

Die Türen öffneten sich und sie waren wieder in Bewegung. Die Frau wurde jetzt von verschiedenen Leuten gegrüßt.

»Hey, Doc.«

»Sie sehen gut aus, Doc.«

»Heiraten Sie mich!«

»Ich bin dann gegen zwei da, Doc. Mein Bein spielt wieder verrückt.«

Die Frau nickte und lächelte, während Gestaltwandler verschiedenster Größen sie begrüßten, aber sie blieb nicht stehen und ließ Charlies Arm auch nicht los.

Nun, zumindest war sie wirklich Ärztin. Jedenfalls irgendeine Art von Ärztin.

Die Frau zerrte Charlie in eine sehr belebte medizinische Einrichtung, die gerammelt voll mit Gestaltwandlern war.

»Hey, Doc«, sagte die Dame an der Anmeldung. »Ihr Ein-Uhr-Termin ist da.«

»Bitten Sie ihn zu warten, ja, Sal? Ich habe einen Notfall.«

»Ja, aber …«

Die Ärztin wartete nicht ab, was die Sprechstundenhilfe zu sagen hatte. Sie führte Charlie einfach in einen Raum mit einem Untersuchungstisch.

Dann ging sie kurz weg und kam ein oder zwei Minuten später in einem Arztkittel zurück. Ein Stethoskop steckte in ihrer Tasche und sie hatte eine leere Patientenakte in der Hand. Eine Schwester folgte ihr.

»Okay, Schätzchen«, sagte die Ärztin, klappte die Patientenakte auf und fing an, Eintragungen vorzunehmen. »Erledigen wir diesen Kram und dann schauen wir mal, womit wir es zu tun haben.«

»Ich kann mir medizinische Versorgung wirklich nicht leisten« – zumindest nicht hier – »also, kann ich einfach …«

»Wenn Sie sich von dieser Stelle wegbewegen, lasse ich Sie von Schwester Konami in den Schwitzkasten nehmen, bis Ihnen die Augen bluten.«

Charlie schaute zu der Schwester hinüber. Sie war keine besonders große oder muskulöse Frau. Nicht allzu bedrohlich.

»Hm«, sagte die Ärztin, die Charlie immer noch nicht ansah. »Schwester Konami mag ein Vollmensch sein, aber sie ist mit einem asiatischen Schwarzbären verheiratet und sie hat es jeden Tag, den ganzen Tag, mit Football- und Eishockeyspielern zu tun. Männer und Frauen, die zwei oder dreimal so groß sind wie Sie, haben Angst vor ihr, und das aus gutem Grund. Also, wenn ich an Ihrer Stelle wäre, würde ich mich ausziehen, einen Kittel überstreifen und die Klappe halten.«

Charlie wusste, dass sie sich ihren Weg hier heraus erkämpfen konnte. Immerhin war sie bewaffnet. Aber Berg hatte sie hergebracht. Er musste irgendeine Verbindung zu dem Ort haben und sie hatte nicht vor, ihn in Verlegenheit zu bringen.

Also würde sie sich, auch wenn es ihr gegen den Strich ging, fügen – für den überaus netten Bären, der ihr und ihren Schwestern half.

Sie zog ihre leichte Jacke, ihr T-Shirt und ihren BH aus und saß da. Weigerte sich, in den Kittel zu schlüpfen. Teilweise, weil sie diese Dinger hasste, aber auch, weil sie damit beschäftigt war, ihre Pistole unter ihre Jacke zu schieben, damit die beiden Frauen sie nicht sahen.

»Ich bin übrigens Doktor Davis. Lassen Sie mich das mal ansehen.« Die Frau schaute endlich von ihrem Papierkram auf und hielt inne, als sie bemerkte, dass Charlie mit freiem Oberkörper dasaß. »Also, schüchtern sind Sie nicht«, vermutete sie.

»Nein.«

»Wunderbar.«

Sie kam zu ihr und zog vorsichtig die Gaze herunter, die Charlie in und um die Wunden auf ihrem Rücken gestopft hatte.

»Oh«, hörte sie die Ärztin sagen und Charlie schaute über ihre Schulter.

Die Miene der Ärztin veränderte sich ein wenig. Sie zog besorgt und verwirrt die Augenbrauen hoch. Sie wäre scheinbar gerne einen Schritt zurückgetreten und Charlie machte ihr daraus keinen Vorwurf.

»Sie brauchen wirklich nichts zu tun«, erklärte Charlie, während die Ärztin ihre Wunde anstarrte – oder vielmehr angaffte. »Es heilt schon von allein.«

»Mein liebes Mädchen, *das da* heilt nicht von allein.«

»Oh doch, das wird es. Sie müssen nur ein wenig warten. Die Verletzung befindet sich in den letzten Stadien.«

»Den letzten Stadien vor Ihrem Tod?«

Das entlockte Charlie ein Kichern. »Als wäre mein Leben so einfach zu beenden.« Sie sah sich im Raum um. »Haben Sie eine Zeitschrift, die wir uns ansehen können, während wir warten?«

Max stülpte Stevie eine Baseballkappe auf den Kopf und trat zurück.

»Perfekt.«

Nicht wirklich. Die Mütze war viel zu groß – sie hatte anscheinend Bärengröße – und bedeckte zur Hälfte Stevies Gesicht. Auf die Mütze waren die Worte »The Carnivores« gestickt. Max erschien es reichlich grob, alle einfach so wissen zu lassen, dass sie Fleisch verzehrende Raubtiere waren.

Es stimmte zwar, dass Max bereits öfter mit Gestaltwandlern außerhalb des Rudels zu tun gehabt hatte als Charlie oder Stevie, aber das waren Dutch und seine Familie und ihre wenigen Freunde gewesen. Vielfraße. Wie die Honigdachse waren die Vielfraße nicht so stark in die »Gestaltwandler-Nation«, wie sie es nannten, integriert. Sie zogen die Gesellschaft von Vollmenschen vor, oder besser noch, überhaupt keine Gesellschaft. Vielfraße konnten ziemlich introvertiert sein. Nicht unangenehm und selten unhöflich, aber introvertiert.

Also war es ungewohnt für Max, so viele Gestaltwandler an einem Ort herumhängen zu sehen, die sich ziemlich gut verstanden. Aber es war auch interessant.

»Ich kann nichts sehen«, beschwerte Stevie sich.

»Aber du siehst entzückend aus.« Max machte ein Foto mit ihrem Handy und simste es Charlie, Sekunden bevor Stevie sich die Mütze vom Kopf riss.

Lachend zeigte Max Stevie das Foto. »Entzückend.«

»Wirst du es jemals leid, dich über mich lustig zu machen?«

»Nein.«

»Ich begebe mich jetzt auf die Suche nach einer Buchhandlung.«

»Warum?«

Stevie tätschelte ihrer Schwester die Schulter. »Du machst mich traurig. Tu mir einen Gefallen und behalte Charlie im Auge. Sie flippt aus, wenn wir verloren gehen.«

»Ich weiß, ich weiß.«

Max schlenderte durch das Sportgeschäft und fand ein paar Shirts und Mützen, die sie sich kaufen wollte. Dann merkte sie, dass jetzt schon eine ganz schön lange Zeit verstrichen war, und sie hielt es für das Beste, nach Charlie zu suchen, bevor diese nach ihr und Stevie suchen musste. Die Angst ihrer großen Schwester würde durch die Decke gehen, wenn sie sie nicht finden konnte. Max wollte nicht für das Magengeschwür verantwortlich sein, das Charlie bestimmt bekommen würde, wenn sie nicht ein wenig lockerer wurde.

Max ging zu der Stelle zurück, wo sie ihre Schwester das letzte Mal gesehen hatte. Sie stand vor der Starbucks-Filiale, stellte sich auf die Zehenspitzen und versuchte, über die Köpfe hinweg in das offene Café zu blicken. So viele groß gewachsene Leute.

Als sie ihre Schwester nicht entdecken konnte, runzelte Max die Stirn und beschloss, hineinzugehen, um sich genauer umzuschauen. Aber gerade als sie sich in Bewegung setzte, hörte sie, dass jemand »*Livy!*« schrie. Dann landete etwas auf ihrem Rücken.

Ohne nachzudenken, nur einem Instinkt folgend, der ihr seit dem Tod ihrer Adoptivmutter eingehämmert worden war, griff Max hinter sich, packte, wer immer sie gepackt hatte, riss die Person hoch und ließ sie vor sich auf den Boden krachen.

Sie rammte den Fuß vor eine Brust, um ihre Beute auf dem Boden zu fixieren, dann zog sie ein Messer aus einer Scheide hinten in ihrer Jeans. Sie hob die Klinge über den Kopf und war im Begriff, sich auf die Beute fallen zu lassen, um sie festzuheften. Aber eine Hand packte ihren Unterarm, ließ das Messer mitten im Angriff erstarren und riss Max zurück.

Der Griff um ihren Unterarm war fest. So fest, dass Max wusste, dass sie ihn nicht abschütteln konnte. Also drehte sie sich um, woraufhin ihre Schulter ausgekugelt wurde. Sie ignorierte den Schmerz und ließ die Krallen ihrer freien Hand ausfahren, um sie tief in die Seite ihres Angreifers zu graben.

Sie hörte ein schmerzvolles Ächzen und schaute endlich nach oben – heilige Scheiße, weit nach oben! –, bis sie in leuchtend blaue Augen blickte, die von weißem Haar umrahmt waren.

Max fauchte und fuhr die Reißzähne aus. Daraufhin fuhr der Mann seine Zähne aus. Und während die beiden Eckzähne weiterwuchsen, bis sie über sein kantiges Kinn hinausragten wie zwei Stoßzähne, beschloss Max, nicht mehr mitzumachen. Sie würde auf diesen Gestaltwandler-Scheiß mit dem »Reißzahn um Reißzahn, Kralle um Kralle«-Ehrenkodex, von dem Dutch ihr ständig erzählte, pfeifen.

Max riss die Krallen heraus. Blut schoss aus der Seite des Männchens und bespritzte mehrere Zuschauer. Sie wirbelte wieder herum und der Schmerz in ihrer Schulter ließ sie fast ohnmächtig werden. Aber sie biss die Zähne zusammen und als sie sich wieder dem Mann zuwandte, unterzog sie ihn einer schnellen Musterung, bevor sie ihm vor die Brust trat. Schockiert von der Wucht des Angriffs ließ er sie endlich los. Max taumelte. Sie fiel hin, machte eine Rolle und stand. Inzwischen hatte sie Messer in beiden Händen. Mit ihrer verletzten Schulter konnte sie sich nicht besonders gut bewegen, aber sie konnte ihm immer noch die Augen ausstechen und die Kehle aufschlitzen, bevor der Schmerz so schlimm wurde, dass sie sich wünschen würde, irgendjemand würde sie endlich töten.

Sie ließ den Nacken knacken und sprang vor, aber zwei entzückende Buchstützen-Bären schlitterten vor sie. Beide streckten mit vor Panik geweiteten Augen ihre kräftigen Arme aus.

»Nein, Max!«, sagte Berg. »Tu das nicht.«

Max kniff die Augen zusammen. Nicht weil sie etwas plante, sondern weil ihre Schulter sie schier umbrachte. Aber die beiden Bären interpretierten es falsch.

»Das darfst du nicht tun«, flehte Berg. »Bitte, geh einfach weg.«

»Max?«

Max löste den Blick von den beiden Bären und sah ihre Cousine ein paar Schritte entfernt stehen.

»Was zum Teufel machst du da?« Livy kam näher und stieß die beiden Bären aus dem Weg. »Fängst du schon wieder irgendeine Scheiße an?« Sie knurrte, bevor sie brüllte: *»Schon wieder?«*

»Das war ich nicht! Es war …« Max wollte auf den Mann zeigen, der hinter den Bären stand und aus der Seite blutete. Er hatte ihre Schulter verletzt, aber eigentlich hatte er gar nichts angefangen.

Max schaute über die Menge hinweg und zeigte schließlich auf eine schwarze Frau mit Rollschuhen. »*Sie* war's.«

Livy drehte sich um und Max sah, dass ihre Cousine von Kopf bis Fuß erstarrte. »Was hat sie gemacht?«

»Sie hat mich von hinten umarmt.«

Livy stemmte die Hände in die Hüften. »Ich dachte, wir hätten darüber gesprochen, Blayne.«

»Okay, das sieht jetzt schlecht für mich aus«, entgegnete die Frau namens Blayne, fuhr auf ihren Rollschuhen zu ihnen und richtete ihren Blick auf Livy. »Aber ich dachte, das wärst du.«

Max trat neben ihre Cousine. »Ist das eine Entschuldigung? Dass wir alle gleich aussehen?«

»Was?« Blaynes Augen weiteten sich vor Entsetzen. »Nein! Natürlich nicht!«

»Wirklich, Blayne?«, fragte Livy. »Denn es klingt so, als wolltest du sagen, dass wir alle gleich aussehen.«

Natürlich waren Livy und Max Cousinen und Blayne hatte Max ja auch nicht von vorne gesehen. Sie hatte sich einfach an der Statur und dem kurzen Haar orientiert. Aber das spielte keine Rolle, denn diese Braut ließ sich einfach zu leicht verarschen. Himmel! Max könnte das den ganzen Tag tun!

»Weil wir *Asiatinnen* sind?«, fragte Max.

»Natürlich nicht! Ich meine, mein Ma…«

»Was?«, drängte Max sie. »Wollen Sie mir jetzt sagen, dass einige ihrer besten Freunde Asiaten sind?«

»Nein, nein. Ich habe nur … nur …« Ihre braunen Augen verengten sich. »Ihr beide verarscht mich, nicht wahr?«

Max lachte. Sie konnte nicht anders. Wer war diese kleine Spinnerin?

Der große Mann, der sich zwischen Max' Messer und Blaynes Brustbein geschoben hatte, stellte sich neben Blayne und funkelte auf Max herunter.

»Das ist mein *Mann*«, bemerkte Blayne. »Sag du es ihnen, Schätzchen.«

Max wusste, dass sie einen anderen Halbasiaten vor sich hatte, daher erwartete sie ein »Ich muss mit dir reden«, wie Charlie ihre Vorträge gern nannte. Um ehrlich zu sein, angesichts der Größe des Mannes und des Blutes, das von seiner Seite auf den Boden tropfte, hätte sie ein »Ich muss mit dir reden« wesentlich eher begrüßt als ein »Ich muss dich schlagen«.

Immer noch zornig funkelnd fragte Blaynes Mann: »Können Sie Eislaufen?«

»Ja«, stimmte Blayne ein. »Können Sie …?« Sie drehte sich zu ihrem Mann um. »Kann sie *Eislaufen*?«

»Wir brauchen einen neuen Enforcer. Und sie ist gemein.«

Max grinste. »Ich bin wirklich gemein!«

»Ich glaube, sie ist eine Serienmörderin«, fügte Livy aus keinem erkennbaren Grund hinzu. »Seht euch dieses Lächeln an«, sagte sie ohne Umschweife und zeigte auf Max. »Dieses kranke, beunruhigende Lächeln.«

Max legte den Kopf schräg und tippte Livy auf den Ellbogen. »Herzlichen Dank, Cousine«, sagte sie mit so viel Liebreiz, wie sie zustande brachte.

Stirnrunzelnd trat Livy einen Schritt von ihr weg. »Seht ihr, was ich meine?«

»Sie wollte mich umbringen«, bemerkte Blayne korrekterweise zu ihrem Mann.

»Da wäre sie nicht die Erste.«

»Wo ist deine Schwester?«, fragte Berg Max.

»Welche?«

»Spiel keine Wortspielchen mit mir.«

»Entschuldige mal, Britta«, unterbrach Blaynes Ehemann und funkelte Berg an. »Ich versuche hier, ein Gespräch zu führen.«

Berg schloss kurz die Augen und schüttelte knapp den Kopf, während Dag kaum merklich lächelte und den Blick abwandte.

»Ich bin *nicht* Britta, du Cro-Magnon. Ich bin Berg. Das ist Dag.«

»Gibt es da wirklich einen Unterschied?«

»Ja«, beteuerte Berg. »Ja, den gibt es.«

Der Mann zuckte die Achseln. »Ich sehe ihn nicht.«

Berg presste frustriert die Lippen zusammen und Max fragte sich, wie oft er dieses Gespräch mit dem Stoßzahntypen schon geführt hatte. Offensichtlich mehr als einmal.

»Lass uns deine Schwestern holen und gehen«, sagte Berg schließlich und wandte sich wieder vollends Max zu.

Max zuckte die Achseln. »Ich habe keine Ahnung, wo sie sind. Geh du sie doch suchen.«

»Max …«

»Ja, genau«, schaltete Blaynes Mann sich ein. »Geh sie suchen.« Er griff nach Max' Handgelenk. »Sie ist dann auf der Übungsbahn.«

»Ich glaub es nicht!« Blayne schrie beinahe. »Sie hat versucht, mich umzubringen, und jetzt willst du sie als Enforcer testen?« Ihre großen Augen füllten sich mit Tränen. »Ich bin die Mutter deiner Kinder!«

Er drehte sich ihr zu, ließ Max aber immer noch nicht los. »Ich verstehe den Zusammenhang nicht.«

»Ich sollte dir wichtiger sein als Eishockey.«

Er schaute weg und stieß den Atem aus. »Das solltest du …«

Blayne stampfte mit ihrem in einem Rollschuh steckenden Fuß auf, bevor sie davonfuhr, eine Gruppe von Derby-Mädchen im Schlepptau.

Der Riese funkelte auf Max hinab, aber jetzt sah sie den Anflug eines Lächelns um seine Augen und Mundwinkel. »Dafür werde ich später zahlen müssen.«

Berg sah zu, wie Max Bo Novikov, dem »Plünderer«, folgte.

»Weiß er wirklich nicht, dass wir nicht Britta sind?«, fragte Dag ihn schon wieder.

»Wenn es nicht gerade um Hockey geht oder um diese eine Frau, die ihn erträgt, glaube ich, dass er gar nichts mitkriegt.«

Livy tippte Berg auf den Arm. »Also, wo haben meine Cousine und ihre Schwestern euch beide mit hineingezogen? Seid ihr in Gefahr? Habt ihr Geld verloren? Werdet ihr von fremden Mächten verfolgt?«

Berg runzelte die Stirn. »Wovon redest du?«

»Hör mal, als jemand, den ich nicht unbedingt vom Antlitz des Planeten weggewischt sehen will …«

»Ah, danke, Livy.«

Berg starrte seinen Bruder an. »Was ist los mit dir?«

»… sei vorsichtig, dass du dich nicht zu sehr mit den MacKilligan-Schwestern einlässt.«

»Warum?«

»Nun, meiner Mutter und meinen Tanten zufolge sind sie verflucht.«

»Verflucht«, wiederholte Berg. »Aha.«

»Von Geistern.«

Berg kratzte sich an der Stirn und nahm sich einen kurzen Moment Zeit, bevor er Livy fragte: »Du glaubst, dass sie von Geistern verflucht wurden?«

»Nein. Ich glaube nicht an Geister.«

»Also denkst du, sie seien nur ganz allgemein verflucht.«

»Ja. Ich denke definitiv, dass sie verflucht sind. Aber es ist die Schuld ihres Vaters. Ich glaube, er hat eine Hexe gegen sich aufgebracht oder so etwas.«

»Du glaubst nicht an Geister, aber du glaubst an Hexen?«

»Hexen gibt es wirklich.«

Berg nickte. »Okay. Ich gehe jetzt.«

Er ging und Dag folgte ihm.

»Wenn ich an deiner Stelle wäre«, rief Livy, »würde ich die kleine Schwester suchen, bevor ich nach der großen Ausschau halte. Wenn du die Kleine nicht bei dir hast, wird die Große höllisch ausflippen.«

Berg blieb stehen und stieß einen Seufzer aus.

»Livy hat recht, nicht wahr?«, fragte Dag.

»Ja.«

»Aber Stevie könnte hier überall sein.«

»Nun … lass uns versuchen, wie sie zu denken.«

Dag verschränkte die Arme vor der Brust und sagte allen Ernstes: »Also, wohin würde ein ehemaliges Wunderkind und Genie mit einer extremen Angststörung, das von allen möglichen Leuten gejagt wird, gehen, wenn es sich in einem Sportzentrum voller Gestaltwandler befindet?«

Berg kratzte sich erneut am Kopf. Zuerst mit einer Hand, dann mit der anderen. Bis er das Gesicht schließlich in beiden Händen vergrub und einen sehr lauten, sehr gequälten Seufzer ausstieß.

Es gab einen Schlemmermarkt! Und eine schockierend große und gut ausgestattete Buchhandlung! Sie fand sogar einen ganzen Laden, der ausschließlich dem Honig gewidmet war! Honig!

Dort hatte sie sich hineinbegeben, obwohl die große Grizzlybärin hinter dem Ladentisch einfach nicht aufhörte, sie böse anzufunkeln. Stevie war ein wenig in Panik geraten, aber sie hatte die Regung heruntergeschluckt und eine große Bestellung für ihre Schwestern aufgegeben, die zu ihnen nach Hause geschickt werden sollte – sie selbst war tatsächlich kein Fan von Honig. Zu süß für ihren Geschmack. Sobald sie die Bestellung aufgegeben hatte, war an die Stelle des Ärgers in den Augen der Bärin ein Strahlen getreten. Plötzlich wollte sie Stevie nur zu gern helfen, auch wenn sie nicht wusste, was zur Hölle Stevie war. Sie schnupperte immer wieder. Während Stevie eine große Auslage von schokoladenüberzogenen Honigwaben betrachtete – Max liebte Honigwaben –, spürte sie plötzlich, dass die Bärin direkt hinter ihr stand. Und Stevie war sich fast sicher, dass sie an ihrem Nacken schnupperte.

Glücklicherweise wirkten ihre Medikamente gut und Stevie konnte nach Jahren von Gruppen- und Einzeltherapie die aufkommende Panik herunterschlucken, bis die Bärin wieder von ihr abrückte.

Nachdem sie den Laden verlassen hatte, kaufte Stevie sich eine große Portion sehr knuspriger Pommes frites, eine große Flasche Wasser und bat um ein extra Päckchen Ketchup. Dann suchte sie sich eine Bank mitten in einem Bereich, in dem besonders viel los war und wo sie bequem die Leute beobachten konnte.

Alle gingen irgendwohin oder kamen von irgendwoher und beachteten sie überhaupt nicht. Stevie liebte es.

Das Hin und Her der Leute, das An- und Abschwellen ihrer Stimmen und die Geräusche vom nahen Schlemmermarkt ließen sie an Musik denken und das, was sie mit diesen Geräuschen tun könnte. Sie konnte sich mühelos ausgebildete Tänzer vorstellen, die sich zu dem bewegten, was sie im Geiste hörte.

Sie lächelte kaum merklich. Es war Jahre her, seit sie die Zeit, die Energie und die emotionale Kraft gehabt hatte, sich zu gestatten, an ihre eigene Musik zu denken und ihre oft gestresste Psyche dem Gefühl und der Kunst hinzugeben.

Bis auf den heutigen Tag bekam sie E-Mails von Fans. Ihr Werk wurde noch immer an Musikhochschulen und in den Musikkursen angesehener Universitäten diskutiert. Einige Klassikorchester bemühten sich immer noch darum, ihre geliebten, aber überaus komplizierten Symphonien vor ausverkauften Häusern zu spielen. Früher war sie diejenige gewesen, die diese Orchester dirigiert hatte, obwohl sie erst sieben gewesen war und ein speziell angefertigtes

Podest gebraucht hatte, um das Orchester und das Publikum sehen zu können und selbst gesehen zu werden. Sie war zehn gewesen, als sie dem Ganzen den Rücken zugekehrt hatte. Damals war sie gegen eine kreative und emotionale Mauer geprallt und hatte – wortwörtlich – an ihren frisch gebildeten Krallen an der Decke gehangen, außerstande zu atmen, außerstande zu denken, außerstande, irgendetwas anderes zu tun als zu weinen und zu hyperventilieren, bis man ihr Medikamente gegeben hatte.

Doch Medikamente waren für Stevie nie die einfache Lösung gewesen. Das lag zum einen daran, dass sie eine Gestaltwandlerin war. Die körperlichen Prozesse von Gestaltwandlern liefen sehr schnell ab, wodurch sie sich auch ohne Medikamente sehr schnell erholten. Das war toll, wenn man ein körperliches Gebrechen hatte, aber ein echtes Problem, wenn man unter psychischen Störungen litt. Man füge hinzu, dass Stevie auch noch zur Hälfte Honigdachs war. Honigdachse absorbierten Medikamente und Gifte sehr schnell und pinkelten sie dann wieder aus. Die sechzehnjährige Max hatte einmal mit Gift von der Schwarzen Mamba versetzten Wodka probiert. Sie hatte einen ganzen Tag im Koma gelegen, bevor sie hungrig und lächelnd jäh aus dem Schlaf hochgeschreckt war. Zumindest hatte sie so lange gelächelt, bis eine maßlos zornige Charlie Max ins Gesicht schlug, ihrer Schwester Nase und Jochbein brach und schrie: »Tu so etwas gottverdammt Bescheuertes nie wieder!«

Obwohl Stevie und Charlie mit den, wie Charlie es nennen wollte, »verkorksten Genen unseres Dads« nur zur Hälfte Dachse waren, mussten sie trotzdem mit ihren Medikamenten anders umgehen als fast alle anderen auf der Welt. Daher hatten Stevie und ihr Team von Psychiatern, Therapeuten und deutschen Ärzten Jahre gebraucht, bis sie die richtige Kombination aus Gesprächstherapie und Medikamenten für Stevie gefunden hatten. In dieser Zeit war sie vor ihrer steilen Musikkarriere nicht nur weggelaufen, sie war weggerannt. Schreiend.

Die meisten Wunderkinder, denen die heranwachsende Stevie begegnet war, hatten Eltern, die ihnen *niemals* erlaubt hätten, eine beachtliche internationale Karriere aufzugeben. Vor allem wenn man das Geld bedachte, das diese Kinder verdienten. Stevies Mutter hingegen hatte ihre Tochter aus Stevie immer noch unbekannten Gründen bei Charlies Mom abgeladen. Als Charlies Mom getötet worden war und die drei Mädchen zum Rudel nach Wisconsin gezogen waren, hatte das Rudel es Charlies Großvater überlassen, Entscheidungen zu treffen, die Max und Stevie betrafen. Später war Charlie dann für sich selbst verantwortlich gewesen.

Als Stevie gesagt hatte, sie wolle keine Musik mehr komponieren oder selbst praktizieren oder auch nur darüber nachdenken, hatte Charlie nur gefragt: »Was willst du denn dann tun? Denn irgendetwas musst du tun, das wissen wir beide.«

Wie immer hatte Charlie recht gehabt. Wenn Stevie ihren Kopf nicht beschäftigte, liefen die Dinge für alle ziemlich schlecht. Also konzentrierte Stevie sich auf Physik und Mathematik. Sie mochte Gleichungen und Naturwissenschaften und darin hatte sie immer ein gewisses Maß an Musik gefunden. An Kunst. Es stellte sich heraus, dass sie auch auf diesem Gebiet ein Wunderkind war, was bedeutete, dass andere für die finanziellen Mittel ihrer Forschung aufkamen. Das war wichtig, da ihr Vater alles, was von ihrer musikalischen Karriere noch übrig geblieben war, finanziell ruiniert hatte. Universitäten, Laboratorien und einige reiche Leute spielten gern den Gönner eines Kindes, das bereits mit elf die Highschool abgeschlossen hatte.

Die Sache war nur die, dass Stevies Leben jetzt nicht direkt toll war. Sie und ihre Schwestern wurden gejagt. Weshalb also fühlte Stevie sich wohl dabei, Musik in ihr Leben zurückzuholen? Weshalb fühlte sie sich ruhiger als seit sehr langer Zeit? Es konnte daran liegen, dass sie vor ein paar Stunden ihre Tiergestalt angenommen hatte. Das tat sie, wenig überraschend, nicht allzu oft. Irgendwie machte sie allen schreckliche Angst, wenn sie sich in einen riesigen Honigdachs mit Tigerstreifen verwandelte, einen Honigdachs, der noch größer war als die Eisbären und die Grizzlys.

Doch mittlerweile kam es Stevie so vor, als ob es das Zusammensein mit ihren Schwestern war, das ihr mehr als alles andere guttat. Ja, Charlies Nervosität und ihr zwanghaftes Backen konnten ermüdend sein und Max hörte nie auf, Stevie zu piesacken, ganz gleich, wie oft Stevie ihr gegen die Kehle boxte. Aber unterm Strich war das Wissen, dass ihre Schwestern für sie da waren …

»Hallo.«

Stevie hörte die Stimme. Jemand redete mit ihr. Sie kaute eine Pommes frites und schaute hoch. Der gut aussehende Mann kam ihr vage vertraut vor, aber …

»Du erinnerst dich immer noch nicht an mich, was?«, bemerkte er mit einem Lächeln.

»Sollte ich?«

»Wir sind uns in Livy Kowalskis Wohnung begegnet. Du hast von der Decke gehangen, bevor dich das Lithium ausgeknockt hat. Ich bin Cooper.«

Stevie griff nach einer weiteren Fritte, steckte sie sich in den Mund, kaute und starrte ihn an.

»Immer noch nichts?« Als sie ihn immer noch stumm anstarrte und aß, fügte er hinzu: »Vielleicht erinnerst du dich ja an meine Schwester.«

Stevie bezweifelte es.

Er drehte sich um und rief: »Cherise! Komm mal her.«

Eine hübsche junge Frau kam zu ihnen und Stevie musterte sie sofort. Diese Frau hielt sich nicht gern in der Öffentlichkeit auf. Sie mochte kein Gedränge. Stevie vermutete, dass sie, wenn sie auch nur das kleinste Trauma erlebte, eine voll ausgeprägte Platzangst entwickeln würde, falls ihre Familie sie nicht im Auge behielt. Aber abgesehen von dieser ungebetenen psychologischen Diagnose … nein. Stevie wusste nicht, wer diese Frau war.

»Wow, Stevie. Schau sich dich einer an!«, sagte Cherise. »Du siehst umwerfend aus.«

»Vielen … Dank.«

»Sie erinnert sich nicht an dich. Oder an mich. Oder an sonst jemanden.«

»Es ist nichts Persönliches.«

»Wirklich?«, fragte der Mann namens Cooper. »Weil es sich wie etwas Persönliches anfühlt.«

»Ich habe eine *Menge* Wissen im Kopf. Wenn etwas nicht wichtig ist, schmeiße ich es einfach raus.«

»Wie kann das nichts Persönliches sein?«, fragte Cherise leise.

»Ich schmeiße viele Leute aus meinem Kopf. Ich tue es nicht, weil ich bösartig bin. Oder weil ich euch hasse. Ihr seid nur nicht wichtig für mich. Es ist wie das Aufräumen einer Festplatte. Die ganzen Songs, die man sich nie anhört, oder nutzlose unscharfe Fotos … man löscht sie einfach. Ich meine, warum sollte man solche Sachen aufbewahren?«

»Noch einmal, ich sehe nicht, dass das nichts Persönliches ist.«

»Nun, um offen zu sein …«

Der Mann zog eine Braue hoch. »Du meinst, du warst bis jetzt nicht offen?«

»Mein Gehirn ist wichtig. Ich weigere mich, es mit bedeutungslosem Mist zu füllen. Ich weiß wirklich nicht, was ich sonst … oh mein Gott.« Stevie schob ihre Pommes beiseite und stand auf. »Kyle?«, fragte sie einen hochgewachsenen jungen Mann, der lächelnd auf ihre kleine Gruppe zukam. »Oh mein Gott! *Kyle!*«

Stevie lief in die ausgebreiteten Arme von Kyle Jean-Louis Parker und umarmte ihn stürmisch.

Hinter ihr hörte sie: »An *ihn* erinnerst du dich?«

»Natürlich erinnere ich mich an Kyle«, sagte sie, einen Arm um seine Taille gelegt, während Kyle ihr seinerseits einen Arm um die Schultern legte. »Das ist Kyle.«

Kyle nickte. »Genau. Aber du erinnerst dich sehr wohl an diese Leute, Stevie.« Er deutete auf Cooper. »Mr Bedürftig.« Dann zeigte er auf Cherise. »Pathologisch schüchtern.« Er deutete auf die junge Frau, die gerade hinter ihnen auftauchte. »Genetischer Freak.«

»Ohh! Natürlich, deine Geschwister!«

»Ernsthaft?«, fragte Cooper.

»Ich gehe«, verkündete Cherise leise, bevor sie genau das tat.

Und dann kam ein »Fick dich« von der Schwester, an die Stevie sich jetzt doch erinnerte: Eine Primaballerina in einem bedeutenden Ballettensemble irgendwo in Amerika.

»Siehst du?«, bemerkte Kyle. »Der genetische Freak ist traurig, weil die Möglichkeiten ihres Gehirns begrenzt sind.«

»Das war's. Ich bin weg.« Der genetische Freak ging und zeigte den Stinkefinger.

»Warte«, rief Cooper. »Toni kommt noch, um sich mit uns zu treffen … okay, tja, jetzt ist sie weg.«

»Diese kalorienreduzierte Diät lässt sie ziemlich mürrisch werden«, stellte Kyle fest.

»Warum tust du das?«, fragte sein Bruder.

»Da wirst du dich schon genauer ausdrücken müssen.« Aber bevor Cooper sich diese Mühe machen konnte, wandte Kyle sich an Stevie. »Also, was treibst du in New York?«

»Um mein Leben rennen.«

»Oh, das tut mir leid. Geht es wieder um deinen Vater?«

»Natürlich.«

»Peruanische Drogenbosse?«

»Wer weiß. Meine Schwestern sind auch hier.«

»Oh, die berüchtigten Schwestern, Charlie und Max. Ich brenne schon seit Jahren darauf, sie kennenzulernen.«

»Nun, jetzt hast du die Gelegenheit dazu. Ich habe ihnen alles über dich erzählt. Also, was machst du in der Stadt?«

»Er ist von der nächsten Kunsthochschule geflogen.«

»Ich bin nicht von der Schule geflogen«, protestierte Kyle. »Man hat mich gebeten zu gehen, weil einige Leute mit Kritik nicht zurechtkommen. Oder mit dem Vorschlag, dass sie vielleicht an einer Borderline-Persönlichkeitsstörung leiden, die behandelt werden sollte.«

»Borderline oder bipolar?«, fragte Stevie. »Das wird oft verwechselt.«

»Definitiv Borderline. Sie ist mit einem Messer auf mich losgegangen. Hätte mir beinahe ein Auge ausgestochen.«

»Das hätte jeder tun können, mit oder ohne Störung«, murmelte Cooper.

Kyle sah seinen Bruder an, bevor er Stevie gestand: »Er ist so eifersüchtig auf mich, dass er nicht weiß, wohin mit sich.«

»Eifersüchtig?«, wiederholte Cooper. »Auf *dich*?«

»Du wünschst dir, du hättest so viel Talent wie ich und meine liebe, süße Stevie.«

»Ich habe so viel Talent wie deine liebe, süße Stevie. Und Gott weiß, dass ich besser bin als du.«

»Siehst du das?«, fragte Kyle Stevie. »Wie er in seiner traurigen Fantasiewelt lebt?«

»Obwohl Stevie sich nicht daran erinnert und das andere Zeiten waren, sind wir beide vom gleichen Maestro ausgebildet worden. Wir haben sogar einmal zusammen gespielt.«

»Aber hast du jemals das Sankt Petersburger Orchester dirigiert? Bei einer Sinfonie, die du selbst geschrieben hast, als du neun warst? Ich glaube, nicht«, sagte Kyle.

»Hey, Coop.«

Cooper drehte sich um und winkte einer Frau zu, die sich ihnen näherte, gefolgt von einem großen Mann.

Sobald Stevie ihn sah, erkannte sie ihn an der Mähne. Sie trat sofort hinter Kyle und benutzte seine groß gewachsene Gestalt, um sich abzuschirmen.

Es war so lange her. Und sie war so jung gewesen. Zu jung. Nicht einmal siebzehn. Er war in ihr Leben getreten und hatte versucht, sie zur Musik zurückzuholen. Hatte versucht, sie in eine Welt zurückzuzerren, die sie aus freien Stücken verlassen hatte. Sie hatte sich seine Ansprache nur deswegen angehört, weil er eine Gestaltwandler-Katze war und Stevie dummerweise gedacht hatte, er sei wie sie. Gedacht hatte, er würde sie verstehen. Sie war davon ausgegangen, dass es ihm ausschließlich ums Geld ginge, und bis zu einem gewissen Punkt traf das auch zu.

Aber dann hatte er sie in einer Ecke in ihrem Labor abgepasst und Dinge gesagt, die ihr unangenehm waren. Gleichzeitig gab er ihr das Gefühl, nicht gehen zu können. Das Gefühl, zuhören zu müssen. Dass sie ihm irgendetwas schuldig war.

Aber das war die Zeit gewesen, als ihre Schwestern sie noch viel stärker im Auge behalten hatten. Sie selbst konnten es sich nicht leisten, aufs College zu gehen, aber sie trieben sich gern auf Stevies Campus herum.

Als ihre Schwestern in Stevies Labor gekommen waren, war die Situation rasch außer Kontrolle geraten. Danach gab es Cops und Gerichtsverhandlungen und weitere Drohungen – bis sich alles in Luft auflöste. Stevie wusste immer noch nicht, wie oder warum. Sie war einfach dankbar dafür gewesen.

Aber ihn wiederzusehen, selbst nach all den Jahren, nach all den Veränderungen in ihrem Leben …

Stevie drehte sich um und betete, dass keine ihrer Schwestern plötzlich auftauchte.

Coop sah, wie Stevie sich abwandte, sobald Toni mit diesem Löwenmännchen ankam, den sie als Agent für Cherise und Oriana ins Auge gefasst hatte. Er war anscheinend darauf spezialisiert, Künstler zu vertreten, und hatte den Ruf, sehr lukrative Verträge abzuschließen. Aber die Art, wie Stevie auf seinen Anblick reagierte …

Kyle, der sich selten um irgendjemanden außer sich selbst scherte, trat vor sie und half ihr, sich vor den Augen der Katze zu verstecken.

Stevie war ein paar Jahre älter als Kyle, aber Kyle hatte sich immer besser mit Erwachsenen verstanden als mit Kids seines Alters. Er wusste nicht, wie er mit Kindern reden sollte. Allerdings wusste er durchaus, wie er sie emotional quälen konnte, was ein weiterer Grund dafür war, warum er nicht viel Zeit mit ihnen verbrachte. Ihre Eltern erlaubten es nicht.

Wenn Coop zurückdachte, erinnerte er sich an die Nachricht von vor vielen Jahren, dass Stevie MacKilligan möglicherweise wieder ins Musikgeschäft zurückkehren würde. Sie hatte anscheinend einen Agenten gefunden, der sie davon überzeugen konnte, was für ein Verlust eine Welt ohne ihre leidenschaftliche Musik wäre. Dann waren die Gerüchte, so plötzlich wie sie begonnen hatten, verstummt. Es gab kein Comeback. Sie hielt sich an die Naturwissenschaften und machte sich dort rasend schnell einen Namen. Aber Coop erinnerte sich auch daran, einen kurzen Artikel in einer deutschen Zeitung gelesen zu haben. Es ging um die Schwestern von Maestra Stevie MacKilligan, die von amerikanischen Behörden wegen eines brutalen Angriffs »überprüft« worden seien. Da Coop Stevies Geschwister damals noch nicht wirklich gekannt hatte, hatte er dem Artikel keine große Aufmerksamkeit geschenkt. Er musste sich um seine eigenen psychotischen Geschwister Gedanken machen und war dankbar dafür, dass keiner von ihnen in der Zeitung in der Spalte mit den Verbrechen gelandet war … noch nicht.

Jetzt musterte Coop den Mann in Tonis Begleitung. Wieder mal ein arroganter Löwe in einem maßgeschneiderten Anzug – was für Männchen dieser Größe notwendig war –, der anscheinend sein Haar nicht unter Kontrolle hatte.

»Wo sind Cherise und Oriana?«, fragte Toni. »Ich habe sie gebeten, sich hier mit uns zu treffen.«

»Nun … Kyle …«

»Okay. Genug geredet.« Toni war, seit Kyle in die Staaten zurückgekehrt war, sehr gereizt gewesen. Wenn man dem den Überfall auf Coops Hotelzimmer hinzufügte, war seine Schwester gelinde gesagt weniger geduldig als gewöhnlich. »Irgendeine Ahnung, wo sie hingegangen sind?«

»Was Cherise angeht, habe ich keinen Schimmer. Aber Oriana sieht sich gern die Eishockeyspieler an und der Bruder deines Gefährten hat sie eingeladen, dem Training beizuwohnen.«

Tonis Augen verengten sich. »Geht sie mit einem dieser Idioten aus?«

»Sie hat mir nichts erzählt. Kyle?«

»Mir ist es egal.«

Coops seufzte. »Und Kyle ist es egal.«

»Wir gehen zur Trainingsbahn. Versuch du bitte, Cherise aufzuspüren.«

»Falls sie nicht bereits nach Hause gegangen ist. Warum rufst du Oriana nicht einfach an? Oder schickst ihr eine SMS?«

Toni schob sich an Coop vorbei und stupste ihn dabei liebevoll mit der Schulter an. Ließ ihn wissen, dass ihre Anspannung nichts mit ihm zu tun hatte. Eine Geste, die er in dem Moment sehr zu schätzen wusste.

»Anscheinend«, erklärte sie im Gehen, während der Löwe neben ihr herschlenderte, »hat sie mich auf ihrem Telefon geblockt. Die kleine Kuh.«

Coop lächelte und wartete, bis die beiden um die Ecke bogen, bevor er an Kyle vorbeiging und sich vor Stevie stellte. Sie wollte ihn nicht ansehen. Die selbstbewusste Künstlerin und Wissenschaftlerin, die sich nicht die Mühe machen konnte, sich Coops Namen zu merken, wirkte plötzlich genauso qualvoll schüchtern wie Cherise.

Es war klar, dass sie nicht darüber reden wollte, aber er musste es trotzdem wissen. Er beschloss, direkt, aber nicht aufdringlich vorzugehen.

»Wenn du eine kleine Schwester hättest«, fragte er Stevie, »würdest du ihn engagieren?«

Kyle legte Stevie einen Arm um die Schultern. Eine Form des Beschützens, mit der er sich seinen eigenen Schwestern gegenüber keine Mühe machte.

»Wenn ich eine kleine Schwester hätte«, antwortete Stevie und schlang sich die Arme um den Leib, »würde ich sie so weit wie irgend möglich von diesem Arschloch fernhalten.« An Kyle gelehnt fügte sie hinzu: »Und er sollte lieber beten, dass meine Schwestern ihn nicht entdecken.«

Jai Davis beobachtete gebannt, wie die Kugeln, mit denen man die Hybride auf ihrem Untersuchungstisch beschossen hatte, aus der Wunde in ihrer Schulter herausploppten.

Charlie MacKilligan zufolge war es genau das, was ihr Körper tat. Die Wunde heilte von innen, ohne Nähte, ohne Eingriff. Zuerst quoll infizierte Flüssigkeit aus der Wunde, während Charlie dasaß und in einer drei Jahre alten Ausgabe der *Vogue* blätterte. So viel Flüssigkeit, dass es Jai überraschte, dass das Mädchen kein heftiges, möglicherweise tödliches Fieber hatte. Dann floss etwas Blut.

An diesem Punkt sagte Charlie: »Fast fertig.«

Es war klar, dass die Hybride daran gewöhnt war. Sie brauchte sich die Wunde nicht einmal anzusehen, um zu wissen, in welchem Stadium sie sich befand. Sie las immer noch in der Zeitschrift.

Jai und Ellen warteten und dreißig Minuten später kamen die Pistolenkugeln zum Vorschein.

»Das ist faszinierend.«

»Finden Sie?«, fragte Charlie.

»Für Sie wahrscheinlich nicht. Wie oft ist das schon passiert?«

»Einige Male im Laufe der Jahre.«

»Sie sind *einige Male* angeschossen worden?«

»Nicht nur angeschossen. Es gab auch ein paar Messerstechereien, Kneipenschlägereien. Einmal einen Kampf mit einem Pitbull, aber er hat angefangen.«

»Natürlich hat er das.«

Bruchstücke der dritten Kugel schoben sich aus dem Körper, und sobald sie draußen waren, wuchs die Haut von selbst wieder zusammen.

»Unglaublich.« Jai richtete sich auf und ging um die Liege herum, bis sie vor Charlie stand. »Wirklich unglaublich. Heilen Ihre Wunden noch schneller, wenn Sie die Gestalt wechseln?«

»Ich wechsle die Gestalt nicht.«

Jai war überrascht. Sie hatte von einigen Gestaltwandlern gehört, die sich weigerten, die Gestalt zu wechseln. Religiöse Eiferer jeder Glaubensrichtung, die glaubten, es sei etwas Böses, ein Gestaltwandler zu sein. Gehörte Charlie dazu?

»Ist das eine moralische Entscheidung?«

Charlie sah Jai stirnrunzelnd an. »Hä?«

»Ist es eine moralische Entscheidung, dass Sie die Gestalt nicht wechseln?«

»Warum sollte das eine moralische Entscheidung sein? Es gibt moralisch nichts am Gestaltwandeln auszusetzen.« Sie rückte ein wenig von Jai weg. »Gehören Sie zu diesen verrückten, seltsamen religiösen Leuten?«

»Nein, nein.« Jai kicherte. »Tatsächlich bin ich Buddhistin. Aber Sie sagten, Sie würden *nicht* die Gestalt wechseln.«

»Oh. Nun, lassen Sie es mich anders formulieren. Ich *kann* die Gestalt nicht wechseln.«

Jai verschränkte die Arme vor der Brust. »Sie können nicht?«

»Nein.«

»Sind Sie sich sicher?«

»Absolut. Meine Schwestern haben sehr früh angefangen, ihre Gestalt zu wechseln, aber ich? Ich hab's einfach nicht gemacht. Das ganze Rudel meines Großvaters hat mit mir gearbeitet, noch Jahre, nachdem ich in die Pubertät gekommen war. Aber abgesehen von Krallen und Reißzähnen …« Sie zuckte die Achseln. »Ich wechsle meine Gestalt nicht.«

»Ist das … okay für Sie?«

»Nun …« Sie dachte einen Moment lang nach. »Wunden heilen bei mir wirklich gut. Ich habe Knochen wie aus Eisen. Und meine

Unfähigkeit, die Gestalt zu wechseln, ist ein Beweis mehr, dass mein Vater nichts richtig hinkriegt. Also ist das in Ordnung für mich.«

Jai lachte. Sie mochte Charlie. Sie war ... ungewöhnlich. Obwohl ihr nie ein Gestaltwandler begegnet war, der seine Gestalt nicht wechseln *konnte*. Ihr waren einige Leute begegnet, die nicht wussten, dass sie Gestaltwandler waren. Die ihr Leben als Vollmenschen gelebt hatten und in der Pubertät nie diesen entscheidenden Augenblick durchgemacht hatten, die Gestalt zu wechseln und wieder zurück zur menschlichen Gestalt zu kommen. Es war selten, aber es kam vor.

Aber das war bei Charlie ganz und gar nicht der Fall. Sie war die seltsamste Hybride, die Jai je untergekommen war, und sie hatte einige von ihnen kennengelernt. Es gab eine große und immer noch wachsende Gruppe von Hybriden in der Tri-State-Area, doch Charlie stach unter ihnen hervor – und unterschied sich auch von ihnen.

Wenigstens nahm Charlie es mit Humor. Nichts hätte Jai schlimmer gefunden, als wenn Charlie ein jammerndes Häufchen Elend gewesen wäre. Sie hasste solche Leute. Die ewigen Opfer, wie Jai sie gern nannte.

Jais Handy vibrierte in ihrem Kittel und sie warf einen schnellen Blick darauf. Dann schob sie es zurück in ihre Tasche, trat vor und sah sich noch einmal Charlies Verletzung an. Die Narbe war hässlich, aber Jai sah keine Beweise einer zurückgebliebenen Infektion oder einer inneren Verletzung.

»Ziehen Sie sich an«, befahl sie, »ich bin gleich zurück.«

Jai ging den Flur entlang zu den großen Fenstern, die die Behandlungszimmer vom Wartezimmer trennten. Zwischen den ganzen Stühlen sah sie ihre Freundin stehen, doch leider war Cella Malone nicht allein. Sie hatte diesen hinterwäldlerischen Spürhund bei sich.

Jai öffnete die dicke Glastür und trat ins Wartezimmer. »Hey, was liegt an?«

Cella riss den Kopf zu den Behandlungszimmern herum. »Hast du Charlie MacKilligan da drin?«

Jai liebte ihre beste Freundin. Sie war nicht nur eine beste Freundin. Sie gehörte zur Familie. Ihre Töchter – gezeugt, noch bevor sie beide siebzehn gewesen waren – hatten ein Verhältnis wie sich sehr nahe stehende Cousinen. Aber so sehr Jai Marcella Malone liebte, machte sie sich nichts vor, was ihre beste Freundin betraf.

»Du weißt, dass ich dir das nicht sagen darf«, antwortete Jai. »Ärztliche Schweigepflicht.«

»Bei Gestaltwandlern?«

»Bei jedem, dumme Kuh. Das weißt du doch.«

»Hör mal«, fuhr Cella fort, »ich kann nicht ins Detail gehen …«

»Ich will es nicht hören.«

»… aber wir müssen wirklich …«

»Will's nicht hören.«

»… mit dem Mädchen reden.«

»Geh weg, Cella.«

Jai hörte, wie die Glastür sich schloss, und drehte sich um. Ein Männchen war an ihr vorbei in den Flur zu den Behandlungszimmern geschlüpft.

»Cella, was hast du getan?«

»Vertrau mir. Gib ihm nur fünf Minuten.«

Jai sah ihre Freundin mit aufgerissenen Augen an. Sie hatte Angst. Sie wusste, womit ihre Freundin sich ihren Lebensunterhalt verdiente. Hatte gehört, wofür ihre Spürhundbegleitung bekannt war. Kannte die Art Leute, mit denen Cella herumhing, wenn sie nicht mit Jai und der Familie Malone zusammen war.

Jai wandte sich wieder dem Behandlungszimmer zu, um ihrer Patientin zu helfen, aber Cella hielt sie am Arm fest.

»Fünf Minuten«, sagte sie ruhig und kalt. Genauso, wie Cella tötete.

Kapitel 13

Die hilfsbereite vollmenschliche Krankenschwester hatte Charlie ein sauberes T-Shirt gegeben und als sie es herunterzog – es war so groß, dass es ihr bis zu den Knien reichte –, sah sie, was darauf stand.

»*The Carnivores*«, las sie. »Sehr subtil.«

»Das ist das hiesige Profi-Eishockeyteam«, erklärte die Krankenschwester lächelnd. Sie war noch damit beschäftigt, die Überreste von Charlies Heilungsprozess wegzuwischen. Charlie musste zugeben, dass sie froh war, das nicht selbst machen zu müssen. Was beim Heilungsprozess in ihrem Körper ablief, war ekelhaft, aber sie war trotzdem dankbar dafür.

Die Krankenschwester warf die schmutzigen Sachen in einen speziellen Mülleimer, streifte ihre Latexhandschuhe ab und warf sie hinterher.

»Ich bin gleich wieder da.«

»Okay.«

Die Krankenschwester ging und Charlie schaute an ihren Jeans herunter, um sich davon zu überzeugen, dass nichts Ekliges darauf klebte. Es klebte aber nichts Ekliges drauf, daher fühlte sie sich wohl bei dem Gedanken, hinaus in die Welt zu gehen, bekleidet mit einem seltsamen T-Shirt in Schwarz, Weiß und Silber, auf dem in riesigen Buchstaben *Carnivores* stand.

Es war nicht so, als würde das T-Shirt lügen.

Charlie bückte sich, griff nach ihren weinroten Converse-Sneakers und stellte sie auf den Untersuchungstisch. Sie wollte gerade einen anziehen, als die Tür geöffnet wurde. Charlie hob den Kopf, in der Erwartung, die Krankenschwester oder die Ärztin zu sehen, aber es war keine der beiden Frauen.

Die Falte zwischen ihren Brauen vertiefte sich, als sie sah, wer tatsächlich dort stand.

»Dutch?«, fragte sie, extrem überrascht, ihm hier zu begegnen. »Was ist los?« Ihre Angst schoss in die Höhe. »Sie haben den Wagen nicht gefunden, oder?«

»Nein, nein. Das ist alles erledigt. Ich muss nur kurz mit dir reden.«

»Worüber?«

»Ähm …« Er schaute weg und Charlie stieß einen Seufzer aus.

»Was hat Max angestellt?«

»Was? Oh, nichts. Sie hat nichts angestellt.«

»Was hast du dann angestellt?«

»Nun …«

»Hör mal«, sagte sie und zog einen ihrer Sneakers an, »wenn Max etwas verbockt hat, komme ich dafür auf, aber nicht für deinen Scheiß. Du hast Verwandte – bitte sie um Geld.«

»Ich bitte dich nicht um Geld.«

»Worum geht es dann?«

Er hielt noch einen Moment inne, bevor alles aus ihm hervorsprudelte. »Die Leute, die vorhin bei euch am Haus waren … sie hatten nicht vor, euch etwas zu tun, Charlie. Sie wollten mit euch reden. Ursprünglich wollten sie nur mit Max reden, aber nachdem sie dich, Stevie und Max in der Bronx in, wie ich es verstanden habe, *selten guter Form* gesehen haben, wollen sie mit euch allen reden. Über einen Job.«

Der zweite Schuh war vergessen und Charlie richtete sich auf. Ihre Gedanken überschlugen sich, während sie versuchte, zu begreifen, was Dutch ihr gerade erzählte.

»Du«, sagte sie und zeigte mit dem Finger auf ihn. »Du hast diese Leute zu uns geschickt. Die Leute, die ich auf dem Dach gesehen habe. Die uns beobachtet haben.«

»Sie wollten Max in Aktion sehen und … na ja, so ist es dann gekommen, Max war in Aktion. Aber du und Stevie wart es ebenfalls. Ich meine, es hat ziemlich gut funktioniert.«

»Hat es das?«

»Ja. Sie interessieren sich wirklich für euch und ich muss dir sagen … es ist ein toller Job, Charlie. Exzellente Bezahlung. Sonderzulagen. Schutz. Ich wollte Max schon seit einer Weile mit ihnen zusammenbringen, aber …« Er zuckte die Achseln. »Ich wusste, dass du davon nicht allzu begeistert sein würdest.«

»Wirklich? Hast du wirklich gewusst, dass ich nicht allzu begeistert sein würde?«

»Hör mal, Charlie, ich weiß, du bist nach all den Jahren nicht gerade verrückt danach, mich zu sehen. Ich weiß auch nicht genau, warum. Ich bin ein toller Kerl. Aber ich denke, selbst du weißt, dass ich nichts tun würde, das Max oder Stevie schadet. Ich liebe euch.«

Charlie kratzte sich am Mundwinkel. Sie hatte dort eine kleine, juckende Stelle.

Aber dann machten ihre Finger ihr zu schaffen und sie ballte eine Hand zur Faust, legte die andere Hand darüber und ließ die Knöchel knacken. Danach machte sie das Gleiche mit der anderen Hand.

»Also, Charlie«, versuchte Dutch, sie zu besänftigen, »lass uns das ganz ruhig betrachten. Du weißt, dass ich dich anbete, aber ich werde dir trotzdem nicht erlauben, mir gegenüber auszuflippen. Verstehst du, was ich dir sagen will?«

»Ja, klar«, sagte sie ruhig. »Ich verstehe.«

Nachdem er Dag in die entgegengesetzte Richtung geschickt hatte, hatte Berg seine Suche nach den beiden MacKilligan-Schwestern fortgesetzt. Er wusste, wo Max war, daher konzentrierte er sich mit aller Kraft darauf, Charlie oder Stevie zu finden. Vorzugsweise beide.

Als er das Gesundheitszentrum betrat – wo alle Sportler hingingen, wenn sie »sich eine gerissene Schlagader zusammenflicken lassen mussten« –, wusste er selbst nicht genau, warum er hergekommen war. Vielleicht weil es logisch schien, dass Stevie hier war. Sie fühlte sich erstaunlich wohl bei Medizinern.

Aber als er sich kurz umsah und sein Blick auf die gelben Augen eines Weibchens des Smith-Rudels fiel, wurde ihm klar, dass er wahrscheinlich tatsächlich mindestens eine der MacKilligan-Schwestern hier finden würde. Ihm wurde außerdem klar, dass sie in ernsten Schwierigkeiten steckten.

Berg lächelte und kämpfte gegen den natürlichen Drang an, seinen Grizzlybuckel wachsen zu lassen. Der Höcker verlieh seinen Angriffen zusätzliche Kraft, aber er musste vorsichtig sein, wenn es um Mitglieder des Smith-Rudel ging. Sie waren anders als andere Wölfe.

Er nahm eine Hand hinter den Rücken und schloss die Finger um den Knauf seiner Pistole.

»Berg!«, trällerte Cella Malone. »Ich bin so froh, dass du hier bist.«

»Hi, Cella.« Er kannte Cella Malone ziemlich gut. Und er mochte sie, aber er vergaß nie, wer und was sie war. »Also, was ist los?«

»Zieh diese Waffe, Sohn«, knurrte die Smith-Wölfin, die ihn dabei nicht ansah, »und es wird das Letzte sein, das du jemals tust.«

Cella runzelte verwirrt die Stirn und ihr Blick flog zwischen ihm und ihrer Partnerin hin und her.

»Warte mal«, sagte Cella, die sich von Doktor Davis entfernte und zu ihm herüberkam. Sie schnupperte an ihm. »Das warst *du* bei ihnen zu Hause. Moment … glaubst du, wir wollen den MacKilligan-Schwestern etwas *tun*?«

Berg antwortete auf ihre Frage mit Schweigen.

»Oh Gott, nein. Nein! Darum geht es nicht.«

»So, so.«

»Du glaubst mir nicht?«

»*Ich* glaube dir nicht«, sagte Doktor Davis von der anderen Seite des Raums.

»Jai … ist das deine Art, zu helfen?«, erkundigte Cella sich gespielt liebenswürdig.

Doktor Davis antwortete nicht, daher konzentrierte Cella sich wieder auf Berg. »Ich kann verstehen, dass du denkst, wir hätten … Haben wir aber nicht. Nichts könnte uns ferner liegen. Wir wollen uns nur unterhalten. Das ist alles. Also, wenn du einfach …«

Ein lauter Knall aus den Behandlungszimmern schnitt Cella die nächste Lüge ab. Berg schob sich an den Frauen vorbei und ging direkt auf die Glastür zu. Er hatte sie gerade geöffnet, als das Glas und die Rollläden eines der Behandlungsräume explosionsartig nach außen flogen und ein nerviges Wiesel auf dem Boden landete. Krankenschwestern, Sanitäter und andere Ärzten rannten panisch durch den Flur.

Ein paar Sekunden später folgte Charlie Dutch durch die zerbrochene Glaswand. Sie funkelte ihn an.

»Du bist unvernünftig«, sagte Dutch gerade, als Charlie sich vorbeugte, die Hand um Dutchs Kehle legte und den Mann vom Boden hochhob. Mit nur einer Hand.

Berg musste es zugeben: Ihm war nicht bewusst gewesen, wie stark Charlie war. Und um ganz offen zu sein, stellte er fest, dass es ihn irgendwie gewaltig antörnte.

Kopfschüttelnd versuchte Berg, sich selbst und die Situation unter Kontrolle zu bekommen.

»Charlie, lass ihn los!«

»Er ist ein verlogener Sack Scheiße«, knurrte sie zwischen zusammengebissene Zähne hindurch. »Und ich werde dieses Arschloch zu einer *Brezel* verdrehen.«

»Gütiger Gott«, seufzte die Wölfin, schob sich an Berg vorbei und trat in den Flur. Cella folgte ihr. Berg versuchte, Cella aufzuhalten, aber sie streckte nur den Arm aus und ging weiter.

»Schätzchen«, sagte die Wölfin und trat neben Charlie und Dutch, »Sie müssen den Jungen jetzt runterlassen. Sie wollen doch nicht, dass ich unangenehm werde.«

Charlie sah die Wölfin nicht einmal an. Sie benahm sich, als hätte sie sie gar nicht bemerkt. Wie konnte sie sie nicht bemerken? Hatten ihre Rudelmitglieder sie nicht vor den Smiths gewarnt? Berg dachte, dass jeder Gestaltwandler, *wo immer er auch war*, über das Smith-Rudel Bescheid wusste. Und ganz besonders über Dee-Ann Smith.

Charlies Finger schlossen sich fester um Dutchs Kehle und das Wiesel nahm einen gefährlichen Blauton an.

Ohne dass Berg es wirklich sah, hatte Dee-Ann Smith ein Messer von irgendwoher gezogen und zielte damit auf Charlies Arm. Wahrscheinlich nur, um ihr eine Schnittwunde beizubringen und sie aus ihrem Mordrausch herauszuholen.

Aber Charlie, die den Blick noch immer nicht von Dutch abwandte, fing mit ihrer freien Hand Dee-Anns Unterarm mitten im Schwung auf … und hielt ihn dort fest.

Langsam schaute Charlie vom Wiesel zur Wölfin. Ihre Augen wechselten die Farbe. Das schien Dee-Ann nicht zu gefallen und sie fuhr die Reißzähne aus, während sie versuchte, den Arm wegzuziehen.

Charlie bleckte die Zähne und langsam schoben sich mehr und mehr große Reißzähne aus ihren Kiefern. Es waren nicht direkt Wolfsreißzähne. Aber sie sahen auch nicht ganz nach Honigdachs aus. Sie entpuppten sich eher als eine bizarre Kombination von beidem. Es war beängstigend.

Dann riss Charlie mit leuchtenden gelben Augen immer weiter den Rachen auf, während sie eine Mischung aus Knurren und Fauchen ausstieß, die Cella die Reißzähne ausfahren ließ.

Charlie stand mit dem Rücken zu der Tigerin und genau so mochte Cella es. Sie sprang zu Charlie hinüber, ohne dass ihr irgendetwas im Weg war. Nichts, das sie aufhalten konnte. Ihre Krallen waren ausgefahren. In einem Sekundenbruchteil drehte Charlie sich nach rechts und schleuderte Dee-Ann direkt in die geschockte Cella hinein, sodass die beiden Raubtierweibchen zusammenstießen, gegen die Wand knallten und zu Boden fielen.

Berg hörte Doktor Davis hinter sich aufkeuchen und spürte, dass die Berglöwin sich zu verwandeln begann, um ihrer Freundin zu helfen.

»*Nein*«, sagte er zu ihr. Denn das konnte nur ein schlimmes Ende nehmen. Vor allem, da Charlie Dutch immer noch umklammert hielt.

»Du hast mich angelogen«, sagte Charlie und drückte Dutch, dessen Füße noch nicht einmal den Boden berührten, gegen die Wand. »Du hast mich und meine Schwestern verraten. Und du weißt, wie ich zu Verrätern stehe.«

Dee-Ann schaffte es, sich aufzurappeln, das Messer immer noch in der Hand. Sie lief wieder auf Charlie zu.

Jetzt ließ Charlie ihr Opfer fallen, drehte sich um und packte Dee-Anns ganzen Arm. Sie schleuderte die Wölfin gegen die Wand, rammte ihr den Ellbogen in die Kehle und hielt sie dort fest. Dann hob sie ein Knie und rammte es Dee-Ann in den Unterleib.

Cella erhob sich, schüttelte den Kopf und griff Charlie erneut von hinten an.

Mit einem Ellbogen an Dee-Anns Kehle drehte Charlie abrupt den Oberkörper, riss ihren anderen Ellbogen zurück und traf damit Cellas Gesicht. Ihre Nase zerschmetterte. Blut spritzte. Charlie versetzte Cella mit der flachen Hand einen Stoß gegen die Brust, der die Katze quer durch den Flur fliegen ließ.

Charlie setzte ihre freie Hand an Dee-Anns Arm auf, während sie mit der anderen daran zerrte. Hand und Arm kollidierten und Berg wand sich, als er Knochen brechen hörte.

Dee-Ann heulte vor Schmerz auf und ließ ihr Messer fallen.

»Charlie!«, rief Berg, als er befürchtete, dass sie drauf und dran war, Dee-Ann das Genick zu brechen. Eine Tat, die das ganze Smith-Rudel dazu veranlassen würde, Jagd auf die MacKilligan-Schwestern zu machen. Nichts würde sie retten. Nichts.

Charlie erstarrte, sah ihn aber nicht an. Er suchte nach irgendetwas, um ihre Aufmerksamkeit zu erregen. Sie nicht nur zu erregen, sondern zu fesseln. Er brauchte weniger als fünf Sekunden.

»Ich kann Stevie nicht finden. Max weiß nicht, wo sie ist.«

Charlie sah ihn an und ihre gelben Augen wurden wieder braun. Sie ließ Dee-Anns zerschmetterten Arm los und machte einen Schritt nach hinten. Aber Dee-Ann, die schließlich eine Smith war, fiel nicht zu Boden. Sie winselte nicht um Hilfe. Sie keuchte nur vor Schmerz und funkelte Charlie an.

Charlie hielt kurz inne, um Dee-Ann mit dem Handrücken einen Schlag zu versetzen, der die Wölfin durch den Flur schleuderte.

Sie machte noch ein paar Schritte, dann blieb sie wieder stehen, diesmal neben dem Wiesel. Sie trat ihn, drei-, okay, vielleicht fünfmal.

Danach kam Charlie zu Berg. Kurz, bevor sie ihn erreichte, blieb sie jedoch abrupt wieder stehen und hob einen Finger.

»Charlie, nein …«

Aber sie war bereits in das Behandlungszimmer zurückgerannt, aus dem sie gekommen war. Ein paar Sekunden später tauchte sie mit einem Sneaker wieder auf. Bis jetzt war ihm nicht klar gewesen, dass sie während des ganzen Kampfes nur einen Schuh angehabt hatte.

Sie blieb neben ihm stehen, hob das Bein und zog den Sneaker an.

»Komm«, sagte sie, als sie fertig war. »Ich glaube, ich weiß, wo wir Stevie finden.«

Britta kam in ihrer Trainingsausrüstung aufs Eis gelaufen. Sie war jetzt seit zwei Jahren im Carnivore-Trainingsteam. Man hatte ihr eine Position als Auswechselspielerin angeboten, aber da ihr Zeitplan so unregelmäßig war, konnte sie nicht immer verbindlich zur Verfügung zu stehen, wenn die Mannschaft sie brauchte. Und wenn sie nicht richtig mitmachen konnte, war es ihr die Sache nicht wert.

Außerdem war es ein wenig beleidigend, eine Position als Trainingsspielerin angeboten zu bekommen, aber sie erwartete nichts Geringeres von der zickigen Katze, die die Mannschaft trainierte.

Britta war schon halb übers Eis gefahren, als sie abrupt stehen blieb und nach links schaute.

»Hä?«

Sie wechselte die Richtung und fuhr zu der Frau in Eishockeysachen hinüber.

»Max?«, fragte sie, als sie zum Stehen kam. »Was machst du denn hier?«

Die Dächsin zuckte die Achseln. »Keine Ahnung.«

»Warum steckst du in Eishockeymontur?«

»Keine Ahnung.«

»Kannst du überhaupt Schlittschuh laufen?«

»Nun, ich habe ein paar Jahre in Wisconsin verbracht, in der Nähe eines Sees, der oft zugefroren war. Wir sind mit den anderen Highschoolkids dort Schlittschuh laufen gewesen. Also, ich kann geradeaus fahren … und im Kreis.«

Britta zuckte zusammen. »Um Eishockey zu spielen muss man aber mehr können.«

»Genau das dachte ich mir auch. Aber dieser große Typ hat mich in die Eishockeyausrüstung gesteckt und mir nicht wirklich zugehört. Ich habe den Eindruck, dass er niemandem zuhört.«

»Ist er über zwei Meter zehn groß? Sieht so aus, als sei er tatsächlich Dschingis Khan begegnet?«

»Ja, genau. Das ist er.«

»Das ist Bo Novikov. Er ist letztes Jahr Mannschaftskapitän geworden. Seither ist er völlig außer Kontrolle. Er hat bereits ungefähr acht Enforcer verschlissen. Ich glaube, zwei befinden sich immer noch in der Reha.«

»Interessant. Auf welcher Position spielt der Enforcer?«

»Es ist keine richtige Position. Keine offizielle. Das ist nur der Spieler, der allen den Arsch aufreißt, die ein schmutziges Spiel spielen, oder der Mannschaftsmitglieder angeht, die nicht den nötigen Kampfgeist zeigen.«

Max schwieg für einen Moment, dann sagte sie: »Das könnte ich.«

»Nur dass du erst einmal Schlittschuh laufen lernen müsstest.« Max öffnete den Mund und Britta fügte schnell hinzu: »Vorwärts *und* rückwärts.«

»Oh, okay. Das ist ein Problem.«

»Soll ich Novikov sagen, dass du das nicht kannst? Ich bin eine der wenigen, auf die er hört, ohne mitten im Satz wegzugehen. Und ich bin mir nicht sicher, ob ich meinen Bruder jammern hören will, weil du dich verletzt hast und Charlie deswegen sauer ist.«

»Sind Waffen im Spiel?«

»Beim Eishockey? Nein.«

»Messer? Oder Bomben? Oder peruanische Drogenbosse?«

»Nicht dass ich wüsste.«

»Dann wird es Charlie egal sein.«

Bo Novikov kam auf Schlittschuhen auf die beiden zu, blieb stehen und schaute zwischen ihnen hin und her.

»Worüber redet ihr zwei?«, fragte er und wirkte ein wenig paranoid.

»Wir planen nur Ihren Tod«, erwiderte Max. Dann lachte sie. »War nur ein Witz!«

»Sehr komisch.« Britta räusperte sich und sagte zu Novikov: »Sie kann nicht Schlittschuh laufen.«

»Sie steht. Das ist vielversprechend.«

»Findest du?«

Dee-Ann, die sich ihren gebrochenen Arm an die Brust drückte, stellte eine Frage, die sie noch nie gestellt hatte: »Werde ich langsam alt?«

»Aber nein.« Dutch, einer der wenigen Vielfraße, die sie in der Gruppe hatten, zwang sich, sich aufrecht hinzusetzen. Er hatte die Arme um die Rippen gelegt, während ihm Blut aus der Wange, an der Seite seines Halses herunter und aus dem Mund lief. Letzteres war besonders beunruhigend. »Sie ist nur *wirklich* sauer.«

»Du hast gesagt, sie würde vernünftig sein«, erwiderte Malone anklagend, ihre Stimme gedämpft wegen ihrer gebrochenen Nase. Die Katzenärztin kniete vor ihr und versuchte, die Einzelteile wieder zusammenzusetzen.

»Für eine MacKilligan war das vernünftig. Vor allem, da es sich um Charlie MacKilligan und ihre Schwestern handelte.«

Dee-Ann funkelte Doktor Davis an. »Hey, Katze! Was dagegen, mir zu helfen? Mein Arm ist gebrochen.«

Davis sah Dee kaum an. »Der wird schon wieder heilen.«

»Ich muss das in Ordnung bringen.« Dutch mühte sich auf seine großen Füße.

»Du solltest besser etwas unternehmen. Sonst werden wir sie umlegen müssen.«

Trotz des Schmerzes, der durch seine Rippen schoss, ging Dutch vor Dee-Ann in die Hocke und sagte: »Wenn du mit irgendetwas anderem als einem Jobangebot und einem Lächeln in die Nähe meiner Freunde kommst, Smith, werden die MacKilligans deine letzte Sorge sein.«

»Drohst du mir etwa?«

»Ja, schon«, sagte er lässig. »Ich bin ein Vielfraß. Wir sind verrückt.« Er grinste. »Und du hast den Rest meiner Familie und Freunde noch nicht kennengelernt. Du und die Gruppe, ihr haltet euch gefälligst von den MacKilligans fern. Ich werde mich um sie kümmern.«

Er richtete sich auf und stöhnte die ganze Zeit über, bis er stand. Dann stolperte er langsam hinaus.

Sobald er weg war, sah Dee-Ann Malone an. »Dem Jungen steht ein wirklich übles Erwachen bevor.«

»Meinst du?«, fragte Malone. »Uns hat eins von diesen Miststücken alleine den Arsch aufgerissen. Und wir sind die Besten. Die Besten!« Sie verdrehte die Augen. »Au.«

»Ja«, sagte Davis, »ich würde dir empfehlen, nicht so rumzubrüllen, Süße.«

»Hilft mir denn niemand?«

Davis winkte jemanden zu sich und eine Krankenschwester hockte sich vor Dee-Ann hin.

»Bekomme ich nicht einmal einen Arzt?«, beschwerte Dee-Ann sich.

Die Krankenschwester, die Dee-Anns Arm sorgfältig untersuchte, warnte sie: »Zwingen Sie mich nicht, meinen Tacker hervorzuholen.«

»Und wir haben noch ein Problem«, warf Malone ein und hielt ihr Handy hoch. »Ich habe gerade eine SMS bekommen. Der BPC ist auf dem Weg hierher.«

Der Bear Preservation Council. Die internationale Schutzagentur der Bärennation.

»Warum?«, fragte Dee-Ann.

»Nur ein Schuss ins Blaue, aber Berg war derjenige, der dieses verrückte Miststück hier weggeschafft hat, bevor sie uns beiden den Rest geben konnte. Vielleicht hat er den BPC gebeten, sie und ihre Schwestern zu beschützen.«

»Der BPC *hasst* Honigdachse und keins dieser Mädchen hat Bär in sich. Also sind sie auch keine Hybriden, die der BPC beschützen würde.«

»Vielleicht hat er etwas, womit er feilschen kann. Oder ein Familienmitglied ganz weit oben im BPC. So oder so, wir rufen besser Ric an.«

Ihren Gefährten?

»Wozu?«

Malone sah Dee-Ann mit Augen an, die bereits violett und zugeschwollen waren. »Weil Ric im Gegensatz zu dir und mir noch nie auf einer Hochzeit gegen Bären gekämpft hat.«

»Das war nicht unsere Schuld.«

Malone seufzte. »Süße, das interessiert niemanden.«

»Ich rufe Ric nicht an. Ich werde das regeln. Wir werden diese Mädchen in die Büros der Gruppe schaffen und dann weiter sehen.«

»Wie denn? Wir konnten nicht mal eine von ihnen dazu bringen, auf einen Mann zu hören, den sie seit über einem Jahrzehnt kennt. Und das war nur eine Unterhaltung ohne Ortswechsel. Was bringt dich auf die Idee, dass du es besser hinkriegst?«

Mit ihrem unversehrten Arm fischte Dee-Ann ihr Handy aus der Tasche. »Wir haben einen Haufen Leute herumsitzen, die dafür bezahlt werden, zu tun, was ich ihnen sage.«

»Vergib mir bitte, wenn mich das nicht beruhigt.«

Dee-Ann stand auf. »Holen Sie mir eine Schlinge«, sagte sie zu der Krankenschwester. »Und du bleibst einfach mit deiner Kätzchenfreundin dort sitzen und versuchst, hübsch auszusehen.«

Malone grinste trotz des Blutes auf ihrem Gesicht und antwortete: »Im Gegensatz zu dir, Fiffi, brauche ich das nicht zu versuchen.«

Kapitel 14

Britta wand sich innerlich, bückte sich und griff nach dem Arm der Honigdächsin. Sie zog Max auf die Füße.

»Wir sollten damit aufhören«, wiederholte Britta.

»Es geht mir gut.«

»Wir haben dich noch gar nicht richtig rangenommen«, erklärte Britta. »Du kannst nicht Schlittschuh laufen, selbst wenn niemand hinter dir her ist.«

»Sieht so aus, nicht wahr?«

Der Plünderer kam auf Schlittschuhen auf sie zu. Blieb stehen. »Was ist?«, fragte Novikov.

Britta beschloss, einzugreifen. »Sie ist fertig.«

»Wir haben kaum angefangen.«

»Aber sie blutet bereits heftig.«

Novikov runzelte die Stirn. »Du gehörst nicht einmal zur Mannschaft. Du bist nur eine Übungsspielerin.«

Britta fuhr vor Novikov. »Worauf willst du hinaus?«

»Ich will darauf hinaus, dass dich das nichts angeht.«

»Sie ist eine Freundin. Ich helfe ihr.«

Max tippte Britta auf den Arm. »Wir sind Freunde?«, fragte sie.

»Still, winziges Weibchen.«

»Es geht ihr gut«, beharrte Novikov.

»Es geht ihr nicht gut. Sie kann nicht Schlittschuh laufen.«

»Sie kann es lernen.«

Reece Lee Reed – ein Wolf aus dem Smith-Rudel – kam auf das Trio zugefahren und fragte: »Also, trainieren wir heute? Oder plappern wir nur wie unter Freundinnen?«

Ohne den Blick von Britta abzuwenden, schwang Novikov die

Faust und ließ den armen Reece quer übers Eis gegen die gegenüberliegende Wand fliegen.

»Wow«, murmelte Max leise.

»Wir können ihr nicht beibringen, gut genug Schlittschuh zu laufen, um auf Profiebene Eishockey zu spielen. Das ist unmöglich. Es ist schließlich nicht so, als wäre es *vollmenschliches* Eishockey mit lauter kleinen Typen. Ohne eine einzige Bärin. Wir sorgen nur dafür, dass sie umgebracht wird.«

»Du machst mich wütend.«

»Es tut mir leid, dass meine vernünftige Argumentation deinen wahnsinnigen Plänen, eine Frau wie einen tollwütigen Hund einzusetzen, zuwiderläuft.«

»Tatsächlich bin ich ein Honigdachs.«

»Halt. Die. Klappe«, knurrte Britta.

Und Max hielt die Klappe, wenigstens für kurze Zeit. Aber dann, während Britta und Novikov sich zankten, schob sie sich abrupt zwischen die beiden und hielt Novikov ein Bein hin. »Schnallen Sie mir diesen Schlittschuh ab.«

Ohne zu begreifen, was er tat – er war zu beschäftigt mit dem Versuch, seinen verrückten Plan zu rechtfertigen –, band Novikov schnell den Schlittschuh auf. Dann band er den anderen auf, als Max den Fuß hob. Sobald sie von den Schlittschuhen befreit war, machte sie sich daran, die Eisfläche zu verlassen, und zog erst ihr Eishockeyshirt aus, dann ihre Ellbogenschützer. Dann ihre Schulterpolster. Als sie die Polster aufs Eis fallen ließ, raste das kleine Weibchen plötzlich davon.

Britta und Novikov, die die Bewegung bemerkten, hörten auf zu streiten, drehten sich um und sahen sich das an.

Max stürmte über das Eis auf die Treppe zu, die zu den Tribünen führte.

»Oje«, murmelte Britta, als ihr klar wurde, dass Coops große Schwester auf den Tribünen stand und mit einem großen Löwen redete. Ihr Rücken war Max zugewendet und sie hatte keine Ahnung, dass die irre Honigdächsin direkt auf sie zukam.

Britta machte Anstalten, dort hinüberzufahren, um zu verhindern, was sie als ein mögliches Gemetzel an Coops Schwester sah.

Nun gut, Toni Jean-Louis Parker raubte ihr den letzten Nerv, aber Britta wollte auch nicht, dass sie verletzt wurde.

Doch bevor sie die ganze Länge der Eisbahn überwunden hatte, drehte Max sich plötzlich der Plexiglaswand zu, hinter der gewöhnlich bei einem Spiel das Publikum saß. Mithilfe ihrer Krallen kletterte sie darüber hinweg. Sobald sie wieder stand, rannte sie auf den Tribünen zu Toni hinüber. Als sie ungefähr noch vier Sitzreihen unter Toni war, sprang die Dächsin … und prallte mit dem großen Löwen zusammen.

Erschrocken machte Toni einen Satz rückwärts, als Max den Löwen zu Boden warf und mit Fäusten brutal auf ihn eindrosch.

Britta, die begriff, dass Toni nicht im Zentrum der Aufmerksamkeit des Dachszorns stand, drosselte ihr Tempo. Vielleicht war das Max' Exfreund. Es gab einige Männer in Brittas Vergangenheit, die sie liebend gern wie Kauspielzeuge herumgeschleudert hätte.

Der Löwe brauchte ein Weilchen, um zu verstehen, was los war. Aber sobald er es kapiert hatte, wehrte er sich. Zuerst versuchte er, Max wegzudrängen, dann fing er an, zurückzuschlagen. Aber ob Max das spürte, konnte man nicht erkennen.

Weder schrie sie, noch knurrte oder sagte sie irgendetwas. Sie drosch einfach weiter mit den Fäusten drauflos. Dann krallte sie plötzlich die Finger in die Mähne des Löwen und schmetterte seinen Kopf zwei-, drei-, fünfmal auf den Boden.

Als er benommen wirkte, beobachtete Britta, wie Max eine Hand in ihre Eishockeyhose schob und ein Messer herauszog, was Britta, Novikov und Reed veranlasste, zu ihr hinüberzurennen.

Max riss den Arm hoch über den Kopf. Die Spitze des Messers glitzerte in den hellen Stadionlichtern, Sekunden bevor sie auf die Brust des Löwen zukam.

Britta, Novikov und Reed würden ihn niemals rechtzeitig erreichen. Alle drei waren sie schnell, aber nicht so schnell wie Max und ihr Messer. Aber Britta musste es versuchen. Ihr Naturell ließ nichts anderes zu. Sie trieb sich an, so heftig sie konnte, und versuchte, zu ihm zu gelangen …

Zentimeter von der Brust des Löwen entfernt wurden Max' Handgelenke gepackt. Festgehalten.

Charlie zerrte ihre Schwester weg und zog sie mit nicht mehr als einem zornigen Blick zur Treppe, wo sie sie festhielt. Die Schwestern starrten sich an und keine von beiden sagte ein Wort. Ein stummes Gespräch, das nur Geschwister verstanden.

Schließlich feixte Max und steckte das Messer zurück in ihre Eishockeyhose, als sei diese eigens dafür gemacht, Platz für Messer und dergleichen zu bieten.

Max ging die Treppe hinauf. Das war der Moment, in dem Britta Berg und Dag sah. Keiner ihrer Brüder war ein großer Eishockeyfan, daher wusste sie, dass sie nicht ihretwegen hergekommen waren. Sie waren wegen etwas anderem hier. Wegen der MacKilligan-Schwestern.

Charlie rührte sich nicht, bis Max an der Ausgangstür war. Die Hybride machte Anstalten, ihrer Schwester zu folgen, ohne zu merken, dass das Löwenmännchen sich aufgerappelt hatte und jetzt hinter ihr stand, blutüberströmt und voller Kratzer. Doch er schien Charlie gar nicht wahrzunehmen. Sein Blick ruhte fest auf der kleinen Stevie, die neben Coop und dessen jüngeren Bruder Kyle stand. Das Trio befand sich in der Nähe der Ausgangstür, durch die Max gerade hindurchgehen wollte. Als Stevie sich mit gesenktem Kopf abwandte, stieß Britta ein kleines Knurren aus. Jetzt hätte *sie* den Mann am liebsten geschlagen.

Und vielleicht war es der Laut, den Britta von sich gab. Oder vielleicht war es einfach ein schwesterlicher Reflex.

Was es auch war, Charlie drehte sich zu dem Löwen um, die Hand zur Faust geballt, und mit dieser Faust schlug sie dem Männchen ins Gesicht. Britta wand sich. Sie hörte von ihrem Platz aus seinen Kiefer brechen.

»Sie schlägt verdammt hart zu«, murmelte Reed neben Britta.

Der Löwe ging mit einem jämmerlichen Wimmern in die Knie und fiel auf den Boden, von dem er sich gerade erst hochgerappelt hatte.

Charlie hockte sich hin und sprach mit ihm. Ihre Stimme war so leise, dass Britta nicht verstand, was sie sagte. Aber sie konnte es erraten. Sie konnte erraten, dass Charlie klarmachte, dass die Prügel, die er von Max bezogen hatte, nichts im Vergleich zu den Schlägen war, die er von Charlie zu erwarten hatte, wenn er sich noch einmal in der Nähe ihrer jüngsten Schwester blicken ließ.

Britta hatte in der neunten Klasse etwas Ähnliches zu Dionne Kapowski gesagt, nachdem sie Dag das Herz gebrochen hatte.

»Glaubst du, wir können der da das Schlittschuhlaufen beibringen?«, fragte Novikov.

Britta stieß einen Seufzer aus. »*Nein.*«

»Ich dachte, wir hätten bereits darüber gesprochen, Max. Gestaltwandler werden nicht vor Zeugen mit einem Messer oder einer Pistole getötet. Das weißt du doch.« Charlie, die draußen vor der Trainingseisbahn stand, griff nach Max' Hand und hielt sie hoch. »Benutz beim nächsten Mal deine Krallen.«

»Nein, nein«, schaltete Berg sich schnell ein und trat zwischen die beiden Schwestern. »Nur wenn dich jemand direkt angreift, wird getötet. In Ordnung? Ich habe gesehen, wie du dich auf ihn gestürzt hast, Max. Er hat dich nicht zuerst angegriffen.«

»Aber ich habe ihn gewarnt«, verteidigte Max sich. »Ich habe ihm gesagt, dass ich ihn totschlagen würde, wenn ich ihn jemals wiedersähe.«

Berg nickte. »Ich verstehe den Gedankengang, aber ich bin mir nicht sicher, ob ein Gericht das als akzeptable Entschuldigung für einen Mord betrachten würde. Unvernünftig, ich weiß. Aber was soll man machen?«

Toni kam von der Eisbahn direkt auf Charlie zu. »Also … ich sollte ihn nicht in die Nähe meiner Schwester lassen, oder?«

»Nein.«

»Kapiert. Danke.« Dann verschwand Toni, um den Rest ihrer Geschwister aufzuspüren.

»Es tut mir …«, begann Stevie, aber Charlie fiel ihr ins Wort, indem sie ihrer kleinen Schwester eine Hand aufs ganze Gesicht legte.

»Sag nicht, dass es dir leid tut. *Du* hast nichts falsch gemacht.« Charlie ließ die Hand auf die Schulter ihrer Schwester sinken, zog sie an sich und küsste sie auf die Stirn. »Es tut mir leid, dass du ihn noch einmal sehen musstest.«

»Und das war auch nicht deine Schuld. Außerdem bin ich erwachsen. Ich bin kein Kind mehr. Ich sollte in der Lage sein, es zu verkraften, wenn ich ihn sehe. Ich sollte in der Lage sein …« Stevies Augen weiteten sich plötzlich und sie schaute hinter Max. »Oh mein Gott. Dutch!«

Max sah über ihre Schulter und brach sofort in Gelächter aus. »Alter, was zum Teufel ist mit deinem Gesicht passiert?«

Dutch hielt sich die Rippen und funkelte Charlie an. »Willst du es ihnen erzählen?«

Charlie verdrehte die Augen und schürzte die Lippen. Dann zog sie die Augenbrauen hoch, sagte jedoch nichts. Ihr Gesichtsausdruck entlockte Berg ein Grinsen. Sie konnte so eine unhöfliche, knallharte Type sein, wenn sie wollte.

»Charlie hat dir das angetan?«, fragte Max. Sie musterte ihn. »Warum? Was hast du gemacht?«

»Was *ich* gemacht habe?«

»Charlie ist nicht wie ich oder Stevie. Wenn sie dich windelweich geprügelt hat, dann weil sie fand, dass du es verdient hast.« Max verstummte, dann fragte sie: »Geht es um die Leute, für die du arbeitest?«

Charlie schlug Dutch auf die verletzte Brust, ignorierte sein gequältes Wimmern und schob ihn aus dem Weg, sodass sie direkt vor Max stand.

»Was weißt du über die Leute, für die er arbeitet?«

»Nicht viel. Wann immer er versucht hat, mir etwas zu erzählen, habe ich das Gespräch in andere Bahnen gelenkt. Das Thema hätte mich nicht mehr langweilen können. Und ich nehme definitiv keinen Job an, bei dem ich irgendjemandem unterstellt bin. Ich bin gern mein eigener Herr.«

Stevie stellte sich neben ihre Schwester, sah sie direkt an und fragte: »Was genau *machst* du eigentlich?«

»Du hättest Dutch nicht zu verprügeln brauchen«, fuhr Max fort. »Ich hatte nicht vor, irgendeinen Job anzunehmen.«

»Blöde Kuh! Sie haben dir keinen Job angeboten, sie wollten uns umbringen. Sie haben uns in der Bronx gesehen.«

»Eigentlich«, unterbrach sie Dutch und näherte sich den beiden wieder, »war das *nicht* der Plan.«

»Das sagst du.«

»Ich weiß. Ich wollte eigentlich nur, dass sie Max' Fähigkeiten sehen. Aber wenig überraschend interessieren sie sich jetzt für euch alle drei.«

»Was interessiert sie denn so an uns?«, fragte Stevie, wandte sich Max zu und fauchte sie wie eine Hauskatze an. Sie zog das ganze Gesicht zurück und kleine Reißzähne brachen aus ihren Kiefern.

Um ehrlich zu sein, verstand Berg nicht, was die Gruppe von Stevie wollen könnte. Es sei denn, sie hatten ein Laboratorium, von dem er nichts wusste.

»Das spielt keine Rolle«, erklärte Charlie ihren Schwestern. »Es ist alles gelogen. Sie wollen uns töten.«

Dutch ballte die Hände zu Fäusten. »Glaubt ihr wirklich«, knurrte er, »ich würde zulassen, dass euch etwas zustößt? Dass ich mich mit Leuten einlassen würde, die euch etwas tun würden, nur weil ihr die seid, die ihr seid?«

Es war die Stille, die Berg als Erstes auffiel. Es war niemals still im Sportzentrum, außer wenn es für die Nacht geschlossen war. Aber jetzt war früher Abend und im Raum herrschte Totenstille.

Er schaute auf und sah, dass ihre kleine Gruppe umringt war von bewaffneten Männern und Frauen. Gestaltwandler verschiedener Spezies und Rassen. Dee-Ann Smith stand, blutverschmiert, voller Kratzer und mit dem Arm in einer Schlinge hinter ihnen.

Und sobald Berg es merkte, merkten es auch die Schwestern, Dag und Dutch.

Dutch hob einen Finger und meinte: »Ich weiß, das sieht schlimm aus …«

Charlie lachte. Sie konnte es sich nicht verkneifen. *Ich weiß, das sieht schlimm aus?* Ja! Das sah schlimm aus. Sehr schlimm.

Aber sie war nicht unbedingt überrascht. Ob es die Gestalt war, in die Stevie wechselte, Max' Fähigkeit, Leute mit einem Messer niederzumetzeln oder ihr eigenes Geschick mit Waffen – die MacKilligan-Schwestern wurden oft eher als Belastung denn als Gewinn angesehen. Es sei denn natürlich, man brauchte eine brillante

Wissenschaftlerin, um Designermeth herzustellen. Dann übersahen die Leute nur zu gern Stevies Probleme.

Berg musterte Charlie und sie fragte sich, ob er sich Sorgen machte, dass sie den Verstand verloren hatte. Ihr Lachen zu unpassenden Zeiten führte häufig zu derartigen Bedenken. Aber Lächerlichkeiten würden für sie immer witzig bleiben.

Berg zog eine Augenbraue hoch und jetzt verstand sie, dass er sie fragte, was sie vorhatte. Er war bereit, ihr Spiel zu unterstützen, trotz des Risikos für ihn und seinen Bruder.

Bevor Charlie jedoch reagieren konnte, wandte Dutch sich der Wölfin, der Charlie den Arsch aufgerissen hatte, zu.

»Was machst du da, Dee-Ann?«, fragte er. Seine Stimme war ruhig, aber Charlie kannte den Idioten Dutch von Kindesbeinen an. Er war ein »Ruhe vor dem Sturm«-Typ von Vielfraß.

»Ich denke, wir alle sollten in unsere Büros gehen und ein hübsches, zivilisiertes kleines Gespräch führen. Ihr hättet doch nichts dagegen, oder?«

Charlie wand sich. Dieser Akzent. Oje!

»Das war nicht der Deal, Dee-Ann«, rief Dutch ihr ins Gedächtnis.

»Ich denke, du solltest dich um dein eigenes kümmern, kleiner Mann.« Sich um sein was kümmern?

»Dee …«

Die Wölfin drängte sich an den anderen vorbei und baute sich vor Dutch auf. »Stell mich nicht auf die Probe, Junge.«

In dem Moment schritt Max zur Tat. Charlie konnte nur ein Aufblitzen von Stahl sehen. Einen Moment später presste sich eine Klinge an die Kehle der Wölfin … und eine andere Klinge presste sich gegen Max' Kehle.

Die Wölfin und die Dächsin beäugten sich und wirkten beide beeindruckt vom gekonnten Umgang der anderen mit dem Messer, während beide zugleich bereit waren, zu töten.

Charlie sagte: »Zurück, Max.«

Max schaute sie über ihre Schulter hinweg an.

»Jetzt«, verlangte Charlie. Dann deutete sie ruckartig mit dem Kopf auf die Gebrüder Dunn.

»Warte mal«, sagte Berg, bevor Max sich bewegen konnte. »Du machst dir Sorgen um *mich*?«

»Ich kann nicht gegen sie kämpfen und auch noch auf dich aufpassen. Oder auf deinen Bruder.«

Die beiden Bären schauten zuerst einander und dann Charlie an.

»Du machst Witze, oder?«, fragte Dag.

»Nein. Ihr beide seid bei Auseinandersetzungen an militärische Regeln gewöhnt. Wir sind MacKilligans. Unsere einzige Regel ist, dass wir keine Augenzeugen zurücklassen.« Charlie richtete ihre Aufmerksamkeit auf die Wölfin. »Wir kommen mit«, sagte sie achselzuckend. »Es ist genauso einfach, dort keine Augenzeugen zu hinterlassen wie hier.«

Die Wölfin sah Charlie aus zusammengekniffenen Augen an, während Max ihr das Messer immer noch an die Halsschlagader drückte. Ihr Gesichtsausdruck verriet, dass die Wölfin sich gerade daran erinnerte, wie die drei MacKilligans einen ganzen Raum voller bewaffneter Männer ausgelöscht hatten. Die Gestalt, in die die kleine, kompakte Stevie gewechselt war. Was Max durchgezogen hatte. Was Charlie gerade erst vor fünf Minuten getan hatte.

Und jetzt rang die Wölfin mit der Frage, ob sie sie gleich an Ort und Stelle töten sollte. Sofort.

»Berg Dunn?«, erklang eine Frauenstimme. »Ist Berg Dunn hier?«

Stirnrunzelnd schaute Berg über die Köpfe der Gestaltwandler um ihn herum und hob die Hand. »Ja?«

»Hi! Ich bin Tanya. Bayla Ben-Zeev schickt mich.«

Charlie hatte keine Ahnung, wer das war, aber sie sah, dass Bergs Schultern sich ein wenig entspannten.

»Deiner Bitte wurde entsprochen«, fuhr Tanya fort. »Lass uns einfach wissen, wenn du noch etwas brauchst.« Tanya, die damit beschäftigt war, auf ihr Handy zu schauen, machte bereits Anstalten, wieder wegzugehen.

Aber sie stoppte, als Berg sagte: »Ähm, tatsächlich …«

»Hä?«, fragte sie und schaute zu ihm hoch.

Er deutete auf die bewaffneten Gestaltwandler um sie herum.

»Oh, richtig, tut mir leid.« Sie gab jemanden, den Charlie nicht sehen konnte, ein Zeichen. »Hierher, Ladys.«

Charlie hörte ein Knurren und begriff, dass es von der Wölfin kam. Ein verärgertes Knurren.

Lachend und schwatzend umringte eine Anzahl supergroßer – und zum Teil sehr breiter – Frauen die Gruppe, die sich um Charlie und die anderen geschart hatte. Diese Frauen waren bewaffnet, aber noch hatte keine von ihnen ihre Waffe gezogen. Stattdessen unterhielten sie sich nur miteinander.

Stevie wimmerte, schlich sich hinter Charlie und vergrub das Gesicht im Rücken ihrer Schwester. Sie keuchte. All diese Frauen – das waren nicht nur Gestaltwandlerinnen. Es waren Bärinnen. Etwas, das selbst der Wölfin Sorgen zu machen schien. Aber die Gruppe würde die MacKilligans nicht kampflos aufgeben.

»Entschuldige, Tanya«, knurrte die Wölfin förmlich, »aber diese Damen stehen im Moment unter unserem, ähm, Schutz. Also wüssten wir es zu schätzen, wenn ihr alle …«

»Entschuldigung!«, ertönte jetzt eine andere weibliche Stimme, als eine zwei Meter zehn große Frau zu der Gruppe hinübergeeilt kam. »Tut mir so leid. Ich musste die Kinder vom Eislauftraining abholen.« Die Kinder waren bei ihr. Drei insgesamt. Eins in Eishockeyausrüstung, ein anderes in einem Eiskunstlaufkleid und das dritte so klein, dass es von den massigen Schultern ihrer bewaffneten Mutter hing.

Die Bärenmutter sah sich fröhlich die Gruppe an, bevor sie gut gelaunt fragte: »Also, was steht an?«

Das war der Moment, in dem die Gefolgsleute der Wölfin ihre Waffen sinken ließen. Einer von ihnen sagte: »Tut mir leid, Dee-Ann. Wir sind raus.«

Charlie, die sich nicht ganz klar darüber war, wie angewidert sie sein sollte, fragte Berg leise: »Haben deine Bärenfreunde die Kinder dieser Frau gerade als Schutzschilde benutzt?«

»Ganz und gar nicht. Ich kenne Stephanie. Sie ist großartig im Multitasking. Sie hat ihre Kinder mitgebracht, weil sie versucht, alles gleichzeitig zu machen. Das Schöne ist: Die anderen Spezies wissen instinktiv, dass sie eine Bärin mit Jungen nicht erschrecken oder aufregen dürfen. Am Ende würde keiner mehr stehen. Das ist ihnen klar.«

Berg zwinkerte Charlie zu, bevor er sich wieder auf das, was vor sich ging, konzentrierte.

Die Wölfin trat von Max weg und beide beäugten einander, während sie ihre Messer zurück in die Scheiden schoben. Ohne ein weiteres Wort ging die Wölfin davon.

Die anderen, die mit ihr zusammen gekommen waren, hatten sich längst verabschiedet.

»Richte Bayla meinen Dank aus«, sagte Berg zu Tanya.

»Klar, sicher«, antwortete sie und tippte einen Text in ihr Telefon. »Aber denk dran, dass die Dachse nur so lange unter Bärenschutz stehen, wie sie in der Carthage Street wohnen. Verstanden?«

»Verstanden.«

»Okay. Wunderbar. Ähm … Bayla wird die anderen Organisationen informieren.« Immer noch auf ihr Telefon konzentriert, setzte sie sich wieder in die Richtung in Bewegung, aus der sie gekommen war. »Die anderen werden euch zu euren Autos begleiten, da man dieser Smith nicht trauen kann. Okay? Großartig. Danke!«

Tanya lief gegen eine der anderen Bärinnen, die sie mit einer ordentlichen Portion Kraft wegstieß. Aber weder stolperte Tanya noch ließ sie sich von ihrem Telefon losreißen. Anscheinend war nichts dazu in der Lage.

Berg sah lächelnd zu Charlie, aber dann runzelte er die Stirn. »Charlie, alles okay bei dir?«

»Ja. Warum?«

»Du siehst aus, als hättest du Schmerzen.«

»Oh.« Sie deutete hinter sich. »Stevie hat sich an meinen Rücken gehängt. Ihre Krallen bohren sich in mein Fleisch.«

»Soll ich sie wegziehen?«

»Nein.« Charlie schüttelte den Kopf. »Wenn du das machst, führt das nur zu Reißen und Zerren. Lass uns also einfach so tun, als seien wir alle normal. Als sei diese verrückte Situation vollkommen normal – dass meine Schwester sich wie ein Spinnenaffe an mich geklebt hat und dass wir umringt sind von Spielerinnen der WNBA.« Sie klatschte in die Hände. »Okay, lasst uns gehen!«

Die Gruppe marschierte auf den Ausgang zu, aber Max packte Dutch am T-Shirt und zog ihn zurück.

»Das war die Gruppe, für die du mich zu gewinnen versucht hast? Damit ich für sie arbeite?«

»Ja, genau. Warum?«

»Süßer«, sagte Max lachend. »Ernsthaft?«

»Du machst ihnen halt Angst, Max. Du machst jedem Angst.«

»Davon rede ich nicht. Diese Wölfin …?«

»Dee-Ann Smith?«

»Hast du schon mal gesehen, wie Hundetrainer im Fernsehen mit Pitbulls umgehen?«

»Manchmal.«

»Sie sagen immer: Bring keine zwei männlichen Pitbulls zusammen. Bring keine zwei weiblichen Pitbulls zusammen.« Sie deutete auf die Stelle, wo die Wölfin gestanden hatte, und auf die, wo sie selbst gestanden hatte. »Sie und ich? Zwei weibliche Pitbulls. Wenn du uns in denselben Käfig steckst, Dutch, wird eine von uns nicht wieder rauskommen.«

Kapitel 15

Ric van Holtz war nicht länger überrascht, wenn seine Frau über und über mit Blutergüssen bedeckt ein Zimmer betrat. Dee-Ann hatte einen sehr gefährlichen Job und das bedeutete, dass Ric im Laufe der Jahre Messerwunden genäht, Einschusslöcher gereinigt und mehr Eis auf geprellte und zerschundene Körperteile gepackt hatte, als er sich vorstellen konnte.

Doch er war sich nicht sicher, wie Dee-Anns letzter Auftrag – drei Frauen ein Jobangebot zu machen – zu dem geführt haben konnte, was er jetzt vor sich sah. Mit ihrem Arm in der Schlinge setzte Dee-Ann sich auf einen Stuhl seinem Schreibtisch gegenüber. Mühsam humpelnd und mit einem ganz zerschlagenen Gesicht schleppte sich Cella Malone durch sein Büro und setzte sich auf den anderen Stuhl.

Während die beiden Platz nahmen, sagten sie kein Wort, was ungewöhnlich war. Nicht bei Dee-Ann. Sie war noch nie besonders redselig gewesen. Aber normalerweise befanden sich die beiden, wenn sie zusammen kamen, bereits mitten in einem Streit über irgendetwas.

Doch sie waren hier. Stumm und ernsthaft verwundet.

»Muss ich annehmen, dass wir keine neuen Angestellten haben?«, riet Ric drauflos.

Dee-Ann sackte auf ihrem Stuhl zusammen.

Cella studierte etwas auf der einen Ecke seines makellosen Schreibtischs.

Normalerweise hätte er gefragt: »Wie schlimm ist es?« Aber er wusste es bereits irgendwie. Es geschah nicht jeden Tag, dass man einen Anruf vom Oberhaupt des BPC persönlich bekam, die einem mitteilte: »Haltet euch von den Schwestern MacKilligan fern. Sie stehen jetzt unter unserem Schutz.«

»Haben die Bären dir das angetan?«, fragte Ric schließlich.

Da geschah etwas Schockierendes. Dee sackte noch tiefer in ihrem Stuhl zusammen und ihr Blick wanderte durch den Raum, bis er auf der Wand hinter Rics Kopf kleben blieb. Cella war plötzlich ganz fasziniert von dem Metallband ihrer Armbanduhr.

Jetzt war Ric vollends verwirrt. Er nahm sich einen Moment Zeit, um die Wunden der beiden zu betrachten, und begriff, dass sie nichts Bärenartiges an sich hatten. Keine riesigen Krallenspuren auf ihren Kehlen. Kein offensichtliches Zeichen eines Schädelhirntraumas durch Tatzen oder Zähne. Sie hatte noch beide Augen. Und nichts war ihnen abgerissen worden. Wie zum Beispiel ihre Arme, Beine oder Lippen.

Nein, bei genauerer Betrachtung der Verletzungen, die den beiden Frauen zugefügt worden waren, sah es für Ric eher danach aus, als hätten sie eine Tracht Prügel bezogen. Eine heftige Du-hast-mich-sauer-gemacht-Tracht Prügel.

»Wollt ihr mir sagen, die MacKilligan-Schwestern hätten das mit euch gemacht?«

Cella räusperte sich und befingerte das Armband ihrer Uhr noch ein Weilchen, bevor sie endlich zugab: »Na ja, eine von ihnen.«

Rics zuckte am ganzen Körper, bevor er diese Feststellung mit der Frage zu erklären versuchte: »Während die beiden anderen euch festgehalten haben?«

Die beiden Frauen wechselten Blicke. Dee-Ann schoss plötzlich von ihrem Stuhl hoch und ging im Zimmer auf und ab. Cella dagegen ließ sich in ihrem Sitz zurückfallen und stieß die Luft aus. Aber keine von ihnen sprach.

»Oh«, sagte Ric. »Ich verstehe.«

»Zuerst einmal ist da Katzenhaus Securities«, erklärte der Vielfraß Charlie und deren Schwestern, während Berg sie nach Hause fuhr. »Sie beschützen die Katzennation.«

»Es gibt eine *Nation* von Katzen?«, fragte Max.

»Viele von ihnen sind Einzelgänger oder leben in kleinen Familien. Sie haben keine großen Rudel, daher bleibt ihnen nichts anderes übrig, als sich als eine Nation von Katzen zu betrachten. Und dann gibt es da noch die Gruppe.«

»Sind das die Leute, an die du uns verraten hast?«, fragte Charlie Dutch und Berg grinste. Er schaute seinen Bruder auf dem Beifahrersitz an und sah genau das gleiche Grinsen auf Dags Gesicht.

»Okay«, seufzte Dutch frustriert, »noch einmal mit Gefühl und für den Rücksitz: Ich habe euch nicht verraten! Ich habe versucht, euch Miststücken einen Job zu verschaffen. Nun, zumindest einem Miststück. Dieser Job hätte eine zur Hälfte vom Arbeitgeber getragene Altersvorsorge und Arterienpflege beinhaltet. Solche Sozialleistungen werdet ihr im Silicon Valley nicht finden. Wie dem auch sei«, fuhr er fort, »die Gruppe beschützt *alle* Gestaltwandler, einschließlich der Hybriden, Honigdachse und Vielfraße.«

»Honigdachse wollen keine Hilfe«, rief Max ihrem Freund ins Gedächtnis.

»Den Leuten von der Gruppe ist bewusst, wie die Dachse das sehen, aber sie haben trotzdem beschlossen, euch mit einzuschließen, genau wie auch meine Art, trotz dieser Gefühle. Und die Bären haben den BPC.«

»Das klingt nach einer Wohltätigkeitsorganisation.«

»Ich glaube, ich habe ihnen irgendwann mal Geld gegeben«, meldete Stevie sich zu Wort.

»Du?«

»Eine meiner Mitarbeiterin unterstützt sie sehr. Sie hat Kekse oder irgendetwas verkauft, um Geld zu sammeln. Und du weißt, wie sehr ich einen guten Schokoladenkeks zu schätzen weiß. Aber sie ist keine Bärin.«

»Der BPC *ist* eine Wohltätigkeitsorganisation. Ihnen geht es um die Erhaltung und den Schutz der Bären weltweit.«

»Und sie beschützen *uns*.« Charlie beugte sich plötzlich vor und steckte den Kopf zwischen Berg und Dunn. »Meine Frage ist, warum? Warum beschützen sie uns? Bezahlt ihr sie dafür?«

»Nein.«

»Weil wir keine Bären sind. Ich bin nicht einmal ein richtiger Dachs. Stevie ist mehr Katze. Max ist nervig.«

»Hey!«

»Also, warum helfen sie uns?«

»Weil ich sie darum gebeten habe.« Berg zuckte die Achseln, als Charlie ihn nur weiter anstarrte. »Ich weiß nicht, was du von mir hören willst.«

»Die Wahrheit. Hast du ihnen dein Leben versprochen? Schuldest du ihnen jetzt eine Blutschuld? Musst du dafür töten?«

»Wow«, sagte Dag schließlich. »Ihr seid es wirklich nicht gewohnt, dass Leute euch helfen.«

»Weil sie es normalerweise nicht tun, wenn sie nichts davon haben. Ich will euch nicht noch mehr in Gefahr bringen.«

»Du hast uns nicht in Gefahr gebracht«, beharrte Berg.

»Auf dich wurde geschossen und du bist mit einem Messer attackiert worden.«

»Nicht deinetwegen.«

»Nein, wegen meines Vaters. Ich habe seinen Fluch in dein Leben getragen.«

»Vielleicht ist der Bär einfach hilfsbereit«, meinte der Vielfraß, aber Charlie zeigte sofort mit einem anklagenden Finger auf ihn.

»Ich rede nicht mit Verrätern.«

»Er ist kein Verräter«, sagte Max. »Er ist einfach ein jämmerlicher, *jämmerlicher* Freund.«

»Na, vielen herzlichen Dank!«

»Also, Mann, was hast du erwartet? Du hättest wissen müssen, dass Charlie sauer ist, sobald sie es erfährt. Du kannst dich glücklich schätzen, dass sie dich lediglich windelweich geschlagen hat.« Max machte eine kurze Pause, dann fügte sie hinzu: »Du kannst dich glücklich schätzen, dass du noch beide Arme hast.«

»Undankbar. Ihr seid alle undankbar!«

»Du hast versucht, sie *einzufangen*?«

»Nun, wenn du es sagst, klingt das falsch«, beschwerte Dee-Ann sich.

»Dee-Ann, das sind keine wilden Löwen, die wir aus Afrika herholen. Es sind menschliche Wesen, die eindeutig dazu ausgebildet wurden, zu töten, wenn es nötig ist. Warum hast du nicht einfach mit ihnen geredet?«

»Das haben wir ja versucht. Sie waren bereits weg. Und wir können das Mädchen nicht da draußen in der Welt herumlaufen lassen.«

»Du meinst Stevie MacKilligan? Ihretwegen machst du dir Sorgen? Sie hat es geschafft, vierundzwanzig Jahre alt zu werden, ohne das Stadtzentrum von Tokio zu verwüsten wie Godzilla. Ich verstehe nicht, warum du nicht darauf vertrauen konntest, dass sie sich noch ein bisschen länger am Riemen reißt.«

»Sprich nicht in diesem Ton mit mir.«

»Nun, wenn du so unvernünftig bist …«

»Unvernünftig? Ich?«

»Wie würdest du es denn nennen, wenn du versuchst, Gestaltwandler zusammenzutreiben, deren, und ich zitiere, ›Aussehen dir nicht gefällt‹?«

»Du hast sie nicht gesehen, nachdem sie sich verwandelt hatte.«

»Das brauche ich auch nicht. Ich habe Novikov gesehen. Er hat Stoßzähne. Wie ein gottverdammtes Walross.«

»Sie ist größer als er, wenn er die Gestalt gewechselt hat. Sie muss mindestens sechs oder sieben Meter groß sein. Vielleicht größer. Das ist nicht richtig. Das ist …«

»Bitte, sag nicht unheilig.«

»… unheilig.«

Ric legte kurz den Kopf auf seinen Schreibtisch. »Ich liebe es, dass deine christlichen Wurzeln immer nur dann durchkommen, wenn du für etwas, das dir nicht passt, kein vernünftiges Argument hast.«

»Ich weiß, was ich weiß. Und ich weiß, was ich gesehen habe.«

Ric setzte sich wieder auf und konzentrierte sich auf den ersten Trainer der ihm gehörenden Eishockeymannschaft. »Cella? Was denkst du?«

»Ich habe mich gefragt, ob die beiden Ältesten Schlittschuhlaufen lernen könnten.« Sie nickte. »Sie verfügen beide über enorme Kampfkünste und die mittlere … Sie ist dumm genug, um bei Novikov als Enforcer vorzuspielen.«

Ric stützte die Ellbogen auf seinen Schreibtisch und bettete das Kinn in die Handflächen. »Also, lasst es mich zusammenfassen: Wir haben eine Stimme für die totale Vernichtung und eine Stimme, sie dazu zu zwingen, der Eishockeymannschaft beizutreten. Habe ich das richtig verstanden?«

»Ja«, antworteten beide Weibchen.

Sobald Berg in die Straße einbog, wusste Charlie, dass etwas nicht stimmte.

»Warum stehen die ganzen Bären vor unserem Haus?«, fragte Stevie, in deren Stimme Panik lag. *»Sie sind gekommen, um uns zu fressen, nicht wahr?«*

»Oh mein Gott!«, explodierte Max. »Niemand will deinen mageren Hintern fressen!«

»Ich habe einen sehr aktiven Stoffwechsel!«

Charlie schnippte mit den Fingern. »Hört auf damit«, befahl sie.

»Wie machst du das nur?«, fragte Berg, als die beiden jüngeren Schwestern sofort verstummten.

»Jahre des Trainings und der Misshandlung, mein Freund. Jahre des Trainings und der Misshandlung.«

»Wie eine russische Bärenführerin.«

»Ja, genau. Es ist toll, bis sie sich plötzlich vor laufender Kamera gegen dich wenden und dir den Skalp vom Kopf reißen.«

»Du weißt schon, dass wir hier sind?«, fragte Max.

»Sei still.« Berg hielt den Wagen an. Charlie stieg aus und befahl ihren Schwestern: »Bleibt hier, bis ich …«

Aber Max war bereits aus dem Wagen gestiegen und ging auf die Schar von Bären zu. Stevie war ebenfalls ausgestiegen und auf den nächststehenden großen Baum geklettert, wo sie niemand Bestimmten unnütz anfauchte.

Seufzend schloss Charlie die Autotür und beeilte sich, Max einzuholen.

»Was ist los, Tiny?«, fragte sie, als sie ihren Vermieter sah.

»Irgendetwas ist in Ihrem … Was ist mit Ihrem Gesicht passiert?«

»Es ist nichts. Ich bin nur in eine Schlägerei mit einer Wölfin geraten und … was war die andere?«

»Sibirischer Tiger«, antwortete Max. »Ja. Sibirischer Tiger. Oh, und er.« Sie zeigte auf Dutch.

Tiny starrte Dutch an und dann wieder Charlie, bevor er Dutch informierte: »Sie hat Ihnen den Arsch aufgerissen.«

»Dessen bin ich mir bewusst«, blaffte Dutch. »Können wir jetzt wieder auf das zurückkommen, was Sie gerade gesagt haben?«

»Jemand ist in Ihrem Haus.« Tiny zog die Nase kraus. »Er hat versucht, seinen Geruch zu überdecken. Ich rieche vor allem Bärenspray, aber … wer versprüht Bärenspray, nur um sich in unser Viertel zu schleichen? Ich kann mir nicht vorstellen, dass jemand so dumm ist.«

Aber Charlie konnte es. Sie sah Max an und der Gesichtsausdruck ihrer Schwester sagte ihr, dass sie den gleichen Gedanken hatte.

»Wo ist dein Hund, Berg?«, fragte Charlie.

Berg pfiff, dann rief er: »Hey, Arschgesicht!«

Charlie stieß ein leises Knurren aus. »Du musst diesem Hund einen richtigen Namen geben.«

»Wieso ist das kein richtiger Name?«

»Tu das …« Sie brach ab. Jetzt war nicht der richtige Zeitpunkt dafür.

Bergs Hund kam hinter seiner Hütte hervor und ließ sich Zeit damit, über die Straße zu der Gruppe zu traben. Sobald er neben ihnen stand, beugte Charlie sich etwas vor, um ihm in die Augen zu schauen – selbst auf allen vieren war der Hund verflucht riesig –, dann flüsterte sie ihm etwas ins Ohr.

Bellend lief er zum Haus und sprang durch ein offenes Fenster, von dem Charlie mit Sicherheit wusste, dass sie es zugezogen und verriegelt hatte.

»Was hast du ihm gesagt?«, fragte Dag.

»Das geht nur uns Hunde etwas an.« Sie feixte. »Du würdest es nicht verstehen.«

Sie hörten lautes Jaulen von oben. Dann ertönte ein Krachen, Fußgetrappel, ein weiteres Krachen, ein paar Schreie, schmerzerfülltes Gebrüll, das nicht von einem Hund kam, bis schließlich ihr Vater durch ein Fenster im oberen Stockwerk stürzte, das Schindeldach hinunterrollte, vom Dach zu Boden fiel und auf eine Weise landete, die ihn eigentlich hätte umbringen müssen. Sein Nacken kam als Erstes auf dem Boden auf, die Beine angewinkelt und über dem Kopf verschränkt.

Obwohl die Bären erschrocken aufkeuchten, blieben Charlie und ihre Schwestern vollkommen ungerührt, als Freddy MacKilligan sich abrollte und anscheinend unversehrt aufstand.

»Du«, sagte das Arschloch und zeigte anklagend mit dem Finger auf Charlie, »hast diese bösartige Bestie nach oben geschickt, damit sie mich angreift.«

Charlie beantwortete diese Anschuldigung, indem sie ihrem Vater mit der Faust ins Gesicht schlug. Max schlug ihm die Faust in die andere Seite des Gesichts.

Das war der Moment, in dem Stevie den sicheren Schutz ihres Baums verließ.

»Nein, nein, *nein!*« Sie kletterte am Baumstamm hinab und lief zu der Gruppe. Sie musste die Zähne zusammenbeißen, um sich einen Weg durch die ganzen Bären zu bahnen, aber sie tat es trotzdem. Und sie tat es für *ihn*.

Stevie baute sich vor dem jammernden Idioten auf, der damit beschäftigt war, seinen Kiefer wieder an Ort und Stelle zu bringen. Wenig überraschend war das hier nicht das erste Mal – und würde auch nicht das letzte Mal bleiben –, dass jemand ihrem Vater den Kiefer ausrenkte. Es war schon so oft passiert, dass er nicht einmal mehr einen Arzt brauchte. Er musste ihn einfach an die richtige Stelle zurückziehen. Die Bären wanden sich, als sie das Knacken hörten.

»Ihr undankbaren Miststücke!«, bellte er, als er wieder sprechen konnte.

Max gab ein warnendes Fauchen von sich, bevor sie ihre messerscharfen Krallen ausfuhr. Sie wollte im Blut ihres Vaters baden, wenn sie ihn umbrachte.

»Was zum Teufel machst du hier?«, fragte Charlie scharf.

»Ein wenig Respekt, bitte. Ich bin dein Vater.«

»Scheiß auf den Respekt, du Mistkerl. Weißt du, was du getan hast? Kümmert es dich überhaupt?«

»Seht ihr?«, fragte ihr Vater niemand Bestimmten. »Das ist der Grund, warum ich einen Sohn brauche. Ihr seid für mich nutzlos. Ihr wisst nicht einmal, was ich durchgemacht habe, und schon klagt ihr mich an.«

»Ich klage dich an, weil du ein Idiot bist. Und du hast keine Sohn, weil deine DNA genauso verkorkst und impotent ist wie du!«

Es war ein Schlag unter die Gürtellinie. Einer, der dazu gedacht war, zu verletzen. Aber kein Kind wollte hören, dass der eigene, verhasste Vater es nie gewollt hatte, weil es mit einer Vagina geboren worden war.

Der Pfeil, den Charlie ihm mit seinem eigenen Bogen zurückschoss, traf sein Ziel. Ihr Vater packte sie am T-Shirt, krallte die Faust in den Baumwollstoff und zog sie ganz nah zu sich heran.

Charlie hatte keine Angst. Sie hatte schon vor Jahrzehnten aufgehört, ihren Vater zu fürchten. Außerdem war Max da. Die holte gerade mit den Krallen aus und bereitete sich auf einen Angriff vor, der so brutal sein würde, dass der Bastard dabei leicht seinen Arm verlieren konnte. Aber bevor Max das Begonnene beenden konnte, war Berg Dunns massiger Körper zwischen Charlie und ihrem Vater. Dag stand auf der anderen Seite.

Und die übrigen Bären? Sie waren bereit, sich in Bewegung zu setzen. Charlies Grizzly-Nachbarn hatten ihre Grizzlybuckel wachsen lassen. Reißzähne wurden sichtbar. Krallen. Alle ausgefahren und bereit zum Angriff.

Irgendwo hinter ihrem Vater wimmerte Stevie. Charlie wusste, dass ihre arme Schwester ihre ganze Energie zusammennahm, um nicht schreiend aus der Straße zu rennen, aus dem Viertel, aus dem Bundesstaat, aus dem Land …

Absolut ruhig und mit gesenktem Blick knurrte Berg: »Sir, ich möchte Ihnen dringend nahelegen, die Hand von Ihrer Tochter zu nehmen. Und ich meine, *jetzt sofort*.«

Dumm, aber stets ein Überlebenskünstler, betrachtete Freddy MacKilligan das, was um ihn herum geschah, mit neuen Augen. Auch wenn Stevie und Max hier die Kleinsten waren, drohte ihnen dennoch die geringste Gefahr. Sämtliche Bärenaugen waren auf Freddy gerichtet. Da wusste er es. Er ließ Charlies T-Shirt los und hob beide Hände, die Handflächen nach außen gedreht, um seiner Umgebung zu zeigen, dass er keine Gefahr darstellte.

»Also, wenn Sie ein paar Schritte zurücktreten würden«, schlug Berg vor – befahl es genau genommen. Charlie wusste nicht, warum, aber Bergs Blick war immer noch nicht richtig auf Freddy gerichtet.

Als ihr Vater sich nicht schnell genug bewegte, erschien Bergs Hund und schob sich zwischen Freddy und sein Herrchen. Er knurrte und schnappte, bis ihr Vater zurückstolperte. Dann ging der Hund um Berg herum, stupste Dag mit der Nase aus dem Weg und setzte sich neben Charlie. Sie beugte sich vor und tätschelte den riesigen Kopf des Hundes.

»Du musst verschwinden«, sagte Max zu ihrem Vater. »Auf der Stelle.«

»Ich brauche einen Ort, an dem ich unterkommen kann.«

Er hatte die letzten Worte kaum ausgesprochen, als Max und Charlie auch schon in Gelächter ausbrachen. Das dreckige, laute, *gemeine* Lachen, das sie nur benutzten, wenn es um ihren Vater ging.

»Fick dich! Verschwinde!«, sagte Charlie, immer noch lachend.

»Ihr werft mich einfach auf die Straße?«

»Ja«, antworteten Charlie und Max wie aus einem Mund.

Er wandte sich an das schwächste Glied der Kette. »Stevie?« Er bemühte sich um einen traurigen Gesichtsausdruck. »Du würdest deinen Daddy doch nicht hinauswerfen, nicht wahr, Schätzchen?«

Stevie nahm ihren Rucksack ab und wühlte ihr Portemonnaie hervor. Sie zog mehrere Geldscheine heraus. »Nimm das. Geh.«

»Stevie!«

»Du musst gehen. Ich kann dich nicht ewig beschützen. Und selbst ich verliere langsam die Geduld.«

»Aber ich bin dein Vater.«

»Ich weiß«, sagte Stevie mit einem Seufzer und zog die Träger ihres Rucksacks wieder über die Schultern. »Ich habe meine DNA zweimal überprüft. Du bist definitiv mein Vater.« Und sie hätte angesichts dieser Information nicht mutloser klingen können. »Aber alle meine Therapeuten sagen, ich müsse mich von toxischen Beziehungen befreien. Und, Daddy, du bist toxisch.«

»Das ist *ihre* Schuld, nicht wahr?«, sagte Freddy und richtete seinen anklagenden Blick auf Charlie und Max. »Sie haben dich gegen mich aufgehetzt.«

Stevie schüttelte den Kopf. »Mir kommt es vor, als würdest du nicht einmal versuchen, mir zuzuhören.«

»Ich werde nicht zulassen, dass diese beiden bösartigen Weibchen sich zwischen uns stellen. Ich habe dich lieb, Stevie. Du bist meine Lieblingstochter.«

Stevie wand sich sichtlich und fragte: »Soll das etwas Gutes sein? Warum, um alles in der Welt?« Sie wehrte ab, als er versuchte, sie zu umarmen. »Daddy, geh einfach.«

Charlie, die die Nase endgültig voll hatte, nahm das Handy aus ihrer Gesäßtasche.

»Was machst du da?«, fragte ihr Vater scharf.

»Ich rufe Onkel Will an und erzähle ihm, wo genau du dich in eben diesem Moment aufhältst.«

»Das würdest du nicht wagen.«

Charlie hielt kurz ihr Handy hoch. »Mein Tarif schließt Auslandsgespräche ein. Will weiß, dass du sein Geld gestohlen hast.«

»Habe ich nicht!«

Charlie hielt inne und ließ erschöpft die Schultern sinken. »Wirklich, Dad? Ernsthaft? Natürlich hast du dem Mann sein Geld gestohlen. Und ich hoffe, er schneidet dir dafür die Kehle durch.«

Freddy schlug ihr das Telefon aus der Hand. Charlie zog ihre Waffe und richtete sie auf den Kopf ihres Vaters, aber bevor sie abdrücken konnte, hatte Berg Charlie bereits hochgehoben und weggetragen. Dag legte Freddy eine Hand an die Kehle und schob den viel kleineren Dachs rückwärts, ohne auf sein wildes Gezappel und seine Flüche zu achten.

»Schaff meine Schwester hier weg«, bat Max Berg und warf ihm Charlies Telefon zu. »Anderenfalls wird sie ihn umbringen.«

Er nahm Max' Rat an und trug Charlie zu seinem Haus. Aber Charlie, die außerstande war, ihren Zorn im Zaum zu halten, schrie: »Das hier ist noch nicht vorbei, Alter! Ich werde dich jagen und töten! Ich werde Will anrufen und ihm genau sagen, wo du bist! Ich werde dafür sorgen, dass sämtliche MacKilligans nach deinem blöden Arsch suchen! Und wenn Will dir das Herz herausschneidet, werde ich es zusammen mit einem guten schottischen Bier verzehren, du wertloser Hurensohn!«

Berg trug Charlie in sein Haus und in sein Wohnzimmer. Er setzte sie aufs Sofa, ließ sich neben ihr in die Kissen sinken und nahm ihr die Waffe ab. Er leerte die Kammer, zog das Magazin heraus und legte alle Einzelteile auf den Couchtisch vor sie.

Als das erledigt war, lehnte er sich entspannt zurück, sein Arm an ihrer Schulter.

Mehrere Minuten lang saßen sie so da, schweigend, bis er schließlich wiederholte: »Mit einem guten *schottischen* Bier.«

Charlie lachte und konnte nicht sofort wieder damit aufhören. Nur ihr Vater vermochte es, sie so psychotisch werden zu lassen. In jedem anderen Bereich ihres Lebens war sie vernünftig, gelassen, rational. Aber bei ihrem idiotischen Vater …

Sie lehnte sich an Bergs kräftigen Arm und Lachtränen strömten ihr übers Gesicht.

»Es war so konkret«, bemerkte Berg und stimmte in ihr Gelächter ein.

»Es tut mir leid«, sagte sie.

»Was tut dir leid?«

»Dass ich den Wahnsinn meiner Familie in eure hübsche, ruhige Straße gebracht habe.«

»Mach dir darüber keine Gedanken. Bären lieben solchen Scheiß.«

Charlie wischte sich die Tränen ab und sah ihn an. »Tun sie das?«

»Wir behaupten, so etwas zu hassen, aber wir sind alle so neugierig …« Er zuckte die Achseln. »Wir lieben es wirklich, zuzuschauen, wenn es nicht uns betrifft. Tut mir leid.«

»Solange der Wahnsinn meines Vaters dich nicht in eine schlimme Lage mit deinen Nachbarn bringt, ist es mir egal, wenn sie jede Sekunde des Dramas mitkriegen. Es ist das Mindeste, was wir für euch tun können. Du weißt schon, euch zu unterhalten.«

»Bist du dir sicher, dass es in Ordnung ist, Max mit eurem Dad allein zu lassen? Sie schien genauso versessen darauf zu sein, ihn zu töten, wie du.«

»Sie reagiert auf mich. Wenn ich nicht dabei bin, wird sie schon klarkommen. Außerdem würde sie Stevie nicht aufregen wollen, indem sie ihn tötet. Sie weiß, dass Stevie ihr dann ewig damit in den Ohren liegen würde. Selbst wenn wir bereits im Altenheim wären und Max auf dem Totenbett, würde Stevie eine Gelegenheit finden, diesen Scheiß zur Sprache zu bringen und Max deswegen ganz von Neuem ein schlechtes Gewissen zu machen.«

»Wow, dann ist sie ziemlich gut.«

Charlie lächelte und war stolz auf ihre beiden Schwestern, jeweils aus vollkommen unterschiedlichen Gründen. »Stevie kann alles aus einem Buch lernen. Wenn es um Psychiatrie geht, hat sie sie alle gelesen. Also setzt sie Schuldgefühle ein wie ein Schwertmeister seine Klinge. Und Max ist nicht annähernd so psychopathisch, wie der Sozialarbeiter gesagt hat, denn sie hat durchaus Schuldgefühle. Zumindest rede ich mir das ständig ein.«

Max packte ihren Vater im Genick und zerrte seinen blöden Arsch ins Haus, während Stevie voranging, weil sie zu große Angst hatte, bei den Bären zurückzubleiben.

Dag übernahm es, dafür zu sorgen, dass die Nachbarn sich zerstreuten, obwohl Max einige von ihnen hatte fragen hören, ob Charlie aufgebracht genug sei, um wieder anzufangen zu backen.

Sobald sie in der Küche waren, stieß Max ihren Vater von sich. Er wirbelte herum und holte mit der Faust aus. Aber Max brauchte nur den Kopf schräg zu legen und ihn anzustarren. Schnell änderte er seine Herangehensweise. Er ließ die Faust sinken, lächelte und breitete die Arme aus. »Süße!«

Sie hob die Hand. »Spar dir die Mühe. Sammele deinen Scheiß zusammen und verschwinde.«

»Ich kann nirgendwohin. Sie wollen mich töten.«

»Weil du deinen eigenen Bruder bestohlen hast.«

»Das ist nicht …«

»*Dad.*«

»Es war ein Versehen.«

Max schaute zu Stevie hinüber, aber ihre kleine Schwester schüttelte nur traurig den Kopf, bevor sie sich auf einen der Küchenstühle fallen ließ.

»Okay, na ja, kein Versehen«, korrigierte ihr Vater sich. »Aber …«

»Wo ist das Geld, Dad?« Als ihr Vater sie nur anstarrte, riet Max: »Jemand hat es dir gestohlen, nicht wahr?«

»Es ist nicht meine Schuld!«, rief er. Es war der Refrain dieses Mannes. Ihrer Tante zufolge setzte er ihn ein, seit er sprechen konnte. Das war sein erster vollständiger Satz gewesen. »Aber Will macht mich trotzdem dafür verantwortlich. Er hatte es schon immer auf mich abgesehen. Ihr müsst mir helfen.«

»Nein«, sagte Stevie, bevor Max den Mund öffnen konnte. »Nein, Daddy, müssen wir nicht.«

»Ihr werft mich auf die Straße?«, heulte er und machte eine weit ausholende Bewegung mit dem Arm.

»Das brauchen wir gar nicht«, meinte Stevie sachlich. »Die Bären werden das für uns erledigen.«

Sie schaute hinter Freddy und Max drehte sich zur Seite, damit sie es ebenfalls sehen konnte. Dag stand draußen vor dem Küchenfenster und beobachtete ihren Vater mit seinen braunen Augen.

»Alles in Ordnung?«, fragte der Bär. »Braucht ihr irgendetwas?«

»Noch nicht, Dag«, antwortete Max. »Aber geh nicht weg.«

Freddy ließ den Kopf sinken, als er begriff, dass er seine Töchter nicht so manipulieren konnte, dass sie ihn hierbleiben ließen. Nicht einmal Stevie.

»Na schön«, sagte er. »Ich gehe. Aber glaubt ihr, ihr könntet mir ein klein wenig mehr …«

»Geld geben?«, fragte Max und als ihr Vater sie nur ansah, blaffte sie schließlich: »Wie zum Teufel stiehlt man über hundert Millionen Dollar und hat, Herrgott noch mal, *immer noch kein Geld*?«

Kapitel 16

Charlie stand auf. »Ich gehe lieber wieder zu den anderen.«

»Das klingt für mich nach einer wirklich schlechten Idee.«

Sie nickte. »Das ist es auch. Ich kann nicht lügen, aber ...«

Berg ergriff ihren Arm und sie dachte, er würde sie zurück auf das Sofa ziehen, aber er stand auf und führte sie in die Küche. Er blieb stehen, nahm zwei Bier aus dem Kühlschrank und begleitete sie dann zur Hintertür hinaus.

Auf der Veranda blieb er stehen, bevor er die Fliegentür schloss und sich auf die oberste Stufe fallen ließ. Er ließ ihren Arm nicht los und zog Charlie auf die Stufe neben sich. Dann reichte er ihr ein Bier. Sein eigenes hatte er in der Hand.

Charlie wusste ehrlich nicht, was sie danach erwartet hatte, aber sie war vollkommen unvorbereitet auf das, was er tat.

Nämlich absolut gar nichts.

Sie wartete weiter auf irgendetwas, zum Beispiel eine »typische Typen-Aktion«, wie Max es nannte. Ein Streicheln über den Nacken. Ein Kuss auf die Wange. Eine Massage für ihre Schultern. Aber nein. Er trank einfach nur sein Bier. Wortlos.

Charlie wurde so nervös, dass sie schließlich fragte: »Was machst du gerade?«

»Ich? Gar nichts.«

»Ja. Warum machst du nichts?«

»Willst du, dass ich etwas mache?«

»Nein.«

»Dann ... okay.«

»Ich schätze, ich bin einfach daran gewöhnt, dass Typen den ersten Schritt tun.«

»Welche Typen?«

»Einfach irgendwelche Typen.«

»Vollmenschliche Männer?«

Charlie nahm einen Schluck von ihrem Bier. »Ja, meistens.«

»Nun, die meisten männlichen Gestaltwechsler tun nicht den ersten Schritt.«

»Warum nicht?«

»Es gefällt uns, wenn unsere Gesichter am Rest von uns befestigt sind, statt auf dem Boden vor unseren Füßen zu liegen.«

»Du denkst, ich würde dir etwas tun?«

»Nicht mit Absicht. Meine Schwester hatte auch nicht vor, ihrem Freund auf der Highschool fast den Arm abzureißen, als er sich von hinten an sie heranschlich und versuchte, ihr die Augen zuzuhalten. Mein Dad musste ein unangenehmes Gespräch mit den Eltern des Jungen führen.«

»Also bist du einfach vorsichtig … ganz allgemein.«

»Ja. Ich will nicht, dass mir die Arme abgerissen werden.«

Charlie gluckste leise. »Ich glaube nicht, dass ich diese Arme abreißen *könnte*.«

»Ich habe dich kämpfen sehen. Doch, das könntest du.«

Britta kam um das Haus herum, mit einer großen Reisetasche und einem Hockeyschläger und in Begleitung von mehreren anderen Spielern.

»Was ist los?«, fragte sie. »Hier lungern Leute herum. Ich weiß, dass ein Drama im Gange ist, wenn Leute herumlungern.«

»Es ist keine große Sache«, sagte Berg, der versuchte, Charlie vor etwas zu beschützen, wovor er sie nicht beschützen konnte. Vor der wandelnden Peinlichkeit, die ihr alter Herr darstellte. »Geh einfach zum Training.«

Charlie runzelte die Stirn. »Ich dachte, du warst gerade beim Training.«

»Das war das Training mit Novikov. Dann kommen wir hierher, essen eine Kleinigkeit und gehen zur Eislaufbahn ein paar Straßen von hier, damit niemand heult.«

»Ich konnte nichts dafür«, verkündete einer der Spieler und ging weg. »Er war *wirklich gemein* zu mir.«

»Seht ihr?«, fragte Britta. »Also, was ist hier los?«

»Britta.«

»Mein Vater ist hier«, verkündete Charlie, die sich weigerte, irgendetwas vorzutäuschen, wenn es um Freddy MacKilligan ging. »Und er führt sich wie ein Arschloch auf.«

»Warum ist er hergekommen?«, fragte Britta. »Hat er nicht gerade seinem eigenen Bruder hundert Mille gestohlen?«

»Britta!«

»Was denn, Berg? Ist das ein Geheimnis?«

»Es ist nichts, das man einfach so verkündet.«

Charlie zuckte die Achseln. »Verkünde ruhig drauflos.«

Charlie fing an, ihren Nacken zu dehnen, weil sie sich bei dem Gedanken an eine weitere Auseinandersetzung mit dem Idioten schon wieder verkrampfte.

»Ich sollte rübergehen«, wiederholte sie, aber selbst sie wusste, dass keine echte Überzeugung hinter dem Satz steckte.

»Er ist immer noch da drüben?«, fragte Britta.

»Meine Schwestern werden versuchen, ihn loszuwerden, aber Stevie ist zu nett und ich will nicht, dass Max im Gefängnis landet, daher …«

Britta ließ ihre Tasche und ihren Schläger fallen. »Kommt mit, Leute«, sagte sie zu den anderen Spielern, bevor sie davonmarschierte.

Charlie sprang auf, um sich der Bärin in den Weg zu stellen, aber Berg legte ihr eine Hand auf die Hüfte und ließ sie wissen: »Du kannst sie sowieso nicht aufhalten.«

»Aber sie muss nicht …«

»Für Britta gibt es kein ›muss‹. Es geht um ihren grenzenlosen Willen.«

Stevie, erfüllt von blinder Frustration wegen ihres Vaters, war erleichtert, als sie die Türklingel hörte. Sie eilte zur Haustür und riss sie auf.

»Ja?«, fragte sie den jungen Mann, der dort stand.

Er seufzte und schüttelte den Kopf. »Du erinnerst dich *immer noch nicht* an mich?«

»Sollte ich?«

»Du hast mich erst vor wenigen Stunden gesehen. Ich bin Cooper.« Als sie ihn nur weiter stumm anstarrte, fügte er hinzu: »Mr Bedürftig?«

»Oh! Kyles Bruder.« Sein Blick wanderte nach oben und er holte mehrmals tief Luft. »Brauchst du irgendetwas?«, drängte sie. »Oder willst du nur ein Autogramm von mir?«

»Erst habe ich mich bei dieser Sache ganz mies gefühlt, aber jetzt …« Er sah sie direkt an, streckte den Arm aus und riss jemanden zu sich herüber. Kyle. »Hast du etwas dagegen, wenn er für eine Weile bei dir bleibt?«

»Na ja …«

»Wunderbar!« Kyles Bruder schubste Kyle ins Haus und ignorierte die Tatsache, dass sein Bruder stolperte und beinahe hinfiel, bevor er die Kontrolle über seine langen Beine zurückgewann. »Ich glaube, die Familie braucht eine Pause von ihm, und du schienst mir eine bessere Option zu sein als das Motel 6 am LaGuardia.«

Angewidert schüttelte Stevie den Kopf und sagte tadelnd: »Ich fasse es nicht. Kyle Jean-Louis Parker ist ein *Genie*. Und als Mitgenie finde ich, ihr solltet ihn viel besser behandeln …«

»Ich kann das nicht!«, brüllte der überschätzte Pianist dramatisch, bevor er zu seiner wartenden Limousine zurückstampfte. »Ich kann das nicht!«, schrie er wieder, dann stieg er ein und verschwand die Straße hinunter.

»Wow«, sagte Stevie zu dem armen Kyle, während sie Anstalten machte, die Tür zu schließen. »Dein Bruder hat vielleicht Probleme. Hat er mal ein paar psychologische Tests machen lassen?«

»Natürlich nicht. Obwohl ich es ihm nachdrücklich empfohlen habe.«

Stevie hatte die Haustür schon fast geschlossen, als jemand sie wieder aufdrückte.

»Hey, Stevie.« Die Worte wurden ganz locker ausgesprochen. Aber sie wurden ganz locker von einem Bären ausgesprochen, der neben mehreren anderen Bären und einigen Hunden und Katzen stand.

Ohne nachzudenken und nur aus einem Instinkt heraus wölbte

Stevie den Rücken und sprang ungefähr drei Meter nach hinten. Dann kletterte sie über einen Ohrensessel und drückte sich in die Ecke.

Britta gaffte sie an, bevor sie bemerkte: »Ich weiß nicht, was zur Hölle das war. Aber wir werden nicht weiter darüber reden. Ich bin wegen deines Vaters hier.«

Stevie keuchte auf. »Werdet ihr ihn fressen?«

Britta setzte zu einer Antwort an, brach ab und ging stattdessen ins Haus. Ihre Freunde folgten ihr.

»Herausragende Spezies«, meinte Kyle. »Glaubst du, dass sie für mich Modell sitzen würden?«

»Hast du keine Angst, dass sie dich auffressen?«

»Nein.«

»Du Glücklicher.«

Bevor Stevie ihren Vater vor den Bären warnen konnte, klopfte es schon wieder an der Haustür und jemand sagte: »Hallo?«

»Ja?«, rief sie und wagte kaum, sich zu bewegen.

Der Asiate kam langsam herein und schaute sich um.

»Was machst du hier?«, fragte Kyle den Mann voller Verachtung.

Der Mann grinste, als er Kyle sah. »Deine Schwester hat mich herbeordert. Ich soll an deiner Seite bleiben, solange du nicht bei deiner Familie bist. Für den Fall, dass jemand versucht, dich umzubringen. Du bist ja so schrecklich wichtig.«

»Ich *bin* wichtig, du Bauer.«

»Wenn du weiter Leute als Bauern bezeichnest, wird dich wahrscheinlich jemand umbringen.«

»Wie auch immer. Ich habe Hunger.« Kyle schnupperte und ging in Richtung Küche.

»Hi«, sagte der Mann und winkte Stevie verhalten zu. »Ich muss mich entschuldigen.«

»Kyle sollte wirklich beschützt werden. Sein Gehirn ist sehr wichtig.«

»Wenn Sie es sagen.«

Stevie ging um den Sessel herum zu dem Mann und streckte die Hand aus. »Stevie MacKilligan.«

»Shen Li. Wir sind uns schon einmal begegnet. In Livys Wohnung, als Ihre Schwester versucht hat, ihre Cousine und den Grizzly zu töten.«

»Oh. Ich glaube, ich erinnere mich tatsächlich an Sie.« Sie zog die Hand weg und fragte: »Sind Sie ein Bär?«

»Ja. Riesenpanda.«

»Wissen Sie« – sie drückte sich die Hand auf die Brust – »ich habe überhaupt keine Angst vor Ihnen.«

»Sollten Sie auch nicht.« Er grinste. »Ich bin sehr nett.«

»Und so süß!« Sie umfasste mit beiden Händen sein Gesicht und kniff in seine Wangen. »Wie ein großes Plüschtier!«

»Ähm …«

»Hey«, sagte Max hinter ihr, »Dad streitet sich mit ein paar Bären. Ich hoffe wirklich, sie treten ihm in den … Stevie! Was um Teufel machst du da?«

»Ist er nicht *süß*?«, fragte Stevie, die Finger immer noch auf Shens Gesicht. Aber da war ihre Schwester schon neben ihr und schlug ihre Hände herunter.

Max wusste nicht, was ihre idiotische Schwester sich eigentlich dachte. Der Riesenpanda wirkte nicht nur verärgert und verwirrt, er war auch bewaffnet. Eine Sig Sauer steckte in einem Holster an seiner Jeans, nur knapp verdeckt von einer leichten Jacke.

Er war nicht so groß wie die Grizzlys und die Katzen, die gerade in ihr Haus gestürmt waren, nur einen Meter achtzig oder so. Seine Schultern waren allerdings verflucht breit und unter dem schwarzen T-Shirt und den Jeans waren ausschließlich Muskeln. Im Gegensatz zu Max färbte er sein schwarzes Haar nicht in einer einzigen Farbe, sondern ließ die weißen Streifen mit Stolz zwischen seinen dicken schwarzen Strähnen leuchten. Hohe Wangenknochen betonten die schwarzen Augen, die gegenwärtig Stevie anstarrten.

»Aber sieh ihn dir doch an!« Stevie kreischte fast. »Er ist so verdammt niedlich!«

Max wusste nicht, was ihre Schwester sich da anschaute. Der Mann, den *Max* sah, hatte wahrscheinlich eine militärische Ausbildung und keine Bedenken, Leuten wehzutun, die zu nah an diejenigen herankamen, die er zu beschützen versuchte. Aber Stevie benahm sich, als sei er einer dieser riesigen Plüschpandas im vorderen Bereich eines großen Spielzeugladens.

Max zog die Hände ihrer Schwester von dem Gesicht des armen Burschen weg und zerrte sie quer durch den Raum. Sie wollte gerade anfangen zu brüllen, als Britta durchs Haus gestampft kam. Sie hatte Freddy MacKilligan vornübergebeugt an den Haaren gepackt, damit er sich nicht wehren konnte. Sie hielt ihn vor sich und schubste ihn weiter, während ihre Freunde ihr durch ihre bloße Anwesenheit Rückendeckung gaben.

»Ihre Tochter will, dass Sie verschwinden, also verschwinden Sie«, erklärte Britta ihm gelassen. »Falls Sie zurückkommen, werden wir Ihnen die Haut von den Knochen ziehen.«

Sie führte ihn aus dem Haus und ihre Freunde verschwanden mit ihr. Die Tür schlug zu, und Max stieß einen Seufzer aus. Sie wusste nicht, wie Charlie es Tag für Tag schaffte, die Ordnung aufrecht zu erhalten. Ehrlich, es wäre einfacher gewesen, die Flucht zu ergreifen oder alle in einem Fünf-Meilen-Radius zu erledigen. Illegal, aber einfacher.

Oh, und … ja … *moralisch* falsch.

Der Panda entfernte sich von Max und Stevie und sagte: »Ich werde hierbleiben, um den Jungen im Auge zu behalten. Ich hoffe, Sie haben nichts dagegen.«

»Moment mal. Der Junge bleibt?«

»Bestimmt nur für eine Nacht. Anscheinend hat es irgendein Familiendrama gegeben.«

Nun, das verstand Max vollkommen.

»Er ist mein Freund«, sagte Stevie und entriss Max die Arme. »Kyle kann bleiben, solange er will.«

»Wie alt ist der Junge?«

»Siebzehn.«

Max zog eine Augenbraue hoch und Stevie keuchte auf. »Wir sind nicht so eine Art von Freunden!«

»Das will ich dir auch geraten haben. Ich bin mir sicher, das würde Charlie überhaupt nicht gefallen.« Max machte Anstalten, in die Küche zurückzukehren, registrierte aber, dass Stevie sich wieder dem arglosen Panda näherte, der sich abgewandt hatte und gerade seine Tasche auf dem Sofa abstellte.

Voller Angst, was sie möglicherweise als Nächstes tun würde, eilte Max hinzu und packte ihre Schwester um die Taille. Sie hob sie hoch und trug sie aus dem Wohnzimmer und in die Küche am anderen Ende des Flurs.

Max setzte sie ab und wirbelte Stevie zu sich herum. »Ich sage das nur einmal: Halt dich von dem Panda fern.«

Stevie klatschte in die Hände und gurrte: »Aber er ist so *süß*!«

Ungefähr fünfzehn Minuten später kehrte Britta zurück und schien sehr stolz auf sich zu sein.

»Alles erledigt.«

»Danke.«

»Und nur damit du dich entspannen kannst, ich habe drei der Mueller-Jungs ein paar Häuser weiter dafür bezahlt, deinen Vater nach Philly zu fahren. Sie werden ihn mitten in der Southside absetzen. Dort ist er dann auf sich gestellt.«

Schockiertes Gelächter brach aus Charlie heraus. »Du …« Sie nahm sich einen Moment Zeit, um die Fassung zurückzugewinnen. »Das hast du nicht getan.«

»Ich habe zwei Minuten mit diesem Mann verbracht. Glaub mir, es war mir ein Vergnügen.« Sie schnappte sich ihre Tasche und ihren Schläger. »Du solltest ein Weilchen bleiben. Ich werde etwas zum Abendessen mitbringen.«

»Ich möchten keine Umstände machen.«

»Tust du nicht. Aber ich weiß aus persönlicher Erfahrung, dass man manchmal eine Pause von seiner Familie braucht. Selbst von den Leuten, die man liebt. Außerdem ist jetzt ein kleiner Klugscheißer bei dir zu Hause. Wahrscheinlich willst du heute Abend nicht dorthin zurück.«

»Was für ein kleiner Klugscheißer?«

»Keine Ahnung, aber er hat gesagt, er sei ein Genie.« Britta verdrehte die Augen. »Was auch immer.«

»Er heißt Kyle«, meldete sich einer der anderen Eishockeyspieler zu Wort.

»Oh.« Charlie nickte. »Ja, er ist tatsächlich ein Genie. Aber nach allem, was meine Schwester mir erzählt hat, macht er eine Menge Arbeit.«

»Siehst du? Du willst nicht nach Hause gehen. Bleib hier. Entspann dich. Sieh fern. Ich werde etwas zum Abendessen mitbringen.« Sie deutete auf die Spieler. »Kommt, ihr Miststücke.«

Charlie wartete, bis sie alle verschwunden waren, bevor sie Berg informierte: »Ich liebe deine Schwester.«

»Sie hat so eine besondere Art. Da wir gerade davon sprechen, du brauchst nicht zu bleiben, wenn du nicht willst.«

Charlie schaute über ihre Schulter und fragte den Bären: »Und wenn ich bleiben will?«

»Dann bist du mehr als willkommen.«

»Aber ich möchte dir keine Umstände machen.«

»Das wirst du nicht.«

Die Fliegentür wurde geöffnet und geschlossen und Dag kam auf die Veranda, kratzte sich am Kopf und starrte auf ein Blatt Papier.

»Wo bist du gewesen?«, fragte sein Bruder.

»Ich habe Befehle entgegengenommen.«

»Wer hat dir denn Befehle erteilt?«

»Ähm … alle.« Dag trat einen Schritt vor, den Blick immer noch auf das Papier gerichtet. »Charlie, wenn du launisch bist und backen musst, hätte ich hier, ähm, einige Anfragen.«

»Anfragen?«

»Ja. Mrs Franklin hätte gern deine Zimtbrötchen. Mr Gronbech deinen Honigkuchen mit weißer Glasur. Tiny wünscht sich deinen Honig-Ananas-Kuchen.« Der arme Dag kratzte sich erneut frustriert am Kopf. »Hier kann ich meine Schrift nicht lesen.«

»Dag«, sagte sie und tätschelte ihm das Bein. »Ist schon gut. Ich bin nicht in der Stimmung zu backen. Ich hatte einen langen Tag. Ich will einfach … gar nichts tun.«

»Oh, okay. Gut.« Dag stieß erleichtert den Atem aus, lehnte sich an das Geländer, das den größten Teil der Veranda umgab, und blieb dort.

Charlie dachte wirklich nicht darüber nach, bis Berg sich räusperte.

»Was?«, fragte Dag seinen Bruder.

»Geh weg.«

Dags Blick wanderte langsam zwischen Berg und Charlie hin und her. »Oh«, sagte er schließlich und grinste. »Richtig. Muss noch was erledigen.« Er ging wieder ins Haus.

»Ja«, murmelte Berg, »jede Menge zu erledigen. Wie zum Beispiel, sich online einen Porno ansehen.«

»Urteile nicht. Manchmal muss man sich schlechte Amateurpornos anschauen, um sich lebendig zu fühlen.«

»Du bist wohl ein großer Pornofan, was?«

»Nicht besonders. Bis auf das japanische Animationszeug.«

»Ernsthaft?« Berg lachte.

»Ja. Wenn ich mir diese Sachen ansehe, dann mache ich mir keine Sorgen darüber, was die Eltern der Mädchen wohl denken. Warum ich mir keine Sorgen mache? Weil das Mädchen, das da hardcore durchgevögelt wird, während es ihr gelingt, ihre Schwesternhaube aufzubehalten – so ein Video gibt es übrigens tatsächlich –, nur Animation ist.«

»Das ist beeindruckend logisch.«

»Ja, nicht wahr?«

Wie versprochen brachte Britta etwas zu essen mit, aber glücklicherweise nicht ihre Mitspieler. Die hatte sie weggeschickt, also waren sie nur zu viert.

Charlie hatte sich nach ihren Schwestern erkundigt, indem sie ihnen SMS geschickt hatte. Die Antwort, die sie zurückbekommen hatte, war anscheinend zufriedenstellend ausgefallen, denn sie rannte nicht hinüber, um zu sehen, was vor sich ging. Stattdessen entspannte sie sich. Sie las eine Zeitung, während Berg mit seinem idiotischen Bruder darüber stritt, was sie sich im Fernsehen ansehen wollten.

Nach dem Abendessen las sie die aktuellen Magazine mit Veranstaltungsankündigungen, die Britta auf dem Couchtisch liegen hatte, damit es so aussahen, als seien sie aufmerksame Bären, während Berg weiter mit seinem verrückten Bruder und jetzt auch mit seiner nervigen Schwester über das Fernsehprogramm stritt.

Die Tatsache, dass die drei sich immer noch nicht geeinigt hatten und sich miteinander zankten, wie sie es schon als Bärenjunge getan hatten, schien Charlie nicht zu stören, und das wusste Berg zu schätzen. Wenn man allerdings bedachte, was ständig um sie herum geschah, musste der Umgang mit den Dunn-Drillingen im Vergleich wie Urlaub wirken.

Gegen Mitternacht ging Dag aus, nachdem er eine SMS von einer Katze ein paar Straßen weiter erhalten hatte, und Britta trug ihren Laptop – und die Person, mit der sie Nachrichten austauschte – nach oben in ihr Zimmer. Als die Tür sich hinter Britta schloss, wusste Berg, dass sie für die Nacht dortbleiben würde.

Das bedeutete, dass nur noch er und Charlie auf gegenüberliegenden Enden des Sofas da waren.

Er wollte gerade näher an sie heranrutschen, als plötzlich der Hund hereingezockelt kam, über den Couchtisch kletterte und sich in die Mitte des Sofas setzte. Er machte sich lang, sodass seine Hinterfüße beinahe Bergs Bein berührten. Sein großer Kopf fiel auf Charlies Schoß und sie begann sofort, ihn zu streicheln, während sie immer noch in ihrem Magazin las.

Berg wäre gar nicht so sauer gewesen, wenn sein Hund nicht zu ihm herübergeschaut und ihn mit etwas bedacht hätte, von dem Berg nur vermuten konnte, dass es ein Hundelächeln war. Oder ein höhnisches Grinsen. Der Bastard machte sich über ihn lustig!

Schließlich warf Charlie das Heft beiseite und ging hinaus. Berg hörte die Tür zum Badezimmer im Erdgeschoss zufallen und das war der Moment, in dem er den Hund gegen das Hinterbein stupste und ihm bedeutete, auf den Boden zu rutschen.

Der Hund ignorierte Berg. Also stupste er ihn erneut an und fügte hinzu: »Runter mit dir.«

Jetzt knurrte das Tier ihn an.

Berg hatte die Nase voll und schob den Hund von der Couch hinunter. Das Tier fiel mit einem schweren Aufprall zu Boden, rappelte sich aber binnen Sekunden hoch, drehte sich um und warf sich auf Berg.

Die beiden rangen auf dem Sofa miteinander, bis sie herunterrollten, auf den Boden krachten und mit ihren riesigen Leibern den Couchtisch halb durch den Raum schoben.

»Ähm.«

Berg wand sich sichtlich und schaute ärgerlich auf den Hund herunter, den er endlich zu Boden gedrückt hatte. Und da war es wieder, dieses dreiste, breite Hundegrinsen.

»Wenn du ihn niederringen willst«, bemerkte Charlie, die vor ihnen stand, »solltest du ihm wirklich einen Namen geben.«

»Er hat angefangen. Er wollte sich nicht bewegen.«

»Er ist ein zweihundert Pfund schwerer Hund. Er *braucht* sich nicht zu bewegen.«

Berg stand auf und sah Charlie an. »Du willst doch nicht gehen, oder?«

»Ich habe morgen ein Treffen zum Tee mit meiner zickigen Tante.« Sie streckte die Zunge heraus. »Ich hasse Tee. Und meine Tante hasse ich ebenfalls.« Sie rieb sich die Stirn. »Aber ich weiß auch, dass Stevie die ganze Nacht aufbleiben und mit Kyle über Geniequatsch reden wird.«

»Du kannst über Nacht hierbleiben«, bot Berg an. Ohne irgendetwas anderes zu bewegen, zog Charlie die linke Augenbraue hoch. »Auf … auf dem Sofa. Wie es sich gehört.«

»Du hast nichts dagegen?«

»Nicht das Geringste. Tatsächlich werde ich das Sofa nehmen und du kannst mein …«

»Ich werde nicht in deinem Bett schlafen«, fiel Charlie ihm ins Wort. »Obwohl ich das Angebot zu schätzen weiß.«

»Außerdem«, sagte Berg, der sich die größte Mühe gab, sich nicht sichtlich zu winden, »haben wir auch noch Gästezimmer, also kannst du eins davon haben.«

Charlie strich sich eine gelöste Locke aus der Stirn, bevor sie mit einem Lächeln fragte: »Du hast mir das Sofa und dein Bett angeboten, bevor du eins eurer Gästezimmer erwähnst?«

Er räusperte sich. »Ich hatte vergessen, dass wir sie haben.«

»Du hast vergessen, dass ihr Gästezimmer habt? Ich wusste gar nicht, dass ich dich so sehr ablenke.«

»Nun, das tust du aber«, blaffte er verlegen zurück.

Lachend sagte sie: »Ich werde das Sofa nehmen.«

Er runzelte die Stirn. Nicht länger verlegen, sondern verwirrt. »Warum? Du kannst von Herzen gern …«

»Oh, ich weiß.« Sie legte ihm eine Hand auf den Unterarm. Ihre Finger waren warm und trocken und es gefiel ihm, wie sie sich auf seiner Haut anfühlten. »Aber falls jemand einbricht, kann ich ihn erschießen … und es wäre legal.«

»Du sprichst von deinem Dad, nicht wahr?«

»Wann spreche ich *nicht* von meinem Dad?«, fragte sie, offensichtlich angewidert. »Aber ehrlich, ich würde es ihm durchaus zutrauen, seinen Hintern wieder hierherzuschwingen und irgendeinen Scheiß anzufangen. Und dann würde ich gern dafür sorgen, dass er geziemend begrüßt wird. Das Sofa ist also prima.«

Achselzuckend ging Berg davon, um Charlie eine frische Zahnbürste und Zahnpasta zu besorgen. Während sie wieder ins Bad ging, holte er von oben zusätzliche Kissen und Decken aus dem Schrank. Dann kam er ins Wohnzimmer zurück und machte ihr »Bett«.

»Decken?«, fragte sie, als sie wieder hereinkam. »Draußen haben wir ungefähr 27 Grad.«

»Glaub mir, in ungefähr einer Stunde wird Britta die Klimaanlage aufdrehen. Sie ist ein Grizzly und hasst die Hitze.«

»Okay«, erwiderte Charlie mit einem Kichern.

Berg legte letzte Hand an und deutete auf das Sofa. »Madam.«

»Danke. Für alles. Das meine ich ernst.«

»Jederzeit.«

Charlie trat dicht zu ihm und legte ihm die Arme um die Brust. Sie zog ihn an sich und Berg erwiderte ihre Umarmung und hielt sie ganz fest. Und ausnahmsweise einmal war es für ihn nicht komisch wegen des Größenunterschieds oder weil er nicht genau wusste, was für eine Beziehung er zu Charlie hatte. Es gab kein Gefummel. Kein sich Herunterbeugen und auf die Zehenspitzen Stellen. Es war die bequemste Umarmung, die Berg je mit einer Frau, die keine enge Verwandte war, genossen hatte. Und nach seiner Bärenansicht lag es daran, dass Charlie perfekt in sein Leben passte.

Sie wusste es nur noch nicht.

Charlie löste sich als Erste aus der Umarmung, zwinkerte ihm zu und lächelte ihn an, bevor sie sich auf sein Sofa fallen ließ. Sie schleuderte ihre Sneakers von den Füßen, streckte sich aus und gähnte herzhaft, während sie sich in die Kissen zurücklehnte.

Mit einem Nicken zwang Berg sich, sie allein zu lassen. Er schaltete fast alle Lichter im Wohnzimmer aus und überließ ihr nur die an ihrem Kopfende. Gerade als er durch den Flur zur Treppe gehen wollte, hörte er Charlie leise kichern.

Er sah sich um und entdeckte, dass sein blöder Hund sich zu ihr aufs Sofa gelegt hatte. Er rollte sich jetzt an ihrem Fußende zusammen und erlaubte ihr, ihre Füße auf seinen großen Kopf zu legen.

»Pst.« Berg bedeutete dem Hund, zu ihm zu kommen, aber das Tier rührte sich nicht. *»Pssst.«*

»Er stört mich nicht«, sagte Charlie, die mit dem Rücken zum Wohnzimmer lag. »Du kannst ihn ruhig hierlassen.«

Aber Berg wollte den Bastard nicht dalassen. Er wollte derjenige sein, auf den Charlie die Füße bettete. Er wollte sich für die Nacht mit ihr auf dem Sofa zusammenrollen.

Wer hätte gedacht, dass er in diesem verdammten Hund jemals einen Rivalen in Liebesdingen sehen würde? Aber so war es!

»In Ordnung. Nun, wenn er dir auf die Nerven geht, tu dir keinen Zwang an und tritt ihn weg«, zischte Berg die letzten Worte zwischen zusammengebissenen Zähnen hervor, den Blick auf die Augen des Hundes gerichtet.

»Mache ich. Nacht, Berg.«

»Nacht, Charlie.«

Er ging hinauf in sein Zimmer, setzte sich aufs Bett und starrte ins Leere, bis seine Schwester hereinkam. Sie trug eins der Eishockeyshirts der Mannschaft, das ihr bis zu den Knien reichte.

Feixend sagte sie: »Du Blödmann. Du hast sie mit dem *Hund* allein gelassen?«

Stöhnend fiel Berg aufs Bett, denn von dem Lachen seiner Schwester bekam er Kopfschmerzen.

Kapitel 17

Plötzlich beschlossen sie, sie mitten in der Nacht zu verlegen. Männer in Schutzwesten und Helmen mit Visieren, sodass sie ihre Gesichter nicht sehen konnten.

Sie stürmten in ihre Zelle, schienen aber aus dem Takt zu geraten, als sie feststellten, dass sie wach war und auf ihrem Bett saß, die Füße auf dem Boden, die Ellbogen auf den Knien und die Hände vor sich verschränkt. Sie hatte sie erwartet und das wussten sie.

Die Gruppe hielt für eine flüchtige Sekunde inne, bevor sie ganz hereinkam. Jemand packte sie im Nacken und stieß sie mit dem Gesicht voraus auf den Boden. Dort hielt man sie fest, bevor man ihr Arme und Beine fesselte und dann Ketten hinzufügte. Ihr wurde eine Augenbinde umgelegt und jemand schob ihr einen Lederknebel in den Mund, damit sie nicht beißen konnte.

Sobald die Männer fertig waren, hoben sie sie hoch und trugen sie hinaus. Es gab keine Pfiffe aus den anderen Zellen. Überhaupt keine Geräusche. Aber sie konnte die erhöhten Herzschläge hören. Die panischen Atemzüge. Den Geruch von Furcht. All diese Männer um sie herum warteten darauf, dass sie etwas tat. Ja, sie war in einem Männergefängnis. Eine Entscheidung, die man getroffen hatte, nachdem der dritte Leichnam gefunden worden war. Sie konnten ihr die Morde nicht nachweisen, aber das hätten sie gern getan. Natürlich half es nicht, dass in den Frauenzellen keine weiteren Leichen mehr gefunden wurden, nachdem sie weg gewesen war.

Mairi MacKilligan wurde nicht in einen anderen Teil des Gefängnisses gebracht, wie sie es erwartet hatte. Den Ort, wohin sie die Schlimmsten der Schlimmen brachten, nannten alle leise die »Irrenstation«. Sie war schon einmal dorthin gebracht worden, aber das hatte kein gutes Ende genommen. Sie hatte Löcher durch den Beton zu den anderen Zellen um ihre herum gegraben und dann hatte sie sich ein wenig amüsiert. Danach war sie in ihre Zelle zurückgekehrt, hatte das Loch versteckt und gewartet, bis die Wachen zu einer Überprüfung der Zelle hereinkamen. Sie hatte gelächelt, als sie erschrocken aufkeuchten. Oder schrien. Sie liebte es, wenn geschrien wurde.

Die Männer hatten sie zurück in den regulären Zellenflügel gebracht, nicht weil sie keinen Beweis dafür hatten, dass sie etwas getan hatte – Beweise fanden sie niemals –, sondern weil sie und der »Boss« eine Abmachung getroffen hatten. Mairi würde aufhören zu töten und er würde sie im normalen Trakt bleiben lassen. Sie hatte zugestimmt … mit einem Lächeln. Als sie sein Büro verließ, hatte er geweint. Sie wusste nicht, warum. Sie hatte ihr Versprechen gehalten. Sie hatte niemanden getötet. Warum sollte sie sich die Mühe mit all der Schweinerei machen, wenn sie sie dazu bringen konnte, das ganz allein zu erledigen?

Aber nein. Sie brachten sie nicht innerhalb des Gefängnisses irgendwo anders hin. Stattdessen trugen sie sie ganz aus dem Gebäude und warfen sie auf die Rückbank eines Wagens, von dem sie vermutete, dass es ein Lieferwagen war.

Männer stiegen zu ihr dazu, die hintere Wagentür wurde geschlossen, der Motor sprang an und sie fuhren los.

Niemand in ihrer Nähe sagte etwas. Sie hatten gelernt, das nicht zu tun. Sie merkte sich Stimmen. Merkte sich Gespräche. Und dann benutzte sie sie gegen diese Menschen, weil sie es konnte. Sie brauchte keinen Grund. Sie langweilte sich eben schnell.

Sie fuhren stundenlang. Als der Lieferwagen endlich hielt, spürte sie, dass die Sonne aufgegangen war. Die Türen wurden geöffnet. Mehrere behandschuhte Hände rissen sie hoch und warfen sie aus dem Wagen.

Die Türen wurden schnell geschlossen und dann hörte sie Reifen quietschen, während sie davonfuhren und sie allein ließen. Nicht dass es eine Rolle gespielt hätte. Sie konnte ihre Ketten abstreifen, wann immer sie wollte. Sie hatte sich nur noch nie die Mühe gemacht. Wo war da der Spaß?

Sie gab sich fünf Minuten, da sie ihre Fähigkeiten gerne auf die Probe stellte. Die letzte Kette fiel zu Boden und sie hob die Hände, um die Augenbinde abzunehmen, als sie jemanden sagen hörte: »Das war beeindruckend.«

Mairi lächelte trotz ihres Knebels und ließ die Augenbinde fallen. Sie blinzelte ins Licht, bis sie endlich die Männer ausmachen konnte, die da vor ihr standen. Amerikaner, schwer bewaffnet. Bis auf den, den sie für den Anführer hielt. Er war älter, trug Jeans und einen dicken, blauen Pulli, hatte aber trotzdem diesen militärischen Haarschnitt. Diese militärische Haltung.

»Werden Sie mich hier töten … äh …?«, fragte sie.

»John Mitchell. Und das würde meine Klienten wirklich sauer machen. Meine Klienten sind sehr daran interessiert, Sie kennenzulernen.«

»Warum wollen sie mich kennenlernen?«

Er hockte sich vor sie hin und antwortete: »Sie brauchen Ihre Hilfe. Ihre Hilfe, um Leuten wehzutun. Sie haben gehört, dass Sie das gut können.«

»Sehr gut sogar.«

»Es wäre eine Chance für Sie, sich an Ihrer Familie zu rächen. An denen, die Sie im Stich gelassen haben, damit Sie im Gefängnis verrotten.«

Mairi spürte, wie es ihr den Rücken hinaufkroch. Wie elektrischer Strom. Es ließ ihre Finger kribbeln und machte ihre Brustwarzen hart. Die Erregung. So fühlte sie sich immer, wenn sie Juwelen stahl oder einem Mann den Arm brach oder jemandem im Dunkeln die Kehle durchschlitzte, ohne dass die Betreffenden jemals erfuhren, dass sie überhaupt im Raum war.

Sie stand auf und ließ den Nacken knacken. Wartete.

Der Mann deutete auf seinen Wagen und Mairi folgte ihm lächelnd.

Kapitel 18

Berg verließ das Badezimmer im ersten Stock, frisch geduscht und rasiert, ein Handtuch um die Taille geschlungen. Er war gerade auf dem Weg zu seinem Schlafzimmer, als er seine Schwester und seinen Bruder bemerkte, die in eins ihrer Gästezimmer spähten.

Berg ging zu ihnen und blickte ebenfalls in das Schlafzimmer. Zu seiner Überraschung saß Charlie im Schneidersitz auf der Matratze, die Handgelenke auf den Knien, die Augen geschlossen. Er ahnte, dass sie auf dem Sofa geschlafen hatte, das Bett jedoch zum Meditieren benutzte. Eine merkwürdige Entscheidung, aber sie tat das alles sehr leise. Unaufdringlich.

Also, was machten seine Geschwister hier? Warum beobachteten sie Charlie, als stimme etwas nicht mit ihr?

Er packte beide an ihren T-Shirts, zerrte sie den Flur entlang in sein Schlafzimmer und schubste sie hinein.

»Was macht ihr da?«, flüsterte er.

»Die Frage ist«, meinte Britta, »was *sie* macht?«

»Sie meditiert.«

»Warum?«, fragten seine Geschwister.

»Raus mit euch«, befahl er. »Lasst sie in Ruhe.«

Sie zogen wortlos von dannen und Berg trocknete sich ab und kleidete sich an. Er schob sein Portemonnaie in seine Gesäßtasche und verließ sein Zimmer. Eigentlich wollte er zur Treppe gehen, konnte es sich aber nicht verkneifen, in das Gästezimmer zurückzukehren und nach Charlie zu sehen. Sie war immer noch da, meditierte immer noch. Aber jetzt hatte dieser dumme Hund sich zu ihr gesellt und den großen Kopf auf ihren Oberschenkel gebettet, während sein wedelnder Schwanz auf das Bett schlug.

Er bemerkte Berg und grinste ihn hämisch an. Berg deutete mit dem Finger auf den Hund, dann benutzte er denselben Finger, um ihn über seine Kehle zu ziehen. Es war kindisch, aber er konnte es sich nicht verkneifen. Verdammter Hund.

Er schüttelte seine Verärgerung ab und ging die Treppe hinunter ins Wohnzimmer. Dort stieß er auf Stevie. Sie sah viel ruhiger aus als am Tag zuvor. Offensichtlich zeigten ihre Medikamente Wirkung. Berg staunte darüber, wie sehr ihn das erleichterte.

»Hi, Stevie. Was ist los?«

»Ist Charlie noch hier?«

»Ja. Sie ist oben und …«

»Meditiert«, antwortete Britta für ihn und kam ins Zimmer. »Macht sie so etwas öfter?« Seine Schwester ließ es so klingen, als hätten sie Charlie dabei erwischt, wie sie Meth rauchte. Sie meditierte, Herrgott noch mal!

»Sie meditiert?« Stevies Lächeln war breit und strahlend. Sehr einnehmend. »Ich bin ja so froh! Ich habe ihr vor einigen Jahren Bücher dazu gegeben, wusste aber nicht, dass sie die Techniken tatsächlich anwendet.«

»Wozu muss ein Gestaltwandler meditieren?«, fragte Britta.

»Sie tut es, um ihre GAS zu lindern.«

Britta umklammerte Bergs Unterarm.

»Au!«

»Was *ist* das?«, fragte seine Schwester scharf und sah Stevie erschrocken an. »Ist es etwas, an dem wir uns anstecken können? Wird mein Bruder sterben?«

»Es bedeutet generalisierte Angststörung. Meine Schwester hat das seit Jahren. Wahrscheinlich seit dem Tod unserer Mom.« Stevie drückte sich eine Hand auf die Brust, als stünde sie vor Publikum und würde die verschiedenen Arten von psychischen Störungen der Welt erklären. »Ich habe eine paranoide Persönlichkeitsstörung, mit Angstanteilen. Aber Charlie hat – wenig überraschend – eine Angststörung mit Depressionsschüben. Die Medikamente, die sie nimmt, wirken zwar, aber als sie ungefähr fünfzehn war, hat ihr ein Arzt gesagt, dass sie, wenn sie ihre Angst nicht unter Kontrolle bekomme, ein Loch von der Größe von Texas in den Eingeweiden bekommen würde. Ich will nicht, dass meine Schwester ein Magengeschwür bekommt, daher haben wir an einer Methode für sie gearbeitet, um ihre Angst in den Griff zu kriegen. Sie braucht jedoch nicht dieselben Medikamente wie ich. Ihre Probleme sind viel weniger … kompliziert.«

Stevie hielt einen kleinen Plastikbehälter mit sieben Fächern hoch. Jedes Fach hatte einen Buchstaben, der einen Tag der Woche repräsentierte. »Deshalb habe ich ihre Tabletten mitgebracht. Sie sind vielleicht nicht so kompliziert wie bei mir, aber sie kann sie auch nicht einfach nicht einnehmen. Vor allem die gegen die Angst und den Betablocker. Der Betablocker dient dazu, ihr Herzrasen unter Kontrolle zu halten.«

Sie nickte. »Ich werde sie in die Küche neben ein Glas Wasser legen. Zusammen mit ihren Kontaktlinsen, die gerade gekommen sind. Auf diese Weise braucht sie sich nicht solche Gedanken wegen ihrer Brille zu machen. Sorgt bitte einfach dafür, dass sie ihre Tabletten nimmt, bevor sie weggeht.«

Stevie schob sich an Berg und seiner Schwester vorbei in den Flur. Sie verschwand, kam aber wenige Sekunden später zurück und ging in die andere Richtung. Eine Minute darauf rannte sie schon wieder in die entgegengesetzte Richtung. »Ich hab sie gefunden!«, rief sie aus der Küche. »Nicht nötig, mir zu helfen. Ich hab sie gefunden.«

»Nehmen die denn alle Medikamente?«, fragte Britta, die in den leeren Flur starrte.

»Ich nicht«, sagte Max hinter ihnen.

Berg und Britta drehten sich zu Charlies mittlerer Schwester um. Dann schrien Bruder und Schwester wie aus einem Mund auf und entfernten sich von ihr.

»Lieber Gott, Max! Was ist mit deinem Gesicht passiert?«, fragte Berg hysterisch.

Sie zuckte die Achseln, sodass die Stacheln in ihrem Gesicht nur so wackelten. »Ein Stachelschwein hat mich angegriffen. Hat mir seine Stacheln entgegengeschleudert.« Sie schaute sich um, anscheinend nicht besorgt von den vielen, *vielen* Stacheln, die wie eine seltsame, schreckliche Maske von ihrem Gesicht herabhingen. »Ist Charlie in der Nähe?«

»Sie meditiert.«

»Oh. Dann warte ich. Sie weiß, wie man die rauskriegt.« Sie stand einen Moment einfach nur da, bevor sie verkündete: »Ich gehe in die Küche und trinke etwas Wasser … habt ihr Strohhalme?«

»Irgendwo im Schrank.«

»Ich werde sie finden.«

Sie verließ den Raum und Berg und Britta fingen an, einen Countdown herunterzuzählen: »Drei, zwei, eins …«

»Max!«, explodierte Stevie in der Küche. »Scheiße, was ist denn mit dir passiert?«

»Ich bin angegriffen worden. Es hat seine Stacheln auf mich geschleudert. Das war nicht meine Schuld.«

Stevie erschien vor dem Wohnzimmer und zeigte mit dem Finger auf etwas – vermutlich auf ihre Schwester. »Du bist so eine Lügnerin, Max MacKilligan. Stachelschweine *schleudern* ihre Stacheln nicht. Sie weichen zurück vor dem, was immer sie angreift. Das bedeutet, dass dein Gesicht in der Nähe seines Hinterns war, als es dich erwischt hat. Was stimmt denn nicht mit dir? Wer greift ein Stachelschwein an?«

»Wenn du unbedingt eine große Sache daraus machen willst«, antwortete Max und kam ins Wohnzimmer zurück, »dann gehe ich eben wieder.«

Ohne es zu beabsichtigen, schrien sowohl Berg als auch Britta auf und zuckten wieder vor Max zurück, so furchterregend war der Anblick ihres Gesichts.

»Entschuldigung«, sagte Berg, als Max die Augen verdrehte. »Aber dein Gesicht jagt uns einen mörderischen Schrecken ein.«

»Entschuldigt euch nicht bei ihr«, sagte Stevie. »Sie hat verdient, was sie bekommen hat. Lass die Stachelschweine in Ruhe, Max!«

»Bist du fertig mit deiner Predigt, *Mom*?«

Stevie kniff die Augen zusammen, umfasste mit einer Hand die Schulter ihrer Schwester und packte mit der anderen ungefähr sechs Stacheln. Dann *zog* sie.

Max heulte vor Schmerz auf und machte einen Satz nach hinten. »Du *Miststück*!« Sie drängte sich an Stevie vorbei, verschwand im Flur und rief: »Charlie!«

Stevie grinste, die Stacheln – blutig an den Spitzen – noch immer in der Hand. Dann zuckten sie alle abermals zusammen, als sie Dags überraschtes Gebrüll hörten.

Einige Sekunden später kam er ins Wohnzimmer getaumelt. »Scheiße, was hat sie im Gesicht?«

Es war nicht so, dass Charlie wirklich gelernt hatte, ihre Gedanken zur Ruhe zu bringen, wenn sie meditierte, aber sie wusste es zu schätzen, ein paar Minuten für sich zu haben und einfach nur dazusitzen. Nun gut, ihr gingen immer noch tausend Dinge durch den Kopf, die sie jeden Tag auf dem Schirm hatte, aber es war ein Anfang. Und bisher hatte sie noch jeden magengeschwürartigen Schmerz von sich abgehalten – eine Verbesserung gegenüber der Situation mit fünfzehn, als ein Arzt sich gefragt hatte, was sie mit sich machte, das zu solchen Problemen führte. Daher betrachtete sie ihre Meditation als ein Plus.

Ihr lächerlich gutes Gehör – sowohl Dachsohren als auch Wolfsohren – informierte sie sofort darüber, als ihre Schwestern im Haus der Dunns aufgetaucht waren. Sie war nicht überrascht, als sie Geplapper hörte, Entsetzensschreie, Streitereien und schließlich weitere Entsetzensschreie. Die Schwestern MacKilligan wussten einfach nicht, wie man *keinen* Eindruck machte.

Trotzdem hätte Charlie es vorgezogen, nicht die Augen zu öffnen und Max vor sich stehen zu sehen, das ganze Gesicht voller Stachelschweinstacheln.

»Du bist das einzige mir bekannte menschliche Wesen, das sich *absichtlich* mit Stachelschweinen einlässt.«

Max zuckte die Achseln und die Bewegung ließ die Stacheln wackeln. »Er stand unter dem Bienenstock, an den ich heranwollte.«

»Du sollst die Bienenstöcke in Ruhe lassen. Darüber haben wir doch schon gesprochen.«

»Nun, wenn es dir dann besser geht, ich habe nichts rausbekommen.«

»Ja«, antwortete Charlie ausdruckslos. »Ich genieße es so sehr, meine kleine Schwester als gottverdammtes Nadelkissen herumlaufen zu sehen.« Sie streckte den Finger aus. »Badezimmer. Sofort.«

Es kostete eine Menge Zeit, vorsichtig die Stacheln aus Max' Gesicht zu ziehen. Sie neigten dazu, sich unter dem Fleisch zu verkanten, und Charlie musste zuerst den oberen Teil abschneiden, um die Luft abzulassen, und dann den Stachel herausziehen. Das war die einzige Möglichkeit, die sie kannte, sie zu entfernen, ohne Max' Gesicht noch mehr zu beschädigen, als das bereits geschehen war. Als es zum ersten Mal passiert war, waren sie schon beim Rudel gewesen. Charlie hatte Max vor den Wölfinnen gefunden. Bevor die Wölfinnen herausfinden konnten, was geschehen war, hatte Charlie schon die meisten Stacheln herausgezogen, dabei das Gesicht ihrer Schwester beschädigt und bedauerlicherweise zugelassen, dass einige Stachelspitzen sich tief ins Fleisch bohrten. Am Ende hatten die Wölfinnen Max zum Arzt gebracht, damit er den Rest herausholte. Es war nicht hübsch gewesen.

Doch danach hatte Charlie sich auf die Suche nach einem Tierarzt in der Nähe gemacht und ihn nach der besten Methode gefragt, Stacheln zu entfernen.

»Aus Ihrem Hund?«, hatte er gefragt.

»Ähm, klar, der Hund. Der *Hund* hat Stacheln im Gesicht.«

Doch nein. Charlie war nie ein Hund begegnet, der sich in diese Situation brachte. Sie wusste, dass es manchmal geschah, aber sie hatte es noch nie selbst gesehen. Ihre Schwester dagegen …

Nachdem Charlie alle Stacheln entfernt hatte, tupfte sie Max' Gesicht mit einem Antiseptikum ab und sagte ihr, dass sie die Finger vom Schorf lassen solle, wenn er sich bildete. Falls sie alles richtig machte, sollte sie in ungefähr achtundvierzig Stunden vollkommen wiederhergestellt sein.

»Was ist mit Dad passiert, nachdem ich weg war?«, fragte Charlie, während sie sich unter dem Wasserhahn im Badezimmer die Seife von den Händen wusch.

»Deine Bärenbeschützerin hat ihn hinausgeworfen.«

»Ich meine, bevor Britta dort aufgetaucht ist. Habt ihr ihm noch mehr Geld gegeben? Hat er euch angebettelt, ihn zu beschützen?«

»Wir haben ihm nichts gegeben. Nicht einmal Stevie. Bis auf die paar Mäuse, die sie ihm in die Hand gedrückt hat, als wir alle draußen waren. Sie schien mit ihm durch zu sein. Ich kann ihn jetzt vielleicht sehr bald töten.«

»Nicht wenn es dich ins Gefängnis bringt.«

»Wer würde mich dafür wegsperren, dass ich der Welt einen Gefallen tue?«

»Warum riechst du nach Panda?«, fragte Britta Charlies Schwester.

»Shen Li ist bei uns zu Hause und beschützt das große Bildhauerwunderkind Kyle Jean-Louis Parker.«

»Und? Warum *riechst* du nach ihm?«

Berg wand sich innerlich. Seine Schwester hatte wirklich keine Ahnung, wie man nicht neugierig war. Wenn sie eine Frage hatte, auf die sie eine Antwort haben wollte, ließ sie sich von Kleinigkeiten wie Höflichkeit nicht beirren.

»Ich habe ihn immer wieder umarmt.«

»Du? Du hast einen *Bären* immer wieder umarmt?«

»Ja, den niedlichsten Bären aller Zeiten! Im Gegensatz zu euch macht seine Nähe mich nicht im Mindesten nervös. Ich habe überhaupt nicht das Gefühl, dass er mich fressen oder mir die Arme abreißen wird oder was auch immer. Ich werde mein Bärenspray bei ihm nicht anwenden«, sagte sie mit großer Überzeugung.

Britta drehte sich zu Berg um und fragte leise: »Soll ich ihr die Wahrheit sagen?«

»Nein«, antwortete Berg schnell. »Lass sie in ihrer glücklichen Welt leben. Hoffen wir einfach, dass sie das Bärenspray nicht bei dir anzuwenden braucht.«

»Warum?«

Berg schüttelte den Kopf, nicht bereit, seiner Schwester zu sagen, in welcher Gefahr ihre Augen schwebten.

Charlie betrat zusammen mit Max das Wohnzimmer und Berg war dankbar zu sehen, dass die Stacheln aus Max' Gesicht entfernt worden waren. Natürlich sah sie jetzt aus, als habe sie Windpocken, aber das war immer noch besser als die Stacheln.

Alles war besser als die Stacheln.

Charlie sah auf ihre Armbanduhr und kniff die Augen zusammen. Sie hielt sich ihr Handgelenk näher ans Gesicht.

»Du hast keine Brille auf«, rief Berg ihr ins Gedächtnis.

»Oh, ja.« Sie strich sich über die Vorderseite ihres T-Shirts, die Außenseite ihrer Jeanstasche, den gesamten Kragen ihres Shirts und drehte sich dann einmal um sich selbst, um sich im Raum umzuschauen.

»Auf deinem Kopf«, verkündete er schließlich, als er es keine Sekunde länger ertragen konnte.

Sie hob die Hände ans Haar, aber bei der Masse an Locken schien sie Mühe zu haben, die Brille darin zu finden.

Er stellte sich vor sie hin, zog die Brille vorsichtig heraus und versuchte dabei, sie nicht in ihrem Haar zu verheddern. Sobald er sie freibekommen hatte, benutzte er den Saum von Charlies T-Shirt, um sie schnell sauber zu machen – etwas, das er sie oft hatte tun sehen –, bevor er sie ihr vorsichtig aufsetzte. Er sorgte dafür, dass das Gestell perfekt auf ihrer Nase landete und die Bügel hinter ihren Ohren saßen, bevor er von ihr wegtrat.

»Wir sollten dir eine von diesen Altdamenketten kaufen, damit du deine Brille um den Hals tragen kannst.«

»Das wird niemals passieren.«

»Du würdest bestimmt entzückend damit aussehen.«

Sie grinste und Berg konnte es sich nicht verkneifen, ihr Lachen zu erwidern. Sie starrten sich an, bis sie beide gleichzeitig zu begreifen schienen, dass die Frauen im Raum sie beobachteten.

Charlie wandte als Erste den Blick ab und knurrte ihren Schwestern zu, dass sie verschwinden sollten.

»Deine Kontaktlinsen sind angekommen«, verkündete Stevie und schlenderte an ihrer Schwester vorbei. »Ich habe sie zusammen mit deinen Tabletten in die Küche gelegt. Ich schätze, ich hätte das früher erwähnen können … aber dann hätten wir die ganze Aktion, wie er dir die Brille aufsetzt, nicht gesehen.«

»So ein Gentleman«, neckte Max und folgte ihrer kleinen Schwester zur Tür hinaus.

Britta weigerte sich jedoch stumm, zu gehen, bis Berg sie wieder anbrüllte. Dann spazierte sie mit milder Verstimmung hinaus.

Er räusperte sich und steckte die Fäuste in die vorderen Taschen seiner Jeans. »Können wir uns später treffen?«, fragte er und kam damit direkt zur Sache. Er hatte Angst, dass, wenn er das nicht tat, er es vielleicht niemals tun würde.

Charlie lachte leise auf. »Bist du einer dieser Typen, die es mögen, misshandelt zu werden? Ich kann dir gleich sagen, dass ich nicht auf Leder und Ketten stehe. Also, wenn du gern misshandelt wirst …«

»Ich weiß nicht, wovon du da sprichst. Ich will dich doch nur später treffen.«

»Und wenn der Fluch sich weiterträgt?«

»Das riskiere ich.«

»Töricht und ein Zeichen für den Hang, falsche Entscheidungen zu treffen.« Sie stieß den Atem aus. »Na schön. Ich muss heute meine Tante besuchen, aber danach …«

»Brauchst du mich als Begleiter?«

»Oh Gott.« Ihre Augen weiteten sich und sie schüttelte den Kopf. »Das würde ich dir nie antun. Das würde ich niemandem antun. Nicht einmal meinem ärgsten Feind. Ich kümmere mich schon um meine Tante. Aber ich schicke dir eine SMS, wenn ich wieder da bin.«

»Klingt gut.«

Sie sah sich um. »Wo ist deine Schwester?«

»Wahrscheinlich in der Küche, um sich von ihrer hochmütigsten Seite zu zeigen. Warum?«

Charlie stieg auf den hölzernen Couchtisch, sodass sie fast auf Augenhöhe waren. Dann beugte sie sich vor, legte ihm die Arme um die Schultern und drückte ihre Lippen auf seine.

Berg lächelte dicht an ihrem Mund, legte die Hände um ihre Taille und zog sie fester an sich. Sie presste sich an ihn und er wusste, dass er in der vergangenen Nacht richtiggelegen hatte: Charlie passte perfekt zu ihm.

Neckend öffnete er mit der Zunge ihren Mund. Mehrere Minuten lang standen sie einfach da und küssten sich, genossen einander.

»Hey, runter von meinem Couchtisch«, sagte Britta, als sie durchs Wohnzimmer kam. »Dieses Scheißding ist ein Lock-MacRyrie-Original und hat mich ein kleines Vermögen gekostet.«

Lachend löste sich Charlie ein bisschen von Berg, die Arme immer noch um seine Schultern gelegt. Sie schaute auf den Tisch herunter und fragte Berg: »Wer?«

»Wir kommen mit«, hörte Charlie, als sie gerade mit den Fingern Gel in ihrem Haar verteilte.

Sie stand in gebückter Haltung da und das Haar hing ihr ins Gesicht, daher wartete sie, bis sie sich aufgerichtet hatte, bevor sie ihre in der Badezimmertür stehenden Schwestern fragte: »Warum?«

»Wir halten es für das Beste«, sagte Stevie in dem Bemühen, es so wirken zu lassen, als sei es keine große Sache.

Charlie starrte ihre Schwestern an, bevor sie fragte: »Tut ihr das, weil ich sie damals geschlagen habe?«

»Natürlich nicht.«

»Jepp.«

Stevie wand sich sichtlich, bevor sie Max anfuhr: »Würde es dich umbringen, ein ganz klein wenig zu lügen?«

»Aber wir tun es doch wirklich, weil sie sie geschlagen hat. Und jetzt wollen wir sie zusammen in denselben Raum setzen, während einer hoch stressigen Hochzeit, um über Dad zu reden. Wenn wir nicht da sind, müssen wir Charlie eben später auf Kaution raushauen.«

Stevies Lippen verzerrten sich und sie hielt den Blick starr auf eine Stelle auf den Boden gerichtet, bevor sie schließlich eingestand: »Max hat recht.«

»Na schön.« Charlie betrachtete ihr Haar im Spiegel. Sie versuchte, ihre Locken dazu zu bringen, sich »zu benehmen«, wie ihre Mom es immer ausgedrückt hatte. »Aber wenn dieses Miststück irgendetwas anfängt …«

»Genau deshalb müssen wir mitgehen«, sagte Max, bevor sie sich in Bewegung setzte. »Wir wissen alle, dass sie irgendetwas anfangen wird.«

Stevie beugte sich vor und schlug Charlie auf den Arm.

»Au.«

»Würde es dich umbringen, nicht ständig zu beweisen, dass Max recht hat?«

Bevor Charlie darauf etwas erwidern konnte – die Antwort hätte gelautet: »Ja, würde es« –, war Stevie bereits davongestampft.

Kapitel 19

Ric beendete seine Präsentation für seinen Onkel Van und seine Tante Irene und wandte sich ihnen zu. »Nun? Irgendwelche Fragen?«

»Sie wächst von einem Meter fünfundsechzig auf über sechs Meter, wenn sie die Gestalt wechselt?« Irene wandte den Blick ab und fügte hinzu: »Das ist faszinierend. Ich würde liebend gern das Blut der Frau in die Finger bekommen.«

Onkel Van funkelte seine vollmenschliche Gefährtin an. »Ist das wirklich deine einzige Sorge?«

»Ich habe keine Sorgen. Ich sehe das Problem nicht.«

»Dee-Ann will sie umlegen«, erklärte Ric. »Und ihre Schwestern auch. Aber ich denke, das liegt vor allem daran, dass die Älteste ihr den Arsch aufgerissen hat.«

Van hatte Mühe, nicht zu lächeln. »Dee-Ann Smith, Tochter von Eggie Smith, hat einen Arschtritt von der ältesten *Honigdächsin* bekommen?«

»Lach nicht«, warnte Ric sein liebstes Familienmitglied im ganzen Universum. »Tu es einfach nicht.«

»Hm.«

»Ich halte wirklich nichts davon, Leute umzubringen, weil jemand gemein war«, verkündete Tante Irene, die die Situation eiskalt analysierte, wie sie es oft tat. Sie war schließlich einer der klügsten Köpfe der Wissenschaft, egal, was ihre Feinde und Kritiker sagen mochten. Und sie hatte viele Feinde und Kritiker. »Wenn ich so vorginge, hätte ich schon … nun … alle getötet.«

»Das sehe ich genauso«, pflichtete Ric ihr bei. »Das Problem ist, wir können nicht wirklich erwarten, dass die Honigdachse eingreifen und diese Situation allein in den Griff kriegen.«

»Können wir nicht?«, fragte Van. »Warum nicht?«

»Nun, zunächst einmal sind sie Honigdachse, was bedeutet, dass sie automatisch schwierig sind. Aber das größte Problem ist, dass die Familie MacKilligan selbst unter den Honigdachsen nicht gerade willkommen ist. Es scheint, dass die meisten Dachse hin- und hergerissen sind zwischen Hass und Furcht, was die MacKilligans betrifft, während sie gleichzeitig manche von ihnen lachhaft und jämmerlich finden.«

»Moment mal«, sagte Irene und setzte sich ein wenig aufrechter auf ihrem Stuhl hin. »Die MacKilligans? Die Frauen heißen MacKilligan?«

»Ja.«

»Und die, die sich in einen Tyrannosaurus Rex verwandelt, die du Stevie genannt hast …«

»Sie ist kein Tyrannosaurus Rex, Tante Irene.«

»… ist tatsächlich Dr. Stevie Stasiuk-MacKilligan? Von der Stevie hast du gesprochen?«

»Ja. Warum?«

Plötzlich lachte sie. Laute, die sie selten von sich gab, was Ric nur umso größere Sorgen bereitete.

»Oh, meine Herren, ihr habt viel größere Sorgen, als dass Stevie MacKilligan sich in etwas verwandeln kann, das angeblich fast sieben Meter lang ist.«

»Und was genau wäre das?«

»Nun …« Irene lehnte sich auf dem Bürostuhl zurück. »Mit ein paar Haushaltsprodukten und etwas Kaugummi könnte sie ganz Texas zerstören.« Irene dachte kurz nach. »Tatsächlich hätte sie es beinahe mal getan.« Sie dachte noch ein Weilchen nach und räumte mit erhobenem Zeigefinger ein: »Nein, nein. Tut mir leid. Das stimmt nicht.« Sie nickte wissend. »Es war Nevada. Sie hätte beinahe Nevada zerstört. Und soweit ich das verstanden habe, war das Einzige, das sie damals aufgehalten hat – sie litt anscheinend unter einem schweren Anfall von Depressionen –, das Eingreifen ihrer Schwestern. Also, wenn du nicht felsenfest davon überzeugt bist, dass du sie alle gleichzeitig auslöschen kannst, bin ich mir nicht sicher, ob es klug wäre, es zu versuchen.«

Ric und sein Onkel starrten Irene an, bis Van sich zu ihm umdrehte und fragte: »Warum redest du nicht mit der Ältesten von ihnen? Mir scheint, dass sie diejenige ist, die das Kommando hat.«

»Ich bin mir nicht sicher, ob das die beste Idee wäre«, gab Ric zu. »Jetzt, da die Bären sie und ihre Schwestern beschützen.«

»Vergiss nicht, wen du auf deiner Seite hast, Ulrich«, rief Van ihm mit einem warmen Lächeln ins Gedächtnis. »Du hattest schon immer deinen eigenen Draht zu den Bären, weißt du.«

Dag stand auf einem Ast und versuchte, an den Bienenstock hoch oben in den Blättern heranzukommen. Normalerweise hätte er die Bienen viel länger in Ruhe gelassen, damit der Stock noch größer wurde, aber er machte sich Sorgen wegen Max MacKilligan. Sie hatte bereits die Bienenstöcke von drei verschiedenen Bärenhäusern geplündert.

Erst an diesem Morgen hatte Mr Walton sie an einem seiner Bäume hängen sehen. Er hatte sie tatsächlich für tot gehalten, weil sie bäuchlings auf einem niedrigen Ast unter den Bienenstöcken gelegen hatte, die Arme teilnahmslos herunterhängend, während Stachelschweinstacheln ihr Gesicht bedeckten und zornige afrikanische Bienen ihren Hinterkopf attackierten.

Aber als er näher gekommen war, hatte er das Schnarchen gehört. Sie hatte einfach nur geschlafen. Glücklich und zufrieden.

Walton war tobend in ihr Haus gekommen, aber Britta hatte ihn beruhigt und sich auf ihre Weise um das Problem gekümmert. Verhindert, dass die Situation weiter eskalierte.

Dags Bruder mochte Charlie MacKilligan wirklich. Sehr sogar. Es gab nicht viel, das Charlie zum jetzigen Zeitpunkt tun konnte, um ihn zu verärgern, was bedeutete, dass die Bienenstöcke auf dem Grundstück der Dunns vor Max MacKilligan nicht sicher waren.

Dag hörte einen leisen Pfiff. Einen Pfiff, den seine Geschwister benutzten, wenn sie seine Aufmerksamkeit erregen wollten.

Er hörte auf, sich nach dem Bienenstock zu recken, und spähte durch die Blätter, wo er sah, dass seine Schwester auf eine Stelle auf dem Boden zeigte. Er senkte den Blick.

Ein junger Mann stand unter dem Baum und starrte zu ihm nach oben.

»Ähm, kann ich dir irgendwie helfen?«, fragte Dag in der Annahme, dass der Junge sich vielleicht verirrt hatte.

»Nein.«

Mittlerweile war Britta bei ihnen angekommen und fragte: »Kyle, was machst du da?«

Der Junge riss endlich den Blick von Dag los und richtete ihn auf Britta, dann blinzelte er einige Male, bevor er antwortete: »Du hast mir nicht erzählt, dass du ein Zwilling bist.«

»Tatsächlich bin ich ein Drilling, aber das brauche ich dir nicht zu erzählen. Ich kenne dich nicht.«

»Ihr drei müsst unbedingt einmal für mich für einen Akt posieren.«

»Okay.« Britta klatschte in die Hände. »Du musst jetzt gehen.«

»Ist es dir peinlich? Das sollte es nicht. Nur weil du kein spindeldürres Modell bist, heißt das nicht, dass du nicht deine ganz eigene Vollkommenheit hättest.«

»Du hältst das für ein Kompliment, aber das ist es nicht. Also musst du jetzt gehen.«

»Weißt du, wer ich bin?«

»Ich weiß, dass es mich nicht schert, wer du …«

»Ich bin Künstler. Leute betteln mich an, für mich Modell sitzen zu dürfen. Und ich frage *euch*. Bären. Ihr solltet euch geehrt fühlen.«

»Und doch verspüre ich nur das Bedürfnis, dir eine zu kleben.«

Dag ließ sich vom untersten Ast fallen und trat neben seine Schwester.

»Wir wissen das Angebot zu schätzen«, sagte er, »aber jetzt verschwinde.«

»Ich weiß, dass ihr verklemmte Provinzler seid, gefangen in eurer winzigen Sicht der Welt …«

»Ich werde seine Schakalknochen brechen wie Zündhölzer«, warnte Britta Dag.

»… aber stellt euch einmal vor, Teil von etwas Größerem zu sein.«

»Sprichst du von dir?«, fragte Dag den Jungen.

»Natürlich spreche ich von mir.« Er nahm sein Handy aus der Gesäßtasche seiner langen Shorts. Dann studierte er für ein paar Sekunden das Display, bevor er es Britta hinhielt.

An die Stelle des Ärgers in Brittas Zügen trat kurze Zeit später Überraschung und dann Ehrfurcht. »Das hast du gemacht? *Du?*«

»Ich hab's euch doch gesagt. Ich bin umwerfend.«

»Wow, du bist wie dieser Michelangelotyp.«

»Oh, bitte.« Kyle ließ sein Handy sinken. »Ich bin *besser* als Michelangelo.«

»*Wow*«, seufzte Britta und gaffte den Jungen an. »Ernsthaft?«

Kyle erwiderte ungerührt ihren Blick. »Ja, genau. Ernsthaft.«

Das *Kingston Arms*.

Charlie hatte schon vor Jahren von der Hotelkette gehört. Nicht von Gestaltwandlern. Von allen anderen. Es war ein extrem teures Hotel, das gerade seinen jüngsten Standort in Dubai eröffnet hatte.

Sie wusste, dass es im Besitz von Gestaltwandlern war und von ihnen geführt wurde, aber das war auch alles, was sie wusste. Das Rudel ihrer Mutter und definitiv das ihres Großvaters hätten sich ein solches Hotel niemals leisten können. Keiner von ihnen würde jemals das Geld dafür verschwenden, wenn doch ein *Holiday Inn Express* den gleichen Zweck erfüllte.

»Dieses Hotel ist unglaublich«, seufzte Max neben ihr.

Dabei waren sie erst in der Lobby. Allein der Weg zur Rezeption schien ungefähr eine Meile lang zu sein. Außerdem gab es hier Läden und große Restaurants und noch mehr in den unteren Stockwerken. Einige Restaurants befanden sich außerdem in den höheren Etagen. Vollmenschen bewegten sich ruhig – und ahnungslos – zwischen Gestaltwandlern aller Rassen und Spezies.

»Ich könnte hier leben«, bemerkte Charlie.

»Wer könnte das nicht?« Max zeigte auf einen lächerlich große Plan des Hotels, auf dem alle verfügbaren Dienstleistungen aufgelistet waren.

Die drei standen da, sahen sich um und versuchten, herauszufinden, wo sie waren und wohin sie mussten.

»Ich bin dafür, ziellos umherzustreifen, bis wir sie finden.«

Charlie lächelte Max an. »Bernice würde ausrasten. Außerdem hat sie gesagt, dass wir zur Rezeption gehen sollen.«

Sie traten den langen Marsch zur Rezeption an und ließen alles auf sich wirken. Charlie wusste, dass sie sich alle drei auf unterschiedliche Dinge konzentrierten.

Bei Stevie ging es ausschließlich um die Leute. Um die Energie. Alles, was sie umgab. Sie saugte das alles in sich auf und ihr Gehirn ordnete und siebte aus, bis sie ein paar Geschichten hatte, die sie mit Hilfe von Musik oder Wissenschaft erzählen konnte. Wenn sie nachher nach Hause kamen, würde Stevie sich Notizen für die spätere Verwendung in einem der kostbaren Notizbücher machen, die sie in ihrem Rucksack aufbewahrte.

Max ging es darum, Ärger auszumachen. Sie suchte geradezu das Drama, die Schwachstelle, die offenen Türen. Obwohl sie nicht oft etwas stahl – soweit Charlie wusste –, hatte sie das Auge einer Diebin. Genau wie ihre leibliche Mutter. Sie konnte einen Juwelierladen mustern oder einen dieser Markenläden mit all den teuren Handtaschen, für die die Leute ihre Namen auf eine Warteliste setzten, und sie würde sich verschiedene Möglichkeiten einfallen lassen, um mit Ware von hunderttausenden Dollars hinauszukommen.

Doch für Charlie ging es ausschließlich um die Flucht. Wo waren die Ausgänge? Wer stand zwischen ihr und ihren Schwestern und diesen Ausgängen? Was konnte sie als Waffe benutzen? Waren Cops in der Nähe? Konnte sie Feinde unschädlich machen und fliehen, oder würde sie töten müssen? Das waren die Fragen, die sie sich stellte, wann immer sie ein Gebäude betrat. Das ging so weit, dass sie selbst kaum mehr merkte, wie sie es tat. Für sie war es wie atmen. Oder Wasser suchen, wenn sie Durst hatte.

Wie immer ging es darum, ihre Schwestern und sich selbst zu beschützen.

Sie erreichen die Rezeption und ohne die Notwenigkeit, so eine abstoßende Schnüffelei zu veranstalten, wie man sie ihr oft angedeihen ließ, wusste sie, dass die Frau, die dahinter stand, eine Gestaltwandlerin war. Eine Gestaltwandler-Katze, gemessen an ihren Augen und der arroganten Art, mit der sie die drei musterte.

»Kann ich Ihnen helfen?«, fragte sie, nachdem sie ihnen ein Plastiklächeln geschenkt hatte, das spitze Eckzähne offenbarte.

Charlie legte die Hände auf die Theke. »Ja, wir suchen nach Bernice MacKilligan.«

Die Angestellte tippte etwas in ihren Computer und schaute auf. »Es tut mir leid, aber wir haben niemanden dieses Namens.«

»Meint ihr, sie ist in einem anderen Hotel?«

Max schnaubte. »Ich wette, sie ist unter ihrem Namen für Reiche abgestiegen.«

Charlie verdrehte die Augen. »Richtig. Hatte ich vergessen. Ich meinte Bernice Andersen-Cummingzzzz«, sagte sie und verwandelte das S in ein in die Länge gezogenes Z, weil sie in jüngeren Jahren herausgefunden hatte, dass ihre Tante es hasste, wenn sie das tat.

»Oh, natürlich.« Und das war's dann mit dem Plastiklächeln. »Wir freuen uns immer, Mrs Andersen-Cummings und ihre Familie hier im *Kingston Arms* zu Gast zu haben.«

Max' Lachen war laut und *lang* anhaltend, bevor sie endlich hervorbrachte: »Sie sind so eine Lügnerin.«

Berg saß auf seiner Veranda und konzentrierte sich auf das Autoersatzteil in seinen ölverschmierten Händen. Er versuchte, herauszufinden, was seine Schwester eigentlich mit dem Wagen machte, das so viel Schaden anrichtete, wenn sie sich hinter das Lenkrad setzte.

Sorgfältig entfernte er überschüssiges Öl mit einem Lappen. Mit dem Teil seines Hirns, das nicht auf diese Aufgabe konzentriert war, überlegte er, was er heute Abend tun würde.

Berg wollte Charlie nicht nur zum Abendessen in sein Haus einladen und sie dann einfach ins Bett zerren. Das wäre schön, davon war er überzeugt, aber er wollte etwas für sie tun, das spezieller war. Sie verdiente etwas Besseres als das, was sie in letzter Zeit vom Leben bekommen hatte, aber Berg war noch nie ein großer Verführer gewesen.

Er besaß einfach nicht die Zungenfertigkeit der Katzen oder die sture Beharrlichkeit der Hunde. Der Gedanke, einfach auszuharren, bis sie schließlich nachgab, wie es die Wölfe wohl machten, irritierte ihn schon fast auf körperlicher Ebene. Auch wenn Charlies Schwestern ihm immer sagten, er solle »einen auf streunenden Hund machen«.

Bären hatten im Gegensatz zu den anderen Gestaltwandlern etwas, das sich Selbstachtung nannte. Er wollte, dass Charlie mit ihm zusammen war, weil sie ihn wirklich mochte, nicht weil sie ihn einfach nicht abschütteln konnte.

Ein großer SUV fuhr in eine Parklücke direkt vor Bergs Haus, aber er bemerkte es erst, als der Hund unter der Veranda hervorkam, zu dem weißen Lattenzaun hinüberrannte und zu kläffen begann.

Die Beifahrertür wurde geöffnet und ein Wolf stieg aus. Berg erkannte ihn sofort. Ulrich Van Holtz. Der Anführer der New Yorker Abteilung der Gruppe, Dee-Ann Smith' Boss.

Er war lässig, aber sehr manhattanmäßig angezogen mit seiner schwarzen Jeans, dem schwarzen T-Shirt und den schwarzen Arbeitsstiefeln. Doch Berg ließ sich nicht täuschen. Das T-Shirt und die Jeans waren Designerklamotten und kosteten wahrscheinlich locker ein paar Hunderter. Die Stiefel waren, davon war Berg überzeugt, wohl eher nicht im Brooklyn Army Surplus gekauft worden, wo die Dunn-Drillinge ihre Arbeitsstiefel herbekamen.

Dieser Wolf war schlau. Er kam nicht allein auf nur von Bären bewohntes Gelände. Er brachte einen Bärenfreund mit. Einen, den Berg erkannte, da er gezwungen gewesen war, in seiner »Galerie« – Gott verhüte, dass sie es einfach einen Laden nannten – überteuerte Möbel zu kaufen.

Lock MacRyrie stieg aus dem SUV und folgte seinem Freund zu ihrem Zaun. Jetzt stand Bergs Hund auf den Hinterbeinen, die Vorderbeine über den Zaun gelegt, während er die beiden Fremden, die seinem Territorium zu nah kamen, weiterhin anbellte.

Berg starrte mit einem Auge die beiden Männer an, das andere zum Schutz vor der Sonne geschlossen.

»Ja, bitte?«, fragte er nachdrücklich, als sie einfach nur dastanden.

»Mr Dunn, ich bin …«

»Ich weiß, wer Sie sind. Und ich kenne Ihre Gefährtin. Sie hat gestern eine Waffe auf eine Freundin von mir und ihre Schwestern gerichtet.«

Der Wolf hatte zumindest den Anstand, ein wenig beschämt zu wirken. Sein Freund dagegen schien ahnungslos zu sein und musterte Bergs Lattenzaun.

»Das ist wahr. Aber als Dee-Ann versucht hat, mit Ihrer Bekannten zu sprechen, hat sie, wie man mir erzählt hat, ein wenig schroffer reagiert als notwendig.«

»Ich war dabei. Smith hätte sich eben um ihre eigenen Angelegenheiten kümmern und Charlie dieses kleine Wiesel verdreschen lassen sollen. Das hat sie nicht getan und deshalb hat sie einen Arschtritt bekommen.«

Der Hund bellte immer noch, ohne sich darum zu scheren, dass er nervte. Ohne sich darum zu scheren, dass sie gezwungen waren, die Stimmen zu erheben. Nicht aus Ärger, sondern weil das die einzige Möglichkeit war, sich über all dem Lärm verständlich zu machen.

»Hören Sie«, hob der Wolf an, »Ich verstehe, dass …«

Der Wolf brach ab. Das Gebell brach ab. Der große Grizzly neben dem Wolf hatte es irgendwie geschafft, eine der Latten aus dem Zaun zu reißen. Nicht absichtlich. Berg wusste, wann er bedroht wurde. Er hatte selbst das eine oder andere Mal jemandem gedroht. Aber das hier war keine Drohung. Es war einfach nur die typische Bärenneugier, die am Ende immer eine Menge Schaden anrichtete.

Berg riss die Augen auf, der Wolf zuckte zusammen und der Hund zog sich endlich von dem fremden Grizzly zurück. Anscheinend betrachtete er die abgerissene Latte durchaus als Drohung.

»Oh, Scheiße. Tut mir leid.« MacRyrie hielt die Latte hoch. »Ich, ähm, kann sie für Sie zurücktun.«

»Ist schon gut. Ich werde das reparieren.«

»Wie dem auch sei«, fuhr der Wolf jetzt leiser fort, da das Gebell aufgehört hatte, »ich habe gehofft, mit den MacKilligan-Schwestern zu einer Einigung kommen zu können.«

»Warum reden Sie dann mit mir?«

»Es schien mir klüger, das zuerst mit Ihnen zu besprechen.«

»Ach ja?«

Berg hörte schrilles Gejaule und schaute hinter sich. Seine

Schwester kam um die Ecke, die Hand in die Jeans eines Schakals gekrallt, wodurch sie den Stoff zwischen den Pobacken des Jungen hochzog.

»Es wird Zeit, dass du verschwindest«, informierte Britta Kyle.

»Das ist eine total übertriebene Reaktion. Au, au, au!«

Britta entriegelte das Tor des Zauns und stieß den Schakal hindurch, als würde das ausreichen, damit er draußen blieb. »Wenn du achtzehn bist, darfst du wiederkommen und uns bitten, nackt für dich Modell zu stehen. Dann kann ich dich windelweich prügeln, ohne Gewissensbisse zu kriegen. Oder eine Anklage wegen Gewaltanwendung gegenüber einem Minderjährigen. Bis dahin … halt dich von unseren Territorium fern, du magerer Hund.«

Der Wolf schloss die Augen und holte Luft, bevor er den Schakal fragte: »Versuchst du es mal wieder, Kyle?«

Der Junge sah den Wolf an, aber Berg war sich nicht sicher, ob er ihn wiedererkannte, bis Kyle sagte: »Du scheinst zu vergessen, dass ich dir keine Rechenschaft schuldig bin, Ulrich.«

»Ich kann jederzeit Dee-Ann verständigen, wenn du möchtest.«

»Im Gegensatz zum Rest der Welt«, versetzte Kyle spöttisch, »habe ich keine Angst vor der großen Dee-Ann Smith. Größtenteils weil sie mich« – Luftgänsefüßchen – »›abstoßend‹ findet. Nur weil man eine Frau nach Einzelheiten zu all denen, die sie und ihr mordlustiger Vater im Laufe ihres beängstigenden Lebens getötet haben, gefragt hat, damit man ihre Talente auf Ewigkeiten in einer Skulptur rühmen kann … Und dann bin ich plötzlich ich der psychisch Gestörte.«

»Kyle …«

»Obwohl ich mich frage … Wie ist es, mit einer echten Soziopathin verheiratet zu sein? Schläfst du überhaupt? Oder hast du zu große Angst, dass sie mitten in der Nacht aufwacht und dir die Kehle durchschneidet, nur so zum Spaß? Hast du Angst um die Sicherheit eures Kindes?«

»Okay, das reicht!«, explodierte Britta plötzlich, riss das Tor auf und stürmte hindurch. Sie packte den Jungen wieder am Hosenboden seiner Jeans und jetzt auch noch an den Haaren. Dann hob sie ihn hoch und trug ihn zurück zum Haus der Honigdachse. »Du bist ein schreckliches, *schreckliches* Kind und wenn du mein Sohn wärest, hätte ich dich direkt auf eine Militärschule gegeben.«

»Ihre Schwester ist toll«, bemerkte MacRyrie.

»Sie lässt sich von niemandem irgendwelchen Bullshit gefallen. Erst recht nicht von den Bälgern anderer Leute.«

»Eigentlich wollten wir nur mit Charlie MacKilligan und ihren Schwestern über einen Job bei uns reden«, sagte Ric schließlich.

»Und jetzt? Was nun? Wollen Sie sie einsperren?«

»Wen einsperren?«, fragte Britta, die schon wieder zurückkam. Sie rieb sich die Hände, als sei sie gerade damit fertig geworden, eine Sauerei wegzumachen.

»Charlie und ihre Schwestern.«

Britta blieb stehen, verschränkte die Arme vor der Brust und richtete den Blick auf den Wolf und den Bäreneindringling. »Weshalb einsperren? Weil sie sind, wie sie sind? Weil sie anders sind? Weil sie Hybriden sind? Von einem Van Holtz hätte ich mehr erwartet. Und wenn Sie glauben, die Bären würden Ihnen erlauben, so einen Bullshit zu machen …«

Es folgte Schweigen, nachdem Britta ihre Worte – und ihre Warnung – hatte verklingen lassen. Das Schweigen hielt an, bis Lock MacRyrie sich plötzlich zu seinem Freund umdrehte und verkündete: »Ja, damit werden wir Sie nicht durchkommen lassen.«

Van Holtz verdrehte kurz die Augen, starrte den Bären, den er zu seiner Verstärkung mitgebracht hatte, an und knurrte: »Lock!«

»Aber das tun wir eben nicht!«

Charlie und ihre Schwestern betraten den riesigen Saal, der für die Hochzeitsfeier reserviert worden war. Anders als die meisten Hochzeitslocations war dieser gigantische Saal für ganze zwei Wochen gebucht worden, um alles vorzubereiten. Bei den meisten Veranstaltungen brauchte man nur einen Tag, um einen Raum herzurichten. Vielleicht zwei. Aber ihre Tante ging keine Risiken ein, was auch bedeutete, dass sie diese Hochzeit bereits seit mindestens zwei, vielleicht drei Jahren plante.

Wer plante eine Hochzeit über einen so langen Zeitraum? Egal ob Mensch oder Gestaltwandler?

Die Location war umwerfend. Überall hingen kunstvolle Kristallkronleuchter, der größte in der Mitte des Raums direkt über der Tanzfläche. Stühle, die mit teuer aussehenden Stoffen dekoriert waren, standen um runde Tische herum.

Das Farbschema schien weiß, rot und grau zu sein. Standardfarben, damit konnte man kaum etwas falsch machen. Wenn es allerdings jemand falsch machen konnte, dann war es Charlies Cousine.

Als die MacKilligan-Schwestern den Raum betraten, lehnten die drei sich sofort zur Seite, damit die fliegende Blumenvase keine von ihnen traf. »Ich hasse es!«, schrie Carrie MacKilligan Andersen-Cummings ihre ältere Schwester und ihre drei jüngeren an, die um sie herum standen. Sie verdrehte die Augen. »Ich hasse es! Ich *hasse* das alles!«

»Ich gehe«, verkündete Stevie abrupt und drehte sich auf dem Absatz um. Aber Max packte sie im Nacken und riss sie herum.

»Wir lassen uns nicht im Stich«, sagte Max tadelnd. »Schon gar nicht, wenn es gerade so unterhaltsam wird.«

Bernice eilte zu ihrer Tochter. Sie faltete die Hände, als würde sie beten … oder versuchen, sich daran zu hindern, ihr supernerviges Kind zu erwürgen.

»Was willst du denn dann, Schätzchen?«

»Ich will keine Rosen«, zischte Carrie. »Jeder hat Rosen! Ich verdiene etwas *Besseres* als Rosen!«

Carries Schwestern, die hinter ihr standen, sahen sich an. Charlie fragte sich, wie lange es noch dauern würde, bis einer von ihnen der Geduldsfaden riss und sie Carrie in einem Anfall von Geschwisterzorn umbrachten.

»Mach was, Mommy«, befahl Carrie, bevor sie auf Absätzen, die gute zwölf Zentimeter hoch sein mussten, davonstampfte. Designerschuhe. Kosteten wahrscheinlich mehr als Charlies gesamte Garderobe.

Kenzie, die Älteste, nickte Charlie zu und sie nickte zurück. Aber das war der Moment, in dem Carrie sie entdeckte und quer durch den Raum schrie: »*Was zum Teufel tun die hier?*«

»Beruhig dich«, befahl Bernice ihrer Tochter. »Sie sind hier, um mit mir zu sprechen.«

Sie kam zu Charlie herüber und sagte leise: »Ich dachte, ich hätte dich gebeten, allein zu kommen?«

»Ich habe nicht auf dich gehört«, gab Charlie zu.

Bernice legte sich die Fingerspitzen an die Schläfen, schloss die Augen und wechselte das Thema. »Also, irgendetwas Neues von deinem Vater?«

»Ja«, antwortete Max, »wir haben ihn gestern erst gesehen.«

Bernice riss ihre braunen Augen auf und starrte sie an. »Ihr habt *was*?«

»Ihn gestern erst gesehen.«

»Er hat sich mit Bärenspray eingesprüht, um sich in unser ausschließlich von Bären bewohntes Viertel zu schleichen«, erklärte Charlie. »Er hat sehr unangenehm gerochen.«

»Ich wusste es. Ich wusste, er würde alles ruinieren …«

»Was machen die hier?«, fragte Carrie und kam näher. Sie sah Charlie an. »Ihr seid nicht eingeladen.«

Charlie nickte und antwortete: »Ich stelle fest, du hast dir die Nase richten lassen.«

Carrie zeigte mit dem Finger auf Charlie und trat auf sie zu, aber ihre Mutter zog sie schnell zurück. »Schätzchen, lass mich das regeln. Geh hinüber zu deinen Schwestern.«

»Na schön.« Sie funkelte Charlie an. *»Hure.«*

»Dein Hintern ist immer noch mager.«

Bernice packte ihre Tochter am Arm und zerrte sie weg, bevor diese Charlies Gesicht mit ihren Krallen attackieren konnte. Eine Entscheidung, die Charlie zu schätzen wusste. Diese Krallen konnten, je nachdem, wie tief sie schnitten, bleibende Narben verursachen.

»Wow«, murmelte Stevie, die zusah, wie Mutter und Tochter sich entfernten. Sie senkte die Stimme zu einem Flüstern. »Ihr Hintern *ist* mager.«

»Sie hatte noch nie einen guten Hintern.«

»Ich für meinen Teil«, fügte Max hinzu, ohne sich die Mühe zu machen, leise zu sprechen, »finde es gut, dass sie ihre Nase so lächerlich klein gemacht hat, sodass sie jetzt kaum noch Luft bekommt.« Sie musterte ihre Cousine einen Moment lang, dann setzte sie hinzu: »Weil sie jetzt dieses ganze Gesicht« – sie hielt die Hände ungefähr sechzig Zentimeter auseinander – »aber nur so eine« – sie schloss die Hände, bis sie einen winzigen Kreis mit den Fingern formte und die Stimme um mehrere Oktaven erhob – »winzig kleine Nase hat.«

Charlie und Stevie lachten laut, bis ihre Tante zu ihnen kam und nach Charlies Arm griff.

»Kommt mit, meine Damen. Kommt mit. Kenzie, du übernimmst das Kommando, bis ich wieder da bin.«

»Will ich aber nicht.«

»Ist mir egal!«

Sobald sie den Saal verlassen hatten, blieb Bernice stehen und betrachtete ihre Nichten, die sie während ihres bisherigen Lebens kaum zur Kenntnis genommen hatte.

»Zeit für eine Tasse Tee?«, fragte Charlie.

Bernice stieß einen erschöpften Atemzug aus. »Scheiß auf den Tee. Lasst uns an die Bar gehen.«

»Es ist noch nicht einmal Mittag«, bemerkte Stevie vernünftigerweise, aber davon wollte Bernice nichts hören.

»Hast du vor, eine große Sache daraus zu machen?«, fragte Bernice, breitete die Arme aus und trat dicht vor Stevie hin.

Charlie und Max stellten sich sofort vor ihre kleine Schwester, um sie vor der tobenden, nicht mehr ganz jungen Dächsin zu beschützen.

»Es ist nie zu früh für einen guten Scotch«, sagte Charlie sanft. »Bitte, Tante Bernice, geh du voran.«

Ihre Tante stolzierte davon und Charlie wollte ihr schon folgen, aber dann hörte sie Max neben sich kichern.

»Was?«

»Ich fühle mich im Moment wirklich blendend unterhalten.«

Stevie schob sich an ihren Schwestern vorbei, folgte ihrer Tante und rief über ihre Schulter: »Das liegt wahrscheinlich daran, dass es eine hohe Wahrscheinlichkeit gibt, dass du eine Psychotikerin bist.«

Max grinste. »Aber eine glückliche Psychotikerin!«

»Ich versuche nicht, irgendjemanden oder irgendetwas zu zerstören«, erklärte Ric den Grizzlys, die ihn anfunkelten. »Ich versuche einfach nur, das hier in Ordnung zu bringen.«

»Was in Ordnung zu bringen?«, fragte Berg Dunn. »Die drei wollen offensichtlich keinen Job, sondern im Grunde nur, dass Sie sich verpissen. Also weiß ich nicht, warum Sie oder sonst irgendjemand mit ihnen reden sollte.«

»Sie machen einige Leute nervös.«

»Das ist nicht das Problem der MacKilligan-Schwestern.«

»Es könnte zu einem Problem werden, wenn die Gruppe und Katzenhaus zu dem Schluss kommen, dass sie eine zu große Gefahr darstellen.«

Dunn stand auf und seine Schwester trat neben ihn. »Wenn das passiert, werden Sie es mit dem BPC zu tun bekommen«, warnte der Bär. »Wollen Sie das? *Wirklich?*«

»Ja«, sagte Lock neben Ric. »*Wirklich?*«

Ric fasste Lock am Arm. »Würden Sie uns für einen Moment entschuldigen?« Er zog seinen besten Freund einige Schritte den Block hinunter, bevor er stehenblieb und sich zu ihm umdrehte. »Was zum Teufel tust du da, Mann? Du bist *meine* Verstärkung!«

»Du hast nur gesagt, dass ich dich begleiten soll. Also bin ich mitgefahren. Aber dieses Gespräch ist mir unangenehm. Meine Gefährtin ist eine Hybride. Unsere Kinder sind Hybriden. Und jetzt höre ich, dass Dee-Ann es sich auf die Fahnen geschrieben hat, Hybriden zu töten.«

»Sie hat sich *nicht* ...« Ric holte noch einmal tief Luft. »Dee-Ann macht sich nur Sorgen, weil Stevie MacKilligan anscheinend keine Kontrolle über das Wechseln ihrer Gestalt hat und sie sich in einen sieben Meter langen Honigdachs mit Tigerstreifen verwandeln kann.«

Lock lachte plötzlich. »Das ist cool.«

»Lass es mich noch einmal sagen«, blaffte Ric. »Sie hat keine Kontrolle darüber.«

»Oh.« Lock dachte einen Moment lang nach und nickte dann. »Du hast recht. Das ist beunruhigend.«

»Ich weiß. Also, hilf mir. Meinst du, dass du das tun kannst?«

Die beiden langjährigen Freunde sahen sich einen Moment lang an, bis sie die Augen zusammenkniffen und betrachteten, was jetzt neben ihnen stand. Dutch grinste sie an. Die Blutergüsse auf seinem Gesicht und seinem Hals waren beträchtlich. Dabei wusste Ric mit Bestimmtheit, dass der Vielfraß ein raufustiger Kämpfer war. Trotzdem hatte eine der MacKilligan-Schwestern ihm im Kampf Mann gegen Mann den Arsch aufgerissen. Eine einzelne Schwester.

Doch Ric bemerkte, dass Dutch die Verletzungen nichts auszumachen schienen. Trotz der Blutergüsse und der immer noch nicht geheilten Wunden wirkte er ziemlich munter.

»Also«, fragte der Vielfraß kühn, »wovon reden wir?«

Lock grinste höhnisch und machte Anstalten, zu den anderen Bären zurückzugehen. Aber als er an Dutch vorbeiging, schwang er den Arm nach vorn, sodass der Vielfraß quer über die Straße, über den Zaun des Hauses ihnen gegenüber, durch den Garten dieses Bären und direkt in die unschuldige Verandaschaukel flog.

Lock verschwendete eigentlich nicht viel Energie auf diesen Schlag, aber er war noch nie ein großer Fan von Vielfraßen gewesen, und obwohl er sich aus dem Eishockeyteam zurückgezogen hatte, besaß er immer noch diese enorme Bärenstärke.

Ric folgte seinem Freund und stand nur stumm da, als Lock zu den Geschwistern Dunn sagte: »Wie wär's, wenn wir uns später alle in den Büroräumen des BPC treffen würden? Sie können ja die älteste Schwester mitbringen …«

»Charlie.«

Lock nickte. »Sie bringen Charlie mit. Sie kommen alle zusammen. Katzenhaus kann auch jemanden schicken und Ric repräsentiert die Gruppe. Niemand«, fügte er schnell hinzu, »bringt Dee-Ann mit.«

»Oder ihren Vater«, warf Britta ein und fügte, als alle sie anstarrten, hinzu: »Jeder weiß über ihren Vater Bescheid. Kein Eggie Smith oder kein Deal.«

»Er ist gerade in Wolfsgestalt in den Bergen von Tennessee wandern«, erwiderte Ric. »Dieses schöne Leben wird er nicht aufgeben, wenn nicht ein gravierender Notfall vorliegt. Nur ich und mein Onkel Van vertreten die Gruppe.«

Britta sah ihren Bruder an.

Berg zuckte die Achseln. »Ich werde mit Charlie darüber reden.«

»Wunderbar.« Lock streckte ihm die Hand hin, um die seine zu schütteln, aber in dem Moment begriff er, dass er immer noch die Latte festhielt, die er aus dem Zaun der Dunns gerissen hatte. »Oh, das kann ich nach wie vor reparieren.«

Britta nahm ihm das Stück Holz ab. »Ist schon gut. Übrigens …« Sie lächelte. »Ich liebe Ihre Arbeit, Mr MacRyrie. Wir haben einen Ihrer Couchtische. Ich habe für eins Ihrer Sofas gespart. Vielleicht einen Esstisch.« Sie zog die Nase kraus und wechselte von schroff und gefährlich auf liebenswürdig. »Sie sind so talentiert!«

Lock errötete, wie es seine Art war, steckte die Hände in die Vordertaschen seiner Jeans und zuckte die Achseln. »Ähm, danke. Und Sie können mich Lock nennen.«

Berg stampfte mit einem angewiderten Knurren plötzlich zurück zu seiner Veranda und fauchte: »Hauen Sie ab, bevor ich meine Meinung ändere.«

Seine Schwester dagegen lächelte noch einmal hocherfreut und winkte. »Es war so nett, Sie kennenzulernen, Lock.«

Ric ging zurück zum SUV und stieg auf der Beifahrerseite ein. Lock ließ bereits den Motor an. Sobald sie auf der Straße zurück nach Manhattan waren, bemerkte Lock: »Nun, das war ein sehr erfreulicher Besuch.«

Ric, der nicht in Stimmung war, erwiderte automatisch: »Halt die Klappe.«

»Und gerade wird es etwas *weniger* erfreulich.«

»›Sie sind so talentiert, Mr MacRyrie‹«, verhöhnte Berg seine Schwester mit schriller Stimme, während er zusah, wie sie hinter dem SUV herwinkte, in dem der Bär und der Wolf saßen.

Als der Wagen um die Ecke bog, flog das Holzstück, das seine Schwester in der Hand gehalten hatte, auf Bergs Kopf zu. Er duckte sich. Das Holz sauste an ihm vorbei und knallte gegen den Kopf des armen Dag, der gerade um die Ecke des Hauses kam.

»Scheiße!«

Britta zuckte zusammen, doch dann schob sie alle Schuld auf Berg. »Da siehst du, wozu du mich gebracht hast!«

»*Ich?*«

Sie lief zu Dag und wischte ihm mit der Hand das Blut vom Kopf. »Das ist alles Bergs Schuld«, erklärte sie.

»Das weiß ich.«

»Warum machen alle immer *mich* für alles verantwortlich?«

»Verzeihung?« Das Wiesel hatte sich hochgerappelt, nachdem Lock MacRyrie es über die Straße geschleudert hatte, und stand jetzt draußen an ihrem Zaun. Existierte. Und seine Existenz ärgerte Berg.

Langsam drehten sich Berg und seine Geschwister dem Wiesel zu. Ohne ein Wort zu sagen, starrten sie es an und warteten.

Statt den Wink mit dem Zaunpfahl zu kapieren, fragte das Wiesel gut gelaunt: »Irgendeine Ahnung, wann die Mädels zurück sein werden?«

Sie fuhren fort, ihn schweigend anzustarren, was Berg daran erinnerte, warum er seine Geschwister liebte. Warum er es liebte, ein Drilling zu sein. Wegen Augenblicken wie diesem.

Das Wiesel sah sich um. »Ähm … okay. Ähm, könnten Sie ihnen sagen, dass ich da war?«

Sie starrten.

»In Ordnung. Ich werde einfach, ähm, ich werde Max einfach eine SMS schicken. Ja.« Er nickte. »Das werde ich tun. Ich werde Max eine SMS schicken.«

Schließlich, nachdem das Schweigen endlos angedauert hatte, winkte er ihnen zu und ging.

Als er weg war, drehte Berg sich zu denen um, mit denen er sich – zum großen Ärger ihrer Mutter – neun Monate und drei Wochen lang eine Gebärmutter geteilt hatte, und sie lächelten einvernehmlich.

Will betrat das Haus seiner Mutter, wo seine Brüder schon auf ihn warteten. Er wusste nicht, was er ihnen erzählen sollte. »Unsere amerikanische Nichte ist ein riesiger Honigdachs mit Tigerstreifen«

war einfach nichts, was er mit den MacKilligan-Jungs besprechen wollte.

Aber bevor er auch nur ein Wort sagen konnte, meinte Jim, der jüngste Bruder: »Wir haben ein Problem.«

»Du meinst, abgesehen von unserem verlorenen Geld?«

»Ich habe einen Anruf von einem Kontaktmann in Saughton bekommen.«

Das Gefängnis in Saughton, auch bekannt als das Edinburgh-Gefängnis. Es galt als das gefährlichste Gefängnis auf den Britischen Inseln. Und das lag größtenteils, zumindest in letzter Zeit, an einer Insassin: Mairi MacKilligan. Die einzige Tochter seines Bruders Samson.

Wie ihr Vater war Mairi in Saughton gelandet, noch bevor sie dreißig geworden war. Vielleicht hatte man sie ja wie ihren Vater eines Nachts in ihrer Zelle ausgeweidet.

»Und?«

»Mairi ist draußen.«

Will schüttelte den Kopf. »Sie wurde zu einer lebenslangen Freiheitsstrafe verurteilt. Glaub mir, nach dem, was sie getan hat, wird Ihre Majestät sie in absehbarer Zeit nicht rauslassen.«

»Sie haben sie nicht rausgelassen, Will. Sie ist geflohen. Niemand weiß, wo sie sich jetzt befindet.«

»Wir sind hier in Schottland, nicht in Afrika. Wie schwer kann es sein, sie auf dieser winzigen Insel aufzuspüren?«

»Das ist ja das Problem«, sagte Jim und verschränkte die Arme vor der Brust. »Es wird angenommen, dass sie sich gar nicht mehr in Schottland aufhält. Oder in Europa. Stattdessen läuft sie da draußen irgendwo frei herum. Und ist sauer auf uns, weil wir sie in Saughton sitzen gelassen haben. Du weißt doch, wie sie ist, Bruder. Das wird ein übles Ende nehmen.«

Will ließ sich auf den nächstbesten Stuhl fallen und schaute seine Geschwister an. »Oh, Scheiße.«

Kapitel 20

Kaum dass sie eine der Hotelbars betraten, griff der Barkeeper schon nach einer Flasche vierzig Jahre altem Scotch.

Bernice hob vier Finger und der Mann stellte vier Gläser neben die Flasche auf den Tresen. Sie schnappte sich die Flasche und die Gläser und ging zu einer Sitznische in der hinteren Ecke. Dann goss sie mehrere Finger hoch Scotch in jedes Glas und setzte sich, wobei sie die Flasche dicht bei sich behielt.

Charlie schob sich auf den Platz Bernice gegenüber und Max setzte sich neben ihre Tante. Stevie hockte sich neben Charlie.

Bernice griff sich eins der Gläser, hielt es hoch und brachte mit großem Sarkasmus einen Trinkspruch aus: »Auf die Familie.«

Da sie wartete, nahmen Charlie und ihre Schwestern sich jede ein Glas und wiederholten: »Auf die Familie.« Dann stießen sie mit ihrer Tante an.

Bernice trank ihren Scotch in einem einzigen Zug aus, bevor sie das Glas auf den Tisch knallte und es wieder auffüllte.

Charlie nippte nur an ihrem Scotch, da sie wusste, dass sie wegen der Medikamente gegen ihre Angst nicht zu viel trinken durfte.

Max nahm einen Schluck, verzog angewidert die Lippen und bat eine der Kellnerinnen um ein Schälchen in Honig geröstete Erdnüsse.

Stevie dagegen trank ihren Scotch auf einmal aus. Die anderen Frauen starrten sie an. Sie ließ das Glas auf den Tisch sinken und als sie begriff, dass alle sie angafften, erklärte sie: »Ernsthaft? Es überrascht euch, dass ich ordentlich etwas vertrage, nachdem ich mehr als ein Jahrzehnt unter Wissenschaftlern und Ingenieuren verbracht habe?«

Da Charlie darauf keine Antwort wusste, konzentrierte sie sich auf ihre Tante. »Also, wie läuft es mit der Hochzeit?«

Bernice sah Charlie aus zusammengekniffenen Augen an und kippte einen weiteren Schluck Scotch herunter.

»Ich will nur so viel sagen«, erklärte Bernice, während sie ihr jetzt leeres Glas studierte. »Ich habe ein grässliches Kind großgezogen.«

»Ich weiß deine Ehrlichkeit zu schätzen«, meinte Max.

»Aber diese Hochzeit muss ohne Panne über die Bühne gehen.«

»Hast du keine Hochzeitsplanerin?«, erkundigte Stevie sich.

»Natürlich. Die beste der Branche. Eine Tigerin, die, gelinde gesagt, ziemlich zickig ist. Und diese irische Hure geht mir auf meinen letzten schottischen Nerv. Aber sie macht ihre Sache unglaublich gut. Es gibt nur *ein* kleines Problem.« Sie hob den Zeigefinger.

»Die Braut?«, fragte Max, den Ellbogen auf den Tisch gestützt und das Kinn auf die erhobene Faust gebettet.

Bernice nickte knapp. »Die Braut.«

Stevie, vielleicht erkühnt von ihrem Drink, setzte sich plötzlich auf und sagte: »Es tut mir leid, aber … warum sind wir hier? Wir sind nicht einmal zur Hochzeit eingeladen. Also, ob deine Tochter nun ein Biest ist oder nicht – ich sehe nicht, wieso das unser Problem sein sollte.«

Max drehte ihren Kopf so, dass sie sich die Hand vor den Mund drücken konnte, um ihr überraschtes Lächeln zu verbergen.

Bernice machte einer weiteren Runde Scotch den Garaus, bevor sie eingestand: »Um offen zu sein, habe ich euch zwei nicht gebeten zu kommen. Ich habe sie gebeten.« Charlie sah, dass ein Finger auf sie zeigte, und wäre am liebsten schnurstracks zum Ausgang marschiert. »Alle in der Familie wissen über dich Bescheid, Charlie.«

Charlie wappnete sich gegen eine Beleidigung. »Was wissen alle?«, fragte sie und klang selbst in ihren eigenen Ohren defensiv.

»Dass du Dinge erledigt bekommst. Dass du Bullshit im Keim ersticken kannst wie niemand sonst. Ich weiß, es ist dir vielleicht nicht klar wegen der Probleme mit deinem Vater, aber glaub mir, diesen Idioten von einem Mann könnte niemand unter Kontrolle kriegen. Und du hast deine Sache definitiv besser gemacht als die meisten.«

»Ähm … danke? Aber wenn ich Carrie nicht in ein Verlies sperre und sie erst zur Hochzeit wieder rauslasse, damit wir sie an den Haaren zum Altar schleifen können, bin ich mir nicht sicher …«

»Das ist schon mal eine Option«, unterbrach Bernice sie. »Siehst du? Das Brainstorming hat bereits begonnen.«

Max setzte sich auf ihrem Stuhl auf. Ihre Augen waren aufgerissen und sie war kurz davor, loszulachen.

»Eine Option, von der ich nicht genau weiß, ob sie, ähm, legal ist«, fühlte Charlie sich genötigt zu bemerken. »Ich meine, *will* Carrie denn heiraten?«

»Ja! Definitiv.«

»Okay. Das ist gut. Aber vielleicht sollte ich meinen Standpunkt verdeutlichen. Will sie den Mann heiraten, der am Samstag auftaucht?«

Bernice wandte den Blick ab. »Ähm …«

»Wenn das eine Frage ist, die du nicht sofort mit Ja beantworten kannst, dann solltest du die Hochzeit vielleicht absa…«

»*Nein*«, unterbrach Bernice sie sofort und ließ Charlie ihren Satz gar nicht erst beenden. »Wir werden diese Hochzeit durchziehen.« Sie fuchtelte mit den Händen. »Selbst wenn Aliens und Drachen unseren gesamten Planeten angriffen, würde ich trotzdem dafür sorgen, dass es zu dieser verdammten Hochzeit kommt.«

»Hör mal, Bernice.« Charlie räusperte sich. »Es ist nicht so, dass ich deine plötzliche Bereitschaft, ähm, meine Existenz zur Kenntnis zu nehmen, nicht zu schätzen wüsste. Aber Carrie hat Schwestern und dich und … ich nehme ich an, dein Ehemann lebt auch noch, es sei denn, du hast uns einfach nicht zur Beerdigung eingeladen. Also ist es, du weißt schon, das Beste, wenn du sie um Hilfe bittest. Vor allem da ich nicht die Absicht habe, etwas Illegales zu tun.«

Bernice stieß einen verärgerten Seufzer aus. »Und?«

»Warum bin ich hier?«

»Damit du tun kannst, was du tust, Charlie MacKilligan. Hindernisse aus dem Weg räumen. Wir haben dich in den letzten Jahren beobachtet. Wenn sich jemand dagegen sperrt, Stevie ein fantastisches Stipendium zu geben oder ihre Arbeit zu finanzieren, regelst du das. Als es Max in der Highschool in Wisconsin nicht erlauben wurde, über die Bühne zu schreiten und sich ihr Abschlusszeugnis überreichen zu lassen, wegen der Sache mit der Cheerleaderin …«

Max' Lächeln war beinahe lieblich. »Bobby-Jean Hamilton.« Sie nickte. »Erste Cheerleaderin. Die zur erfolgreichsten Schülerin gewählt wurde. Und ich habe sie in der Cafeteria windelweich geschlagen.« Sie zuckte leicht die Achseln. »Du weißt schon, nur zum Spaß.«

Bernice zeigte mit beiden Händen auf Max. »Siehst du? Die Schule hatte jedes Recht, ihr den Gang auf die Bühne bei der Zeugnisausgabe zu verweigern. Aber du hast die Sache in Ordnung gebracht. Sie ist auf die Bühne gekommen. Ich will, dass du das Gleiche für mein kleines Mädchen tust. Sie dazu bringst, den Gang zur Trauung anzutreten, bevor ich sie umbringe und sie ausstopfen und in meinem Haus aufstellen lasse, als Warnung für den Rest ihrer Schwestern.«

Charlie konzentrierte sich ganz auf ihre Tante, denn sie war klug genug, nicht Max anzusehen. Sie *durfte* Max nicht ansehen, weil sie sonst nie mehr aufhören würde zu lachen.

Sie hob an: »Noch einmal, mir ist klar, was du durchmachst, aber ich glaube nicht …«

»Wie viel?«, fragte Stevie plötzlich.

Charlie drehte sich mit dem ganzen Oberkörper, damit sie ihre Schwester direkt ansehen konnte. »Was tust du da?«

»Was denn? Erwartet sie von dir, dass du das umsonst machst?«

»Es ist mir egal, ob sie es umsonst haben will oder nicht. Ich mache das nicht. Ich mische mich nicht in diesen Wahnsinn ein. Stattdessen werden wir alle in die Bärenstraße, wie ich sie gern nenne, zurückgehen und mir etwas zum Anziehen heraussuchen. Denn ich *denke*, dass ich heute Abend ein Date mit einem sehr gut aussehenden Mann habe, der sich in ein tausend Pfund schweres wildes Tier verwandeln kann.« Sie schaute wieder Bernice an. »Also, so gern ich …«

»Ich gebe dir fünfzigtausend.«

Max blinzelte. »Dollar? *Amerikanische Dollar?*«

Charlie hob den Zeigefinger. »Ich habe es dir bereits gesagt, ich tue nichts Illegales. Und ich bringe niemanden für dich um.«

»Wenn ich jemanden tot sehen wollte, würde ich Max anheuern.«

»Ah«, sagte Max und berührte Bernice sanft am Unterarm. »Das ist lieb.«

»Wofür würdest du mir dann fünfzig Riesen geben?«

»Du musst für mich tun, worauf du dich so gut verstehst. Probleme lösen. Finde das Problem. Kümmere dich um das Problem. *Eliminiere* das Problem.« Und bevor Charlie etwas sagen konnte, fügte sie schnell hinzu: »Legal. Ich will, dass du tust, worauf du dich so brillant verstehst. Löse das verdammte Problem. Nicht die Schwierigkeiten, die sich speziell auf die Hochzeit beziehen. Ich bezahle dieser Tigerhure bereits einen Haufen Geld, damit die Hochzeit perfekt wird. Du musst herausfinden, wo die echten Probleme liegen. Die Probleme, die mir das Leben versauen könnten. Finde sie und bring sie in Ordnung.«

»Und wenn ich es nicht hinkriege?«

»Dann wirst du trotzdem bezahlt.« Als Charlie die Augen zusammenkniff, fuhr Bernice fort: »Ich kenne dich, Charlie. Du bist wie deine Mutter. Wenn du dich zu etwas verpflichtet hast, gehst du nicht einfach weg. Ich weiß, wenn du versprichst, dein Bestes zu geben, wirst du das tun. Wenn meine Tochter es trotzdem schafft, die Sache zu versauen, dann geht das auf meine Kappe. Als ihre Mutter. Und dann werde ich mich auf meine eigene Weise darum kümmern«, sagte sie in einem Ton, der Charlie Grund gab, sich um ihre jüngere Cousine Sorgen zu machen.

»Was ist mit Spesen?«, fragte Stevie.

Charlie schlug das Glas weg, aus dem ihre Schwester nur ein einziges Mal getrunken hatte, und es flog quer durch die Bar. »Kein Alkohol mehr für dich!«

»Ich lasse nicht zu, dass du über den Tisch gezogen wirst. Wir verschaffen dir den besten Deal.«

»Du willst über Deals reden, Stevie?« Bernice beugte sich vor und sah Charlies kleine Schwester direkt an. »Ich werde ihr fünfundzwanzig Riesen Vorschuss geben. Und für alle Spesen aufkommen. Und ganz gleich, was geschieht, an dem Tag, an dem die Hochzeit stattfinden *sollte*, bekommt sie die anderen fünfundzwanzig Riesen von mir.« Sie hob den Zeigefinger, bevor Stevie etwas sagen konnte.

»Aber wenn es tatsächlich zu der Hochzeit kommt, das heißt, wenn Carrie und Ronald P. Farmington der Vierte den Gang zum Altar antreten, ihr Eheversprechen abgeben und am Ende des Abends zu ihren Flitterwochen aufbrechen, werde ich ihr einen Bonus von fünfunddreißigtausend Dollar zusätzlich zu den fünfzig bezahlen.« Sie sah Max an. »Amerikanische Dollar.« Bernice lehnte sich auf ihrem Stuhl zurück, warf die Hände in die Luft und fragte: »Was sagt ihr jetzt, ihr Miststücke?«

Stevie nickte Charlie zu. »Schlag ein.«

»Was tust du mir an?«

»Ich verschaffe dir einen Job.«

»Stevie, du weißt, sobald ich mich verpflichte …«

»Ja, genau. Dann ist es verbindlich. Schon klar. Ich weiß außerdem, dass die Hochzeit an *diesem* Samstag stattfindet. Nimm das verdammte Geld.«

Charlie sah Max an, aber sie erriet bereits die Antwort ihrer Schwester.

»Mann, nimm das Geld«, sagte Max.

»In Ordnung. Ich werde es tun. Aber ihr zwei helft mir«, erklärte sie ihren Schwestern.

»Warum ist das *unser* Problem?«, fragte Max.

»Ich lasse euch zwei nicht in der *Bärenstadt* zurück, ohne dass ihr etwas zu tun habt. Ich werde dafür sorgen, dass ihr beide beschäftigt seid. Es ist im besten Interesse aller Beteiligten.«

Stevie stieß einen traurigen Seufzer aus und sagte zu Bernice: »Sie hat recht.«

»Übrigens«, fügte Charlie an ihre Tante gewandt hinzu, »ich betrachte meine Schwestern als Spesen.«

»Wie auch immer.« Bernice schaute auf ihre Armbanduhr. »In Ordnung. Ich muss wieder zu dieser dämonischen Bestie, die ich geboren habe.«

Max schlüpfte aus der Sitznische und ließ ihre Tante hinaus.

»Noch etwas«, sagte Bernice, bevor sie ging, »euer Vater …«

»Ich werde mit der Hochzeitsplanerin und der Security seinetwegen Rücksprache halten. Du hast doch Security für dieses Event, oder? *Richtige* Security?« Als ihre Tante nur dastand und sie blinzelnd ansah, sagte Charlie: »Mach dir deswegen keine Sorgen. Ich regle das.«

Bernice hatte offensichtlich mehr Widerstand erwartet, bevor Charlie diesen Job annahm, aber welchen Sinn hätte das gehabt? Für so viel Geld würde Charlie mit ihrem Vater schon fertigwerden.

Sobald ihre Tante weg war, fragte Stevie: »Also, was machen wir als Erstes?«

»Unser erster Schritt … Wir finden heraus, was unsere zickige kleine Cousine hinter dem Rücken ihrer Mutter treibt.«

Charlies Handy vibrierte und sie zog es aus ihrer Gesäßtasche. »Ja, bitte?«

»Hi. Ich bin's, Berg.«

Sie konnte sich ein Lächeln nicht verkneifen, als sie seine Stimme hörte, und lehnte sich gegen den ledernen Sitz. »Hi. Was liegt an?«

»Hast du heute irgendwann ein wenig Zeit?«

»Ist alles in Ordnung?«

»Ja. Die Gruppe will sich mit dir, Katzenhaus und dem BPC treffen. Ich könnte dich abholen und hinbringen.«

»Wohin?«

»In die Büros des BPC. Und du kannst auch Nein sagen. Ich unterstütze jede deiner Entscheidungen.«

»Einen Moment.«

Charlie ließ ihr Handy sinken. »Später findet ein Treffen mit Leuten von der Gruppe statt. Berg sagt, er holt mich ab.«

»Soll ich mitkommen?«, schlug Max vor. »Ich kann alle umbringen … das Ganze abhaken.«

»Ich könnte mich irren«, erwiderte Charlie ruhig, »aber es kommt mir so vor, als würde das die Sache weniger abhaken, als alles nur noch schlimmer machen.«

Max zuckte die Achseln. »Da hast du vielleicht nicht ganz unrecht.«

»Danke. Also, ihr zwei bleibt hier und fangt an, um die Braut herumzuschnüffeln. Ich kümmere mich um alles andere. Und verdammt noch mal keine Streitereien!«

»Soll ich Dutch anrufen?«, fragte Max.

»Den Verräter?«

»Wow, das vergisst du wohl nie.«

»Nein, nie. Und macht, was ihr wollt. Ich habe ihm bereits den Arsch aufgerissen. Er weiß, wie ich zu ihm stehe.« Charlie hielt sich ihr Handy wieder ans Ohr. »Berg, sag mir, wo wir uns treffen.«

Kapitel 21

Berg holte Charlie an der Ecke vor dem Hotel ab. Er hatte geplant, allein zu kommen, aber Britta und Dag hatten nicht locker gelassen. Sie saßen auf der Rückbank und als Charlie die beiden ansah, winkten sie ihr zu.

»Alles in Ordnung?«, fragte er, während er sich wieder in den mittäglichen Verkehr einfädelte.

»Ja. Ich habe einen Job.«

»Wirklich? Was musst du tun?«

»Dafür sorgen, dass meine Cousine ihre Hochzeit durchzieht. Ich soll alle Hindernisse aus dem Weg räumen. Legal«, fügte sie rasch hinzu. Nicht dass Berg daran zweifelte. Er glaubte, dass Charlie nur für ihre Schwestern töten würde und dann auch nur, um sie zu beschützen.

»Hindernisse?«, fragte Britta. »Du meinst zum Beispiel, wenn der Priester nicht auftaucht? Oder der Kuchen nicht geliefert wird?«

»Dafür hat meine Tante anscheinend eine Hochzeitsplanerin. Gemessen an dem, was sie mir über meine Cousine Carrie erzählt hat, nehme ich an, es geht um fehlende Liebe.«

»Deine Cousine liebt den Mann, den sie heiraten soll, nicht?«, fragte Berg.

»Ich fürchte nein, aber ich nehme an, das interessiert meine Tante nicht.«

Britta beugte sich vor und legte die Hand auf die Kopfstütze. »Wer ist der arme Tropf, den sie heiratet?«

»Ähm, Ronald P. …« Charlie dachte einen Moment lang nach. »Farmington. Der Vierte.«

»Ohhh«, sagte Britta und beugte sich dichter zu ihr vor. »Er ist reich. So reich, dass er auch gut eine goldene Jacht haben könnte.«

»Das habe ich vermutet. Meine Tante besteht darauf, dass diese Hochzeit stattfindet. Sie will es so sehr, dass sie bereit ist, mir fünfundachtzig Riesen dafür zu bezahlen.«

»*Amerikanisches* Geld?«, fragte Britta.

Charlie schüttelte den Kopf. »Du und meine Schwestern, warum macht ihr euch solche Sorgen, ich könnte kein amerikanisches Geld bekommen? Das ist wirklich sehr seltsam.«

Der SUV bog um die Ecke und Charlie schaute wieder zu Britta hinüber. »Wie teuer seid ihr?«

Britta runzelte die Stirn. »Wie bitte?«

»Ich meinte, als Security.«

»Oh! Oh. Oh, wir sind sehr teuer.«

Charlie sah Berg an und er nickte. »Das sind wir wirklich. Wir tun es, um die Leute vom Reality TV abzuschrecken, die nur wollen, dass riesige Typen hinter ihnen hergehen und Furcht einflößend aussehen, während sie einer Frau Wein ins Gesicht kippen. Warum?«

»Du und Britta, ihr habt meinen Dad gesehen und ich hatte gehofft, dass ihr als zusätzliche Security zu der Hochzeit kommen könntet, um zu verhindern, dass der Idiot hereinmarschiert und einen bereits schrecklichen Tag noch schlimmer macht. Die Hochzeit findet diesen Samstag statt. Genauere Zeiten kann ich euch später mitteilen.«

»Das können wir tun«, sagte Berg und bog in das Parkhaus eines großen Gebäudes ein. »Wir tun es kostenlos.«

»Nein, das tut ihr *nicht*.« Charlie feixte. »Aber nur, weil ich nicht diejenige sein werde, die es bezahlt. Meine Tante kommt für die Spesen auf und sie will nicht, dass mein Dad die Hochzeit sprengt. Also erwarte ich von euch, dass ihr euren normalen Preis verdoppelt.«

»Nun …«

Da sie wusste, dass Berg zu nett war, sah sie seine Schwester an und wiederholte: »Der doppelte Preis.«

»Geht in Ordnung!« Brittas Finger flogen über ihr Handy und nach einigen Sekunden fügte sie hinzu: »Ist gebucht.«

Berg bremste den SUV vor dem Häuschen des Sicherheitsdienstes. Ein Mann, der mindestens zwei Meter fünfundzwanzig groß sein musste, blickte auf ihn herunter.

»Berg.«

»Garland.«

Die Metallschranke hob sich, Berg fuhr hindurch und fand schnell einen Parkplatz. Sie stiegen alle aus und gingen zum Aufzug.

Die Türen öffneten sich und Charlie stieg ein. Ihr stand der Mund offen, als sie sich umschaute.

»Dieses Ding ist riesig.«

»Wir haben nicht gern das Gefühl, eingeengt zu sein.« Berg drückte auf einen Knopf für die oberste Etage. »Also, wenn du dich irgendwann nicht wohlfühlst, wenn du dich unsicher fühlst, lass es uns einfach wissen und wir bringen dich raus.«

»In Ordnung.«

Die Stockwerke sausten vorbei.

Berg sah sie an. »Bist du bewaffnet?«

»Bis an die Zähne. Wenn jemand auch nur falsch zuckt ...«

»Nein, nein, nein.« Berg schüttelte den Kopf. »Du darfst heute *niemanden* umbringen.«

»Aber wenn sie zucken ...«

»Nein!«

»Berg meint«, erklärte Britta, »wenn es irgendwelche Probleme gibt, werden wir uns darum kümmern.«

»Genau«, bestätigte er und nickte.

»Falls zum Beispiel irgendein Kater von Katzenhaus dir Ärger macht, werden *wir* diejenigen sein, die ihm die Arme abreißen und ihn damit totschlagen.«

»Nein«, seufzte Berg und schüttelte erneut den Kopf. »Das meinte ich auch nicht.«

Max spähte um die Ecke und beobachtete ihre Cousine Carrie, die in ihr Handy sprach. Sie ging auf und ab und weinte, sprach aber mit leiser Stimme. Carrie drehte sich um und kam jetzt in Max' Richtung, daher trat sie schnell zurück.

»Was ist los?«, fragte Stevie.

»Sie telefoniert und weint.« Max sah ihre Schwester an. »Sie weint.«

»Leute weinen manchmal.«

»Honigdachse nicht. Honigdachse weinen nicht.«

»Ich habe dich schon beim ersten Mal verstanden.«

»Aber ich hatte das Gefühl, dass es nicht oft genug gesagt werden kann.«

»Hey!«, brüllte Dutch, der den Flur entlangkam. Sowohl Max als auch Stevie zischten ihn an, dass er leise sein solle.

»Was?«, flüsterte er und ließ sich dramatisch mit dem Rücken an die Wand plumpsen. Sein Blick hüpfte von einem Ende des Flurs zum anderen. »Stehen wir unter Beschuss?«

»Wir spionieren«, erklärte Stevie leise.

»Oh, ich liebe spionieren.«

»Davon haben wir gehört«, neckte Max ihn.

Dutch verzog das Gesicht. »Okay, das hätte ich mir jetzt denken können.«

»Blödmann.«

»Hasst eure Schwester mich immer noch?«

»Ja«, antwortete Max und Stevie wie aus einem Mund.

»Ernsthaft?«

»Nun, sie hat dich vorher schon gehasst«, antwortete Stevie. »Jetzt hat sich ihr Hass nur verstärkt.«

Max spähte wieder um die Ecke und sah, dass Carrie durch den Hintereingang in den großen Saal gegangen war, wo alles für ihre Hochzeit vorbereitet wurde.

»Du weißt doch, wie Charlie ist«, meinte Stevie, als Max sich zurücklehnte.

»Sie ist Löwe mit einem Stiermond«, erklärte Max. »Du kannst dich glücklich schätzen, dass sie dir nur eine ordentliche Abreibung verpasst hat.«

Stevie verdrehte die Augen und ein angewiderter Laut kam aus ihrer Kehle.

»Was?«

»Du glaubst immer noch an diesen Astrologiequatsch?«, fragte sie.

»Du nicht?«

»Ich glaube an Dinge, die man *anfassen* kann«, verkündete Stevie in ihrem hochmütigsten Ton. »Nicht an lächerliches Zeug.«

»Was ist mit östlicher Astrologie? Ich schwanke zwischen der östlichen und der westlichen, also, glaubst du an östliche Astrologie?«

»*Nein.*«

»Wo ist Charlie überhaupt?«, fragte Dutch, um dem Streit vorzubeugen, von dem er wusste, dass er sich höchstwahrscheinlich gerade anbahnte.

»Berg hat sie abgeholt, um sie zu einem Treffen mit dem BPC, den Katzen und deinen Leuten zu bringen.«

Dutchs normalerweise lächelndes, entspanntes Gesicht wurde ernst. »Was?«

»Hat dir das niemand erzählt?«

»Nein.«

Max musterte ihn für einen Moment. »Soll ich hinfahren und alle umbringen?«

»Warum ist das immer dein erster Vorschlag?«

»Es ist der zweckdienlichste.«

»Sollten wir langsam Panik kriegen?«, fragte Stevie. »Ich habe das Gefühl, dass wir langsam Panik kriegen sollten.«

»Nein. Ich bin mir sicher, alles ist gut. Aber wenn du dir Sorgen machst, könnte ich gehen. Charlie beschützen.«

Max sah Stevie an. Ihre kleine Schwester verdrehte die Augen.

»Mann«, fühlte Max sich genötigt zu bemerken, »Charlie ist von drei *Grizzlybären* umringt. Ich denke, unsere Schwester ist in Sicherheit.«

»Ist sie bewaffnet?«

Stevie schnaubte. »Bis an die Zähne.«

»Sie weint?«, fragte Charlie plötzlich laut, während sie auf ihr Handy starrte. »Was meint Max damit, sie weint? Honigdachse weinen nicht. Honigdachse weinen nie.«

Berg kam zu ihr zurück und klopfte ihr auf den Arm. Stirnrunzelnd hob sie den Kopf. »Was?«

»Könnten wir das hier hinter uns bringen?«

Sie sah sich um und es schien ihr plötzlich wieder einzufallen, dass sie sich mitten auf dem Flur des BPC befand, Selbstgespräche führte und auf ihrem Handy tippte.

»Entschuldigung«, sagte sie. »Entschuldigung.« Sie beschleunigte ihren Schritt, um Britta und Dag einzuholen, und Berg folgte ihr.

Sie gingen zu dem Büro ganz am Ende des Flurs. Bayla Ben-Zeevs Büro. Sie war die Vorsitzende des BPC.

Berg schnitt Charlie den Weg ab, damit er das Büro als Erster betreten konnte. Er wollte sich erst einmal umsehen und sich davon überzeugen, dass alles so war, wie es sein sollte. Nicht dass er sich solche Sorgen machte, hauptsächlich war es Gewohnheit. Schließlich war Personenschutz sein Geschäft.

Bedauerlicherweise hatten Britta und Dag die gleiche Idee, sodass sie alle drei für einen Moment in der Tür festklemmten, bis Britta sich als Erste befreite und beide Arme hinter sich streckte, um ihm und Dag gegen die Schultern zu schlagen.

Die beiden Van Holtz-Wölfe sahen aus dem Fenster. Bayla seufzte und massierte sich hinter ihrem Schreibtisch die Schläfen und das neueste New Yorker Oberhaupt von Katzenhaus, Mary-Ellen Kozlowski, eine süße, aber grimmige kleine Luxin, verdrehte nur die Augen und grinste höhnisch, wie es nur Katzen können.

»Tut mir leid, dass wir so spät dran sind«, entschuldigte Britta sich. »Der Verkehr.«

»Kein Problem.« Bayla deutete auf mehrere freie Stühle rund um ihren Schreibtisch. »Kommt rein.«

Dag blieb an der Tür, ohne sich hinzusetzen. Er stand einfach nur da und funkelte die Nicht-Bären im Raum an. Britta nahm bei den Wölfen Platz, damit sie der Katze direkt ins Gesicht starren konnte. Britta mochte Katzen nicht besonders.

Berg drehte sich, um Charlie in den Raum zu eskortieren und die anderen – über jeden Zweifel erhaben – wissen zu lassen, welches Ausmaß an Schutz sie genoss. Aber sie konzentrierte sich schon wieder auf ihr Telefon und tippte mit den Daumen auf dem Display herum.

»Charlie«, sagte er leise, um ihre Aufmerksamkeit zu erregen. »Charlie«, sagte er ein wenig lauter, aber immer noch … »Charlie!«

Sie zuckte bei seinem Gebrüll kein bisschen zusammen, sondern murmelte nur: »Eine Sekunde.«

Er konnte sich nicht einmal dazu bringen, Bayla anzusehen, da er bereits wusste, wie sehr sie es hasste, wenn man sie warten ließ.

»Okay.« Charlie schob ihr Handy zurück in ihre Jeans. Dann ging sie um Berg herum und trat vollends in den Raum. »Tut mir wirklich leid. Es findet eine Hochzeit statt und Sie wissen ja, wie verrückt Hochzeiten sein können.« Sie sprach so glattzüngig, dass sie so klang, als gehöre sie zur Hochzeitsgesellschaft, statt gegen Bezahlung ihre Cousine auszuspionieren. »Ich weiß es wirklich zu schätzen, dass Sie alle sich die Zeit nehmen, sich mit mir zu treffen. Ich mache mir immer solche Sorgen um meine Familie, aber ich bin mir sicher, dass das hier mir helfen wird, mich sehr viel besser zu fühlen.«

Sie sagte das alles ohne Sarkasmus. Ohne einen Anflug der Bosheit, die die Unterhaltungen verschiedener Spezies immer zu prägen schien, wenn sie sich in einem Raum versammelten.

Charlie setzte sich hin und ihr Lächeln war herzlich. »Ähm, ich bin Charlie MacKilligan, aber ich nehme an, das wissen hier alle. Mir ist jedoch nicht klar, wer von Ihnen wer ist.« Von allen Anwesenden sah sie ausgerechnet den Luchs zuerst an.

Die Katze in dem knappen weißen Designerkleid, den hochhackigen Designerschuhen und der weißen Designerhandtasche neben sich auf dem großen Stuhl (groß, weil sie auf dem bärengroßen Möbelstück kaum Platz einnahm), ließ sich einen Moment lang Zeit. Sie wirkte verblüfft. Wahrscheinlich weil Katzen als so unhöflich galten, dass die meisten der anderen Spezies sie bewusst ignorierten, nur um sie zu ärgern.

Charlie tat das nicht.

Die Katze gaffte Charlie mit ihren hellgrünen Augen an, bevor sie antwortete: »Ähm, ich bin, ähm …« Sie räusperte sich und warf sich rasch ihr Mäntelchen der Nonchalance um. »Mary-Ellen Kozlowski.«

»Hi, Miss Kozlowski.« Charlie stand wieder auf und ging mit ausgestreckter Hand durch den Raum.

Kozlowski fuhr zurück, sodass die Beine ihres Stuhls über den Boden schrappten. Dann begriff sie, dass Charlie ihr nur die Hand schütteln wollte.

Charlie wartete geduldig lächelnd.

Kozlowski sah sich in der Erwartung irgendeiner Art von Angriff um, dann ergriff sie endlich Charlies Hand und schüttelte sie.

»Freut mich, Sie kennenzulernen«, sagte Charlie, bevor sie die Hand zurückzog.

Die hellgrünen Augen verengten sich und suchten verzweifelt nach Ironie. Als die Katze keine fand, nickte sie. »Ganz meinerseits.«

Charlie ging zu den Wölfen hinüber.

»Charlie MacKilligan«, stellte sie sich dem jüngeren Van Holtz vor.

»Ulrich Van Holtz. Sie können mich Ric nennen. Und das ist Niles Van Holtz, mein Cousin.«

»Nennen Sie mich Van.«

»Ich dachte, er sei dein Onkel«, bemerkte Britta, die sich ebenfalls sichtlich unwohl mit Charlies unbefangener Herzlichkeit allen im Raum gegenüber fühlte.

»Es ist eine Frage des Respekts, stimmt's?«, sagte Charlie und ging durch den Raum zu Baylas Schreibtisch. »Wir haben auch ein paar solcher ›Onkel‹«, lachte sie und streckte Bayla die Hand hin. »Charlie.«

»Bayla Ben-Zeev.«

»Freut mich sehr, Sie kennenzulernen. Und ich liebe Ihren Namen. Bayla ist sehr hübsch.«

»Ähm, danke.«

Charlie kehrte zu ihrem Stuhl zurück und setzte sich.

Sofort öffnete Bayla den Mund, um das Gespräch in Gang zu bringen und bei allen Anwesenden für Klarheit zu sorgen, dass Charlie und ihre Schwestern unter dem Schutz des BPC standen und dieser keinen Bullshit dulden würde.

Berg wusste genau, was er von dem Oberhaupt des BPC zu erwarten hatte. Er wusste auch, dass von den Van Holtz' ruhige, vernünftige, kaum wahrnehmbare Drohungen ausgehen würden und von dem Lux unverhohlene, direkte Drohungen und Bösartigkeit.

Aber ohne Bayla zu Wort kommen zu lassen, redete Charlie einfach drauflos.

»Ich muss sagen, dass ich es *wirklich* zu schätzen weiß, dass alle heute hergekommen sind, um uns zu helfen.«

Überrascht schaute Berg auf. Seine Schwester sah ihn bereits mit großen Augen an.

»Normalerweise muss ich mich mit derartigen Problemen allein herumschlagen und langsam bin ich ein wenig überfordert. Ich meine, mein Vater bestiehlt seinen eigenen Bruder. Sein Bruder benutzt mich und meine Schwestern in der Hoffnung, das Geld zurückzubekommen, indem er uns im Grunde genommen an jeden, der meine kleine Schwester haben will, verkauft. Und ich meine, ich überlasse meine kleine Schwester *niemandem*, aber erst recht nicht vollmenschlichen Männern. Mein Onkel weiß, dass wir das Geld nicht haben, um ihm seines zurückzuzahlen. Er weiß auch, dass, was auch immer mit mir und meinen Schwestern geschieht, wie schlimm es auch immer sein mag, wie schrecklich oder brutal, meinem Vater *nichts* bedeutet. Aber mein Onkel Will hat gehofft, dass *ich* das Geld von meinem Vater zurückholen könnte, und er hatte das Gefühl, dass ich das tun würde, wenn jemand meine Schwester in seiner Gewalt hätte. Wenn ihre Sicherheit bedroht wird.«

Charlie stieß den Atem aus.

»Wieder einmal hat mein Vater mich und meine Schwestern in eine Situation gezwungen, die uns alle umbringen könnte.«

Es folgte ein langes Schweigen, bis der ältere Van Holtz fragte: »Wo ist Ihr Vater jetzt?«

»Er ist zu dem Haus in Queens gekommen, das ich angemietet habe. Er wollte Geld und einen sicheren Schlafplatz. Ich … habe ein wenig überreagiert und weiß jetzt nicht, wo er ist.«

»Aber er hat das Geld?«, fragte Ric Van Holtz.

»Er hatte es. Max – meine mittlere Schwester – hat mit ihm geredet, nachdem ich gegangen war, und sie glaubt, dass er das Geld verloren hat.«

Kozlowski sah sich im Raum um, bevor sie sich wieder auf Charlie konzentrierte. »Ich habe es so verstanden, dass Ihr Vater ungefähr hundert Millionen Dollar gestohlen hat.«

»Tatsächlich waren es hundert Millionen Pfund Sterling.«

»Wie verliert man hundert Millionen von irgendetwas?«

»Oh, das ist ganz einfach«, sagte Charlie lässig. »Indem man sich wie der größte verdammte Idiot anstellt, der Gott oder der Menschheit bekannt ist.«

Stevie wünschte, sie hätte sagen können, dass derartig niveaulose Aktivitäten eine Beleidigung für ihre umwerfende Hirnpower und ihre ganzen Pläne, endgültig die Welt und die Menschheit zu verändern, sei.

Aber das konnte sie nicht sagen, weil sie sich *dermaßen* amüsierte.

Carrie war schreiend vor ihrer Mutter weggerannt: »Das ist alles ätzend! Ich hasse alles, was du getan hast! Warum versuchst du, meine Hochzeit zu ruinieren? Dies ist mein Tag!«

Es schien Stevie, dass Carrie nur einen Betriebsmodus kannte: Lautes und hysterisches Geschrei. An ihr gab es keinen Knopf zum Ausschalten. Jetzt stampfte sie in ihren lächerlichen High Heels wie ein Linebacker durchs Hotel. Sie hielt direkt auf den Ausgang zur Straße zu.

Stevie, Max und Dutch folgten ihr und hielten mithilfe von SMS Kontakt zu Charlie.

Es war bescheuert, machte aber solchen Spaß! Stevie hatte selten solchen Spaß. Entweder arbeitete sie oder sie hatte Therapie. Nur wenn sie mit ihren Schwestern zusammen war, schien sie überhaupt Spaß zu haben.

Carrie flitzte plötzlich in eine Bäckerei.

»Sie hat einen Fressanfall«, verkündete Max, während sie von der anderen Straßenseite den Laden beobachteten.

»Wieso bist du so besessen von Essstörungen?«, fragte Stevie. »Vielleicht hätte sie einfach gern einen Bagel.«

»Das ist eine französische Bäckerei«, fühlte Dutch sich genötigt zu bemerken. »Ich bezweifle, dass sie Bagels haben.« Als Stevie sich zu ihm umdrehte, fügte er hinzu: »Vielleicht will sie ein Croissant?«

»Hör auf zu reden«, verlangte Stevie, bevor sie feststellte, dass Carrie durch die Seitentür der Bäckerei in die Gasse hinauskam. Und sie war nicht allein.

Die Autos waren zum Stillstand gekommen und warteten darauf, dass die Ampel grün wurde, daher lief Stevie hinter Max her über die Straße. Sie gingen den Häuserblock auf der rechten Seite der Bäckerei entlang, bis sie den Eingang zu einer anderen Gasse erreichten. Stevie lief direkt hinter Max und blieb erst stehen, als sie mit Max zusammenstieß. Ihre Schwester bewegte sich keinen Millimeter, denn sie war ganz darauf konzentriert, um die Mauer herumzuspähen und zu sehen, was Carrie da trieb.

Da sie es nicht riskieren wollte, den schmutzigen Gassenboden zu berühren, kletterte Stevie auf Max' Rücken, bis sie über ihren Kopf schauen und Carrie ebenfalls beobachten konnte.

Max legte den Kopf in den Nacken, um Stevie ansehen zu können. »Ernsthaft?«

»Pst.«

Stevie drehte leicht den Kopf zur Seite, um besser verstehen zu können, was die beiden Personen in der Gasse sagten. Der Mann, der Carrie überragte, war groß. Aber nicht vollmenschmäßig groß, es sei denn, ihre Cousine hatte beschlossen, sich mit einem Spieler der NBA einzulassen.

»Was ist er?«, flüsterte Stevie.

»Eisbär, denke ich«, flüsterte Max zurück.

Die beiden tuschelten miteinander – was es fast unmöglich machte, zu verstehen, was gesprochen wurde – und an irgendeinem Punkt begann Carrie zu weinen, was Max, wie Stevie spürte, bis in ihr Honigdachsmark erschütterte.

Aber Hochzeiten waren stressige Ereignisse. Sie rangierten auf der Stressskala ganz oben, zusammen mit Beerdigungen und Scheidungen, daher war Stevie bereit, im Zweifelsfall für ihre Cousine zu entscheiden. Und wenn man dem hinzufügte, dass sie offensichtlich einen anderen Mann als ihren Verlobten liebte …

Nun, ja. Das war bestimmt ebenfalls stressig.

Dann veränderten die Dinge sich ein klein wenig … und das Herumgeknutsche begann. Es war, als versuchten die beiden, sich gegenseitig zu verschlingen. Aber nach ein paar Minuten löste Carrie sich von dem Mann und eilte aus der Gasse, sodass Stevie und Max gezwungen waren, hinter einen Müllcontainer zu springen, um nicht von ihrer Cousine entdeckt zu werden.

Sobald sie verschwunden war, machte Max mit ihrem Handy ein Foto von dem Freund ihrer Cousine, bevor sie sich ebenfalls verdünnisierten.

»Was denkst du?«, fragte Stevie Max, während sie Carrie zum Hotel zurückfolgten.

»Ich denke, sie sollte sich an kleinere Männer halten. Er war *viel* zu groß für sie. Zuzusehen, wie sie sich geküsst haben, war einfach seltsam.«

»Das ist alles, was du dazu sagen hast?«

»Ja«, erwiderte Max und sah im Gehen zu ihr herüber. »Warum?«

Berg öffnete die Tür und wartete, bis Charlie allen die Hand geschüttelt, sich artig verabschiedet und den Raum verlassen hatte. Er folgte ihr und Britta und Dag bildeten die Nachhut.

Schweigend machten sie sich auf den Weg zum Aufzug, warteten darauf, dass die Türen sich öffneten, und stiegen ein. Sie fuhren die ganzen Stockwerke wieder hinunter zum Parkhaus. Als die Türen sich öffneten, trat Charlie als Erste hinaus und die anderen folgten ihr. Sie erreichten Bergs SUV und stiegen ein. Er ließ den Wagen an und fuhr dann auf die Straße.

Berg fuhr ungefähr fünf Minuten lang, bevor er den Wagen ins absolute Halteverbot lenkte und anhielt. Er starrte geradeaus durch die Windschutzscheibe und fragte: »Was zum Teufel ist da gerade passiert?«

Britta, die jetzt auf dem Beifahrersitz saß, antwortete: »Eine Honigdachs-Hybride hat gerade drei Gruppen, die es verabscheuen, zusammenzuarbeiten, dazu gebracht, trotzdem zusammenzuarbeiten, um die Person, die versucht hat, Stevie zu entführen, zu finden und ihr das Handwerk zu legen.«

Berg nickte langsam. »Ja. Ich denke auch, das ist passiert.« Er sah wieder Charlie an. Sie war schon wieder damit beschäftigt, SMS zu verschicken. »Und wie genau hast du das angestellt?«

Charlie schaute hoch, begriff, dass Berg mit ihr redete, und widmete sich weiter ihren SMS, während sie gleichzeitig seine Frage beantwortete. »Ich habe nicht zugelassen, dass das Ganze zu einem Ringkampf ausartet.« Als niemand sprach, ließ Charlie ihr Handy sinken und erklärte: »Wenn man zulässt, dass es zu einem Ringkampf wird, dann geht es nur noch ums Gewinnen. Also lässt man es nicht zum Ringkampf werden.«

»Wir wissen immer noch nicht, was das bedeutet«, drängte Britta.

»In Ordnung, ich gebe euch ein Beispiel. Als ich mich vorhin mit meiner Tante getroffen habe, hat sie die Tatsache aufs Tapet gebracht, dass man Max beinahe nicht zu ihrer Highschool-Abschlussfeier hätte gehen lassen, weil sie ein Mädchen verprügelt hatte. Der überwiegende Teil der Familie glaubt, Max habe sie einfach verprügelt, ihr wisst schon, aus Spaß an der Freud. Sie ist schließlich ein Honigdachs. Aber glaubt mir, dieses Biest hatte es verdient. Jahrelang, seit der Mittelstufe, hat dieses Mädchen Max gepiesackt. Sie war der perfekte Cheerleadertypus. Sah ausgesprochen süß aus, war wirklich ein Miststück. Und sie hasste Max, hat sich ständig über sie lustig gemacht und gesagt, Max habe Schultern wie ein Mann und laufe wie ein Truckfahrer. Und wenn die Cheerleaderin etwas Bier intus hatte, ist die Schlampe auch noch rassistisch geworden. Max und ich waren nur eine Klasse auseinander, daher ist es mir, solange ich noch auf der Schule war, gelungen, einen Ringkampf zu verhindern.«

»Wie denn?«

»Ich wusste bereits, dass Max sie vernichten konnte, also habe ich mich auf Max konzentriert statt auf die betrunkene Cheerleaderin. Ich habe sie lediglich daran erinnert, dass es uns egal sei, was dieses Mädchen sagt, dass es keine Rolle spiele, was dieses Mädchen glaubt, dass unsere einzige Sorge darin bestehe, Stevie zu beschützen. Und das hat funktioniert, bis ich meinen Abschluss gemacht habe. Stevie war zu der Zeit bereits auf dem College und arbeitete an ihren Masterstudiengängen. Und damit war Max ein ganzes Schuljahr lang allein mit der Cheerleaderin und ihren Freundinnen.

Max hat länger durchgehalten, als wir dachten. Aber ungefähr eine Woche vor ihrem Abschluss kam's zum Ringkampf. Warum? Weil keiner der Lehrer oder der Verwaltungsangestellten wusste, wie man einen Ringkampf beendet, bevor er beginnt. Und wenn er erst angefangen hat ... hat man am Ende eine blutende, flennende Cheerleaderin ohne Schneidezähne.«

Britta zuckte zusammen. Sie hatte manchmal Albträume, in denen sie die Schneidezähne verlor.

»Aber wie hast du es dann geschafft, dass Max trotzdem nach vorn gehen und sich ihr Abschlusszeugnis aushändigen lassen durfte?«, fragte Dag plötzlich.

»Oh, ich wusste, dass das kleine Miststück zu einem ernsten Problem werden und dass ich vor Max von der Schule abgehen würde, daher hatte ich eine Akte über die Cheerleaderin angelegt. Im Grunde ein Dossier. Ich hatte genug Informationen, um sie darunter zu begraben und habe ihren extrem *nachsichtigen* Eltern klargemacht, dass, wenn sie mir bei der Direktorin keine Rückendeckung gäben, sich ihre Tochter mit der Zusage von Dartmouth nur noch den Hintern abwischen könnte.«

Es herrschte Stille, während Charlie munter weiter auf ihrem Handy herumtippte. Dann fragte Britta schließlich: »Wie alt warst du, als du angefangen hast, dieses Dossier anzulegen?«

»Ungefähr vierzehn, glaube ich. Warum?«

»Nur so«, erwiderte Britta. Sie schaute aus dem Fenster und murmelte wieder: »Nur so.«

Charlie wollte sich im Hotel mit ihren Schwestern treffen. Britta und Dag waren inzwischen nach Queens gefahren, aber Berg hatte sich erboten, sie zu begleiten. Sie fühlte sich mies dabei. Er sollte nicht in so etwas Lächerliches wie die Hochzeit ihrer Cousine hineingezogen werden.

Ihre Schwestern fand sie in einem seltsamen kleinen Café in den unteren Etagen des Kingston Arms. Sie verstand nicht, warum ihre Schwestern da waren, bis sie begriff, dass sich in diesem speziellen Café alles um Honig drehte. Doch es war nicht in Bärenhand. Es wurde von Honigdachsen geführt.

Und der Honigdachs war lächerlich unfreundlich … Max liebte es.

Ein großer Papp-Kaffeebecher wurde vor Charlie auf den Tisch geknallt, außerdem ein Teller mit mehreren Honigbrötchen, den die Bedienung einem erschrockenen Berg hinklatschte.

Er brüllte, als der Teller den Tisch berührte, und Charlie machte ihm nicht den geringsten Vorwurf daraus.

Der Dachs grinste höhnisch und ging zurück zu seinem Tresen.

Lächelnd fragte Max: »Ist dieses Café nicht großartig?«

»Nein!«, antworteten alle.

»Du hast den Kaffee doch noch nicht einmal probiert.«

Charlie betrachtete den unschuldig aussehenden Becher. »Er hat wahrscheinlich reingespuckt.«

»Ich habe ihn beobachtet. Vertrau mir. Koste ihn.«

Sie kostete, und so sehr es sie ärgerte, es zuzugeben, der Kaffee war fantastisch.

»Probier mal das Honigbrötchen«, drängte sie Berg.

Er griff nach dem Brötchen, schnupperte daran, beäugte es eingehend, schnupperte abermals daran …

»Oh mein Gott!«, brach es aus Max heraus. »Iss es einfach!«

Berg verzog die Lippen und nahm einen Bissen. Er kaute, schluckte. Lächelte widerstrebend.

»Hab's doch gesagt.«

»Könntest du aufhören, so selbstgefällig zu sein«, fragte Charlie, »und mir einfach erzählen, was los ist, damit ich hier wegkann?«

»Wir glauben, dass sie einen Lover hat«, berichtete Max, bevor sie in einen riesigen Zitronen-Mohn-Honigmuffin biss.

»Die *Braut*?«, erkundigte Berg sich, der bereits bei seinem dritten Brötchen angekommen war.

»Das wird schmutzig«, seufzte Stevie.

»Ihre Mutter wird ausflippen.«

»Wenn sie ihren Verlobten nicht liebt«, wollte Berg wissen, »warum heiratet sie ihn dann?«

»Anscheinend handelt es sich bei ihm um einen schwerreichen Vollmenschen.«

»Wir glauben, er ist ein Eisbär«, schaltete Stevie sich ein. »Der Freund.«

»Sie knutscht mit einem Eisbären rum, kurz bevor sie einen Vollmenschen heiraten soll?« Berg runzelte die Stirn und sah Charlie an. »Du begreifst doch wohl, dass der Eisbär diesem Mann die Beine abreißen und damit einen kleinen Marionettentanz vollführen könnte, oder?«

»Vielleicht kennst du ihn«, sagte Max und zog ihr Handy hervor, um ihm das Foto zu zeigen, das sie gemacht hatte.

»Ich kenne nicht jeden Bären. Also bin ich mir nicht sicher, ob ich … Das ist der Freund eurer Cousine?«, fragte Berg abrupt. *»Der?«*

Charlie wand sich. »Ist er so schlimm?«

»Er ist definitiv ein Problem.« Berg bedeutete Max, ihr Handy wegzustecken. »Sein Name ist Damian Miller. Ihm gehört ein Juwelierladen in der 47th Street, aber seine ganze Familie ist im Diamantengeschäft. Und man kommt nicht ins Diamantengeschäft, weil man ein sanfter, freundlicher Typ ist. Seine Familie war schon in der Branche, bevor die Russen Alaska an die Staaten verkauft haben.«

»Nun, jetzt wissen wir, was sie in einem Mann sieht, der über zwei Meter groß ist«, bemerkte Max und warf ihr Handy auf den Tisch. »Er ist reich und kauft ihr wahrscheinlich Schmuck.«

»Er kann trotzdem zu einem Problem für eure Cousine werden«, meinte Berg. »Wenn er sehr besitzergreifend ist …«

»Aber warum sollte er sich die Mühe machen?«, hakte Max nach. »Er ist ein reicher Juwelier, der wahrscheinlich jede Frau haben könnte. Warum sich auf eine einzelne Honigdächsin versteifen? So sehr, meine ich, dass er ihre Hochzeit ruinieren wollte?«

Berg zuckte die Achseln. »Weil er ein Bär ist. Und weil er es *kann.*«

»Dann sollten wir uns auf den Fall vorbereiten, dass er auftaucht, nur um Probleme zu machen«, warf Charlie ein. »Und wir müssen zusehen, dass er draußen bleibt.«

»Einen Eisbären draußen halten, der reinwill?« Berg nickte. »Viel Glück dabei.«

»Das Ganze ist schlimm«, gab Charlie zu. »Aber damit beschäftige ich mich jetzt nicht. Ich werde morgen mit Bernice reden.« Charlie nahm noch einen Schluck von ihrem Kaffee, bevor sie Berg fragte: »Bist du immer noch dabei heute Abend?«

»Bist du es?«

»Ich bin es, wenn du es bist.«

»Aber du willst es, richtig?«

»Ja ... wenn du es willst.«

»Oh mein Gott!«, blaffte Max plötzlich. »Ihr zwei nervt mich total.«

»Halt die Klappe«, fauchte Charlie ihre Schwester an.

»Halt du die Klappe.«

Bevor Charlie mit ihrer Schwester streiten konnte – sie war in der Stimmung, mit ihrer Schwester zu streiten –, kam Dutch plötzlich in das Café und zu ihrem Tisch gelaufen.

»Hi!«

Berg knurrte leise und wandte den Blick ab. Er war offensichtlich kein Freund von Vielfraßen. Oder zumindest nicht von diesem Vielfraß, was für Charlie in Ordnung war.

Dutch hockte sich neben ihren Stuhl.

»Ich hasse dich immer noch«, erklärte sie ihm. »Also, warum gehst du mir auf die Nerven?«

»Ich weiß, dass ihr einen langen Tag hattet, daher habe ich euch einen Tisch im heißesten Steakhaus von Manhattan reserviert und das Restaurant ist gleich hier die Treppe hoch. In der obersten Etage dieses Hotels. Die Leute warten *Monate* darauf, dort reinzukommen, und ich habe euch einen tollen Tisch besorgt.«

»Oh«, spottete Charlie. »Du hast uns eine Reservierung in einem eleganten Restaurant verschafft. Wie aufregend.«

Berg beugte sich vor und sagte leise: »Ähm, es ist tatsächlich ein gutes Restaurant. Im Besitz von Gestaltwandlern, die es auch selbst führen. Sie haben erst vor wenigen Monaten eröffnet, aber sie sind bereits auf lange Sicht ausgebucht.«

»Du sagst also, dass du hingehen möchtest?«

»Ich hätte nichts dagegen. Dazu kommt, dass wir, wenn wir jetzt aufbrechen, auf dem Rückweg nach Queens im Verkehr stecken bleiben werden.«

Während Charlie so tat, als denke sie über die Idee nach, Dutchs Angebot anzunehmen, begann Dutch zu betteln.

»Bitte, Charlie! Bitte, lass mich dich lieb haben!«

Das war so lächerlich, dass Charlie sich auf die Lippen beißen musste, um nicht zu lachen. Der Vielfraß war *so* lächerlich.

»Ich will deine Liebe nicht, du Idiot«, sagte sie, als sie endlich sprechen konnte, ohne zu lachen. »Ich werde dir nie verzeihen.«

»Aber ich werde mein Leben dem Versuch widmen, es wiedergutzumachen. Mein Leben. Meine Seele. Meine Unterwäsche.«

Charlie konnte nur die Augen verdrehen, aber ihre Schwestern lachten hysterisch. Max' idiotischer Freund schaffte es immer, sie zu belustigen.

Im Gegensatz zu Berg. Er gab lediglich dem Inhaber des Cafés ein Zeichen, dass er noch mehr Honigbrötchen bringen solle, und funkelte dabei mit seinen braunen Augen den Vielfraß an.

Dutch nahm sich einen Stuhl und grinste. »Charlie, lass mich deinen Liebesabend planen.«

»Igitt.«

»Ich werde alles organisieren. Für euch beide.« Er lächelte Berg an, bis die riesige Kralle des Bären plötzlich über das Gesicht des Vielfraßes fuhr. Dutch wich ungeschickt aus, fiel von seinem Stuhl und landete auf dem Hintern. Es war kein bösartiger Angriff. Nur ein verärgerter Bärenhieb.

Zum ersten Mal hörten sie den Inhaber des Cafés kichern, bevor er einen weiteren Teller mit Honigbrötchen vor Berg auf den Tisch knallte.

»Wir werden uns um ihn kümmern«, versprach Max, während sie Dutch an den Haaren vom Boden zog.

»Das ist wirklich nicht nötig«, argumentierte Berg.

Aber Charlie ließ nicht so schnell locker. »Nein. Er soll ruhig ausnahmsweise einmal etwas richtig machen. Du, Wiesel. Los. Dann mach es. Erschaffe unsere Liebesnacht.«

»Bitte«, flehte Berg. »Du sorgst dafür, dass mir schlecht wird.«

»Aber vergiss eins nicht«, fuhr Charlie fort. »Ich werde dir nicht verzeihen. Ich werde dich immer noch hassen. Ich werde dich *ewig* hassen.«

»Es gibt eine feine Linie zwischen Liebe und Hass.«

»Nicht für mich.«

Max zog ihren Freund zum Ausgang. »Gebt uns zwanzig Minuten.«

Sobald sie weg waren, fragte Berg: »Warum erträgst du ihn?«

»Max mag ihn. Sie mag nicht viele Leute.«

»Puh.«

Das war alles, was er sagte. Und doch schlug Stevie auf den Tisch, stand auf, schnappte sich ihre Notizbücher, ihre Tasche und ihre Kaffeetasse und ging durch den kleinen Raum zu einem anderen Tisch, wo sie sich niederließ. Allein.

Berg zuckte zusammen. »Tut mir leid. Ich wollte sie nicht aufregen.«

»Ich glaube, du hast sie gar nicht aufgeregt. Sie hat nur nach einem Vorwand gesucht, zu gehen.« Charlie sah zu ihrer Schwester hinüber und lächelte kaum merklich. »Damit sie arbeiten kann.«

Ein weiterer Teller mit Honigbrötchen sowie einigen Zimtwecken landete vor ihnen auf dem Tisch, was Berg und Charlie beide dazu brachte, zusammenzufahren. Der Dachs bleckte einen Reißzahn, bevor er wieder hinter seiner Theke verschwand.

Charlie quittierte Bergs Verwirrung mit einem Nicken. »Er mag uns«, beteuerte sie.

»Dann möchte ich nicht sehen, wie er Leute behandelt, die er hasst.«

Kapitel 22

Berg und Charlie vertrieben sich die Zeit im Café Unhöflich – wie sie es jetzt nannten –, bis Max ohne Dutch zurückkehrte und sie zu einem Aufzug führte, der ohne weitere Zwischenhalte zur obersten Etage des Hotels fuhr.

Als der Aufzug sich in Bewegung setzte, rief Charlie ihrer Schwester ins Gedächtnis: »Vergiss nicht, dir Stevie zu schnappen, bevor du gehst. Anderenfalls wird sie die ganze Nacht in diesem Café sitzen. Du weißt, wie sie ist, wenn sie arbeitet.«

»Hör auf, dir Sorgen zu machen. Ich kümmere mich um sie.«

»Und wir müssen morgen mit Bernice reden. Sie vorwarnen, damit sie weiß, was Carrie im Schilde führt.«

»Okay.«

»Aber erzähl ihr heute Abend noch nichts. *Ich* werde mich darum kümmern.«

»Okay.«

»Und hast du noch etwas von Will gehört?«

»Oh mein Gott!«, explodierte Max zum wiederholten Male. »Würdest du dich bitte einfach verdammt noch mal entspannen!«

»Nun, es ist nicht nötig, mich anzubrüllen.«

»Ich werde deinetwegen noch ein Magengeschwür bekommen.«

Die Türen öffneten sich und sie betraten ein großes Restaurant. Ein *schickes* Restaurant. Charlie sah nur Designerkleider, Designerhandtaschen und teuren Schmuck.

Sie schaute sofort an ihren eigenen Sachen herunter. »Mann, hier können wir nicht essen.«

»Reg dich ab.«

»Ich sehe aus, als käme ich direkt von einem Basketballspiel im Park um die Ecke.«

Max zischte Charlie durch die Zähne an und fuhr mit einer Hand durch die Luft. Normalerweise war das Charlies Geste, wenn sie wollte, dass Max aufhörte, jemanden zu schikanieren.

Demütig folgte Charlie ihrer Schwester durch das dichte Gedränge. Berg ging hinter ihnen her. Das ganze Restaurant war gerammelt voll, jeder Tisch war besetzt. Und zwar überwiegend mit Gestaltwandlern. Riesige Tische in der Mitte des Raums boten ganzen Wolfs- und Löwenrudeln Platz. Während sie speisten, brüllten und knurrten sie ihre Feinde an.

Die Frau, die dafür zuständig war, die Gäste an ihren Tisch zu geleiten, lächelte Max an, während sie sich einen Weg durch die anderen Gestaltwandler bahnte, die darauf warteten, dass man ihnen einen Platz zuwies.

»Sind Sie so weit?«, fragte die Frau.

»Ja. Hier sind sie.«

Die Frau schnappte sich zwei Speisekarten und die Weinkarte. Mit einer knappen Handbewegung gab sie ihnen ein Zeichen und ging davon. Aber Charlie bekam ihre Füße nicht dazu, sich zu bewegen. Sie trug ihre Converse Sneakers. In Knallviolett. Jeans. Ein T-Shirt mit der Aufschrift »I don't hear Mansplainin'«. Und unter diesem T-Shirt steckte eine Glock, Kaliber 9 mm.

Nicht gerade ein schickes Outfit für ein elegantes Restaurant.

Max schob sie vor sich her, als Charlie sich nicht vom Fleck rührte. Sie wollte ihrer Schwester schon einen Schlag mit der Faust versetzen, aber Berg hielt ihre Hand fest und gemeinsam folgten sie der Frau, die quer durch das Restaurant schritt. Charlie nahm an, dass sie sie zu einem Tisch in der Nähe der Küche führte. Tief versteckt im hinteren Teil des Lokals. Aber sie gingen vorbei an der Küche, dem Limoautomaten und der Bar und immer weiter, bis sie in einen langen Gang kamen.

Die Frau blieb vor einer Tür stehen, öffnete sie und deutete mit einer schwungvollen Geste in den Raum.

Charlie ging voran und stellte fest, dass es ein Speise-Separée war.

Ein intimer Raum mit einem Tisch, der bereits für zwei Personen gedeckt war, und Ohrensesseln aus Leder. Große Fenster boten einen Blick über Manhattan und die Holzvertäfelung ließ das Ganze warm und lauschig wirken.

Berg trat hinter ihr ein. »Das ist umwerfend.«

Sie setzten sich an den Tisch und die Frau reichte jedem von ihnen eine Speisekarte. Ein Kellner erschien neben ihr.

»Das ist Carl, Ihr Kellner für heute Abend. Und Mr Alexander hat mich gebeten, Ihnen auszurichten, dass das Essen heute Abend auf ihn geht. Wählen Sie von der Speisekarte aus, was immer Sie mögen, und genießen Sie Ihr Essen.«

»Was immer wir mögen, hm?« Charlie grinste Berg an, bevor sie dem Kellner eröffnete: »Ich schätze, ich werde das teuerste Gericht auf der Karte nehmen.«

»Also, das Surf and Turf?«

»Klingt großartig.«

»Das wären unser Walfischspeck und Zebrasteaks – blutig – mit unserer weltberühmten Pfeffersauce.«

Charlies Grinsen verwandelte sich in Abscheu und sie sah wieder Berg an, der seine eigene Speisekarte studierte. »Walfischspeck?«

»Die Eisbären lieben diesen Scheiß«, murmelte Berg.

»Und Zebra?«

»Löwen. Obwohl ich gehört habe, wenn es gut gemacht ist, soll es sehr lecker sein.«

»Bäh.« Sie schauderte. »Nein.«

Charlie machte sich daran, ebenfalls ihre Speisekarte zu studieren, aber alles, was sie sah, waren Dinge, die sie nicht wollte. Bartrobbe. Gazelle. Antilope. Belugawalross. Giraffe.

»Giraffe?«, fragte sie Berg.

»Ich habe gehört, sie schmecke wie Wild.« Berg sah den Kellner an und sagte: »Ich werde den Honiglachs mit einer extra Portion Honig nehmen und dazu die Honigkartoffeln und den Honigspargel.«

»Selbstverständlich, Sir.«

Der Kellner wandte sich an Charlie. »Hätten Sie gern mehr Zeit?«

»Könnte ich auch ein einfaches Steak bekommen?«

»Selbstverständlich.«

Erleichtert lächelte sie. »Wunderbar.«

»Welche Art von Steak? Bisam, Gazelle, Elefant, Krokodil, Nashorn …?«

»Könnte ich einfach Rind bekommen? Bitte?«

»Absolut. Und Beilagen?«

»Ähm.« Um ehrlich zu sein wagte Charlie es nicht, einen weiteren Blick in die Speisekarte zu werfen. Wer wusste schon, was sie als Beilagen anbieten mochten?

»Darf ich Kartoffelgratin vorschlagen?«

»Das sind doch einfach nur Kartoffeln, richtig?«

Der Kellner lächelte. »Nur Kartoffeln und Käse.«

»Merkwürdiger Käse?«

»Nein, Madam. Französischer.«

»Das klingt perfekt.«

»Und zu trinken?«

»Bier«, antworteten Charlie und Berg wie aus einem Mund.

Der Kellner zog einen zweiseitigen laminierten Bogen aus seiner Schürze und hielt ihn Charlie und Berg hin.

»Wir haben sowohl Bier vom Fass, als auch Biere aus der ganzen Welt …«

»Oh mein Gott!«

»Zwei Heineken bitte«, sagte Berg schnell. »Flaschen. Dunkel.«

»Natürlich. Ich bin gleich mit Ihren Getränken zurück.«

Der Kellner ging endlich und nahm die Speisekarten mit. Charlie ließ erleichtert den Kopf in den Nacken fallen. Aber als sie Berg lachen hörte, musste sie einfach mit einstimmen.

»Süße, langbeinige Giraffen?«, fragte sie. »Und sind Nashörner nicht eine bedrohte Art?«

»In freier Wildbahn schon. Wir haben unsere eigenen, ähm, Viehfarmen. Für Restaurants wie dieses. Bist du noch nie in einem Van-Holtz-Steakhaus gewesen?«

Charlies Augen verengten sich. »Van Holtz? Sind das nicht die Leute, die …«

»Ja. Wir haben sie vorhin kennengelernt. Von der Gruppe. Ihr

Rudel besitzt und betreibt außerdem die größte Steakhauskette in den Vereinigten Staaten und in Europa.«

»Aber Vollmenschen bekommen diese Speisekarte nicht zu sehen, oder?«

»Nein. Natürlich nicht. Diese Tierrecht-Leute würden ihnen an die Gurgel gehen.«

»Weil sie Nashorn anbieten!«

»Kein wildes. Gestaltwandler bieten keine wilden Nashörner oder wilde Giraffen oder sonst irgendetwas Wildes an, das auf diesem Planeten auch nur ansatzweise um sein Überleben kämpft. Wenn du etwas Wildes willst, musst du selbst jagen gehen.«

Als Charlie die Stirn runzelte, fügte Berg hinzu: »Wenn man bedenkt, was du bist … heißt das, du könntest durchaus von menschlichen Jägern erschossen werden. Etwas, das tatsächlich passiert ist.«

»Du machst Witze.«

»Ich wünschte, es wäre so, aber nein. Es gibt eine ganze Reihe Vertreter unserer Art, die in ihrer tierischen Gestalt ausgestopft im Wohnzimmer irgendeines Großwildjägers hängen.«

»Das klingt nicht besonders angenehm.«

»Es gibt außerdem Vollmenschen, die von uns wissen und sich einen Spaß daraus machen, uns zu jagen. Die Gruppe, Katzenhaus und der BPC haben erst vor wenigen Jahren einen Jägerring, der sich auf Gestaltwandler spezialisiert hatte, eliminiert. Es gibt natürlich immer noch Jäger da draußen, aber diese spezielle Bande sehr reicher Arschlöcher war … äußerst fleißig.«

»Gott, mein Großvater hat mich wirklich behütet.«

Berg stützte die Arme auf den Tisch und konzentrierte sich direkt auf sie. »Warum?«

»Nun, meine Schwestern und ich hatten bereits eine Menge durchgemacht, als wir zu ihm kamen, um bei ihm zu leben, und ich schätze, er wollte nicht, dass wir Panik kriegen.«

»Du meinst, was mit deiner Mom passiert ist?«

»Ja. Wir waren … irgendwie dabei, als die Sache gelaufen ist. Mein Vater schuldete jemandem Geld … meine Mom hatte das Geld nicht …« Sie rieb sich den Nacken und versuchte verzweifelt, das Thema zu wechseln. »Hast du als Bär schon gejagt?«

»Ja. Aber ich bin im Staat Washington aufgewachsen und wir haben oft Urlaub in Alaska gemacht. In einem Jahr waren wir bei der Lachswanderung dabei … aber da wir haben dann einen tüchtigen Arschtritt von den reinblütigen Bären kassiert, also, ja, das machen wir wahrscheinlich nicht noch einmal.«

Der Kellner kehrte mit einem Hilfskellner im Schlepptau zurück. Bierflaschen wurden vor sie hingestellt, Wassergläser gefüllt und warmes Brot, Butter und Honig gebracht.

Während die Kellner arbeiteten, wurde die Tür zu dem Raum nicht geschlossen. Charlie drehte den Kopf und war sich ziemlich sicher, aus dem Augenwinkel etwas gesehen zu haben. Als sie genauer hinschaute, lief jemand kichernd in die andere Richtung. Charlie lächelte, als ihr klar wurde, dass es sich um ein Kind handelte. Und dicht hinter dem Mädchen kam jemand, den sie für den riesengroßen Vater des Kindes hielt.

Die Kleine war ziemlich schnell, wenn man bedachte, dass sie nicht viel älter als drei oder vier Jahre sein konnte. Aber sie lief weiter und lachte die ganze Zeit. Sie schoss zuerst in die eine Richtung, dann in die andere, bis ihr Vater sie schließlich direkt vor Charlies und Bergs offener Tür vom Boden hochhob. Mit dem Mädchen über der Schulter drehte der Riese sich um und blinzelte Berg überrascht an.

»Hey, Britta.«

Berg schloss die Augen und rieb sich mit einer Hand die Stirn. »Berg. Ich bin Berg.«

»Wenn du es sagst.« Der Riese kam herein. War sein Haar weiß … und golden?« Sie«, sagte er und zeigte auf Charlie. »Sie haben gestern auf der Übungsbahn diesen Löwen ausgeknockt.«

»Ja.«

»Können Sie Schlittschuh fahren?«

Charlie machte sich nicht einmal die Mühe, Berg noch länger anzusehen, um sicherzustellen, dass sie hörte, was sie zu hören *glaubte*. »Nein.«

»Wollen Sie es lernen?«

»Nein.«

»Sind Sie sich sicher?«

»Ja. Ich bin mir sicher.«

»Was ist mit ihrer Schwester? Nicht die kränkliche. Die andere. Mit dem blauen Haar.«

»Gehen Sie weg.«

»Na schön.« Er winkte Berg zu. »Wir sehen uns beim Training, Britta.«

Berg setzte an, ihn erneut zu korrigieren, schüttelte dann aber nur den Kopf. »Wozu die Mühe?«

»Das frage ich mich *ständig*.«

Sie hatten Mairi MacKilligan zum privaten Feldflugplatz gebracht, der Johns Klientinnen gehörte. Ihr Jet stand bereits auf der Start- und Landebahn und beide Frauen saßen darin, aber sie hatten Mairi noch nicht kennengelernt.

Ein paar Stunden später brachten zwei seiner Männer eine gefesselte und geknebelte männliche Geisel in den Hangar. Sie hatten dem Mann einen schwarzen Sack über den Kopf gestülpt und ihn um sich tretend und schreiend zu Mairi ins Büro gezerrt.

Sie saß an Johns Schreibtisch, die Füße auf der Metallplatte, eine aufgeschlagene Modezeitschrift auf dem Schoß. Sie hob nicht einmal den Kopf, als sie den Mann hereinbrachten. John fragte sich kurz, ob sie nur so tat, als sei es ihr gleich. So tat, als mache sie sich keine Sorgen, in ein fremdes Land gebracht und stundenlang festgehalten zu werden, ohne eine Ahnung, was los war.

Andererseits ... Johns Kontaktleute in Saughton hatten Mairi gar nicht schnell genug loswerden können. Sie hatten das angebotene Geld genommen, aber er hatte das Gefühl, dass sie sie auch umsonst herausgerückt hätten.

John, der neben dem Schreibtisch stand, legte eine 45er vor die Frau hin. Sie würdigte sie keines Blickes.

Er begann mit seiner Ansprache. »Wollen Sie für uns arbeiten? Meine Klientin braucht einen Beweis, dass Sie bereit sind zu tun, was sie benötigt.« Er deutete auf den immer noch schreienden Mann. »Das da ist Ihr Cousin. Wir haben ihn aus dem Haus ihrer Tante ...«

John zuckte zusammen bei dem Schuss, der im selben Augenblick fiel. Der Kopf des gefesselten Mannes wurde durch die Wucht der Kugel gegen die Wand geschleudert, dann sackte die Gestalt gänzlich zu Boden.

Mairi warf die Waffe zurück auf den Schreibtisch und wandte sich wieder ihrer Zeitschrift zu.

Nichts an ihr veränderte sich. Nichts. Keine Zeichen von Stress. Auch keine Zeichen von Aufregung. Nur ihr Zeigefinger bewegte sich, als sie die Seiten der Zeitschrift umblätterte.

»Das war in Wirklichkeit gar nicht ihr Cousin«, bemerkte John. »Aber ich spüre, dass es Ihnen so oder so egal ist.«

Endlich blickte sie auf. John waren schon Serienmörder mit wärmeren Augen begegnet.

»War's das?«, fragte sie. »Denn … ich langweile mich. Und das Letzte, was Sie wollen, ist, dass ich mich langweile.«

John nickte und wollte gerade zum Jet hinausgehen und seine Klientinnen holen, als die Bürotür geöffnet wurde, eine von ihnen hereinkam und Mairi zulächelte.

John griff schnell nach der Pistole, deren Lauf noch heiß war, und steckte sie in das Holster, das hinten an seiner Jeans befestigt war.

Sobald er das Gefühl hatte, dass die Situation ein wenig sicherer war, stellte er die Beteiligten einander vor, aber das war der Moment, in dem ihm auffiel, dass Mairi etwas Seltsames machte. Seltsam sogar für ihre Verhältnisse.

Sie gaffte die Klientin an, die vor ihr stand, beugte sich vor und … nun ja, sie schnupperte, schnupperte konzentriert an ihr.

»Mein Parfüm, ja?«, scherzte seine Klientin. »Es ist fabelhaft, ich weiß.«

Mairi starrte die Frau weiter an, bis sie sagte: »Sie … kommen mir so bekannt vor.«

Mit einem breiten Grinsen fuhr seine Klientin Mairi mit einer Hand durch das schwarz-weiße Haar und sagte: »Mein liebes Mädchen, Sie haben keine Ahnung …«

»Tatsächlich«, gab Mairi lachend zurück, »glaube ich, dass *Sie* keine Ahnung haben.«

Das Essen war umwerfend. Die Gesellschaft perfekt. Und Berg tat kein einziges Mal etwas Dummes.

Er machte nicht versehentlich den Tisch kaputt. Er stand nicht versehentlich auf und demolierte dabei die Deckenlampen. Er riss nicht versehentlich die Tür aus den Angeln bei dem Versuch, sie zu öffnen. Das ließ sich teilweise darauf zurückführen, wie das Restaurant gestaltet worden war. Es war für Gestaltwandler, insbesondere Bären, entworfen. Also wirkte er schließlich fast normal auf Charlie.

Als sie sich ein Schokoladensoufflé teilten, das so gut war, dass Berg den Genuss in Charlies Augen sehen konnte, klopfte es und Ric Van Holtz spähte durch die Tür.

»Darf ich hereinkommen?«, fragte er.

»Nein«, antwortete Berg sofort. Er wollte nicht, dass der Wolf, der wie ein Model aussah, ihm den Abend ruinierte.

Aber Charlie räusperte sich, zog eine Braue hoch und erinnerte ihn stumm daran, dass sie die Gruppe um Hilfe gebeten hatte.

Seufzend sagte Berg: »Na schön.«

Lächelnd – und musste der Bastard wirklich so hübsch sein und von so abartig normaler Körpergröße? Das war doch nicht fair! – trat Van Holtz in den Raum, in dem es nach den besten Speisen roch, und fragte: »Haben Sie Ihr Essen genossen?«

»Es war wunderbar. Haben Sie das alles zubereitet?«, fragte Charlie, die wahrscheinlich die weiße Kochuniform bemerkte.

»Ja. Ich bin so froh, dass es Ihnen geschmeckt hat. Dies ist unser neuestes Restaurant und ich habe es als Küchenchef von einer meiner Tanten übernommen.«

»Mein Lachs hätte mehr Honig vertragen können«, murrte Berg.

Der Blick des Wolfs flog hinüber zu Berg und er knurrte: »Dann bring beim nächsten Mal deinen eigenen verdammten Bienenstock mit.«

Sie fauchten sich gegenseitig an, bis Charlie fragte: »Gibt es schon etwas Neues darüber, wer hinter mir und meinen Schwestern her ist?«

»Wir haben eine unserer besten Ermittlerinnen darauf angesetzt. Sie hofft, bis morgen früh etwas für Sie zu haben.«

»Das wäre großartig.«

»Aber meine Frage«, fuhr der Wolf fort und trat weiter in den Raum herein, »ist, was Sie und Ihre Schwestern mit dieser Information tun werden?«

»Wir werden uns um die Situation kümmern.«

»Und genau das macht mir Sorgen«, gestand Van Holtz, obwohl er sich sehr darum bemühte, nicht bedrohlich zu wirken. »Was in der Bronx passiert ist … Wir mussten unsere Kontaktleute beim New York Police Department bitten, das zu regeln, damit Sie und Ihre Schwestern nicht aufgespürt und für immer ins Gefängnis gesteckt werden.«

»Das war Notwehr.«

»Natürlich war es das.« Er lächelte. »Wenn Sie wollen, könnten wir Sie über die Ereignisse auf dem Laufenden halten, aber wir – und ich glaube, Katzenhaus und der BPC stimmen da zu – würden es vorziehen, die Folgen für Sie zu regeln.«

Charlie kniff die Augen zusammen. »Und was würden wir Ihnen dafür schulden? Für so einen Schutz?«

Verblüfft hob Van Holtz zu sprechen an: »Wir würden doch nicht …«

»Denn«, fiel Charlie ihm ins Wort und hob einen Zeigefinger, »meine kleine Schwester stellt kein Designermeth her. Ihre wissenschaftlichen Talente liegen nicht auf diesem Gebiet. Und Max verdingt sich weder für Sie noch für irgendjemanden anderen als Auftragskillerin.«

Van Holtz sah wieder zu Berg hinüber, aber die Feindseligkeit war verschwunden. Stattdessen war er einfach nur verwirrt.

»Es ist eine lange Geschichte«, sagte Berg zu ihm.

Van Holtz nickte und räusperte sich. »Ähm, Ms MacKilligan …«

»Charlie. Nennen Sie mich einfach Charlie.«

»Wir – die Gruppe – wollen uns nur selbst schützen. Wenn Sie auffliegen, dann fliegen wir alle auf. Glauben Sie mir, ganz gleich, was eine Gestaltwandler-Spezies von der anderen denken mag oder wie Vollblüter von Hybriden denken, unterm Strich liegen unsere wahren Sorgen immer bei den Vollmenschen. In der Vergangenheit haben diejenigen, die von uns erfahren haben, Jagd auf uns gemacht. Zu ihrer Unterhaltung. Als seien wir Löwen in einem Reservat.« Er kam noch einen Schritt näher. »Ich verstehe, dass Sie es gewohnt sind, allein zu arbeiten, aber jetzt brauchen Sie das nicht mehr zu tun. Jetzt haben Sie, um sich selbst und uns zu beschützen, volle Rückendeckung von drei sehr mächtigen Einheiten. Von uns, der Gruppe«, fuhr er fort und griff sich an die Brust. »Von Katzenhaus, wegen der Tigerblutlinie Ihrer, ähm, nicht Meth herstellenden jüngsten Schwester. Und das trotz der Aversion der Katzen gegen Hybriden. Und« – er schaute zu Berg hinüber und grinste kaum merklich – »dem BPC. Wir sind alle nur zu gern bereit, Ihnen zu helfen. Also lassen Sie sich helfen.«

Lange musterte Charlie den Wolf. Beinahe ungemütlich lange. Aber Berg verstand langsam, wie Charlie dachte. Wie sie arbeitete. Sie beobachtete ihn, um zu sehen, ob er den Blick abwandte. Ob er irgendein Zeichen von Schwäche oder Unaufrichtigkeit sehen ließ. Es waren ihre Instinkte, denen sie traute, statt irgendwelcher Worte.

Schließlich sagte sie: »Beschaffen Sie mir die Informationen, dann können wir weiterreden.« Sie beugte sich vor. »Aber falls dies sich als Versuch entpuppt, an meine Schwestern heranzukommen« – ihr Kopf sank ein wenig herunter, aber sie starrte dabei weiter zu Van Holtz hoch –, »dann werde ich *sehr* unglücklich sein.«

»Verstanden. Ich schicke meine Ermittlerin morgen früh zu Ihnen ins Hotelzimmer.«

»Welches Hotelzimmer? Ich wohne in Queens, was Sie wissen sollten, da Sie uns die beiden schwergewichtigen Bräute auf den Hals geschickt haben.«

»Eine davon war meine Gefährtin, die andere die Trainerin meiner Eishockeymannschaft. Nachdem das geklärt ist – Dutch hat mich gebeten, Ihnen das hier zu geben.« Der Wolf legte eine Hotel-Schlüsselkarte auf den Tisch. »Er hat angenommen, dass Sie heute Nacht nicht mehr nach Queens zurückfahren wollen.«

Charlie starrte auf die einzelne Schlüsselkarte, aber bevor sie sich über die voreiligen Schlüsse beschweren konnte, die gezogen worden waren, bemerkte der Wolf: »Es ist eine Kingston Arms Premier Suite. Bis auf den letzten Cent bezahlt.« Er grinste Berg an. »Sie hat zwei Schlafzimmer.«

Ungehobelter Bastard.

Charlie nahm die goldene Karte und hielt sie zwischen den Händen. »Das war eine Verschwendung von Dutchs Geld«, murmelte sie, bevor sie zu Berg hinüberschaute. »Gott weiß, wir brauchen nur ein Bett.«

Und ihr Blick war so aufgeheizt, dass Berg nach dem Wasserglas greifen musste, das er den ganzen Abend ignoriert hatte. Er leerte es mit einem einzigen Schluck.

Kapitel 23

Berg drückte die Flügeltür auf und gemeinsam betraten sie die Suite.

»Wow«, seufzte Charlie.

»Ich brauchte nicht einmal den Kopf einzuziehen«, bemerkte Berg und schaute auf, um festzustellen, dass immer noch Luft zwischen seinem Kopf und dem Türrahmen war. »So stelle ich mir den Himmel vor.«

Stufen führten hinunter ins Wohnzimmer.

»Ich möchte für immer hier leben.« Charlie vollführte eine kleine Drehung. »Sieh dir das an!«

Berg schloss die Türen. »Bedeutet das, dass ich nett zu dem Wiesel sein muss?«

»Auf keinen Fall!« Sie grinste, bevor sie sich aufs Sofa warf. »Sieh dir an, wie groß dieses Sofa ist!« Sie rannte von einem Ende zum anderen. »So groß wie Nebraska!«

»Es hat Bärengröße. Damit ein Eisbär bequem darauf schlafen kann.«

»Oder ein Elefant.« Lachend ließ sie sich in die Kissen plumpsen. »Fabelhaft!«

Berg ging um das Sofa herum und ließ sich neben sie fallen. »Sieh mal. Ein Korb.«

»Für uns? Oder müssen wir für dieses Zeug bezahlen wie bei einer Minibar?«

Da Berg die Antwort nicht kannte, beugte er sich vor und nahm die Grußkarte aus dem Korb. »Ich schätze, ihr werdet all das brauchen«, las er laut vor. Er hob den Korb hoch und stellte ihn auf den Couchtisch vor ihnen. Die Plastikumhüllung war dunkelrot, daher konnte er nicht hindurchsehen. Er öffnete sie und schnaubte.

»Liebeskorb«, verkündete er.

»Oh.« Sie verdrehte die Augen. »Er ist *so* ein Arschloch.«

Berg schaute genauer hin, bevor er sich entspannt auf dem Sofa zurücklehnte. »Kondome. Öle. Zwei Vibratoren.« Er schüttelte den Kopf. »Sehr subtil.«

»Meine Schwester mag Dutch so gerne, weil er genauso subtil ist wie sie.«

Jetzt stützte Charlie direkt neben ihm den Kopf auf den Arm. Er sah die Erschöpfung in ihrem Gesicht und ahnte, dass sie einen langen Tag hinter sich hatte und wahrscheinlich einfach nur noch ins Bett wollte. Allein. Ohne irgendeinen großen Mann, der sich an sie heranzumachen versuchte, damit er flachgelegt wurde. Ganz gleich, was sie im Restaurant gesagt haben mochte.

Er breitete den Arm aus, damit er ihn ihr um die Schultern legen und sie an sich ziehen konnte.

»Schlaf ein wenig.«

Sie entspannte sich. Ihr Kopf ruhte jetzt an seiner Brust. »In Ordnung.«

Nach ein paar Minuten dachte Berg, Charlie sei wirklich eingeschlafen, bis er sie tief einatmen hörte.

»Dieses neue Allergiemedikament, das mir Stevie besorgt hat, stellt meine Welt völlig auf den Kopf.«

Berg musste lachen. Er hatte noch nie jemanden so oft über Medikamente reden hören wie die MacKilligan-Schwestern.

»Ich kann alles riechen. Es ist, als hätte sich mir eine ganz neue Welt eröffnet.«

»Ich hoffe, jetzt erkennst du den Unterschied zwischen den Bären.«

»Vor allem, da ihr das so persönlich nehmt.«

Charlie schnupperte weiter und Berg schloss lächelnd die Augen, als ihm klar wurde, dass er genauso müde war wie sie.

Jedenfalls bis zu dem Moment, in dem sie plötzlich den Kopf in seine Richtung drehte und an ihm zu schnuppern begann.

Sie spürte, wie Berg unter ihrer Nase zurückzuckte.

»Wa… was machst du da?«

»Du riechst umwerfend. Aber« – sie schnupperte noch mehrere Male – »kein Eau de Cologne.«

»Ich benutze kein Eau de Cologne. Es stört die meisten von uns … die Gestaltwandler, meine ich.«

Charlie drehte sich ganz zu ihm um und schnupperte weiter, ließ die Nase an seinem Hals nach oben wandern und nahm Bergs Geruch in sich auf.

Als sie sich zurückzog und noch einmal sagen wollte, wie wunderbar er roch, sah sie, dass sein Blick auf ihrem Gesicht ruhte, der Kiefer angespannt, die Brauen tief herabgezogen. Dieser spezielle Gesichtsausdruck hätte ihr eigentlich Angst machen müssen, aber weit gefehlt.

Charlie beugte sich vor und sah ihm direkt in die Augen. Sie wollte den Kontakt nicht verlieren. Wollte ihn nicht verlieren.

So, wie sie es an diesem Morgen getan hatte – *Mein Gott, war das wirklich erst* heute *Morgen gewesen?* –, drückte Charlie ihre Lippen auf Bergs Mund.

Sie war wirklich nicht mehr müde. Der Gedanke, jetzt zu schlafen … nein. Das wollte sie nicht. Sie küsste ihn weiter, doch er wirkte ganz erstarrt.

Vielleicht hatte er nur vorgeschlagen, ein wenig zu schlafen, weil er, sobald er mit ihr allein war, kein echtes Interesse mehr hatte. Vielleicht wollte er sich nicht mit einer verrückten Frau und ihren noch verrückteren Schwestern und deren psychotischer Familie abgeben – ungeachtet der Tatsache, dass diese Familie gar nichts mit Charlie und ihren Geschwistern zu tun haben wollte?

Welcher vernünftige Mann wollte sich so etwas aussetzen?

Charlie begriff, dass sie einen Fehler gemacht hatte, und wollte sich schon zurückziehen, aber er musste es gespürt haben. Musste ihren Rückzug gespürt haben, denn seine riesigen Hände umfassten plötzlich ihr Gesicht und er erwiderte ihren Kuss. Fest und wunderbar überwältigend.

Seine Zunge glitt in ihren Mund und spielte mit ihrer, während er sie auf seinen Schoß zog.

Alle Schläfrigkeit und alle Zweifel waren jetzt ausgelöscht. Charlie konnte nur noch daran denken, Berg Dunn auszuziehen. Als

Erstes nahm sie sich sein T-Shirt vor und hob den Stoff an, was Bauchmuskeln und eine Brust offenbarte, von denen Charlie angenommen hatte, sie seien nur in Comicfilmen zu finden.

Berg löste sich von ihr und hob die Arme, damit sie ihm sein T-Shirt ausziehen konnte, dann beugte er sich schnell wieder zu ihr und küsste sie erneut so heftig, als versuche er, in sie hineinzukriechen. Eins mit ihr zu werden.

Seine Heftigkeit hätte sie normalerweise erschreckt. Wenn Männer, Vollmenschen, mit denen sie in der Vergangenheit ausgegangen war, versucht hatten, sich ihr auf diese Weise zu nähern, hatte sie gar nicht schnell genug wegkommen können. Mit ihnen hatte sie sich unwohl gefühlt und sich immer schwierige Trennungen vorgestellt, in denen Stalking enthalten war.

Aber nicht bei Berg. Bei ihm nahm sie solche Schwingungen nicht wahr. Also erlaubte sie ihm, sie zu überwältigen. Sie erlaubte ihm, sie fest um die Taille zu fassen und noch enger an sich zu ziehen, ohne dass seine Lippen ihre verließen.

Er streichelte sie, seine Fingerspitzen strichen über Narben und Erhebungen und es schien ihm nichts auszumachen. Narben waren für ihn nicht hässlich, nur Erinnerungen daran, was es bedeutete, die Tochter von Freddy MacKilligan zu sein.

Sie wusste nicht einmal, wann er ihr die Bluse ausgezogen hatte. Oder den BH. Sie merkte nur, dass ihr Oberkörper nackt und sein Mund auf ihren Brüsten war. Er saugte an ihren Brustwarzen und seine Hände genossen das Gewicht ihres Busens, bevor er sie über ihren Rücken und ihre Taille wandern ließ.

Charlie keuchte auf. Sein Mund auf ihren Brustwarzen fühlte sich … anders an. Seltsam. Aber nicht schlecht. Ganz und gar nicht schlecht. Eher herausragend. Ja. Herausragend. Als hätte er zwei Münder auf einer Brustwarze.

Ja, genau. Das war definitiv seltsam. Seltsam, dass ihr dieser Gedanke überhaupt gekommen war.

Aber bevor sie herausfinden konnte, was da vor sich ging, hatte er sie schon auf den Rücken gelegt und ihr Jeans und Slip an den Schenkeln heruntergezogen.

Sie dachte, er würde ihr die Jeans ganz abstreifen, aber das tat er nicht. Er hob nur ihre in den Knien gebeugten Beine und drückte sie ihr praktisch über den Kopf. Ihre Jeans wirkten wie Seile, die ihr die Beine fesselten. Bei dem bloßen Gedanken daran wurde sie feucht.

Dann verschwand sein Gesicht und sein Mund war auf ihrer Muschi.

Charlie schnappte nach Luft. Jetzt spürte sie es wieder. Als befänden sich da zwei Münder auf ihr statt nur eines einzigen. Sie kapierte es nicht. Verstand es nicht. Konnte aber wirklich nicht allzu viel darüber nachdenken. Nicht als er anfing, sie zu lecken. Seine Zunge glitt in sie hinein, als wolle er sie verschlingen. Lippen spielten mit ihrer Klitoris. Drückten sie in diese und in jene Richtung. Nahmen sie in Besitz. Beherrschten sie.

Charlie umfasste die Armlehne des Sofas und klammerte sich daran fest, als ginge es um ihr Leben. Wand sich von einer Seite zur anderen. Es schien, als wolle ihr Körper sich entziehen, weil das, was sie fühlte, einfach zu intensiv war. Aber nein. Sie wollte nicht weg. Sie wollte hierbleiben, solange sie konnte, und sich von Berg Dunn um seine großen Finger wickeln lassen wie der feinste Brotteig.

Ihr Griff um das Sofa wurde fester. Ihre Beine zitterten. Sie hörte ein Rauschen und ihr wurde klar, dass es in ihren Ohren war. Wie ein Tsunami, der auf sie herunterkam.

Ihr Rücken bäumte sich vom Sofa auf, aber Berg hielt sie – *Gott sei Dank!* – fest. Hielt sie in diesem Augenblick geerdet, während er sie kommen ließ … und dann noch einmal. Ein Orgasmus nach dem anderen. Sie konnte es nicht aufhalten. Nicht dass sie es gewollt hätte, aber das spielte auch gar keine Rolle.

An irgendeinem Punkt schrie sie, aber sie wusste nicht, wann. Sie wusste nur, dass sie direkt in Bergs Gesicht kam und dass es ihm nichts auszumachen schien. Er machte einfach weiter, leckte, spielte an ihr und hielt sie fest auf dieses riesige Sofa gedrückt, das sie mitnehmen wollte, wo immer sie in den nächsten zehntausend Jahren hinziehen mochte.

Als der zweite Orgasmus endlich verebbte, wurde ihr bewusst, dass sie Berg zwischen ihren Schenkeln eingeklemmt hatte, nicht bereit, ihn loszulassen.

Sie zwang sich, den Mann freizugeben, und drehte sich heftig keuchend auf die Seite.

Charlie nahm sich einen Moment Zeit, um sich zu beruhigen. Sie wollte nichts Dummes sagen. Nichts Dummes tun, das ruinieren konnte, was gerade geschehen war. Aber sie beging den törichten Fehler, zu dem Bären hochzuschauen, der neben ihr saß. Er hatte die Arme über die Rückenlehne des Sofas gestreckt und schaute geradeaus. Dann zuckte seine Zunge zwischen seinen Lippen hervor und er leckte sich ihren Saft vom Gesicht.

Es war, als lecke er die Reste des Honigbrötchens ab, das sie vor einer Weile gegessen hatten. Als hätte er noch nie etwas Besseres gekostet.

Und er kostete sie.

Sie entledigte sich ihrer Jeans, ihres Slips und ihrer Sneakers, dann stürzte sie sich auf den Bären und schubste ihn nach unten auf das Sofa.

Seine Augen weiteten sich vor Schreck.

»Was passiert hier?«, fragte er.

»Halt die Klappe«, befahl sie. Sie zog den Reißverschluss seiner Jeans auf und zerrte sie weit genug hinunter, um seinen Schwanz zu befreien. Sie schnappte sich ein Kondom aus Dutchs dummem – aber hilfreichen – Liebeskorb.

Sie hatte ihm das Kondom übergestreift, doch das war der Moment, in dem er beschloss, mit dem Reden anzufangen.

»Charlie …«

Sie legte ihm eine Hand aufs Gesicht, bevor sie mit der anderen nach seinem Schwanz griff und ihn festhielt, damit sie ihre Muschi darüber fallen lassen konnte. Sie tat es und … heilige Scheiße.

Heilige Scheiße heilige Scheiße heilige Scheiße heilige Scheiße heilige Scheiße heilige Scheiße …

All seine guten Absichten lösten sich in Luft auf.

Er hatte vorgehabt, sich viel Zeit zu lassen und ihr einen weiteren Orgasmus zu verschaffen. Eine gute halbe Stunde hatte er für ihr erstes Mal eingeplant. Aber dann hatte sie ihn attackiert. Sie hatte sich auf ihn gestürzt wie eine Gepardin auf eine Gazelle in einer dieser Dokusendungen auf *Animal Planet*.

Und Gott, es hatte ihm gefallen. Er liebte es. Zu wissen, dass sie ihn genauso sehr wollte wie er sie.

Das Problem war, dass der Bär in ihm sie wollte. Nicht nur der Mann. Der Bär wollte sie und Berg war sich nicht sicher, ob er viel dagegen tun konnte.

Er beschloss, es zu riskieren. In der Hoffnung, dass Charlie MacKilligan dem Ritt wirklich gewachsen war.

Er umfasste ihre Hüften und drehte sie beide mit einer einzigen Bewegung herum – während er seinen Schwanz in ihr behielt –, um Charlie in dieselbe Position zu bringen, in der er sie gehabt hatte, als er es ihr mit dem Mund gemacht hatte.

Sie keuchte überrascht auf, versuchte jedoch nicht, ihn wegzustoßen. Sie wirkte nicht sauer. Nur neugierig.

Er beugte ihre Knie und drückte ihre Beine zurück, sodass ihre Knöchel, als er sich vorbeugte, auf seinen Schultern landeten.

Dann stützte er sich, die Arme links und rechts neben ihr, über ihr auf. Auch das schien ihr nichts auszumachen. Er bewegte vorsichtig die Hüften. In diese Richtung. In jene. Bis er sie einen Laut von sich geben hörte, der klar war. Und er spürte es. Wie ihre Muschi sich heftig zusammenkrampfte. In dem Wissen, dass er die richtige Stelle getroffen hatte, stieß er in sie hinein. Ohne sich Zeit zu lassen. Ohne wirklich viel nachzudenken, außer wie gut es sich anfühlte.

Er fickte sie einfach. Hart. Aber er hatte es klug angestellt, wie die meisten Bären. Fand die richtige Stelle, sodass sein Schwanz, während er sie fickte, immer dieselbe Stelle traf. Immer wieder dagegenkam.

Jetzt krampfte sich ihr ganzer Körper um ihn herum zusammen. Sie hob die Hände und umklammerte erneut die Armlehne des Sofas. Dafür war er auch dankbar, denn ihre Krallen kamen hervor und bohrten sich in das Leder statt in sein Fleisch.

Ihre Augen weit geöffnet starrte sie direkt durch ihn hindurch. Ihre Atemzüge verkürzten sich und sie begann zu zittern. Und er machte einfach weiter. Der Grizzly hatte die Kontrolle übernommen und beanspruchte, was sein war, beanspruchte Charlie für sich ... zumindest, was den Bären anging.

Sie begann zu fluchen. Immer wieder dieselben Worte: »Oh Scheiße. Oh Scheiße. Oh Scheiße.« Bis es ein einziges langes Wort war: »Ohscheißeohscheißeohscheißeohscheißeohscheiße!«

Charlie explodierte um ihn herum, ihre Flüche wurden zu einem stummen Schrei und ihr Schweiß vermischte sich mit Bergs, während ihre Krallen die Armlehne des Sofas verwüsteten.

Er kam gleich nach ihr. Außerstande, sich zu bremsen, sobald er in dieses schöne Gesicht geschaut und so viel Ekstase gesehen hatte. So viel Glück über das, was er mit ihr machte. Ohne zu ahnen, was *sie* mit *ihm* machte.

Als die letzte Verkrampfung durch ihn hindurchrollte, sackte er auf ihr zusammen und war mindestens zwei Minuten außerstande, sich zu rühren. Dann bekam er Angst, sie zu zerquetschen, daher drehte er sie beide auf die Seite und sie sahen sich an. Keuchend. Schwitzend. Lächelnd.

»Das muss nichts bedeuten«, sagte sie schließlich. Sie verletzte seine Gefühle nicht, weil er den neckischen Unterton in ihrer Stimme hörte.

»Ach, wirklich?«

»Ja, wirklich. Es könnte einfach der Rausch des ersten Sex sein. Ich wette, wenn wir es noch einmal versuchen ... merken wir, dass es ein Glückstreffer war.«

Zu Bergs Erstaunen verstand sein Schwanz das, noch bevor er begriff, was sie da zu ihm sagte. Sein Schwanz zuckte, immer noch in ihr. Immer noch in dem Kondom.

»Wir sollten es definitiv noch einmal versuchen.« Er keuchte noch immer, aber seinem Körper war das egal. Er griff über sie hinweg nach dem Korb und holte sich ein weiteres Kondom. »Du weißt schon, um auf Nummer sicher zu gehen.«

Kapitel 24

Den Kopf in der Matratze vergraben, um den Schrei zu ersticken, den sie nicht aufhalten konnte, schoss der Orgasmus durch Charlie hindurch. Doch sie konnte sich nicht wirklich bewegen. Berg hatte seine Hand in ihrem Rücken und presste sie in die Matratze. Ihr Hintern schwebte in der Luft, damit er sie von hinten nehmen konnte. Seine freie Hand spielte mit ihrer Klitoris. Schaffte es, ihr einen weiteren Orgasmus zu entlocken.

Sie spürte, wie er sich über ihr versteifte, und dann kam er brüllend. Sogar die gottverdammten Fenster zitterten ein wenig.

Als er sich völlig entleert hatte, brach er neben ihr zusammen, entspannte sich aber nicht, bis er sie an seine Brust gezogen hatte.

»Okay«, gab sie zu, »vielleicht ist es mehr als nur der Rausch des ersten Sex.«

»Ja«, gab er leise lachend zurück. »Vielleicht.«

Charlie, die ihre Armbanduhr nicht mehr trug, weil all ihre Sachen im Nebenzimmer lagen, fragte: »Wie spät ist es?«

»Keine Ahnung.« Er griff blind nach der Fernbedienung am Bett und drückte auf einen Knopf. Die dunklen Vorhänge flogen zurück und sie schrien beide auf, als helles Morgenlicht ihr Zimmer durchflutete.

»Mach ihn wieder zu!«, brüllte sie Berg an. »Mach ihn zu!«

Der Vorhang schloss sich schnell und sie fielen wieder auf die Matratze.

»Wir haben die ganze Nacht durchgevögelt«, gab sie laut zu.

»Ja. Wir haben die ganze Nacht durchgevögelt.«

»Donnerwetter«, seufzte sie und genoss Bergs Lachen, als er sie fest umarmte.

Sie bestellten Frühstück beim Zimmerservice und nichts war schöner zu sehen als Charlies Reaktion auf die Menge von Waffeln, Speck und Honig, die hereingetragen worden waren.

»Wer soll das alles essen?«, fragte sie und starrte die Platten voller Speisen an.

Wie Berg trug sie einen der Frotteebademäntel des Hotels, aber das hier war eine Bärensuite, daher war es auch ein Bademantel für jemanden von Brittas Größe, und Charlie ertrank förmlich darin. Die Rückseite des Bademantels schleifte hinter ihr her wie eine mittelalterliche Schleppe. Auf Berg wirkte sie wie eine Königin.

»Kommt dein Bruder auch?«, fragte sie, während Berg um den großen Tisch auf der Terrasse herumging.

»Er kommt nicht. Hör auf, mir ein mieses Gefühl zu vermitteln, weil ich viel esse. Ich bin ein Bär! Ich habe Appetit.«

»Aha«, sagte sie und beäugte ihn, als er hinter ihr stehen blieb und ihr den Stuhl herauszog. Sie zuckte ein klein wenig zusammen. »Was machst du da?«

»Mich wie ein Gentleman benehmen. Genieße es, es wird nicht lange so bleiben.«

Sie lachte. »Das ist wahrscheinlich ganz gut so. Ich bin an Gentlemen nicht gewöhnt.«

Berg setzte sich neben sie auf den Stuhl, beugte sich aber vor, um sie zu küssen, bevor er zu essen begann. Sie erwiderte seinen Kuss und mit ihrem Mund dicht an seinem lächelte sie, die Hände an seinen Hals gelegt.

Als er sich von ihr löste, den Blick auf ihre Lippen konzentriert, zeigte sie auf ihn. »Mir knurrt der Magen. Wir essen.«

Er grinste. Wusste, dass sie ihn immer noch wollte, sogar nach ihrer langen gemeinsamen Nacht, und das bedeutete, dass er darauf warten konnte, sie wieder ins Bett zu bekommen.

Sie aßen und redeten, genossen es, auf der Terrasse zu sitzen, ohne dass gerade jemand versuchte, Charlie umzubringen. Es war windig, aber die Wände zu beiden Seiten, die sie von den anderen Terrassen trennten, verringerten das Problem erheblich.

»Erzähl mir von deiner Mom«, sagte er nach einer Weile.

»Von meiner Mom?«

»Von deinem Vater redest du ständig. Was ist mit deiner Mom?«

»Sie war toll. Und ich sage das nicht nur, weil ich sie früh verloren habe.« Ihr Lächeln war so herzlich und liebevoll, dass Berg es bist in die Brust spürte. »Sie war ein Künstlertyp, obwohl sie keinerlei künstlerischen Talente hatte. Sie bezeichnete sich als Muse, dazu da, andere zu großen Taten zu inspirieren«, berichtete sie, während sie die Arme in die Luft streckte. Berg hatte das Gefühl, dass es eine Bewegung war, die ihre Mutter früher oft vollführt hatte. »Auch wenn ich Stevies Mum nie verziehen habe, dass sie ihr Kind im Stich gelassen hat – sie wusste, dass es für Stevie keine bessere Mutter gab als meine Mom. Sie verstand sich darauf, das Genie in Leuten hervorzubringen, ohne sie unter Druck zu setzen. Ohne sie zu bedrängen. Stevie sollte man nie bedrängen.«

»Wie lange ist Stevie schon …?« Er suchte nach dem am wenigsten beleidigenden Wort.

»Nervös, überspannt und panisch?«

Er zuckte die Achseln. »Okay.«

»Schon immer. Wenn man einen IQ hat, der höher ist als … wahrscheinlich der von allen anderen … ist es schwer, kein Wrack zu sein. Wir schätzen uns glücklich, dass sie nur eine Angststörung hat. Sie hätte genauso gut zum Unabomber werden können.« Charlie senkte die Stimme. »Das wäre um ein Haar passiert. Aber wir haben das hingekriegt.«

»Und Max?«

Charlie sprach wieder mit ihrer normalen Stimme. »Max war die Erste, die bei uns eingezogen ist. Ihre Mutter hat meine angerufen und sie gebeten, als Babysitterin einzuspringen, während sie einen Job erledigte. Es stellte sich heraus, dass der Job ein Juwelenraub war, den mein Vater organisiert hatte. Als das schiefging, ist er abgehauen und hat sie und die anderen zurückgelassen. Danach ist Max einfach bei uns geblieben. Und was ist mit deiner Mutter?«, fragte sie und führte ihren Kaffeebecher an die Lippen.

»Meine Mutter raucht Gras.«

Er war nicht wirklich überrascht, als ihr Mundvoll Kaffee über den Tisch spritzte.

»Wie bitte?«, fragte Charlie, außerstande, ihr Gekicher zu zügeln.

»Meine Mutter fühlte sich, solange ich sie kenne, zu dem Gewächs hingezogen.«

»Ernsthaft?«

»Ja. Sie ist eine sehr entspannte Bärin. Kein Wunder, denn sie hat jetzt das passende Unternehmen dazu.«

»Was für ein Unternehmen?«

»Früher hat sie nur für sich und ihre Freunde Honig mit THC gemischt, aber jetzt macht sie das für jeden, der bereit ist, dafür zu bezahlen. Ihr Laden wird langsam riesig, zur großen Scham meiner Schwester.«

»Britta ist kein Fan davon?«

»Unsere Mutter war ihr immer peinlich. Sie kam in ihren gebatikten Kleidern mit Bob Marley in Seidenmalerei vorne drauf zu Elternabenden in die Schule. Doch sie hat nie geraucht, während sie mit uns schwanger war, was ich zu schätzen weiß.«

»Ich dachte, sie hätte eine Hundezucht.«

»Hat sie auch. Du weißt schon, offiziell.«

»Ich *liebe* diese Geschichte.«

»Du machst dich über mich lustig.«

»Nein. Überhaupt nicht. Meine Mutter war auch nicht gerade eine Heilige. Sie war einfach ... toll. Und es klingt, als gelte das auch für deine Mom. Ich liebe tolle Moms. Und dein Dad?«

»Nur ein ganz gewöhnlicher Grizzly. Wenn er einen Großteil seines Lebens in einer Höhle im Winterschlaf verbringen könnte ... er würde es tun. Stattdessen schläft er nur auf seinem Liegesessel, sieht sehr viel fern und kümmert sich um die Bienenstöcke, die meine Mutter für ihr Honiggeschäft hat. Sie sind ein gutes Paar. Irgendwann wirst du meine Mutter sicherlich mal kennenlernen.«

Sie schluckte ihren Speck herunter und bemerkte, dass Berg sie anstarrte.

»Soll ich Angst kriegen, weil du ein Treffen mit deinen Eltern erwähnt hast?«, fragte Charlie und schnaubte, als er auf eine entzückend verlegene Art und Weise die Achseln zuckte. »Ich schätze, du hast vergessen, dass ich zur Hälfte Wolf bin. Wir sind verbindlich. Ich habe gerade die ganze Nacht damit verbracht, mit dir zu ficken.

Ich hatte nicht vor, in absehbarer Zeit zu verschwinden. Und da du über kein besonders gutes Gespür zu verfügen scheinst, wenn es um die Auswahl von Frauen geht, nehme ich an, dass das für dich kein Problem ist.«

»Ist es nicht«, bestätigte er schnell und lächelte.

»Das heißt nicht, dass wir verheiratet sind«, fühlte sie sich genötigt, hinzuzufügen. »Es bedeutet nur, dass ich nicht der Typ für One-Night-Stands bin. Wir tun einfach, was normale Leute tun.«

Berg wandet den Blick ab und dachte nach. Sie wusste, dass er versuchte, herauszufinden, was normale Leute tun.

»Miteinander ausgehen, du Blödmann«, erklärte sie. »Sich besser kennenlernen. Weiter Sex haben.«

»Oh!« Sein Lächeln kehrte zurück. »Ja, das kriege ich hin.«

Charlie schnappte sich einen weiteren Streifen Speck und seufzte: »Bären.«

Berg amüsierte sich so gut mit Charlie – endlich waren sie mal allein –, dass es ihn definitiv ärgerte, als er es an der Tür klingeln hörte.

Stirnrunzelnd sahen sie sich an.

»Hat es geklingelt?«, fragte Charlie schließlich.

»Ja.«

»Dieses Zimmer hat eine Türklingel? Wie ein Haus?«

»Anscheinend.« Er stieß sich vom Tisch ab, ging hinein und durch das Zimmer. Dann öffnete er die Tür und blinzelte überrascht.

»Hi, Hannah.«

Hannah Jameson war eine Bären-Hybride und enge Freundin von Britta. Sie hatten vor einigen Jahren gemeinsamen in der Eishockeyjugendmannschaft gespielt. Hannah war dann zu Hannah »der Zerstörerin von Welten« Jameson im Carnivores-Team geworden. Eine Power Forward, die seine Bärenfreunde, die Eishockey liebten, anbeteten. Sie war jemand, die immer viele Tore machte. Fast jedes Mal, wenn sie auf dem Eis war, hatte sie zwei Füchsinnen als Grinder an ihrer Seite, die sie schützten. Die Gallo-Zwillinge. Mindestens einer seiner jüngeren Cousins hatte ein Poster der drei Frauen an seiner Schlafzimmerdecke. Sie waren, bis auf ihre Helme, in voller Eishockeyausrüstung und sahen absolut Furcht einflößend aus, aber der Junge liebte sie.

Doch Hannah arbeitete auch als Ermittlerin für die Gruppe. Die Gruppe hatte sie vor Jahren irgendwo im Norden vor einer Organisation, die Kämpfe veranstaltete, gerettet. Sie war für Hannahs Unterkunft, Verpflegung und Ausbildung aufgekommen. Die schmutzigen Jobs, wie man so schön sagte, musste Hannah allerdings nie machen.

Gleichzeitig war Hannah sich nie zu schade, eine Herausforderung anzunehmen. Vor allem wenn sie und Britta in eine Bar gingen und von betrunkenen Vollmenschen alles andere als respektvoll angemacht wurden – von Menschen, die dachten, es mache Spaß, mal ein »großes Mädchen zu reiten«.

Mit einer Größe von eins neunundachtzig nahm Hannah diese spezielle Beleidigung nie besonders gut auf. Genauso wenig wie Britta. Durch ihre Bar-Schlägereien hatten die beiden Bärinnen sich früh angefreundet und die Gruppe war immer so nett gewesen, ihre Beziehungen beim NYPD zu nutzen, um beide rasch aus dem Gefängnis zu holen und keine dunklen Flecken in ihren Akten zurückzulassen.

Trotzdem hatte Berg keine Ahnung, warum Hannah jetzt da war.

»Hi, ähm, Daaa…« Als er die Stirn runzelte, korrigierte sie sich schnell zu: »aaa-Berg?«

»Da-Berg? Wirklich?«

»Ich wusste, dass es einer von euch beiden ist.«

Berg mochte Hannah, daher würde er ihr keinen Vorwurf daraus machen, dass sie ihn und Dag nach all den Jahren immer noch nicht auseinanderhalten konnte. Britta sagte, sie könne die Gallo-Zwillingsfüchse auch nicht auseinanderhalten. Sie nannte sie einfach »Zwilling« und zeigte auf sie.

»Also, was ist los?«

»Ist eine Charlie bei dir?«

»Ja. Warum?«

»Ich habe Informationen zu ihren Problemen aus jüngerer Zeit. Normalerweise gebe ich die Ergebnisse meiner Nachforschungen dem diensthabenden Agenten des Falls, aber man hat mir gesagt, das solle ich nicht tun, weil sie diesem Agenten anscheinend den Arsch aufgerissen hat.« Sie feixte. »Bravo übrigens.«

Berg trat lachend zur Seite. »Komm rein.«

Charlie starrte auf die Überreste des Specks. Das Hotel hatte eine Platte mit zwei Sorten Speck gebracht. Einmal knusprig und einmal bissfest, auf zwei getrennten Häufchen. Berg mochte ihn knusprig und Charlie hatte sich über den zähen hergemacht. Perfekt.

Das Problem war, dass Charlie, wenn es um Speck ging, keinen Ausschalter hatte wie bei sonst fast allem Essbaren. Wenn ein Pfund Speck vor ihr lag, aß sie das ganze Pfund auf, ohne auch nur mit der Wimper zu zucken. Sie gestattete sich Speck nur an Festtagen wie Weihnachten oder dem Morgen von Thanksgiving. Wenn sie ihn jeden Tag essen würde, müsste sie Angst haben, ihr Herz würde von dem ganzen Fett explodieren.

Im Moment war noch eine Menge Speck übrig und Charlie wollte ihn nicht aufessen. Nun … sie *wollte* ihn aufessen, aber sie wusste, dass sie das nicht sollte. Cholesterin konnte selbst bei Gestaltwandlern zum Problem werden. Sie waren nicht immun dagegen!

Aber ihr Widerstand wankte. Auf der Terrasse eines Luxushotels zu sitzen, mit dem heißesten – und nettesten! – Mann, mit dem sie je zusammen gewesen war, bekleidet mit einem eleganten Morgenmantel des Hotels, während sie sich von all diesem großartigen Sex ungeheuer entspannt fühlte … Es schien ein perfekter Tag für mehr Speck zu sein.

Ihre Hand schwebte über der Platte, als sie Berg sagen hörte: »Charlie, das ist Hannah.«

Charlie riss die Hand zurück und schaute zu der offenen Glasdoppeltür hinüber. Berg stand neben einer hochgewachsenen, kräftig gebauten, dunkelhaarigen Frau mit braunen Augen und einem hübschen Gesicht. Sie hatte Narben am Hals und auf ihren nackten Armen. Eine Menge Narben. Narben über Narben.

»Und Hannah, das ist Charlie.«

Hannah trat näher und streckte die Hand aus. Charlie schüttelte sie und deutete auf den Tisch. »Haben Sie Hunger? Wir haben noch eine Tonne Speck übrig.«

»Ich bin mit dem Essen noch nicht fertig«, sagte Berg und setzte sich. »Und du musst deinen Speck noch aufessen.«

»Nein, danke, für mich nichts«, bemerkte Hannah, zog sich einen der anderen Stühle vom Tisch und setzte sich. »Ric Van Holtz schickt mich. Ich habe Nachforschungen über die Leute angestellt, die versucht haben, Ihre Schwester Stevie zu entführen. Außerdem über die, ähm, gestohlenen hundert Millionen von Ihrem Onkel Will?«

»Ja. Haben Sie irgendetwas herausgefunden?« Charlie seufzte. »Es ist ein peruanischer Drogenboss, nicht war? Mein Vater und seine peruanischen Drogenbosse.«

»Ähm, eigentlich … nein.« Hannah öffnete ihren Rucksack. Darin befand sich ein Laptop, aber nicht diesen zog Hannah jetzt heraus. Stattdessen wühlte sie in der Tasche herum, bis sie eine Zeitschrift zu fassen bekam. Sie legte sie neben Charlies Teller.

»*Vanity Fair?*«, fragte Charlie. »Sie haben die Leute, die versuchen, mich zu töten, in der Zeitschrift *Vanity Fair* gefunden?«

»Allerdings. Die Seiten sind markiert.«

In der Mitte der Zeitschrift klebte ein rosafarbener Post-it-Zettel. Charlie blätterte schnell zu dieser Seite vor. Berg stand auf und hockte sich neben sie.

Auf den beiden ersten Seiten war ein Bildbericht über die, wie Charlie zugeben musste, heißesten Frauen, die sie je gesehen hatte. Dunkelhaarige italienische Schönheiten in goldenen Bikinis. Ihre goldbraune Haut und die dünnen goldenen Bauchkettchen um ihre festen Bauchmuskeln sahen atemberaubend aus. An den Füßen hatten sie Louboutins und an den Handgelenken und am Hals Diamanten. Jede Menge Diamanten.

Trotz ihres offenkundigen Wohlstands wirkte das Ganze ein wenig niveaulos für die *Vanity Fair*. Charlie las laut vor: »Die italienische Zwillingsinvasion in Silicon Valley.« Sie zuckte die Achseln und sah Hannah an. »Wer sind die beiden?«

»Caterina und Celestina Guerra. Vorstandsvorsitzende einer bedeutenden Softwarefirma aus der Lombardei in Italien. Ihre Mutter war eine Adlige von italienischer und griechischer Abstammung. Sehr wohlhabend. Sehr unabhängig. Und sie brauchte diese Unabhängigkeit, weil ihre Familie sie enterbt hat, als sie die Zwillinge bekam.«

»Das ist hart.«

»Nun, sie lernte einen wesentlich älteren Mann kennen. Sie war Ende zwanzig und er Ende sechzig …«

»Igitt.«

»Aber sie ignorierte die Sorgen ihrer Eltern bezüglich der Beziehung. Was sie unglücklicherweise nicht wusste, war, dass ihr viel älterer Geliebter immer noch verheiratet und sie nicht seine einzige Geliebte war. Als sie es herausfand, hat sie es nicht gut aufgenommen. Ich glaube, Wut war ein Thema. Wie dem auch sei, ihre Eltern haben sich von ihr losgesagt. Ihr Lover wollte nicht helfen und brach den Kontakt ab. Sie war mit ihren Zwillingen, den beiden Mädchen, auf sich gestellt, war aber klug und bösartig genug und hatte keine Angst, sich die Hände schmutzig zu machen. Sie hat ein erfolgreiches Unternehmen aufgebaut und ihre Töchter dazu ausgebildet, es zu übernehmen, was sie getan haben, als ihre Mutter ungefähr vor zehn Jahren krank wurde und starb. Soweit ich das verstanden habe, geben die Zwillinge ihrem leiblichen Vater die Schuld am Tod ihrer Mutter. Und sie geben der Familie des Vaters die Schuld an seiner Abwesenheit.«

»Das ist überraschend faszinierend«, sagte Charlie, »aber ich weiß immer noch nicht, was das mit mir und meinen Schwestern zu tun hat.«

»Nun« – Hannah räusperte sich – »ihr Vater ist … Colin MacKilligan. Das ist, glaube ich, Ihr Großvater, was Caterina und Celestina zu Ihren, ähm, Tanten machen würde.«

Charlie betrachtete die Frau namens Hannah, dann wieder die Zeitschrift, wo die identischen, lächelnden Gesichter der Frauen sie zu verspotten schienen. Außerstande, länger hinzusehen, warf sie die Zeitschrift auf den Tisch, schob ihren Stuhl zurück und stand auf. Sie ging um den Tisch herum und zum Geländer. Dort blieb sie stehen, die Hände auf das schwarze Metall gelegt, und starrte auf die Stadt.

Nach einer vollen Minute des Schweigens schrie Charlie plötzlich: *»Ich hasse meine Familie!«*

Max, die auf der Veranda ihres gemieteten Hauses saß und ihr aus zwei Bananen bestehendes Frühstück genoss, hob ruckartig den Blick von ihrer Morgenzeitung und ließ den Blick über die Straße in Queens schweifen.

Sie sah zu Stevie hinüber, die mit dem Hund der Dunns, der seinen riesigen Kopf auf ihren Schoß gebettet hatte, auf der Schaukel saß. Die Schwestern blickten sich an und Max hob an zu fragen: »Haben wir gerade gehört …?«

Sie brach ab und die Schwestern sahen sich lange an, bevor sie gleichzeitig sagten: »Neeee.«

Berg zuckte zusammen, als Charlies Schrei über die Stadt gellte, und er sah ihr zu, als sie anfing, auf und ab zu gehen.

»Was stimmt nicht mit diesen Leuten?«, fragte Charlie niemand bestimmten. »Wenn ich auf das Geschlecht der MacKilligans blickte, finde ich dann nur Arschlöcher und Drecksäcke? Gibt es noch irgendwelche anderen MacKilligans? Bin *ich* ein Drecksack oder Arschloch?«

»Natürlich nicht.«

»Lüg mich nicht an, Berg.«

»Ich lüge nicht. Du bist nicht verantwortlich für diese Arschlöcher, deinen Vater, deine Onkel und deinen Großvater.«

»Und Tanten. Ich habe auch Tanten, die Arschlöcher sind.«

»Da ist noch etwas«, warf Hannah ein.

Charlie riss die Hände hoch. »Oh, ich bitte Sie!«

»Was denn, Hannah?«, drängte Berg in der Hoffnung, Charlie dazu zu bringen, sich zu konzentrieren, und Hannah daran zu hindern, vor lauter Verzweiflung die Flucht zu ergreifen.

»Soweit ich erkennen kann … Ich glaube, dass die Zwillinge von der Existenz von Gestaltwandlern gar nichts wissen. Ich glaube, sie wissen gar nicht, dass sie nicht ganz menschlich sind.«

Charlie hielt in ihrem Auf und Ab inne und starrte die Hybride an. »Ist das überhaupt möglich?«

»Es ist selten«, antwortete Berg, »aber schon vorgekommen.«

»Wie sind sie denn durch die Pubertät gekommen, ohne es zu merken?«, ließ Charlie nicht locker. »Auch wenn ich mich nicht verwandeln kann, war die Pubertät trotzdem die reine Hölle.«

Überrascht fragte Berg: »Du kannst dich nicht verwandeln?«

»Nein. Auch in diesem Fall gewinnen die verkorksten Gene meines Vaters. Ich kann nur Krallen und Reißzähne ausfahren und es ist wirklich schwer, mich zu töten … was definitiv ein Plus ist.«

»Aber denken Sie doch mal darüber nach«, sagte Hannah, holte ihren Laptop hervor und schob Teller und Platten beiseite, damit sie ihn auf den Tisch stellen konnte. »Statt sich an dem Erfolg ihres Lebens zu erfreuen, sind Ihre Tanten damit beschäftigt, zu versuchen, die Leute fertigzumachen, die ihrer Meinung nach ihre Mutter zerstört haben. Es ist dieser ganze …«

»Honigdachszorn?«, fragte Charlie.

»Ohne sich zu verwandeln, ohne auch nur zu wissen, was sie sind, haben sie kein Ventil für all diesen Zorn.« Hannah tippte auf ihrem Laptop drauflos.

»Also, was ist, wenn sie herausfinden, was sie sind? Was, wenn sie lernen, sich zu verwandeln?«

Berg schüttelte den Kopf. »Als Gestaltwandler ist man wie einer, der zu viel trinkt. Es macht einen nicht zum Arschloch, es verstärkt nur das Arschloch, das bereits in einem steckt. Diese beiden Frauen werden nicht zu liebenswürdigen jungen Damen, weil sie den Honigdachs in sich herauslassen können. Ich meine, denkst du, Max wäre tief in der Seele anders, wenn sie keine …?«

»Okay, okay«, unterbrach Charlie ihn. »Ich verstehe, worauf du hinauswillst.«

Hannah drehte den Laptop herum.

Charlie feixte. »Sie haben sich in ihre privaten Fotos eingehackt?«

»Ja. Ich möchte Ihnen dringend nahelegen, sich nicht die Videos anzusehen.« Hannah verzog das Gesicht und schüttelte kurz den Kopf. »Glauben Sie mir.«

»Oh, schaut mal! Sie jagen Großwild in Afrika, mit Gewehren und Armbrüsten. Es gibt doch nichts Besseres, als über einem toten Elefanten zu stehen, um sich eins mit der Natur zu fühlen.« Charlie blätterte ein paar weitere Fotos durch, aber am Ende sah sie ihre Tanten nackt.

Berg hörte ihr Kreischen und beobachtete, wie sie diese Bilder wegklickte, so schnell ihre Finger es zuließen.

Das wahre Problem wurde sichtbar, als Charlie die E-Mails der Zwillinge überflog.

Charlie schien eine Schnellleserin zu sein und ging die Informationen sehr zügig durch, bis sie abrupt innehielt und ihren Stuhl wieder zurückschob. Sie stand auf und stampfte davon, zurück in die Hotelsuite.

Schockiert beugte Berg sich vor, um die E-Mail zu lesen, die Charlie so aufgeregt hatte. Sofort erkannte er das Problem.

Er ließ den Kopf sinken und fragte Hannah: »Charlies Vater ist mit den Zwillingen in Kontakt?«

»Soweit ich erkennen kann«, gestand Hannah, »hat er das Geld seines Bruders auf ihr Drängen hin gestohlen. Und dann haben die Zwillinge es ihm gestohlen. Nicht weil sie es brauchten, sondern mehr aus Spaß an der Freud. Ich schätze, sie finden es witzig.«

»Und ich schätze, Charlies Vater ist direkt in diese Scheiße hineingetappt.«

Kapitel 25

Berg hatte den Pick-up-Truck kaum zum Stehen gebracht, da war Charlie auch schon ausgestiegen und überquerte die Straße zu ihrem gemieteten Haus. Sie öffnete die Gartentür und Bergs Hund kam um das Haus herumgelaufen, um sie zu begrüßen. Sie streichelte ihn, blieb aber nicht stehen.

Dicht gefolgt von dem Hund betrat sie das Haus. Sie schloss die Tür, war jedoch erst wenige Schritte gegangen, als sie es klopfen hörte. Sie drehte noch einmal um und sah Berg da stehen, ein wenig verstimmt, wie es schien.

»Was machst du da?«, fragte sie, nicht in Stimmung für so etwas. »Komm schon rein.«

»Du hast mir die Tür vor der Nase zugeschlagen.«

Sie gingen Richtung Küche. »Nicht mit Absicht.«

»Deshalb fühle ich mich nicht besser. Vor allem, da du dich erst davon überzeugt hast, dass der Hund drinnen ist.«

Ihre Schwestern saßen am Küchentisch. Max hatte die Füße hochgelegt und auf ihrem Schoß lag eine Zeitschrift. Stevie beugte sich über ein Notizbuch und schrieb. Ihre Hand flog nur so über das Papier. Sie hatte einen aufgeklappten Laptop neben sich stehen, aber wenn sie wirklich aufgeregt war, schrieb sie lieber mit der Hand.

Dutch war ebenfalls da, die gekreuzten Arme auf dem Tisch. Den Kopf hatte er auf die Arme gelegt. Laut Max konnte er überall und in jeder Situation schlafen.

Da Charlie nicht wusste, wie sie das Gespräch beginnen sollte, warf sie die Ausgabe von *Vanity Fair* mitten auf den Tisch.

Max war die Einzige, die reagierte. Sie schnappte sich die Zeitschrift und fand schnell die mit dem Post-it-Zettel markierte Seite.

Sie hielt das Foto der milliardenschweren Zwillinge hoch. »Willst du, dass ich anfange, mich so anzuziehen?«

»Ja. Einschließlich des goldenen Bauchkettchens.«

Max kicherte und sah sich das Foto genauer an. »Wer sind die beiden?«, fragte sie schließlich. Berg lehnte mit vor der Brust verschränkten Armen im Türrahmen. Er beobachtete sie, sagte jedoch nichts, was Charlie zu schätzen wusste. Das hier war eine Familienangelegenheit. Eine einzige gemeinsam verbrachte Nacht machte ihn nicht automatisch zu einem Familienmitglied.

»Diese milliardenschweren Zwillinge sind angeblich unsere Tanten.«

Max runzelte verwirrt die Stirn. Stevie riss den Kopf hoch, die Augen aufgerissen. Selbst Dutch regte sich aus seinem Schlummer, gähnte und betrachtete das Foto. Er nickte. »Eure Tanten sind heiß.«

»Und haben versucht, uns zu töten.« Charlie erzählte kurz die Geschichte. Alles, was sie von Hannah erfahren hatte. Während sie sprach, wuchs ihr Zorn. Ihr Vater. Ihr idiotischer Vater.

Nun gut, er war nicht verantwortlich für die zornigen Zwillinge, aber er hatte mit ihnen gemeinsame Sache gemacht. Für sie hatte er sich gegen die eigene Familie gewandt. Es war ihm wahrscheinlich überhaupt nicht klar, wer sie waren. Hatte keine Ahnung, dass die Guerra-Zwillinge in Wahrheit seine Halbschwestern waren. Dass sie ihn nur benutzten, um sich an einer Familie zu rächen, die sie aus ihren ganz eigenen Gründen hassten. Wieder einmal hatte Freddys Dummheit Charlie in eine Situation gebracht, in der sie etwas tun musste, das sie wirklich nicht tun wollte.

Als sie fertig war, wartete sie auf die Reaktion ihrer Schwestern. Wartete darauf, dass sie ihr sagten, was sie ihrer Meinung nach jetzt tun sollten.

Stevie ließ sich wieder auf ihren Stuhl fallen und sagte nur: »Diese Miststücke.«

Aber Max sprang auf, ging um den Tisch herum und stellte sich neben Charlie. Sie legte die Zeitschrift auf den Tisch und machte sich dann daran zu … posieren? Sie posierte wie die Zwillinge. Es war lächerlich.

»Alter« – Dutch schüttelte den Kopf – »Nein. Einfach … nein.«

»Was denn? Wir können genauso sexy sein wie die beiden.«

»Nein«, wiederholte Dutch bekümmert. »Nein, das könnt ihr wirklich nicht.« Er beugte sich über den Tisch und griff nach der Zeitschrift.

»Wie spricht man ihren Nachnamen aus?«, fragte Charlie.

»Sehe ich für dich aus wie ein Italiener?«

»Werr-a«, sagte Stevie und wandte sich wieder ihrem Notizbuch zu. Charlie bemerkte, dass es keins der Notizbücher mit Linien oder Millimeterpapier war, in die sie normalerweise schrieb, sondern ein Notenheft. Charlie erinnerte sich nicht daran, wann sie ihre Schwester das letzte Mal etwas hatte tun sehen, das mit dem Komponieren zusammenhing. Es war Jahre her. »Werr-aaaaa. So wird das ausgesprochen.«

Dutch zeigte auf die Zeitschrift. »Aber da steht ein *G*.«

Entnervt entriss Stevie ihm die Zeitschrift und schleuderte sie durch den Raum. »Bring mich *nicht* auf die Palme.«

Charlie wurde bewusst, dass Max immer noch neben ihr stand und immer noch posierte. Ihre Schwestern würden nicht zulassen, dass ihr Vater ihnen wieder einmal den Tag verdarb. Das tat sonst immer nur Charlie. Aber nicht heute. Nicht nach der tollen Nacht, die hinter ihr lag.

»Wir sollten uns an die Arbeit machen«, verkündete sie.

»Arbeit an meiner Karriere als Model?«, fragte Max. Und posierte *immer noch*.

»Unsere Cousine, die Braut, stalken.« Charlie versetzte Max einen Stoß, sodass sie in Bergs Richtung flog. Er machte einen Schritt zur Seite und Max flog weiter durch die Tür.

»Das war nicht cool!«

Eigentlich fand Charlie es sogar sehr cool. Ihr neuer Freund kam mit ihrer Familie klar. Für ein MacKilligan-Mädchen war das ein Gewinn.

In dem Moment, als Berg das Haus betrat, beendete Britta gerade das Telefongespräch.

»Es gibt da einen Job für ein paar Tage in Kalifornien«, berichtete sie, während er die Beistelltische mit den Augen absuchte. »Wenn du Interesse hast …«

»Habe ich nicht. Wo sind deine Autoschlüssel?«

»Für welches Auto?«

»Den SUV. Und warum bewahrst du deine Schlüssel an zig verschiedenen Stellen auf?«

»Er ist in meiner Tasche und ich will mich nicht schon wieder mit dir darüber streiten.«

Berg griff nach Brittas kleinem schwarzen Rucksack, fand schnell die Schlüssel des SUV und war schon wieder verschwunden.

Sie wollte schon nach Dag rufen, der immer noch oben schlief, um festzustellen, ob er vielleicht für einige Tage nach Kalifornien fahren wollte, doch da kam Berg ins Haus zurück und plumpste in einen Sessel gegenüber dem Sofa, auf dem sie saß. Er lächelte und wirkte … zufrieden.

»Ich dachte, du wolltest ausgehen«, bemerkte sie.

»Ich habe nie gesagt, dass ich ausgehe.«

»Wozu hast du dann meinen Wagen gebraucht?«

»Charlie und ihre Schwestern brauchten einen Wagen, um in die Stadt zu fahren.«

Britta richtete sich auf und zeigte mit einem Finger auf ihren Bruder. »Du hast diesen Irren *meinen* Wagen gegeben?«

»Ich brauche *meinen* Wagen.« Er dachte einen Moment lang nach, dann fügte er hinzu: »Und sie sind keine Irren. Sie sind …«

»Sie sind was?«

»Honigdachse. Zum überwiegenden Teil.«

Britta war kurz davor, ihren Bruder anzubrüllen, aber sie hörte jemanden die Treppe herunterschleichen. Die Gestaltwandler-Katze, die ihr Bruder am Abend zuvor aufgelesen hatte, trug dieselben Kleider, in denen Britta sie mit Dag ins Haus hatte kommen sehen.

Sie beobachtete schweigend, wie der Puma in Richtung Tür vorbeiging. Die blöde Kuh lächelte Berg an, nahm Britta jedoch nicht einmal zur Kenntnis. Dabei war das hier auch ihr Haus.

Also tat Britta, was jede Schwester tun würde. »Ich wünschte wirklich, du würdest aufhören, deine *Huren* mit herzubringen, Dag!«, brüllte sie der entschwindenden Katze hinterher.

Die Katze blieb an der Wohnzimmertür stehen und ihre Rückenmuskeln spannten sich an. Aber nach ein paar Sekunden ging sie weiter. Die Haustür schlug zu.

Grinsend sah Britta Berg an. »Was?«, fragte sie, als er sie kopfschüttelnd musterte.

»Tu das ja nicht, wenn Charlie die Nacht hier verbringt.«

»Mit Charlie würde ich das nicht machen, weil sie mir dann das Gesicht abreißen würde«, gestand sie. »Weil sie eine Irre ist. Und genau deshalb kann ich einfach nicht glauben, dass du ihr meinen *Wagen* gegeben hast!«

»Geliehen. Ich habe ihr deinen Wagen *geliehen.* Sie wird ihn zurückbringen.«

»Voller Einschusslöcher?«

Ihr Bruder zuckte die Achseln. »Die Möglichkeit besteht.«

Sie fuhren mit dem SUV der Dunns in die Stadt und stellten ihn in der Garage dem Kingston Arms gegenüber ab.

»Stevie und Max, ihr sucht nach Carrie und behaltet sie im Auge. Ich will genau wissen, was sie im Schilde führt.«

Max nickte. »In Ordnung. Dutch will sich später mit uns treffen.«

»Warum?«

»Ehrlich? Ich glaube, er hat Spaß an der Sache.«

»Ich für meinen Teil habe den auf jeden Fall«, meldete Stevie sich plötzlich mit breitem Grinsen zu Wort. »Ich fühle mich wie eine Spionin.«

»Wie auch immer.« Charlie deutete auf ihre Schwestern. »Bleibt an Carrie dran. Ich werde mit ihrer Schwester reden und dann mit Bernice.« Sie seufzte. »Ich schätze, sie sollte ebenfalls von ihren verrückten Halbschwestern erfahren.«

»Was bringt dich auf den Gedanken, dass sie es nicht bereits weiß?«, fragte Max so beiläufig, dass es Charlie beunruhigte. »Okay. Vergiss, dass ich das gesagt habe. Vergiss, dass ich überhaupt etwas gesagt habe.«

Jetzt klang Max wiederum so beunruhigt, dass Charlie fragte: »Wovon redest du?«

Max strich sich mit den Fingern über die Stirn. »Du hast die Ich-flippe-gleich-aus-Falten im Gesicht.«

»Hast du heute deine Medikamente genommen?«, fragte Stevie Charlie abrupt. »Ich habe ein paar Xanax in meiner Tasche.«

»Warum hast du …?« Charlie trat einen Schritt zurück – mental und körperlich. »Nein. Da mache ich nicht mit. Tut, was ich euch sage, und ich werde mich um Bernice und Kenzie kümmern. In Ordnung? Wunderbar.«

Charlie ging, aber sie hörte Max dennoch noch sagen: »Für jemanden, der gerade flachgelegt worden ist …«

Charlie drehte sich blitzschnell um, hob den Arm und bewegte die Finger, als ziele sie mit einer Waffe. Es tat gut zu sehen, dass Max sich hinter das nächststehende Auto duckte, ein Manöver, das Charlie ihr unmittelbar nach dem Tod ihrer Mutter beigebracht hatte. Aber es machte sie unruhig, dass Stevie einfach dastand und sie anstarrte, bis Max sie am Arm fasste und sie ebenfalls hinter das Auto zerrte.

»Hoffnungslos!«, brüllte Charlie und ging weiter. »So verdammt hoffnungslos!«

»Wir haben dich auch lieb!«, brüllte Max zurück.

Es schockierte Max, dass ihre Cousine bereits vormittags auf den Beinen war. Der Tag ihrer Hochzeit war rasch herangerückt und sie hätten nie gedacht, dass Carrie ihren Hintern aus dem Bett schwingen und sich diesem Tag stellen würde. Schon gar nicht angesichts der Tatsache, dass sie die meisten der Bullshit-Pflichten ihrer Mutter und ihren Brautjungfern überließ. Aber da war sie … schlich sich offensichtlich gerade aus ihrem Hotelzimmer.

So wie sie ihre Cousinen kannte, vermutete Max, dass die anderen sich mit dem mit Schlangengift versetztem Wodka des Hotels die Kante gegeben hatten und prompt als wirrer Honigdächsinnen-Haufen ohnmächtig geworden waren. Damit hatten sie es Carrie wohl möglich gemacht, sich davonzustehlen. Die zukünftige Braut hatte nichts weiter tun müssen, als über ihre bewusstlosen Verwandten hinüberzuklettern. Jetzt zog Carrie vorsichtig die Tür hinter sich zu und sah sich rasch um, bevor sie zu den Aufzügen lief.

Max machte einen Schritt nach hinten und drückte sich an die Wand, als ihre Cousine an dem Flur vorbeiging, in dem sie sich mit Stevie versteckte.

Sobald ihre Cousine vorbeigegangen war und sie das Bimmeln des Aufzugs hörten, folgten sie ihr, indem sie in den nächsten Aufzug stiegen. Max vermutete, dass ihre Cousine ins Erdgeschoss fuhr. Der Verlobte befand sich irgendwo im Hotel, mit seiner ganzen Hochzeitsbegleitung, aber Max bezweifelte, dass Carrie zu ihm wollte.

Sie stiegen aus dem Aufzug und Max stellte sich auf die Zehenspitzen und versuchte, über das Gedränge der Menschen in dem zu allen Tageszeiten belebten Hotel hinwegzuspähen.

»Da«, sagte Stevie und streckte die Hand aus. Sie liefen hinter ihrer Cousine her und erhaschten gerade noch einen Blick auf sie, als sie nach draußen eilte und in ein Taxi stieg.

Max trat vom Bürgersteig und hob die Hand, um sich ein eigenes Taxi herbeizuwinken. Stevie lachte hinter ihr. »Das ist so cool. Wir sind ihr dicht auf den Fersen!«

Ein Taxi hielt an, Max zog mit einer Hand die Tür auf und schubste ihre Schwester mit der anderen hinein.

»Blöde Kuh«, murmelte Max, bevor sie den Fahrer anwies: »Folgen Sie diesem Taxi!« Eine Bemerkung, die ihrer albernen kleinen Schwester schon fast hysterisches Gelächter entlockte.

Kapitel 26

Charlie spürte ihre Tante und ihre Cousine Kenzie in der Bar auf. Sie musste stehen bleiben und auf ihre Armbanduhr sehen, um sich davon zu überzeugen, dass sie die Zeit richtig abgelesen hatte.

Es machte nicht den Eindruck, als sei ihre Tante eine schwere Alkoholikerin, aber vielleicht versetzte sie der Druck einer Hochzeit, die ihre Tochter anscheinend gar nicht wollte, in übermäßig großen Stress. Stress, den nur vierzig Jahre alter Scotch abzumildern vermochte.

Charlie ließ sich neben Kenzie und ihrer Tante gegenüber in die Sitznische fallen.

»Nun?«, fragte Bernice, deren Augen so blutunterlaufen waren, dass sie Charlie schon fast leid tat.

»Es sieht so aus, als träfe Carrie sich heimlich mit einem Eisbären. Er heißt Damian Miller.«

»Mit einem Bären? Ernsthaft?«, rief Bernice aus. »Dieses Mädchen!«

Kenzie lehnte sich auf ihrem Platz zurück, sodass sie sie beide ansehen konnte. »Schockt dich das wirklich? Es ist nicht so, als würde meine Schwester in ihrem Leben je die richtigen Entscheidungen treffen.«

»Aber das hat sie getan. Bei Ron. Dem sehr reichen Ron mit den wunderbaren Beziehungen.«

Kenzie grinste Charlie an. »Bei meiner Mutter dreht sich alles um die Liebe.«

»Scheiß auf Liebe«, fauchte Bernice. »Ich rede von der finanziellen Zukunft dieser Familie.«

»Die auf den riesigen Schultern eines verwöhnten Balgs ruht.«

Kenzie sah ihre Mutter an und reckte einen Daumen hoch. »Gut gemacht, Ma.«

»Aber sie liebt Ron. Ich weiß, dass sie es tut«, beharrte Bernice. »Ich sehe es in ihren Augen.«

»In ihren kalten, toten Augen«, murmelte Kenzie, was Charlie ein Prusten entlockte.

»Hört auf damit.« Bernice drückte sich die Fingerspitzen an die Schläfen. »Ich lasse nicht zu, dass sie das kaputt macht. Ich lasse nicht zu, dass Carrie kaputt macht, was die Liebe ihres Lebens sein könnte. Also will ich, dass du und deine Schwestern an ihr dranbleibt.«

»Wir sind keine Privatdetektive«, rief Charlie ihrer Tante ins Gedächtnis. »Abgesehen davon, dass wir herausgefunden haben, was wir bereits herausgefunden haben, bin ich mir nicht sicher, was du von uns erwartest.«

»Ich will, dass ihr sie aus Schwierigkeiten heraushaltet.«

»Viel Glück dabei.«

Bernice schlug auf den Tisch und blaffte ihre älteste Tochter an: »Hör auf, irgendwelche Scheiße vor dich hinzubrabbeln.«

»Sieh mal«, warf Charlie ein, darum bemüht, die Situation nicht eskalieren zu lassen, »wir haben noch keine gesicherten Informationen. Max und Stevie verfolgen Carrie gerade. Das werden wir auch weiterhin tun. Die Situation beobachten.«

»Danke.«

»Aber da ist noch etwas.«

»Geht es um Carrie?«

»Nein.« Charlie stieß den Atem aus. »Es geht um deinen Vater.«

Bernice runzelte die Stirn und sah Carrie an. »Was soll mit ihm sein?«

Charlie griff in ihre Schultertasche und zog die Ausgabe der *Vanity Fair* heraus. Sie schlug den Artikel über die Guerras auf und legte die Zeitschrift vor ihre Tante hin. »Kennst du die?«

Bernice musterte das Foto der Zwillinge, bevor sie zugab: »Ja.« Sie nickte. »Sie waren vor einem Jahr oder so in einer Anzeige für Versace.«

»Ist das alles, was du über sie weißt?«

»Was gibt es sonst noch zu wissen über zwei geistlose Miststücke aus Italien?«

»Dass sie deine Halbschwestern sind.«

Bernice riss ihre blutunterlaufenen Augen weit auf, beugte sich vor und besah sich das Foto genauer. Kenzie tat das Gleiche.

»Sie könnten Dachse sein, Ma. Sieh dir diese Schultern an. Wie Linebacker. Breite italienische Linebacker.«

»Äh …« Bernice schüttelte den Kopf. »Das kann er nicht getan haben.«

»Warum überrascht dich das so?«, fragte Kenzie ihre Mutter. »Er hat doch schon so gut wie eine neue Familie hier drüben gegründet, ohne sich vorher von der Familie zu trennen, die er in Schottland hatte. Und Italien ist erheblich näher an Schottland als die Staaten.«

Bernice hob die Hände, die Innenflächen nach außen gedreht. »Wisst ihr was? Ich kann mich im Moment nicht darum kümmern. Ich bin mir auch nicht sicher, warum ich einen Scheiß darauf geben sollte. Wer weiß, wie viele jämmerliche Frauen der alte Knacker in seinem *extrem* langen Leben geschwängert hat? Ich wüsste nicht, wieso das *mein* Problem sein soll.«

»Ich habe nicht gesagt, dass es dein Problem ist«, erklärte Charlie. »Aber das sind die beiden, die versucht haben, Max und mich zu töten und Stevie zu entführen. Diese Bräute sind sehr reich, sehr entschlossen und sehr sauer auf die MacKilligans.«

»Nichts für ungut, Charlie, aber ich betrachte dich und deine Schwestern nicht direkt als Familie.«

»Ma«, sagte Kenzie und funkelte ihre Mutter quer über den Tisch hinweg an.

»Ist schon gut«, beschwichtigte Charlie ihre Cousine. Sie wusste zu schätzen, dass Kenzie zumindest versuchte, Charlies Gefühle zu schonen. »Aber ihr solltet wissen, dass sie Freddy anscheinend geholfen haben, Will die hundert Millionen Pfund zu stehlen.«

Das war der Moment, in dem Bernice den Kopf auf den Tisch krachen ließ – und das nicht nur einmal.

Charlie wand sich ein wenig und formte mit den Lippen ein *Entschuldigung* für ihre Cousine. Kenzie beantwortete das mit einem Achselzucken, Sekunden, bevor der Kopf ihrer Mutter plötzlich hochfuhr und Bernice knurrte: »Wird es jemals eine Zeit geben, da mein Bruder nicht Mittel und Wege findet, mir das Leben zu versauen?«

Charlie lehnte sich vor diesem Aufschrei zurück und gestand ihrer Tante: »Wahrscheinlich nicht.«

Carrie traf sich in der 47th Street mit ihrem fast zwei Meter zehn großen Eisbärenfreund und er führte sie dort in einen der vielen Juwelierläden.

Stevie beobachtete durchs Schaufenster, wie ihre Cousine einen vierkarätigen Diamanten befühlte, der in eine schlichte goldene Kette eingelassen war.

»Ist das ein Hochzeitsgeschenk?«, fragte Stevie Max.

»Da fragst du mich was.«

Nachdem der Eisbär Carrie die Kette um den Hals gelegt hatte, führte er sie durch den Laden. Sie gingen Arm in Arm und Carrie schien sich gut zu amüsieren, während der Bär ihr all die funkelnden Juwelen und den ganzen Laden zeigte.

Um nicht gesehen zu werden, entfernten Stevie und Max sich vom Schaufenster und stellten sich in die Nähe eines Hotdog-Standes, von wo aus sie den Eingang gut im Blick hatten.

»Das ist überhaupt nicht cool, was sie mit ihrem armen Verlobten macht.«

»Nicht jeder hat die gleiche Meinung über die Liebe«, meinte Max. »Vielleicht haben sie ein spezielles Arrangement.«

»Das Arrangement sollte sein ›Wir sind entweder zusammen oder wir sind nicht zusammen‹. Nicht ›Ich bekomme vor unserem Hochzeitstag Schmuck von anderen Männern‹.«

»Vielleicht bist du ein wenig naiv.«

»Vielleicht bist du eine Idiotin.«

Max versetzte Stevie einen Stoß gegen die Schulter, daher boxte sie zurück. Sie hielten sich gegenseitig im Schwitzkasten, als der Hotdog-Verkäufer sie schließlich auseinanderzerrte. »Hören Sie auf damit! Alle beide! Liebe ist für jedes Paar etwas anderes! Jetzt hören Sie endlich auf!«

Sie trennten sich voneinander und der Hotdog-Verkäufer deutete warnend mit dem Finger auf sie, bevor er sich erneut auf seinen Stand konzentrierte.

Max beugte sich dicht zu Stevie vor und flüsterte: »Wir sind gerade von einem Hotdog-Verkäufer zurechtgewiesen worden.«

Stevie flüsterte zurück: »Sagst du das, weil du über den Hotdog-Verkäufer herziehen oder weil du unbedingt einen Hotdog haben willst?«

Sie zuckte die Achseln. »Ich will unbedingt einen Hotdog. Und eine Brezel.«

Charlie und ihre Verwandten verließen die Bar und Bernice ging zu dem großen Raum, wo die bereits eintrudelnden Geschenke für die Braut und den Bräutigam gesammelt wurden. Sie ließ Charlie und Kenzie draußen im Flur, während sie hineinging und ein paar Anrufe tätigte.

Charlie setzte sich auf den Boden, lehnte sich an die Wand und wartete. Sie hörte ihre Tante brüllen. Es wurde auch geweint, aber größtenteils war es Gebrüll. Ein so hysterisches Gebrüll, dass Charlie wirklich nicht verstehen konnte, was gesagt wurde.

Kenzie setzte sich neben sie. »Das alles tut mir furchtbar leid«, bemerkte sie zu Charlies Erschrecken.

»Du hast doch gar nichts getan. Genau genommen«, Charlie überlegte kurz, »hast du mit dem Ganzen überhaupt nichts zu tun.«

»Ich weiß, aber trotzdem ...« Sie zog die Knie an und stützte die Ellbogen darauf. »Ich kann dich jetzt schon vorwarnen: Ich bezweifle, dass irgendjemand von meinen Tanten und Onkeln eine große Hilfe sein wird. Sie werden alle darauf aus sein, sich selbst zu schützen.«

»Das weiß ich bereits. Ich dachte nur, ich sollte Bernice mitteilen, was los ist, wenn ich schon Geld von ihr nehme.«

»So ist das doch gar nicht. Du bist der Familie gegenüber loyal. Sogar dieser Familie gegenüber. Es tut mir leid, dass wir es dir so schlecht vergelten.«

»Auch das ist nicht deine Schuld. Du bist die einzige Cousine, die tatsächlich nett zu uns ist.«

»Nun, wenn ich irgendwann eine große Hochzeit feiere, bist du mit deinen Schwestern definitiv eingeladen. Aber«, fügte Kenzie mit einem kurzen Lachen hinzu, »dein Dad nicht.«

»Das ist für eine MacKilligan sehr vernünftig.«

»Ich gebe mir Mühe.«

Die Tür wurde geöffnet und Bernice kam heraus. »Nun, diese Miststücke gehören definitiv zur Familie.«

»Will hat es also gewusst?«

»Er hat von ihnen gehört. Aber sie haben es uns nie erzählt, weil sie die Guerra-Zwillinge einfach für einen der vielen bedauerlichen Fehler unseres Vaters gehalten haben.« Sie schniefte ein wenig. »Das sehe ich eigentlich auch so. Wie dem auch sei, Freddy hat wahrscheinlich keine Ahnung, wer diese Frauen sind. Obwohl ich nur beten kann, dass er sich nur an der Nase hat herumführen lassen, statt das zu tun, was er normalerweise tut.«

»Nach dem, was ich in dem Artikel und online gelesen habe, hätte mein Vater keine Chance bei den beiden, was gut ist … weil Inzest die einzige Sache ist, von der ich mir wünsche, dass diese Familie sie *aktiv* vermeidet.«

Bernice betrachtete das Telefon, das sie umklammerte. »Da ist noch etwas. Es geht um Mairi, die Tochter meines Bruders.«

»Welche Mary?«, fragte Charlie.

»Mary Pat? Mary Christina? Mary Cecile?«

»Nein, nein. Mairi. Das schreibt sich M-a-i-r-i.«

»Was soll mit ihr sein?«

»Sie saß im Gefängnis in Edinburgh. Aber jetzt ist sie draußen.«

»Wurde sie auf Bewährung entlassen?«

»Sie ist geflohen und die Familie denkt, dass sie auf dem Weg in die Staaten ist. Sie schlagen vor, dass wir die Augen offen halten. Will zufolge ist sie ein wenig … labil.«

»Onkel Will, der mit acht Jahren seinen Mathelehrer angezündet hat, denkt, *Mairi* sei labil?« Charlie kratzte sich den Nacken. »Das ist beunruhigend.«

»Ja, genau.« Bernice schloss kurz die Augen. »Diese Sache wird, Scheiße noch mal, immer beschissener.«

»Ma«, warnte Kenzie sie, »deine Flüche ufern immer mehr aus und wir haben heute das Mittagessen mit Rons Eltern.«

»Scheiße, das hatte ich vergessen. Scheiße! Ich will mich nicht mit diesen Leuten treffen.«

»*Ma!*«

»Schon gut, schon gut. Ich muss mich jetzt für das Treffen mit denen fertig machen.« Bernice zeigte auf Charlie. »Ich habe mich entschieden: Du und deine Schwester müsst eure Maße nehmen lassen.«

Charlie sah Kenzie an. »Maße wofür?«

»Für eure Brautjungfernkleider. Ihr werdet natürlich nicht mit der Braut zur Trauung schreiten, aber ihr werdet euch unauffällig unter die Hochzeitsgesellschaft mischen, damit ihr die Situation im Auge behalten könnt.«

Charlie stand auf. »Ich habe bereits zusätzliche Security engagiert. Es gibt absolut keinen Grund, warum meine Schwestern und ich an einer Hochzeit ohne Liebe teilnehmen sollten.«

»Hier geht es nicht um Security. Hier geht es nicht darum, ob die Kellner von rechts servieren. Es geht nicht darum, während des Teils des Abends, an dem getanzt wird, irgendwelche Betrunkenen in die Schranken zu verweisen. Es geht darum, dafür zu sorgen, dass nichts, und ich meine absolut *nichts*, den Tag meiner Tochter ruiniert!«

»Schließt das auch das Vorhaben deiner Tochter selbst ein, ihre Hochzeit zu ruinieren?«

»Das *ganz besonders!*«

Charlie schüttelte den Kopf. »Okay, ich hab's kapiert. Aber nie und nimmer werde ich Max MacKilligan in ein Kleid hineinbekommen. Nicht jetzt und auch zu keinem anderen Zeitpunkt.«

Max wirbelte von einer Seite des Raums zur anderen und ließ den Rock ihres dunkelgrauen Kleides um sich herumfliegen.

Charlie stand vor dem Spiegel, während zwei Schneiderinnen versuchten, das Brautjungfernkleid, das offensichtlich für viel kleinere Honigdachse entworfen worden war, ihrer Schwester anzupassen, und beobachtete das Geschehen. »Ich kann nicht glauben, dass du damit einverstanden bist.«

»Warum nicht? Ich liebe Hochzeiten.«

»Ach, wirklich?«

»Total.« Max blieb hinter Charlie stehen und sah sich im Spiegel an. »Erst zeige ich meine tollen Tanzfiguren.« Max begann zu tanzen, wie sie es auf Charlies Schulball getan hatte. Sie hatte sich mit Dutch hineingeschlichen und zusammen hatten sie die Tanzfläche gekapert, bis der stellvertretende Direktor die beiden Schüler bemerkte, die er ständig als seine »persönlichen Projekte« betrachtete, weil er »sich nicht brechen lassen« wollte. Er hatte sie gezwungen, den Ball zu verlassen. »Dann sehe ich zu, wie alle sich betrinken. Dann fange ich an, Portemonnaies zu klauen.«

»*Nein.*«

»Oh, komm schon. Ich brauche die Übung.«

»Auf gar keinen Fall. Wir sind da, um unserer Tante zu helfen, weil sie uns eine Menge Geld dafür gibt. Wir werden nicht alles ruinieren, indem wir uns wie Dad aufführen. Wir sind dazu da, solche Sachen zu *verhindern.*«

»Nun, wo bleibt denn da der Spaß?«

»Du darfst tanzen. Und da ich weiß, dass du es ohnehin tun wirst, darfst du Dutch mit…«

»Ich habe ihn bereits angerufen. Ich glaube, er lässt sich genau in diesem Moment einen Smoking anpassen.«

Eine der Schneiderinnen, eine zähe serbische Füchsin ohne Geduld für das, was sie »die Idiotie des Dachses« nannte, richtete sich plötzlich auf und brüllte Charlie an: »Ich kann mit diesem Mädchen nicht arbeiten! Sie ist verrückt!«

»Ich lasse mich nicht gern anfassen!«, brüllte Stevie unter einem Tisch hervor. »Kann ich Ihnen nicht einfach meine Größe sagen? Ich will Ihre Hände nicht auf meinen Brüsten haben!«

Die Füchsin riss frustriert die Arme hoch, den Blick ihrer kalten blauen Augen auf Charlie gerichtet.

»Wie wäre es«, schlug Max vor, »wenn wir den Riesenpanda bitten, deine Brüste anzufassen?«

»Dagegen hätte ich nichts einzuwenden.«

Charlie und Max sahen sich mit großen Augen an und brachen in Gelächter aus.

»Er ist überhaupt nicht bedrohlich«, beharrte Stevie.

»Ich kann diese Änderungen nicht rechtzeitig vornehmen, wenn

Sie mir nicht ein bisschen helfen«, erklärte die Füchsin und verschränkte die Arme vor der Brust.

Charlie, die immer noch vermessen wurde, gab Max ein Zeichen und beobachtete im Spiegel, wie ihre Schwester durch den Raum ging und den Tisch über Stevie wegtrat.

»Raus!«, bellte Max, packte Stevie am Arm und zerrte sie hoch. »Jetzt lass die nette Kojotin …«

»Ich bin eine Füchsin!«

»Und wenn schon? Lass sie dir dieses Kleid anpassen – das gar nicht so schrecklich aussieht, wie ich dachte.«

»Die sind gar nicht übel für Brautjungfernkleider, nicht wahr?«, fragte Charlie und sah sich die Falten des Designerkleides, das sie anhatte, näher an.

»Erinnerst du dich an die Brautjungfernkleider bei Sheilas Hochzeit?«, bemerkte Max, während sie Stevie zu einem Holztritt zerrte und sie zwang, sich daraufzustellen. »Die Riesenschleife?«

»Oh Gott. Die Schleife.«

Stevie schlug Max' Arme weg und knurrte: »Tun Sie es einfach!« Sie stand da, als hätte sie einen Stock verschluckt. »Tun Sie es einfach, damit ich es hinter mir habe.«

»Als würdest du auf das Exekutionskommando warten«, murmelte Max und trat nach hinten.

Die Füchsin stellte sich dicht vor Stevie hin und zusammen mit einer anderen Füchsin machte sie sich schnell und lautlos daran, die Maße einer sehr unglücklichen Stevie zu nehmen.

Ein Klopfen an der Tür ließ Max Pirouetten durch den Raum drehen und sie lachte, als ihr der Rock um die Beine wirbelte. Sie öffnete die Tür und ging hinaus. Ein paar Sekunden später waren erhobene Stimmen zu hören und die Tür wurde wieder aufgerissen.

Eine Charlie unbekannte Frau stürmte herein, gefolgt von Livy und Max.

»Was hast du mit meinem Bruder vor?«, fragte die Frau scharf.

Es folgte Schweigen und Charlie begriff, dass ihre kleine Schwester nicht verstand, wen diese Frau anschrie.

»Stevie, sie redet mit *dir*.«

Stevie öffnete die Augen und schaute über ihre Schulter. »Oh. Hi, Livy.«

»Hi, Stevie.«

Stirnrunzelnd betrachtete Stevie die andere Frau. »Sind Sie sauer auf … mich? Oder auf Max?«

Die Frau deutete auf sich selbst. »Ich bin sauer auf dich. *Ich* bin sauer auf dich!«

»Oh, okay.« Charlie wartete darauf, dass ihre Schwester es sagte. Sie wurde nicht enttäuscht.

»Ich weiß nicht, wer Sie sind, daher habe ich keine Ahnung, warum Sie auf mich sauer sein sollten.«

»Was soll das heißen, du kennst mich nicht? Wir haben zusammen im selben Haus gewohnt. Sind zusammen herumgereist.«

»Es … tut mir leid. Sind Sie ein Fan? Wollen Sie ein Autogramm?«

Livy und Max sahen sich an, wandten sich aber genauso schnell wieder ab. Charlie wusste, dass sie Max nicht in die Augen sehen durfte. Das wäre ihr Untergang.

»Du kennst mich, *Stevie*. Ich bin Toni. Jean-Louis Parker.«

»Sind Sie mit Kyle verwandt?«

»Ich bin seine große Schwester.«

»Die Assistentin?«

»Assistentin?«

»Ja, genau. Kyle sagt, seine große Schwester sei seine Assistentin. Sie helfen ihm bei den weltlichen Verpflichtungen seiner Karriere.«

Livy sah aus, als wollte sie etwas sagen, aber stattdessen ging sie einfach hinaus. Nicht dass Charlie ihr einen Vorwurf gemacht hätte. An ihrer Stelle hätte sie das Gleiche getan.

»Ich bin nicht Kyles Assistentin«, antwortete Toni. »Ich bin seine Schwester und ich will wissen, was du mit meinem Bruder machst.«

»Und ich will wissen, was Sie meiner Schwester vorwerfen«, schaltete Charlie sich ein und nickte der Füchsin zu, jetzt, da sie fertig waren. Sie trat von dem Tritt herunter, ließ die Schneiderinnen den Reißverschluss aufziehen und ihr das Kleid abstreifen. Charlie schnappte sich ihr T-Shirt und zog es an. Dann kam die Jeans an der Reihe.

»Mein Bruder sagt, er wohnt bei euch. Er ist erst siebzehn.«

»Kyle hat ein Zimmer gemietet«, bestätigte Stevie.

Charlie, die gerade dabei war, ihre Sneakers anzuziehen, hüpfte auf einem Bein herum, damit sie sich auf ihre Schwester konzentrieren konnte. »Seit wann?«

»Seit heute Morgen. Er sagt, es sei für ihn unmöglich, in der unerträglichen Atmosphäre zu arbeiten, die im Mietshaus seiner Eltern in Manhattan herrscht, und das kann ich total verstehen. Nicht jeder ist wie meine Schwestern und hat Respekt vor dem, was herausragende Menschen brauchen. Es klingt, als sei Kyles Familie ganz und gar nicht so wie ihr.«

Bebend ballte Toni die Hände zu Fäusten und blaffte: »*Ich* habe keinen Respekt vor herausragenden Leuten? *Ich?*«, brüllte sie.

Livy kam zurück, schoss förmlich in den Raum herein, packte die Schakalin am Arm und zog sie zur Tür.

»Das ist nicht akzeptabel!«, schrie Toni, als Livy sie wegzerrte. »Er ist noch ein Kind! Er ist erst siebzehn! Wenn ich mitkriege, dass zwischen dir und meinem kleinen Bruder irgendetwas Seltsames vor sich geht …«

»Fertig«, sagte die serbische Füchsin und trat zurück.

»Oh.« Stevie lächelte ihr Spiegelbild an. »Das war ja gar nicht so schlimm.«

»Da läuft doch nichts zwischen dir und dem Jungen, oder?« Charlie verspürte die Notwendigkeit, zu fragen.

»Rein gar nichts. Aber jetzt kriegen wir genug Miete für ihn *und* seine Securityleute, was außerdem heißt, dass wir tatsächlich zusätzliche Security haben. Eine Win-win-Situation.«

»Okay.«

»Außerdem«, fügte Stevie hinzu und schlüpfte aus ihrem Kleid, »liebe ich Kyle zwar, aber wenn ich mit diesem Jungen zusammen wäre, würde ich ihm ein Kissen aufs Gesicht drücken, bis er aufhört, sich zu bewegen. Und das wäre ein großer Verlust für die Kunst, findest du nicht auch?«

Charlie nickte und ließ ihre Schwester wissen: »Ich liebe deine solide Argumentationsweise.«

»Und das ist nur eine meiner vielen Begabungen.«

Kapitel 27

Dee-Ann saß in Rics Büro, Malone auf dem Stuhl neben ihr. Sie sprachen nicht miteinander. Nicht, weil sie sauer aufeinander waren. Sie hatten nur einfach nichts zu sagen. Das war einer der Gründe, warum Dee-Ann Malone so gut ertragen konnte: Sie *musste* ihr Mundwerk nicht klappern lassen.

Ric kam herein. »Ich bitte um Entschuldigung für die Verspätung.« Er ließ sich in den Stuhl hinter seinem Schreibtisch fallen und nahm sich ein paar Sekunden Zeit, um etwas auf seinem Computer aufzurufen. Er drehte den Monitor so, dass Dee-Ann und Malone ihn sehen konnten. »Das sind die Guerra-Zwillinge. Wie es sich herausgestellt hat, sind auch sie Teil der Familie MacKilligan. Sie hatten jedoch nie Kontakt zu ihrem Vater und wurden ausschließlich von ihrer vollmenschlichen Mutter großgezogen. Sie haben anscheinend keine Ahnung, dass sie Honigdachse sind, aber sie haben sich mit einer jüngeren MacKilligan zusammengetan. Einer Mairi MacKilligan, die bei ihren schottischen Verwandten als die Bestie von Braiwillow bekannt ist. Braiwillow ist das Honigdachsdorf, aus dem die meisten MacKilligans stammen. Und wenn Honigdachse ihr schon so einen Spitznamen geben …«

»Wen sollen wir uns zuerst vornehmen?«, fragte Dee-Ann.

»Wir denken, dass sich die Zwillinge und Mairi in diesem Moment hier in den Staaten befinden. Die Zwillinge sind unglaublich wohlhabend. Wenn sie abhauen, wird es sehr schwierig, sie zu finden. Aber die Bestie … Wenn man die Anzahl der Leute bedenkt, die sie, während sie in Schottland im Gefängnis war, auf dem Gewissen hat, ist es sicherlich einfacher, sie zu finden, sobald wir die Zwillinge unter Kontrolle haben. Doch hoffe ich, dass sie hier nicht so viel Schaden anrichtet wie in ihrem Heimatland.« Ric sah Malone an. »Was sind die Anweisungen von Katzenhaus in dieser Sache?«

»Sie überlassen es den Leuten von der Gruppe, da sie keine echte Meinung zu Dachsen haben. Aber wenn du willst, dass ich mit Dee-Ann zusammenarbeite, um das Thema aus der Welt zu schaffen, werden meine Bosse nichts dagegen haben.«

»Sollten wir die MacKilligan-Schwestern mit einbeziehen?«, schlug Dee-Ann vor.

»Es überrascht mich, dass du fragst, Dee-Ann.«

»Mich auch«, warf Malone ein. »Und dann auch noch so nett.«

»Ich frage nur, ob wir sie warnen sollten.«

»Hervorragende Idee«, erwiderte Ric. »Ich werde mich darum kümmern. Also, was immer die Damen brauchen, lasst es mich bitte wissen. Ich will, dass das mit diesen Zwillingen geregelt wird. Klar, sie wissen nicht, was sie sind, aber das spielt eigentlich keine Rolle, da sie mindestens dreimal versucht haben, die MacKilligan-Schwestern zu töten oder gefangen zu nehmen. Leider haben sie bereits eine Grenze überschritten und können jetzt nicht mehr zurück.«

Nach der Anprobe wollten Charlie und ihre Schwestern eigentlich nur noch nach Hause. Aber um Carrie im Auge zu behalten – sie wollte an diesem Abend mit ihren Brautjungfern und einigen Freundinnen ihren Junggesellinnen-Abschied feiern –, mussten Charlie und Stevie ihre Cousine ablenken. Was nicht weiter schwer war. Charlie brauchte zu der Braut nur zu sagen: »Die Kleider sind ja lang, also können wir darunter Sneakers statt High Heels tragen, stimmt's?« Während Carrie hysterisch herumbrüllte, nahm Max Carries Handy und lud eine GPS-App darauf. Dann versenkte sie noch GPS-Tracker in Carries zahlreichen Handtaschen, die sie stets bei sich trug.

Sobald sie damit fertig waren und sich bei der nervösen Kenzie abgemeldet hatten, fuhren sie alle zurück zum Haus in Queens.

Es war heiß, daher schlüpfte Charlie in Jeansshorts und ein Tanktop, bevor sie nach draußen ging. Mit der Idee im Kopf, Berg und seine Geschwister zu einer kleinen Grillfeier einzuladen, ging Charlie hinten raus durch die Küchentür, um nachzuschauen, ob ein Grill zu den Dingen gehörte, die Tiny in seiner Messiehaus-Garage hatte.

Aber als sie zur Garage ging, spürte sie, dass etwas auf sie zukam. Auf sie zuflog. Sie konnte nur noch den Kopf drehen und dann krachte auch schon eine Faust gegen ihren Kiefer, was Charlie direkt in den Garten fliegen ließ.

Max' Kopf steckte in der Tiefkühltruhe, in dem Versuch, mindestens noch eine von diesen gefrorenen Honigeisköstlichkeiten zu finden, mit denen Britta sie angefixt hatte. Daher hörte Max das Geschrei nicht. Aber sie hörte und spürte, dass Stevie an ihr vorbeilief.

Stevie lief normalerweise nicht auf irgendetwas *zu.* Sie lief immer weg. Aber da war nichts hinter ihr. Und keine Bären im Haus.

Max machte die Tür der Tiefkühltruhe zu. Da hörte sie das Gebrüll dann doch. Sie stürmte aus dem Haus und lief gerade um die Ecke, als Stevie sich auf den Rücken einer Frau stürzte, die Max erkannte, von der sie aber nicht glauben konnte, dass sie Charlie angriff.

Charlie lag auf dem Boden. Fünf Frauen hockten über ihr und schlugen auf sie ein. Ihre Schwester war noch nicht aufgestanden, weil sie zu beschäftigt damit war, Gesicht und Seiten zu schützen und – wie Max vermutete – herauszufinden, was los war.

Aber Max brauchte nicht zu wissen, was los war. Es war ihr gleichgültig. Knurrend fuhr sie Krallen und Reißzähne aus, ging in die Hocke und spürte, wie ihr Zorn durch sie hindurchschoss. Dann setzte sie sich in Bewegung.

Berg und seine Geschwister stiegen aus dem SUV. Sie waren den ganzen Tag lang draußen auf der Insel gewesen und hatten einer Firma geholfen, ihre Security zu verstärken. Aber obwohl Berg so beschäftigt gewesen war, hatten seine Gedanken um Charlie gekreist. Er konnte nicht aufhören, an sie zu denken. Nicht nur daran, mit ihr zu schlafen – obwohl er das wirklich wollte … bald. Vor allem wollte er sie einfach nur sehen. Mit ihr reden. Ihr Lächeln sehen. Ihr Lachen hören. Zuschauen, wie sie die Augen bei etwas Seltsamem oder Witzigem, das ihre Schwestern sagten, verdrehte.

Statt zu warten, beschloss er, gleich über die Einfahrt zu Charlie nach Hause zu gehen. Aber bevor er überhaupt den Bürgersteig betreten hatte, sah er, wie ein frisierter Camaro, Baujahr 73, die Straße entlangraste, ruckartig zum Stehen kam und in zweiter Reihe vor dem Haus der Dachse parkte.

Dutch sprang heraus, rannte um seinen Wagen herum und sprang über den Zaun.

Berg, dem das alles gar nicht gefiel, ging weiter auf Charlies Haus zu. Aber er war nur wenige Schritte weit gekommen, als Dutch wieder herausgestürmt kam und ihm winkte.

Berg lief los und brüllte über seine Schulter: »Dag! Britta!«

Er musste nicht erst abwarten, ob seine Geschwister kamen. Er wusste, dass sie kommen würden.

Die Schreie und das Gebrüll hörte er, bevor er auch nur das Gartentor erreichte. Er stürmte hindurch und lief um das Haus herum. Dann sah er es. Einen Kampf. Einen wirklich gemeinen, brutalen Kampf.

Es handelte sich auch nicht um militärisch ausgebildete Killer, die da mit den Schwestern MacKilligan kämpften. Vielmehr war es ein Haufen zorniger Frauen. Selbst die kleine Stevie saß auf dem Rücken einer Rothaarigen, schrie und versuchte, mit ihren kleinen Fingern der Frau in die Augen zu stechen.

Das Wiesel tat sein Bestes, die Frauen zu trennen, aber er wollte niemanden verletzen, daher ignorierten sie ihn. Und die einzige vernünftige Person, die diese außer Kontrolle geratene Situation bereinigen konnte, lag auf dem Boden und wurde verdroschen.

Berg lief hin, stürzte sich ins Getümmel und versuchte, eine der erbittert kämpfenden Frauen zu fassen zu bekommen. Es war ihm egal, welche.

Dag war bereits an Bergs Seite. Er hatte es geschafft, Stevie zu packen. Sie schrie und schlug um sich. Dag konnte sie kaum festhalten.

Berg, der sich fragte, wie sie diese ganze Sache in den Griff bekommen sollten, versuchte wieder, einen Dachs zu packen. Aber gerade als er Charlies Arm ergriff, erschreckte ihn ein gewaltiges Brüllen. Dag zuckte zurück.

Britta tauchte auf, ihr Schulterbuckel aufgerichtet, und fing an, die Arme zu schwingen. Wesentlich kleinere Frauen flogen durch den Garten. Berg und Dag duckten sich.

Sobald Britta die Frauen von Charlie weggezerrt hatte, bellte sie: *»Das reicht!«*

Genau das gleiche Bellen hatte früher die Marines in Deckung gehen lassen. Hatte sogar Generäle dazu getrieben, nach dem nächsten Ausgang zu suchen. Aber diesen kleinen Frauen schien es egal zu sein.

Sie gingen wieder auf Charlie los, doch das Wiesel sprang zwischen sie und sagte: »Nein, Mia! Nein!«

Stevie kämpfte sich aus Dags Umklammerung frei und stürzte sich auf die Frau namens Mia. Und statt sie aufzuhalten, schrie Max: »Schnapp sie dir, Stevie! Schnapp dir das Miststück!«

Das war der Moment, in dem das Gebrüll erst richtig losging. Die eine Frauengruppe schrie die andere an. Bis auf Charlie. Sie rappelte sich auf. Berg merkte es nur, weil sie sich an seinem Bein auf die Füße zog.

Er griff nach ihren Händen und zog sie hoch. »Bist du …?«, war alles, was Berg hervorbrachte, bevor Charlie sich blutverschmiert und knurrend an Dag und Max vorbeidrängelte. Sie riss Stevie von Mia los und warf sie sich erst über die Schulter und dann in Bergs Arme.

»Scheiße, was war das denn?«, fragte Charlie Mia.

»Was zum Teufel glaubst du, was das war?« Mia packte abrupt Dutch und zog ihn zu sich. Ohne seinen Arm loszulassen, packte sie mit der Hand das Gesicht des Wiesels und drückte seine Wangen zusammen. »Sieh dir an, was du mit diesem Gesicht gemacht hast! Sieh dir an, was du getan hast!«

»Er hat es verdient! Er hat meine Familie verraten!«

»Dann hättest du zu mir kommen sollen.«

»Ich brauche dich nicht um Erlaubnis zu bitten, deinen idiotischen Bruder windelweich zu prügeln!«

Mia versetzte Charlie einen Stoß. »Nur ich darf ihn einen Idioten nennen!«

»Idiot.« Ein Stoß. »Idiot.« Ein Stoß. *»Idiot!«* Und das führte zu einem Faustschlag.

Berg wollte gerade wieder eingreifen, aber Britta hielt ihn und Dag mit einer erhobenen Hand zurück. Dann packte sie beide Frauen an den Haaren. Sie versuchten, nach ihr zu schlagen, aber es war vergebliche Liebesmüh. Sie war fünfzehn Zentimeter größer als Charlie und ganze dreißig Zentimeter größer als Mia.

Britta zog sie einfach an den Haaren vom Boden hoch und wartete ab. Schließlich hörten sie auf, um sich zu schlagen, und als sie sich entspannten, ließ Britta sie beide fallen.

»Werdet ihr jetzt vernünftig sein?«, fragte Britta gelassen. Ihr Grizzlybuckel war verschwunden.

»Dieses psychotische Miststück«, brüllte Mia, die immer noch auf dem Boden saß und sich den Kopf rieb, »hat unseren kleinen Bruder angegriffen!«

Dutch wurde rot und war nicht bereit, Berg und Dag in die Augen zu sehen. Er war klug genug, um zu wissen, dass sie jetzt beide grinsten.

»Wie würdest du dich fühlen, Charlie?«, fragte Mia. »Wenn ich Max angreifen würde, so wie du Dutch angegriffen hast?«

Charlie beugte sich vor und knurrte mit zusammengebissenen Zähnen: »Ich würde deinen Eltern sagen: ›Herzliches Beileid zu Ihrem Verlust‹.«

»Okay«, blaffte Britta, bevor der Kampf von Neuem beginnen konnte. »Das reicht. Schluss jetzt.«

Die Vielfraßweibchen versuchten, mit Britta über diesen Punkt zu diskutieren, aber sie ließ kaum zu, dass sie damit anfingen, bevor sie schon wieder brüllte. Die Vögel flogen von den Bäumen auf. Stevie ging jetzt, da ihr Zorn verebbt war, ins Haus zurück, und die Vielfraße verstummten.

»Ich weiß, dass du sauer bist«, sagte Britta ruhig. »Ich wäre auch sauer. Das sind meine Brüder.« Sie zeigte auf Berg und Dag. »Und ich habe einen starken Beschützerinstinkt. Also verstehe ich das. Aber es ist vorbei. Charlie hat Dutch den Arsch aufgerissen. Du hast ihr den Arsch aufgerissen. Damit ist die Sache erledigt.«

Wie eine Gruppe von Tänzern, die ihre Kunst darboten, verschränkten die fünf Vielfraßweibchen die Arme vor der Brust, stellten ihr rechtes Bein vor und stießen verärgerte Seufzer aus. Es war seltsam.

Aber ihr Verhalten insgesamt war nicht so überraschend. Vielfraßmännchen kamen überhaupt nicht miteinander aus, aber es machte ihnen nichts aus, Vielfraßweibchen um sich zu haben. Also hatten die Männchen, wie Berg gehört hatte, mit ihren Schwestern häufig ihr eigenes kleines Rudel. Sie beschützten gegenseitig ihr Territorium und wenn nötig fochten sie auch die Kämpfe füreinander aus.

Obwohl Berg nicht glaubte, dass Dutch seine Schwestern in diesen speziellen Kampf geschickt hatte. Er hatte wahrscheinlich gehofft, genau das zu vermeiden. Pech, dass es ihm nicht gelungen war.

»Also«, drängte Britta, »sind wir alle ruhig? Vernünftig?«

Die Vielfraßweibchen weigerten sich, zu antworten, und Charlie wischte sich das Blut von den Lippen, bevor sie verkündete: »Ich muss backen.«

Sie stürmte zurück ins Haus.

Die anderen standen mehrere Sekunden lang schweigend da, bis Tiny plötzlich in den Garten gesprungen kam. Er schaute sich um und fragte schließlich: »Habe ich gerade gehört, dass Charlie backen will?« Er zog einen Zettel aus seiner Gesäßtasche. »Denn ich habe hier eine Liste …«

»Du hast die Situation nicht unbedingt besser gemacht«, sagte Dutch zu seiner großen Schwester, als sie an ihren Autos standen. »Nur alles noch schlimmer.«

»Ist mir egal. Die Einzige, die meinen Bruder schlagen darf, bin ich, wobei mir einfällt …« Mia versetzte Dutch einen Schlag gegen den Hinterkopf. »Du arbeitest für die Gruppe? Hast du den Verstand verloren? Du könntest umgebracht werden!«

»Es ist ein guter Job. Sie respektieren meine Talente.«

»Was denn für Talente?«

»Ich habe Talente.« Seine Schwester starrte ihn nur an. »Wirklich!«

Charlie schob einen Zimtkuchen in den Ofen und informierte Tiny: »Ich backe nicht auf Bestellung. Ich backe, wenn ich Lust dazu habe.«

Sie hörte Berg und seine Geschwister lachen. Als sie sich zu ihm umdrehte, erklärte Berg schnell: »Tut mir leid. Drogenhumor. Unsere Mutter würde es verstehen.«

Charlie, die nicht in der Stimmung war, das zu analysieren, ging zurück zum Küchentisch und knetete weiter Brotteig, um ihn dann gehen zu lassen.

Tiny hielt die Liste mit den Anfragen der Nachbarn vor sie hin. »Aber …«

Charlie zeigte mit ihren bemehlten Händen auf die Tür. »Raus.«

»Na schön.« Tiny klatschte die Liste auf den Tisch und stampfte durch die Küche. Charlie konzentrierte sich wieder auf ihre Arbeit.

»Wisst ihr«, beklagte sie sich bei den drei Bären, die ein Glas mit irgendeinem Spezialhonig herumreichten, den Stevie anscheinend bestellt hatte, »ich hatte so tolle Pläne für heute Abend. Ich wollte eine kleine Grillparty für euch und meine Schwestern geben, mich entspannen, vielleicht ein Buch lesen. Einfach den Abend genießen, versteht ihr? Aber natürlich gibt es keine angenehme Zeit für mich. Stattdessen …«

»Du gibst doch nicht deinem Vater die Schuld, oder?«, fragte Berg.

Charlie riss den Kopf hoch, aber er sah so verdammt entzückend aus, wie er die Rückseite des Löffels ableckte und sie ansah, dass sie es nicht übers Herz brachte, ihm seinen großen Bärenkopf abzureißen.

Sie holte tief Luft und gestand: »Wenn ich könnte, würde ich das tun. Und ich bin mir sicher, wenn ich mir Mühe gäbe, würde ich eine Möglichkeit finden. Aber vorläufig lasse ich es auf sich beruhen.«

»Das ist sehr großmütig von dir«, neckte er sie.

Dag weigerte sich, den Honig herzugeben, daher ging Britta zu dem Schrank über dem Kühlschrank. Sie öffnete ihn und Stevie, die dort hineingestiegen war, als das Gebrüll begonnen hatte, reichte ihr ein neues Glas. »Der hier ist mit Zitrusgeschmack.«

»Oh, lecker. Danke, Stevie.«

Britta machte die Schranktür zu und öffnete den Honig. Dag versuchte, etwas davon abzubekommen, aber seine Schwester ging ans andere Ende des Raums, damit sie in Ruhe essen konnte.

»Es gibt keinen Grund, warum wir nicht trotzdem eine kleine Grillparty veranstalten können«, sagte Britta. »Nur wir sechs.«

»Ich bin mir nicht sicher, ob ich im Moment Lust habe, zu kochen.«

Die Bären beobachteten schweigend, wie Charlie den Brotteig knetete, bis Charlie bemerkte: »Das hier ist Backen. Nicht Kochen.«

»Wir grillen«, entschied Dag.

»Ich besorge alles Notwendige«, erbot Britta sich.

Charlie zeigte mit dem Fuß auf ihren Rucksack. »Nimm die Visakarte, die da drin ist«, sagte sie.

»Ist schon gut, ich zahle.«

»Nein. Ich werde das hier als …« Sie dachte einen Moment lang nach. »Als Teambesprechung abrechnen.«

»Ist das deiner Tante gegenüber fair?«, fragte Berg.

»Meine Tante hat mir heute noch einmal ins Gedächtnis gerufen, dass die MacKilligans Stevie, Max und mich nicht wirklich zur Familie rechnen, daher …«

»Ja, genau«, sagte Berg zu seiner Schwester. »Nimm die Karte der Tante. Lass uns dem Miststück das in Rechnung stellen.«

»Bring Hühnchen mit!«, brüllte Stevie aus dem Schrank.

Nachdem sie sich die Karte genommen hatte, fragte Britta: »Willst du mitkommen, Stevie? Für ein Weilchen aus dem Schrank herauskommen?«

»Hm … in Ordnung.« Stevie schob die Tür auf und kletterte hinaus. Es war seltsam, weil sie aus dem Schrank den Kühlschrank hinunter auf den Boden kroch, ohne sich an irgendetwas festzuhalten. Irgendwie wie eine Spinne. Doch die Bären sagten nichts dazu und Charlie verlor ebenfalls kein Wort darüber. Es war das Beste, über derartige Dinge nicht zu reden. Es ließ die Leute nur umso hysterischer reagieren.

»Bring etwas mit, das du auch isst, Stevie«, rief Charlie ihrer Schwester ins Gedächtnis.

»Deshalb habe ich gesagt: ›Bring Hühnchen mit‹. Max möchte wahrscheinlich Rind. Ich möchte Huhn.«

»Ich sag's ja bloß.«

»Nun, das kannst du dir sparen!«

Charlie wartete, bis Stevie weg war, bevor sie lachte. »Sie ist manchmal so empfindlich.«

»Kannst du den Grill rüberholen?«, fragte Berg seinen Bruder.

»Ja. Und die Kohlen. Ich bin gleich wieder da.«

Charlie tat den Brotteig in eine Form und stellte das Ganze in das Wärmefach vom Backofen. Das war der Moment, indem es ihr klar wurde …

»Dieser Ofen ist neu.« Sie trat zurück, um ihn sich besser ansehen zu können. »Ich meine, superneu. Und teuer.«

»Ja, ich hab vorhin den Lieferanten gesehen, nachdem ihr alle gegangen wart. Tiny hat sie hereingelassen.«

»Warum sollte er uns einen neuen Ofen kaufen, obwohl wir das Haus nur mieten?«

Grinsend hielt Berg die Liste mit Backwaren hoch, die Tiny ihr gebracht hatte.

Charlie verdrehte die Augen. »Ich bitte dich. Ernsthaft?«

»Nun, jetzt musst du ja irgendwie.«

»Bären«, beschwerte sie sich, bevor sie Berg die Liste aus der Hand riss.

Stevie ging hinter Britta her. Als sie sich Dutchs Wagen näherten, wo seine Schwestern auf dem Heck saßen oder sich an die Türen lehnten, blieb die Bärin stehen und fragte: »Seid ihr immer noch hier?«

Dutch trat vor. »Meine Schwestern wollten sich entschuldigen …«

Der Rest von dem, was Dutch hatte sagen wollen, ging im Getöse seiner Schwestern unter, die nachdrücklich verneinten, dass sie sich bei irgendjemandem entschuldigen würden.

Britta brüllte erneut, doch bevor Stevie ins Haus zurücklaufen konnte, packte sie Stevie im Nacken und hob sie hoch, sodass ihre Füße weiterliefen, ohne dass sie tatsächlich irgendwo hinkam. Es war ein wenig peinlich.

»Jetzt hört gut zu, meine Damen«, verkündete Britta. »Ich bin auf dem Weg, Fleisch zu kaufen. Unmengen Fleisch. Für einen Grillabend. Und ich könnte auch etwas Elch mitbringen, was, wie ich gehört habe, eure Art gern isst. Oder ich kann gerade genug Essen für drei Bären und drei Honigdachse kaufen. Eure Entscheidung. Wählt mit Bedacht.«

Stevie hätte sich am liebsten aus Brittas Griff gewunden, aber gleichzeitig genoss sie es, wie die Bärin die Vielfraße behandelte. Britta ließ sich den Scheiß der Vielfraße nicht gefallen, versuchte aber trotzdem, die Situation zu verbessern.

Britta, Stevie immer noch fest im Griff, machte Anstalten, über die Straße zu gehen, aber da sprang Mia vom Wagenheck und fragte: »Bringst du auch Mais mit?«

»Das kann ich machen. Und Kartoffeln.« Die Bärin lächelte und wiederholte: »Wählt mit Bedacht.«

Sie erreichten die andere Straßenseite und Britta ließ Stevie endlich los, damit sie in den SUV einsteigen konnte.

Sobald sie saßen, ließ Britta den Motor an und drehte sofort die Klimaanlage auf.

»Mache ich dich immer noch nervös, Stevie?«, fragte sie, als sie ihre Sonnenbrille aufsetzte.

»Alles macht mich nervös.« Stevie dachte einen Moment lang nach. »Nun, nicht alles. Aber Menschenfresser machen mich definitiv nervös.«

»Aber Tiger sind Menschenfresser – und du bist zur Hälfte Tiger.«

Stevie schaute sekundenlang durch die Windschutzscheibe und grübelte über diese Information nach, bevor sie zugab: »Oh Gott, ich habe Angst vor mir selbst.«

Kapitel 28

Max konnte nicht genau sagen, wann sich das Ganze in eine Party verwandelt hatte. Sie hatte auf dem metallenen Picknicktisch gesessen – wutschnaubend, weil sie Dutchs Schwestern zwar liebte, aber niemandem erlaubte, auf Charlie oder Stevie loszugehen. Dann kam Dag mit einem riesigen Grill an. Er trug ihn, wie man vielleicht eine kleine Kiste Äpfel tragen würde. Das einzige Problem, das er damit anscheinend gehabt hatte, lag darin, dass der Grill etwas sperrig war.

Wortlos hatte er den Grill abgestellt, war weggegangen und schließlich mit einem Beutel Kohle, flüssigem Grillanzünder und einem Feuerzeug zurückgekommen. Doch er benutzte sie nicht. Er stellte nur alles bereit und verschwand wieder.

Etwa zu der Zeit begannen irgendwelche Bären, durch ihren Garten zu laufen. Sie spähten durchs offene Fenster und drehten den Kopf, während sie schnupperten und schnupperten. Manche sahen sich das Fenster an, als würden sie sich fragen, ob sie wohl in der Lage wären, es aus der Mauer zu reißen und ins Haus zu gelangen, um die Köstlichkeiten zu verschlingen, die Charlie gebacken hatte. Max fragte sich, ob Vollblutbären das so mit Autos, in denen leere Essensbehälter standen, machten. Schauten sie hinein? Umkreisten den Wagen? Überlegten, ihn auseinanderzureißen? Bevor sie einfach versuchten, die Tür zu öffnen?

Einer der Bären – eine Bärin natürlich – tat genau das. Sie ging einfach hinein und kam drei Sekunden später herausgelaufen, gejagt von einer fauchenden Charlie.

Max' große Schwester schlug die Fliegentür zu. Danach versuchte kein Bär mehr, ihr Haus ohne eine Einladung zu betreten.

Berg erschien im Garten und schenkte Max ein liebenswürdiges Lächeln, bevor er den Grill anmachte. Er sah wirklich glücklich aus. Er hatte nur eine Nacht mit Max' Schwester verbracht, aber vielleicht war das alles, was er brauchte, um zu wissen, was er für Charlie MacKilligan empfand. Sein Eingreifen in den Vielfraßkampf, um eine Frau zu beschützen, war für jeden männlichen Gestaltwandler eine eindeutige Ansage.

Jetzt schickte er sich an zu grillen wie der typische amerikanische Ehemann der Mittelschicht. Es war entzückend. Wer hätte gedacht, dass Charlie MacKilligan einmal eine »entzückende« Beziehung haben würde? Mit wem auch immer? Eigentlich kam »entzückend« bei Max' Schwester gar nicht vor.

Andererseits war Charlie ein Mädchen, das nicht schnell klein beigab. Sie hätte es mit jedem einzelnen dieser Vielfraße aufnehmen können. Hinten in ihrer Shorts steckte eine Pistole in einem Holster. Aber sie hatte sie nicht gezogen, weil sie Dutchs Schwestern so etwas nie antun würde. Max war sich nicht sicher, ob sie immer so ehrenhaft handeln würde wie ihre Schwester. Nicht, wenn eine Gruppe verrückter Bräute sie anschreien und nach ihr schlagen würde.

Zu guter Letzt kamen genau diese schreienden Bräute in den Garten. Sie würdigten Max kaum eines Blickes, was gut war, weil Max sie mit großer Intensität musterte. Honigdachse liebten eine gute »Beäugung«, wie Max' Mutter es nannte. Vielfraße mochten zwar genauso draufgängerisch wie Dachse sein, waren aber nicht besonders wild darauf, jemanden direkt herauszufordern. Sie gingen einfach ihrer Wege und hofften, dass man sie nicht bemerkte, damit sie sich nehmen konnten, was sie wollten, um dann wieder zu verschwinden.

Dachse waren da ganz anders. Sie würden Müll durchsuchen, während der Eigentümer direkt danebenstand und versuchte, sie wegzuscheuchen.

Dutch setzte sich neben Max auf den Picknicktisch und gemeinsam sahen sie zu, wie Mia die Schultern zurückwarf und das Haus betrat.

Nach ihrer Haltung zu urteilen konnte sich das Gespräch in alle möglichen Richtungen entwickeln. Aber nach ungefähr fünf Minuten kam sie allein wieder heraus, ein Sixpack mit Bier unter dem Arm. Sie nahm sich selbst eins und reichte den Rest ihren Schwestern zum Verteilten.

Wenn Charlie Alkohol ausgab, hatten sie sich wieder vertragen. Als große Schwestern verstand man sich.

Max stieß mit der Schulter Dutch gegen den Arm und er seufzte erleichtert.

»Wenn wir schon grillen«, sagte Mia, nachdem sie einen Schluck von ihrem Bier genommen hatte, »wie wär's dann mit ein wenig Musik?«

»In Ordnung«, antwortete Max. Durch die Entscheidung, mit irgendwelchen von den Vielfraßweibchen zu sprechen, ließ Max sie wissen, dass sie ihnen nichts nachtrug, weil Charlie es nicht tat. Bei Stevie könnte sich die Versöhnung vielleicht schwierig gestalten, aber Max bezweifelte es. Ihre kleine Schwester war im Gegensatz zu Max und Charlie nicht nachtragend.

Obwohl Max echt beeindruckt gewesen war, wie Stevie ihren mageren kleinen Hintern in diesen Kampf gestürzt hatte. Ihre kleine Schwester war immer eine gewesen, die die Beine in die Hand nahm. Was in Ordnung war, denn Charlie und Max hatten ihr das so beigebracht. An jenem Tag, als sie alle gerannt waren, weil Charlies Mutter ihnen zugeschrien hatte, dass sie genau das tun sollten. An jenem Tag, an dem sich alles verändert hatte. Und an dem das Leben, wie sie es gekannt hatten, vorbei gewesen war.

Charlie und Max hatten Stevie das Rennen beigebracht und mittlerweile konnte sie das wirklich gut. Manchmal nahm sie mit so viel Geschrei und Gebrüll die Beine in die Hand, dass ihre Angreifer abgelenkt wurden, was Max und Charlie in die Lage versetzte, maximalen Schaden anzurichten.

Aber als Stevie gesehen hatte, dass Charlie in Schwierigkeiten war, hatte sie getan, was im gleichen Fall Max und Charlie getan hätten. Sie hatte sich wild um sich schlagend ins Getümmel gestürzt. Max hätte nicht stolzer auf sie sein können.

Endlich kehrten Britta und Stevie mit so viel Fleisch, Mais und Kartoffeln zurück, dass noch ein anderer Bär seinen Grill herbeischaffte. Einen viel größeren, den der Grizzly ganz allein trug.

In kürzester Zeit waren beide Grills angeschmissen, Musik lief und Max fragte sich langsam, ob die Bärennachbarn sich beklagen würden. Sie schienen Lärm nicht besonders zu mögen. Stevies panische Schreie hatten sie wirklich erschreckt.

Aber die meisten lungerten immer noch am Küchenfenster herum, in der Hoffnung auf etwas Essbares. Irgendwann stellte Charlie eine Kirschtorte auf das Fensterbrett. Zwei männliche Bären gerieten darüber in Streit, was es einer Bärin ermöglichte, die Torte für sich und ihre Kinder mitzunehmen.

Es war ziemlich witzig.

Als dann zwei Schwarzbären in den Pool sprangen, den Max und ihre Schwestern noch gar nicht benutzt hatten, hatte sich das Ganze offiziell zur Sommerparty ausgewachsen.

Berg drehte die Lammkeulen um, würzte nach und klappte den Grill zu. Dann ging er zum zweiten Grill und kümmerte sich um das Elchfleisch. Dann zum dritten Grill, wo er sich um die Steaks, die Hamburger und die Hotdogs kümmerte.

Britta war bereits wieder in den Laden gefahren, der einem Gestaltwandler gehörte, um noch mehr Fleisch und Beilagen zu kaufen. Mrs Fitzbaer half aus, indem sie die Maiskolben und Kartoffeln grillte, aber sie tat es von ihrem Haus aus. Sie hatte keine Lust darauf, dass »irgendein riesiger Bär mir meinen Grill wegträgt«.

Charlie stand immer noch in der Küche und backte nacheinander alles, was auf der Liste stand. Tiny hatte bereits seinen Honig-Ananas-Kuchen bekommen und ihn glücklich nach Hause getragen, um ihn zu verstecken, bevor er zurückgekehrt war und mit einem Bier und einigen seiner Freunde den Pool in Beschlag nahm.

Dann wurde es merkwürdig. Dag versetzte Berg einen Stoß gegen den Arm und zeigte auf einen Löwen. Dieser kam gerade hineinspaziert in das, was Berg als Bärenparty ansah, bei der zufällig auch Dachse und Vielfraße anwesend waren.

Doch das war nur eine geringfügige Merkwürdigkeit. Löwenmännchen fühlten sich von Essbarem immer angezogen und hatten kein Problem damit, einfach in einen Garten zu laufen und sich etwas zu nehmen. Denn es waren eben Löwenmännchen und sie glaubten, damit durchkommen zu können.

Aber die große Merkwürdigkeit war, dass der Löwe zusammen mit mehreren Wölfinnen in den Garten kam, die Arme ausbreitete und Dutch direkt hineinlief.

Dutch, etliche Zentimeter kleiner als der Löwe, sprang *hoch* in dessen Arme und umklammerte ihn, als feierten sie die Rückkehr des Löwen aus einer Schlacht oder so etwas.

»Dazu habe ich nichts zu sagen«, murmelte Dag.

»Ist wahrscheinlich auch das Beste.«

»Aber es gefällt mir nicht, Katzen hier zu haben.«

Berg zuckte die Achseln. »Wem gefällt das schon?«

Das Wiesel führte seinen Löwen und dessen Freunde auf der Party herum, stellte sie einigen Leuten vor und kam schließlich zu Berg und Dag.

»Berg und Dag Dunn, das sind Mitch Shaw und seine Gefährtin, Sissy Mae Smith vom Smith-Rudel.«

Bergs Halsmuskeln verkrampften sich. »Du hast einen Wolf aus dem Smith-Rudel auf Bärenterritorium gebracht, Wiesel?«

»Sissy Mae ist mit ihrem Bruder Bobby Ray das Alphatier der New Yorker Smiths. Ich dachte, es wäre eine gute Idee, dass die MacKilligans sie kennenlernen, falls sie Probleme kriegen, wenn sie in der Stadt sind.« Er zwinkerte Berg zu – was Berg einfach ärgerlich fand – und nahm die Hand der Wölfin. »Wollt ihr, du und deine Rudelmitglieder, heute schwimmen, Sissy Mae? Die MacKilligans haben einen wunderbaren Pool.«

Die Wölfinnen schauten zu dem Pool voller Bären. Kein Wolf mit einem Funken Verstand würde ein Wasserloch mit Bären darin betreten, dachte Berg. Aber entgegen dieser Annahme brüllte Sissy Mae: »Juhu! Machen wir uns nass, meine Damen!« XS-T-Shirts und winzige Jeansshorts fielen zu Boden und entblößten noch winzigere Bikinis. Die Wölfinnen rannten los und sprangen in den Pool, ohne sich um die Bären zu scheren, die bereits drinsaßen.

Einige Sekunden später folgten den Wölfinnen Vielfraßweibchen in gleichermaßen winzigen Bikinis und tauchten schreiend ins Wasser.

»Ist mein Mädchen nicht toll?«, fragte der Löwe. »Sie kann an einem Grab eine Party lostreten. Oh, Moment mal ... das hat sie sogar einmal getan«, erinnerte er sich. »Es war natürlich nicht geplant, aber den Verblichenen hat sowieso niemanden gemocht und wir haben uns alle *echt* wunderbar amüsiert.« Der Löwe lächelte, bevor er fragte: »Also, ist das Zebra, was ich da rieche?«

Charlie liebte diesen Ofen. Liebte ihn wie verrückt. Sie konnte darin mehrere ihrer besten Kuchen gleichzeitig backen.

Sie wusste, dass sie draußen die Party verpasste, aber sie genoss ihre Zeit im Haus und das Backen. Mit einer so großen Schar von Gestaltwandlern im Garten brauchte sie sich keine Sorgen zu machen, dass irgendwelche Leute von außen sie oder ihre Schwestern angreifen würden. Also konnte sie unbelastet und ohne Stress backen.

Sie arbeitete ziemlich schnell Tinys Liste ab, da sich darauf eine Menge Kuchen und in kurzer Zeit herzustellender Brote befanden. Nichts mit Hefe. Während diese im Ofen waren, arbeitete sie an den aufwendigeren Broten, die perfekt zu dem Fleisch und den Beilagen, die draußen gegrillt wurden, passen würden.

Erst als sie das letzte Blech Brötchen aus dem Ofen holte, wurde ihr bewusst, dass die Musik draußen, ebenso wie das Stimmengewirr, lauter geworden war.

Charlie trocknete sich ihre frisch gewaschenen Hände und ging durch die Hintertür nach draußen. Es war, als sei sie in einen von diesen Wüstenraves geraten. Nur dass der hier in ihrem Garten stattfand. Sie hätte Beschwerden gefürchtet, wenn nicht offensichtlich der größte Teil der Nachbarschaft anwesend gewesen wäre.

Charlie machte sich zuerst auf die Suche nach Stevie und fand ihre Schwester auf einem tief hängenden Ast zusammen mit Kyle. Sein Riesenpanda-Personenschutz stand nicht allzu weit entfernt und unterhielt sich freundschaftlich mit hiesigen Riesenpandas, die einige Häuser weiter wohnten. Stevie und Kyle aßen gegrilltes Fleisch und Maiskolben und sahen sich die Leute an.

Wenn Stevie sich Leute ansah, war das eine gute Sache. Dabei schien sie immer ihre besten Ideen zu haben – entweder für die

Wissenschaft oder die Musik – und das Zusammensein mit Genies wie Kyle erdete sie irgendwie. Ein Junge wie er, der so überzeugt von sich war, erinnerte Stevie daran, dass sie manchmal menschlicher sein musste. Dass ihre Arbeit sich tatsächlich auf menschliche Wesen auswirkte. Das hinderte sie daran, nur zu schaffen, um zu schaffen, ohne über die langfristigen Konsequenzen nachzudenken.

Die meisten Wissenschaftler und Künstler glaubten fest daran, dass Sorgen um Konsequenzen die Kreativität erstickten – ihre Arbeit und ihren Ruhm, der daraus erwuchs, erstickten. Charlie würde ihnen sogar zustimmen. Außer, wenn es um ihre Schwester ging. Stevies Kreationen konnten nicht nur Tausende oder Millionen töten. Ohne es zu wollen, war Stevie imstande, den ganzen Planeten zu zerstören. Derart intelligent war sie. So ein Genie. Einer ihrer früheren Physiklehrer hatte sie liebevoll »die Gottkillerin« genannt und das war kein Scherz gewesen.

Also behielten Charlie und Max ihre kleine Schwester im Auge. Eine von ihnen passte immer auf sie auf. Zumindest aus der Ferne. Nur um sicherzustellen, dass sie nichts tat, das sie am Ende alle bereuen würden … wenige Sekunden, bevor die Welt implodierte. Auch wenn Max dazu meinte: »Zumindest werden wir kaum Zeit haben zu bedauern, dass wir gescheitert sind. Du weißt schon, wenn das Ende der Welt kommt und so.«

Aber im Moment machte Charlie sich keine großen Sorgen. Nicht solange Stevie direkt vor ihr saß. Auf einem Ast, wo sie lachte und mit Kyle plauderte. Wo sie die Erfahrung machte, dazuzugehören, und diese Erfahrung anscheinend genoss.

Charlie konnte sich entspannen. Zumindest für eine kleine Weile.

Nur dass sie nicht wirklich wusste, wie sie damit anfangen sollte, mit dem Entspannen. Sich keine Sorgen zu machen. Nicht zwanzig verschiedene Möglichkeiten für jede erdenkliche Situation zu planen. Obwohl sie tatsächlich zwanzig verschiedene Möglichkeiten, aus dieser Straße herauszukommen, kannte, falls es notwendig war. Aber diese Notfallpläne hatte sie sich bereits in der ersten Stunde, nachdem sie von Berg hergebracht worden waren, zurechtgelegt.

»Äh, hi«, erklang eine Frauenstimme neben ihr.

Charlie betrachtete die hochgewachsene, dunkelhaarige Frau, die sie anlächelte. Sie trug ein *klitzekleines* Bikinioberteil und Jeansshorts mit offenem Reißverschluss über ihrem Bikiniunterteil. Sie hielt ein Bier in der Hand und hatte ihr nasses Haar zu einem Knoten auf dem Kopf geschlungen.

»Sie müssen Charlie MacKilligan sein«, sagte sie mit einem südlichen Akzent, schwer wie Sirup, während Charlie sie schweigend anstarrte.

»Muss ich dass?«, fragte Charlie schließlich.

»Ich bin Sissy Mae Smith.«

Sie sagte das, als ob Charlie wissen müsste, wer sie war oder so. Aber Charlie kannte sie nicht. Sie hatte sie noch nie zuvor gesehen. Also sagte sie: »Ich kenne Sie nicht.«

»Natürlich nicht. Wir sind uns noch nie begegnet.« Die Frau beugte sich plötzlich vor und fügte hinzu: »Aber ich *bin* Sissy Mae *Smith*.«

Charlie beugte sich ebenfalls vor und erwiderte: »Und ich *bin* Charlie *MacKilligan*.«

Die Frau richtete sich auf. »Ich habe gehört, dass Sie zum Teil Wölfin sind. Aufgezogen von irgendeinem Rudel in Wisconsin, glaube ich.«

»Ja. Und?«

»Und Sie haben noch nie von den Smiths gehört?«

»Ich habe neulich eine Smith windelweich geprügelt. Das hat Spaß gemacht. Und mein Großvater hat mir davon abgeraten, mit Smiths auszugehen. Genauso wenig wollte er, dass ich mit einem Fan der Green Bay Packers ausgehe, was seltsam war, weil er in Wisconsin geboren und aufgewachsen ist. Er wollte nicht, dass ich mit Boxern ausgehe, was mir echt willkürlich erschien. Und ganz besonders wollte er nicht, dass ich mit Katzen ausgehe. Also, Sie werden mir verzeihen müssen, wenn die ›Geh-nicht-mit-einem-Smith-aus‹-Ansprache zwischen all dem ein bisschen untergegangen ist.«

»Moment mal.« Die Wölfin musterte Charlie. »Welche Smith haben Sie verprügelt?«

»Ähm, ich glaube, Dutch nannte sie … Dee-Ann. Das war es. Dee-Ann.«

»Sie?«, fragte die Wölfin und gaffte Charlie an. »*Sie* haben Dee-Ann Smith verprügelt? Sie waren das?«

»Ich habe ihr den Arm gebrochen.« Charlie feixte. »Und ihrer Freundin Malone den Kiefer.« Sie zuckte die Achseln. »Wie dem auch sei, ich hoffe, die Party gefällt Ihnen?«

Charlie ließ die Wölfin mit offenem Mund und großen, verwirrten Augen einfach stehen.

Berg war sprachlos, als das Löwenmännchen mit einer Polonaise anfing. Vor allem, weil er nie erwartet hätte, Bären tatsächlich bei einer Polonaise *mitmachen* zu sehen. Aber jetzt tanzten Bären durch Charlies Garten eine Polonaise.

»Wo ist Charlie?«, fragte Britta.

Berg war stolz darauf, sie nicht irgendwo in dieser Polonaise zu sehen. Natürlich hatte sie noch nicht so viel getrunken. Leider konnte Berg nicht das Gleiche von seinem Bruder sagen, der ein wenig zu viel Tequila intus hatte und jetzt an Berg und Britta vorbeitanzte.

Berg kniff sich mit Daumen und Zeigefinger in den Nasenrücken und fragte Britta: »Könntest du …?«

Sie lachte. »Hör zu, ich kümmere mich um alles hier draußen im Garten zusammen mit Max und Stevie. Wie wär's, wenn du dich auf die Suche nach Charlie machst?«

»Ich habe sie gerade gesehen …« Berg bemerkte, dass Charlie nicht länger da stand, wo sie gestanden hatte.

»Geh schon«, drängte Britta ihn. Dann küsste sie ihren Bruder auf die Wange. »Ich werde dafür sorgen, dass die zickigen Wiesel hier später alles aufräumen. Das ist das Mindeste, was sie tun können.«

»Wenn du das schaffst, sorge ich dafür, dass wir nicht zu Mums Labor-Day-Grillparty gehen müssen.«

Britta streckte ihm die Hand entgegen. »Abgemacht.« Sie besiegelten den Deal und Berg zog los, um nach Charlie zu suchen. Er brauchte nicht weit zu gehen. Sie saß auf dem Heck eines der Wiesel-Autos – die Vielfraße hatten wirklich eine Schwäche für frisierte Autos aus den Siebzigern –, wo sie ein Bier trank und mit ihren nackten Füßen seinem Hund den Rücken streichelte.

»Hi«, sagte er, als er ihr nah genug war, um nicht brüllen zu müssen.

Sie lächelte ihn an und er liebte es, wie glücklich sie darüber zu sein schien, ihn zu sehen. So schaute sie Leute nicht sehr oft an. »Ich habe einen Namen für deinen Hund. Benny.«

»Benny?«

»Er findet ihn toll. Hat mir den Fuß geleckt, als ich ihn gefragt habe.«

»Er ist komisch. Er leckt gern an Füßen.«

»Ich habe auch über andere Namen nachgedacht, wie Atlas oder Titan. Aber das scheint so typisch für einen großen Hund zu sein. Also habe ich mich für Benny entschieden, was viel besser ist als dein nicht existenter Name.«

Berg parkte seinen Hintern neben Charlie auf dem Heck, aber selbst dieses bisschen – er hatte den Wagen kaum mit seinem Gewicht belastet – ließ das Auto absacken, als wäre ein Amboss darauf gefallen. Berg wand sich verlegen, aber Charlie lachte nur und reichte ihm ihr Bier.

Er nahm einen Schluck und sie legte den Kopf an seinen Arm.

»Danke für das hier«, sagte sie.

»Wofür?«

»Dafür, dass du mich an einen Ort gebracht hast, an dem ich meine Schwestern auch mal für fünf Minuten allein lassen kann. Das fühlt sich gut an.«

»Wirst du fortgehen?«, fragte er unvermittelt.

Charlie sah ihn an. »Was?«

»Wirst du fortgehen? Ich meine, bald … oder, du weißt schon … jemals?«

»Jemals? Das kann ich dir nicht sagen. Manchmal gehen die MacKilligans einfach und manchmal rennen wir weg. Aber ich hatte nicht vor, in absehbarer Zeit irgendwohin zu gehen.«

»Und wenn diese Sache mit den Guerra-Zwillingen und deinem Dad, sagen wir, morgen geklärt werden würde, wärest du dann weg?«

»Keine Ahnung. Ich habe noch nicht wirklich darüber nachgedacht. Irgendwie gefällt es mir hier, bis auf die seltsamen Bestellungen von Backwaren. Aber andererseits schenken mir die Bären Öfen. Also ist das wohl nur fair.«

»Ich will nicht, dass du gehst«, gestand er.

»Ich gehe nirgendwohin. Noch nicht. Und das hier kommt mir vor wie ein ziemlich intensives Gespräch für zwei Leute, die sich erst so kurz kennen.«

»Hatte dein Wolfsgroßvater eine Gefährtin?«

»Ja. Ich hatte nie die Gelegenheit, sie kennenzulernen.«

»Ist er ein gut aussehender Bursche? Hochgewachsen? Attraktiv?«

Charlie zog ihr Handy hervor und rief ein Foto von sich und ihrem Großvater bei einer Weihnachtsversammlung des Rudels vor einigen Jahren auf.

Berg betrachtete es und sagte: »Dann lautet die Antwort: ›Ja. Das ist er.‹ Dein Großvater ist der Typ Mann, der sich irgendwann eine neue Frau gesucht hätte, nur dass er es nicht konnte.«

»Er ist mit Frauen ausgegangen. Das weiß ich.«

»Er hatte Sex. Aber er hat nie jemanden mit nach Hause gebracht und gesagt: ›Das ist eure neue Grandma.‹«

»Nein.« Sie schüttelte kaum merklich den Kopf. »Das hat er nie getan.«

»Weil er die Richtige gefunden hatte und für Gestaltwandler … ist es das dann.«

»Es sei denn, wie es scheint, wenn du ein männlicher MacKilligan bist.«

»Ich kann nicht für diese Familie sprechen. Ich kann dir nur sagen, was ich über den Rest von uns weiß.«

»Und du glaubst, *ich* sei die Richtige für dich?«

»Ich weiß es nicht.« Jetzt log er. Er wusste es bereits. »Aber ich werde mir nie sicher sein können, wenn du plötzlich weggehst.«

»Wenn ich weggehe, dann weil ich meine Schwestern beschützen muss.«

»Aber sie scheinen hier glücklich zu sein.«

»Nur dass Stevies derzeitige Karrieremöglichkeiten in der Schweiz liegen.«

»Sie macht nicht den Eindruck, als hätte sie es eilig. Tatsächlich scheint sie sich im Moment ausgesprochen wohlzufühlen. Ich meine, so wohl sie sich fühlen kann, wenn sie nicht gerade schreit und vor Bären davonläuft.«

Charlie kicherte. »Du hast recht, sie scheint sich wohlzufühlen. Für ihre Verhältnisse. Aber meine Schwestern kommen an erster Stelle. Ich muss sie beschützen. Das ist mein Job.«

»Für Britta und Dag empfinde ich genauso, aber ... Ist das hier nichts für dich?«

»Ich weiß es ehrlich nicht.« Sie rieb sich die Stirn. »Aber ich versuche auch nicht, du weißt schon, von dir wegzukommen. Was für mich eine ganze Menge ist.«

»Ich bitte dich nur darum, es mir zu sagen, wenn du wegmusst. Aus welchem Grund auch immer. Selbst wenn du es tust, um von mir wegzukommen.«

Sie verdrehte die Augen. »Du bist die freundlichste Person, die mir je begegnet ist. Warum sollte ich von dir wegkommen müssen?«

»Das lässt mich furchtbar langweilig klingen.«

Charlie sprang vom Heck des Wagens und baute sich vor Berg auf. »Alter«, knurrte sie geradezu, »du kannst dich in einen fünfzehnhundert Pfund schweren *Bären* verwandeln! Wie langweilig, verdammt noch mal, kannst du sein?«

Berg zuckte kaum merklich die Achseln. »Eisbären wiegen in ihrer anderen Gestalt fünfzehnhundert Pfund. Ich bringe es nur auf tausend.«

Charlie warf die Hände in die Luft. »Oh! Na dann ...«

Er war so frustrierend! Niedlich. Süß. Gottverdammt liebenswert. Er konnte jede Frau haben, die der Größenunterschied nicht störte. Aber er machte sich Sorgen, dass er zu langweilig für sie war?

Himmel, sie brauchte Langeweile. Langeweile bedeutete Stabilität, Liebe und Fürsorge. Wenn Langeweile hieß, sich um diejenigen zu kümmern, die man liebte – dann, ja, dann war der Bursche langweilig.

Die Sorte von »langweilig«, die Charlie sich schon immer gewünscht hatte. Von dem Moment ihrer Zeugung an war alles in Charlies Leben eine Überraschung gewesen. Sogar sie selbst. Noch nie war jemand einfach nur mit ihr zusammen gewesen, weil er es wollte. Letztlich war immer alles gut gegangen, selbst als man sie auf der Schwelle einer völlig überraschten Person abgesetzt hatte – wie bei ihrem Großvater. Aber es wäre wunderbar gewesen, zu wissen, dass sie schon immer erwünscht gewesen war. Schon immer gebraucht worden war. Und das nicht nur, weil sie zwanzig Leute in einem Raum töten konnte, ohne dabei ins Schwitzen zu geraten.

Zu ihrem Schrecken hatte sie das endlich gefunden. Bei einem Bären, der ein Drilling war. Konnte sie für immer hierbleiben? Sie wusste es nach wie vor nicht. Aber solange sie hier war …

Charlie trat vor und küsste Berg. Ohne Vorwarnung. Packte ihn einfach und küsste ihn. Weil sie es wollte und wusste, dass er einverstanden sein würde.

Und Mann, war er einverstanden. Seine kräftigen Arme schlangen sich um sie und hoben sie hoch, damit sie ihm die Beine um die Taille legen und die Finger in seinem Haar vergraben konnte. In dieses tolle, dicke, sexy Bärenhaar.

»Komm mit zu mir«, flüsterte er, als er sich von ihr löste.

Die Party war noch immer in vollem Gange und Charlies Schwestern hätten nicht sicherer sein können. Also küsste sie ihn erneut und das schien die Antwort zu sein, die er brauchte.

Berg trug Charlie bis zu sich nach Hause und sie küssten sich auf jedem Schritt des Weges. Ihr Körper war warm und biegsam in seinen Armen, aber sie war auch fordernd.

Als sie an seiner Haustür anlangten, trug er sie hinein und schlug »Benny« zu seinem großen Ärger die Tür vor der Nase zu. Verdammter Hund.

Berg hätte Charlie gern nach oben gebracht, kam aber nur bis zur Wand an der Treppe. Dort presste er sie an sich und küsste sie weiter, aber jetzt bewegten seine Hände sich über ihren ganzen Körper.

Sie zog an seinem T-Shirt und zwang ihn, lange genug innezuhalten, damit sie es ihm über den Kopf streifen konnte. Charlie warf es beiseite und entledigte sich ihres eigenen T-Shirts, dem sie ihren BH folgen ließ.

Dann schlang sie ihm die Arme um die Schultern und er wusste, dass sie ihn Haut auf Haut spüren wollte. Sie streichelte seine Schultern, fuhr mit den Händen an seinen Armen entlang nach unten und dann wieder zu seinen Schultern hoch.

Sie kratzte mit ihren kurzen Fingernägeln über die harten Muskeln in seinem Nacken. Berg knurrte, außerstande, etwas dagegen zu tun, und betete, dass er sie nicht verschreckte. Doch immerhin war das hier die Frau, die Sissy Mae Smith gesagt hatte: »Ich kenne Sie nicht.« Alle Besucher der Party hatten darüber geredet. Die Bären hatten gelacht. Vor allem deshalb, weil die Wölfin so beleidigt gewesen war.

Das war keine Frau, die man mit ein wenig Geknurr verschrecken konnte. Oder Gefauche. Oder Reißzähnen, die ihre Schulter streiften. Und er hatte recht. Er erschreckte sie nicht. Es törnte sie an. Charlie umarmte ihn fester, ihr Atem wurde heiserer und ihre Brustwarzen drückten sich an seinen Oberkörper.

Berg fuhr seine Krallen aus und zerfetzte Charlies Shorts und ihren Slip. Heftig bebend küsste sie ihn noch leidenschaftlicher. Er schnappte sich das Kondom, das er sich in die Gesäßtasche geschoben hatte, für den Fall, dass sich an diesem Abend eine Chance bei Charlie auftun würde. Glücklicherweise hatte sie sich aufgetan. Nämlich jetzt.

Berg hielt nichts davon, Chancen verstreichen zu lassen. Er streifte das Kondom über und stürzte sich so tief in Charlie MacKilligan hinein, dass er das Gefühl hatte, ein Teil von ihr zu sein. Bis er wusste, dass er niemals eine finden würde, die sie ersetzen konnte. Wer konnte den Platz von Charlie ausfüllen, den sie sich in seinem Herzen geschaffen hatte?

Berg bewegte sich nicht länger und gab sich ganz dem Gefühl hin, wie sie um ihn herum pulsierte. Warm und sehnsüchtig, liebevoll und fordernd, draufgängerisch und unglaublich.

Kein Wunder, dass sie ihn zu Anfang vor sich selbst gewarnt hatte. Nicht wegen irgendeines Fluches, sondern weil sie wie eine Droge war, von der der einmalige Genuss schon zu viel war und tausendmal nicht genug. Sie war jetzt in seinem Blut. In seiner Seele. Ihre Sorgen waren seine. Ihre Probleme die seinen. Ihre Familie auch seine.

Ihre Schwestern hatten Probleme, die zu lösen er sich verantwortlich fühlen würde, genau wie bei seinen eigenen Geschwistern.

Denn das passierte, wenn man seinen Gefährten fand. Sein Vater hatte ihn gewarnt. »Deine Mutter treibt mich in den Wahnsinn«, hatte er sich oft beschwert, »aber ich kann mir kein Leben ohne sie vorstellen.«

Jetzt verstand er seinen Vater wie bis dahin noch nie.

Er löste sich aus Charlies Kuss und schaute ihr ins Gesicht. Musterte es ganz genau, während er ihr das lockige Haar von den Wangen strich, damit er sie klar und deutlich sehen konnte.

»Ist alles in Ordnung mit dir?«, fragte sie und streichelte seine Brust.

Seine Charlie. Ganz gleich, was geschah, immer dachte sie an andere. So war sie nun mal. Wahrscheinlich konnte sie gar nicht anders.

Er wollte ihr sagen, dass er sie liebte, aber es war zu früh. Die große Gestaltwandler-Welt war ihr immer noch irgendwie fremd. Immer noch eine Kuriosität.

Also fing er an, sie langsam zu ficken. Er ließ sich Zeit. Streichelte sie mit dem Schwanz, während er sie ansah. Er kostete es aus, wie sie lächelte, wenn er in sie hineinstieß.

Berg würde ihr nicht sagen, dass er sie liebte. Noch nicht. Aber er würde ihr die Wahrheit sagen. Damit sie es verstand.

»Du bedeutest mir alles, Charlie«, erklärte er und beugte sich vor, sodass sein Atem ihr Ohr streifte. »Wenn du fortgehen musst, sag es mir zuerst. Sag es mir einfach.«

Sie schnappte nach Luft und ihr ganzer Körper pochte. Ihre Muschi krampfte sich so fest um ihn zusammen, dass er glaubte, gleich Sterne zu sehen.

»Okay«, sagte sie zwischen zwei heiseren Atemstößen. »Okay.«

»Versprich es mir.«

»Ich … Gott, ja. Ich … ich verspreche es«, bekam sie endlich heraus, bevor sie das Gesicht an seiner Schulter vergrub und die Reißzähne in sein Fleisch senkte. Der Schmerz ließ ihn über den Rand des Abgrunds stürzen.

Er kam so heftig, dass er kaum noch wusste, wie er hieß.

Charlie öffnete die Augen, als sie Blut im Mund schmeckte.

»Oh mein Gott!« Sie wischte sich über die Lippen. »Berg, es tut mir so leid.«

Er betrachtete sie blinzelnd. »Was tut dir leid?«

»Ich habe dich gebissen.« Sie untersuchte die Wunde und zuckte zusammen, als sie deutliche Reißzahnspuren an seiner Schulter sah. »Die Haut ist aufgerissen.«

»Na und?«

Sie hob den Kopf. »Mann, wir sind keine Vampire.«

»Nein, aber wir sind Raubtiere. Beißen gehört dazu.« Er küsste sie und ohne sich aus ihr zurückzuziehen, schleuderte er seine Jeans und seine Sneakers von sich und trug sie die Treppe hinauf.

»Wir können unsere Kleider und Kondomverpackungen nicht einfach in eurem Haus herumliegen lassen«, warnte sie ihn. »Ich schätze, Britta wäre damit nicht einverstanden. Ich weiß, dass ich damit nicht einverstanden wäre.«

»Du bist mit Schwestern groß geworden. Britta ist zu ihrem Pech mit zwei Brüdern groß geworden.« Er trug sie in sein Schlafzimmer und gemeinsam fielen sie aufs Bett. »Vertrau mir, im Laufe der Jahre hat meine Schwester schon viel Schlimmeres erlebt. Aber«, fügte er hinzu, »glaub ihr nicht, wenn sie dich eine Hure nennt, wenn du morgen gehst.«

Charlie runzelte die Stirn. »Moment mal … wie bitte?«

Kapitel 29

Max schnürte die letzten Mülltüten zu und warf sie auf den gewaltigen Haufen, bevor sie ins Haus ging. Britta zwang nun die Vielfraße und Wölfinnen, mit dem Saubermachen anzufangen. Stevie und der Siebzehnjährige, der zu jung gewesen war, um Alkohol zu trinken, sich aber seltsamerweise nicht darüber beklagt hatte, waren verschwunden, sobald die Party sich dem Ende näherte. Wenig überraschend. Stevie hasste es, zu putzen. Sie erwartete immer, dass andere das für sie taten.

Das Luxusleben eines Wunderkindes, vermutete Max.

In der Küche war jeder letzte Krümel von Charlies Gebäck zusammen mit den Bären verschwunden. Jetzt traf Max dort nur noch auf Britta, die sich gerade ein Glas Wasser einschenkte.

»Hey, Max, mein Bruder ist mit Charlie zu uns nach Hause gegangen. Ich bin mir fast sicher, dass sie Sex haben – was kein Problem für mich ist, aber wenn ich irgendeinen Beweis dafür außerhalb seines Schlafzimmers finde, drehe ich durch. Also, kann ich heute Nacht hierbleiben, damit Berg eine Chance hat, aufzuräumen, bevor ich wiederkomme?«

Max liebte Britta. Sie war eine zwei Meter große Irre, aber sie war eine zum Schreien komische Irre. Max schätzte so etwas an jeder Frau.

»Natürlich. Wir haben Gästeschlafzimmer den Flur entlang. Und stapelweise frisches Bettzeug, das gestern plötzlich im Schrank aufgetaucht ist.«

»Danke. Dag hat sich bereits die Couch gesichert. Aber sie ist eher was für Schwarzbären«, fügte Britta hinzu, »daher muss er sich total zusammenrollen.«

Sie lachten beide darüber, bis sie es hörten. Nicht Dag, der in seiner süßen, betrunkenen Benommenheit laut schnarchte. Dieses Geräusch war leise. Aber sie hatten es beide bemerkt.

Britta hob die Nase und schnupperte. Sie zeigte nach oben. Max griff unter den Tisch und schnappte sich zwei 45er, von denen sie eine Britta zuwarf. Schnell, aber lautlos gingen sie die Treppe nach oben und den Flur entlang, bis sie vor Stevies Schlafzimmer stehen blieben.

Britta wollte schon die Tür eintreten, aber Max hielt sie mit einer erhobenen Hand zurück. Sie legte den Zeigefinger an die Lippen. Max schob die Tür auf. Während ihre kleine Schwester tief und fest in ihrem Bett schlief – herrlich ahnungslos, wahrscheinlich k.o. von ihren Abendmedikamenten –, wühlte ihr Vater in einem Haufen Notizbüchern, die erst an diesem Tag aus der Schweiz eingetroffen waren.

Er war so konzentriert auf das, was immer er da tat, dass er nicht einmal merkte, dass seine andere Tochter und eine gottverdammte *Bärin* ihn beobachteten. Max schluckte ein Knurren herunter, marschierte in Stevies Zimmer, presste ihrem Vater von hinten die Hand auf den Mund und drückte ihm ihre Waffe an den Hals.

»Keinen Mucks. Kein Wort.« Sie zerrte ihn zur Tür, aber plötzlich war Britta da, packte Freddy an den Beinen und hob ihn hoch. Gemeinsam trugen sie ihn in den Flur. Dort begegneten sie einem Shen mit freiem Oberkörper. Er hatte seine eigene 45er in der Hand und war auf alles vorbereitet.

Max deutete auf Stevies Tür. »Mach die zu«, sagte sie leise. »Dann geh wieder ins Bett. Wir regeln das.«

Britta hätte nie damit gerechnet, dass der idiotische Vater der MacKilligan-Schwestern es wagen würde, nach New York, geschweige denn in das Haus seiner Töchter mitten im Bärenterritorium zurückzukommen. Aber genauso verhielt es sich.

Gemeinsam mit Max trug sie den Honigdachs hinaus in den Garten und warf ihn gegen die Garagenwand. Als er versuchte, aufzustehen, rammte Britta ihm den Fuß auf die Schulter und fixierte ihn dort. Max ging neben Freddy MacKilligan in die Hocke.

»Was zum Teufel machst du hier?«

»Nichts. Ich brauchte nur einen Ort zum …«

Max packte ihren Vater mit einer Hand an der Kehle und drückte zu. Er begann zu keuchen, schlug nach ihrer Hand und versuchte, sie dazu zu bringen, ihn loszulassen. Sie tat es. Gerade als er blau anlief.

Während er hustete und japste, fragte sie noch einmal: »Was, verflucht noch mal, machst du hier?«

Er sah seine Tochter aus blutunterlaufenen Augen an. »Geh zur Hölle.«

Max atmete ruhig aus. »Ich werde dir von dieser Bärin die Luftröhre zerquetschen lassen und dir dann die Nase zuhalten, bis du erstickst. Und wir wissen alle, dass ich die verrückte MacKilligan bin und es tue, ohne auch nur eine Sekunde Schlaf darüber zu verlieren. Also, willst du mich wirklich noch einmal fragen lassen oder erzählst du es mir einfach? Denn wir wissen beide, dass du nicht tapfer bist.«

Freddy schaute zu Britta. Sie ballte eine Faust, wohl wissend, dass ihre Knöchel knacken würden. Ein irritierendes Geräusch, das ihre Brüder in den Wahnsinn trieb, bei anderen aber echt effektiv war.

Freddy schluckte, sah seine Tochter an und sagte: »Bitte … bitte, tu mir nichts …«

Der verdammte Dachs schlüpfte plötzlich unter Brittas Fuß weg und warf mit einer überraschenden, verborgenen Kraft, für die Dachse bekannt waren, seine Tochter in Brittas Richtung. Britta fing Max auf, aber als sie sie auf den Boden legte, war einer der schlimmsten Väter, die Britta je kennengelernt hatte, längst über alle Berge.

Als sie wieder in der Küche waren, Kaffee kochten und Honiggläser auf den Tisch stellten, fragte Britta: »Wirst du es Charlie erzählen?«

»Ich habe keine Geheimnisse vor Charlie. Ich zögere nur manches hinaus. Also lasse ich sie ihre Nacht mit Berg genießen und erzähle es ihr morgen früh.«

»Sie wird sauer sein, was?«

»Wenn es um meinen Vater geht, ist Charlie am Ende immer

sauer. Nicht weil sie unvernünftig ist, sondern weil er ein Arschloch ist.«

»Was, glaubst du, wollte er wirklich?«

»Ich habe keine Ahnung. Aber die gute Nachricht ist, obwohl die Sache mit Stevie zu tun hat, geht es nicht um Stevie selbst. Ehrlich, das ist die erste gute Nachricht, die wir seit langer Zeit erhalten haben.«

Britta strich mit dem Finger über den Rand ihres noch leeren Bechers. »Werdet ihr weglaufen?«

»Nein«, sagte Stevie von der Küchentür aus.

»Geh wieder ins Bett, Stevie«, sagte Max sanft.

»Jetzt bin ich auf.« Stevie ging zu der Doppelkaffeemaschine, nahm eine der Glaskannen heraus und kam wieder an den Küchentisch. Sie füllte Brittas und Max' Becher, bevor sie sich einen eigenen aus dem Schrank holte und Kaffee hineingoss. Sobald sie die Glaskanne zurückgestellt hatte, fragte sie: »Seit wann haben wir eine Kaffeemaschine?«

»Ich glaube, die stammt von Mrs Fitzbaer«, meinte Britta. »Ein Dankeschön für die Zimtbrötchen.«

Stevie setzte sich ihrer Schwester gegenüber an den Tisch. »Wir laufen nicht weg«, erklärte Stevie Max. »Ich habe es satt, wegzulaufen. Außerdem«, fügte sie hinzu, »ist Charlie hier glücklich.« Sie dachte einen Moment lang nach. »*Ich* bin hier glücklich.« Noch eine Pause. »*Kyle* ist hier glücklich. Und er ist sonst nirgendwo glücklich.«

»Du weißt aber schon, dass wir diesen Jungen nicht adoptieren können, oder?«, fragte Max.

»Natürlich nicht. Er hat eine Familie, die ihn liebt. Er treibt sie nur in den Wahnsinn, daher brauchen sie eine Pause von ihm. Ich helfe nur allzu gern.« Sie sah Max an. »Willst du weglaufen?«

»Ich?« Max grinste. »Ich bin ein Honigdachs, du Miststück. Ich will hierbleiben und jeden windelweich prügeln, der sich mir in den Weg stellt. Aber wenn dir etwas zustoßen würde ...«

»Mir wird nichts zustoßen. Ich habe dich und Charlie.« Stevie beugte sich ein wenig vor, schaute Britta an und flüsterte: »Und ich bin umringt von menschenfressenden Bären.«

»Spricht die menschenfressende Tigerin.«

Stevie funkelte Britta aus zusammengekniffenen Augen an und blaffte: »Hör auf, mir damit Angst zu machen!«

Kapitel 30

Berg lernte schnell, dass das Vergnügen, zu erwachen, während die Frau seiner Träume noch an seiner Brust schlief, seinen Preis hatte.

Er begriff es in der Sekunde, in der seine Schlafzimmertür aufgerissen wurde und eine Honigdächsin hereinkam, um den Fernseher einzuschalten und zu verkünden: »Wir haben ein Problem.«

Charlie nahm nicht einmal den Kopf von Bergs Brust. »Dad?«

»Überraschenderweise nicht, nein.« Max schnappte sich die Fernbedienung von der Kommode und zappte durch die Kanäle.

Stevie kam hereingelaufen und sprang auf das Fußende des Bettes. »Wow, das ist das größte Bett, das ich je gesehen habe. Was für ein Spaß!« Sie sah Berg und Charlie an und grinste. »Ihr zwei seid so süß!«

»Da ist es.« Max trat vom Fernseher zurück und Charlie richtete sich auf, ohne sich die Mühe zu machen, ihre Brüste zu bedecken. Berg war sich nicht sicher, ob das eine Schwesternsache war. Er und seine Geschwister mochten Drillinge sein, aber mit einem Mädchen und zwei Jungen gab es definitiv Grenzen. Als seine eigene Schwester hereinkam, gefolgt von Dag, riss Berg das Laken hoch, um Charlie zu bedecken.

Die MacKilligan-Schwestern lachten und er hatte keine Ahnung, wie er darauf reagieren sollte.

»Ah, er ist gehemmt«, bemerkte Max.

»Ja, wirklich«, stimmte Stevie ein. »Ich gerate leicht in Angst und Panik, aber ich bin nicht gehemmt. Und Charlie ist es definitiv nicht.«

»Meine Mutter hat erzählt, dass ich mir als Baby immer die Windel heruntergerissen und mit dem Hintern gewackelt hätte.«

»Vielleicht liegt das daran, dass du deine Gestalt nicht wechseln kannst«, überlegte Max. »Statt mit Fell bedeckt zu sein und auf die Jagd zu gehen, läufst du nackt herum und wackelst mit dem Hintern.«

Berg drückte sich eine Hand auf die Augen und fragte: »Wolltest du uns nicht etwas zeigen, Max?«

»Oh. Ja, stimmt.« Max schaute auf die Fernbedienung herunter. »Oh, gut, ich kann ja zurückspulen.« Sie spulte die Lokalnachrichten zurück und machte einen Schritt nach hinten, damit Berg und Charlie besser sehen konnten.

»Nach Polizeiangaben wurde heute morgen zwischen Mitternacht und vier Uhr ein Überfall auf das Ring of Life Jewelry Emporium verübt. Diebe haben ein Loch unter dem Geschäft gegraben, sind in den Tresorraum eingedrungen und haben Gold, Diamanten und andere Edelsteine im Wert von mehreren Millionen Dollar gestohlen.«

Charlie deutete auf den Fernseher und gähnte. »War das Dad?«

»Nein. Und das wissen wir, weil Dad gestern Nacht, als es passiert ist, in Stevies Schlafzimmer war.«

Dag hob plötzlich die Hand, aber bevor er etwas sagen konnte, fügte Stevie erklärend hinzu: »Er hat nur nach irgendetwas zwischen meinen Notizbüchern gesucht.« Sie zuckte die Achseln. »Von all den schrecklichen Dingen, die man über unseren Vater sagen kann … Das, worüber du dir Sorgen machst, gehört glücklicherweise nicht dazu.«

Dag nickte und zog den Arm zurück. »Ich wollte nur Bescheid wissen, bevor wir weitermachen.«

Charlie, die, wie Berg langsam begriff, gern mit den Händen redete, hob den Zeigefinger und sagte: »Lassen wir das Thema unseres Vaters mal beiseite.« Sie bewegte den Zeigefinger nach rechts, um ihren Worten Nachdruck zu verleihen. »Was hat dieser Raubüberfall mit uns zu tun?«

Max grinste. »Carries Eisbär? Der Laden gehört ihm. In der Forty-Seventh. Das ist der Laden, in den er sie gestern geführt hat.«

»Aber gestern Abend war ihr Junggesellinnen-Abschied, richtig?«

»Zu dem wir schon wieder nicht eingeladen wurden«, murmelte Stevie.

»Aber alle Cousinen waren da«, warf Max ein. »Alle MacKilligans. Alle Honigdachse. Alle …«

»Diebe«, setzte Charlie hinzu. »Sie hatte gar keine Affäre mit diesem Bären. Sie hat ihn reingelegt.«

»Das bedeutet nicht, dass sie keine Affäre mit ihm hatte«, argumentierte Max. »Aber ich bezweifle, dass sie wirklich vorhatte, ihre bevorstehende Hochzeit für ihn platzen zu lassen.«

»Was ist, wenn er das weiß?«, fragte Stevie. »Was, wenn er weiß, dass sie ihn reingelegt hat?«

»Dann wird er Carries Hochzeit ruinieren und seinen Scheiß zurückverlangen«, vermutete Max.

Danach herrschte Schweigen. Nach fast einer ganzen Minute riss Charlie entschlossen die Augen weit auf, schüttelte den Kopf und verkündete: »In Ordnung. Wir müssen aktiv werden. Schnell. Plötzlich hat dieser Hochzeitstag …«

»Zu dem wir ursprünglich nicht eingeladen waren.«

»Du musst endlich darüber hinwegkommen«, tadelte Max Stevie.

»… eine ganz neue Dringlichkeit angenommen. Wissen alle, was sie zu tun haben?«, fragte sie in den Raum hinein. Als alle nickten, sagte sie: »Gut.« Charlie warf das Laken von sich und Britta und Dag verließen schnell das Zimmer. Max und Stevie folgten ihnen ohne echte Eile.

»Was ist mit eurem Vater?«, fragte Berg Charlie.

»Was soll mit ihm sein?«

»Was will er?«

»Ich habe keine Ahnung. Wir haben unser Geld unter verschiedenen Namen fest angelegt und über den Globus verteilt, auf unterschiedlichen Konten oder Sparbüchern, und das alles nur wegen unseres Vaters. Das Einzige, das Stevie hat und was für ihn oder jemand anders irgendwie bedeutsam sein könnte – etwas, an das Freddy tatsächlich herankommen könnte –, ist das, was sie im Kopf hat.«

»Glaubst du, man hat versucht, sie zu entführen wegen etwas, wovon man denkt, dass sie es hat?«

»Möglich wäre es. Wer weiß, was mein Vater den Guerras erzählt hat. Wovon er sich *eingeredet* hat, Stevie habe es in ihren Notizbüchern und er müsse es in die Finger bekommen, weil es ihm alles geben würde, was er sich je gewünscht hat. Sie zeigte auf ihren eigenen Kopf. »Er ist dumm.«

»Glaubst du, er taucht heute tatsächlich auf?«

»Ein Veranstaltung mit vielen reichen Leuten, die trinken und ihren teuren Schmuck zur Schau stellen? Er ist verzweifelt und außer Kontrolle. Was glaubst du?«

Sie kamen ungefähr eine Stunde vor den Eheversprechen an. Die Dunns wurden weggeschickt, um sich mit den Securityleuten zu treffen, die Bernice und ihre Hochzeitsplanerin engagiert hatten, während Charlie und ihre Schwestern sich auf die Suche nach ihren Cousinen machten.

Bevor er ging, nahm Berg Charlies Hand und lächelte sie an. »Du siehst toll aus in diesem Kleid.«

»Genieß es, so lange es dauert. Ich stehe nicht auf Kleider. Zu einengend. Ich kenne mich zwar mit Mode aus, aber ich richte mich nicht danach.«

»Ich weiß nicht, was das bedeuten soll.«

Sie zog an seiner Hand, bis er sich ein wenig zu ihr beugte, damit sie ihn küssen konnte. Als sie sich von ihm löste, streifte sie mit der Hand sein Kinn und sagte: »Das ist mir klar. Ich fange an, das charmant zu finden.«

Kopfschüttelnd und mit einem breiten Grinsen ging Berg hinter seinen Geschwistern her.

Am Aufzug holte Charlie ihre Schwestern ein. Sie stiegen ein und drückten auf den Knopf für das richtige Stockwerk. Sobald sich die Türen schlossen, verkündete Stevie plötzlich: »Ich habe CERN meine Kündigung geschickt.«

Schockiert starrte Charlie ihre kleine Schwester an. »Du hast was getan?«

»Ich habe gekündigt.«

»Warum?«

»Ich habe mir gedacht, wir sollten bleiben.«

»Wo?«

»Hier?«

Charlie schaute sich um. »Im *Kingston Arms*? Mann, das können wir uns nicht leisten.«

»Mein Gott!«, fauchte Stevie.

Kichernd warf Max ein: »Ich glaube, Charlie, sie redet von unserem Aufenthalt in New York. Höchstwahrscheinlich von dem Viertel in Queens, wo wir gegenwärtig wohnen.«

»Warum sollten wir das tun?«

Max seufzte. »Puh, keine Ahnung. Vielleicht, weil du in diesen Berg von einem Mann verliebt bist, dem du gerade mitten in einem Hotelflur einen Zungenkuss verpasst hast. Das haben wir dich noch *nie* tun sehen.«

»Hör mal, ich weiß es zu schätzen, dass ihr euch darüber freut, dass ich …«, Charlie suchte nach den richtigen Worten, »die Liebe finde.«

Max konnte das Schnauben nicht verkneifen und Charlie funkelte sie an, bis sie wegschaute. Etwas, das sie sonst bei niemandem tat.

»Aber deine Karriere«, sagte Charlie zu Stevie, »ist wichtiger als die Frage, ob ich flachgelegt werde.«

»Meine Karriere?«, fragte Stevie und trat aus dem Aufzug, jetzt, da die Türen sich geöffnet hatten. »Was hat CERN mit meiner Karriere zu tun?«

»Keine Ahnung«, erwiderte Charlie und betrachtete eine gleichermaßen verwirrte – aber weniger Anteil nehmende – Max. *»Alles?«*

Stevie straffte sich plötzlich und riss das Kinn einen Zentimeter höher. »Du glaubst, dass meine *Genialität* …«

»Achtung«, murmelte Max warnend.

»… daran geknüpft ist, an welchen Nagel ich meinen Hut hänge?«

»Du trägst keine Hüte«, bemerkte Max wenig hilfreich.

»Halt die Klappe«, blaffte Stevie, bevor sie sich wieder auf Charlie konzentrierte.

»Tust du das?«

»Natürlich nicht«, beeilte sich Charlie zu versichern. »Aber ich habe immer gedacht, dass, ähm …«

Max blinzelte, als sie bemerkte, dass Charlie sich zu ihr umgedreht hatte. »Was siehst du mich so an? Ich weiß nicht, wie ich dir da raushelfen soll.«

»Ich habe einfach angenommen, es sei, ähm, nützlich für deine Karriere.«

»Weißt du, was meiner Karriere nützt?«, fragte Stevie. »Ich selbst. Ich will ja nicht eingebildet klingen, aber die hängt allein von mir ab. Von meiner Genialität. Meinen Talenten. Meiner Fähigkeit, weiter zu denken als der Pöbel dieses Universums.«

»Wow«, platzte es aus Max heraus. »Das Zusammensein mit Kyle hat eine interessante Seite an dir zutage gefördert.«

»Kyle ist ein Kind. Er hat noch Jahre vor sich, um zu begreifen, wie unglaublich er ist. Ich dagegen weiß es bereits.«

»Mann, du bist dreiundzwanzig.«

»Ich bin *vier*undzwanzig, aber das ist nicht der Punkt, ihr …«

»Tagelöhner«, schlug Charlie vor.

»Ja! Tagelöhner! Ich liebe euch beide und ich weiß euren Schutz zu schätzen und absolut alles, was ihr für mich getan habt.«

»Aber?«, drängte Max.

»Aber meine Karriere gehört mir. Und wenn ihr denkt, dass CERN …«

»Wir denken nicht, dass CERN dich ausmacht«, sagte Charlie schnell zu Stevie. »Ich weiß, es hat dich nicht zu der gemacht, die du bist. Aber ich dachte, es würde gut für dich passen, weil du dich mit dem Personal überwiegend gut verstanden hast, tun konntest, was immer du wolltest und wann du es wolltest und sie für deine Nervenheilanstalt-Obsession aufgekommen sind.«

Stevie zuckte die Achseln. »Grob gesagt kann ich das überall bekommen. Ich kann jeden Job bekommen, überall im Universum, wo ich einen Job haben will. Ich habe Anfragen aus Silicon Valley. Es gibt Universitäten überall auf dem Globus, die mich haben wollen. Ich bin ein Mädchen und ich bin schlau und ich habe zwei Schwestern, die Farbige sind … Ich bin ihr feuchter Traum von Vielfalt. Also brauche ich mich nirgendwo einschließen zu lassen. Ihr zwei dagegen …«

»Was ist mit uns?«, fragte Max und klang zum ersten Mal entrüstet.

»Ich will nicht unhöflich sein, aber wenn eine von euch schon einen Mann findet, müsst ihr diesen Mann *festhalten*.«

»Scheiße, was soll das denn heißen?«, begehrte Max auf.

»Ja, genau«, stimmte Charlie mit ein. »Scheiße, was *heißt* das?«

»Dass ich es euch erklären muss, macht es für mich noch schmerzlicher.«

»Stevie!«

»Was? Glaubt ihr, jeder x-beliebige Mann wäre einverstanden damit, dass eure Schwestern in sein Schlafzimmer platzen, um die Diebstähle anderer Familienmitglieder zu erörtern? Nein. Aber Berg findet sich damit ab, weil er dich liebt, und er ist bereits ein Drilling. Er *versteht*, wie es ist, Geschwister zu haben. Er würde es begreifen, wenn du nach Norwegen verschwindest, weil Dad etwas …«, sie seufzte, »Dummes getan hat und du es in Ordnung bringen musst, bevor eine von uns wegen seines Fehltritts ins Gefängnis wandert. Er wäre damit einverstanden, wenn du im ganzen Haus Waffen herumliegen hättest. Es würde ihm nicht gefallen, aber er wäre damit einverstanden. Er würde nicht ausflippen, wenn er mich und Max in seinen Schränken hängen und seinen Honig essen sähe.«

»Du magst gar keinen Honig«, warf Charlie ein.

»Nein, aber ich liebe es wirklich, in Schränken zu liegen. Und ich muss sagen, dass meine Kollegen bei CERN es alle etwas seltsam fanden. Aber hier findet das keiner komisch. Begreift ihr, dass wir ausnahmsweise einmal nicht die merkwürdigsten Leute in der Gruppe sind? Ich meine, habt ihr gesehen, dass bei unserer Party ein Mann mit Löwenmähne mit seiner Wolfsfreundin Cha-Cha-Cha getanzt hat? Und da lief gerade Techno-Musik. Oder ist euch aufgefallen, dass Kyle einen Leibwächter hat, der *die ganze Zeit* Bambus isst? Oder vielleicht habt ihr mitgekriegt, wie sich Dag in unserem Garten den ganzen Rücken an der großen Eiche geschubbert hat. Er war zu der Zeit in seiner menschlichen Gestalt … Er hätte genauso gut einen Rückenkratzer benutzen können. Aber nein.« Sie ließ den Zeigefinger in der Luft kreisen, um auf beide Schwestern zu zeigen. »Wir sind hier nicht die Schrägsten. Ich schlage vor, wir genießen das und sehen, was wir daraus machen können.«

Max grinste. »Und es ist okay für dich, in einer Straße zu leben, die ausschließlich von, wie du sie nennst, menschenfressenden Bären bewohnt ist?«

»Solange Charlie ihnen weiter Gebäck gibt, müssten wir klarkommen.«

Charlie warf die Arme in die Luft. »Also bin ich jetzt verpflichtet, die ganze Zeit für fordernde Bären zu backen?«

»Du kannst nicht wilden Tieren etwas zu essen geben und es ihnen dann wieder wegnehmen.« Stevie zeigte mit einem Finger auf Charlie und knurrte mit zusammengebissenen Zähnen: »Also, wenn das bedeutet, dass du backen musst, du Miststück, *backe*!«

Max fing an zu lachen, brach aber urplötzlich ab. Ihr Blick konzentrierte sich auf etwas im Flur. Charlie schaute über ihre Schulter, sah jedoch nichts.

»Was?«

»Ich habe Dad gesehen.«

Charlie fragte nicht, ob ihre Schwester ihren Vater wirklich gesehen hatte. Sie wusste, dass es so war. »Los!«, befahl sie Max, dann zeigte sie auf Stevie. »Gib der Security Bescheid, dass Dad hier ist. Ich rede mit der Braut.«

Stevie wand sich sichtlich. »Viel Glück damit.«

Max lief zuerst durch einen Flur, dann durch einen anderen auf der Suche nach ihrem Vater. Als sie an der Treppe vorbeigehen wollte, nahm sie seine Fährte auf. Ihr Vater benutzte diesmal kein Bärenspray, um seinen Geruch zu überdecken. Nur eine billige Imitation von Paco-Rabanne-Rasierwasser, das er wahrscheinlich von einem Straßenverkäufer in China Town hatte. Idiot.

Sie lief ins Treppenhaus und die Treppe hinauf.

Sie hatte gerade zwei Stockwerke erklommen, als sie hinter sich die Fährte eines anderes Honigdachses ausmachte. Nicht ihr Vater, sondern ein Weibchen.

Max drehte sich gerade rechtzeitig um, um zu sehen, wie ein Stahlrohr mit ihrem Kopf kollidierte …

Dee-Ann versenkte ihr Messer in der Seite des Mannes, ein brutaler Stoß zwischen die Rippen. Sie ließ seinen Leichnam fallen und stieg über ihn hinweg, um das Büro genauer zu untersuchen. Aber sie waren fort. Sie wusste es.

Malone kam aus dem Hangar-Büro. »Sie sind weg«, sagte sie und bewies damit, dass Dee-Ann recht hatte.

»Ich weiß. Wir sind zu spät gekommen.«

»Aber der Jet ist noch da.«

»Das sind Multimillionäre. Die könnten zehn solcher Jets haben.«

»Hast du dir das Ding mal angesehen? Wir sollten damit durchbrennen.«

»Jetzt sofort? Du willst das Ding einfach von der Landebahn fahren?«

Malone lachte und zeigte auf die beiden Teams, die sie dabeihatten. Eins von Katzenhaus, eins von der Gruppe. Dann deutete sie auf die Leichen. »Macht hier sauber«, befahl sie, bevor sie zu Dee hinüberging.

»Was jetzt?«, fragte sie.

»Wir verständigen unsere Kontaktleute und versuchen, die beiden Miststücke aufzuspüren.«

»Die drei Miststücke«, korrigierte Malone sie. »Die Guerra-Zwillinge und diese Honigdächsin.«

»Ist die auch unser Problem?«

»Hört sich so an. Es heißt, sie sei tollwütig.«

»Buchstäblich?«

Malone seufzte. »Nein.«

»Nun, schlag nicht diesen Ton mir gegenüber an. Du hast dich eben nicht klar ausgedrückt.«

»Ich meine, dass sie sich wie eine dieser Tigerinnen aufführt, die sich in Indien in ein Dorf schleichen und anfangen, alle zu töten, sie aber nicht fressen. Sie ist das, was wir als Repräsentanten unserer Art auf der Welt nicht gebrauchen können.«

Charlie ging in das Hotelzimmer, in dem Carrie sich gleich in ihr Kleid helfen lassen würde. Der Raum war voller Blumen und Brautjungfern. Es gab mädchenhaftes Gekicher und offene Champagnerflaschen. Außerdem drei Fotografen, die um die Braut herumwuselten, während Max' Cousine Livy etwas abseits stand. Sie hatte ihre eigene Kamera über der Schulter hängen, schien aber kein allzu großes Interesse daran zu haben, Fotos zu machen.

»Was machst du denn hier?«, fragte Charlie sie. Sie hielt dabei immer noch die Hotelzimmertür auf.

»Sie bezahlen mir einen Haufen Geld dafür, dass ich die Leute, die Fotos und Videofilme von der Hochzeit machen, aussuche und überwache. So tief bin ich als Künstlerin schon gesunken.«

»Mach dir keine Sorgen, Liv. Du wirst gleich etwas wirklich Interessantes zu sehen kriegen.«

Die Dächsin zog eine Augenbraue hoch und in dem Moment schlug Charlie die Hotelzimmertür mit aller Kraft zu. So heftig, dass sie mit der Wucht ihres Schlags den Türrahmen hätte beschädigen können.

Alle im Raum drehten sich zu ihr um und sie fragte: »Also, wer von euch verrückten Fotzen war gestern Nacht an dem Juwelenraub beteiligt?«

Livy rieb sich die Nase – und versteckte ihr Lächeln hinter der Hand –, bevor sie sich zusammenriss und den Fotografen und den Videografen mit einer Bewegung ihres Fingers bedeutete, den Raum zu verlassen. Es kostete ein wenig Anstrengung, die Tür wieder aufzumachen, nachdem Charlie sie geschlossen hatte. Sobald sie gegangen waren, konzentrierte Charlie sich wieder auf die Braut und ihre Cousinen.

»Nun?«

»Wovon redest du?«, fragte Bernice. »Carrie hat gestern Nacht ihren Junggesellinnen-Abschied gefeiert.«

»Keineswegs. Sie ist gestern Nacht auf Raubzug gegangen.«

Kenzie ließ das Hochzeitskleid auf den Boden fallen und fragte scharf: »Ist das der Grund, warum du mir gestern Nacht Wodka gegeben hast, der mit schwarzer Mamba vermischt war? Damit ich ohnmächtig werde?«

»Du wärst doch sowieso nicht mitgekommen«, erklärte Carrie ihrer Schwester. »Du bist so eine Langweilerin.«

»Moment mal.« Bernice spähte zu ihrer jüngsten Tochter hinüber. »Du meinst, es ist wahr?«

»Glaubst du wirklich, wir würden uns nur einen Haufen Stripper ansehen und uns betrinken? Was sind wir? Menschen?«

»Du unverschämtes kleines …«

»Der Raub ist nicht das große Problem«, fiel Charlie Bernice ins Wort. »Es geht mir darum, wen Carrie bestohlen hat.«

»Warum? Wen hat sie denn bestohlen?«

»Willst du es ihr sagen?«, drängte Charlie ihre Cousine.

»Du machst deine Sache doch absolut großartig.«

»Der Eisbär … Das war nicht ihr Lover. Er war ihr Opfer.«

»Du hast gedacht, das sei mein Lover?«, höhnte Carrie. »Ich stehe im Begriff, Ronald P. Farmington den Vierten zu heiraten. Glaubst du wirklich, ich würde das für einen *Bären* aufs Spiel setzen?«

Charlie sah Livy an und an diesem Punkt lachte die Cousine ihrer Schwester einfach laut heraus.

»Der Bär, von dem du redest«, erklärte Charlie, »ist ein gefährlicher Drecksack. Ein Kredithai. Ein Mafioso. Wenn du glaubst, dass er nicht dahinterkommt …«

»Ich habe ihm heute Morgen bereits eine ›Ich liebe dich‹-SMS geschickt. Und morgen bin ich schon in den Flitterwochen, also …«

Bernice hatte die Hände um den Hals ihrer Tochter gelegt und versuchte nun, ihr die Luft abzudrücken. Charlie beobachtete teilnahmslos, wie die Cousinen und Carries Schwestern versuchten, Carries Mutter von ihrer Kehle wegzukriegen. Als sie Bernice endlich auf einen Stuhl gedrückt hatten, schrie diese: *»Du bist die schlimmste Tochter aller Zeiten!«*

»Es war ein tadelloser Raubüberfall! Die Cops haben nichts in der Hand!«

»Die Cops sind deine geringste Sorge«, sagte Charlie zu Carrie. »Ich meine, weiß dein Ehemann überhaupt, dass du eine Kriminelle bist?«

»Wie kann ich eine Kriminelle sein«, fragte Carrie, »wenn ich nie erwischt wurde?«

Bernice wäre beinahe erneut von ihrem Stuhl aufgesprungen,

aber eine der kräftigeren Cousinen setzte sich buchstäblich auf sie drauf, um sie auf ihrem Sitz zu halten.

»Wie dem auch sei«, fuhr Charlie fort, »die zusätzliche Security, die ich angeheuert habe, ist bereits an der Sache dran. Es gibt allerdings eine Menge Aus- und Eingänge in diesem Hotel und der Mann ist Gestaltwandler. Deshalb wird er der normalen Hotelsecurity nicht so auffallen. Und da ist noch etwas. Max hat Freddy gesehen. Vor ungefähr zwei Minuten.«

Bernice schubste die Nichte von ihrem Schoß, indem sie sie quer durch den Raum schleuderte, und stand auf. »*Was?*«, explodierte sie.

»Max geht der Sache bereits nach, genau wie die zusätzliche Security.«

»Wenn es sein muss«, sagte Bernice und zeigte auf Charlie, »hast du meine Erlaubnis, ihn zu töten.«

»Gut zu wissen. Wie dem auch sei, ich möchte dringend vorschlagen, dass wir diese Trauung so schnell wie möglich hinter uns bringen. Und ich möchte ebenfalls dringend vorschlagen, dass du, Cousine« – sie sah Carrie direkt an – »gleich nach dem Ja-Wort deinen frischgebackenen Ehemann in irgendeine Kammer zerrst und ihm das Hirn aus dem Leib fickst. Es wird schwerer für ihn werden, diese Scharade von einer Ehe annullieren zu lassen, wenn ihr nach der Zeremonie schon Sex gehabt habt.« Sie breitete die Arme aus. »Sind alle im Bilde? Wunderbar!«

Sie zwinkerte Livy zu, ging hinaus und hinterließ einen Raum voller schreiender Honigdachse, die mit teuren Glaswaren um sich warfen.

Als Charlie den Flur entlangging, hörte sie, wie eine Zimmertür geöffnet wurde, und schaute über ihre Schulter. Livy streckte den Kopf heraus. Ihr Team von Fotografen stand gleich neben der Tür.

»Charlie?«, rief sie.

»Ja?«

Livy lächelte unter Tränen. »Ich hab dich lieb.«

Grinsend erwiderte Charlie: »Das weiß ich doch.«

Lachend winkte Livy ihr Team zu sich. »Los geht's, Leute! Wir müssen Erinnerungen fürs Leben fotografieren!«

Kapitel 31

Max wachte auf, als sie einen Flur entlanggezerrt wurde. Sie öffnete die Augen und sah Rohre über ihrem Kopf. Sie befand sich im Keller des Hotels. Oder zumindest nahm sie das an. Hotels wie dieses hatten keine so unattraktiven Dinge wie Rohre in den Etagen mit Gästezimmern. Das wäre geschmacklos.

Ein vollmenschlicher Mann zerrte sie in einen Raum. »Hier«, sagte er. Max wusste nicht, mit wem er sprach. Sie schloss die Augen, um die Illusion aufrechtzuerhalten, dass sie immer noch bewusstlos war.

»Wo ist unsere kleine Freundin?«

»Sie hat sich auf die Suche nach dem Notizbuch gemacht.«

Ah. Das war es, was sie von Stevie wollten. Eins der Notizbücher, in die sie immer so zwanghaft hineinkritzelte. Max hatte keine Ahnung, was ihre Schwester in diese Bücher schrieb, aber sie hatte immer angenommen, dass es, wenn es keine Musik war, wahrscheinlich irgendein Prototyp im Leonardo-da-Vinci-Stil war, der die Welt verändern würde.

Die Guerra-Zwillinge waren Leute, die es sich mit all ihrem Geld und ihren Beziehungen mühelos leisten konnten, jede von Stevies Ideen Wirklichkeit werden zu lassen. Natürlich stellte sich Max noch eine Frage: Versuchte Freddy, Stevies Notizbuch für sich selbst an sich zu bringen? Oder arbeitete er immer noch für die Zwillinge?

»Hallo, Nichte«, erklang eine Frauenstimme über Max. »Wir wissen, dass du wach bist.«

Max öffnete die Augen und schaute zu einer der Frauen hoch, die sie in dem Artikel in der *Vanity Fair* gesehen hatte.

»Es ist immer so nett, Verwandte zu treffen, nicht wahr?«, fragte die Frau mit einem italienischen Akzent. Einem Akzent, den Max normalerweise sexy fand – jedenfalls bei einem Mann, der versuchte, sie in einer Bar in Rom anzuquatschen. Nicht bei einer Tussi, die mit einer 45er auf Max' Kopf zielte.

Ein Spiegelbild der Frau, die über ihr stand, trat neben Max. »Wirklich nett, Verwandte zu treffen. Obwohl wir zugeben müssen, du siehst gar nicht so *aus* wie eine MacKilligan. Aber dein Vater hat uns versichert, dass du eine bist.«

»Dein Vater«, sagte die andere, »war *so* hilfsbereit. Er kann gar nicht genug für uns tun.«

»Er hat uns ausdrücklich aufgetragen, dich zu nehmen. Er hat gesagt … Wie war das noch gleich, Rina?«

»Er hat gesagt, wir sollen die Chinesin nehmen, Tina. Das würde die anderen davon abhalten, Dummheiten zu machen.«

»War das nicht hilfsbereit?«

Tatsächlich war es das ganz und gar nicht. Nicht für Max' Feinde. Im Gegensatz zu ihren Schwestern wurde Max MacKilligan nicht von Angst und Logik beherrscht. Sie wurde von Wahnsinn beherrscht. Und ihr Vater wusste das. Ausnahmsweise einmal hatte er etwas richtig gemacht.

»Meine Schwestern würden mich nie in Gefahr bringen«, gestand Max. »Das ist irgendwie mein Job.«

Die Frau, die sich über sie beugte – wahrscheinlich Rina –, sah Max aus zusammengekniffenen Augen an.

Max lächelte. Genau genommen grinste sie. Es war ein breites, fettes Grinsen. Dann fuhr sie ihre Krallen aus und zog sie Rina quer übers Gesicht, vom Kinn bis zu Stirn.

Schreiend fiel Rina zu Boden. Max machte eine Rolle rückwärts und kam auf die Füße. Tina schoss, als Max sich umdrehte. Die Kugeln bohrten sich Max in den Rücken, zwei neben der Wirbelsäule. Aber weil sie sie nicht *direkt* in der Wirbelsäule erwischten, konnte Max den Mann packen, der jetzt mit gezogener Pistole in den Raum gelaufen kam.

Max packte ihn am Handgelenk und drehte es, bis es brach. Sie zerrte ihn zu sich heran und benutzte seinen Körper, um sich vor weiteren Kugeln zu schützen, bis ihre Tante das Magazin ihrer Pistole leer geschossen hatte. Als sie sich anschickte, nachzuladen, warf Max den inzwischen toten Mann quer durch den Raum und damit ihre Tante zu Boden.

Deren Zwillingsschwester saß auf dem Teppich und schrie und weinte. Blut floss und Hautlappen hingen ihr vom Gesicht. Aber Tina wand sich unter dem Leichnam hervor.

»Töte sie!«, befahl Rina ihrer Schwester auf Italienisch. Es war ein italienischer Ausdruck, den Max vor langer Zeit gelernt hatte. »Töte das Miststück!«

Max hob ihre blutigen Krallen und fuhr ihre Reißzähne aus. Ihr ganzer Körper ruckte vorwärts und sie fauchte.

Ohne nachzudenken, fauchte Tina zurück und ihre Krallen fuhren plötzlich aus ihren Fingern. Reißzähne kamen aus ihren Kiefern.

Schockiert starrten die Zwillinge auf diese unvermittelte Veränderung von ... nun ... allem.

Max grinste. »Willkommen in der Familie, Tantchen«, sagte sie zu den Frauen, bevor sie sich auf Tina stürzte.

Sie war schon fast bei ihr, als die Tür eingetreten wurde und weitere bewaffnete Männer hereinkamen.

Max riss den Rock ihres Kleides durch und zog ein Messer aus einer der Scheiden, die an ihrem Oberschenkel befestigt waren. Sie warf es und es rammte sich in die Kehle des ersten Mannes, der den Raum betrat. Er fiel gegen die Männer hinter ihm und Max schlug Tina mit der Faust ins Gesicht, bevor sie auf einen Schreibtisch sprang, das Gitter über einem Lüftungsrohr herausriss und hineinkletterte. Kugeln durchlöcherten den winzigen Schacht, während Max schon dem ersten Ausgang entgegenkroch, den sie finden konnte.

Charlie stand in der Nähe des Raums, in dem die Trauung stattfinden würde. Die Hochzeitsplanerin bat alle, ihre Plätze einzunehmen, damit die Zeremonie beginnen konnte. Die Gäste zeigten sich überrascht darüber, dass eine Hochzeitszeremonie tatsächlich pünktlich stattfinden würde.

Die Musik setzte ein. Die vollmenschlichen Trauzeugen stellten sich in einer Reihe auf und warteten darauf, nach vorne zu schreiten.

»Seid ihr bereit?«, fragte Charlie mit einem falschen Lächeln. »Dann los, los, los!«

»Gibt es ein Problem?«, fragte der Bräutigam sie.

»Nein, natürlich nicht. Die Braut kann es einfach kaum erwarten, ihr neues Leben mit Ihnen zu beginnen.«

Mit einem verärgerten Knurren stieß die Hochzeitsplanerin Charlie von den Trauzeugen weg.

»In Ordnung, meine Herren«, sagte die Tigerin, ein Headset fest auf dem Kopf, während sie verzweifelt ihr iPad umklammerte. »Vergessen Sie nicht, was Sie tun müssen. Und alle lächeln. Lächeln!«

Als die Männer sich in Bewegung setzten, drehte die Tigerin sich zu Charlie um. »Was machen Sie da?«

»Ich versuche, die Sache zum Laufen zu bringen.«

»Das hier ist eine Hochzeit. Kein geschäftliches Meeting.«

»Das glauben Sie!« Charlie beugte sich ruckartig zur Seite, sodass sie über die Schulter der größeren Frau schauen konnte. Ihr Vater hatte sich aus einem Raum geschlichen, in dem die Brautjungfern und die Trauzeugen ihre Sachen während der Zeremonie ablegten, und jetzt hielt er Stevies Rucksack in der Hand. Schlimmer noch: Als er seine älteste Tochter sah, lief er weg.

Er lief weg!

»Bringen Sie die Sache hier auf den Weg«, befahl Charlie der Tigerin, bevor sie den Rock ihres Kleides raffte und hinter ihrem alten Herrn herspurtete.

Stevie kam gerade rechtzeitig um die Ecke, um zu hören, wie ein Streichquartett – ihrer Meinung nach ziemlich schlecht – »Here Comes the Bride« spielte.

Sie wartete, bis ihre Cousine sich in Bewegung gesetzt hatte, um nach vorne zu gehen, bevor sie einen erleichterten Seufzer ausstieß.

»Hey«, sagte Dutch, der in einem perfekt sitzenden Anzug hinter ihr ging. Glücklicherweise *kein* Smoking. »Läuft alles glatt?«

»Das bezweifle ich.« Stevie sah ihn an. »Aber Carrie schreitet zur Trauung, daher glaube ich, es wird … oh, Scheiße!«

»Was ist?« Dutch schaute über seine Schulter und flehte sofort: »Bitte, sag mir, dass die nicht unser Problem sind.«

»Sie sind unser Problem.«

Sie waren zu zehnt. Zehn *Eisbären*. Manche zwei Meter zehn groß, andere vielleicht zwei Meter vierzig. Alles, was Stevie wollte, war, wegzurennen. Sie wollte wegrennen, ohne sich noch einmal umzuschauen. Aber das konnte sie nicht. Sie war eine Verpflichtung eingegangen und hatte jetzt keine Zeit, bei ihren Schwestern erst noch ein Kündigungsschreiben einzureichen.

»Hör mal«, sagte Dutch, »ich werde sie ablenken. Du holst die Grizzlys.«

»Sie werden dich einfach zerquetschen, bis du platzt wie eine Zyste.« Stevie bedeutete der Hochzeitsplanerin, die Türen zu schließen, die in den Festsaal führten.

Und sobald diese Türen geschlossen waren, schnappte Stevie sich die Pistole, von der sie wusste, dass sie in einem Holster unter Dutchs Jackett steckte. Sie war sogar bereits mit einem Schalldämpfer versehen.

Stevie zielte und schoss fünfmal auf Damian Millers Brust ... was nichts bewirkte, außer seine Konzentration von der Suche nach der Honigdächsin abzulenken, die ihn betrogen hatte, und sich stattdessen auf die Honigdächsin zu konzentrieren, die seinen schönen weißen englischen Anzug versaut hatte.

Der Bär brüllte und Stevie warf einem benommenen Dutch seine Waffe wieder zu.

»Lauf!«, riet sie Max' bestem Freund. »Lauf weg!«

Dann tat sie selbst genau das.

Charlie erwischte ihren Vater in der Nähe der Lobby, stürzte sich auf ihn, landete auf seinem Rücken und riss ihn mit sich zu Boden. Sie rollten sich mitten zwischen Leute, die versuchten, zu den nahen Geschäften oder zu den Aufzügen zu gehen, aber Charlie kümmerte das nicht. Sie packte ihren Vater an den Haaren, zerrte ihn auf den Rücken und setzte sich rittlings auf seinen Brustkorb.

Sie hatte sich gerade vorgebeugt, um ihm ein paar Fragen zu stellen, als sie spürte, dass sie beobachtet wurde. Sie schaute hoch und sah Bo Novikov mit einem Kind auf den Schultern und einem weiteren auf dem Arm vor ihr stehen. Neben sich entdeckte sie eine hochgewachsene schwarze Frau, die ein Baby festhielt.

»Ernsthaft«, sagte Novikov, »ich kann Ihnen und Ihrer Schwester das Schlittschuhlaufen beibringen. Das ist noch das Einfachste an der Sache.«

»Was?«

»Eishockey. Ich kann Ihnen beibringen, wie man Eishockey spielt.«

Charlie hob an, etwas zu sagen, aber ihr Vater versuchte jetzt, unter ihr wegzukommen.

Sie schlug dem Idioten dreimal ins Gesicht, bevor sie wieder zu Novikov hochschaute. »Kann das warten?«

»Nun, Sie werden nicht jünger.«

»Bo«, sagte die Frau. »Später. Du kannst später mit ihr reden.«

»Wie auch immer.« Seufzend ging er davon.

Die Frau lächelte herzlich, drückte sich eine Hand auf die Brust und stellte sich vor: »Ich bin Bl…«

»Das ist mir egal – könnten Sie jetzt gehen?«, blaffte Charlie.

Die Frau wirkte gekränkt und ging, aber Charlie machte sich nicht viele Gedanken darüber. Sie hatte im Moment andere Probleme.

»Hilfe!«, brüllte ihr Vater plötzlich. »Sie versucht, mich umzubringen!«

Sie warteten beide ab, aber alle gingen weiter, bis auf zwei Jugendliche, die das Ganze mit ihren Handys filmten.

»Ernsthaft, Dad!«, sagte Charlie ihm. »Wenn du den Trick probieren willst, musst du dir wirklich eine andere Stadt aussuchen.«

Max kroch durch die Lüftungskanäle und kam schnell voran, wusste aber leider nicht wirklich, wohin … wenigstens nicht so genau.

Trotzdem hatte sie nicht damit gerechnet, dass der Boden unter ihr einstürzen würde. Buchstäblich. Die Luke öffnete sich und Max fiel zu Boden. Sie drehte sich um, schwang die Fäuste und schloss die Augen. Aber als sie von nichts getroffen wurde, schaute sie auf und sah … Dutch und Stevie?

»Hab ich's dir doch gesagt, dass ich sie gerochen habe«, meinte Dutch zu Stevie.

»Das ist einfach nur schräg«, antwortete Stevie. »Ich würde es zu schätzen wissen, wenn du nie wieder so etwas zu mir sagst.«

Dutch streckte die Hand aus und Max wollte gerade danach greifen, aber dann war Dutch plötzlich fort. Carries Eisbärentölpel schleuderte ihn quer durch den Raum.

Der Bär bückte sich, um sich Max zu schnappen, aber sie zog ein weiteres Messer aus einer Scheide und griff an. Er brüllte und sein abgetrennter Daumen traf Stevie am Kopf, bevor er über den Boden durch den Raum rollte.

Ein weiterer Eisbär packte Max von hinten, aber Stevie fuhr ihre – lächerlich kurzen – Krallen aus und riss ihm eine gewaltige Menge Haut und Muskeln von der Schulter. Dieser Bär brüllte vor Schmerz und ließ Max fallen.

Max, die jetzt auf den Füßen stand, schob ihre Schwester zu einer anderen Tür – mit dem Ellbogen, da Stevies Krallen immer noch ausgefahren waren – und gemeinsam rannten sie davon, direkt gefolgt von den Bären.

Charlies Vater lief schon blau an, als Berg es schaffte, ihre Hände von seiner Kehle zu lösen, während Dag sie wegzog.

Freddy kam hustend und nach Luft japsend auf die Knie. Es wirkte ziemlich dramatisch, bis er plötzlich nach Stevies pinkweinrotem Rucksack griff und versuchte, damit wegzurennen. Aber Britta packte ihn am Hals, den Charlie ihm umzudrehen versucht hatte, und zerrte ihn aus der Lobby.

Von einem zu Tode erschrockenen Dag übernahm Berg die fluchende und fauchende Charlie und gemeinsam liefen sie hinter Britta den Flur entlang. Sie betraten einen Raum, der sich nicht in der Nähe der Hochzeitsfeier befand, und trugen die beiden MacKilligans hinein.

Dag schloss mit einem Tritt die Tür und Britta drückte Freddy ihre 45er unters Kinn. Bevor er ein Wort sagen konnte, meinte sie: »Vergiss nicht, alter Mann, ich bin nicht deine Tochter. Ich mag dich nicht und niemand in deiner Familie wird dich vermissen.«

Charlie kämpfte sich aus Bergs Armen frei und zupfte ihr Kleid zurecht.

»Du hättest mir erlauben sollen, ihn umzubringen«, sagte sie zu Berg, ohne ihn anzuschauen.

»Ihr seid gefilmt worden. Ich bin mir ziemlich sicher, dass das eine dieser Situationen ist, aus denen ihr nicht auf eure MacKilligan-Art herauskommen würdet.«

Charlie holte tief Luft und ließ sie wieder heraus. »Du hast recht. Danke.« Sie zeigte auf ihren Vater. »Warum hast du Stevies Rucksack geklaut?«

Ihr Vater reagierte mit einem Achselzucken und einem falschen Lächeln. »Ohne besonderen Grund.«

Charlie ballte die Fäuste und nach ein paar Sekunden sagte sie: »Dag, reiß ihm den Arm ab.«

Dag ging durch den Raum, als würde er genau das tun wollen, und Britta zwang Freddy sogar, den Arm auszustrecken. Als Bergs Bruder danach griff und aussah, als würde er anfangen zu ziehen, während seine Schwester den Rest von ihm festhielt, schrie der Dachs: »Okay, okay!«

Charlie legte den Kopf schräg. »Nun?«

»Ich brauchte eins der Notizbücher ...«

»Sag mir, dass du nicht schon wieder versuchst, Geheimnisse an die Nordkoreaner zu verkaufen.«

Brittas Augen weiteten sich. »*Wieder?*«

»Tatsächlich hat er es nie getan«, erklärte Charlie. »Es ist einfach so, dass ... ähm ...« Sie schüttelte den Kopf. »Es tut mir leid. Es war eine echt dumme Geschichte.«

»Es ist nichts in der Art. Ich habe einfach, ähm ...«

Als Freddy zu lange zögerte, informierte Charlie ihren Vater: »Wenn du denkst, dass ich dir nicht das Fleisch in Streifen von den Knochen reißen würde, nur um dich weinen zu sehen, ganz zu schweigen davon, um an Informationen heranzukommen, die meine kleine Schwester schützen, befindest du dich in einem traurigen Irrtum. Also, an deiner Stelle, *Dad*, würde ich jetzt anfangen zu reden.«

Selbst jetzt zögerte er noch. Berg zog Charlie beiseite, ging zum

Kopfende des langen, schweren Konferenztisches aus Holz, hob die Faust und ließ sie darauf niederkrachen. Einmal.

Der ganze Tisch gab nach und klappte zusammen wie ein Pappkarton.

Berg senkte ein wenig den Kopf, damit er sichergehen konnte, dass Freddy MacKilligan seinen Grizzlybuckel sah. Dann sagte er: »Reden Sie.«

»Es geht um Kontonummern«, antwortete der Dachs schnell.

»Kontonummern von …?«, drängte Charlie.

»Jedem Mitglied der Familie MacKilligan in Schottland und in den Staaten.«

Entsetzt fragte Charlie: »Wie zum Teufel bist du da rangekommen?«

»Ich habe einfach …« Freddys Blick irrte durch den Raum und streifte jeden von ihnen, bevor er seiner Tochter antwortete: »Du brauchst dir keine Sorgen zu machen. Die von dir und deinen Schwestern habe ich nicht, da ihr mir diese Informationen nicht geben wolltet. Verwöhnte Bälger, die ihr seid!«

»Im Ernst?«, blaffte Britta sauer.

»Sie sind meine Töchter. Ohne mich würden sie nicht mal existieren.«

Charlie machte Anstalten, auf ihren Vater loszugehen, aber Berg hielt sie am Arm fest und zog sie zurück. »Kommen Sie einfach zum Ende«, befahl er Freddy.

»Wie dem auch sei, ich habe Wills Info an die Guerras verkauft, um nachzuweisen, was ich hatte.«

»Aha. Und?«, drängte Charlie ihn, weiterzusprechen.

»Aber dann ist Will deswegen total sauer geworden.«

»Schockierend«, entgegnete Charlie trocken.

»Er steht in meiner Schuld!«, brüllte ihr Vater. »Verdammter Geizkragen.«

»Können wir bitte einfach weitermachen?«

»Also, ich hatte gar nicht vor, das Buch mit den Kontonummern an die Guerras zu verkaufen, da Will so ein Theater deswegen gemacht hat. Aber dann haben sie …«

»Dann …?«

Er räusperte sich. »Dann haben sie mich eines Nachts betrunken gemacht und ich muss ihnen erzählt haben, wo es ist. Oder wie sie an das Buch herankommen könnten.«

»Wie sie herankommen könnten?«

»Nun, ich weiß, dass deine Schwester gern in diese Notenhefte schreibt. Also habe ich so eins gekauft, die Information dort hineingeschrieben und es dann direkt in den Stapel geschoben, den sie bereits in ihrem Rucksack hatte. Ich habe gedacht, sie würde es nicht merken.«

Ohne sich zu bewegen, ohne zu blinzeln, fragte Charlie ihren Vater: »Und wann war das?«

Er zuckte die Achseln. »Keine Ahnung. Vor einem Monat vielleicht.«

»Du … du hast deine Tochter einen Monat lang mit einer Zielscheibe auf dem Rücken herumlaufen lassen?«

»So würde ich das nicht ausdrücken.«

Mit gepresster Stimme fragte Charlie: »Und wie würdest du es dann ausdrücken?«

»Ähm … nun … ich schätze … so ähnlich. Aber«, fügte er schnell hinzu, »ich wusste, dass meiner kleinen Stevie das nichts ausmachen würde.«

Das Problem war nicht Freddys »kleine Stevie«. Es war Freddys »extrem aufgebrachte Charlie«.

So angespannt, dass jede Ader in ihrem Körper hervortrat, beugte Charlie sich vor und griff sich eine Hälfte des Tisches, den Berg entzweigebrochen hatte.

Britta und Dag sprangen sofort mit weit aufgerissenen Augen aus dem Weg, als dieser Tisch quer durch den Raum flog, Freddy MacKilligan traf und ihn an die Wand nagelte. Als der Tisch auf den Boden fiel, sackte ein sehr mitgenommener und bewusstloser Freddy oben drauf.

Charlie, die nun wieder ganz ruhig war, ging zu ihrem Vater und griff nach dem Rucksack ihrer Schwester. Sie kippte alles auf den Boden und zog schnell die Notizbücher heraus. Einige davon gab sie Britta, Berg und Dag. Den Rest nahm sie selbst. Schweigend blätterten sie in den Büchern, bis Britta sagte: »Alles, was ich sehe, sind Notizen für Dinge, von denen ich mir nicht sicher bin, ob man sie in der heutigen Welt umsetzen kann.«

»Das hier sind alles Zeichnungen und Musik«, erklärte Dag.

Als Charlie Berg ansah, schüttelte er nur den Kopf.

»Jemand muss das Notizbuch mitgenommen haben.«

»Wer?«

Charlie dachte einen Moment lang nach, aber dann schloss sie plötzlich die Augen und flüsterte: »Scheiße.«

Und Berg wusste, dass sie in Schwierigkeiten steckten.

»Dann kommt, liebe Tantchen«, sagte Mairi, zog die Guerra-Zwillinge hoch, steckte das Notizbuch, das die beiden Frauen haben wollten, in den Rucksack und hängte ihn sich über die Schultern. »Lasst uns von hier verschwinden.«

»Mein Gesicht«, schluchzte eine von ihnen. »Seht euch an, was dieses Miststück mit meinem Gesicht gemacht hat!«

Mairi verstand, warum Max es getan hatte. Sie hätte gern etwas Ähnliches getan, allein schon um die beiden Miststücke auseinanderhalten zu können.

»Ist schon gut. Kein Grund zur Sorge. Es wird dir im Handumdrehen besser gehen. Heutzutage können Schönheitschirurgen Wunder bewirken«, log sie. Das hier waren nicht bloß Kratzer. Ihre Cousine hatte mit ihren Krallen tiefe Rillen gezogen. Bis auf die Knochen. Das würde bleibende Narben geben, selbst bei Gestaltwandlern.

Sie führte die Guerras zur Tür und trat über die Leichen der Männer hinweg, die zu töten sie gezwungen gewesen war. Ihre Cousine hatte nur einen einzigen erledigt. Mairi hatte die anderen getötet, weil sie zu viel gesehen hatten. Sie war hereingekommen, als sie über Krallen und Reißzähne gesprochen hatten. Ihrer Einschätzung nach keine gute Situation. Es war das Beste, sie alle zum Schweigen zu bringen.

Also hatte sie das getan. Sie hatte jeden Mann getötet und war dabei nicht einmal ins Schwitzen geraten. Vollmenschen waren beinahe zu einfach.

»Bringen wir euch an einen sicheren Ort, liebe Tantchen. Und dann«, sagte sie, während sie ihnen aus dem Raum half, »werden wir ein schönes, langes Gespräch über die Familie führen … und inwiefern wir uns von den anderen Jungs und Mädels unterscheiden.«

Stevie und Max lenkten die Eisbären so weit wie möglich von der Hochzeit weg, aber als sie sich umdrehten, um sicherzugehen, dass alle noch da waren, wurde Stevie klar, dass nur Millers Freunde sie gejagt hatten. Miller selbst war fort.

»Max!«

Max blieb stehen, drehte sich um und begriff schnell, wo das Problem lag. Sie befanden sich in einer Sackgasse und die Bären waren nur noch wenige Schritte entfernt.

Einer von ihnen breitete die Arme aus und fragte: »Also, was wollt ihr jetzt machen?«

Max griff in den Schlitz in ihrem Kleid und zog zwei Messer hervor. Sie ging auf die Männer zu, doch Stevie riss sie zurück.

»Nein!«

»Warum nicht?«, blaffte Max.

»Es ist falsch.«

»Na und? Glaubst du, *sie* hatten vor, nett zu uns zu sein?«

»Aber wir wissen nicht, ob sie uns getötet hätten, richtig?«, fragte Stevie die Männer, die angesichts der Situation leider völlig verwirrt zu sein schienen. »Sieh sie dir an. Du kannst sie nicht einfach umbringen.«

»Und ich sage immer noch: Warum nicht?«

»Was ist mit den Leichen?«

Jetzt war Max langsam frustriert. »Was soll mit ihnen sein?«

»Wir können sie nicht einfach hier liegen lassen. Die Cops würden kommen. Das würde die Hochzeit ruinieren.«

»Die Hochzeit?«

»Hör mal, wir wollen doch in New York bleiben, oder? Damit Charlie eine Chance kriegt, etwas zu bekommen, das manch einer für Normalität halten würde. Doch dann können wir nicht einfach überall Leichen rumliegen lassen.«

»Also, was schlägst du vor?«

Stevie sah sich den Flur, in dem sie sich befanden, genau an. Sie berechnete jede Fläche, vermerkte alles, was sich in ihrer Reichweite befand und bezog in ihre Überlegungen jede Schwäche des Designs und der Architektur mit ein, evaluierte all diese Dinge innerhalb des dreidimensionalen Raums im Kopf.

Als sie fertig war, griff sie nach einem von Max' Messern, suchte sich an der rechten Wand eine bestimmte Stelle und rammte das Messer hinein.

Es folgte ein Moment der Stille, bevor die Wand einen Riss bekam. Der Riss breitete sich schnell aus, kroch an der Wand nach oben bis zur Decke.

Die Bären starrten auf den Riss, der sich an ihnen vorbeizog. Nach einer Sekunde gab ungefähr ein Meter fünfzig der Decke nach und fiel auf die Bären herunter.

Stevie zog Max' Messer aus der Wand und gab es ihr zurück. Dann lächelte sie.

»Angeberin«, murmelte Max, bevor sie um die Bären herumlief, die stöhnend versuchten, sich aus dem Schutt zu graben.

Barb Malone stand hinter dem Wandteppich, der den Vorbereitungsbereich von dem Ort, wo tatsächlich die Zeremonie stattfand, trennte. Alles lief perfekt. Sie konnte auf ihrem Tablet ihren Angestellten dabei zusehen, wie sie in aller Eile die letzten Details im großen Ballsaal für die Hochzeitsparty vorbereiteten. Es hatte ihr erst widerstrebt, sich von Papier und Stift zu verabschieden, aber Hightech war ihr Freund, ein zusätzliches Paar Hände, das sie tatsächlich so noch nie gehabt hatte. Herrlich. Einfach herrlich.

»Wir kommen hier langsam zum Ende«, sagte sie leise in ihr Mikro. »Ihr habt noch genau fünf Minuten, bis die Zeremonie zu Ende ist. Haltet euch bereit. Lächelt.«

Zu ihrem Entzücken hörte sie, dass der Kuchen eingetroffen war und dass er perfekt aussah. Der Kuchen machte ihr immer Kopfzerbrechen. Wenn dieses Ding beim Transport beschädigt wurde, würde eine Braut für alle Zeiten sagen, ihre Hochzeit sei von dem »Kuchendesaster« ruiniert worden.

Also arbeitete Barb nur mit ganz bestimmten Konditoren und

Bäckereien zusammen. Fehler würde sie nicht tolerieren. Weder jetzt noch sonst irgendwann.

Sie wollte gerade zurück in den vorderen Teil des Raums gehen, als sie einen Eisbären sah, der durch eine der Türen kam und sich der Zeremonie näherte. Barb huschte schnell und leise durch den Raum, bis sie vor dem Mann stand. War das Blut, das da an ihm klebte? Sie schüttelte den Kopf. Keine Zeit für diese Art von Fragen.

»Es tut mir leid, Sir«, flüsterte sie, »aber Sie können nicht hier nicht hingehen.«

Er versuchte, sie aus dem Weg zu schieben, aber Barb Malone war eine sibirische Tigerin. Man schob sie nirgendwohin. Sie fuhr ihre Reißzähne aus und er fing an zu brüllen. Ein Brüllen, das man weithin hören würde.

Aber dann waren plötzlich zwei der Cousinen der Braut da, warfen sich auf den Rücken des Bären, versuchten, ihn zu stoppen, und brachten ihn glücklicherweise davon ab, noch mal zu brüllen.

Zum Pech für die beiden Cousinen waren sie Honigdachse. Honigdachse auf einem Eisbären? Ernsthaft?

»Das hier wäre nicht so schlimm, wenn ich mein Messer benutzen könnte«, jammerte eine Cousine laut.

»Ich habe Nein gesagt«, blaffte die andere zurück.

»Ruhe!«, befahl Barb.

Ein gedämpfter Aufschrei erschreckte Barb, aber der Vielfraß, der auf dem Rücken des Bären landete, erschreckte sie noch mehr. Was, verflucht noch mal, ging hier vor?

»Dutch! Schnapp ihn dir!«, kreischte eine Cousine.

»Ich versuch's ja!«

Charlie fand keine Spur von den Guerra-Zwillingen oder von Mairi und sie hatte eigentlich auch keine Zeit, nach ihnen zu suchen. Sie musste nach der verdammten Hochzeit sehen.

Sie schob die Tür auf und schlüpfte in den hinteren Teil des Raums, gefolgt von den Dunn-Drillingen. Sie hatte gerade einen erleichterten Seufzer ausgestoßen – da sie sah, wie der Bräutigam und die Braut ihr Eheversprechen ablegten –, als sie bemerkte, dass der Wandteppich im Hintergrund sich bewegte.

Dann hörte sie ein Kreischen. Sie kannte nur einen Gestaltwandler, der so kreischte. Stevie.

Sie gab Berg ein Zeichen, die Augen nach Ärger offen zu halten, bevor sie ihren Rock raffte, zum Wandteppich eilte und dahinter verschwand.

Charlie versuchte, leise zu sein, aber sie keuchte auf, als sie Stevie und Max an einem Eisbären hängen sah, der einen blutdurchtränkten weißen Anzug trug und sich verzweifelt bemühte, sie abzuschütteln. Dutch stellte sich ihm gerade in den Weg. Er packte den Bären um die Taille und versuchte mit seiner ganzen muskelbepackten Wieselkraft, den Bären niederzuringen. Aber Miller ließ das nicht zu.

Charlie lief auf den Bären zu, gerade als er das Maul öffnete, um zu brüllen. Sie schlug ihm eine Hand übers Gesicht und schob ihn zusammen mit Dutch zurück.

»Schaffen Sie ihn hier weg!«, befahl die Tiger-Hochzeitsplanerin halb flüsternd, halb brüllend.

Der Bär versuchte wieder, vorwärtszugehen, fest entschlossen, dem Brautpaar alles kaputtzumachen. Das Paar war Charlie zwar scheißegal, aber trotzdem … Sie war dafür bezahlt worden, zu verhindern, dass etwas Derartiges geschah. Leider fühlte sie sich immer noch an ihren Auftrag gebunden.

Schließlich schaffte der Bär es, bis auf wenige Zentimeter an den Wandbehang heranzukommen, und fasste schon danach, um ihn zur Seite zu ziehen und das Geschehen dahinter den reichen Vollmenschen zu offenbaren, die drauf und dran waren, in diesen Irrsinn einzuheiraten. Doch da packte eine große Hand den Eisbären am Handgelenk und riss ihn zurück. Max und Stevie wurden schnell vom Rücken des Eisbären entfernt, während Dag die Arme um den Eisbären legte und Miller den Mund zuhielt.

Dann gab es da auch noch Britta. Sie stand grinsend vor dem Eisbären, bückte sich und packte Miller an den Eiern. Dann drehte sie.

Ein schrilles Kreischen – trotz Dags Hand über seinem Mund – ließ jeden Gestaltwandler im Raum zusammenzucken, aber die Vollmenschen hatten wahrscheinlich gar nichts gehört.

»Na los«, befahl Britta. Einvernehmlich hoben die Dunns den Eisbären hoch und trugen ihn hinaus. Gerade als die Tür sich hinter ihnen schloss, hörte Charlie Applaus und Jubel und wusste, dass die Braut und der Bräutigam jetzt Mann und Frau waren.

Grinsend sah sie ihre Schwestern an und zusammen vollführten sie ihre eigenen kleinen, unbeholfenen Tänze zur Feier des Tages. Charlie wusste, dass es nicht hübsch aussah, aber das kratzte sie überhaupt nicht.

Kapitel 32

Ihr Tisch bei der Hochzeitsparty entpuppte sich als einer der hintersten, neben der Tür zur Küche, aber das war Charlie egal. Wie hätte sie sich darüber ärgern sollen, wenn sie einfach nur erleichtert war, dass sie das Schlimmste hinter sich hatte?

Carrie hatte ausnahmsweise einmal auf jemanden gehört und ihren Ehemann fast sofort nach der Trauung genagelt. Eine gute Entscheidung, denn vier Stunden später, nachdem die Trinksprüche ausgebracht, das Essen serviert und der Kuchen angeschnitten worden war, hatte Damian Miller sich erneut sehen lassen. Sein Daumen war wieder angenäht – Gestaltwandler-Chirurgen waren wirklich großartig – und sein Zorn trotz der Schmerzmedikamente, die er eingenommen hatte, ungebremst. Er nuschelte sich durch Anschuldigen der Hurerei und des Diebstahl, aber er war ein derartiges Wrack, dass Ronald Farmington und die restliche Familie Farmington ihm kein Wort glaubten. Zu guter Letzt wurde der Eindringling ohnmächtig und die Securityleute der Hochzeitsplanerin zerrten ihn aus dem Saal.

Charlie bezweifelte, dass die Sache damit erledigt war – man hatte diesem Bären viele Millionen gestohlen –, aber sie war daran jetzt definitiv nicht mehr beteiligt. Sie schaute über die Tanzfläche und beobachtete, wie Max und Dutch von einer Ecke zur anderen Tango tanzten. Charlie stöhnte, als sie die Verbände bei ihrer Schwester bemerkte, die aufgrund des Kleiderschnitts gut sichtbar waren. Trotz der Schüsse in ihren Rücken hatte Max sich geweigert, nach Hause zu fahren und sich auszuruhen. Schlimmer noch, sie hatte ausgerechnet Dutch all die Kugeln herausziehen lassen, bevor die Stellen sauber gemacht und verpflastert worden waren.

Seufzend konzentrierte sich Charlie auf das Stück Honigkuchen, das ein Kellner vor sie hingestellt hatte.

Berg kam an den Tisch, hob Charlie hoch, setzte sich selbst auf ihren Stuhl und zog sie auf seinen Schoß.

»Ist das etwas, das wir machen?«, fragte sie.

»Jetzt schon.« Er umarmte sie kurz, aber herzlich. Es gefiel ihr.

»Geht es dir gut?«, fragte er.

»Alles bestens. Hast du sie gesehen?«

»Nein. Wenn die Zwillinge und deine Cousinen wirklich hier gewesen sind, sind sie jetzt weg. Ich habe Ric Van Holtz kontaktiert. Er sagte, Malone und Smith seien auf dem Weg nach Italien und versuchten, sie zu finden.«

»Max zufolge wissen sie jetzt, was sie sind. Das ändert irgendwie alles.«

»Inwiefern? Es wird sie kaum noch gemeiner machen.«

Charlie zuckte die Achseln. »Da hast du nicht unrecht.«

»Oh, und dein Vater ist verschwunden.«

»Natürlich ist er das.« Sie verdrehte die Augen. »Was soll's.«

Sie fragte sich nach wie vor, wie der alte Mistkerl an die Bankdaten aller Beteiligten herangekommen war. Er hatte nicht damit geprahlt, wie er es angestellt hatte, was die Sache irgendwie noch schlimmer machte. Er prahlte mit allem, was bedeutete, dass er eine größere Sache verheimlichte – oder eine katastrophale. Das beunruhigte Charlie mehr als alles andere.

Dutch und Max tanzten ihren Tango zu ihnen herüber und Max bog Dutch hintenüber, sodass sein Kopf beinahe auf Charlies Schoß landete.

»Hasst du mich immer noch?«, fragte Dutch.

»Für immer und ewig.«

»Was ist los?«, erkundigte Max sich, bevor sie Dutch hochzog und ihn herumwirbelte. Sie ließ sich auf einen Stuhl fallen und gab einem der Kellner ein Zeichen. Sie zeigte auf jeden Einzelnen von ihnen und fragte: »Bier? Bier? Bier? Bier?« Dann sagte sie zu dem Kellner: »Vier Bier.« Sobald der Kellner fort war, fragte Max: »Also, was ist los?«

»Dad ist weg.«

»Natürlich ist er weg. Ich muss allerdings zugeben, ich war beeindruckt, dass du ihm einen halben Tisch an den Kopf geworfen hast.«

»Das war toll«, meinte Berg und vergrub die Nase in Charlies Nacken.

»Er hat mich einfach so sauer gemacht.«

»Das verstehe ich«, sagte Berg und drückte Charlie ein wenig fester. »Dein Vater hat etwas an sich, das in einem den Wunsch weckt, ihn zu schlagen.«

Bernice blieb auf ihrem Weg zu weiteren betrunkenen Verbrüderungen stehen, zeigte wiederholt mit dem Finger auf Charlie und sagte: »Gut gemacht, hübsches Mädchen.«

»Danke.«

»Kann ich dir das Geld mo…?«

»Heute Abend«, beharrte Charlie. »Du hast es versprochen. Den Rest des Geldes *heute Abend*, einschließlich eines Bonus.«

Bernice hob schnell die Hände, taumelte dabei aber ein wenig. »Kein Problem. Mein Mann hat das Geld. Ich werde ihn raufschicken, um es für euch zu holen.«

Als sie weg war, fragte Berg: »Wirst du ihr von der Sache mit den Kontonummern erzählen?«

»Nachdem wir bezahlt worden sind, werde ich es ihr und Will erzählen. Nicht vorher.«

»Vor allem, da wir nicht wissen, wie lange sie noch Zugriff auf Bargeld hat«, murmelte Max und grinste Dutch an.

Stevie kam an den Tisch und ließ sich auf einen Stuhl fallen. Dutch deutete auf seinen Schoß, woraufhin sie die Schuhe wegschleuderte und die Füße dorthin legte. Dutch war jedoch klug genug, ihr nicht die Füße zu massieren. Das hasste sie.

Stevie sah sich im Saal um und gab zu: »Ich langweile mich hier so fürchterlich.« Sie beugte sich ein wenig vor und flüsterte: »Unsere Party gestern Nacht war so viel besser.«

»Das war sie wirklich«, pflichtete Max ihr bei. »Aber wir hatten schließlich auch Zebrakeulen.«

Charlie lachte und Stevie hielt ihr Handy hoch. »Also, ich habe einen Anruf vom CERN-Direktor erhalten. Ich glaube, er hat ein wenig geweint.«

»Du machst die Welt der Naturwissenschaft sehr traurig«, sagte Charlie zu ihrer Schwester.

»Ich gebe die Wissenschaft nicht auf. Ich *bin* die Wissenschaft.«

»Ich finde *wirklich*, du solltest nicht mit diesem Kyle abhängen«, warnte Max ihre Schwester.

»Du brauchst einen Job«, sagte Charlie und zeigte auf Stevie. »Irgendwo, irgendwas. Es ist mir scheißegal. Aber du kannst nicht nur zu Hause herumsitzen und gar nichts tun. Wir wissen alle, dass das zu Zwängen und möglicherweise sogar zum Messie-Syndrom führt.«

»Ich bin mir meiner psychischen Probleme durchaus bewusst. Ich habe alles unter Kontrolle.«

»Du gehst nicht zurück in die Schweiz?«, fragte Berg Stevie.

»Nein. Ich habe bereits mit Tiny geredet und er sagt, er wäre überglücklich, wenn wir bleiben würden.«

»Wenn man bedenkt, was er uns an Miete abknöpft …«

»Er ist bereit, über die Miete zu verhandeln, wenn wir einen Mietvertrag unterschreiben und du ihm weiter deinen Honig-Ananas-Kuchen machst.«

»Du hast ihm versprochen …«

»Ich habe gesagt, wir würden darüber reden. Hab ich doch, Max, oder?«

Max sah ihr Schwester an und gestand: »Es tut mir leid. Ich habe nicht zugehört, weil du mich so furchtbar gelangweilt hast.«

Stevies Augen verengten sich, aber bevor sie etwas sagen konnte, rannte Max schon los und Stevie stürmte hinter ihr her.

»Es ist nur so lange Spaß, bis sich jemand wehtut«, brüllte Charlie ihren Schwestern nach.

Charlie wand sich sichtlich, als Max in ihren High Heels ausrutschte und kopfüber in die Schnapsflaschen einer der offenen Getränkestände flog, jede Menge Glas herunterriss und den Barkeeper k. o. schlug.

Dutch schob seinen Stuhl zurück. »Ich kümmere mich darum«, sagte er, bevor Charlie anfangen konnte, alle anzuschreien.

Verlegen, wie sie war, konnte Charlie Berg nicht einmal ansehen. Er hielt wahrscheinlich bereits Ausschau nach einem der sieben

Ausgänge, die sie registriert und für den Fall eines Notfalls im Kopf hatte. Nicht dass sie dem Mann einen Vorwurf machte …

Berg versuchte, sich zu beruhigen. Er wusste, wenn Stevie New York nicht verließ … dann würde auch Charlie nicht fortgehen und das bedeutete, sie würde bleiben. In New York. Bei ihm.

Freu dich nicht zu früh, warnte er sich. Er wollte Charlie nicht verschrecken. *Sag nichts, das ihr Angst macht. Bleib einfach ruhig und …*

»Wolltest du etwas sagen?«, blaffte sie ihn plötzlich an und Berg zuckte zusammen.

»Etwas sagen? Worüber?«

Sie zeigte durch den Saal und das war der Moment, in dem er bemerkte, dass Max von oben bis unten voller Schnittwunden war und, wie es schien, voll Alkohol. Außerdem lachte sie hysterisch gemeinsam mit Dutch. Währenddessen versuchte eine missbilligend mit der Zunge schnalzende Stevie, dem Barkeeper zu helfen. Die Hochzeitsplanerin machte den Kellnern Dampf und brüllte die Dachse, die hier eine Szene machten, an.

»Was sehe ich mir da an?«, fragte Berg verwirrt.

»Du hast es überhaupt nicht bemerkt?«

»Was habe ich überhaupt nicht bemerkt?«

Charlie drehte sich zur Seite, ihr Hintern immer noch auf seinem Schoß, damit sie ihm ins Gesicht sehen konnte. »Ist es dir nicht peinlich?«

»Was denn?«

»Das, was ich voller Zuneigung meine Familie nenne. Ich meine, sieh sie dir nur an, da drüben.«

Max hatte die arme Stevie in den Schwitzkasten genommen, was nichts anderes zur Folge hatte, als dass Stevie sauer wurde.

Aber Berg konnte nur die Achseln zucken. »Meine Schwester hat vorhin einen Eisbären an den Eiern gepackt und gedreht, bis er kreischte wie ein Otter, der in der Falle eines Jägers gefangen worden ist. Und du hast meine Eltern noch gar nicht kennengelernt.« Berg schaute plötzlich weg und fügte hinzu: »Oh Gott, du wirst meine Eltern kennenlernen müssen.«

»Na und?«

»Sie werden mich in Verlegenheit bringen. Und Dag. Und Britta. Oh, Britta … Sie wird nicht glücklich sein.«

»Berg?«

»Ja?«

»Haben deine Eltern dich jemals verkauft?«

»Nein.«

»Dann glaube ich, dass du dir keine Sorgen darüber machen musst, dass ich sie verurteilen könnte.«

»Und du bleibst?« Die Frage war aus seinem Mund, bevor er sie aufhalten konnte. Er hatte nicht vorgehabt, sie so direkt darauf anzusprechen.

»Stevie will bleiben. Ich weiß nicht, was Max tut, aber das ist nichts Neues.«

»Doch *du* bleibst?«

»Ich muss bleiben. Ich muss für Tiny backen.«

Berg begriff, dass sie nicht verstand, wonach er sie fragte, also schloss er die Augen und sagte es direkt heraus: »Ich liebe dich und ich will, dass du bleibst.«

Charlie stieß einen verärgerten Seufzer aus. »Nun, das geht auf deine Kappe.«

Berg riss die Augen auf und fragte scharf: »Was zur Hölle soll das heißen? Du liebst mich nicht?«

»Natürlich liebe ich dich.« Sie funkelte ihn an und fügte hinzu: »Idiot. Aber ich sage nur, wenn du dich dafür entschieden hast, dich in eine MacKilligan zu verlieben, nach allem, was du gesehen hast, dann geht das auf deine Kappe. Ich werde nicht die Verantwortung für deine fortgesetzten schlechten Entscheidungen übernehmen.«

Statt auf diese Argumentation zu reagieren, beschloss Berg, einfach Stillschweigen zu bewahren und Charlie weiter auf seinem Schoß zu behalten. Während sie schweigend so dasaßen, rannte Stevie vorbei und brüllte: »Es war aus Versehen! Es war aus Versehen!«

Max sprintete hinter ihrer kleinen Schwester her. Max' Nase blutete jetzt, weil – so vermutete Berg – Stevie sie geboxt hatte. Dutch folgte den beiden schnell und versprach im Vorbeilaufen: »Ich fange sie ein. Ich habe alles unter Kontrolle. Macht euch keine Sorgen. Vertraut mir!«

Mit geschürzten Lippen sah Charlie Berg an. Er zuckte die Achseln und gestand: »Tut mir leid, aber ich bin immer noch froh, dass du bleibst.«

Charlie verschränkte die Arme vor der Brust, schüttelte den Kopf und murmelte: »*So* eine schlechte Entscheidung.«

Epilog

Dee-Ann betrat die Wohnung und ließ ihre Reisetasche an der Tür fallen.

»Bist du das?«, rief Ric aus einem der hinteren Zimmer.

»Ja.«

»Ich bin in einer Minute da.«

»Lass dir Zeit«, rief sie zurück und ging in Richtung Küche.

Dee-Ann hoffte inständig, dass im Kühlschrank ein Biskuitkuchen stand. Sie brauchte ihn nach dieser völlig nutzlosen Italienreise dringend. Die Guerra-Zwillinge und diese Mairi MacKilligan waren längst über alle Berge gewesen, aber trotzdem hatte sie tagelang mit Cella Malone in einem fremden Land festgesessen. Für die Tatsache, dass sie die Katze nicht getötet hatte, hätte Dee-Ann eigentlich eine Belohnung verdient. Das würde natürlich nicht passieren, aber wenigstens ein Stück Biskuitkuchen aus dem Restaurant ihres Gefährten sollte für sie drin sein.

Ein Stück Kuchen, ein Kuss von ihrem Gefährten und eine tüchtige Umarmung von Dee-Anns kleiner Tochter. Das wäre wirklich perfekt, nicht wahr?

Aber als Dee-Ann ihre Küche betrat, blieb sie wie angewurzelt in der offenen Tür stehen und schaute sich um. Ihre Nackenhaare stellten sich auf. Zum ersten Mal, seit sie denken konnte, musste sie gegen den Drang ankämpfen, sich in eine Wölfin zu verwandeln, um nach ihrem Gefährten zu heulen. Oder nach ihrem Rudel.

Lizzy grinste sie an und winkte. »Hey, Mama.«

»Töchterchen.«

Die Frau, die ihre Tochter in ihren muskulösen Armen hielt, schaute hoch und lächelte. »Dee-Ann.«

»Max.«

Die Dächsin saß im Schneidersitz auf dem Boden. Lizzy-Ann hockte vor ihr und spielte mit dem Plastikmesserset, das Dee-Ann ihr zu Trainingszwecken geschenkt hatte.

»Deine Tochter ist große Klasse«, bemerkte die Honigdächsin. »Sie wird eines Tages ganz groß rauskommen, was?«

»Ja!«, jubelte Lizzy und kicherte, als Max sie fest umarmte. Der Blick aus Max' braunen Augen war kalt auf Dee-Anns Gesicht gerichtet, während sie Dee-Anns einziges Kind eng an sich drückte.

Dee-Anns Finger zuckten, bereit, nach dem Messer zu greifen, das ihr Daddy ihr vor vielen Jahren gegeben hatte. Sie spürte den Drang, der Dächsin die Eingeweide herauszureißen und ihr diese zu zeigen, bevor sie starb.

»Nun, nun«, mahnte die Dächsin. »Das ist doch nicht nötig. Ich bin nur hier, um zu reden.«

»Worüber?«

»Familie.«

»Du meinst die Guerra-Zwillinge.«

»Ja. Und natürlich Mairi MacKilligan. Meine Cousine stellt eine Gefahr für uns alle dar, fürchte ich. Ich bin es zwar gewohnt, allein zu arbeiten, aber ich dachte, dass ich mehr Chancen hätte, diese liebreizenden Damen zur Strecke zu bringen, wenn ich Hilfe von dir und deinen Leuten habe. Meinst du nicht auch?«

»Du willst also für uns arbeiten?«

»Nein. *Mit* euch arbeiten. Denn wenn ihr denkt, die Guerras würden sich jetzt zurückziehen, dann kennt ihr die MacKilligans nicht. Und das sind sie, verstehst du? Ganz gleich, in welchem Land sie aufgewachsen sind. Wie reich sie sind. In ihren Seelen, in ihrem Blut sind sie MacKilligans. Und ich bin mir ziemlich sicher, dass es Krieg geben wird.«

»Und du glaubst, du kannst diesen Krieg aufhalten?«

»Nein. Aber ich hoffe, die Schäden zu minimieren. Etwas, wozu du und eure schnieken Teams ohne meine Schwestern und mich nicht in der Lage sein werdet, fürchte ich. Das Problem ist, dass die Guerra-Zwillinge jetzt wissen, was sie sind. Mairi wird ihnen zeigen, wozu sie fähig sind. Wie weit sie wirklich gehen können, wenn sie nicht länger von den Beschränkungen der Vollmenschen behindert werden. Sie lernen gerade, was sie mit den Krallen machen können.« Sie streckte die Arme aus und fuhr ihre Krallen aus.

Mit breitem Grinsen strich Lizzy über diese Krallen, fasziniert und erpicht darauf, ihre eigenen zu bekommen.

»Meine Sorge ist«, gestand Dee-Ann, »dass dies für dich und deine Schwestern persönlicher ist, als für uns gut sein kann.«

»Zerbrich dir über meine Schwestern nicht den Kopf. Sie sind der einzige Grund, warum ich so liebevoll und fürsorglich bin.« Max schaute auf Lizzy hinab, die immer noch die Krallen der Dächsin untersuchte. »Sie sind der einzige Grund, warum ich bereit bin, mit Leuten zusammenzuarbeiten, die ich nicht unbedingt mag. Weil Familie alles ist, Dee-Ann. Und das war der Fehler der Guerras. Sie haben sich mit der falschen Familie angelegt.«

Dee-Ann verstand das. Die Dachse hatten keine Rudel wie die Wölfe oder die Löwen. Alles, was sie hatten, war ihre Familie beziehungsweise die Leute, die sie als ihre Familie ansahen. Die MacKilligan-Mädchen standen ihren Blutsverwandten nicht besonders nah, doch egal, ob sie nun Halbschwestern waren oder nicht, sie standen einander so nah, wie drei Schwestern das nur tun konnten. Max würde die Guerras und Mairi MacKilligan für das, was sie getan hatten, bezahlen lassen. Dafür, dass sie versucht hatten, die Verbindung zwischen den Schwestern gegen sie einzusetzen.

Trotzdem, ihren Welpen in den Armen einer Honigdächsin zu sehen … Dee-Ann kämpfte gegen den Drang, einfach »mit dem Töten anzufangen«, wie ihr Daddy gern sagte, und antwortete stattdessen: »Ich denke, wir finden eine Lösung.«

»Gut.« Max umarmte Lizzy erneut. »Ich bin so verliebt in dieses Kind.« Sie sah Lizzy an. »Weißt du, wie umwerfend du bist?«

»Ja«, antwortete Lizzy. »Das weiß ich.«

»Großartig. Du darfst es nie vergessen.«

Max setzte Lizzy auf den Boden und stand auf. Mit einem letzten Lächeln in Richtung von Dee-Anns Tochter kam die Dächsin lautlos durch die Küche, bis sie neben Dee-Ann stand. Dort blieb sie stehen, ein winzig kleines Ding. Wenn sie jemand anders gewesen wäre, hätte Dee-Ann angenommen, dass sie das Miststück unter ihren großen Wolfspfoten zerquetschen könnte. Aber Dee-Ann wusste es jetzt besser.

»Du brauchst dich nicht mies zu fühlen«, sagte Max. »Es gibt nur sehr wenige, die mich aus ihrem Haus fernhalten können.« Sie beugte sich dicht vor, stellte sich auf die Zehenspitzen und flüsterte: »Ich habe die Kronjuwelen der Königin von England gestreichelt.« Sie zwinkerte Dee-Ann zu. »Ich melde mich. Und wir behalten das für uns, ja? Wie gesagt, um meine Schwestern werde ich mich kümmern, wenn es so weit ist.«

Mit diesen Worten ging Max den Flur entlang zur Haustür. Eine Minute später kam Ric aus der anderen Richtung. Er küsste Dee-Ann lächelnd auf die Wange, völlig ahnungslos, dass diese Frau in ihrem Haus gewesen war. Er würde auch nichts davon mitbekommen, bis er merkte, dass seine einzige Tochter nach Honigdachs stank.

»Ich bin froh, dass du wieder zu Hause bist«, flüsterte er Dee-Ann ins Ohr. »Möchtest du ein Stück Biskuitkuchen?«

Charlie stand auf der hinteren Terrasse ihres angemieteten Hauses und brüllte in einen Baum hinauf: »Schwing deinen Hintern von diesem Baum herunter!«

»Warum? Ich hab's bequem hier oben.«

»Hast du deine Medikamente abgesetzt?«

»Nein!«

»Lass sie doch da oben sitzen. Sie fühlt sich wohl dort.«

Charlie sah das *Kind* an, das da gerade ihr Essen aß. »Warum bist du immer noch hier?«

»Ich wohne jetzt hier.«

»Ach ja?«

»Ich zahle Miete.«

Sie musterte Kyle. »Du bist noch nicht mal achtzehn.«

»Aber bald.«

»Weiß deine Mutter überhaupt, dass du hier bist?«

»Sie wird es irgendwann erfahren«, sagte er und entferne sich von Charlie, während er immer noch ihr Essen aß.

»Ich glaube nicht, dass seine Mutter es weiß«, sagte der Panda neben ihr und knabberte an seinem Bambus. Das Geräusch ging Charlie langsam wirklich auf die Nerven. »Aber seine Schwester weiß es und sie ist die Einzige, um die du dir Sorgen machen musst. Deshalb bin ich hier. Um ihn zu beschützen.«

»Braucht er Schutz?«

»Nein, aber seine Schwester glaubt das. Außerdem würde ich lieber hier bei euch bleiben. Er hat diese Zwillingsschwestern, die mich in Angst und Schrecken versetzen.« Er war mit einem Bambusstängel fertig und zog einen weiteren aus einem kleinen Päckchen. Es sah aus wie ein Zigarettenpäckchen. »Aber ich möchte dich um einen Gefallen bitten. Könntest du deiner kleinen Schwester sagen, sie soll aufhören, mich zu ... *umarmen*?«

»Auf jeden Fall. Aber macht es dir wirklich etwas aus?«

»Nein, und das ist ein Problem, denn sie ist nicht wirklich interessiert. Sie findet mich einfach nur niedlich, wie ein Plüschtier. Das kann für mich nur übel enden.«

»Ich werde mich darum kümmern«, verkündete Max, die gerade ums Haus herumkam. »Hey! Du Irre!«, brüllte sie in die Bäume hinauf. »Lass den Riesenpanda in Ruhe!«

»Aber er ist so niedlich!«

»Du machst seinen Schwanz hart! Hör auf damit!«

Charlie lachte, als der arme Shen mit rotem Kopf ins Haus zurückging.

»*Max.*«

Max grinste. »Was?«

»Du bist so ein Biest.« Als Max sich umdrehte, um hineinzugehen, hielt Charlie sie am Arm fest. »Wo warst du?«

»Willst du das wirklich wissen?«

»Eigentlich nicht.«

Charlie ließ ihre Schwester los und schaute lächelnd auf den riesigen Hund herunter, der jetzt neben ihr stand. »Hi, Babyboy«, begrüßte sie das Tier und beugte sich vor, um ihn an Hals und Rücken zu kraulen, während er ihr das Gesicht ableckte.

»Wer ist ein braver Junge?«, fragte sie. »Wer ist mein braver Junge?«

»Er jedenfalls nicht.«

Sie schaute zu Berg hoch. »Hallo, du.«

»Hallo.« Er legte ihr einen Arm um die Taille, zog sie zu sich und küsste sie. Aber bevor Charlie ihn zurückküssen konnte, zwängte Benny sich mit seinem Kopf zwischen sie.

»Das reicht«, knurrte Berg und löste sich von Charlie.

»Sei ihm nicht böse!«, rief sie ihm nach, als er zurück ins Haus ging. »Er liebt mich eben. Er kann nichts dafür.«

Berg kam wieder aus dem Haus und hielt eine Leine in der Hand. »Das verstehe ich. Und deshalb habe ich ihm eine eigene Freundin mitgebracht.«

»Freundin?« Charlie zuckte ein wenig zusammen. »Was ist das?«

»Das ist ein Hund.«

»Was für ein Hund?«

»Keine Ahnung.« Berg schaute auf die Hündin herunter, die er an der Leine führte. »Ich habe sie aus dem Tierheim.«

Alles, was Charlie sehen konnte, waren hundert Pfund … Haare. Sie konnte nicht einmal Augen sehen. Sie wusste auch nicht, ob der Hund unter all diesen Haaren überhaupt etwas sah.

»Ich bin mir ziemlich sicher, dass man Hunde nicht so miteinander bekannt machen sollte.«

»Das ist mir egal. Ich muss mit dir *allein* in einem Bett schlafen und er wird das nicht möglich machen, wenn er jede Nacht die Tür anwinselt.«

»Er ist eben einsam.«

»Nun, sie sollte dagegen Abhilfe schaffen.« Berg löste die Leine vom Halsband des neuen Hundes.

»Ich würde das nicht tun …«, hob Charlie an, aber es war schon zu spät. Der neue Hund rannte los, sprang über den Gartenzaun und war verschwunden.

»Nun, das war wenig effektiv.«

»Sie wird schon zurückkommen«, sagte Berg, legte Charlie die Arme um die Taille und zog sie wieder an sich.

»Sie kommt nicht zurück.«

»Doch, das wird sie, wenn sie begreift, dass sie von Bären umzingelt ist.«

Er hatte kaum ausgesprochen, als der Hund erneut über den

Zaun sprang, durch den Garten preschte und gegen die Fliegentür krachte, die in die Küche führte.

Mit hängender Zunge lief Benny hinter ihr her. Hoffentlich würde er sie beruhigen können.

»Jetzt muss ich eine neue Tür kaufen, sonst dreht Tiny durch.«

»Du musst anfangen, das Positive zu sehen.«

»Wirklich? Ich habe eine Schwester auf einem Baum.«

»Ich fühle mich wohl!«, brüllte Stevie.

»Und eine weitere Schwester, die wer weiß wohin verschwindet.«

»Du hast gesagt, du willst es nicht wissen!«, brüllte Max durchs Küchenfenster.

»Und anscheinend wohnen auch noch ein künstlerisches Genie und ein Panda-Bodyguard in meinem Haus.«

»Ich zahle Miete!«, kam Kyles Antwort.

»Und du willst, dass ich positiv denke?«, fragte Charlie und schaute Berg lächelnd an.

»Ja. Denn du hast mich … und ich habe ein Haus gleich auf der anderen Straßenseite, in dem wir wohnen können, sodass du gar nicht hier sein musst.«

»Dag und Britta sind wirklich meistens leise.«

»Leise und wohlerzogen. Und heute Nacht … nicht zu Hause.«

Charlie stellte sich auf die Zehenspitzen und schlang Berg die Arme um den Hals. »Das klingt perfekt.«

»Was ist mit uns?«, begehrte Stevie auf.

»Du sitzt in einem Baum!«

»Ich bin in einem Baum, aber ich habe Hunger!«

»Ich habe auch Hunger!«, stimmte Max zu. »Lass uns Dutch dazu bringen, die Rechnung für dieses überteuerte Steakhaus zu übernehmen. Ich würde gern mal Giraffenfleisch probieren.«

»Das wird überbewertet«, hörte Charlie Kyle erklären. »Es schmeckt stark nach Wild.«

»Ich dachte, das wäre Nashorn.«

Charlie schaute den Bären an, den sie liebte. »Ich hoffe wirklich, du weißt, worauf du dich da eingelassen hast.«

»Ich bin ein Grizzly«, erwiderte Berg. »Wenn sie mir wirklich auf die Nerven gehen, kann ich einfach anfangen zu brüllen und an ihren Extremitäten kauen. Glaub mir, sie werden das Weite suchen.«

»Ich wusste es!«, schrie Stevie vom Baum herunter. *»Du willst uns fressen – ahhh!«* Sie fiel von ihrem Ast herunter und schlug hart auf dem Boden auf. »Au! Das hat wirklich wehgetan.«

»Oder wir könnten umziehen«, schlug Berg vor und hob Charlie hoch, damit sie ihm die Beine um die Taille schlingen und sich von ihm zurück in sein Haus tragen lassen konnte … und in ihr gemeinsames Bett. »Ich habe gehört, Sibirien soll hübsch sein.«

»Bedauerlicherweise«, gestand sie, »sind MacKilligans in Sibirien unerwünscht. Es gab da mal einen Zwischenfall.«

»Mit Bären?«

»Oh, nein.« Sie legte ihren Kopf an seine Schulter und kuschelte sich eng an ihn, bevor sie zugab: »Nicht nur mit Bären. Mit *allen*.«